셔러우의

세자매

셔터우의 세자매

천쓰훙 장편 소설

김태성 옮김

社頭三姊妹

민음사

만물의 생기가 왕성한 이 시스템을
나는 고독이라 명명한다.

— 폴 발레리, 「로라」

차례

한여름밤

1호가 잠에서 깨어났다. 흰죽이 먹고 싶었다. 죽음의 예감이 찾아왔다.

모든 게 달라졌다.

공기의 질감엔 해바라기 기름처럼 노랗고 끈적끈적한 주황색이 감돌았다. 침대맡 램프의 색도 변했다. 분명히 하얗게 작열하던 전구가 하룻밤 사이에 어쩌다 폭삭 늙어서 이렇게 누렇고 뿌연 색깔이 된 걸까. 이 거대하고 차가운 가오리는 또 어디서 나타나서 그녀의 몸에 달라붙어 있나. 아, 그것은 밤새 습기를 잔뜩 빨아들인 이불이었다. 침대에 누운 그녀는 눈을 가늘게 뜬 채 별을 세듯 자신의 두 팔에 난 검버섯을 세고 있었다. 수많은 별 같은 점이 가득한 바나나 두 개. 그렇게 세고, 또 셌더니 밤새 별은 열두 개가 더 늘어나 있었다.

서늘한 바람이 불었다. 그렇다, 예기치 못한 서늘한 바람. 어쩌다 이렇게 시원해졌지. 올여름은 아주 길었다. 날씨는 일 년 내내 여름이었다. 그러다가 마침내 더워서 죽기 일보 직전에 서늘한 바람이 불기 시작한 것이다. 맑은 물과 바위 사이에서 흐린 안개가 피어났다. 안개는 길을 가면서 서로 꿈틀꿈틀 뒤섞였다. 정처 없이 길을 가면서 구아버 시장을 지나 구아버 농장을 뒤덮고 셔터우 스포츠 공원을 지나면서 더욱 짙어져 카푸치노 우유 거품이 되었다. 안개는 그렇게 천천히 타이완 중부의 작은 향(鄉) 전체를 뒤덮었다. 기차역에 도착한 뒤엔 역 앞 셔터우로의 작은 골목으로 살금살금 들어가서 1호가 살고 있는 삼합원* 건물로 들어섰다. 안개는 잠시 머뭇거렸다. 이 집은 어딘가 조금 의심스럽다. 아니, 조금이 아니라 매우, 많이. 입구 바닥에 작은 등 하나가 설치돼 있고, 거기엔 악필로 글자 몇 개가 적혀 있었다. 낡은 집은 타일과 벽돌이 깨졌고 대대적인 수리가 필요했지만, 그 외엔 모든 게 깔끔하고 질서정연했다. 아주 깨끗하고, 아주 이상했다. 집에는 나이 든 남자가 살고 있었다. 으어억. 안개는 당혹스러움에 고개를 저었다. 남자가 아니라 나이 많은 여자다. 방금 잠에서 깬 짧은 머리 여자. 셔터우향 전체가 아직 잠들어 있고, 누구도 입을 열지 않았으나 안개는 무수한 소리를 들었다. 이 삼합원에는 말과 언어가 있고, 신음과 탄식이 있고, 고함이 있었다. 벼가 마르지 않았어. 충분히 마르지 않았어. 채소들이 마르지 않았어. 이불이 마르지 않았어. 구아버가 마르지 않았어. 옷이 마르지 않았어. 양말이 마르지 않았어. 기이한 식물들이 수도 없이 자라나 있었다. 꽃향기와

---

* 三合院. 타이완 시골의 일반적인 가옥 형태로 대개 남향이다. 북쪽 한가운데
   본채가 있고 좌우로 객청과 식량창고가 있다.

   화요일

엽맥을 봐선 토종 식물이 아니었다. 안개는 삼합원 담장을 에돌아 밖으로 미끄러져 나왔다. 삼합원의 실내 공간은 이 향진의 일부가 아닌 듯 느껴졌다. 흉가 아닌가 싶었다. 죽음의 기운이 너무 진해서 안에 들어가지 않으려던 안개는 거침없이 불어온 서늘한 바람에 등 떠밀려 마당을 지나 본채의 신명청*을 거쳐 별채까지 도달했다. 창문이 열린 방이 나이 많은 여자의 침실이었다. 안개는 정말로 그 방에 들어가고 싶지 않았지만 어쩔 수 없었다. 이른 아침의 서늘한 바람은 산 너머에서 조금 전 태어났고, 연신 울어 대는 갓난아기처럼 자제력을 잃고서 발버둥질했다. 안개는 바람에 떠밀려 안으로 스며들었다.

그녀는 전등 끄는 걸 잊고 자 버렸다. 그녀는 전기세 생각에 자신의 멍청함을 탓하면서 손을 뻗어 힘껏 플러그를 뽑았다. 어젯밤 침대에 누웠을 때 더위 때문에 정신줄을 놓고 몸부림을 쳤다. 안 돼. 그녀는 두 손을 꽉 움켜쥐었다. 에어컨을 틀면 안 돼. 선풍기도 치워. 그녀 자신을 위해 전자제품 켜는 건 허락할 수 없다. 더우면 또 어떻단 말인가. 잠들면 안 더울 거야. 어서 누워 잠이나 자자고. 염병할, 그만 투덜대. 더워 죽겠다고 이렇게 계속 외쳤는데 왜 죽지 않는 걸까. 죽어야 할 사람들은 대충 살아 있고, 죽으면 안 될 사람들은 모두 죽어 버렸다. 몸을 뒤척일 때마다 피부에서 분출되는 건 땀이 아니라 떨치지 못한 과거의 회한이었다. 지난 일들이 등에 잔뜩 스며 있는데, 그 무엇 하나 증발되어 사라지지 않

---

*　神明廳. 타이완 삼합원 건물 한가운데 있는 대청. 관혼상제가 이곳에서 이뤄지며 각종 신을 모시기도 한다.

았다. 잊히지도 않고 고스란히 남아 있었다. 그녀는 줄곧 잠 좀 잤으면 좋겠다고, 죽었으면 좋겠다고 했다. 하지만 잠은 오지 않았고, 어떻게 죽어야 할지도 몰랐다. 그녀는 바람을 불러들이기 위해 몸을 일으켜 창문을 열었다. 하지만 그걸론 턱없이 부족했다. 바람은 들어올 기미도 없었다. 창틀 전체를 들어내야 들어오려나. 오래되고 잔뜩 녹이 슨 창틀은 그녀의 손아귀에서 으스러지며 사망진단서를 제출했고, 그걸 뜯어내는 건 무덤을 파고 도굴하는 일이나 마찬가지였다. 오래전에 잠든 먼지와 미라처럼 말라비틀어진 페인트, 검은 곰팡이가 낀 죽은 것들, 날아다니는 먼지, 그리고 유령들이 풀풀 깨어났다. 그녀의 눈은 더럽고 어지러운 것들이 시야에 들어오는 걸 허용치 않았다. 빗자루와 쓰레받기, 걸레, 표백제만으로는 부족했다. 물을 한 통 떠다가 걸레와 솔로 침실을 문질러 닦아야 했다. 외벽도 마찬가지다. 더워서 죽을 지경이지만 깨끗이 치우지 않으면 머릿속에 개미가 들끓고, 발밑이 가시방석이 되고, 취침은 아예 불가능할 것이다. 시골은 조용하고 적막했다. 대걸레가 물통에 부딪히고 대나무 빗자루가 땅바닥을 할퀴는 소리에 깬 이웃 사람이 궁금해서 삼합원 안으로 머리를 들이민다 해도, 여기저기를 솔로 문질러 닦는 그녀의 모습에 놀라거나 한밤중에 이게 웬 귀신 꼬락서니냐 하지도 않을 것이다. 그녀는 1호 샤오(蕭) 씨 여자니까. 오밤중에 난데없이 대청소를 하든, 뭔가에 씌어 날뛰든 간에 이 미친 여자가 하는 짓을 이상하게 여길 사람은 없다.

그녀는 어젯밤 몇 시에 잤는지 기억이 나지 않았다. 오늘이 월요일인가, 아님 화요일인가. 창틀과 창유리가 사라진 벽에는 직

사각형의 구멍만 남았고, 그 사이로 안개가 스며들고 있었다.

이 희뿌연 기체는 뭐지? 안개냐? 이건 꿈이냐? 셔터우에 안개가 낀 게 얼마 만이더라?

그녀는 얼른 가오리를 밀치고 일어나 안개를 마주했다. 안개가 그녀의 몸을 잡아당겼다. 인대가 마찰하고 관절이 밀리고 뼈에서 뚜둑 하는 요란한 소리가 났다. 마치 몸속에서 칠면조 떼가 울어 대는 듯했다. 그녀는 안개를 힘껏 밀치고 침대에 조용히 앉았으나 칠면조들은 입을 다물려 하지 않았다.

눈을 비비자 딱딱한 눈곱이 만져졌다. 달걀만 한 커다란 눈곱이 눈초리 주름살 사이에 끼어 있었다. 새 울음소리가 들렸다. 간밤에 새가 방 안으로 들어왔나? 눈 아래가 새알처럼 부어 있다. 그녀는 손가락으로 그것을 가볍게 눌렀다. 그러고는 애써 눈을 크게 떴다.

보였다.

누군가 곧 죽는다.

누군지는 모르지만 확실하다. 누군가가 분명히 죽을 것이다.

그녀는 자신의 예감을 통제할 수도 설명할 수도 없었다. 예감은 계절을 탔고, 불규칙하게 찾아왔다. 믿기 힘들 정도로 더운 여름에 오는 일은 거의 없었고. 그래서 삼합원 앞 땅바닥에 설치된 작은 등은 여름이 되면 대개 꺼져 있었다. 나이 많은 여자는 더위를 핑계로 장사를 접었다. 너무 더운 나머지 땀이 넘쳐 저수이씨*가 되었다. 사타구니는 진흙탕이고 배는 커다란 강이고 다리 사이

는 냄새가 나는 도랑이 되었다. 돈 벌 생각도 들지 않았다. 그러다가 날이 서늘해지면 예감이 찾아올 가능성이 높아진다. 예감은 감정이나 이성의 통제를 받지 않았다. 그것은 일종의 시각적인 소환 같은 것으로, 통상적으로 눈에 뭔가 보이기 시작하면서 뇌 깊숙한 곳의 현을 건드린다. 동시에 짧고 긴급하며 날카롭고 높은 소리가 들린다. 식칼로 도마 위에 놓인 산 닭의 머리를 힘껏 내리치는 듯한 상황이다. 꿈속 풍경이 압력을 받고 다채로운 액체를 분출하면서 시각적인 예감을 짜냈다. 눈앞의 세계에 주름이 생기고 몸에 지진이 일었다. 그러면 그녀는 알게 되었다. 이런 앎은 배워서 얻어지는 지식이 아니었고 언어적 매개도 없었다. 억지로나마 설명해야 한다면, 일종의 이미지 신호를 받는 것과 흡사했다. 그녀는 이런 신호들을 가정이나 학교에서 배운 언어로 전환해서 가장 기본적인 말로 사람들에게 전해야 했다. 혹자는 이것이 신령과의 소통이라고 했다. 그녀는 이것이 신령과의 소통인지, 영(靈)이란 또 무엇인지 알지 못했다. 귀(鬼)나 신(神), 혹은 대자연인지, 혹은 속임수인지 물으면 그녀는 그저 어깨를 으쓱할 뿐이었다. 그녀가 어찌 알겠는가. 탁자 위의 신상은 말이 없다. 그녀는 향과 지전을 태우고 신단에 공물을 바치며 제배를 게을리하지 않았다. 하지만 신들은 그녀와 소통하려 하지 않았다. 그녀는 늘 이렇게 말했다. "내 말을 안 믿는 게 좋아. 나도 당신을 못 돕고, 당신도 나를 못 도와. 하지만 무슨 일이 있어도 훙바오*는 내야 해. 돼지갈비 도시락값

---

*   紅包. 타이완 사람들은 설날 세뱃돈을 비롯하여 온갖 유형의 용돈과 사례비를 빨간 봉투에 넣어서 준다. 훙바오를 달라는 말은 돈을 달라는 뜻이다.

은 벌어야 하거든. 허공에서 고기를 만들어낼 순 없잖아. 나도 먹고살아야지" 그녀는 당당하게 주장했다. 안 그러면 거지꼴을 못 면한다.

　　지금 이 순간, 그녀의 눈이 돋보기안경도 전등도 없이 새벽안개를 응시하고 있다. 눈앞에 기류가 뭉쳐 정체돼 있다. 안과 의사라면 과학적으로 해석해서 그녀의 눈에 약한 백내장이 생긴 상태고, 더 심각해지면 수술을 해야 한다고 할 것이다. 하지만 이건 의학과 상관없는 문제다. 눈앞의 현상은 과학으로 해석할 수 없다. 셔터우 전체를 통틀어 오직 이 오래된 삼합원에서만 일어날 수 있는 현상이다. 안개가 몸을 부르르 떨었다. 그렇다, 안개에겐 형태와 몸과 생명이 있는데 눈은 없었다. 하지만 그녀는 자신이 안개와 서로 마주 보고 있다는 걸 알았다. 안개는 인간이 이곳에서 삶의 터전을 개척하기 전부터 칭수이옌(淸水岩) 산간 지역에 살고 있었다. 그것을 잡히는 대로 한 줌 움켜쥐거나 날카로운 칼로 베어 내면 몇 세기에 걸쳐 생성된 나이테가 보일지도 모른다. 안개는 자기만의 언어를 갖고 있었다. 소리가 없고 사람들 귀에 들리지도 않지만, 짙어졌다 엷어지기를 반복하는 문법이 있었다. 지금 안개는 무척이나 짙었고, 그녀의 몸에서 튕겨 나와 일 미터 정도 거리를 유지하면서 그녀를 지켜보고 있었다. 흡사 경계 태세에 들어간 고양이처럼. 그녀의 눈 주위 근육이 경련을 일으켰고, 눈가의 주름이 스르륵 풀리더니 마침내 눈곱이 바닥에 떨어졌다. 바닥이 온통 깨진 새알투성이였다. 어젯밤 꿈이 머릿속을 스쳤다. 손끝에서 장미 가시가 돋아나고, 속눈썹이 꼬인 톱니 모양으로 늘어지고, 입술 위에 나선형으로 주름이 지고, 복사뼈에서 죽은 살 껍

질이 떨어져 나오고, 겨드랑이털이 스프링처럼 움츠렸다가 팽팽
해졌다. 꿈속의 색깔, 빛과 그림자, 사물, 온도와 소리, 그리고 시
간이 모두 다 떠올랐다. 꿈속의 사물은 벽돌 조각이었고 색깔은
가을날의 누런 낙엽이었다. 차가운 바람이 불었다. 많은 사람들이
소리를 지르고 있었다. 누군가는 울고 누군가는 웃었다. 한 줄기
샛노란 빛. 누군가가 불을 먹고 있나? 차가우면서도 따스했다. 앞
으로 며칠 후다. 이번 주다. 눈앞의 세계가 한 장의 종이로 변해 갔
다. 그녀의 눈앞에 보이지 않는 힘이 있었고, 그 힘이 눈앞의 종이
를 쭈글쭈글하게 구겨 버렸으나 종이는 다시 빠르게 평평하게 펴
졌다.

그녀는 늙고, 시대에 뒤처졌지만 그래도 이런 예감을 현대적
인 말로 설명할 줄 알았다. 현대적인 언어로 표현하자면 그것은
머릿속에 방영되는 영화 예고편과도 같다. 재난 영화든 귀신 영화
든, 미스터리 영화든 어떤 유형의 영화든 간에 누군가가 죽는다.
그 영화는 이번 주에 개봉된다.

끝났다. 누굴까. 어떡하지. 누가 신경이나 쓸까. 될 대로 되라
지. 그녀가 할 수 있는 건 예언뿐이고, 그걸 저지할 힘은 없다. 상
황을 변화시킬 도리가 없다. 어차피 그녀가 가장 아끼는 사람은
이미 죽었다. 이번엔 누구 차례인지 묻지 마라. 그녀도 모른다. 확
실한 건 죽을 사람이 그녀 자신은 아니라는 거였다. 젠장, 왜 내 차
례는 아직도 안 오는 거야. 기다려 보자. 그녀의 갑작스러운 예감
은 전부 주변 사람들과 관련된 것이었다. 누가 죽는 걸까? 그녀 자
신은 확실히 아니다. 그럴 리는 없다. 그럼 혹시 2호일까? 아니면

3호?

　　매번 그렇게 사람이 죽었다. 지난주에는 촌장이 그녀에게 집 앞의 작은 등을 켜 달라고 천번 만번 부탁을 했다. 자기 모친을 데려와서 그녀에게 보이기 위해서였다. 그날 밤 신들을 모신 대청은 더위로 푹푹 쪘다. 신탁 위에 놓인 열 존이 넘는 목각 신상들이 전부 땀을 줄줄 흘리면서 그녀에게 소리쳤다.

　　"제발 부탁이니까 에어컨 좀 켜 줘!"

　　하지만 그녀는 전혀 듣지 못했다. 그녀의 몸에는 아무런 떨림도 전해지지 않았고, 그저 촌장에게 이렇게 말하는 수밖에 없었다.

　　"오늘은 돈봉투가 좀 두둑해야 할 것 같아요. 영업장을 열라고 하셨지만 나는 오늘 영업을 하고 싶지가 않아요. 더워서 죽을 것 같아서요. 안 그럼 에어컨을 틀어야 하잖아요? 젠장. 더워 죽겠네. 방법이 없어요. 내 말 들려요? 전기세가 이렇게 비싼데 어떻게 에어컨을 켜고 살겠어요?"

　　촌장이 고개를 크게 끄덕이자 그녀는 에어컨을 가장 세게 틀었다. 문을 닫고 창문도 닫고 커다란 등도 껐다. 전기를 많이 먹지 않는 식탁 위의 작은 램프 하나만 켜 두었다. 에어컨이 차가운 공기를 내뿜기 시작하자 신탁 위에 놓인 신상들의 얼굴이 곧 편안해졌다. 신탁을 덮고 있는 테이블보엔 세 마리의 수놓은 봉황이 있었는데, 깃털이 더위에 거의 다 떨어져 가던 차였다. 다행히 에어컨이 켜지면서 봉황의 몸이 다시 기운을 차렸다. 촌장 어머니는 휠체어에 앉아 여러 번 재채기를 했다. 신탁 앞에 앉아 차가운 공기와 접촉한 그녀의 배가 꾸르륵 하는 소리를 삼키고 있었다. 촌장 어머니가 열여섯 번째로 재채기했을 때 마침내 그녀는 됐다고, 시작하자고 말했다. 촌장은 순서를 잘 알았다. 문을 열면 꽃들이 엄청 많다. 나뭇잎도 아주 많다. 달빛이 가득 쏟아져 내린다. 손으로 각양각색의 식물들을 어루만지며 닦는다. 대충 하면 안 된다. 진지하게 냄새를 맡고 세심하게 골라야 했다. 몇 바퀴를 돌고 나서야 마침내 촌장은 앙증맞은 초록색 잎 하나를 땄다. 그에게 이것이 어떤 식물이냐고 물을 필요도 없다. 알 리가 없기 때문이다. 식물들은 전부 본 적 없는 외래종이었다. 그는 단지 그 잎사귀가 자신을 향해 손을 흔드는 걸 느꼈을 뿐이다. 신명청으로 돌아온 그는 손바닥을 펼쳐 1호에게 잎사귀를 보여 주었다. 잎사귀를 건네받은 1호는 손바닥에 올려놓고 부드럽게 문질렀다. 잎사귀에서 나온 즙을 혀끝으로 맛보고 고개를 숙여 비췻빛으로 물든 자신의 손금을 내려다보았다. 짧고 다급하게 숨을 쉬었고, 코털이 문어 촉수처럼 삐져나왔다. 음. 잎사귀 맛은 후추처럼 매웠다. 처음엔 약간 쓴 것 같더니 이내 달콤한 맛이 느껴졌다. 그녀는 화급히 눈을 감았다가 다시 크게 떴다. 촌장 어머니가 미친 듯이 재채기를 하자 잎사귀가 날아가면서 눈앞의 세계가 이리저리 구겨졌다. 그녀는 죽음의 신호를 받고는 촌장에게 큰 소리로 말했다.

"며칠 안 남았어요."

촌장 어머니는 귀가 어두웠으나 눈앞에 앉은 여자의 목소리가 워낙 컸기에 순간 얼굴을 찌푸렸고, 눈썹이 움츠러들며 동공이 푹 꺼졌다. 그녀의 아들은 기쁨의 웃음을 참지 못했으나 이내 얼굴 근육을 다스리며 홍바오를 꺼내더니, 고액 지폐 몇 장을 담아 건네고는 흥얼거리는 노래와 함께 휠체어를 밀며 자리를 떴다. 사흘 뒤

화요일

에 촌장의 가족들은 장례를 시작했다. 촌장의 울음소리는 이미 사흘 동안 연습을 끝낸 터라 낭랑하면서도 구슬펐다. 효자 교향곡이 골목을 슬픔으로 물들였다. 1호의 예측은 정말로 정확했다.

삼합원을 찾아와 앞날을 묻는 사람들은 반드시 잎사귀나 꽃잎을 따야 했다. 하지만 그녀 자신에게 갑자기 찾아드는 예감은 잎사귀나 꽃잎이 필요 없었다. 기쁜 것이든 슬픈 것이든, 좋은 일이든 나쁜 일이든, 죽음이든 삶이든 간에 예감은 각기 제멋대로 찾아왔고, 전부 이 삼합원과 관련된 사람들의 일이었다.

이런 게 진정한 예감인가? 만일 누군가 그녀에게 묻는다면 그녀는 꼭 그렇진 않다고 대답했을 것이다. 만약 촌장이 어머니를 모시고 병원에 갔다면, 의사 역시 검사 후에 살날이 며칠 안 남았다고 대답했을 것이다. 하지만 정말로 많은 사람들이 그녀를 믿었다. 삼합원 앞 바닥의 작은 등이 켜져 있는 건 그녀가 영업을 한다는 걸 의미했고, 틀림없이 누군가가 그 대문 안으로 들어섰다. 경기하는 갓난아기를 데리고 온 사람, 가게 이름을 지으려는 사람, 손님이 늘기를 기대하는 국숫집 주인, 성적 나쁜 고등학생, 구아버 풍작을 기원하는 농부, 유권자들의 표를 구하는 정객, 아이를 갖고 싶어 하는 부부, 사랑의 대상을 갈구하는 독신자, 강한 아랫도리를 원하는 사람들이었다. 찾아오는 이들 모두 그녀의 성격을 잘 알았다. 그녀는 절대로 위로의 거짓말은 하지 않았다. 마음속에 있는 말을 있는 그대로 내뱉었다. 좋은 일이건 안 좋은 일이건 전부 다. 사람들의 미움을 살까 두려워하지 않았다. 아무 감응이 없을 때는 홍바오를 받지 않고 손님을 돌려보냈다. 그랬다가 나중에 인연이 있으면 다시 말해 주기도 했다. 부모들이 걸음마를 배우는 아기를 안고 찾아와 열이 끓는다고 소리치면 그녀는 그 자리에서 손님을 쫓아냈다.

"제발 정신 좀 차려. 지금이 어떤 시댄데. 타이완은 건강보험이 아주 싸잖아. 열이 나면 의사를 찾아가야지 나 같은 괴력난신을 찾아오면 어떡해. 가, 가. 거기 계속 서 있지 말고 어서 가라고. 왜? 내가 병원에 전화해서 예약이라도 해 줄까? 아니면 갓난애 학대한다고 경찰에 신고라도 해 줘?"

그래도 억지로 신명청 안으로 들어와서 마구잡이로 잎사귀와 꽃잎을 따던 손님이 화분을 걷어차 넘어뜨렸다. 화원이 외부 사람들 때문에 어지러워지자 격분한 그녀가 냅다 소리를 질렀다.

"이런 씹할, 내가 공부하고 뭔 인연이라도 있어 보여? 그래, 난 여덟 평생을 산다 해도 의대엔 합격 못 해! 고등학교도 제대로 못 나왔다고. 이런 씹할! 셔터우엔 묘당이 수백 군데는 되니까 알아서 찾아가. 제발 나를 찾아오지 말란 말이야! 씹할!"

그녀가 내뱉은 굉음이 열에 시달리던 아이를 깨웠다. 아이는 엄마의 품에서 빠져나와 삼합원 마당을 한 바퀴 뛰었다. 그러고는 부모를 향해 생애 첫 한 마디를 내뱉었다.

"씹할."

아이가 내뱉은 맑고 낭랑한 욕을 들은 부모는 신이 기적을 행하셨다고 생각해 그 자리에서 무릎을 꿇고 그녀를 향해 절을 올렸다.

젠장. 이번엔 또 누가 죽으려나.

어차피 그녀는 죽을 사람을 구하지 못한다. 그녀가 구할 수 있는 사람은 아무도 없다. 많은 사람들이 그녀가 초능력을 지녔다

　　　　　화요일

고 믿었다. 초능력은 무슨 얼어 죽을. 그녀는 그 어떤 것도 막지 못했다. 초능력 같은 게 있다면 이 샤오 씨 여자가 가족도 친구도 없이 혼자서 이 지저분한 삼합원에서 살 리가 있나.

그녀는 옷장을 뒤져 겉옷을 하나 꺼냈다. 어젯밤에는 알몸으로 자고 싶었는데 오늘은 겉옷을 걸치고 싶어졌다. 그녀는 느긋하게 밖으로 나가서 화초에 물을 주고 마른 나뭇잎을 떼어 냈다. 희미하게 안개가 피어오르자, 열대식물 몇 그루가 미세하게 떨었다. 아, 어떻게 갑자기 이렇게 가을이 됐나. 말도 안 되는 소리. 이 타이완섬 중부에 갑자기 웬 가을이냐. 보통 가을이라고 해 봐야 반년 넘게 덥다가 이어서 몇 달 동안 약간 덜 더운 게 타이완섬 날씨다. 애당초 뚜렷한 가을은 존재하지 않는다. 나뭇잎들이 단체로 누렇게 변하지도 않고 산간 지역 봉우리에 빨갛게 단풍이 들지도 않는다. 하지만 바로 이 순간, 여름은 작별 인사도 없이 떠났다. 바람의 성분이 변했다. 갑자기 서늘해졌다. 마침내 에어컨은 휴가를 누릴 수 있게 되었다. 긴 소매와 긴 바지에 얇은 겉옷을 입을 수 있고, 더운물로 샤워할 수 있다. 웃자란 머리칼을 자르지 않고, 먼 곳의 사람들을 생각하기 시작한다. 체감 온도를 문자와 숫자로 확정할 수 있게 된다. 하지만 마음속 미세한 변화는 말로 비유하거나 표현하기 쉽지 않았다. 염천의 끈적끈적한 더위엔 밤낮으로 땀이 났고, 늘 초조한 기분이었다. 초조함은 아주 강렬한 정서였고, 아주 많은 공간을 차지했다. 그것이 다른 감각과 인지 능력을 전부 밀어내는 바람에 그녀의 성질은 늘 숲에 번지는 불 같았고, 입에선 열대의 사이클론이 분출했다. 여름이 떠나자 천지의 온도가 낮아졌다. 몸에서 짜증이 사라지면서 곧 드넓은 공간이 생겨났고 자잘한 감정들이 무수히 솟아났다. 갑자기 누군가가 너무 그리워서 신탁 밑으로 숨어들고 싶었다. 그래봤자 아무 소용 없겠지만. 어제는 거리에 나가서 커다란 그릇 가득 빙수를 사 먹었는데, 오늘은 뜨거운 차를 한 사발 마시고 싶어졌다. 마늘 국수*를 한 그릇 먹고 싶었다. 울 스웨터를 하나 뜨고 싶었지만, 누구를 위해 떠야 할지 몰랐다. 배를 쪄 먹고 싶고, 휴경지에 나가 진흙을 파고 가마를 쌓아서 고구마를 굽고 싶었다. 가장 먹고 싶은 건 행인**탕이었다. 그건 아무나 끓일 수 있는 탕이 아니다. 특히 인공 향료를 써서 아무 맛도 없고 구토나 유발하는 길거리 노점은 절대 아니다. 그녀가 먹고 싶은 건 엄마의 행인탕이었다. 자신은 그 맛이 나게 끓일 수가 없었다. 엄마는 그녀에게 비법을 전수할 기회도 없이 죽었다. 그녀는 엄마의 죽음을 예지했다. 하지만 그때는 누군가에게 말할 수도 없었다. 말을 한들 뭐가 달라질까. 그녀는 아주 어려서부터 자신이 죽음을 막을 수 없다는 사실을 알았다. 어릴 때는 죽음에 대한 개념이 흐릿했고, 할 수 있는 거라고는 우는 것뿐이었다. 두 여동생과 함께 울었다. 다들 울었기 때문에 따라 우는 수밖에 없었다. 바람이 서늘해지던 어느 날, 그녀는 엄마의 행인탕이 몹시 먹고 싶었지만 죽을 때까지 그럴 기회가 없음을 깨달았다. 그 순간에는 오히려 눈물이 나지 않았다. 마침내 죽음의 강력한 힘을 깨달은 듯이. 그녀는 다른 수분으로 몸을 채우려 했다. 콜라나 샤스(沙士) 사이다, 구아버 주스를 잔뜩 마셨지만, 다른 음

---

*　담백한 국물에 다진 마늘과 마늘 즙을 듬뿍 넣어 먹는 셔터우 특유의 음식이다.

**　촘仁. 살구씨의 속알맹이로, 약재로 널리 쓰이며 디저트로도 만든다.

료를 마실수록 행인탕에 대한 갈망은 더 강해졌다. 엄마의 비법은 몰랐지만 엄마가 바닥에 앉아 행인 껍질을 벗기던 모습은 생생하게 기억했다. 날이 서늘허지기 시작하면 엄마는 시장에 나가 행인을 커다란 자루로 하나 가득 사 와서 깨끗한 물에 씻고 냉장고에 넣어 두었다가 다음 날 다시 꺼내서 뜨거운 물에 넣고 불렸다. 그런 다음 손가락 끝마디와 손톱으로 문질렀다. 그러면 껍질이 홀딱 벗겨지면서 갈색 행인이 새하얀 알맹이로 변했다. 빛나는 보석 같았다. 그다음 단계의 기억은 없었다.

가장 먹고 싶은 행인탕 한 그릇을 못 마신다는 것, 그것은 영원한 상실을 의미했다. 그녀에겐 이때가 바로 입추였다.

차가운 바람이 그녀의 목뒤로 미끄럼틀을 타면서 귓가에 대고 외쳤다.

"왜 이렇게 머리를 짧게 잘랐어. 꼭 남자 같잖아."

마침내 여름이 죽었다. 곧이어 그녀는 매주 머리를 자르러 갈 필요가 없고 그러면 돈이 굳는다는 사실을 떠올렸다. 기분이 좋아진 그녀는 서늘한 바람이 멋대로 움직이도록 내버려두었다. 그녀는 2호를 절대 이해할 수가 없었다. 부스스한 곱슬머리가 허리까지 늘어지는 2호의 머리칼은 그녀가 보기엔 무시무시한 쥐덫 같았다. 그 머리칼 안에 살찐 쥐 떼 같은 더위가 갇혀 있는 듯했다. 그녀는 줄곧 커다란 가위를 들고 길을 건너고 싶었다. 몇 걸음만 걸으면 그 긴 머리채를 잡아서 단번에 찰칵 잘라 버릴 수 있을 것이다. 그러면 수천수백 마리의 죽은 쥐들이 쏟아져 내리겠지. 됐다. 그만두자. 생각만으로 그치기로 했다. 그들은 둘 다 아주 오래 전부터 말을 섞지 않는 사이가 됐다. 서로 보기만 해도 머리가 아팠다.

정말로 가을이 왔나? 고양이와 개들이 추위를 타진 않을까?

그녀는 화초들이 물을 충분히 머금었는지 일일이 확인하고 말라 떨어진 잎들을 깨끗이 쓸어 냈다. 이어서 재빠르게 흙을 고르고 잡초를 뽑았다. 시계가 없어서 몇 시인지 알 수 없었지만 사실 필요하지도 않다. 멀리서 개 짖는 소리가 들렸다. 아침 5시 25분이란 얘기다. 얼수이(二水)에서 지롱(基隆)으로 가는 구간 열차가 셔터우에 정차한다. 그 기차 때문에 개들이 짖는 것이다. 화초에 물을 주고 청소를 하고 사료를 준비해야 했다. 알았으니까 그만 짖으라고. 이미 엄청 많은 사람들이 너희를 미워한단 말이야. 더 짖으면 가서 박살을 내 버린다.

떠돌이 개들에게 먹이를 주기 시작한 게 언제부터일까. 기억이 나지 않았다. 어릴 때는 떠돌이 개들이 지금보다 훨씬 많았다. 학교 가는 길에 항상 들개들과 마주쳤다. 피부가 벗겨지고 짓무른 개들은 자전거를 탄 어린애들을 보면 미친 듯이 짖으면서 쫓아왔다. 들개들은 감지력이 뛰어나서 유기견 포획 트럭이 셔터우 안에 들어서기도 전에 자제력을 잃고 미친 듯이 산으로 도망갔다. 들개들도 시골 마을에 떠도는 소문을 듣는 모양이다. 들판에서 그녀들 세 자매를 만나면 개들은 조용히 자리에 주저앉았고, 감히 똑바로 보지도 못했다. 조금 멍청한 개는 꼬리를 흔들었고, 건장하고 용감한 개도 묘당 앞의 돌사자인 척할 뿐 절대 그녀들 뒤를 쫓지 못했다. 그녀들은 너무나 무서운 존재였다. 그녀들에게 시비를 걸었다가는 제 명에 못 죽는다고 했다. 한번은 세 자매가 들판에서 서로 싸우는 들개들을 만났다. 서로 물어뜯어서 피가 낭자하고 뼈가

화요일

드러났다. 세 자매를 본 들개들은 날카로운 이빨을 얼른 입속 깊이 감추더니 꼬리를 내리고는 입을 꼭 다문 채 길을 내주었다.

그녀의 눈이 예감을 얻을 뿐 아니라 삭제의 능력도 갖고 있다는 사실을 알게 된 것도 바로 그때였다. 그녀는 예감을 해석하지 못했으니, 당연히 삭제도 해결하지 못했다. 털이 마구 얽힌 커다란 개가 그녀의 발치에서 꼬리를 흔들었다. 그녀는 쪼그리고 앉아 개를 어루만지다가 책가방에서 과자를 꺼내 먹여 주었다. 개는 그녀의 몸에 대고 신나서 버둥거렸다. 2호와 3호는 날카로운 비명을 지르면서 고약한 냄새가 난다고, 토할 것 같다고 했다.

"닥쳐. 무슨 구역질이 난다고 그래? 귀엽기만 한데."

"너 근시야? 개가 피를 흘리고 있잖아. 네 윗도리랑 바지에도 피가 묻었단 말이야. 개 몸엔 똥도 말라붙어 있어. 아, 냄새! 수백 킬로미터 밖에서도 냄새가 난다고."

"너 미쳤냐! 더 이상 만지지 마. 사람들이 저렇게 보고 있는데, 저 사람들이 할아버지한테 가서 뭐라고 말할지 알아?"

그녀는 고개를 숙이고 개를 살펴보았다. 보이지 않았다. 똥도 안 보이고 피는 애당초 있지도 않았다. 동생들이 멋대로 떠들어 댄 것이다. 그녀가 아는 거라곤 자신의 시야 안에 하얀 풀 같은 커다란 구역이 군데군데 생겼다는 것뿐이었다. 아마도 내가 근시인가 보지.

어느 날인가는 할아버지가 방 안에서 일본 포르노 영화를 보고 있는 걸 목격했다. 화면 속 남녀의 뒤엉킨 몸에 그녀의 눈이 휘둥그레졌다. 남녀의 성기는 희미하게 가려져 있었다. 마치 누군가가 그곳을 스프레이 래커르 칠한 듯 몸 위에 안개가 낀 것 같았다.

그녀는 멍하니 보느라 할아버지의 분노를 알아채지 못했다. 할아버지는 바지를 추켜올리지도 않은 채 곧장 발길질을 했다. 미처 피하지 못한 그녀의 몸이 밖으로 날아갔다. 할아버지, 저는 할아버지랑 그걸 같이 보려던 게 아니에요. 제 눈은 할아버지가 보는 그 영화 화면처럼 저절로 안개를 분사한다고요. 어디서든 안개가 나와요.

여러 해가 지나서야 그녀는 서서히 자신의 시각에 삭제의 능력이 있음을 깨닫게 되었다. 보고 싶지 않은 것, 봐서는 안 되는 것들을 만나면 그녀의 시각이 자체적으로 눈앞의 장면에 안개를 분사했다. 그녀는 이런 현상을 자신의 의지로 통제하지 못했다. 시각이 알아서 스스로 삭제했다. 하지만 이상하게도 먼지나 더러운 오물의 경우, 삭제되는 게 아니라 더 확대되었다. 결벽증은 얼어 죽을. 그것은 원래부터 결벽증 같은 게 아니었다. 더러운 오물들이 그녀의 시야에서 끊임없이 확장되었다. 그러다가 그녀의 눈을 찌르는 게 아닐까 싶을 정도로.

그녀는 개들에게 줄 먹이와 고양이용 통조림을 스쿠터에 싣기 시작했다. 대문 옆에 또 옥수수가 한 바구니 놓여 있다. 혼자서는 다 먹을 수도 없는데, 이렇게 또 한 무더기를 두고 가다니. 그녀는 대문 앞 땅바닥의 등이 그대로 켜져 있는 걸 보고 큰 소리로 욕하고 전기를 낭비한 자신을 저주했다. 전등 덮개 위에는 비스듬하게 문구 하나가 쓰여 있었다. 아빠가 쓴 것이다.

"팔자가 고된 사람은 공짜."

아빠가 세상을 떠나자 할아버지가 전등을 버리면서 말했다.

"장사에 공짜가 어디 있어. 나쁜 자식. 명줄도 짧은 멍청이가.

찾아와서 뭔가를 물으려면 돈을 내야지. 우리는 현금만 받고, 영수증이나 송장 같은 건 발행하지 않아. 절대 환불도 없어. 돈 낼 생각이 없는 놈들은 아예 들어오지도 말라고."

그녀는 등을 몰래 쓰레기통에서 꺼내서 침대 밑 깊은 곳에 넣어 두었다. 여러 해가 지난 후에 다시 꺼내서 건전지를 끼우자 바로 불이 들어왔다. 아빠의 검은 글씨가 전구 빛에 춤을 추면서 호객 행위를 개시했다. 그녀는 아빠의 장사 규칙을 계승했다. 우선 상대가 정말로 고된 팔자를 타고났는지 살핀 후, 말을 줄이고 어떤 명목의 돈도 받지 않았다. 그러면서 절대로 자기 마음속에 있는 말을 내뱉지 않으려 애썼다. 그것은 정말 손톱을 뽑는 듯한 가혹한 형벌이었다.

구구구. 구구구. 구구. 두구구.

아니다.

잉잉잉 혹은 후후후에 가깝다. 동물이 내는 소리를 묘사하는 인간의 의성어는 완벽하지 않다.

들어 본 적 없는 뭔가 기괴한 소리였다.

새 한 마리가 삼합원에서 지붕으로 날아올랐다. 힘이 넘치는 날갯짓으로 안개를 끌어당기며 담장 위에 멈춰 서더니 기다란 부리를 흔들었다. 새는 아래로 머리를 빠르게 흔들며 외마디 소리를 냈다. 그리고 연달아 세 번 혹은 두 번 소리를 냈다.

이어서 새는 삼합원 담장 밖으로 뛰어내려 땅 위의 작은 등 위에 멈춰 서더니, 그녀를 바라보며 계속 노래를 해 댔다. 얼룩무늬 깃털이 빛줄기를 찬란한 황금빛으로 물들였다.

대체 어디서 날아온 걸까. 셔터우에서는 이런 기이한 새는 한 번도 본 적이 없다.

"야, 이 거지 같은 새야. 내가 경고하는데, 그 위에 절대로 똥 싸면 안 돼. 제발 부탁인데, 저리 좀 가면 안 되니. 불을 꺼야 한단 말이야. 고마워."

그녀가 스쿠터 시동을 걸자 새는 다시 날아와서 꺼진 등 위에 앉아 노래를 계속했다. 세 번인가 두 번, 아주 빠르고 바삭바삭한 소리가 귀에 들어와서 그윽하고 아름다운 음악이 되었다.

스쿠터가 골목을 미끄러져 나와 셔터우 도로 위로 올라섰다. 한 떼의 사람들이 기차역에서 출발해 거리를 질주하고 있었다. 한눈에 봐도 외지인들이었다. 그녀는 브레이크를 밟고 시동을 껐다. 세어 보니 열다섯 명은 넘는 것 같았다. 귀신 곡할 노릇이다. 이른 아침부터 외지인들이 기차를 타고 떼거리로 여길 찾아오다니. 관광객일 리는 없다. 셔터우에 무슨 구경거리가 있다고, 게다가 이런 이른 시각에 뭘 보려고. 귀신들도 자고 있을 시각이었다. 사람들은 전부 카키색 외출복을 입었고 등에는 크고 작은 배낭을 메고 있었다. 갈색 모자를 썼는데 다들 소풍에 나선 아이들처럼 들뜬 표정이었다.

안개에 휩싸인 채 도로를 걷는 사람들을 바라보던 그녀는 다시 시동을 걸었다. 그러자 그 괴상한 새가 골목 밖으로 날아와 스쿠터 핸들 위에 내려앉더니 그녀를 향해 울어 댔다. 동그랗게 벌린 입안으로 떨리는 목청이 보였다. 그녀는 구구구 소리로 호응했지만 소리는 전혀 그럴듯하지 않았다. 다시 우우우 하는 소리를 내 보았다. 그녀의 쉰 목소리는 저음이었고 새 울음소리가 아니라 개 짖는 소리 같았다. 새는 더 많은 지저귐으로 그녀에게 대꾸

화요일

했다. 새는 노래하고 사람은 짖으면서 관응을 주고받았다. 말다툼 같은 불협화음으로 이뤄진 이중창에 욕설과 독설이 뒤섞였다.

옆 담벼락엔 '직족상락* 구아버 관광 축제'라는 포스터가 붙어 있었다. 초청 연예인과 인기 배우들의 얼굴이 포스터에 올라 있었다. 그녀는 포스터 문구를 읽고 실소를 금치 못했다.

"하, 슈퍼스타? 다 자잘한 무명 배우들이네. 이름도 못 들어 봤는데 슈퍼스타라니. 진짜 스타들 다 돌아가셨나. 내가 구하기도 전에 다들 가셨네. 나한테 도와 달란 말도 못 하고."

또 한 무리의 사람들이 조금 전 지나간 사람들과 별 차이 없는 복장으로 기차역 쪽에서 오고 있었다. 열심히 주고받는 이야기 속엔 하품 소리가 섞여 있었다.

안개가 서서히 걷히기 시작했다.

어느새 새는 어디로 갔는지 보이지 않았다.

길 건너편에 2호가 서 있었다.

내가 미쳤나, 2호가 이렇게 일찍 일어날 리가 없잖아. 아직 잠을 자지 않은 게 분명하다. 2호는 심각한 불면에 시달리고 있었다.

지금 손에 가위가 들려 있었다면 그녀는 틀림없이 달려가 2호를 붙잡고 그 긴 머리채를 싹둑 잘라 버렸을 것이다. 2호의 긴 머리칼에는 접착성이 있었고, 그것이 새벽안개와 뒤엉키면서 몸 전체가 드라이아이스를 뒤집어쓴 꼴이 되었다. 누가 샤오 씨 여자 아니랄까 봐. 아침 일찍부터 진한 먹구름을 머리에 인 채로 귀신처럼

---

*　織足常樂. 원래 상용되는 관용구는 '知足常樂(족함을 알고 항상 즐거워함)'인데, 셔터우가 유명한 양말 생산지라서 작가가 의도적으로 '知足'을 중국어 발음이 같은 '織足'으로 대체했다.

서서 사람 놀라게 하고 있다.

1호는 계속 새 소리를 흉내 내고 있었다. 구구구 잉잉잉. 구구 잉잉. 잉잉 구구. 죽지 않았다면 이 꼴도 보기 싫은 포스터에 딸의 얼굴도 담겼을 것이다. 딸은 이 무명 연예인들과는 차원이 달랐다.

1호와 2호가 셔터우 도로를 사이에 두고 서로 마주 보고 있었다.

1호가 건너편에서 2호를 소리쳐 불렀다. 목청이 찢어지도록 큰 소리로 외쳤다. 도로 위의 남아 있던 안개가 완전히 달아나 버렸다.

서둘러 길을 가던 외지인들이 전부 걸음을 멈췄다. 난생처음 듣는 이 끔찍한 소리는 대체 뭐냐. 그녀의 목구멍은 모든 것을 태우는 화로였다. 플라스틱, 도기 조각, 깨진 돌, 철사, 폐기된 방직 기계, 양말, 과일 껍질, 옷이 활활 타오르면서 검은 연기와 함께 한마디, 또 한 마디의 고약한 소리를 토했다. 악취를 동반한 파열음에 사람들은 잠시 정신을 잃었다. 그들은 일제히 멍한 표정으로 여기 온 목적도 잊고, 손에 들고 있던 비싼 기자재들을 땅 위에 쿵 내려놓았다.

그녀가 고래고래 외쳤다.

"염병할, 누군가가 죽을 거야. 안 들려? 누군가 죽을 거라고. 네가 아닐 거라곤 장담 못 해. 샤오 씨 여자야, 내 말 잘 들어. 나는 노래를 부르고 싶다고. 내 말 안 들려? 「장미(玫瑰)」 노래를 부를 거야. 샤오, 씨, 여, 자, 야, 난 노래를 부르러 갈 거라고."

 화요일

믿을 수 없는 일이다. 타이완을 통틀어 수백 개의 향진이 있지만, 그중 어떤 향장에게도 이런 능력이 있을 리 없다. 그는 퓰리처 상을 수상한 소설을 오디오북으로 들을 수 있다고 한다.

영어로도? 부디 상황을 제대로 파악해 주길 바란다. 중국어 번역이 아니라 영어 원문 오디오북이다. 그는 《뉴욕 타임스》서평 팟캐스트에서 출연자들이 이 책에 대해 벌이는 열띤 논쟁을 듣고 곧장 인터넷에서 오디오북을 사서 견지하게 경청했다고 한다.

그는 너무 바빴다. 매일 일정이 꽉 차 있었다. 책 읽을 시간이 정말로 없었고, 해결 방안은 틈틈이 오디오북을 듣는 것이었다.

커뮤니티 계정의 최신 프로필에는 그가 무소음 헤드폰을 끼고 있는 사진이 올라와 있었다. 향사무소 비서에게 '샤오 향장이 사무실 책상 앞에 앉아 오디오북을 들으며 향민에게 책 읽기를 독려하는' 광경을 연출하여 사진으로 찍으라고 지시한 것이다. 비서는 그 지시를 받자 눈살을 찌푸리고 어깨를 한 번 들썩한 후 곧장 촬영을 진행했다. 공무원들의 업무 방식에는 구도라는 개념이 없다. 머리는 절반이 잘렸고 얼굴은 비스듬히 기울어졌다. 사진을 한 무더기 찍었는데 쓸 만한 게 한 장도 없었다. 됐으니까 그만둬. 자신이 손수 찍는 수밖에. 다행히 사무실에 도구가 전부 갖춰져 있었다. 휴대폰을 거치대에 세워 놓고 LED 조명을 최고로 높였다. 테이블 위를 정교하게 디자인하고 셔터우 지도를 펼쳐 놓았다. 몽블랑 만년필과 몰스킨 노트, 칸트의 저서와 미국 시 선집, 버지니아 울프, 우밍이(吳明益), 라이허(賴和)의 소설을 펼쳐 놓았다. 책을 단정한 상태로 두면 안 되고 약간 흐트러진 모습이어야 한다. 안 그러면 지금 읽고 있는 책이 아니라 연출로 보일 수 있기 때문이다. 아냐, 이러면 안 돼. 왜 남성 작가가 여성 작가보다 많은 거야. 성별 균형을 잃으면 여성을 혐오한다는 오해를 받을 수 있다. 재빨리 라이샹인(賴香吟)과 요시모토 바나나의 책을 구해서 보완했다. 책들이 향장의 품격을 전달했다. 타이완 본토 의식과 투철한 국가관, 그리고 성평등 의식을 드러내 주는 것이다. 아, 다 됐다. 서가에 트랜스젠더 작가의 책은 없었다. 이러면 젠더 스펙트럼이 다원적이지 못한 것 아닐까? 혹시 원주민 작가의 책이 없는지 찾아 봐. 왜 없지? 아, 다행이다. 휠체어를 타는 작가의 책 한 권을 찾아냈다. 완벽했다. 그의 교통사고와 하반신 마비는 내가 지닌 다원성과 관심의 근거가 된다. 당연히 책상 위 향장의 명패도 사진 안에 담겨야 했다. 그거야말로 자신을 소개하는 포인트이니까. 처음 부임했을 때 전임 향장이 쓰던 명패가 아직 책상 위에 남아 있었다. 두 가지 언어로 향장의 직함과 이름이 박혀 있었는데 '향장'의 영문이 잘못 쓰여 있었다. 'Superviser(관리자)'로 돼

　　　　　　화요일

있었던 것이다. 맙소사. 위아라 할 것 없이 향사무소 전체를 통틀어 오류를 알아챈 사람이 하나도 없었다니. 그런 물건이 사 년이나 자리를 지켰다니. 'Superviser'가 아니라 'Town Mayor'라고 해야 한다. 그는 즉시 새 명패를 만들라고 지시했다. 그 결과 다음 날 곧바로 공장에서 'Town Major'로 표기된 명패가 배송되었다. 미치기 일보 직전이었다. 공장 사람을 따라가서 기술자에게 자신이 보는 앞에서 글자를 새기게 하는 수밖에 없었다. 그는 정말로 모든 걸 스스로 해결하려고 했다. 직접 사진을 찍어야 원하는 질감과 '문학을 비롯한 여러 책을 늘 즐겨 읽는' 이미지를 연출할 수 있다. 잘 찍은 사진을 소프트웨어로 보정했다. 보정도 너무 지나치면 안 된다. 그런 후에 글까지 덧붙여서 업로드 했다. 그는 직접 이렇게 썼다.

"사랑하는 셔터우 주민 여러분, 안녕하세요! 우린 매일의 식사를 거를 수 없습니다. 우리 몸이 자양분을 요구하기 때문이죠. 하지만 우리는 종종 뇌도 자양분을 필요로 한다는 사실을 잊곤 합니다. 사랑하는 셔터우 주민 여러분, 잊지 마세요. 매일 책을 읽어야 우리의 뇌도 충분한 지식의 양분을 받을 수 있습니다. 저는 향장으로서 매일 수많은 회의를 진행하고, 수많은 행사에 참여하여 여러 향민들의 마음의 소리를 들음으로써 여러분의 삶을 풍요롭고 아름답게 합니다. 그런데 며칠 전에 한 귀여운 꼬마 친구가 향장님은 그렇게 바쁜데 어떻게 책 읽을 시간이 있느냐고 묻더군요. 여러분께 알려 드리죠. 이 문제에 대한 저의 방안은 오디오북을 듣는 것입니다. 길을 걸을 때나 조깅을 할 때, 차를 운전할 때, 저는 항상 무소음 헤드폰을 끼고 각국의 문학 작품과 경제 분야의

명저들을 읽습니다. 셔터우 향민 여러분께 다시 한번 알려드립니
다. 지금 셔터우 도서관에서 독서 확대 운동을 펼치고 있습니다.
오셔서 신분증을 제시하고 책을 대출하시는 분은 도서관 프런트
에서 상품 추첨에 참여하실 수 있습니다. 운 좋게 당첨되신 분들
은 이번 주 토요일에 열리는 문화 평등권 공연장에서 저희와 함께
맨 앞줄 귀빈석에 앉아서 다채롭고 아름다운 세계 정상급 공연 예
술을 감상하실 수 있습니다. 우리 모두 함께 책을 읽읍시다. 저 샤
오 향장이 여러분께 다시 한번 말씀드립니다. 이번 주 셔터우의
슈퍼 토요일, 집 안에 틀어박혀 휴대폰으로 넷플릭스만 보지 마시
고 온 가족이 다 함께 출동하셔서 셔터우의 활동을 지지해 주시기
바랍니다. 셔터우가 국제 관광 도시가 될 수 있도록 힘을 모아 주
시기 바랍니다. 여러분 모두 건강하시고 평안하시고 큰돈 버시길
기원합니다.”

　　처음에 그는 추첨으로 사람들을 유인하여 책을 빌려 보게 하
는 데 반대했다. 차라리 낭독회를 개최하거나 작가들을 도서관으
로 초청해서 연설하자는 방안을 제시했다. 글쓰기 대회를 개최해
서 자주적이고 자발적인 독서 환경을 조성하려고도 했다. 하지만
지난 몇 년 사이에 그는 이 유인 전략이 유효하다는 사실을 확실
히 깨닫게 되었다. 애견을 데리고 광견병 예방접종을 하러 오는
사람들에게 수세미를 나눠 주고, 유행성 독감 예방접종을 하러 찾
아오는 어르신들에게 보습 마사지 팩을 나눠 주고, 거리 청소 자
원봉사자로 지원하면 칭수옌에서 무료로 광명등* 점화에 참여할

＊　　光明燈. 신명에게 제사를 올릴 때 사용되는 등으로, 불교나 도교 사원, 묘당,

기회를 주고, 원소절 채가* 활동에 참여하는 사람들에겐 향장의 이름과 얼굴이 인쇄된 장바구니를 선물하는 식이었다. 그는 이런 싸구려 물건을 탐내는 사람이 있을 거라곤 믿지 않았으나, 행사를 진행할 때마다 기념품들은 남김없이 소진되었다. 심지어 향사무소를 찾아와 수세미를 달라고 항의하는 사람도 있었다.

그는 오늘 5시에 일어났다. 휴대폰 알람은 새벽 5시 1분으로 설정돼 있었지만 그는 그보다 빠른 4시 59분에 일어났다. 그는 휴대폰을 확인하고 미소를 지으며 알람이 울리기를 기다렸다. 이는 그가 유학할 때 터득한 능력이었다. 알람 시계는 두 개였다. 하나는 침대맡에 놓인 휴대폰의 기계 시계이고, 다른 하나는 그의 몸에 내장된 생리 시계다. 자기 전에 두 개를 다 맞춰 놔야 했다. 그는 장기간 이렇게 스스로 훈련했고, 불면증도 없었다. 머리가 베개에 닿기만 해도 곧장 온몸이 노곤해지면서 삼 초 안에 꿈나라로 들어갔다. 그는 항상 알람 시계가 날카롭게 울기 이 분 전에 깼다. 그는 이게 초능력이라고 생각했다. 잠자기 전에 자신의 몸과 약속을 하는 것이다. 그는 약속을 중시했고, 하기로 한 건 반드시 실천했다. 하지만 침대 다른 쪽에 누워 있는 아내는 그렇게 생각하지 않았다. 스스로 일어날 수 있다면 왜 굳이 알람을 설정해서 다른 사람을 깨우는지 그녀는 이해할 수 없었다. 오늘 휴대폰은 정확히 새벽 5시 1분에 울리기 시작했다. 아내가 가볍게 몸을 뒤척이면서 못마땅한 듯한 신음을 냈다. 그가 알람 시계를 일부러 방치하자

심지어 천주교 성당에서도 흔히 볼 수 있다.

*　踩街. 설이나 원소절(元宵節)에 사람들이 한데 모여 노래와 춤으로 명절을 축하하는 전통 행사로 중국 남방과 타이완에서 많이 행한다.

그녀는 참다못해 베개를 집어 던졌다.

　　결혼하고 이렇게 오랜 세월이 지났어도 그는 아내를 이해하지 못했다. 침대에서 뒹구는 걸 어쩌면 저렇게도 좋아하는지. 과거 미국 동부에서 석사과정을 밟을 때, 겨울은 무척 춥고 무척 길었다. 그때도 머리맡에 놓인 알람 시계는 새벽 5시 1분으로 설정돼 있었다. 그는 매일 시계보다 이 분 일찍 일어나 재빨리 따뜻한 커피를 한 잔 마시고, 곧장 컴퓨터를 켜고, 책을 읽으면서 필기를 시작했다. 당시 두 사람은 결혼한 직후였고 아내의 생활 습관은 그와 매우 달랐다. 아내가 늦게 자고 늦게 일어나는 유형이라 혹여 잠에서 깰까 봐 음량을 조절할 수 있는 알람 시계를 사서 침대 맡에 놓았다. 새벽 5시 1분에 알람 시계가 가느다란 새 울음소리를 내면 그는 재빨리 몸을 돌려 알람을 끄고 아내의 볼에 가볍게 입을 맞췄다. 지금은 일부러 알람이 울리도록 방치하고 있다. 때때로 아내는 아무 반응도 보이지 않았다. 잠이 깊이 들었는지, 겉으로 티 내지 않고 참고 있는지 알 수가 없었다. 아내는 가끔 차갑고 직접적인 말투로 이혼을 요구하기도 했다. 몇 년째 그러고 있지만, 그러면서도 그들은 여전히 한침대에서 잠을 잔다. 결혼생활의 행복도를 측정하는 법칙 같은 게 있을까? 누군가가 물으면 그는 있다고 대답할 것이다. 바로 '알람의 데시벨'이다. 신혼에는 소리를 작게 낮췄지만 지금은 최대치로 설정한다. 때로는 공무용 휴대폰과 개인용 휴대폰이 손잡고 동시에 날카로운 고함과 진동을 쏟아내기도 했다.

　　오늘은 차를 운전하지 않고 걸어서 가기로 했다. 집에서 향사무소까지는 걸어서 이십 분밖에 걸리지 않았다. 빨리 걷기를 하면

　　　　　　　화요일

서 오디오북을 들을 수 있었다. 몇 분 걷지 않았는데 고양이가 스크래처를 할퀴듯 서늘한 바람이 그의 몸을 스쳤다. 입고 있는 반팔 셔츠는 너무 얇았다. 어쩌다 갑자기 가을이 된 거지? 그는 집으로 돌아가서 옷을 더 입고 나와야겠다는 생각을 했다가 그냥 접었다. 과거 브라운 대학에서 공부할 때, 겨울이 되면 온 교정이 눈으로 뒤덮여도 그는 굳세게 집을 나서서 천천히 걸었다. 그러니 셔터우에서 이 약간의 선선한 바람이 무슨 문제이랴. 당연한 일이지만 브라운이라는 학교 이름은 눈에 보이지 않는 피어싱처럼 그의 혀에 달려 있었다. 이렇게 입학하기 어려운 미국 명문대에서 공부한 사람이 타이완 전체를 통틀어 몇 명이나 되겠나. 일상 대화에서도 그는 애써 혀를 내밀어 그 화려한 장식을 자랑하면서 사람들을 놀라게 했다. 하지만 애석하게도 셔터우 사람들은 그의 보이지 않는 피어싱에 그다지 관심을 보이지 않았다. Brown이라고? 브라운 대학이라고? 그래? 못 들어 봤는데. 사람들은 하버드와 버클리, 예일, MIT 공대 같은 건 알았지만 브라운은 잘 몰랐다. 혀를 내밀수록 사람들의 얼굴엔 의아함만 떠오를 뿐이었다. 뭐라고? Mr. Brown 말이야? 거긴 커피 파는 데 아냐?

안개가 그를 스쳐 가면서 귓속으로 파고들어 몰래 그 소리를 들었다. 영어 낭독임을 알아챈 안개는 재빨리 물러났다. 너무 빨리 몸을 빼는 안개에게 그는 피어싱을 드러내며 물었다.

"너 그거 알아? I went to Brown(나 브라운 나왔어)."

사실 그는 오디오북을 듣고 있지 않았다. 슈퍼 토요일은 정말로 광란의 소용돌이다. 머릿속에 천 가지 업무가 빙글빙글 맴돌았다. 그는 향사무소 공무원들을 전혀 믿지 않았다. 모든 일을 자신이 악착같이 지도하고 감독해야 했다. 그는 할 수 있다. 문제없다. 당연히 모든 걸 다 해낼 수 있다.

슈퍼 토요일에 관해 마음속엔 이미 계획표가 그려져 있었다. 첫째, 장화(彰化)현 보이스카우트 캠프 개막. 둘째, 문화 평등권 순회 공연. 셋째, 직족상락 구아버 관광 축제 야간 활동. 그리고 마지막으로 가장 중요한 건 네 번째였다. 첫째와 둘째, 셋째는 전부 이 넷째를 위해 길을 닦기 위함이다. 다름 아닌, 내년 현장 선거에 출마한다는 선포였다.

어떡하면 이 모든 행사를 토요일에 다 합칠 수 있을까? 미치면 된다.

장화 보이스카우트 캠프는 지난달에 이미 칭수이옌 캠프촌에서 폐막 됐어야 했지만 공교롭게도 태풍을 만나 취소되었고, 각 학교 보이스카우트 재단이 상의하면서 중간고사 기간을 피하려다 보니 정말로 그 기간에 치를 수밖에 없게 되었다.

문화 평등권 공연은 그가 자발적으로 현 정부 문화국에서 쟁취해 낸 프로그램이었다. 그는 타이베이에 여러 번 찾아가서 다양한 문화 단체를 예방하고서야 유명 공연단들의 셔터우 공연 유치를 확정할 수 있었다. 날씨가 방해하는 건 어쩔 수 없다. 태풍이 지나갔는데도 며칠 연속 이상한 바람이 불어 델 줄 누가 알았겠는가. 공연단에선 셔터우 스포츠 공원에 무대를 설치하는 게 불가능하다고 했다. 돌풍이 무대 배경을 다 날려 버릴 수 있기 때문이었다. 극단 일정도 빽빽했다. 곧바로 출국해서 국제 예술 축제에 참가한다고 했다. 정말로 이번 주 토요일에만 셔터우에서 공연할 수 있었다.

구아버 관광 축제는 매년 셔터우에서 성대하게 거행되었다. 벌써 정해진 날짜를 기다리고 있었다.

향사무소 직원들은 이 세 프로그램이 같은 날짜에 겹친다면서 큰 소리로 탄식을 쏟아냈다. 오로지 향장만 문제가 없다고 우기면서 향사무소 인력을 집합시켜 자기 계발 연설자의 자세로 무대에 올라 사람들에게 자신감을 호소하고 있었다.

"우리가 함께 노력하면서 더 많은 자원봉사자를 구하고 셔터우 공동체의 협조를 얻어 낸다면 반드시 해낼 수 있을 겁니다! 상상해 보세요. 행사 당일, 셔터우 전체에 열정과 활기가 넘치는 모습을. 양말 공장은 가판대를 설치해서 재고를 전부 팔아 치울 테고, 구아버도 전부 팔려 나가며, 모든 상점이 활기를 띠고 큰 매출을 기록하게 될 겁니다. 가장 중요한 건 함께 수고하는 모든 동료들입니다. 우리의 이런 수고가 셔터으를 국제적인 관광 도시로 만들고, 나중에는 일본인들과 유럽인, 미국인, 싱가포르인들이 전부 셔터우를 방문하여 타이완에서 휴가를 보내게 될 겁니다. 슈퍼 토요일, 자, 다들 잘해 봅시다!"

그의 미국 생활은 무척 간소했다. 공부와 운동이 전부였고 파티에는 전혀 참석하지 않았다. 술담배도 그렇고 약도 안 했다. 그는 자신의 자제력과 절제력을 굳게 믿었다. 인생에 갈림길이 있어선 절대로 안 된다. 정신을 집중하고 다른 주제로 관심을 돌리는 법이 없었다. 유기농 음식만 골라 먹고 체중을 조절했으며 피부 보습에 신경 쓰고 햇볕에 타는 걸 피했다. 그리고 매일 백 개씩 영어 단어를 외웠다. 그의 유일한 낙은 자기 계발 연설자들의 강연을 듣는 거였다. 이처럼 분발을 우도하는 연설자들은 대부분 남성이었고, 드라마틱한 말투로 자기 인생을 이야기하면서 청중의 긍정적인 사고를 증폭했다. 또한 직장에서의 갖가지 난관을 돌파하여 빛나는 미래를 맞이할 힘과 분명한 성공 법칙들을 제시했다. 그는 특정 연설자 몇 명을 추종했고 곧잘 연설을 들으러 뉴욕까지 갔다. 그는 현장에 온 수백수천 관중의 목소리에 로큰롤 스타의 콘서트가 더해지고, 발수절* 축제처럼 시종 눈물로 홍수를 이루다가 마침내 구원을 얻는 사람들의 모습을 목도했다. 울지 않는 사람은 그 하나뿐이었다. 그는 흥분한 사람들을 차가운 눈길로 바라보고 허벅지를 꼬집으며 자신이 무대 위의 그 화려한 긍정적 언사에 미혹되지 않았음을 확인했다. 겉모습으로는 무척 냉정했지만, 사실 그가 원하는 게 바로 이런 세상이었다. 그는 무대 위에 서서 군중 심리를 조종하고 싶었다. 미혹된 사람들을 이끌어 젖과 꿀이 흐르는 땅으로 인도하고 싶었다. 그는 돈을 내고 자기계발 연설 훈련 캠프에 등록했다. 그곳에서 연설 기교를 단련하고 군중의 감정을 조종하면서 투지에 찬 자신의 여정을 판매하고 긍정적인 에너지를 발휘하는 법을 배웠다. 그랬다. 긍정적인 에너지는 실물이 아니지만, 이를 통한 비즈니스 기회는 무한해서 책으로 인쇄할 수 있고, 디지털로 발행할 수 있고, 옷에 인쇄할 수도 있다. 대량 판매가 보장된다.

그의 아버지는 멀리 셔터우에서 미국 프로비던스까지 와서 졸업식에 참석했고 그가 마침내 박사학위를 취득하게 된 걸 축하

---

* 潑水節. 중국의 다이족(傣族)과 아창족(阿昌族) 부랑족(布朗族), 와족(佤族) 등 소수 민족 사회와 남부 및 해양도서 지역에서 거행하는 신년 축제로, 하루 혹은 이틀 동안 서로 몸에 물을 뿌리면서 건강과 행복을 기원한다.

화요일

했다. 그는 아내에게 미국 생활의 계획을 말하고 싶었다. 미국에서 가장 성공한 아시아 출신 자기 계발 연설가가 되고 싶다고 말할 작정이었다. 하지만 아버지의 명령이 떨어졌다.

"고향으로 돌아가서 향장 선거에 출마해라."

그는 미국에서 배운 연설 기술을 셔터우에서의 첫 번째 향장 선거 유세에 응용하여 직접 영어와 중국어가 혼재된 연설 원고를 썼다. 글의 요지는 '아이비리그 브라운 대학을 졸업한 셔터우의 인재가 고향에 돌아와서 유학을 통해 배운 학문으로 사회 발전에 공헌하며 셔터우에 새로운 국제적 시야를 조성한다'는 것이었다. 자신이 향장이 된다는 건 셔터우의 국제무대 진입을 의미한다는 주장이었다. 그는 연설문 어조의 기복도 정교하게 계산했다.

"저는 이 자리에 계신 훌륭하신 어르신들께서 모두 저희 부친과 잘 아는 사이이심을 알고 있습니다. 저는 성이 샤오 씨이고 에누리 없이 확실한 네포 베이비(Nepo baby)이자 금수저입니다. 부모님 덕분에 높은 지위에서 부유한 생활을 누리고 있죠. 저는 미국에서 배운 국제적 시야를 운용하여 셔터우에 3P, 즉 번영(Prosperity)과 비전(Prospect), 그리고 잠재력(Prospective)을 실현함으로써 셔터우가 아름다운 미래를 향해 나아갈 수 있도록 노력할 것입니다!"

연단 아래에선 그가 무슨 귀신 씻나락 까먹는 소리를 하는지 알아들은 사람이 하나도 없었다. 다들 그저 낄낄 웃을 뿐이었다. 단상 위의 저 후보는 왜 연신 네포인가 뭔가 떠벌이고 있나. 큰 가슴을 가리키는 타이완 사투리 '나이푸(奶噗)' 비슷한데. 연단 아래에서 남자들이 제스처로 여성의 젖가슴을 그리면서 수군댔다.

"가슴은 크고 허리는 가늘고 엉덩이는 빵빵해야 한다는 말이
네."

　무슨 미국 유학씩이나 했다는 후보자가 저런 야한 말을 하
나? 게다가 3P*를 하라고 장려하네. 우리 셔터우가 완전히 해방됐
어. 이런 쓸모없는 술책으로 무슨 향장을 뽑는다는 거지. 아, 저 사
람 틀림없이 당선될 거야. 어차피 성이 샤오 씨니까, 따 놓은 당상
이지. 자네나 나나 다 샤오 씨잖아. 저 뒤에서 졸고 있는 아저씨도
그렇고. 그런데 왜 저 샤오 씨만 양복 차림으로 단상에 올라 향장
선거에 나섰느냐, 이거야. 우리는 구아버 농사를 짓느라 시멘트
포대를 메고 다니는데. 자네 말이야, 왜 알파카 같은 동물을 키우
는 거야? 아아, 저 친구는 아버지가 향장이었으니 고급 샤오 씨지
만 우린 그냥 하급 샤오 씨인 거지.

　샤오 씨 금수저 남자는 정말 순조롭게 향장에 당선되었다. 그
는 지금까지도 향민들이 그를 '가슴 큰 향장'이라고 부른다는 사
실을 모르고 있었다.

　그는 헤드폰을 벗었다. 계속 이러고 있을 순 없다. 내일 기자
간담회가 있다. 걸음을 재촉해야 했다. 연설 원고를 다 외웠던가?

　여러 매체 기자 여러분, 저는 셔터우 향장 샤오다웨이(蕭大
衛)입니다. 다들 장화현 셔터우향에 오신 걸 환영합니다. 먼저 여
러분께 셔터우라는 지명의 유래에 관해 말씀 드리겠습니다. 사
실 한인(漢人)들이 와서 개간하기 전에 이곳은 셔터우라고 불리
지 않았습니다. 네덜란드인들이 점령한 당시엔 타보콜(Tavocol)

---

*　여기서 이 단서는 세 사람이 함께 하는 섹스를 의미한다.

이라 불렸지요. 여러분, 뉴스 원고에 철자를 어떻게 써야 하는지 걱정하실 필요 없습니다. 수고가 많은 우리 비서진이 방금 여러분께 원고를 보내 드렸습니다. 당시 거주하던 주민들은 홍야족(洪雅族)으로, 한인들은 그들을 '번(番)'이라고 불렀습니다. 물론 오늘날의 시각으로 보자면 다분히 정치적이고 부정확한 명칭이죠. 당시 네덜란드인들은 이곳을 '번사(番社)'라고 불렀습니다. 홍야족 우두머리가 이곳에 거주했기 때문에 번사의 우두머리가 산다는 의미에서 나중에 '셔터우(社頭)'라는 지명이 출현하게 되었죠.

걸음을 멈추고 생각해 보니, 이 내용은 꼭 어디서 베껴 온 것 같은 느낌이 들지 않을까 싶었다. 물론 위키 백과사전과 향사무소의 출판물을 참고한 건 사실이다. 안 돼. 이 부분은 수정해야 해. 설명이 충분치 않고 글도 너무 딱딱해. 기자들에게는 이야기를 들려주듯이 말해야 해.

그의 연설은 계속되었다.

이번 주말은 우리 셔터우의 슈퍼 토요일입니다. 여러 가지 대형 행사가 바로 이곳에서 거행됩니다. 맞아요. 타이완 전체를 통틀어 주말이 가장 떠들썩한 곳은 수도 타이베이도 아니고 가오슝도 아닙니다. 파리나 밀라노는 더더욱 아니지요. 바로 이곳 셔터우입니다. 여러분 모두 셔터우에 오셔서 고향의 순박한 매력을 체험하시기 바랍니다. 여러분 혹시 '구아버가 많고 양말이 많고 사장이 많다'는 셔터우 속담을 들어 보셨는지 모르겠습니다. 그렇습니다. 우리 셔터우에는 일찍이 독보적인 글로벌 스탠다드였던 양말 산업이 발전했고, 집집마다 사장을 배출했습니다. 또한 토양이 비옥한 이곳에선 향기롭고 달콤한 비췻빛 구아버가 생산되지요.

저는 예전에 미국 브라운 대학에 유학해서 학위를 취득한 바 있습니다. 당시에 셔터우의 마늘 국수 말고 가장 그리웠던 게 바로 구아버입니다. 오늘 각 매체에서 오신 분들께 셔터우의 구아버를 한 자루씩 증정할 예정입니다. 한 입 드시면 곧장 단골이 되시리라 장담합니다. 수고하신 재배 농민들께 특별한 감사의 인사를 올립니다. 감사합니다, 여러분!

이 대목은 아주 훌륭해! 그런데 지금 길가에 서서 뭐 하는 거지? 사무실에 수많은 공문서들이 기다리고 있는데. 빨리 가자. 세 번째 단락이 이어졌다.

다들 아시다시피 저는 샤오 씨입니다. 우리 셔터우의 역대 향장들은 거의 대부분 샤오 씨지요. 제 부친을 포함해서 말입니다. 여러분과 장화 현지의 재밌는 속담 하나를 공유하고자 합니다. '루강(鹿港)의 절반은 스(施)씨이고, 셔터우에는 무수한 샤오 씨가 산다.'는 말입니다. 루강의 대표적인 성씨는 스이고, 우리 셔터우 사람들은 대부분 샤오 씨지요. 다들 셔터우에 오셔서 '무수한 샤오 씨'들의 활발한 민정을 체험해 보시기 바랍니다!

활발? 이 단어가 적절할까? 열정적이라는 말이 낫지 않을까? 아무래도 '무수한 샤오 씨'라는 말은 빼는 게 좋겠어. 이번 주말에 다들 셔터우에 오셔서 집단적인 열광을 체험해 보시기 바랍니다. 이건 조금 있다가 사무실에서 사전을 찾아보고 결정하자. 활발의 동의어로 또 어떤 게 있더라. 어차피 여기까지 얘기하면 기자들 사이에서 웃음이 터질 테지만 말이야.

위안지로(員集路)에서 방향을 틀어 셔터우로로 접어들었다. 셔터우향사무소에 도착하기 직전이었다. 손목시계를 들여다보니

화요일

아직 시간이 일렀다. 정말로 약간 추워져서 블루 카페에 가서 카푸치노를 한 잔 사기로 했다. 샤오B는 분명 일어나 있겠지? 문자 메시지로 물어봐야겠다.

향사무소 앞에 수많은 사람들이 고여 있었다.

이렇게 이른 시간에? 모든 사람이 기다랗고 큰 전문가용 SLR 카메라를 손에 들고 있었다. 기자들인가? 비서가 시간을 잘못 알려 줬나? 간담회는 내일일 텐데? 상관없다. 걱정할 필요 없다. 그에게 마이크를 주면 삼십 초든 삼십 분이든 세 시간이든 사흘이든 입에서 대영 백과사전이 통째로 흘러나올 준비가 돼 있고, 치아 사이엔 노벨문학상 작품들이 장착돼 있다. 언제든 연설이 가능했다.

그는 셔츠를 팽팽하게 폈다. 어떡하지? 공무용 가방에는 넥타이가 들어 있지 않았다. 양복도 안 입었다. 부임한 지 얼마 되지 않았을 때 그는 매일 양복을 갖춰 입고 넥타이를 맨 채로 업무를 보았다. 그러다가 주민들로브터 그다지 친근하지 않다는 비판을 들었다. 이에 대한 대책으로 가장 좋은 건 커다란 글자로 향장의 이름이 인쇄된 선거용 조끼를 입는 거였지만 당연히 그는 그걸 원치 않았다. 조국에 돌아와서 가장 하고 싶었던 일이 셔터우의 미학적 수준을 높이는 것이었건 그는 눈이 썩을 것 같은 선거용 복장은 절대로 다시 입고 싶지 않았다. 그는 점차 셔츠만 입되 넥타이를 매지 않고 첫 번째 단츠를 푸는 걸로 복장을 조절했다. 다행히 오늘 아침에도 단정한 셔츠 차림이었다. 문을 나서기 전에 세수하고 양치를 하고 로션을 바르고 코털을 깎았다. 거울을 보니 그리 추레한 모습은 아니었다. 그는 전국을 통틀어 어느 향장이 이 시각에 잠에서 깨어 기자간담회를 열겠는가 싶었다. 그가 목표로 하는 다음 단계는 현장(縣長) 사무실이었다. 현장이 되면 더 일찍 일어날 작정이었다.

그는 목청을 가다듬고 말투가 분명한지 확인했다. 집을 나서기 전에 재빠르게 면도를 하고 머리를 매만졌다. 아무 문제 없었다. 바로 어제 머리를 잘랐다. 그는 치아를 드러내고 웃으면서 기자들에게 성큼성큼 다가가 먼저 인사를 건넸다. 그런데 저 멀리서 갑자기 천둥소리 같은 커다란 외침이 들려왔다.

그 소리에는 육중한 무게가 실려 있었다. 마치 궤도를 이탈한 아침 열차가 셔터우로에 부딪힌 것처럼. 물론 그는 열차 기관사가 누군지 알았다. 이런 소리를 낼 수 있는 건 1호뿐이다. 셔터우 사람들 모두 아는 소리였다.

사방의 안개가 열차에 부딪혀 날아가며 급속도로 흩어졌다.

안개가 흩어지자 셔터우로엔 사람도 차도 보이지 않았다. 거리는 드넓고 환해졌다. 서늘한 바람만 느긋하게 거니는 가운데 상가와 주택들은 모두 깊은 잠에 빠져 있었다. 향사무소 앞에 모여 있던 외지인들은 길 위에 한데 뭉쳐 있는 새하얀 물체를 보았다. 기이한 일이다. 하얀 안개 중 일부가 떨어져 나와 길 위에 덩그러니 남은 걸까? 아니면 하늘에서 흰 구름 한 자락이 내려앉아 자리를 잡았나? 다들 눈을 비비면서 다시 한번 보았다. 귀와 입과 네 발이 있었다. 안개도 구름도 아니었다.

이게 뭐래! 셔터우로 한가운데 새하얀 알파카 한 마리가 서 있었다. 이른 아침의 첫 햇살에 곱슬곱슬하고 흰 털이 금빛으로 물들어 있었다.

사람들의 눈빛이 잠시 주춤했다. 그들이 아침 기차를 타고 셔

　　　　　　　　　화요일

터우에 온 목적은 이게 아니었다. 하지만 타이완 중부 시골의 이른 아침, 거리 위에 나타난 한 마리 알파카는 환상적인 피사체가 아닐 수 없다. 이를 촬영하여 사진전에서 대상을 차지하는 자신의 모습을 상상하는 사람도 있었다. 머뭇거림을 떨치고 다들 도로 위로 달리기 시작했다. 그 몇 초의 시간 동안 향장은 기자들이 자신을 찍으러 몰려오는 줄 알고는 또다시 머리를 매만졌다.

하지만 그들은 향장이 안중에도 없었다.

그는 투명인간이었다.

샤오 향장은 하마터면 그들에게 부딪혀 넘어질 뻔했다.

흰 알파카는 사람들이 몰려오는 걸 보고도 전혀 놀라지 않고 그 자리에서 한 바퀴 돌더니 길 한가운데 주저앉았다.

모든 SLR 카메라가 알파카를 조준했다. 셔터우의 화요일 이른 아침, 한 무리의 사진가들이 미친 듯이 셔터를 늘러 댔다. 찰칵 찰칵 셔터 소리가 요란하게 울렸다. 마치 어린애가 유리창에 작은 돌멩이를 던지는 듯한 소리였다. 그리고 셔터우향 샤오 향장이 바로 그 유리창이었다.

FUCK! That fucking alpaca(썹할, 저 망할 알파카)!

물론 그는 욕을 입 밖으로 내뱉지는 않았다. 입 밖으로 뱉어도 되는 말은 훈련을 거친 케임브릿지나 옥스퍼드, 노벨문학상, 바그너 같은 단어들이다. 그의 아내도 그의 입에서 욕설이 튀어나오는 걸 들은 적이 없다. 안 좋은 것들은 몸 안 깊은 구멍에 넣어둬야 한다. 절대 남이 듣게 하면 안 된다.

3

샤오B는 향장의 문자를 받았다.

"굿모닝, 뜨거운 카푸치노 한 잔 부탁해요."

샤오B는 2호가 시끄럽게 하는 바람에 아주 일찍 깼다. 2호는 어젯밤에 또 불면에 시달리면서 어슬렁어슬렁 돌아다닌 게 분명했다. 2호는 정말 둔해서 여기저기 돌아다니면서 의자를 발로 차고 컵을 떨어뜨려 깨뜨렸다. 샤오B는 일어나자마자 방문을 조금 열고 캄캄한 이층 복도를 향해 소리쳤다.

"사장님, 저 안 자고 있어요. 부탁인데 아래층으로 내려가실 때 전등을 좀 켜세요. 이대로는 너무 위험하단 말이에요."

계단에서 2호의 대답이 들려왔다.

"응. 알았어. 나는 네가 깰까 봐 그랬던 거야. 얼른 가서 자."

샤오B의 마음속에 갑자기 '어슬렁거리다'라는 단어가 떠올랐다. 2호가 가르쳐준 말이었다. 셔터우에 오기 전에 샤오B는 타이완어를 한 마디도 못했다. 매일 샤오B에게 타이완어를 조금씩 알려주던 2호는 '어슬렁거리다'라는 단어를 가르쳐 주었다. 그러면서 땅바닥에 엎드려 꿈틀대는 파충류 흉내를 냈다.

"봐봐, 타이완어는 정말 재미있지. 뱀처럼 이리저리 어슬렁어슬렁 기어다닌다는 뜻이야 한가하게 돌아다니는 거야, 알겠니?"

이 여잔 정말 미친 것 같다. 가게 안에 손님이 있다는 생각을 한 적이 단 한 번도 없다. 세상 어느 카페 여주인이 땅바닥에 엎드린 모습을 손님들에게 보이려 할까. 샤오B는 휴대폰으로 2호가 땅바닥에 엎드려 기어가는 뱀 흉내를 내는 모습을 찍었다. 사방으로 흐트러진 긴 머리칼 때문에 마치 바닥에 검은 물을 쏟은 것 같았다. 셔터우 커뮤니티 계정에 올리려다가 다시 생각을 해 보고 그만두기로 했다. 호러 영화 같아서 이걸 보면 커피를 마시러 카페에 오는 손님이 끊길지도 므른다.

샤오B는 빠른 걸음으로 아래층으로 내려갔다. 아래층 가게 문은 이미 열려 있고 2호는 가게 문 밖에 서 있었다. 기다란 머리칼이 바람에 휘날리고 있다. 일찍 일어나더니 왜 저러는 걸까, 길 가는 사람들 놀라게 하는 여자 귀신처럼. 샤오B는 커피 머신을 켰다. 기계를 십오 분 정도 예열하고 원두를 갈고 신선한 전지우유를 준비해야 했다. 샤오B는 이탈리아식 커피 머신에서 나는 각종 소음을 정말로 좋아했다. 그 소리는 잠들었던 카페 전체를 깨우고 테이블과 의자의 허리를 펴 주었다. 먼저 솔질을 해서 커피 잔을 잘 닦아 놓은 샤오B는 녹색 화초에 물을 주었다. 치즈 구아버 케이크가 잠에서 깼지만, 밤중에 소변을 참느라 색이 노래졌다는 말은 차마 하지 못했다. 고양기만 그대로 자고 있다. 전혀 움직임이 없었다.

　고양이 이름은 지미 헨드릭스였다. 샤오B는 꽃과 화분을 얻으러 거리를 지나 작은 골목으로 들어가서 1호의 삼합원에 간 적이 있었다. 1호는 샤오B에게 고양이를 데려다 키울 수 있느냐고 물었다. 아주 멍청한 검은 고양이인데 온몸이 까맣고 발만 희었다. 고양이는 사람들에게도, 인근을 떠돌아다니는 길고양이들에게도 무시당했다. 일본에는 길고양이 카페가 아주 많다며. 너희 카페에서 이 녀석을 좀 데려다 키우면 안 될까? 샤오B는 고양이를 아주 좋아했지만 사장님한테 물어봐야 할 것 같았다. 1호가 눈을 가늘게 뜨더니 명령하듯이 말했다.

　"나는 너한테 묻는 거야. 상황을 분명히 하자고. 너희 사장에게 묻는 게 아니란 말이야. 너희 사장에겐 절대 맡길 수 없어. 그리고 걜 사장이라고 부를 것도 없어. 가게 전체를 다 네가 관리하잖아. 그 집도 옛날엔 흉가에다 꼬라지가 개판이었지. 네가 없었다면 어떻게 가게를 운영할 수 있었겠니. 좋아, 이렇게 하자. 삼십 분 뒤에 가게 문 밖에서 기다려. 내가 고양이를 데려다줄 테니까. 걱정 마. 예방접종은 다 마쳤어. 고양이 이름이 뭐더라……. 난 제대로 읽지도 못하겠네. 영어야. 바로 이거지. 위에 쓰여 있어."

　구겨진 종이 위에 고양이 얼굴과 이름이 그려져 있었다. 샤오B가 참지 못하고 물었다.

　"아주머니, 셔터우의 고양이와 개들을 그렇게 애지중지하신다면 한 가지만 여쭤도 될까요? 왜 삼합원 안에서는 얘들을 못 키우시는 거예요?"

　고양이와 개 이야기가 나오자 1호의 눈빛 속 단단한 돌이 한

순간에 솜사탕처럼 부드러워졌다.

"샤오B, 나는 너를 남으로 여기지 않아. 하지만…… 이건 설명하기가 어려운 문제야. 이해하기도 어려운 일이지. 나도 잘 이해하지 못하거든. 네가 모르는 게 더 나은 일들이 아주 많아."

샤오B는 속으로 생각했다. 말은 신비스럽게 하지만 삼합원 안에서 고양이를 키우지 못하는 건 틀림없이 아줌마의 그 무서운 결벽증 때문인 것 같다.

그리하여 발이 흰 지미 헨드릭스는 카페 안으로 들어와 살기 시작했다. 붙임성이 좋은 고양이는 낯선 얼굴을 두려워하지 않았고, 손님들 허벅지 위에서 자는 걸 좋아했다. 확실히 적잖은 젊은 손님들이 이 검은 고양이를 보기 위해 카페를 찾았다. 하지만 상대적으로 나이가 많은 손님들은 고양이가 싫어해서 낯을 찌푸렸다.

향장이 문 앞에 와서 2호를 향해 고개를 끄덕였다.

"둘째 누나, 굿모닝!"

향장은 최근 매일 이렇게 이른 시각에 찾아와 커피를 한 잔씩 마셨다. 온 눈가에 피로가 번지고 있었지만 허리는 강철 깃대처럼 꼿꼿했다.

떠오르던 해는 주위 건물에 가려졌지만, 햇빛은 여전히 낡은 블루 카페 건물에 닿아 있었다. 거리는 어두웠고, 집 밖을 내다보면 셔터우 전체가 습기를 먹어서 쭈글쭈글해진 오래된 사진 같았다. 2호는 전등을 켠 후엔 꼭 가게 간판 스위치를 올렸다. 블루 카페의 간판이 파란 빛줄기를 분사했다. 간판 아래 서 있는 향장과 2호의 그림자가 파랗게 돋들었다. 파란 두 사람은 예의에 맞는 거리를 유지하면서 말도 하지 않고 서로 쳐다보지도 않았다.

샤오B는 쟁반을 든 채로 문을 열고 나와서 향장에게 뜨거운 카푸치노를 건넸다. 2호에게는 나비콩 차를 건넸다. 두 사람은 문 앞의 긴 벤치에 앉아 여전히 아무 말도 없이 고개만 끄덕이며 각자 차를 마셨다. 2호의 입이 온통 파래졌고, 향장의 윗입술에 묻은 우유 거품도 간판 아래서 기이한 파란 빛을 토했다. 파랗고 차가운 바람이 두 사람 사이에 앉아 있었다. 자기도 차 한잔 하고 싶다는 듯이.

샤오B는 주머니에서 휴대폰을 꺼내 몰래 두 사람의 새파란 뒷모습을 사진에 담았다. 그러고는 내친김에 자기 커뮤니티 계정을 찾았다. 아니, 이게 뭐야? 놀랍게도 단테가 어제저녁에 찍은 영상이 10만이 넘는 클릭 수를 기록하고 있었다. 이게 무슨 귀신 곡할 노릇이람? 샤오B는 계정을 그리 꼼꼼하게 관리하지 않았다. 매일 생각나는 대로 셔터우에서 본 다양한 인물과 사물을 영상으로 찍어 올리면, 클릭 수는 대체로 열 번을 넘지 않았다. 그런데 단테가 어젯밤에 몇 건의 짧은 동영상을 올렸다. 배경은 셔터우향사무소와 구아버 농장, 스포츠 공원 등이었는데, 이 서로 다른 곳엔 같은 종류의 새가 한 마리씩 있었다. 샤오B는 영상을 편집해서 올릴 때 이렇게 많은 조회수를 기대한 적이 없었다.

2호가 입을 열었다. 내뱉은 글자 하나하나가 전부 파란색이었다.

"어떡하지? 우리 언니가 노래를 하겠다는데."

샤오B는 기차를 타고 셔터우에 도착했던 그날, 눈앞에 펼쳐진 타이완 중부 소도시의 풍경을 기억했다. 고층은 없었고 건물들도 듬성듬성 서 있었다. 비가 막 그친 수요일 오후 하늘은 시리도

록 파랬다. 어디로 가야 할지 골라 기차역 바로 앞 셔터우로를 따라 걸었다. 걸으면서 지나는 사람 수를 세어 보았더니 겨우 셋이었다. 정말로 피곤했다. 마침 길가의 오래된 건물 앞에 긴 벤치가 하나 놓여 있었고, 어딘가에 앉지 않으면 그 자리에서 무너져 내릴 것만 같았다.

2호가 문을 열고 나와 벤치 위에 앉아 있는 샤오B를 보았다.

2호가 샤오B에게 처음으로 던진 질문은 이랬다.

"저기요, 실례지만, 말씀 좀 해 보세요. 부탁인데 화는 내지 말고요. 나는 모든 걸 있는 그대로 다 말하는 그런 사람이에요. 한 가지 묻고 싶은데, 남자예요, 여자예요? 제발 화는 내지 마요. 남자라면 사다리에 좀 올라가 줄 수 있을까요? 너무 높아서 그래요. 난 도저히 올라갈 수가 없어요."

요새 2호는 아침에 꼭 나비콩 차를 한 잔씩 마셔야 했다. 원래는 핸드드립 커피였는데 차로 바꾼 지 여러 주 되었다. 그녀는 샤오B에게 나비콩 차를 마시고 싶다고, 밤새 잠 못 이룬 아침에 차를 한 잔 마시면 온몸의 피가 파랗게 변해서 잠을 편히 자게 된다고 말했다. 이 차는 엄마와의 유일한 연결고리였다. 그녀는 늘 차를 마시면서 엄마 냄새를 맡을 수 있길 바랐지만 그렇게 되진 못했다. 엄마는 어떻게 생겼을까? 자신과 닮았을까? 그녀는 열심히 생각한 끝에 나선의 항성계처럼 펼쳐지는 긴 머리칼의 이미지를 떠올렸지만, 이내 잊어버렸다. 그걸로 끝이었다. 최근 그녀는 줄곧 엄마를 생각했다. 긴 머리칼의 엄마를. 온몸이 일그러지고 변형된 엄마. 긴 머리칼에 얼굴이 완전히 가려져 버린 엄마. 그녀는 그 긴 머리칼을 걷어 내고 엄마의 생김새를 분명히 보고 싶었다. 줄곧 그러고 싶었다. 엄마는 파랬다. 엄마의 입에서 흘러나온 피는 빨간색이 아니라 파란색이었다.

자연계에는 파란 식물이 드물다. 블루베리, 포도, 아니, 아니야. 이런 열매들은 자주색에 가깝다. 그녀는 인터넷에서 다이어트에 관한 글을 한 편 찾았다. 모든 식물을 신선한 파란색으로 물들이면 사람들의 식욕이 크게 떨어지고, 식욕을 억제할 수 있다는 내용이었다. 파란 라면, 파란 닭갈비, 파란 피자, 파란 버섯, 파란 개구리, 파란 물고기, 작은 부레관 해파리. 색깔이나 광택은 예쁘지만, 보기만 해도 독이 옮을 것 같다. 그러나 이런 방법은 그녀에겐 효과가 없다. 그녀는 파란 식물을 정말 좋아했다. 파란 햄버거는? 빨리 출시돼라! 스페인에서 살던 몇 년 동안 아래층 아이스크림 가게는 아이스크림 통마다 글자로 맛을 표시해 놓았는데, 파란색 통에는 표시 대신 개구쟁이 스머프의 그림이 하나 붙어 있었다. 그녀는 아이스크림 가게에서 살아 있는 스머프 열 몇 명을 분쇄기에 넣고 간 다음, 우유를 넣고 냉각시켜 신선한 파란색 아이스크림을 만드는 장면을 상상했다. 그 스머프 아이스크림이 도대체 어떤 맛이냐고 물으면 그녀는 이렇게 대답했을 것이다.

"물으나 마나지. 스머프를 즙으로 만든 맛 아니겠어."

나비콩 차는 정말로 파란색이고 인공 색소를 탄 것도 아니었다. 나비콩은 셔터우의 토착 식물이 아니지만 그녀는 어려서부터 이 식물에 익숙했다. 삼합원 정원에는 나팔꽃나무와 대과용(大果榕)나무, 대과등용(大果藤榕)나무, 카리브거미백합, 아테모야, 방울양배추, 판단, 나비콩 같은 기도한 식물들이 많았다. 당시엔 식물 이름을 아는 사람이 하나도 없었다. 단지 잎사귀와 꽃송이, 열매가 기이하고 특이한 데다 분위기나 맛이 이국적이라고 느낄 뿐이었다. 볼일이 있어서 찾아온 사람들은 반드시 수많은 화분 곁을 하나하나 지나쳐야 했다. 그러다가 어느 지점에서 머리가 어지러워지고 특정 식물이 손짓하는 게 느껴지면 꽃이나 잎, 열매를 따서 신명청에 있는 세 선녀에게 보여주어야 했다.

2호의 엄마는 모든 식물의 습성을 잘 알아서 물을 주고 비료를 뿌리고 흙을 고르는 일을 도맡았다. 어떤 식물은 작은 화분에 심어도 되지만, 어떤 식물은 넓은 땅을 필요로 했다. 2호는 엄마의 얼굴을 기억하지 못했지만 엄마가 식물에게 들려주던 노래와 이야기는 기억했다. 인간의 언어가 아니라 종교적인 읊조림이었다. 2호의 엄마는 파란 나비콩 꽃에게 노래를 불러 주면서 몸으로 맑고 그윽한 파란색 향기를 발산했다. 2호가 1호와 3호에게 말했다.

"우리 엄마는 아주 향기로워. 특히 그 파란 꽃들에게 노래를 불러줄 때가 제일이야."

1호와 3호의 두 눈에 물음표가 떠올랐다. 2호는 그 냄새를 자신만 맡을 수 있다는 사실도 잘 알았다. 2호의 엄마는 나비콩 꽃을 따서 차를 만들었다. 차의 색깔은 짙은 파랑이었는데, 여름에는 얼음을 넣어 마시고 날이 추워지면 따듯하게 마셨다. 가장 좋은 건 투명한 잔에 마시는 것이다. 잔 내부는 고요하고 푸르른 바다가 되었다. 파란 바닷물을 담은 보온병을 들고 학교에 가면 같은 반 친구들이 새된 소리를 질렀다.

"무서운 색깔이네! 수채화 붓으로 저어서 만든 거지? 마셔도 돼? 마시면 죽는 거 아냐? 너희 집 정말 이상하다."

샤오B는 정말 대단했다. 2호는 틀림없이 1호가 가르쳐줬을 거라고 추측했다. 샤오B는 가게 이름이 '블루'니까 파란색을 띤 대표 상품이 하나쯤 있어야 할 것 같다고 생각했고, 삼합원에 가

화요일

서 파란 나비콩 꽃을 따서 가게로 가져와 차를 만들었다. 여기에 파란색이 일부분 들어간 별 하늘 치즈케이크도 만들었다. 그리고 파란색으로 물들인 카푸치노 우유도 개발했다. 모든 제품들이 매일 다 팔려 나갔다. 샤오B가 우린 나비콩 차는 블루 카페의 간판 메뉴가 되었다. 색깔과 맛이 2호 엄마의 손맛과 흡사했다. 그녀는 맑고 그윽한 향이 나는 차를 처음 한 모금 마시고 나서 미친 듯이 울어 댔다. 샤오B가 손님들이 놀란다면서 위층으로 데리고 올라 갈 때까지 계속 울었다. 그녀가 울면서 소리쳐도 아무 상관 없다. 그녀가 샤오 씨 여자라는 건 셔터우 전체가 다 아니까.

정말 생각지도 못한 일은 샤오B가 그녀와 함께 이 셔터우의 오래된 집에서 살게 된 것이다. 일층은 카페로 쓰고 이층에 칸막이를 설치해서 두 사람의 방으로 쓰고 있다. 맨 처음 샤오B의 냄새를 맡았을 땐 강렬한 남자 냄새가 느껴졌다. 눈앞에 있는 이 지나치게 마른 젊은이는 몸 안팎으로 자신의 면적을 완전히 포기하고 한 남자에게 점거당해 자신의 냄새를 완전히 상실한 상태였다. 지나치게 강렬한 냄새가 샤오B의 몸에서 계속 발산되면서 2호의 면전에서 완전한 남자 냄새의 육체를 형성했다. 그녀는 참지 못하고 말을 해 버렸다.

"수염을 좀 길렀고 머리 스타일이 좀 느끼하네. 제법 잘생긴 얼굴이고. 양복을…… 입었나? 어, 결혼을 하네. 신부는 네가 아닌데. 왜 너 자신을 이런 꼴로 만들었어? 이 정도는 길 가다가 얼마든지 볼 수 있는데. 잠깐, 냄새도 맡아지고 눈으로도 보인다. 거시기가 아주 크네. 어쩐지, 진작 얘길 하지. 너는 이런 남자를 좋아하는구나. 하하."

샤오B의 얼굴에 놀라움과 두려움이 떠올랐다. 아무것도 말하지 않았는데 어찌 된 일인지 눈앞에 있는 이 중년 여자는 다 꿰뚫어 보았다. 그녀는 자신도 젊었을 때 틀림없이 이런 꼴이었을 거라고 생각했다. 너무 멍청해서 큰 걸 좋아했다. 없어지면 다시 찾으면 그만인데. 젊은 사람들은 정말 멍청하다. 사랑 같은 거 못한 대도, 그게 뭐 별건가. 어쩌다 셔터우로 오게 된 걸까. 이곳엔 그녀를 사랑할 사람이 없었다. 그녀가 샤오B에게 말했다.

"갈 곳 없어요? 우리 집 위층에서 살래요? 빈방이 있거든요. 방세를 낼 필요도 없어요. 이 아줌마는 가진 게 돈뿐이니까."

인생은 정말 부조리했다. 그렇게 많은 남자가 그녀와 함께 살면서 함께 늙어가고 싶다고 했지만 결국은 어떤 남자도 그녀와 함께 살지 못했다. 하지만 샤오B는 남자도 아니고 여자도 아니기 때문에 입을 열어 물어 볼 수 있었다. 샤오B가 남자였다면 조용히 죽여 버렸을 것이다. 그녀는 이미 남자를 여럿 죽였다. 피곤했다. 더 이상 죽이고 싶지 않았다.

처음으로 그녀를 아내로 맞으려 했던 남자는 물리학과 학생으로 그녀보다 두 살 위였다.

그녀는 열여덟 살에 셔터우를 떠나 타이베이에서 대학에 다녔다. 사실 딱히 공부를 할 생각은 없었지만 공부는 고향을 떠날 수 있는 가장 당당하고 멋진 수단이었다. 그렇다, 공부는 수단이었다. 그녀는 세 자매 중에서 공부를 가장 잘해서 1지망인 장화 여고에 합격했다. 매일 기차를 타고 장화시로 등교해야 했다. 통학하는 길에 그녀는 자신이 그렇게 못생기진 않았다는 사실을 알게 되었다. 수많은 남학생들이 그녀를 보면 몸에서 강렬한 감정의 냄새를 뿜어 댔고, 그녀의 책가방엔 늘 연애편지가 끼워져 있었다. 그녀는 이런 남학생들을 상대할 시간이 없었다. 정말 열심히 공부해야만 했다. 공부는 진정한 수단이었다. 타이베이에 있는 대학에 합격하면 드디어 셔터우를 떠날 수 있다.

마침내 타이베이 도착하여 개학하던 첫날, 선배들이 그녀를 열렬히 반겼다. 한 명도 아니고 무려 열 명이었다. 그녀는 거울을 보면서 눈이 휘둥그레졌고 의아해했다. 대도시에 왔는데도 내가 여전히 예뻐 보이나? 왜 할아버지는 그녀들 셋 다 못생겼다고 그렇게 흉을 봤을까. 그녀는 남학생들을 만나면 돈을 절약할 수 있다는 사실을 알게 되었다. 선배들이 밥을 사 주었고 저녁에는 적지 않은 남학생들이 기숙사르 야식을 보냈다. 덕분에 그녀의 룸메이트는 야식을 대대적으로 즐겼다. 닭튀김과 로미,* 동산오리머리,** 약재와 함께 찐 갈비 같은 것들. 다들 그녀의 외모를 부러워했다. 하지만 그녀는 이런 남학생들과 식사만 했지 손을 잡거나 다음 단계로 들어가진 않았다. 그녀는 남학생들 몸에서 나는 냄새가 매일 저녁 먹는 야식 냄새처럼 잡다하다고 생각했다.

물리학과 선배는 그녀의 첫 번째 남자 친구였다. 수업을 같이 들었는데, 오페라 개론이었다. 교수님이 전등을 끄고 오페라 동영상을 틀어 주면 강의실 전체가 잠든 묘지가 되었다. 그녀와 교수님만 살아 있었다. 물리학과 선배는 지각을 해도 굳이 그녀 옆자리에 와서 앉았고, 오페라는 보지 않고 그녀만 쳐다보았다. 그가

---

* 滷味. 손님이 식재료를 고르면 식당에서 볶아 주는 요리를 가리킨다.

** 東山鴨頭. 오리의 머리를 각종 약재와 간장 양념으로 찐 요리이다.

푸치니의 소프라노의 엄호를 받으며 그녀에게 말했다.

"네 눈은 깊은 바다 같아. 그 안으로 들어가고 싶어. 다이빙해서 뛰어들고 싶어."

그녀는 웃었다. 이런 헛소릴 하는 사람이 진짜 있네. 옆에 앉은 남학생의 냄새는 맑고 상쾌했다. 그녀는 심호흡을 해서 그의 가족 냄새를 맡았다. 그는 미국에서 태어났고 집은 안허로(安和路)의 비싼 고급 주택단지에 있었다. 아빠 엄마 둘 다 금융업에 종사했고 부귀한 운명을 갖고 태어나 고생을 몰랐다. 고뇌도 근심도 없었다. 샌프란시스코엔 그의 명의로 된 집도 한 채 있었다. 안허로가 어디야? 룸메이트에게 물었다. 끝내주는 고급 주택단지야.

물리학과 선배와 사귀기 시작하고 몇 달이 지나 그녀는 반지를 하나 받았다. 셔터우에서 온 여자가 티파니가 뭔지 알았겠는가. 아무것도 몰랐던 그녀는 파란색 작은 함을 받고는 좋다고, 졸업과 동시에 결혼하자고 말했다. 멍청한 일이었다. 상대 부모도 만나지 못했는데, 천진하게 졸업만 하면 곧장 학교 기숙사에서 안허로 혹은 샌프란시스코로 들어가서 살 수 있을 거라고 생각했다. 어느 날 저녁 물리학과 선배가 기숙사로 전화를 걸었다. 아래층으로 내려오라고 했다. 저 멀리 커다란 반얀나무 세 그루가 있었고 그녀는 그 냄새를 맡았다. 그녀가 큰 소리로 외쳤다.

"가까이 오지 마요!"

세 그루의 반얀나무가 미세하게 기근*을 움직였다. 매일 밤

---

* 氣根. 땅속에 있지 않고 공기 중에 노출되어 있는 나무뿌리를 일컫는 말이다. 반얀나무는 기근이 아주 많다.

학교 교정에선 연인들이 서로 손을 잡고 있다가 헤어지곤 했다. 나무는 그런 광경을 너무 많이 보았다. 하지만 이 여학생은 달랐다. 남학생이 가까이 다가오는 걸 허락하지 않았다. 여학생은 나무 하나를 골라 꼭 끌어안더니, 30미터쯤 떨어진 곳에서 남학생이 우는 소리를 들었다. 그녀는 울지 않고 냄새만 맡았다. 이해했고, 수용했다. 그녀는 상대방 부모에게서 풍기는 분노의 냄새를 맡았다. 셔터우 냄새도 났다. 알고 보니 그들은 셔터우에 갔던 것이다. 흥신소를 거칠 필요도 없이 길거리에서 묻기만 해도 다 알 수 있었다. 그녀는 그 괴상한 삼합원 출신이었고 태어나는 날부터 저주받았다. 반얀나무가 기근을 늘어뜨리고 그녀의 어깨에 기대 따스한 공기를 발산하면서 그녀를 안았다. 나무는 이 교정에서 몇 년을 보냈을까? 나무 자신도 잊고 있었다. 하지만 처음으로 인간이 나무의 냄새를 맡고 있었다. 나무는 기체의 냄새로 그녀를 밤새 안고 있었다.

물리학과 선배는 다 울고 난 후에 떠났다. 그때 사라진 뒤로 다시는 보이지 않았다. 들리는 소문에 의하면 미국 뉴욕 대학으로 유학을 갔다고 했다.

그녀는 물리학과 선배의 부모에게 크게 감사했다. 그들은 그녀로 하여금 모든 걸 철저히 깨닫게 해 주었다. 안허로로 간다고? 샌프란시스코로 간다고? 남에게 의지할 생각을 하면 안 된다. 의지할 수 있는 건 자기 자신뿐이다.

대학을 졸업하고 미국계 회사에 들어간 그녀는 샌프란시스코로 출장을 가게 되었다. 타이베이에서 그녀와 함께 출발한 사장이 한밤중에 그녀의 방문을 두드렸다. 현지 회사의 사장은 계약서에 사인을 하면서 줄곧 그녀의 가슴만 쳐다보더니, 호텔 바에서 쉴 새 없이 술을 권했다. 그녀는 그런 남자들의 냄새를 극도로 혐오했다. 이른 아침 산책을 하러 나왔던 그녀는 천천히 조깅하던 한 남자와 부딪혀 넘어지고 말았다. 남자의 땀 냄새에는 녹차 향이 담겨 있었다. sorry, sorry를 연발하는 목소리에서 그의 부모 냄새는 나지 않았다. 그는 얼마 전에 오래 교제했던 여자 친구와 헤어진 터라 외로웠다. 곧 연봉이 오를 예정이었다. 마음이 선량한 그는 섬에서 여가를 보내는 걸 좋아했다. 이틀 후 사장이 또 깊은 밤에 호텔 방문을 두드렸다. 이번에는 문을 열어 주었다. 그리고 두 손으로 받쳐서 사직서를 내밀었다.

"저한테 청혼한 사람이 있어서요. 바이바이!"

돌이켜보면 정말 순진한 나날이었다. 처음엔 이렇게 샌프란시스코에서 편안하게 살면서 셔터우를 잊게 될 줄 알았다. 그 몇 년 동안은 캘리포니아에서 평안하고 안정된 생활을 누렸다. 두 사람은 서로 사랑에 빠져 있었고, 여기저기 여행을 다니고 고급 주택가에 집도 마련했다. 달콤한 아메리칸드림이었다. 토요일이면 정원에서 바비큐 파티를 열고, 결혼기념일도 축하했다. 그 누구도 두 사람이 처음 만난 지 한 시간도 되지 않아 침대로 뛰어들었고, 그날 바로 결혼하기로 마음먹었다는 사실을 믿지 못했다.

어느 청명한 가을날이었다. 남편은 조깅을 하러 집을 나서더니 그 뒤로 돌아오지 않았다. 그녀는 가서 남편의 시신을 확인해야 했다. 경찰은 지금 도주한 차량을 추적하는 중이라고 했다. 1호와 3호에게 전화를 하고 싶었다. 하지만 그녀는 셔터우 고향집의 전화번호를 애써 잊으려고 노력했었고, 온갖 서류를 뒤지고 여러 차례 전화를 걸었지만 그 일련의 번호는 좀처럼 기억나지 않았다.

장례를 마친 후 그녀는 샌프란시스코에서 살 수가 없었다. 도처에 죽은 남편 냄새가 남아 있었다. 셔터우로는 정말 돌아가고 싶지 않아서 스페인으로 이주하기로 했다. 두 사람은 스페인 마요르카섬 해변에 휴가를 보내기 위해 작은 집을 한 채를 사 두었다. 매년 여름이면 그곳에 가서 한 달씩 묵었는데, 이제는 그녀 혼자 이사해 들어가게 되었다.

몇 달 후, 수염을 길게 기른 스페인 남자가 해변에서 무릎을 꿇고 그녀에게 청혼을 했다. 그녀는 그의 몸에서 풍기는 냄새를 맡았다. 뜨거운 열기가 분출되고 있었다. 그녀는 심호흡을 했다. 아, 그 냄새는 일련의 전화번호였다. 그녀가 대답을 하든 말든 상관없이 그는 잠시 후에 마드리드에 있는 자신의 모친에게 전화를 걸 것이다. 어렸을 때 남자와 그의 어머니는 너무 가난해서 한동안 길거리에서 살았다. 그 순간 그녀는 마침내 셔터우의 전화번호를 기억해 냈다. 남자는 울면서 달려가 마드리드로 전화를 걸었고, 여자는 셔터우로 전화를 걸었다. 받은 사람은 1호였다.

"여보세요."

1호의 목소리는 여전히 거칠고 날카로웠다. '여보세요' 한 마디에 여러 해 동안 쌓인 2호의 귀지가 진동을 이기지 못하고 기어 나왔다.

"나야."

"누구라고? 죽은 줄 알았잖아."

"집안은, 그러니까 내 말은, 다들 잘 지내지?"

"망할 년. 과연 그럴까? 우리가 잘 지냈을 리가 있을까? 개뿔."

3호가 전화를 가로챘다.

"여보세요, 여보세요. 너구나? 어디야? 어떤 사람이 네가 미국으로 시집갔다던데, 한 마디 말도 없이, 청첩장도 안 보내고. 어떻게 전화도 안 한 거야?"

"난, 갑자기 생각이 나서 건 거야."

"응, 미국에 있는 거야?"

"나…… 스페인에 있어. 그러니까 그게, 다음 주에 결혼하려고."

"스페인에? 결혼한다고? 너 쌴마오* 연기라도 하는 거니?"

3호의 말은 틀리지 않았다. 그녀는 정말 쌴마오를 연기하고 있는 거나 다름없다. 몇 년 동안 좋은 세월을 보내고 나서 그녀는 캘리포니아의 집을 처분했다. 1호와 3호를 스페인으로 초청해서 작은 섬을 구경시켜 주고 싶다는 말을 할까 말까 망설였다. 세 자매가 이렇게 오랫동안 못 봤는데, 작은 섬엔 아름다운 지중해 식물이 아주 많으니 그걸 가져다 삼합원에 심는 것도 좋을 것 같았다. 특별한 날 저녁이면 그녀와 수염 난 남자는 외출해서 식사를 하고 함께 부두를 산책했다. 바다 수면 위로 온통 야광 수초들이 나타나 수정처럼 영롱한 파란색 빛줄기를 발산했다. 그녀가 수염 난 남자에게 말했다.

---

*　　三毛. 타이완 여성 작가로 본명은 천핑(陣平)이다. 유복한 가정에서 자랐지만 획일적인 학교 교육에 적응하지 못해 가정교육을 받았다. 스물네 살부터 세계 각국을 떠돌기 시작했고, 1973년 북아프리카 서사하라에서 스페인 남자와 결혼해 정착했다. 1979년 남편이 잠수 사고로 세상을 떠난 후 타이완으로 돌아와 대학에서 강의하면서 집필과 강연 활동을 병행하다가 세상을 떠났다.

"우리 타이완에도 저런 식물이 있는 것 같아. 파란 눈물이라고 부르지."

수염 남자는 그 말에 놀라며 너무나 아름다운 이름이라고 말했다. 그러면서 물속에 뛰어들어가 한 줌 따다 주겠다고 했다. 안 그러면 결혼기념일에 그녀에게 뭘 선물했는지 아무도 모를 거라고 했다. 그녀는 저지하지 않았고, 수염 남자는 정말로 바닷물에 뛰어들었다가 다음 날이 되어서야 건져져 올라왔다.

세 번째 남편의 사망 소식을 접하고서야 그녀는 비로소 할아버지가 그해 했던 말이 전부 진실이었다는 걸 스스로 인정하기 시작했다.

"너희 세 자매, 샤오 씨 여자 셋은 부모 잡아먹고, 남편도 잡아먹을 팔자야. 파격에, 살별*이야."

세 번째 남편은 핀란드 사람이었다. 그는 스키를 타다가 눈사태를 만났다. 북국에서 장례를 지낼 때 경찰 하나가 찾아왔다. 그녀는 속으로 생각했다. 왔군. 마침내 경찰이 그녀가 서로 다른 세 나라에서 세 번 결혼을 했고, 세 남편 모두 이상한 죽음을 맞았고, 세 사람 모두 적지 않은 유산을 남겼다는 사실을 알아낸 것이다. 혐의점이 너무 많아 그녀를 잡으러 온 것이다. 끝났다. 이 상황을 어떻게 해결할 것인가. 자신의 출신을 솔직하게 말할 수 있을까.

"헬로, 저는 타이완 장화 셔터우에서 왔어요. 샤오 씨 집안의 항렬로 2호에 해당하는 여자예요. 다들 제가 태어나던 날 하늘로

---

* 掃帚星. 중국 전통 문화에서 흔히 볼 수 있는 재난의 상징으로, 액운을 몰고 오는 사람을 의미한다.

부터 저주를 받았다고 했어요. 평생 남편 잡아먹을 팔자라고요. 하지만 믿어 주세요. 저는 사람을 죽이지 않았어요.”

　　경찰은 핀란드 남편의 대학 친구였다. 근무하던 중에 친구가 사망했다는 소식을 듣고 제복을 입은 채로 달려 왔다. 경찰은 그녀를 잡으러 온 게 아니라 그녀의 미모에 사로잡혀서 온 거였다. 그녀는 경찰의 몸에서 나는 연애의 냄새를 맡았다. 그는 심취한 표정으로 그녀의 긴 머리칼이 너무나 아름답다고 칭찬을 늘어놓았다. 그녀는 바로 머리를 자르고 앞으로는 낮이나 밤이나 선글라스를 끼고 다니기로 마음먹었다. 연쇄살인은 이제 손을 떼야 했다. 옛날 물리학과 선배가 했던 말이 옳았다. 그녀의 두 눈은 정말 깊은 바다여서 그것을 들여다본 남자들은 당장 잠수하고 싶어했다. 산소통도 없이 자연 잠수로 조용히 죽음을 향해 가는 것이다. 장례를 마치고 손님을 보내고 나서 세 남편을 연달아 죽인 연쇄살인범은 혼자 집 뒤의 숲속으로 갔다. 오로라가 하늘에서 모던 댄스를 추고, 매일 그녀에게 아침 인사를 건네는 북국의 소나무 군락이 미세하게 바스락거리며 냄새를 실어다 주었다. 어라? 감긴가? 코가 얼어 버렸나? 왜 구아버 냄새가 나지? 혀를 내밀자 눈꽃이 혀 위에 눈사람처럼 쌓였다. 혀를 거두자 눈사람은 입안에서 녹아 구아버 주스가 되었다. 정말이다. 부드럽게 숙성된 구아버를 짜낸 달콤한 과즙이었다. 아, 셔터우가 핀란드에 왔다. 나는 어쩌다가 이 설국 북극권의 작은 마을에 와 있게 된 걸까. 이곳 인구는 셔터우보다도 적었다. 그녀는 순진하게도 자신이 세계의 끝에 도달했고 셔터우가 자신을 찾아내지 못할 거라 믿었다. 그녀도 셔터우를 잊었고 그때부터는 아무 일 없이 평안할 거라고. 그런데 고

　　　　　　화요일

향이 몰래 자신을 쫓아왔다. 그것이 결국 찾아와서 이 숲을 점령하고 있다. 그녀는 포기했고 지쳤고 더 이상 도망치고 싶지 않았다. 그녀는 삼합원에 전화를 걸었다. 3호가 전화기에 대고 큰 소리로 외쳤다.

"얼른 돌아와! 셔터우에 아주 큰일이 일어났단 말이야!"

"그래? 무슨 일인데?"

셔터우에 무슨 큰일이 일어날 수 있을까?

"큰언니가 임신했어! 곧 새끼를 낳는다고!"

파란 차를 다 마시자 벤치 반대편 끝에는 아무도 없었다. 향장은 언제 자리를 떴나. 샤오B가 재킷을 걸치고 벤치에 앉으며 그녀와 자리를 함께했다.

"리필 해 드릴까요?"

그녀는 고개를 가로젓고 잠이 오기를 기다렸다. 샤오B는 정말 세심하다. 얼마 전까지 파란 차는 계속 차가웠는데 오늘 아침엔 갑자기 가을 기운이 덮쳤다. 잔 속의 푸른 바다에서 온기가 피어올랐다. 차를 다 마실 때까지도 잔이 따스했다.

"안 주무세요?"

"잤어. 조금 자긴 했지. 막 잠이 오려는 차에 바람이 서늘해지더라고. 아주 잘 잘 수 있을 것 같았어. 그런데 갑자기 이상한 냄새가 나는 거야."

그 사람들은 셔터우에 첫 기차를 타고 도착했을 것이다. 발소리가 도착하기 전부터 그녀는 냄새를 맡았다. 한 무리의 외지인들이 값비싼 기자재를 잔뜩 짊어지고 있었다. 몸에서는 진하고 강한 흥분의 냄새가 발산되고 있었다. 그다음에는 깃털 냄새를 맡았고, 이어서 부리와 새의 발냄새가 났다. 두 번째 무리는 첫 번째 무리가 지나가고 후 얼마 지나지 않아 나타났다. 두번째 냄새가 더 진하고 무거웠다. 콧속이 새장이 된 듯했다. 구구구. 구구구. 구구. 구구구. 시끄러워 죽겠다. 몸 전체가 조류 생태 공원이 되었다. 본 적도 없는 새들의 울음소리가 왜 몸 안을 맴돌고 있는 걸까. 그녀는 잠을 잘 수가 없었고, 아래층으로 내려가서 알아봐야 했다.

그녀는 샤오B에게 자주 자신의 후각이 남다르다고 설명했지만, 정확히 표현할 길이 없었다. 그녀는 냄새로 대자연과 대화할 수 있었다. 나무, 꽃, 구름, 바람, 바다, 강, 흙이 그녀에게 냄새를 보냈고, 그녀도 자신의 몸 냄새로 호응했다. 오늘 안개는 경고의 냄새를 담고 있었는데, 그녀가 그걸 이야기하기도 전에 1호 때문에 놀라 도망쳤다. 인간의 존재는 뼈와 피, 살과 장기로 이뤄진다. 영혼과 정신의 상태와 분위기는 과학으로 측량하기 어렵다. 하지만 그녀는 어려서부터 자신의 세계 속에선 후각이 우선이라는 걸 알았다. 인간은 냄새로 이뤄진 존재였으며, 몸은 그릇이고 갖가지 냄새를 수용할 수 있다. 이 그릇이 밀봉되지 않으면 언제든 냄새가 밖으로 새어 나온다. 퍼즐이라는 개념으로 해석하면 이해하는 데 큰 도움이 된다. 인간의 몸은 시시각각으로 몇 개의 퍼즐을 내보낸다. 모양은 일정치 않다. 이 흩어진 작은 냄새 조각들만으로도 수많은 정보를 채취할 수 있다. 어디 출신인지, 어떤 길을 걸었는지, 어떤 입술과 키스했는지, 이생에 쏟아낸 눈물을 다 합치면 무게가 얼마인지, 누구를 사랑했으며 누구를 가장 미워했는지, 달걀 프라이를 좋아하는지, 아니면 볶은 달걀이나 삶은 달걀을 좋아하는지, 평평하게 누워서 자는지, 모로 누워 자는지, 몸 가장 깊

화요일

은 곳, 가장 닿기 힘든 그 구덩 안에 무엇이 감춰져 있는지 알 수 있다. 어떤 사람, 예컨대 샤오B 같은 사람은 낯선 사람을 대할 때 무방비 상태로 아주 많은 퍼즐을 단번에 방출한다. 샤오B의 생각과 의지를 한데 모으면 콧수염을 기른 남자의 이미지가 형성되었고 그 형상은 너무나 뚜렷했다. 요새는 샤오B 자신의 냄새가 나는데, 나쁘지 않았다. 셔터우에 온 지 얼마 지나지 않아 그 콧수염 남자의 냄새가 많이 희석되면서 점차 자신의 냄새를 갖게 되었다. 어떤 사람은 몸이 폐쇄돼 있다. 오랜 세월에 걸쳐 구축한 방어벽이 피부에 가득하다. 하지만 그래도 약간의 퍼즐이 남아서 담장을 부수거나 뚫어서 넘어오기도 한다. 예컨대 방금 그녀 옆에 앉았던 샤오 향장이 그렇다. 살과 뼈가 무너져 도망쳐 나온 작은 냄새의 퍼즐 조각들, 그것은 바로 二의 몸 깊은 구멍 안에 있던 'FUCK'이라는 단어였다.

셔터우가 깨어났다. 하얀 알파카와 오토바이, 자전거, 서둘러 기차를 타고 등교하는 고등학생들. 모두 익숙한 냄새였다. 알파카가 건너편 골목으로 꺾어져 들어갔는데, 1호를 찾아가는 게 분명했다. 그녀가 낮은 목소리로 알파카를 부르며 말했다.

"야, 그 여잔 고양이랑 개한테 밥 주러 갔어. 그러니까 넌 이리 와."

그녀는 머리칼을 말아 올려서 알파카의 등에 올려놓는 걸 좋아했다. 머리를 가져다 대면 알파카의 털 냄새가 그녀의 어지러운 생각들을 걸러 주었다. 알파카를 쓰다듬으면서 함께 산책을 하면 곧 입으로 소리를 내며 하품을 하게 되었고, 위층에 올라가서 자고 싶어졌다. 새하얀 알파카의 냄새는 단순했다. 종이책과 나뭇잎, 딜도, 실리콘으로 만든 엉덩이, 섹시한 레이스가 잔뜩 달린 속옷 같은 것들이고, 가장 좋아하는 음식은 구아버였다.

그런 그녀도 이 세상에서 단 한 사람의 냄새는 맡지 못했다.

아주 작은 퍼즐 한 조각조차 없었다.

그는 바로 알파카의 주인이었다.

5

단테는 열두 시간을 잤다. 자기 전에는 무더운 여름이었는데 깨어 보니 가을 안개 속이었다.

밤새 꿈속에서 누가 울었나?

꿈속에서 그가 울었다. 아내도 울고 아이도 울었지만, 어떤 울음소리도 들리지 않았다 소리 죽여 울어서 아무도 듣지 못했다. 서터우 하늘에 울려 퍼지는 울음소리가 들렸다. 듣고 또 듣다가 따라 울었다. 눈물 흘리는 하늘이 그의 몸을 덮쳤다. 새들이 벽돌 담을 쪼아 부수더니 안으로 들어왔다. 구구구. 구구구. 구구. 실리콘으로 만든 복숭아 엉덩이 모양의 베개 위에 새가 멈췄다. 구구구. 깨어나야만 했다. 슈퍼 토요일이 다가오고 있었다. 구구구. 뾰족하고 약간 구부러진 부리가 그의 이마를 가볍게 쪼고 두드리며 잠을 깨웠다. 검게 탄 그의 피부에 여러 개의 작은 구멍이 생겼다. 머릿속의 서터우에 비가 내려 작은 구멍을 부쳤다. 비가 분수처럼 뿜어져 성인용품 가게인 ‘금단의 열매’ 실내에 홍수가 났다. 그는 수면에 떠 있었다. 딜도가 떠다니고, 곰팡이가 핀 포르노 DVD가 비에 젖으면서 포르노 배우들의 신음이 요란했다. 상자 속에서 여러 해 기다리고 있었던, 바람이 빠져 쪼그라든 고무 인형이 한순간 빗물로 채워져 새벽 햇빛 속에서 풍만하고 아름다운 금발 여자로 변했다.

다행히 큰비가 내렸지만 몸 안의 불은 완전히 꺼지지 않았다. 비가 안 왔더라면 가게는 다 타 버렸을 것이다.

아주 오래, 얼마나 오래인지는 생각이 나지 않지만, 아주 오랜 세월이 흐르고 그의 곱슬머리는 전부 백발이 되었다. 시간의 질서가 뒤죽박죽이 되었다. 어젯밤에만 해도 소년 아니었던가. 셔터우에서 가장 젊은 사장이 방금 결혼을 했다. 인생이 구름 속으로 솟구쳐 올라갔다. 무슨 일이 일어났지? 그는 혼잣말로 중얼거렸다.

"아주, 오래, 아주, 오래, 아주, 아주, 오래였어."

그는 계속 같은 단어를 반복했다. 말을 한다는 건 입 속의 진흙탕에서 뭔가를 건져 올리는 것 같았다. 아주 오래 뒤적여야 철사라는 단어의 철(鐵), 사(絲)를 건질 수 있었다. 어떡하나. 또 철사다. 아주 오래, 아주, 아주, 오래 꿈속에서 아내를 못 만났다. 스무 시간을 자고 깨어난 소년은 백발의 노인이 되어 있었다.

셔터우 사람들 모두 그가 미친 사람이라는 걸 잘 알고 있었다. 말투가 불규칙했고 대체로 아주 느렸지만 때로는 엄청 빠르기도 했다. 항상 노래를 하는 것 같지만 곡조가 거칠고 제멋대로였으며 단어가 계속 중복되었다. 금단의 열매 성인용품점에 사는 이 미친 사람도 샤오 씨였다. 온통 샤오 씨 천지다.

하지만 아무도 그를 두려워하지 않았다. 그가 미쳤다는 걸 셔

터우 사람들은 다 알았지만 그의 광증에는 공격성이 없었고 예의
도 깍듯했다. 나이가 들었지만 등을 꼿꼿하게 유지한 그는 키가
무척 크고 건장했다. 커다란 손은 구아버를 한 번에 여러 개 집을
수 있었고 커다란 발은 꼭 배 같았다. 긴 머리칼은 소용돌이처럼
말려 있었다. 옷차림은 항상 깔끔했고 눈빛은 애수에 젖어 있었
다. 슬픔에 잠긴 말 없는 눈을 하고 셔터우 여기저기를 돌아다녔
다. 슬픈 두 눈에 광기의 메시지가 담겨 있었다. 자세히 들여다보
면 그 두 눈 속에는 철물점 벽에 걸린 온갖 도구처럼 수많은 칼이
있었다. 고기 다지는 칼, 과드, 낫, 미술용 칼, 커터 칼, 다기능 스위
스 칼, 가위, 도끼 등이었다. 두려워 말라. 그의 눈을 봐도 두려워
할 필요는 없다. 그 칼들은 날카로웠지만 칼날은 밖을 향해 있지
않았고, 그 누구도 겨누지 않은 채 오직 안쪽을 향해 자신만을 노
리고 있었다. 언제든 자신의 눈 깊숙이 던질 준비가 돼 있었다. 강
풍이 불거나 지진이 일 때, 계절이 바뀔 때, 날이 맑았다가 갑자기
비가 쏟아질 때, 비몽사몽 상태일 때, 나뭇잎이 떨어지고 꽃이 시
들 때. 칼들은 한순간에 흔들리면서 그의 내면을 향했고, 뇌를 겨
눠 무정하게 난도질했다. 그는 소리쳐 고통을 호소하지도 않았고
구해 달라고 도움을 청하지도 않았다. 거의 소리조차 내지 않았
다. 하지만 결국 말을 해야만 할 때가 되어 입을 열면, 뇌가 난도
질당해 문장을 완전하게 조합하지 못했다. 그의 말은 끊기고 반복
되었다. 어린애들이 그를 괴롭히고 돌을 던져 놀라게 했지만 그
는 한 번도 되받아치지 않았다. 어른들은 아이들을 야단치면서 사
장님을 괴롭히면 안 된다고 타일렀다. 아이들은 이해하지 못했다.
사장님이라고? 거리를 이리저리 돌아다니면서 한 손엔 책을 들고

단테

다른 한 손으론 새하얀 알파카를 끌고 있는 이 정신병자가 사장님이라고? 어떻게 그럴 수가 있지? 어른들은 말도 안 되는 얘기를 한다. 이 사람이 정말 사장님이라면 왜 그 성인용품 가게에 살지? 아이들은 몰래 금단의 열매에 가서 유리창을 통해 그가 가짜 엉덩이를 베고 책을 읽는 모습을 훔쳐보았다. 변태적인 광경이었다.

셔터우 사람들에게 물으면 사실 다들 아무 생각이 없었다. 사장은 언제 그곳으로 이사한 걸까?

많은 사람들이 금단의 열매가 휘황찬란하게 잘나가던 시대를 기억하고 있었다. 시골길, 구아버 농장 옆에 작고 허름한 단층 건물이 지어졌다. 지붕은 양철판에 콘크리트와 벽돌로 벽을 쌓았고, 커다란 유리로 쇼윈도를 설치했다. 길 가는 사람들이 추측했다. 농가인가? 그런데 저런 큰 유리는 왜 필요하지? 빈랑 열매 가게인가? 트럭이 빨간 간판을 운반해 온 그날, 인근 농부들은 전부 알게 되었다. 알고 보니 성인용품점이었다. 간판은 한두 개가 아니었고, 각기 다른 크기로 빨간색 바탕에 하얀 글씨로 가게 이름이 쓰여 있었다. 작은 집 뒤편은 구아버 농장이었는데, 비췻빛 열매들이 새빨간 간판들을 더욱 돋보이게 했다. '금단의 열매 성인용품'이라는 글자가 햇빛 아래서 눈을 자극했다. 밤이 되면 수정처럼 반짝이는 빨간색 간판의 네온사인이 켜졌다. 멀리서 보면 드넓고 어두운 구아버 농장을 배경으로 작고 빨간 건물이 찬란한 빛을 토하며 손님을 끌었다. 쇼윈도에는 거대한 유방을 지닌 마네킹이 있고, 붉은 레이스가 잔뜩 달린 속옷과 사이즈가 과장된 섹스용품들이 가득 전시되어 있었다. 가게 주인이 돌았나? 기차역 인근의 황금 상권도 아닌 이런 변두리 구아버 농장에 가게를? 다들

화요일

그 이유를 금세 이해했다. 섹스와 관련된 물건이라는 말을 내걸기 어렵기 때문이다. 섹스용품을 파는 건 부도덕한 일이었고 셔터우의 민풍을 해치는 행위로 간주되었다. 이런 가게를 기차역 인근 대로변에 열면 남자 손님들은 개돼지 취급을 받고, 여자 손님들은 음탕한 여자로 여겨져 체면을 잃을 것이다. 게다가 아이들 교육에 해를 끼친다는 비판의 대상이 되어 장사가 망할 게 뻔했다. 구아버 농장 자리를 선택한 이유는 근처에 오가는 차량이나 사람들이 적어 고객들이 안심하고 찾아올 수 있고, 딜도나 실리콘 엉덩이를 사서 가게를 나설 때 할머니나 중학교 선생님과 마주칠 걱정 없이 편하게 마음에 드는 물건을 고를 수 있기 때문이었다.

순박한 셔터우에 풍속을 망치는 이런 가게가 왜 필요하단 말인가. 부모들은 아이에게 가게 가까이에 가지 말라고 경고했고, 수많은 사람들이 한 달 내에 가게가 문을 닫으리라고 예언했다. 하지만 수많은 사람들이 이곳을 필요로 했다는 사실이 입증되었다. 갔다는 사실을 인정하는 사람은 하나도 없었지만 장사가 잘됐고, 쉴 새 없이 트럭이 보충할 물건들을 싣고 왔다. 들리는 바에 의하면 손님들 상당수가 다른 향진에서 차를 몰고 온 사람들이라고 했다. 향진을 넘나드는 경계 지역에선 구아버 농장을 모르는 사람이 없었다. 모자를 쓰고 가게 안으로 들어가서 재빨리 물건을 골라 결제하고 나오면 남들이 얼굴을 알아볼 위험을 감수할 필요가 없다. 설사 어떤 할머니와 마주친다 해도 다른 향진 사람일 가능성이 높았고, 같은 사람과 다시 얼굴을 마주칠 일은 다음 설이나 되어서일 것이다. 그러던 어느 날 갑자기 강풍이 불어 지붕 위의 가장 큰 빨간 간판이 날아가 버렸다. 가게 주인은 큰돈을 써서 조그만 가게 자체보다 더 큰 거대한 빨간 간판으로 교체해 가게 위에 정면으로 설치했다. 색깔은 더 진하고 요염한 빨강이었고 재질도 외국에서 수입한 방풍 방수 캔버스 천이었다. '금단의 열매'라는 글자는 더 크고 굵어졌다. 반드시 큰돈을 벌겠다고 마음을 먹은 가게 주인은 절전할 생각도 없었고, 캔버스 천 사방 가득 네온등을 단 뒤에 조도를 최고로 높였다. 간판 제작 기사는 새 간판이 바람을 막아 주는 건 물론이고, 햇빛에도 바래지 않고 지진이나 해일에도 끄떡없으며 지구의 종말도 견딜 수 있다고 보장했다. 빨간색도 영원히 퇴색하지 않을 거라고 했다. 셔터우의 밤, 후미진 곳에 자리 잡은 구아버 농장 근처, 현지인들은 모두 알지만 절대 큰 소리로 대화가 오가지 않는 가게가 어두운 시골 길가에 눈을 찌르는 듯한 붉은 빛을 뿌리면서, 욕망으로 팽창한 남녀들이 금단의 열매를 풍성하게 수확하도록 안내했다.

　하지만 애석하게도 인터넷이 구아버 농장의 신선하고 붉은 금단의 열매를 짓밟고 말았다. 인터넷 쇼핑이 너무 쉬워지고 집에서 손가락만 움직이면 각양각색의 성인용품을 살 수 있게 되자 사람들은 굳이 집을 나서 황량한 구아버 농장을 찾지 않았고, 더 이상 아는 사람을 만날 위험을 감수하려 하지 않았다. 가게 주인은 어디로 갔는지 알 수 없었다. 문에 아무런 고지도 붙이지 않고 갑자기 사라져 버렸다. 가게 안에는 팔리지 않은 성인용품만 잔뜩 쌓이고, 밤새 깜박이던 거대한 빨간 간판도 멈췄다. 구아버 농장의 붉은 금단의 열매가 전부 떨어져 버린 후, 집으로 돌아가는 밤길은 더욱 어두워졌다.

　나중에 다들 샤오 사장이 이 집에 들어앉았다는 소식을 들었

다. 뭐라고? 그 미친 사장이? 누가 그래? 정말이야? 지어낸 얘기
아냐? 안에 침대는 있나? 사람이 살 순 있는 거야? 화장실은? 수
도랑 전기는? 안에 있던 그 타락한 물건들은 전부 치웠겠지? 그
사람이 그 물건들을 사용하는 걸까?

　수도도 전기도 없었지만 단테는 개의치 않았다. 침대가 없어
서 처음에는 바닥에서 잤다. 등이 정말로 아팠다. 가게 안에는 야
한 의상들이 걸려 있고, 구석에는 팔지 못한 물건들이 장방형으로
가득 쌓여 테이프로 고정되어 있었다. 그가 그곳에 건장한 몸을
누이자 쌓여 있던 의상들이 부드럽게 그를 받아들였다. 실리콘으
로 만든 복숭아 모양의 엉덩이를 베개 삼아 머리를 복숭아의 파인
홈에 기대면 목을 든든하게 받쳐 줘서 더없이 편안했다. 화장실
안에는 변기와 함께, 찬란한 색깔의 딜도가 잔뜩 쌓인 하트 모양
의 분홍색 욕조도 있었다. 낮에는 농부들이 일하느라 바빠 그다지
시끄럽지 않았고, 밤이 되어 가장 편안한 시간이 찾아오면 사람들
은 다들 흩어져 집으로 돌아갔다. 오가는 차들도 거의 없었다. 벌
레와 새들만 하염없이 울어대고 구아버나무는 조용히 흰 꽃을 피
웠다. 이 작은 집엔 접근할 사람이 없어서 문을 잠글 필요도 없었
다. 말랑말랑한 실리콘 엉덩이에 머리를 대면 금세 잠이 왔다.

　그는 스스로 버려진 이 작은 건물을 찾아왔다. 그는 유령처럼
셔터우 구석구석을 돌아다녔다. 그러던 어느 날 밤, 이미 폐업한
성인용품 가게를 지나던 그는 예전에 있었던 붉고 거대한 촛불이
꺼져 버린 것 같다는 느낌을 받았다. 예전에 이 농장을 지날 때는
항상 밤새 빨간 불이 타고 있었는데 왜 지금은 온통 짙은 어둠뿐
일까? 유리문을 두드려 봤지만 아무도 응답하지 않았다. 문을 밀

고 들어가자 쇼윈도에 있었던 마네킹 몇 개가 바닥에 뒹굴고 있었다. 다리도 떨어져 나가고 손도 없었다. 마네킹의 몸을 감싼 요염한 레이스 복장은 헝클어져 있고 바닥에는 온갖 물건들이 어지럽게 흩어져 있었다. 그는 어둠을 더듬어 마네킹을 바로 세워 놓고 물건들을 선반 위에 다시 올려놓았다. 며칠을 연달아 관찰한 그는 가게가 주인에게 버려졌다는 사실을 확인하고 이곳에 입주하기로 마음먹었다.

　　1호는 시장에서 장을 보다가 사람들이 낮은 목소리로 주고받는 얘기를 들었다. 단테가 그 금단의 열매에 들어가서 사는 걸 여러 사람이 보았다고 했다. 사실일까? 아니, 어엿한 사장이 왜 큰집에 안 살고 구아버 농장 안의 폐가로 들어간단 말인가. 합리적인 이유를 찾을 수가 없었다. 그는 정말로 미쳤나 보다. 그가 구아버 농장 쪽에서 이상한 뭔가를 닦고 있는 걸 목격한 누군가가 다가가 보니 그것은, 뜻밖에 한 무더기의, 감히 입 밖에 내지도 못할 더러운 물건들이었다고 한다. 그는 기다랗게 생긴 죽지도 않는 귀신이었다. 에휴, 사실 옛날에 내가 공장에서 일했을 때, 그 사람은 직원들에게 아주 잘해 줬어. 경기가 좋을 땐 양말 공장 사장들이 다들 큰돈을 벌었지만, 직원들은 매일 야근을 해도 애당초 돈을 버는 게 불가능했지. 나중에 경기가 안 좋아져서 양말 주문이 끊기니까 사장들은 전부 도망쳐 버렸어. 직원들의 생사엔 신경도 안 쓰고. 오직 그 사람만 우릴 정말 잘 보살펴 줬지. 에휴, 그런데 이렇게 될 줄 누가 알았겠어……. 의사를 찾아가도 정말 아무 소용 없을까? 약을 먹으면 좋아진다고 하지 않았나? 사장은 옛날에 우리를 정말 잘 보살펴 줬어. 그래서 나는 그 사람을 볼 때마다 음식

을 한 보따리씩 가져다주거든. 너희 젊은 친구들은 모를 거야. 이
젠 많이 늙었지만 그 사람 얼굴은 아직 쓸 만하다고. 있잖아, 젊었
을 때는 얼마나 잘생기고 멋있었는지 알아? 공장 직원들은 그를
보기만 해도 얼굴이 빨개졌었다니까. 여자들만 그런 게 아니라 남
자들도 그랬다고. 우리 마을 그 '가슴 큰 향장'이 셔터우에서 자기
가 제일 먼저 유학을 갔다 왔다고 뻐기잖아. 정말 짜증 나지. 사실
단테야말로 훨씬 먼저 외국에 나가 유학하고 돌아온 사람이라고.
그것도 유럽 명문 학교에서. 들리는 바에 의하면 8개 언어를 한다
더라고. 그 시대에 누가 외국에 나가 공부할 수 있었겠어. 외국 공
장이나 회사들이 셔터우의 양말을 시찰하러 왔을 때도 통역가를
데려올 필요가 없었다니까. 사장이 직접 통역을 다 했으니까. 에
휴, 그런데 누가 알았겠어. 그 사람 팔자가 저렇게 될 줄이야.

　　1호는 즉시 스쿠터를 타고 금단의 열매를 찾아갔다. 단테가
문을 열어 손님을 맞아 주었다. 그러고는 고개를 흔들면서 멍청한
웃음을 지었다. 작은 건물 안엔 손님용 의자 같은 건 없었고 차를
우려 손님을 대접할 수도 없었다. 1호는 실내 환경을 대충 둘러보
고 곧장 수도와 전기를 해결해 주었다. 1호는 이 안에서의 생활이
그리 나쁘지 않은 상태라고 생각했다. 적어도 단테는 정서적으로
는 안정돼 있는 것 같았다. 이 작은 집엔 정말 역겨운 물건들이 가
득했다. 그녀의 시야에 자동적으로 안개가 분사되었다. 하트 모양
욕조 안에 가득 든 선형의 굴건 같은 건 잘 보이지도 않았다. 단테
는 분명히 큰 집을 갖고 있었지만, 그 집에서 살 생각이 없었다. 한
동안 그는 상황이 무척 안 좋았다. 밭 사이나 다리 밑, 도랑 옆, 기
차역, 칭수이엔 산간의 보행로 같은 데서 잤다. 그나마 지금은 실

내에서 자려고 한다. 그녀가 단테에게 잠은 잘 잤느냐고 물었다. 식사를 제대로 해야 한다면서 필요한 전자제품 있느냐고 물었다. 단테는 한참 생각에 잠기더니 아주 느리게 간단한 대답을 짜내 반복했다.

"있어요. 있어. 있어요. 필요 없어요. 없어도 돼요."

단테는 거짓말을 하지 않았다. 전등을 끈 가게 안은 사람들로부터 멀리 떨어져 있었고, 저녁 6시가 되어 가짜 유방과 딜도, 가짜 엉덩이에 둘러싸인 채 드러누우면 적어도 열 시간은 편안히 잘 수 있었다.

단테의 몸은 잘 때만 개방 상태가 되었다. 셔터우로를 걷다가 누군가를 만나면, 상대가 누구든 간에 그는 절대적으로 폐쇄적인 모드가 되었다. 근육이 긴장해서 오그라들었고 몸에서 어떤 정서도 분비되는 걸 허락하지 않았다. 하지만 눈빛의 슬픔만은 감출 수가 없었다. 그래도 상관없다. 그는 길에서 선글라스를 몇 개 주웠고, 그걸 쓰면 슬픔을 가릴 수 있었다. 온몸으로 버티면서 어떤 표정을 짓거나 소리를 내지도 않았다. 겉으로 보기엔 기쁨도 분노도 없는 듯했다. 지켜보는 사람들의 눈에는 광기만 남은 듯 보였다. 그는 정말로 감추는 데 능했다. 작은 건물에서는 아무 소리도 새어 나오지 않았고 어떤 신호도 담을 넘지 않았다. 2호는 그의 냄새를 맡을 수 없었고, 3호는 그를 볼 수 없었다. 잘 시간이 되어서야 그는 몸의 힘을 빼고 높은 담장이 막아 주는 가운데 육체의 소리와 냄새를 내버려두었다. 그래서 그는 혼자 자야 했다. 그 누구 앞에서도 잠을 잘 수 없었다. 알파카만 예외여서 알파카와는 함께 잘 수 있었다.

잠은 일종의 개방이자 열림이었다. 근육이 느슨하게 풀렸다. 찻잎이 더운물 속에서 풀어지고 손바닥에서 얼음이 녹듯이. 커다란 유리가 고층빌딩에서 떨어지듯이. 날이 어두워지면 곧장 잤다. 섹시한 레이스가 잔뜩 달린 속옷들을 쌓아 만든 매트리스 위에서 자면서 그는 수천수만 개의 조각으로 분해되었다. 온몸이 열리고 불에 탔다. 지난 일들이 찾아오면 울기도 했다. 굿 나잇, 셔터우.

단테가 단테로 불리는 건『신곡』을 쓴 단테와 생김새가 비슷하기 때문이 아니었다. 그냥 별명일 뿐이다. 셔터우 사람 아무에게나『신곡』을 읽어 봤는지 물으면 백 퍼센트 고개를 가로저을 것이다. 그렇다면 단테라는 이름을 들어 본 사람은 있을까? 수많은 사람들이 고개를 끄덕일 것이다. 하지만 그들이 떠올리는 건 이탈리아의 단테 알리기에리가 아니며 당연히『신곡』도 모른다. 고개를 끄덕인 건 금단의 열매에 사는 그 사장 때문이다. 사장은 평소에 길을 걸을 때 늘 두꺼운 양장본 책을 들고 다녔다. 그에게 손에 든 책이 뭔지, 지금 읽고 있는지, 왜 구아버 시장에 오면서 책을 들고 왔는지, 왜 농장에 와서 그들을 도와 자루를 들고 비료를 뿌릴 때도 그걸 들고 있는지, 기차역에 갈 때는 왜 들고 가는지, 시장에 채소와 고기를 사러 갈 때는 왜 들고 가는지, 도대체 그게 무슨 책인지 묻는 사람은 하나도 없었다. 그러던 어느 날, 어느 집 딸이 셔터우에 왔다. 타이베이에서 대학에 다니고 있다고 했다. 무슨 이태리어인가를 전공하고 있다고 했다. 그런 걸 전공해서 뭣에 쓴단 말인가. 졸업하면 TSMC*에 입사라도 할 수 있나? 전망이 없으면

---

* 현재 타이완의 경제를 좌우하는 반도체 제조 기업이다.

빨리 과를 옮겨야 하지 않나? 그 집 딸은 추석을 맞아 고향에 돌아왔다가 어느 잡화점에서 두꺼운 책을 들고 있는 사장과 마주쳤다. 그러고는 다른 사람들에게 사장이 손에 들고 있는 그 책이 단테의 책으로, 양장본인 데다 이태리어 원문이라고 알려주었다. 귀엣말은 이리저리 퍼져 나갔다. 솔직히 말하자면 다들 그 단테라는 사람이 어떤 사람인지 몰랐다. 사장은 이미 정신병자가 된 지 오래고, 양말 공장은 폐허가 된 터라 그를 계속 사장이라고 부르는 게 좀 이상하다는 생각에 그때부터 단테라고 부르기 시작했다. 어차피 별명이니까 기억하기 편하면 그만이다.

2호도 종종 금단의 열매를 찾았다. 도시락과 휴지, 비누를 가져다주고 과자와 주전부리, 솜이불 같은 것들을 주었다. 사실 그녀는 집을 나서는 걸 좋아하지 않아서 카페 2층에 처박혀 있다 보니 사람들 냄새를 그렇게 많이 맡진 못했다. 그녀가 집을 나서길 두려워하는 건 선글라스를 끼거나 모자를 쓰지 않으면 남자들이 쫓아와서 결혼하자고 졸라 대는 귀찮음을 감수해야 하기 때문이다. 샤오B가 셔터우에 온 뒤로 2호는 샤오B를 통해 단테에게 도시락을 보내 주었다. 2호는 단테가 샤오B를 거부할까 걱정이 되어 샤오B에게 분위기가 심상치 않으면 굳이 안에 들어갈 필요 없이 그냥 문 앞에 두고 와도 된다고 일렀다. 하지만 도시락을 건네고 돌아온 샤오B는 자전거 바구니 안에 거대한 살색 딜도를 잔뜩 담아 왔다. 딜도에 새겨진 살 무늬가 세밀하고 정교했다. 샤오B가 부끄럼 가득한 얼굴로 말했다.

"저는 싫다고 했는데, 억지로 주시는 거예요. 아마도 제가 만든 돈까스 도시락에 대한 감사의 표시인 것 같아요. 줄곧 안 받겠다고 했는데 억지로 바구니 안에 넣으시더라고요.”

2호는 샤오B가 바구니에 거대한 딜도가 실린 자전거를 타고 구아버 농장을 나와서 돌아오는 길 내내 그 물건들이 셔터우 사람들의 눈길을 끌었을 걸 상상하고는 참지 못해 웃음을 터뜨렸다.

“미치겠네. 샤오B야, 사장님은 정말 똑똑한 사람이야. 너한테 한눈에 반했나 보다. 가장 큰 걸로 골랐네.”

딜도 설명서를 자세히 읽어 본 그녀의 머리칼 전체가 물에서 벗어난 전기뱀장어처럼 강한 전기를 발산했다.

“전동이네!”

단테는 발 옆에 있던 선풍기를 껐다. 어젯밤에는 기온이 삼십 몇 도였고, 선풍기를 켜지 않으면 『신곡』 속 지옥의 6층처럼 불길에 타는 듯했다. 꿈에서 아내를 만나지 못한 지 너무나 오래되었다. 자다 보면 틀림없이 기온이 내려갈 것이다. 몸은 온도의 변화를 빠르게 받아들였다. 더우면 뭐 어때. 그는 자신의 몸에 옥수수가 가득 차 있다가 열을 받으면 팝콘으로 변한다고 상상했다. 온몸이 부풀어 올라 바삭바삭해지고, 살과 피부 마디마디로 연신 땀을 쏟아내느라 이런저런 것들을 생각할 정신적 여유가 없어진다. 그가 가장 두려워하는 건 지금처럼 서늘한 날씨였다. 구아버 농장에 가을 안개가 자욱해지면 팝콘은 냉기를 만나 수축돼 버렸다. 몸에서 공기가 빠져나가고 머릿속에 가을바람이 불면서, 꿈에서 너무나 오래 보지 못했던 아내가 바람에 실려 왔다. 꿈에서 본 아내의 얼굴은 청춘이었고, 검은 모발은 굵었다. 왼쪽 눈은 인도의 우기이고 오른쪽 눈은 장마였다. 오른쪽 콧구멍엔 홍수가 났으며, 입으로 큰 소리를 내며 울고 있었다. 어지러이 쌓여 있는 금지와 은지 위에 쪼그리고 앉아 얼굴 전체가 울고 있었다. 그는 몸 전체가 썩은 나무였다. 백발의 노쇠한 몸이 이렇게 미쳐 있으니 아내를 따라 함께 우는 수밖에 없었다. 아이도 따라 울었다. 그는 꿈속에서 갓난아기의 울음소리를 들었다. 눈을 꼭 감고 감히 뜰 생각조차 하지 못했다.

괴상하고 갑작스러운 이 입추에 괴상한 새가 나타났다. 어떻게 안으로 들어온 걸까? 창문은 분명히 굳게 닫혀 있었다. 지금 이 순간 새는 실리콘 엉덩이 베개를 쪼아 대고 있다. 날개를 퍼덕거리면서 좁은 금단의 열매 안을 이리저리 날아다녔다. 전부 새였다. 새들이 그의 이마를 쪼아 댔다. 꿈속의 홍수도 전부 사라지고 몸이 텅 빈 듯했다. 뱃속에서 허기가 천둥 같은 북소리를 울렸다.

그는 셔터우에서 이런 새를 한 번도 본 적이 없었다. 화려한 모양의 날개에, 머리엔 두관도 있었다. 무사의 검처럼 아래로 약간 휜 부리는 길고 뾰족했다. 주황색에 가까운 샛노란 몸체에 배는 하얗고 두 날개에 얼룩무늬가 있었다. 두관은 위로 곧게 뻗어 있고 비행할 때는 한데 모였다가 땅 위에 내려앉으면 다시 쫙 펼쳐지면서 화려한 머리 장식이 되었다. 그는 요 며칠 동안 셔터우 여기저기에서 이 새를 발견하고는 휴대폰으로 찍어 샤오B에게 보냈다. 휴대폰은 샤오B가 준 것이었다. 샤오B가 폰을 건네면서 말했다.

"단테 아저씨, 무슨 일이 있으면, 예컨대 배가 아프거나 커피가 마시고 싶거나 필요한 물건이 있으면 문자메시지를 보내 주세요. 어디 계신지도 알려 주시고요. 이걸 보세요. 이 버튼을 누르시면 계신 위치를 알릴 수 있어요. 문자를 받으면 제가 빨리 달려갈

게요.”

　　그는 몸을 일으켰고 휴대폰으로 새가 복숭아 모양의 가짜 엉덩이를 쪼는 영상을 찍어서 샤오B에게 전송했다. 몇 분 후 블루 카페 앞의 공터를 청소하던 샤오B가 영상을 보고는 눈을 동그랗게 떴고, 이 희한한 장면을 인터넷에 올려야겠다고 생각했다. 이번 주 화요일 셔터우의 이른 아침에 단테와 샤오B가 예상치 못한 일이 일어났다. 이 몇 초의 짧은 영상이 단 며칠 사이에 백만이 넘는 클릭 수를 기록한 것이다. 이어지는 며칠 동안, 무거운 촬영 장비를 어깨에 멘 한 무리의 촬영 전문가들이 금단의 열매가 있는 구아버 농장을 찾아와 진을 쳤다.

　　단테는 작은 집 뒷문을 열고 구아버 농장으로 가서 스트레칭을 했다. 안개가 셔터우로 쪽에서 그가 있는 쪽으로 옮겨 왔다. 구아버나무들이 막 잠에서 깨어났다. 거대한 무리의 나비들이 차가운 바람을 상대로 힘 겨루기를 하고 있었다. 기온이 낮아지면서 동면 준비를 서두르라고 뱀들을 재촉했다.

　　찾을 수가 없다.

　　어디로 간 걸까?

　　그의 어깨 위로 날아와 앉은 새에게 묻는 수밖에 없었다.

　　“하, 하얀, 하얀 알파카, 아주 하얀, 알파카, 어디 갔어? 어디로, 갔어?”

정말 시끄럽네.

아침부터 대체 왜 이렇게 시끄러운 거야.

3호에게 파타야는 세상에서 가장 시끄러운 곳이었다. 하지만 동시에 가장 조용한 곳이기도 했다.

실외는 여전히 칠흑 같은 어둠이었다. 조수가 밀려왔다 밀려가는 소리는 편안하고 고요했다. 벌레 울음소리는 부끄럼을 타는 듯했고 에어컨은 가볍게 자장가를 부르는 듯했다. 그녀는 이미 서서히 졸리기 시작했다. 난데없이 엄청 크고 날카로운 새 울음소리가 들렸다. 비단 천을 찢는 듯한 소리가 해변의 모든 새들을 깨웠다. 거대한 새 떼가 한꺼번에 울어 대기 시작했다. 해도 깨어났다. 고운 비단실 같던 조수가 거센 철망처럼 뒤집혔고, 땅이 가볍게 흔들렸고, 구름이 놀라 오줌을 지렸다. 오늘 아침의 새 소리는 심상치 않다. 분명한 경고의 의미를 담고 있다. 그녀는 몸을 일으켜 프렌치 윈도를 열었다. 새 떼가 데시벨을 높여 더 뜨겁게 울어 대

며 그녀를 맞았다. 땅속 벌레들이 물 끓듯 떠들썩해지고 소나기가
칼과 가위처럼 나무와 꽃들을 잘라 대기 시작했다.

흥, 마음껏 울어라. 어차피 내 귀엔 아무것도 안 들려.

어제 낮에 정말로 충분히 잤더니 밤이 되어도 전혀 졸리지
않았다. 그녀는 더운물로 목욕을 하고 전화를 걸어 주방에 따뜻
한 국수를 한 그릇 끓여 오라고 지시를 내렸다. 소설 두 권과 만화
세 권을 읽으면서 커다란 판단 시폰 케이크*를 하나 다 먹었는 데
도 잠이 오지 않았다. TV를 켜서 영화 채널을 찾았다. 수백 번 틀
었던 영화 「브로크백 마운틴」이 방영되고 있었다. 태국은 영화 검
열이 매우 엄격해서 걸핏하면 화면 일부에 흐릿하게 안개가 끼었
다. 남자 주인공 둘이 텐트 안에서 서로 몸을 부대끼고 있는 동안
스크린은 온통 하얀 안개였다. 왜 이래. 어차피 성기가 나오는 것
도 아닌데, 화면을 온통 부옇게 만들면 사람들은 오히려 더 자세
히 보고 싶어 하지 않을까.

1호가 그녀를 향해 버럭 소리를 질렀다.

"넌 모를 거야. 너희 둘 다 모른다고. 난 태어나면서부터 두
눈이 망가졌어. 여러 조각으로 분리된 하얀 것만 보였어. 내 딸 시
신도 못 봤어. 보이지 않는다는 걸 너희가 이해할 수 있어? 나는
아무것도 못 봐. 아무것도 보이지 않는단 말이야. 온통 흰색뿐이
라고. 너희는 둘 다 내 딸을 봤지. 내 배로 낳은 딸이 나는 안 보였
어. 젠장. 안 보인다고. 관두자. 죽지 못해 사는 처지에."

*　　Pandan Chiffon Cake. 동남아시아 지역에서 나는 판단이라는 식물을 넣어 만
든 케이크로 바닐라와 흡사한 향이 난다.

　3호는 확실히 1호의 말이 무슨 의미인지 알지 못했다. 하지만 태국으로 이주한 뒤로는 그 의미를 이해할 것 같았다. TV엔 수많은 할리우드 영화가 나오는데, 1호가 보는 세상이 이런 상태와 비슷하지 않을까?

　안개가 분사된다는 건 안개 속에서 풍경이 가려진다는 뜻이다. 냄새를 맡아선 안 되는 화초가 있고, 맛을 봐선 안 되는 금단의 열매가 있으며, 봤다가는 심신이 망가지는 나쁜 괴물이 있다는 의미다. 하지만 문제는 그런 괴물을 뭐 그리 두려워할 게 있냐는 거다. 3호 자신이 바로 셔터우에서 온 괴물인데. 자신이 귀신이면 귀신을 무서워할 일이 없고, 자신이 독이라면 모든 독에 면역력을 갖는 법이다.

　이 해변 리조트의 명칭은 '해변의 새'였다. 어차피 태국어를 모르니 그녀 잘못이라고 할 수도 없다. 영어였다면? 그녀는 영어도 못 읽었다. 맨 처음 이곳에 왔을 때, 새 소리가 그녀에게 깊은 인상을 준 건 분명한 사실이다. 여기는 파타야 시내 남쪽에 위치해서 번화가와는 상당히 떨어져 있다. 여러 동의 작은 집들이 해변 절벽 위에 지어져 있어는데, 계단을 어느 정도 내려가야 희고 가는 모래사장에 도달할 수 있었다. 당시 그녀는 방콕의 소란함이 몹시 싫었고, 그곳엔 타이완 사람들도 너무 많았다. 해변에 가고 싶어서 인터넷을 뒤졌다. 사진 속에는 해변에 울창하게 자란 커다란 열대 수목들과 나무 아래 지어진 작은 레저용 집들이 있고, 새들이 무리 지어 날아다니고 있었다. 바다를 보고 바다를 듣는 게 방콕에서 사람을 보고 자동차 소리를 듣는 것보다 좋지 않을까? 셔터우를 도망치듯 떠나온 건 조용한 곳에서 살고 싶어서였다. 방콕은 너무 번화하며 소란스러웠고, 그녀는 심각한 불면에 시달렸다. 컴퓨터 모니터 너머로 파타야 해변의 바람 소리와 새 소리가 들리는 듯했다. 해변의 나무들이 그녀를 향해 손짓하는 듯했다. 그녀는 저녁 무렵 리조트에 도착했다. 석양이 하늘을 붉은 고추처럼 뜨겁게 태우고 있었다. 바다는 커다란 대접에 담긴 태국식 쏸라탕 똠양꿍 같았다. 새들이 정말 많았고 정말 시끄러웠다. 거의 스무 종에 가까운 새들이 서식하그 있는 게 분명했다. 사실 방콕보다 더 시끄럽다. 하지만 적어도 차 소리는 아니어서 그런대로 귀가 즐거웠고, 오래 듣고 있으면 슬그머니 잠이 왔다. 리조트에는 타이완 사람이 하나도 없었고 그녀는 그 누구의 마음속 말도 듣지 못했다. 그렇게 좋을 수가 없었다. 그녀는 이곳이 너무나 좋았다. 머릿속에 한 가지 황당한 생각이 스쳤다. 아예 여길 사 버리면? 사장이 되면 계속 여기 머물 수 있다. 이곳의 해조와 새들의 노래, 바람 소리, 사람들의 말과 나구의 말은 완전히 이해의 범위를 넘어서 있었다. 알아듣지 못한다는 건 그녀가 마침내 셔터우를 빠져나왔음을 의미한다. 그녀는 석양을 바라보면서 가볍게 나무뿌리를 밟았다. 땅바닥에 엎드려 커다란 나무들이 서로 주고받는 사적인 대화를 엿들었다. 너무 좋았다. 땅속뿌리와 곰팡이가 소통하는 소리가 들렸다. 하지만 셔터우의 나무와 꽃, 풀들의 언어는 아니었다. 낯선 섬유들뿐이었다. 알아듣지 못한다는 건 진정한 천국이다. 나무들이 태국의 욕설을 쏟아놓거나 인근의 모든 생물에게 외계인이 침입했다고, 타이완 셔터우에서 위험한 괴물이 왔다고, 괴멸적인 재난을 가져올지도 모른다고 경고를 하는지도 모르지만, 어차피 그녀는 알아듣지 못했고 좋은 말인지 나쁜 말인지 알 수 없었다. 귀에 들어와도 아무런 상처를 주지 않았다. 이곳은 새로운 행성이다. 만물이 낯설게 들렸다. 해수면에서 열대의 따스한 바람이 불어와 몸을 채우면, 온몸의 뼈마디가 풀렸다. 몸이 솜처럼 부드러워지자 그녀는 작은 집 앞에 매달린 해먹에서 내리 여덟 시간을 잤다. 최근 반년 동안 이마를 쑤셔 대던 통증이 마침내 사라졌다.

그리하여 그녀는 해변의 리조트를 매입했다. 지금 생각해 봐도 여전히 이번 생에서 가장 탁월한 결정이었던 것 같다. 이곳은 파타야 시내로부터 거리가 있어 조용하고 아늑했다. 손님들은 세계 각국에서 왔지만 타이완 사람들은 아주 드물었다. 가끔씩 타이완 사람들이 나타나도 그녀는 일부러 거리를 유지했다. 안 그랬다가는 줄곧 그들 마음속의 이런 불평을 들어 줘야 하기 때문이었다.

"맙소사, 이런 폐가 같은 데가 다 있네. 편의점 하나 없잖아!"

마침내 그녀는 셔터우를 떠나 완전히 알아듣지 못하는 세계로 왔다. 머리로도 이해할 수 없고 번역도 불가능했다. 아무리 시끄러워도 여전히 조용하다고 느껴졌다.

그녀는 정말로 상황을 까마득히 몰랐다. 그동안 모아 둔 돈을 다 써 버리겠다는 심정으로 파타야의 리조트를 사들여 사장이 되고 몇 달이 지나서, 이상한 사실을 하나 발견했다. 이건 아니야. 어떻게 이럴 수가 있지. 몇몇 직원들을 제외하고 나머지는 다 이상했다. 왜 숙박하러 오는 손님들이 전부 다 남자들이야. 어느 날 밤, 잠이 오지 않았던 그녀는 리조트를 산책하다가 어느 작은 집 창문에 커튼이 열려 있는 걸 발견했다. 안에서는 세 명의 남자가 올림픽 체조 경기를 하고 있었다. 그 광경을 본 그녀는 얼빠진 눈빛을 했다. 노안용 안경을 끼고 다시 보았더니 잘못 본 것이었다. 남자는 셋이 아니라 넷이었다. 잠깐, 다섯 번째 남자가 방금 욕실에서 걸어 나왔다. 그는 리조트 여사장이 자기들을 보고 있다는 걸 알아차리고는 찬란한 미소를 지으며 손을 흔들었다. 하체의 기관도 예의를 갖추듯 흥분하여 고가를 쳐들고 인사를 건넸다. 셔터우 사람도 예의를 잊을 수는 없다. 그녀는 재빨리 미소로 화답하며 손을 흔들었다. 환영해요! 즐겁게 노세요!

그제야 그녀는 자신이 대입한 게 게이 전용 리조트라는 사실을 깨달았다. 게다가 그 몇몇 직원들, 그녀가 여성인 줄 알았던 직원들도 알고 보니, 뭐라고 하야 하느, 남자의 물건을 달고 있었다. 그중 한 사람은 낮에는 청소를 하다가 밤이 되면 파타야 대로의 노천 무대에서 공연을 했다. 들리는 바에 의하면 디너쇼의 인기 출연자 중 하나라고 했다. 그렇다, 1호가 2호에게 한 말은 틀리지 않았다. 그녀는 머리가 정말 나빴다. 매일 듣는 환락의 숨소리가 전부 남자들 것이라는 사설을 뻔히 알았는 데도. 이곳의 새들은 남자들의 숨소리와 아주 잘 어울리는 소리를 냈다. 남자들의 숨소리를 따라 굵고 거칠게 을다가 한순간에 아주 빨라지더니 탄식으로 절정의 노래를 불렀고, 마지막에는 자잘한 소리를 분출했다. 찍찍, 쨱쨱. 그녀는 그 소리를 알아듣지 못했다. 그저 새들이 사랑의 시를 낭송하고 있으리라 유추할 뿐이었다. 한 글자 한 구절이 모두 계절풍에 젖어 있었고 그 소리를 듣다 보면 몸에 우기가 찾아왔다.

그녀는 1호나 2호에게 말하고 싶었다. 나는 머리가 너무 나빠서 아무렇게나 돈을 쓰다가 이런 대단한 곳을 사들이게 된 거야.

오늘 아침 새들의 언어는 사랑의 시가 아니었다. 지옥의 질감이 났다. 뜨거운 불길이 이글거리는 아케론*과 같았다. 그녀는 휴대폰에 앱을 하나 장착했다. 새 울음소리로 새의 유형을 알아맞히는 앱이었다. 지금은 안경을 쓰고 있지 않아서 소리는 들리지만 보이진 않았다. 앱을 열자 휴대폰엔 놀랍게도 30여 종에 가까운 새들이 떴다. 근처에 있는 것들뿐 아니라 멀리 있는 새들마저도 몰려와서 그녀를 향해 울어 대고 있는 듯했다.

중학교 때 옆자리 남학생이 그녀에게 물었다.

"말이야, 다들 그러던데, 너희 집은 온 가족이 계동**이라며? 초능력을 갖고 있다며?"

그녀는 힘껏 고개를 가로저었다.

"어쩐지. 그렇겠지. 너는 성적이 나쁘잖아. 수학은 항상 빵점이고. 그러니 어떻게 초능력이 있겠어. 계동이 될 수도 없겠지. 여자니까. 계동은 남자만 할 수 있다며."

"여자는 왜 안 되는데?"

"샤오 씨 아가씨야. 넌 정말 멍청하구나. 여자들은 매달 그걸 하잖아. 그날이 오면 묘당에 들어가 절도 못 해. 깨끗하지 않다고. 지저분한 몸으론 향을 들고 절을 할 수 없단 말이야. 그러니 어떻게 계동이 될 수 있겠어?"

말을 마친 남학생은 팔꿈치로 그녀의 가슴을 툭 쳤다.

이 남학생의 언행 덕분에 그녀는 왜 할아버지가 그녀들 세

---

*   그리스 신화에 나오는 저승으로 가는 강의 신이다.

**   乩童. 원시종교 무술 의식에서 천신과 인간 사이의 매개가 되는 존재로, 서양 종교에서 말하는 '영매'와 유사하다.

　　　　　　화요일

자매를 그렇게 싫어했는지 이해할 수 있게 되었다. 혹시 우리가 전부 여자라서 그랬나? 여자는 선녀가 될 수 있지 않나? 신(神)들의 뜻과 귀(鬼)들의 의지를 전하지만, 영매는 될 수 없겠지. 계동인 할아버지는 법력을 지니고 있지만 그걸 물려줄 대상이 없었다. 할아버지와 아버지는 모두 계동이었다. 부자는 삼합원 신단에 함께 들어가 계동이 되었다. 상의를 다 벗고 할아버지가 상어검을 휘두르면, 아버지는 칠성검을 들고 춤을 추었다. 법기와 날카로운 검으로 등을 때리면 두 다리가 나는 듯이 춤을 췄다. 눈깔이 하얗게 뒤집히며 입에서 신의 지시를 토해 냈다. 세 선녀는 신과 귀의 말을 받아 적으며 도움을 받으러 온 사람들에게 번역해 주는 일을 도맡았다. 그녀는 자신의 볼록 솟은 가슴을 내려다보았다. 남자들은 가슴이 평평하며 웃통을 벗고 젖꼭지까지 다 드러낼 수 있다. 여자는 신령을 찾아 빙의할 수 있지만 가슴을 드러낼 순 없다. 그랬다간 영매의 춤이 아니라 스트립쇼가 된다. 그녀는 자기 몸이 싫었다. 남자들이 마음대로 만지고 주무르려는 데다 이 지겨운 가슴 때문에 할아버지로부터 계동의 지위를 계승하지 못하기 때문이었다.

사실 그녀는 자신의 남다른 청각을 초능력이라고 생각하진 않았다. 초능력이란 할아버지처럼 신령과 통할 수 있고, 하늘을 날 수 있으며, 투명 인간이 될 수 있는 것이다. 힘으로 거대한 산을 뒤흔들고, 중간고사 시험문제를 예측할 수 있어야 한다. 그녀는 그저 보통 사람들이 듣지 못하는 소리를 들을 뿐이다. 정말 귀찮았다. 그녀는 애당초 이런 신기한 능력을 원한 적이 없다. 그녀가 들을 수 있는 사람들 몸속의 소리는 목구멍과 구강을 통해 전달되는 소리가 아니라 머리와 마음속, 뼈와 살, 장기 속에 든, 그런 소리였다. 이런 소리는 인간의 문법이 필요 없고 문자나 성조도 없었다. 어차피 알아듣는 사람이 없어서 수사도 필요 없었다. 직접적이고 솔직한 말이었다. 예컨대 그녀가 자리에서 허리를 쭉 펴면서 가슴을 앞으로 내밀면 옆자리 남학생의 바짓가랑이 안에선 늘 불꽃이 이는 소리가 들렸다. 폭죽 터지는 소리와 비슷했다. 이어서 칼과 검이 부딪히는 소리가 들렸다. 눈길을 비스듬히 돌려 쳐다볼 필요도 없었다. 소리만 듣고도 옆자리 남학생의 그 부분이 딱딱해지면서 일어서서 바지에 바과산*이 솟았다는 걸 알 수 있었다.

타인의 몸속 말을 들을 수 있다는 건 정말 귀찮고, 근본적으로는 저주받은 일이었다. 엄마와 아버지가 세상을 떠난 뒤로 이웃들은 세 자매를 연민의 눈빛으로 보았지만, 그들의 몸 안에선 ‘살별’이나 ‘대쇄’**, ‘부모 잡아먹는 팔자’, ‘커서 아무도 아내로 맞지 않을 것’ 같은 말이 들렸다. 그녀는 울면서 1호와 2호에게 말했다.

“방금 그 아줌마가 우리는 앞으로 아무한테도 시집가지 못한대”

1호와 2호는 3호를 노려보면서 헛소리라고 했다. 그들이 듣지 못하는 걸 그녀만 듣고 있었다. 손바닥으로 귓바퀴를 눌러도 소용이 없었다. 소리는 어떻게든 방법을 찾아내어 손바닥을 뚫고 귓속으로 파고들었다.

---

*　八卦山. 타이완 장화현 동북부에 위치한 해발 97미터의 산이다.
**　帶衰. 어떤 사람의 몸에 불길한 기운이 있어서 교류하거나 함께 지내면 운이 안 좋게 되고 불행한 상황에 처한다는 무속 관념이다.

셔터우의 새, 구아버나무. 논밭 주변의 반얀나무, 학교 안의 봉황(鳳凰)나무, 칭수이옌 산간 지역 숲의 말도 어려서부터 어른이 될 때까지 듣다 보니 점점 그 뜻을 알게 되었다. 그녀는 '알아들었지만' 겉으로 드러내지 않았다. 그녀에겐 이런 깨달음을 어른의 언어로 번역해서 주변 사람들을 이해하게 할 길이 없었다. 나무 위에 반짝거리는 전구가 가득 걸려서 나무가 밤에도 잠을 잘 자지 못해 다른 나무에게 구조의 신호를 보내는 것 같다는 말을 어떻게 한단 말인가. 그녀는 멍청해서 말도 잘할 줄 몰랐다. 어려서부터 학교 성적은 바닥이었고 작문 시간에 원고지를 마주하면 한 글자도 못 썼다. 얼마 전에 사범대학을 졸업하고 부임한 따스하고 부드러운 선생님이 그녀에게 말했다.

"한 가지 방법이 있는데 해 볼래? 네가 매일 듣는 말을 쓰는 거야. 너무 많이 생각할 필요 없어. 그렇게 복잡하지 않으니까 말이야. 귀에 들리는 걸 그대로 원고지에 옮겨 쓰면 돼. 펜과 귀가 함께 움직이는 거지. 그렇게 쓰다 보면, 매번 뭘 써야 할지 몰라서 쓰지 못하는 일은 없을 거야. 가족들이 하는 말을 써도 되고, 친구들이 하는 말을 써도 좋아. 아니면 선생님이 하는 말을 써도 돼."

듣기에는 어렵지 않은 것 같았다. 그녀는 선생님이 말한 대로 써 보려 했지만 정말로 그렇게 되지는 않았다. 오늘 아침 반얀나무가 그녀에게 던진 신호를 어떻게 그대로 옮겨 쓴단 말인가. 그녀가 들은 말은 '좋은 아침'인 것 같았지만 '좋은 아침'은 인간의 말이지 나무의 말이 아니다. 원고지 위에 인간의 언어로 나무의 안부 인사를 어떻게 쓰나. 새 소리는 또 어떻게? 벼가 베어지기 직전에 내는 웅웅 소리는? 그녀는 여자 선생님의 몸 안에서 불안의 소리를 들었다. 이포?* 말레이시아? 처음 듣는 지명이었다. 교실 벽에 붙어 있는 세계지도를 한참 살펴보다가 간신히 말레이시아를 찾아낼 수 있었다. 선생님은 그곳 출신이었다. 선생님은 졸업하자마자 셔터우로 배치되어 교편을 잡게 되었지만, 타이완어를 잘 못하다 보니 발음 때문에 항상 놀림을 당했다. 구역질 나는 남자 선생이 매일 쫓아다녔다. 선생님은 이포의 화교 학교, 닭고기 요리와 선생님이 돌아올 때까지 기다리겠다고 말한 말레이시아의 소년이 그리웠다. 나무와 벼에 대해 쓸 수 없었던 3호는 순순히 선생님 말씀에 따라 선생님에게서 들리는 소리를 썼다. 무더운 날 집 문 앞에 쪼그리고 앉아 어머니가 끓인 아채계반**을 먹었던 일을 썼다. 타이베이로 오는 날, 선생님을 공항까지 배웅하기 전에 아버지가 함께 허펀***을 먹었다. 그 뒤로 오 년 동안 말레이시아로 돌아가지 못했다. 원고는 틀린 글자가 너무 많았고 글씨도 삐뚤빼뚤했으며 내용도 앞뒤가 맞지 않았다. 그녀는 작문을 제출했다. 완전히 망했다. 엉망진창이다. 그녀는 선생님이 화를 내지 않기만을 바랐다. 하지만 적어도 빈 원고지를 내진 않았다. 그날 저녁, 선생님은 자전거를 타고 삼합원으로 찾아와서 3호를 꼭 안아주었다. 선생님은 눈물은 흘리지 않았지만, 열대의 물줄기가 몸속을 휩쓸고 있었고 그 소리는 오직 3호만 들을 수 있었다.

---

* Ipoh. 말레이시아에서 네 번째로 큰 도시이자 페락(Perak)주의 주도로, 상공업과 교통의 중심지이다.

** 芽菜雞飯. 콩나물과 닭고기를 결합한 특색 있는 미식으로 말레이시아 이포 지역에서 흔히 볼 수 있다.

*** 河粉. 폭이 넓은 쌀국수의 일종이다.

화요일

그녀는 태국의 나무와 새들을 접해 본 적이 거의 없어서 그 이름을 알아들을 수 없었다. 하지만 리조트 곳곳에 있는 어느 외래종 녹색식물을 보자마자 그것이 판단이라는 걸 알았다. 어렸을 때부터 줄곧 함께해 왔고, 아마도 그녀가 유일하게 말을 알아들을 수 있는 태국 식물이었다. 어렸을 때 반 전체가 소풍을 갔었다. 그녀가 도시락을 열자 아이들이 날카롭게 소리를 질렀다.

"아, 토할 것 같아! 너희 집 밥은 왜 초록색이냐? 선생님! 얘 밥이 초록색이에요!"

2호의 엄마는 삼합원에 판단 몇 포기를 심었다. 그녀는 판단 잎을 따서 가늘게 빻은 다음 거기에 물을 부어 걸쭉하게 했다. 이어서 비단 천으로 걸러서 여과된 비취색 액에 쌀을 쏟아 넣고 커다란 냄비 가득 초록색 밥을 지었는데, 향이 너무나 좋았다. 반 아이들 도시락엔 모두 흰 밥이 들어 있었고, 오로지 그녀의 밥만 초록색이었다. 모두가 흰색일 때 초록색은 불길하고 괴이하다. 병이 옮는다는 소문이 돌면서 모두 초록색 샤오 씨 소녀를 멀리하기 시작했다.

그녀는 판단 향을 무척 좋아했다. 태국에 와서 살면서 그녀는 마음껏 초록색 음식을 먹을 수 있었다. 조리사에게 판단 시폰 케이크를 만들라고 지시했고, 그걸 아침 식사에 내놓으면 손님들이 앞다투어 가져가서 순식간에 사라졌다. 오후 티 타임엔 판단 아이스크림을 선보였고, 밤에는 바에서 판단 칵테일을 내놓았다. 요즘 그녀는 판단으로 만든 디저트를 아주 좋아했다. 그녀는 조리사에게 아주 달게 만들라고 했다. 자신은 관여하지 않을 테니까 하여간 달게만 만들라고 했다. 바자(八甲)의 사탕수수밭에서 얻을 수 있는 그런 단맛이어야 한다고 했다. 그녀와 조리사는 언어가 통하지 않았지만, 손에 설탕 단지를 들고 손짓을 하면서 눈빛으로 뜨겁게 불을 쏘아 댔다. 눈앞에 있는, 방금 화로에서 나온 판단의 녹색을 크렘 브륄레 표면의 캐러멜처럼 잘 구우라는 지시를 조리사는 잘 알아들었다. 조리사는 매일 그렇게 특별히 여사장을 위해 크고 달콤한 시폰 케이크를 구워 주었다.

작년에 그녀는 약간의 행정 문서를 처리하기 위해 셔터우에 갔다. 정말로 갈 데가 없어서 삼합원으로 갈 수밖에 없었다. 그녀는 초록색 케이크 하나를 신탁 위에 올려놓고 집을 나섰고, 향사무소에서 일을 처리하고 돌아와 보니 케이크는 이미 보이지 않았다. 그녀는 1호가 방 안에서 케이크를 먹는 소리를 듣고 마음속으로 욕을 해 댔다.

"에휴! 벼락 맞을 년. 케이크를 오랫동안 못 먹어서 환장했나. 그거, 먹으라고 둔 게 아닌 건 개라도 알 텐데."

1호는 그녀에게 눈길 한 번 주지 않고 대놓고 피했다. 3호가 신탁을 살펴보니 위를 덮은 천이 아주 낡았다. 오랜 세월에 초록색 재봉실이 다 뜯겨 있었고, 탁자 모서리 부분은 너무 낡아 해졌다. 천 위에 수놓은 세 마리의 봉황도 심각하게 퇴색돼 있었다. 1호가 저 천을 몇 번이나 빨았을까? 천은 아주 오래되긴 했지만 무척 깨끗했고 세제 향기가 났다. 저 세 마리 봉황 중에 어떤 게 엄마가 수놓은 것인지 기억이 나지 않았다. 세 엄마가 함께 수놓은 것인가? 그녀는 쪼그려 앉아 자수에 귀를 대 보았다. 세 마리 봉황은 전부 낡었고, 맨 처음 지녔던 화려한 자태는 햇볕에 지워져 버렸다. 오색실도 얼룩덜룩했다. 그들의 소리엔 이끼가 잔뜩 끼어 있었다. 너

    화요일

무나 약해서 조금만 힘 주어 당겨도 다 해체되고 모든 소리가 죽어 버릴 것만 같았다.

신탁 아래에서, 바람 소리가 났다.

하지만 그녀는 애써 못 들은 척했다.

소리 내지 마. 듣고 싶지 않단 말이야.

신탁 아래로 기어들어 가고 싶지 않다고.

지금은 지옥으로 들어가고 싶지 않아.

어차피 나 혼자선 갈 수 없으니까.

3호는 건너편의 블루 카페에 갔다. 너무나 놀라운 광경이었다. 그녀가 태국으로 가기 전에 2호는 카페를 열 생각이라고 했다. 가게 이름도 생각해 놓지 않았다. 건물 안에는 쓰레기만 잔뜩 쌓여 있고 도대체 뭘 팔 건지도 미정이었다. 그런데 어쩌다가 이런 첨단 유행의 문학 청년적인 카페가 된 걸까. 파란색 간판, 석재를 이어 만든 카운터, 이탈리아 커피 머신, 나무 테이블과 나무 의자, 파란 풍경(風磬), 북유럽풍 조명에 잔과 용기를 올려둔 벽은 파란색으로 칠했고, 그 위에 헤엄치고 있는 파란 고래 한 마리가 그려져 있었다. 디저트 진열장에는 아주 다양하고 정교한 파란색 디저트들이 진열되어 있었다. 가게 안어는 녹음된 파도와 갈매기 소리가 재생되고 있었다. 앉아서 커피를 마시다 보면 바다 위를 표류하는 듯한 어지러운 착각이 든다. 3호는 자기 얼굴을 만져보았다. 얼굴도 파랗게 물들어 지워지지 않을 것만 같았다.

2호와 3호가 마주 앉았다. 자매는 서로 말이 없었다. 3호가 파란 치즈케이크와 함께 파란 카푸치노를 한 잔 주문했다. 맛이 뛰어났다. 너무나 끌리는 맛이었다. 2호가 어디서 샤오B 같은 인재를 찾았지? 샤오B를 태국으로 데려가도 될까? 아, 그럴 순 없다. 그녀는 어렵사리 타이완 사람이 없는 곳을 찾아냈고, 샤오B는 미안하지만 그런 제안을 받아들일 수 없었다. 잠시 셔터우에 머무르는 동안 2호가 합리적인 급료를 주기를 기대하는 게 상책이었다. 커피 한 잔을 마시는 동안 그녀는 2호의 몸에서 나는 소리에 귀를 기울였다.

카페 이름을 블루로 정한 건 샤오B의 성이 란(藍)이기 때문이야. 영어로 하면 Blue지. 단테는 알파카를 끌고 다니면서 매달 타이베이로 돈을 보내. 충분한 액수인지는 모르겠어. 머리를 잘라야 할까? 요즘 장사는 그런대로 괜찮은 거지? 타이베이에 가서 아이를 만나고 싶지만 그러진 못 하겠어. 셔터우는 너무 더워. 핀란드의 겨울이 그립네. 캘리포니아에는 집도 있고 아파트도 있는데, 팔아 버려야 할까? 아니면 셔터우를 떠나 캘리포니아로 돌아가야 할까? 1호는 며칠 전에 길에서 어떤 사람과 주먹질을 했어. 그 사람이 떠돌이 개를 발로 찼거든. 기차를 타고 가다가 우연히 중학교 동창을 만났어. 얼마 후 그는 우리 카페의 단골손님이 되었지. 어제는 내 앞에 무릎을 꿇고는 청혼을 하더라고. 미치고 환장하겠어. 저승길을 재촉하는 남자들이 왜 이렇게 많은지. 아무래도 머리를 잘라야 할 것 같아.

2호에게는 영원히 남자들이 달라붙었다. 모두가 그녀를 사랑했다. 모두가 그녀와 일생을 함께하고 싶어했다. 3호는 평생 남자가 없었다. 그녀는 남자가 가장 두려웠다.

3호는 관심을 샤오B에게로 돌렸다. 맑고 아름다운 얼굴에 가는 머리칼이 어깨까지 늘어진 자태로 커피를 만드는 데 집중하고 있었다. 어떤 분쟁도 일으키지 않고 사람들의 관심을 완전히 차단하는 얼굴이었다. 그 얼굴은 남자도 여자도 아닌 그저 어느 쪽에도 서지 않으려 했으나, 그 때문에 분쟁이 찾아와 샤오B에게 입장을 정하라고 요구했다. 샤오B의 콧에서 흥얼거리는 노랫소리가 들렸다. 기타로 간단히 곡을 만들고 있었다. 곡은 다 썼는데 가사가 완성되지 않아서 마음속으로 자꾸 썼다가 지우고 있었다. 그녀는 샤오B를 이해했다. 그녀도 그런 사람이었다. 말이 없고 등이 약간 굽었다. 길을 걸을 떠 습관적으로 고개를 숙인다. 낯선 사람들이 두렵다. 화려한 색상이나 꽃무늬가 있는 옷은 가급적 입지 않는다. 조용한 구석을 찾아가고 싶은 마음뿐이다. 평생 가장 바라는 일은 세상으로부터 잊히는 것이다. 세상 전체로부터 잊히고 싶다면 너무 과도한 욕심일까. 그른 셔터우에서만이라도. 셔터우는 인구가 많지 않은 타이온 중부 시골의 작은 마을이다. 제발 부탁인데, 잊어 주길. 이런 요구가 과한 걸까.

그녀가 태국에서 가져온 녹색 케이크를 2호는 한 입도 먹지 않았다. 그러면서 배고프지 않다고 말했다. 역시, 2호는 아직 변하지 않았다. 영원히 배고프지 않았다. 살이 찌는 걸 가장 두려워했다. 그녀는 샤오B의 우려를 들었다. 2호 사장님이 이미 며칠째 음식을 먹지 않은 것 같다는 소리였다.

샤오B는 그녀에게 인터넷 사이트에 올라온 셔터우의 사진을 보여주었다. 흰 꽃이 만개한 구아버나무 사진도 있고 셔터우 기차역 벽면을 독특하게 촬영한 것도 있었다. 퉁런셔*의 정면 사진도

---

*   同仁社. 장화현 기차역 옆에 설립된 철도 운수 회사의 건물로, 2002년 역사 건

있고, 양말 직조 기계의 세부, 알파카가 웨메이(月眉) 연못 물가에 서 있는 사진도 있었다. 단테의 눈썹, 삼합원 문 앞의 작은 등, 나비콩 꽃술, 사람이 하나도 없는 구아버 시장, 머리칼이 긴 2호의 뒷모습, 지미 헨드릭스의 하얀 발.

그녀가 참지 못하고 샤오B에게 물었다.

"사진들이 전부, 뭐랄까, 잘 찍은 것 같아……. 아아, 뭔지 이해할 것 같아. 그런데…… 이 사진들 누가 봐?"

"하하, 아무도 보지 않는 게 가장 좋아요."

셔터우의 밤, 2호와 3호는 블루 카페 간판 아래 서서 작별 인사를 나누었다. 사실 서로 아무 말도 하지 않았다. 어차피 자매다. 셔터우가 인증하는 샤오 씨 여자 2호와 3호에겐 인간의 언어가 필요치 않았다. 2호는 태국의 냄새를 맡았고 이별의 냄새도 맡았다. 3호의 몸에서 발산되는 강렬한 고추 냄새와 열대의 큰 나무들, 새파란 바다, 작열하는 석양, 굳센 의지의 냄새를 맡았다. 그리고 아주 이상한 일이지만, 해변의 리조트 수영장 옆의 수많은 남자들, 잠깐, 수영복을 벗고 있는 사람도 많다. 도대체 어디지? 냄새는 아주 강렬했다. 2호는 이해할 수가 없었다. 분석할 길도 없었다. 하지만 3호는 보아하니 상당히 풀어진 것 같다. 그녀는 3호가 이렇게 즐거워하는 모습을 본 적이 없었다.

3호가 떠나기 전에 2호가 그녀를 붙잡으며 말했다.

"태국이 좋긴 하구나. 네가 즐거우면 된 거야. 큰언니 쪽은 걱정할 필요 없어. 내가 눈여겨볼 테니까. 타이베이는…… 그게, 지

축물로 지정되었다.

금도 난 어떻게 해야 할지 모르겠어."

3호는 다시는 셔터우로 돌아오지 않을 작정이었다.

새들은 소리치다가 지쳤고, 배가 고팠는지 먹이를 먹느라 바빴다. 리조트가 마침내 이른 아침의 안정을 회복했다. 그녀는 전혀 졸리지 않아서 식당에서 일을 거들기로 했다. 어차피 잠을 못 잘 바엔 테이블에 접시를 차리고 운동 삼아 바닥을 청소할 생각이다. 조리사는 일찌감치 출근해 있을 것이다. 손목시계를 들여다보니 녹색 케이크를 오븐에서 꺼낼 시간이다. 그녀는 케이크 하나를 혼자 독차지할 생각이었다. 몇 시간 전에 먹은 케이크는 이미 완전히 소화됐다. 몸에 커다란 케이크 한 덩이가 필요했다. 따뜻한 케이크를 보충해야 했다.

그녀는 휴대폰을 켜서 샤오B의 계정을 확인했다. 어라? 어젯밤에 새 사진을 올렸네. 이 새는 파타야 해변에는 흔하지만 셔터우에서는 보기 힘든 새였다. 이게 어떻게 셔터우까지 날아갔지?

구구구. 구구구. 구구. 구구구.

그녀는 걸음을 멈췄다. 새가 휴대폰 화면 안에서 힘껏 날갯짓을 하고 있었다. 칼처럼 구부러진 부리로 휴대폰 액정을 쪼아 댔다. 새가 휴대폰 밖으로 뚫고 나왔다. 그렇게 셔터우에서 파타야로 날아와 그녀 주위를 몇 바퀴 돌았다. 머리 위의 화려한 관을 펼치면서 눈을 깜박였다. 근처의 화초, 새, 원숭이, 물고기, 새우가 전부 입을 다물었다. 바다도 숨을 쉬지 않았고 구름과 비가 흩어져 물러갔다. 바람은 땅바닥에 납작 엎드려 이동하지 못했다. 마치 기관총을 난사한 후처럼, 그녀는 이생에서 처음으로 철저한 고요함을 느꼈다. 내가 농아였던가? 아무 소리도 들리지 않는다.

구구구. 구구.

새가 말했다.

이런 쳐 죽일. 그녀는 셔터우에서 날아온 새의 말을 알아들었다.

아주 분명했다.

새가 말했다.

구구. 맞아, 바로 너였어. 구구구. 셔터우로 돌아가야 해.

화요일

갓난아기가 밤새 울었다.

누군가가 감독에게 물을 수도 있다.

"감독님, '밤새'라는 말이 무슨 뜻인가요? 해가 졌다가 다시 뜰 때까지의 시간을 말하나요?"

감독은 노트를 꺼내 들었다. 로이텀(Leuchtturm) 1917. 그녀가 가장 사랑하는 독일 노트 브랜드로, 검은색 하드커버에 아무것도 없이 깨끗한 내지가 특징이다. 그물처럼 줄이 쳐 있거나 점선이 있는 건 질색이다. 각 페이지마다 부호가 명기되어 있다. 그녀는 노트를 각종 사이즈로 전부 보유하고 있다. 책장 한 칸에 전부 검정색 노트만 꽂혀 있다. 그녀는 육아 노트 시리즈로 A5 사이즈를 선택했다. 아기가 태어나면서부터 지금까지의 기록이 이미 여덟 권의 노트를 가득 채우고 있고, 지금 쓰고 있는 게 아홉 번째인데 벌써 열 페이지를 썼다. 감독은 노트를 열고 열 번째 페이지에 분명하게 기록했다.

"밤 9시 39분에 아기가 침대 위에서 잠들었다. 11시 58분에 놀라서 깨더니 울기 시작했다. 큰 소리로 울었다. 기저귀를 갈아주고 분유를 먹여 보았다. 체온은 정상이었다. 안아서 달래 봤지만 소용없었다. 계속 울다가 새벽 3시 13분에 마침내 잠이 들더니 새벽 4시 11분에 다시 놀라서 깼다. 계속 울었다. 5시 25분에 피곤했는지 마침내 다시 잠이 들었다."

이것이 바로 '밤새'다. 이 정도면 이해하는 데 충분할지?

태어난 지 십사 개월이 된 사내아이는 늘 한밤중에 울었고, 감독은 여러 차례 아기를 안고 응급실을 찾았다. 의사는 매번 아무 증상도 찾아내지 못했다. 지난번 응급실에는 방금 실려 온 남자가 있었다. 교통사고였는지 두 다리가 심각하게 비틀려 있었다. 의사와 간호사가 응급 처치를 하는 동안 남자는 고래고래 소리를 질러 댔으나, 고통을 호소하는 소리가 아니었다.

"아기가 너무 시끄러워요. 시끄러워 죽겠다고요!"

간호사가 귀 체온계를 든 채 감독의 품에 안겨 울고 있는 아기를 보면서 어색한 웃음을 지었다. 감독도 미안한 생각이 들었지만, 뭘 어쩌란 말인가. 그녀가 팔목에 차고 있는 시계는 데시벨이 폭발 직전인 상황이 되면 진동으로 경고음을 냈다. 음량에 주의해 청각을 보호하라고 알려주는 용도다. 응급실에 들어서자마자 손목시계가 쉬지 않고 진동으로 경고를 보냈지만, 두 팔에 아기가 안겨 있어서 어느 손가락으로도 시계의 경고 기능을 끌 수 없었고, 울음소리의 데시벨도 낮출 수 없었다.

결국 남자가 받은 응급처치는 아무 효과가 없었다. 그녀는 마음속으로 미안함을 느꼈지만 꼭 아기 때문에 시끄러워서 죽은 건 아니리라고 생각했다.

지금 이 순간, 시계를 보니 아침 5시 38분이었고, 그녀는 노트에 또 써내려 가기 시작했다.

"밤새 못 잤다. 발코니에 앉아 커피를 마셨다. 타이베이에 갑자기 가을이 느껴졌다. 바람이 시원했고 12층에서 내려다보니 새벽 식당이 문을 연 게 보였다. 내려가서 단빙*을 사고 싶었지만, 만에 하나 그사이에 아기가 울면 어떡하나. 한 가지 분명한 생각이 떠올랐다. 그 자리에서 새벽 식당을 향해 뛰어내리면 몸이 으스러지기 전에 식당 주인에게 '베이컨 구층탑** 단빙 하나요!' 하고 한 마디 외칠 틈이 있을 거다. 하지만 고맙다는 인사를 하기 전에 죽고 말겠지. 그렇게 죽는 거다. 정말 민폐인 죽음이겠지."

그녀는 새벽 식당의 단빙을 정말 좋아했다. 거기에 구층탑을 조금 얹으면 입에서 강렬하고 극적인 효과가 났다. 혀끝에 묘당의 가자희***를 옮겨 놓은 것처럼. 식당에서는 아이스 밀크티도 팔았다. 차갑고 강렬해서 마시면 몸속에 입센의 희곡『인민의 적』이 펼쳐지는 듯했다. 예전엔 거의 매일 찾았지만, 아이가 태어난 뒤로는 그 집 아침 식사를 먹어 보지 못했다.

감독은 그녀의 별명이었다. 그녀는 극단에서 단막극을 몇 편 연출한 적이 있었고, 배우들이 그녀를 감독님이라고 불렀지만, 엄마가 된 뒤로는 연출을 맡을 시간이 없었다. 하지만 다들 습관처

---

*　蛋餅. 밀가루 부침 위에 달걀을 얹어 익힌 아침 식사용 요리이다.

**　九層塔. 바질, 혹은 나륵(羅勒)으로도 불리는 식물로 진한 향기가 있어 타이완에서는 다양한 음식에 향신료로 사용된다.

***　歌仔戲. 타이완 전통 연극의 일종이다.

럼 그녀를 여전히 감독님이라고 불렀다. 그녀는 연출을 맡았던 시절이 너무나 그리웠다. 단막극을 연출하면서 적은 각종 기록이 노트 열 권을 가득 채우고 있었다.

오늘이 무슨 요일이지? 밤새 못 잤더니 확실히 피곤했다. 침대에 누웠는 데도 잠이 오지 않았다. 아이는 마침내 잠이 들었지만 울음소리가 여전히 뇌리를 맴돌고 있었다. 시도 때도 없이, 몇 분 혹은 몇 초 동안 아기 울음소리가 들렸다. 그 소리는 이미 그녀의 생명을 좌우하는 소리가 되었다. 높은 소리에 놀란 위아래층 이웃들이 일제히 항의했다. 공원에서 만난 한 할머니는 묘당에 데려가서 수경*을 해 보라고 충고했다. 고속열차를 탔을 때는 객차 전체가 뒤집어지는 사태가 났고, 그 후에 어린이집 보모에게 도움을 청했다.

"아가씨, 우리한텐 방법이 없어요. 모든 방법을 다 써 봤는데 아기가 계속 울어 대는 바람에 누가 경찰에 신고를 했어요. 우리가 영아를 학대한다면서요. 부탁이에요. 제가 다른 집을 소개해 드릴게요. 제발 좀 도와줘요."

화요일이었다. 아, 내일모레면 셔터우에 가서 공연을 준비해야 한다. 그녀는 계속 오늘이 월요일이라고 생각했다. 정말 벌써 화요일이라고?

며칠 전에 극단에서 사전 회의를 열었다. 많은 디테일을 확정해야 했다. 야외 공연에는 변수가 정말 많다. 가는 비만 한 차례 내려도 모든 사람이 미칠 지경이 된다. 다들 열띤 토론을 벌였고 아

---

* 收驚. 까무러친 아이의 혼을 부르는 민간 무속 행위의 일종이다.

기는 유모차 안에서 깊은 잠에 빠져 다무 소리도 내지 않았다. 회의를 마치고 저녁 회식을 어디서 하는 게 좋을지 상의했다. 한 배우가 훠궈를 먹자고 제안했다. 훠궈는 누구나 좋아하는 음식이고, 물론 좋은 선택이다. 하지만 무대감독이 다른 제안을 내놓았다.

"이 바보들이 또 잊어 버렸네. 감독님이 아기를 데리고 오셨잖아. 훠궈 국물은 아이에게 아주 위험하단 말이야. 게다가 불도 있고."

그녀는 큰 소리로 상관없다고 말했다. 그러면서 모두 함께 훠궈를 먹은 지 오래된 것 같고 아이는 자신이 잘 돌보면 문제 없으니 걱정하지 말라고, 전혀 위험하지 않을 거라고 했다. 하지만 전화를 걸어 예약하는 순간부터 아이는 미친 듯이 울어 대기 시작했다. 그녀는 아이와 함께 택시를 타고 집으로 돌아갔고, 결국 훠궈는 먹지 못했다. 아예 저녁 식사 자체를 하지 못했다. 그날 밤, 아래층 이웃이 올라와 거칠게 문을 두드리더니 문을 사이에 두고 그녀에게 몇만 달러를 줄 테니 제발 이사를 가라고 부탁했다. 돈을 더 줄 수도 있다고 했다.

그런데 뜻밖에도 내일모레면 셔터우로 가게 돼 있다.

몇 번이나 갔더라? 이건 노트를 뒤져 봐야 한다. 확신할 수 있는 건 지난번에 셔터우에 갔을 땐 아이가 막 여섯 달이 되던 날이었다는 사실이다. 고속열차를 타고 내려갈 엄두도 내지 못했다. 가는 길 내내 굳센 울음소리가 수많은 승객들을 환장하게 할 거라고 생각해 임시로 렌터카를 구했다. 차가 타이베이를 벗어나자마자 뒷좌석에 탄 갓난아기는 큰 소리로 울어 대기 시작했다. 그 소리에 고등학교 때 외웠던 주기율표가 생각났다. 수소리튬나트륨

칼륨류비듐세슘, 탄소규소게르마늄주석아연, 당시에는 매일 입으로 외우기만 했을 뿐 아무것도 이해하지 못했다. 그저 억지로 외울 뿐이었다. 모든 원소가 단단한 고체상태로 머릿속에 그냥 그대로 박혀 있었다. 졸업을 하고 이렇게 오랜 세월이 흘렀는데 아직도 안 잊어 버렸다. 갓난아기의 울음소리도 주기율표 같았다. 어떤 소리는 구리였고, 어떤 소리는 칼륨이었다. 이어서 한 시간 삼 분 동안은 온통 아연이었다. 타이베이를 출발하여 셔터우에 도착할 때까지 차 안에 원소가 가득 찼고, 거의 숨도 못 쉴 지경이었다. 셔터우 경내로 들어서 철로 건널목에서 기차가 지나가기를 기다렸다. 아이가 입을 크게 벌리고 미친 듯이 울어댔다. 아연이었다. 산이 무너질 정도의 강력한 소리가 건널목 경고음을 덮었다. 어떤 목소리가 아주 분명하게 그녀를 향해 말했다.

"감독님, 가속 페달을 밟아요. 페달을 밟아 기차와 충돌하면 소리가 즉시 멈출 거예요."

휴대폰 내비게이션을 따라 셔터우로로 접어든 그녀는 눈대중으로 삼합원으로 가는 골목까지의 거리를 가늠했다. 차를 몰고 거기까지 가다간 틀림없이 중간에 길이 막힐 것 같다는 생각이 들었다. 우선 차를 블루 카페 앞에 세우기로 했다. 차창을 열자, 앞서 튀어나온 원소들이 와르르 뛰쳐나갔다. 마치 철물점에 지진이라도 난 모양으로.

그녀는 샤오B가 벤치 위에 앉아 커피를 마시는 모습을 보고는 핸들 위 클랙슨에 머리를 세게 부딪혔다. 자신의 날카로운 외침마저 그 소리에 묻혀 버렸다. 커피, 커피, 그녀에게 필요한 건 커피 한 잔이었다.

그날 2호는 없었다. 주말이 아닌 평일 오후가 되면 카페엔 손님이 별로 없다. 그녀는 커피를 다 합쳐서 다섯 잔 주문했다. 케이크 열 개를 먹으면서 오후 내내 그곳에 앉아 있다가 테이블 위에 엎드려 잠깐 자기도 했다.

샤오B가 그녀를 도와 아기를 돌보고 그녀의 말상대가 되어 주었다. 아기는 고양이를 보더니 눈이 휘둥그레지면서 울음을 멈췄다. 웃음소리가 들렸다. 웃음소리. 놀랍게도 아기가 웃고 있었다. 그녀는 벽에 걸린 파란 고래를 바라보면서 방금 고속도로에서 들었던 방송 내용을 생각했다. 해변에서 대형 고래 사체가 발견되었다면서 사람들에게 가까이 접근하지 말라고 부탁하는 방송이었다. 고래의 내장이 분해되면서 대량의 메탄 가스가 발생하기 때문에 폭발할 위험이 있었다.

그녀가 샤오B에게 물었다.

"어떻게 셔터우에 오게 됐어요?"

사실 그녀도 셔터우 사람들이 보통 어떤 모습인지 잘 모른다. 몇 번 와 본 게 전부이지만 샤오B의 모습을 보니 아무래도 이곳에서 나고 자란 사람 같지 않았다. 샤오B는 카페 안에서는 한 마리 자유로운 고래였다. 하지만 바깥 거리로 나가면 전혀 어울리지 않았다. 폭발할 위험이 있었다.

"화장실이 급해서요. 하하, 농담 아니에요. 기차만 탔다 하면 정말로 그런다니까요. 다행히 구간 열차가 셔터우까지 가길래 열차에서 내리자마자 화장실로 달려갔어요. 그런데 누가 알았겠어요, 이렇게 주저앉게 될 즐. 인생은 정말 희한한 것 같아요. 그런데…… 손님은요?"

그녀는 오늘 아침에 우는 아기를 데리고 셔터우로 가서 삼합원 문 앞에 내려놓고 곧장 차를 몰아 자리를 뜨기로 마음먹었다. 하지만 차로 거기까지 들어가지도 못했다.

여섯 번째 커피로 그녀는 파란색 카푸치노를 주문하면서 샤오B에게 일회용 컵에 담아 달라고 부탁했다. 날이 어두워지기 전에 타이베이로 돌아가야 한다. 그녀는 따뜻한 파란색 커피를 받아 들고 샤오B에게 감사 인사를 건넸다.

"뭐라고 인사를 해야 좋을지 모르겠어요. 오늘 아침에 아기가 분유를 다 먹더니 바닥에 하나 가득 토했어요. 그러고는 계속 울어 댔어요. 집에 있는 금곡장* 상패를 바라보고 있었는데, 정말로 하마터면, 조금만 더 못 참았더라면 상패로 나 자신을 내려쳤을 거예요. 아니면, 맙소사, 내가 미쳤었나 봐요. 정말로 하마터면 아기를 후려칠 뻔했어요."

"금곡장이라고요?"

어떻게 설명해야 할까. 서재는 어지럽고 책들이 마구잡이로 내팽개쳐져 있었다. 기타는 노트 더미에 눌려 있고, 그 위에 기저귀와 우윳병 같은 잡동사니가 흩어져 있었다. 그중에서 상패가 가장 눈에 잘 띄었다. 발꿈치를 살짝 들기만 하면 손에 잡을 수 있었다. 금빛으로 장식된 그 물건으로 머리를 내려치면 피가 낭자하고 울음소리가 그칠 게 분명했다. 아니면 저 낡은 기타로 내리칠까? 기타는 정말 오래된 것이었다. 그녀는 그것이 이모가 사 준 거라

---

* 金曲獎. 1990년부터 시작된 중화권 최대의 음악상으로, 타이완에서 시상식이 열린다.

 화요일

고 했고, 콘서트엔 반드시 가지고 다녔다. 기타 없이는 무대에 오르지 못했다. 기타로 칠까? 내 머리를 내리치고 머리통이 기타를 뚫고 나오게 해서 곧장 기절해 버리면, 세상이 마침내 조용해지겠지. 이런 생각과 목소리가 너구 무서워서 그녀는 이를 자세히 노트에 적었다. 의사를 찾아가 진료를 받아야겠다는 생각이 들었지만 시간이 없었다. 정말로 짬이 나지 않았다.

타이베이의 아파트로 돌아온 그녀는 샤오B가 알려준 계정을 찾아보았다. 촬영 각도가 기묘했다. 손가락이 카누처럼 휴대폰 위를 이리저리 미끄러지다가 샤오B가 블루 카페 벽에 그린 고래의 영상을 찾아냈다. 촬영하는 사람이 소리를 내고 있었다. 그녀는 그 가볍고 부드러운 목소리를 알아들었다. 셔터우 2호였다. 2호의 목소리에 부딪힌 카누는 격랑을 만나 통제가 불가능해졌다. 이어서 곧장 1호가 길가에서 고양이에게 먹이를 주는 사진과 부딪혔다. 강물 속 큰 바위에 부딪힌 카누는 가라앉고 말았다.

그녀가 샤오B에게 문자를 보냈다.

"나 내일모레 셔터우에 도착해요. 샤오B의 커피가 너무 먹고 싶어요. 모레 만나요."

샤오B의 계정을 살펴보는데, 숫자가 이상했다. 눈을 비비고 다시 봤으나 착각이 아니다. 어제저녁에 샤오B가 자신의 작은 계정에 새가 나오는 영상을 올렸었는데, 클릭 수와 방문자 수가 놀라울 정도였다. 수많은 사람들이 댓글로 질문을 달고 있었다.

아이가 또 울었다.

정말로 12층에서 뛰어내릴 시간조차 없었다. 그녀는 황급히 침실로 돌아갔다. 그녀는 또 그 고래를 생각했다. 고래는 나중에 폭발했을까? 그녀의 몸 안에도 이미 다량의 메탄이 축적돼 있어서 언제든지 폭발할 수 있다는 생각이 들었다.

그렇게 오래 울고서 왜 아직도 우는 거야? 피곤하지 않아?

그녀는 줄곧 울지 않았다. 병원에서도 울지 않았고 장례식장이나 추도회에서도 울지 않았다. 어떻게 눈물이 안 나는 걸까. 노트에 죽음의 날짜와 시간, 그리고 애도해 준 사람들의 이름을 적었다. 추도회 무대에서 노래를 부른 가수 이름도 적었다. 갑자기 모든 걸 육아 노트에 적어둬야 할 것 같다는 생각이 들었다. 몇 분 몇 초인지도 적어야 할 것 같았다. 그러면 자신도 울 게 될 것 같았다.

하지만 울지 않았다. 절대 울지 않았다. 우는 건 허락되지 않는다. 울 시간이 없다. 타이베이의 아파트는 아주 작았고, 아기 하나가 우는 걸로 이미 충분했다. 아기는 아직도 울고 있었다. 아직도 애도하고 있었다.

감독은 아기의 귀에 대고 낮은 목소리로 말했다.

"울지 마. 울지 마. 엄마가 내일모레 셔터우에 데려갈게. 좋지?"

셔터우라는 말을 들은 아기는 눈이 휘둥그레지면서 숨을 들이마시더니 데시벨 게이지가 폭발할 듯한 소리를 토해 냈다. 휴대폰 액정 속의 후투티가 울음소리에 놀라 구구 하던 소리를 멈췄다.

소리의 힘이 너무나 무지막지해서 여름은 철저히 쫓겨났다.

타이베이는 입추가 되었다.

수요일

1

후투티.

웬 귀신 씻나락 까 먹는 소리냐

어제까지만 해도 샤오 향장은 후투티라는 말은 들어보지도 못했다. 새 이름 같지 않은 이름이다. 그가 칭수이옌 보이스카우트 캠프 준비 상황을 시찰하고 있을 때, 대체 병역 복무자 청년이 달려와서 그의 귀에 대고 말했다.

"향장님께 보고합니다. 후투티, 후투티, 후투티가 나타났어요. 아주 예쁩니다!"

청년은 후투티라는 이름을 세 번이나 반복했다. 목소리와 톤이 높아져 있었다. 이 대체 복무자가 향사무소에서 근무한 지 몇 주나 됐더라. 그는 매일 규정에 따라 누추하고 몸에 맞지도 않는 제복을 입고 공문 발송과 복사, 청소 등의 잡무를 담당하고 있었다. 두 눈은 한 번도 뜬 적이 없는 것 같았고, 머리 꼴은 개간되지 않은 산등성이 같았다. 얼굴 전체가 불법 건축물이었다. 온몸을 통틀어 가장 원기 왕성한 동작은 하품이었다. 그러나 후투티라는 이름을 언급하면서 두 눈이 브로드웨이 뮤지컬처럼 찬란하게 빛나더니 두 볼의 여드름이 화산처럼 터지며 낭랑한 노래를 분출했다. 그는 묻기도 전에 알고 있었다. 그의 전공은 동물 관련 학과였다.

후투티가 셔터우에 왔다. 현지 새도 아닌 후투티가 왜 초가을에 셔터우에 왔는지, 개체 수는 얼마인지 아무도 몰랐다. 월요일 저녁, 타이완 각지의 촬영 동호회 사람들이 인터넷에서 누군가가 올린 동영상을 발견했다. 장소가 분명하게 표기돼 있었다. 다름 아닌 셔터우였다. 그중에서 몇 초짜리 짧은 동영상은 후투티가 붉은 벽돌 바닥 위를 폴짝폴짝 뛰면서 구구구 우는 모습을 담고 있었다. 휴대폰 화각을 길게 늘인 영상에는 셔터우 향사무소의 금색 글자 간판까지 담겨 있었다. 몇몇 촬영 동호회들이 밤을 새서 화요일 첫 구간 열차를 타고 셔터우로 가기로 뜻을 모았다. 후투티의 풍채를 찍어야 했다.

샤오 향장은 새에 관해 들은 바가 없었다. 외래 조류가 셔터우에 왔고 몇몇 촬영 동호회가 셔터우에 와서 사진을 찍었다. 찾아오는 사람들은 손님이니 환영해야 마땅하지만, 향사무소가 특별히 관심을 가질 필요는 없다. 하지만 휴대폰이 이렇게 계속 울려 댈 줄이야. 수많은 매체가 향사무소로 전화를 걸어 후투티의 종적에 관심을 보였다. 제발 부탁이에요. 슈퍼 토요일이 다가오고 있습니다. 정말로 새와 관련된 일을 처리할 시간이 없었던 그는 비서에게 딱히 호응할 필요는 없다고 말했다. 화요일 오후에 향사무소 앞에 타이완 TV의 SNG 중개 차량이 나타났다. 기자는 온몸에 촬영 기자재를 주렁주렁 단 사진가를 인터뷰하면서 인터넷에서 다운로드한 화면을 함께 송출했다. 하이톤으로 진행된 연결 보도였다.

"타이완 TV의 독점 보도입니다. 장화현 셔터우향에 희귀한 손님이 나타났습니다. 장소는 셔터우 향사무소 바로 앞입니다. 이미 여러 촬영 애호가들이 인내심을 갖고 기다리고 있습니다. 후투티의 모습이 곧 이곳에서 공개될 전망입니다……."

향사무소의 모든 전화가 공격을 받아 미친 듯이 울려 댔다.

향장은 대체 복무자를 찾아 야근을 해서라도 모든 사람에게 후투티와 관련된 지식을 보충하게 하라고 지시했다. 대체 복무자는 정교하고 훌륭한 빔 프로젝터용 간이신문을 제작해 회의실에서 향사무소 팀을 위한 수업을 진행했다.

"여러분, 후투티를 왜 중국어로 '다이성(戴勝)'이라고 부르는지 아십니까? 이 사진을 봐 주십시오. 머리에 깃털관이 있습니다. '성(勝)'은 고대의 머리 장식을 말합니다. 즉, 후투티는 머리 장식을 지닌 새라는 뜻입니다."

간이신문을 빙자한 대하소설은 3부에서 5부로 늘어나더니 다시 9부가 되었다. 대체 복무자의 입에서 튕겨 나오는 침은 수면제였고, 회의라는 노동을 가장 좋아하는 향장마저도 자고 있었다. 대체 복무자는 알파카를 끌고 다니는 단테가 향사무소 앞에서 후투티를 만나는 장면을 목격했다. 이게 웬일이냐. 독특한 울음소리와 깃털 장식을 지닌 이 귀한 존재가 셔터우에 오시다니.

기자간담회는 수요일 정오로 예정돼 있었다. 바로 셔터우 기차역 옆의 백 년 넘은 유적인 통런셔 앞에서 거행하기로 돼 있었다. 원래는 몇몇 작은 지방 매체들간 참석하겠다는 회신을 보내왔다. 향장이 카메라에 대고 십 분쯤 얘기하면 기자간담회는 끝날 예정이었다. 몇몇 비서진은 현장이 너무 썰렁해서 향장이 못마땅해하면 어쩌나 걱정하기도 했지만, 후투티 때문에 정오가 되기도 전에 셔터우역 앞은 각 매체의 인터뷰 차량으로 빈틈없이 메워졌다.

향장은 서둘러 집으로 돌아가 양복으로 갈아입었다. 가을 색조로 맞추기 위해 캐멀 컬러의 스리피스 양복을 선택했고, 구두와 넥타이도 정성껏 골랐다. 전부 미국에서 가지고 온 명품이었다. 타이완에서 향장 선거에 돌입하기 위해 준비했던 것들이었다. 그는 바로 이날을 기다렸다. 들리는 바에 의하면 주요 매체가 다 온다고 했다. 유명 유튜버들도 포함해서. 절대로 차를 몰고 가면 안 된다. 모든 카메라가 셔터우 향장이 양복 차림으로 자전거를 타고 기자간담회 현장에 도착하는 멋진 모습을 찍었다. 향장이 탄소 배출을 줄이자는 구호를 매일 실천하고 있음을 증명할 수 있었다.

"우선 셔터우를 찾아주신 매체 여러분을 환영합니다. 저는 셔터우 향장 샤오다웨이입니다. 이번 주말은 저희 셔터우의 슈퍼 토요일입니다. 여러 가지 대형 이벤트가……."

"그런데 향장님, 어디로 가야 후투티를 찍을 수 있나요?"

"저희는 새의 행적을 좇을 수가 없네요. 제가 방금 말씀드린 건 슈퍼……."

"향장님, 향장님, 방금 사진가들이 인터넷에 올라온 후투티의 사진은 AI가 만든 걸지도 모른다고, 틀림없이 가짜일 거라고 하더군요. 셔터우 행사에 많은 사람들이 참여하도록 유도하기 위해 사람들을 속이고 있다고요. 이에 대한 향장님의 생각은 어떻습니까?"

"AI라고요? 우리가 어떻게 가짜를 만들어 낼 수 있겠습니까? 우리는 이번 주에 진행할 행사가 아주 많습니다. 그럴 시간이 없어……."

"그럼 향장님, 혹시 두 번째 후트티 동영상 아시나요? 새가, 그러니까, 그게, 화면으로 보기에는 엉덩이를 쪼고 있는 장면인데요. 그 계정주가 누구인지 알려주실 수 있나요? 그분을 인터뷰하고 싶네요."

"개인의 사적인 정보에 관해서는 저희도 밝히기가 어렵습니다. 게다가 저는 그분이 누군지도 모르고요……."

"향장님께서는 그 새를 보셨나요?"

"Unfortunately(불행하게도), 못 봤습니다. 그럼 제가 여러분들께 한 가지 문제를 내지요. 후투티를 영어로 뭐라고 부르는지 아십니까?"

그는 미국에서 많은 돈을 써 가며 배운 연설 기교를 발휘했다. 무리한 질문에 직면하던 다른 질문을 던지는 것이다. 최대한 난해한 질문을 던지거나 정교한 반론을 제기함으로써 기존의 문제에서 벗어나는 동시에 이야기의 흐름을 끊고 대화의 주도권을 빼앗아 오는 것이다. 과연 이 방법은 효과가 있었다. 질문이 중단되고 기자들은 미간을 찌푸린 채 서로 쳐다보았다.

향장은 심호흡을 했다. 적어도 오 분의 시간이 있다. 그는 누구도 자신의 말을 끊도록 허락하지 않았다.

"여러분, 모르셔도 상관없습니다. 서터우에 오셔서 뉴스를 취재하시면서 새 영어 단어 하나 배우시면 되는 거지요. 자 그럼 제가 여러분께 가르쳐 드리겠습니다……."

　"'Hoopoe'죠." 한 젊은 여기자가 대답했다. 기자는 휴대폰을 높이 쳐들고 플레이 버튼을 눌렀다.

　"이 사이트에 찾아보면 다 나와요. 향장님, 방금 향사무소에서 근무하는 대체 복무자 분을 인터뷰했는데, 그분이 저희에게 확인해 주었습니다. 후투티가 셔터우에 왔다고요. 향장님께서는 이와 관련해서 내리실 조치가 있으신가요…….."

　오늘 아침에 향장은 알람 시계보다 이 분 늦게 일어났다.

　아내가 그를 흔들어 깨웠다.

　아니다. 그녀는 애당초 그를 건드리지도 않았다.

　아내는 소리를 질렀다.

　아니다. 이것도 정확하지 않다. 그녀는 어떤 소리도 내지 않았다.

　"미안."

　그는 침대에서 팅기듯 폴짝 뛰어내려 재빨리 알람을 정지했다. 새벽 5시 3분이었다. 어떻게 이런 일이. 알람은 5시 1분에 울렸다. 이 분 가까이 계속 울리고 있었는데도 그는 전혀 듣지 못했다. 어떻게 이럴 수가. 그의 머릿속에 장착된 무형의 알람 시계는 반드시 이 분 전에 그를 깨웠다. 어젯밤에 몇 시에 잤지? 자기 전에 혹시 어머니가 끓여 주신 마유계*를 먹었나? 그의 어머니는 항상 그가 지칠 걸 염려하여 청소하는 아줌마에게 닭국을 한 솥 끓여 부엌 식탁 위에 놓아두라고 했다. 틀림없이 그 때문일 것이다. 아마도 닭국에 쌀술을 너무 많이 넣어서 그의 머릿속 알람이 숙취로

---

*　麻油鷄. 타이완 미주(米酒)와 검은 참깨 기름을 넣고 삶은 닭고기 탕.

　　　수요일

피해를 입은 것이다.

　아내는 침대 한쪽 끝에 조용히 앉아 있었다. 아무 소리 없이 머리를 두 다리 사이에 파묻고 있었다. 하지만 아내의 몸 안에서 나는 날카로운 소리가 선명했다. 여러 해 동안 누적된 구조 요청이었다. 아내의 몸은 차가운 얼음처럼 미동도 하지 않았지만, 그는 힘이 잔뜩 실린 주먹에 맞는 느낌이었다. 주먹이 그의 콧등을 샌드백 삼고 있었다.

　그는 몇 번 더 'SORRY'라고 말했지만, 아내는 그가 문을 나서기 전까지 꿈쩍도 않으면서 아무 소리도 내지 않았다.

　더 많은 기자들이 질문을 던졌다. 군중이 에워싼 가운데 그는 익숙한 강연 원고를 외웠지만 전혀 먹히지 않았다. 방금 야영 캠프에서 봤던 벌이, 잠깐, 말벌이었던가? 어쨌든 아주 통통한 벌들이 웅웅 대고 있었다. 너무 시끄러워서 살충제라도 뿌리고 싶었다. 망할 놈의 벌들이 그의 뒤를 따라와서 귓속에 벌집을 지었나. 온 세상이 웅웅거린다. 머릿속에서 갑자기 커다란 알람이 울렸다.

　무거운 기류가 그의 등 뒤에서 엄습하더니 뒤통수를 갈기며 머릿속의 알람을 눌렀다.

　"여러분 안녕하세요."

　물론 그는 그 소리를 알았다. 그가 극도로 싫어하는 소리다.

　1호가 통런셔에서 걸어 나오며 또다시 큰 소리로 외쳤다.

　"여러분."

　현재 통런셔는 타이완 양말 직조 박물관으로 쓰이고, 그 안에는 셔터우의 각 시기별 양말 직조 기계들이 전시돼 있다. 1호는 뱃속에 박물관 안의 기계들을 몽땅 삼킨 게 분명했다. 입을 열자 거대한 기계음이 나고, 기계에 치는 윤활유 냄새가 났다.

1호가 향장 옆으로 다가와 마이크에 대고 큰 소리로 말했다.

"여러분은 제가 누구인지 모르시죠. 안 그렇습니까? 하지만 제 딸이 누군지는 아실 겁니다. 저는 샤오샤오(小小)의 엄마입니다. 모두 샤오샤오 기억하시죠? 금곡장을 수상한 가왕이죠. 그 애는 죽었지만 그 노랫소리는 아직 죽지 않았습니다. 부탁드립니다. 그 애를 잊지 마세요. 여러분은 모르실 겁니다. 그 애는 셔터우 사람입니다. 저는 그 애 엄마고요. 샤오샤오는 그 애의 예명이자 어릴 때 별명이에요. 사실 그 애의 성은 샤오(蕭)입니다. 맞아요. 그 애는 여기서 멀지 않은 곳에서 태어났어요. 그 애는 죽었습니다. 노래를 할 수 없고 셔터우로 돌아와 콘서트를 열 수도 없어요. 오늘 여러분께 알리고 싶습니다. 엄마인 제가 그 아이를 대신해서 무대에 올라 노래를 하겠다고요. 이번 주 토요일에 여러분 모두 셔터우에 오셔서 제 노래를 들어 주세요. 아, 다들 쇼킹한 기사 제목이 필요하시죠? 그럼 하나 드릴게요. 샤오샤오가 왜 죽었을까요? 과거에 여러분들이 써 갈긴 개떡 같은 기사들은 전부 틀렸어요. 샤오샤오는 제가 죽인 거예요. 씹할, 내가 내 딸을 죽게 만들었다고요."

　　　　수요일

샤오샤오가 어떻게 그녀가 낳은 아이일 수 있을까.

이름을 짓기 위해 삼합원 세 자매가 머리를 맞대고 사전을 뒤적이면서 종이 위에 수많은 현자를 썼다. 엄마의 성인 샤오(蕭) 자를 살폈다. 이 글자는 뭔가 저잣거리 냄새가 나는 것 같고 이상한 별명으로 쓰이기도 쉬웠다. 간사하다는 의미도 있고, 손으로 쓰기도 어렵다. 획수도 불길하며 모든 게 부적절하다. 이럴 때는 아버지가 그리웠다. 아버지가 아직 살아계셨으면 좋았을 것이다. 신(神)과 귀(鬼)를 부르면 될 턴데. 아버지는 계동이라서 신계와 영계에 이름을 하사해 달라고 요청할 수 있었다. 글자의 바다에서 글자 두 개만 건지면 된다. 방금 삼합원에서 태어난 아기에게 적합한 이름이기만 하면 된다. 그러면 일생을 순탄하게 보호받고 어딜 가든 귀인을 만나며 권세를 누리고 벤츠를 몰고 살게 될 것이다.

2호는 찬탄을 금치 못했다.

"이 작은 얼굴 좀 봐. 아주 작은(小小) 얼굴이잖아. 아아! 너무나 귀엽네. 누가 낳은 거야, 이렇게 대단한 아이를.”

3호가 말했다.

“아주 작은 얼굴이네……. 아, 아니면 그냥 샤오샤오라고 부르는 게 어때?”

갓난아기는 샤오샤오라는 말을 듣고는 방긋 웃었다. 그 웃음소리는 예쁜 여자아이가 삼합원을 사뿐사뿐 뛰고 뒹구는 소리 같았다. 세 자매는 페인트칠을 새로 하고 기와도 새것으로 갈았으며 더 진한 초록색 식물들과 더 붉은 꽃을 심었다. 도마뱀이 노래하고 거미가 줄을 늘어뜨리면서 춤을 추었으며 샤향뒤쥐들이 줄지어 차차차를 추었다. 바람과 비도 부드럽고 순조로웠다. 셔터우 샤오 씨 집안 세 자매는 보고 듣고 냄새를 맡았다. 이 불행한 샤오 씨 여자들은 마침내 쓴맛에서 벗어나 달콤한 과실을 맛보게 되었다.

1호는 단호하게 고개를 저었다. 샤오샤오라는 글자는 무게도 없고 안정적이지 못하기 때문에 이름으로 쓸 수 없다. 게다가 성인 샤오(蕭)를 더하면 샤오샤오샤오(蕭小小)가 되니, 신분증에 웃음거리를 심는 셈이다. 3호는 정말 멍청했다. 세 자매는 돌아가면서 아기를 안고 삼합원 마당을 돌았다. 깊이 잠든 여자아이가 어떻게 식물에게 반응할 수 있겠는가. 손이 작아서 잎사귀를 딸 수도 없다. 세 자매는 계속 마당을 돌았다. 조용하고 순하기만 한 아이는 두 바퀴를 돌자 한 번 가볍게 웃더니 금세 잠이 들었다. 여러 날을 돌았다. 어느 날 아침 일찍 1호가 아기에게 막 젖을 먹이고 나서 아기를 안고 정원을 돌자 아기는 딸꾹질을 하더니 갑자기 울기 시작했다. 아기는 방금 배불리 먹은 젖을 다 토해서 화분에 뿌렸다. 1호가 즉시 그 화분의 잎사귀를 하나 땄다. 틀림없이 이 화분일 거야. 잎사귀를 손바닥 위에 놓고 비볐다. 젖 향기가 사방에 가득 퍼졌다. 사방의 기체가 결정체를 이루었다. 1호는 두 글자를 보았다. 아기의 이름이 정해졌다.

하지만 자매는 습관적으로 아기를 샤오샤오라고 불렀다.

샤오샤오가 엄마 뱃속에서 미끄러져 나오는 걸 직접 보지 못했다면 2호와 3호는 샤오샤오를 1호가 낳았다는 사실을 절대 믿지 않았을 것이다.

1호는 본질적으로 공장과도 같았다. 강인한 얼굴, 단단한 몸에 골격은 기계 같았다. 혈관에는 검은 기계 기름이 흘렀고 엉덩이는 자동차 배기관이었다. 이런 공장에서 어떻게 이런 구름같이 부드럽고 귀여운 여자아이를 생산해 냈단 말인가.

우선 샤오샤오처럼 예쁜 아이를 1호가 낳았다는 사실에 대해선 이야기하지 않기로 했다. 애초부터 1호가 아기를 가졌다는 걸 믿는 사람도 없었다.

"누구 얘기야? 아이를 가졌다고? 1호가? 미친 여자 1호가?"

이것이 셔터우 사람들이 1호에 관한 얘기를 들었을 때 보인 가장 일반적인 반응이었다.

어, 떻, 게, 그, 럴, 수, 가.

남자들이 반얀나무 아래서 차를 우려 마시며 장기를 두고 있었다. 1호가 아기를 가졌다는 얘기가 나오자 다들 귀신 얘기라도 들은 것처럼 미간을 찌푸리고 고개를 가로저으며 한숨을 내쉬었다. 장기판이 멈췄다. 미풍, 낙엽, 땅콩, 나비, 모기, 파리, 무당벌레가 전부 장기판을 걸상 삼아 자리에 주저앉아 턱을 괴고 남자의 이야기에 귀를 기울였다.

들리는 바에 의하면 세 자매는 같은 날 태어났다고 한다. 뭐라고? 그럼 세 쌍둥이냐? 아니다. 세 자매에게는 각기 다른 엄마가 있었다. 셔터우로 위쪽 골목에 있는 그 오래된 삼합원엔 계동 인 부자가 살았다. 그 아들은 대단했다. 체력이 정말 좋았다. 고지식한 사람들은 아내를 하나도 못 얻는데, 그는 한꺼번에 세 여자를 아내로 맞았다. 정말 대단했다. 세 여자 모두 즐거워했다. 서로 몸싸움은 물론, 말다툼조차 하지 않았다. 사람들은 그녀들을 세 선녀라고 불렀다. 한침대에서 같이 자고 동시에 임신했다는 얘기도 있었다. 더 이상한 건 세 여자가 같은 날 아기를 낳았다는 것이다. 거짓말이겠지. 그게 어떻게 가능해. 동시에 임신해서 같은 날 아기를 낳을 수 있다고? 함께 가서 제왕절개 했나? 아니, 아니야. 들리는 바에 의하면 자연분만이었다더라고. 그 아무개의 아내가 산파라서 그 집에서 아기를 받아 줬대. 너무 과장된 얘기다. 정말 같은 날에 턱턱턱 아이 셋을 낳았다고? 원래 이 집안은 모든 게 희한하다. 어린 귀신에게 절을 올렸기 때문에 생긴 일이라고 하는 사람도 있고, 온 가족이 전부 신기한 법력을 갖고 있기 때문이라고 하는 사람도 있었다. 온통 기묘한 얘기였고, 사람들은 이를 악물고 믿으려 하지 않았다. 우리 집 애를 가르치기가 어려워서 삼합원 마당을 한 바퀴 돌고 왔더니 갑자기 아주 착해지더라고. 시험에서 1등도 하고 말이야. 더 이상 삐죽거리며 말대꾸하는 버릇도 없어졌지. 세 마누라라고? 맞다. 그 세 선녀는 어디 갔지? 에휴, 방금 이사 왔어? 어떻게 모를 수가 있어? 전부 죽었잖아. 그러니까 법력이 있어도 아무 소용이 없다는 거야. 아내를 셋이나 얻었다고 행복하겠어? 죽을 운명도 아닌데 전부 죽었잖아. 그래도 세

수요일

딸이 낳긴 했지. 아참, 지금 임신했다는 딸이 어느 딸이지? 1호야. 그 남자같이 생긴 1호 말이야. 1호라고? 누가 번호를 매긴 거야? 그다지 믿을 만한 얘기는 못 되지만 다들 태어난 순서에 따라 번호가 매겨졌으리라 추측하고 있었다. 이름을 표기하는 건 번거로웠다. 그날 아기를 받은 산파도 몹시 번거로웠을 것이다. 그래서 아예 1호, 2호, 3호로 붙였을 것이다. 그렇게 오래 부르다 보니 습관이 되었을 것이다.

세 딸 가운데 1호가 가장 못생겼다. 어려서부터 못생겼다. 그 얼굴은 애당초 여자 얼굴이 아니었다. 그런데 머리도 기르려 하지 않았다. 어려서부터 성격이 거칠고 사나워서 남자들과 주먹질을 해도 지는 법이 없었다. 여자는 어른이 되기까지 열여덟 번 변한다는데, 그녀는 커서도 변하지 않았다. 더 못생기고 더 남자 같았다. 성격도 무시무시해서 다들 그녀를 무서워했다. 나는 그저 다른 사람들 마음속의 진심을 말할 뿐이야. 사람들 생각은 그랬다. 세상 어떤 남자가 그녀를 건드릴 수 있을까? 보기만 해도 무기력해질 것 같은데, 딱딱해져서 삽입을 한다고? 몸이 있다고? 몸이 있으면 누군가는 건드릴 수 있는 거라고? 도대체 누가? 바로 너냐! 하하하, 난 그렇게까지 대단하진 않아. 1호를 보기만 해도 쪼그라든다니까! 내 얘기 잘 들어. 그 집 사람들은 아주 이상하다고. 신탁이 춤을 추고 법력이 무한하다. 미국인들이나 유럽인들도 처녀인 성모가 아들을 낳았다고 믿잖아. 굳이 외국에 나가 성모인가 뭔가를 확인할 필요도 없어. 셔터우에도 그런 일이 생겼으니까. 전혀 누군가에게 당한 적이 없는 노처녀 1호가 스스로 임신을 했다니까.

　자신이 임신했다는 사실을 밝히지 않는 사이, 1호의 배가 서서히 언덕으로 변해 갔다. 이웃 사람들은 그녀가 너무 많이 먹어서 그럴 거라고 추측했다. 1호의 배는 정말로 엄청났다. 멀리서 보면 바과산보다 높았다. 그제야 다들 그녀가 임신했다는 사실을 알게 되었다. 가장 먼저 사실을 안 사람은 3호였다. 그녀는 1호의 몸에서 나는 기묘한 박동 소리를 들었다. 잘못 들은 게 분명하다고 생각한 그녀는 면봉으로 귀지를 파내기도 했다. 귀를 1호의 배에 가까이 대면 광견병에 걸린 것 같은 소리가 들렸다. 소리는 몹시도 거칠게 외쳐 댔다.

　1호가 손바닥으로 3호의 등짝을 힘껏 후려쳤다.

　"외치긴 뭘 외친다는 거야. 너 몸이 허해진 것 아냐?"

　3호가 말했다.

　"그럴 리가. 누구야?"

　1호는 배를 어루만지면서 계속 눈앞에 놓인 채소 한 쟁반을 다 먹어 치웠다.

　"멍청하긴. 당연히, 나지."

　알고 보니 임신은 이런 느낌이었다. 입맛이 완전히 변했다. 전에는 고기와 짭짤한 국만 좋아하고 물은 죽어도 안 마셨다. 하지만 지금은 당근이나 토마토, 오이가 당기고 수시로 물을 마셨다. 그녀의 자궁 안에 채소와 과일을 좋아하는 구름이 자라는 느낌이었다. 폭신폭신한 구름이 가볍게 떠다녔다. 예전 그녀의 피부는 어제는 종려털로 만든 솔이었다가 오늘은 행주나 걸레가 되고 내일은 사포가 되는 식이었지만, 지금은 신선한 두부처럼 매끄럽고 윤기가 흘렀다. 예전엔 엉덩이가 셔터우 대기 오염의 주요 원인이었다면, 임신한 뒤로는 배출하는 기체가 전부 한 송이 구름이 되어 그녀 주변을 떠다녔다.

2호는 핀란드에서 돌아와 삼합원 안으로 발을 들이자마자 그 복숭아색 구름 냄새를 맡았다. 이게 어떻게 된 일이야? 1호는 과일을 그렇게 싫어했는데 뜻밖에도 나무 걸상에 앉아 쟁반 가득 과일을 먹고 있었다. 두 사람은 너무 오래 못 만난 터라 어떻게 인사를 주고받아야 할지도 몰랐다. 서로 바라보면서 아무 말이 없었다. 1호는 얇게 썬 구아버를 작은 접시에 담아 2호에게 건네면서 어제 딴 거라고 말했다. 현지에서 농약을 치지 않고 재배한 거라서 엄청나게 달다고 했다. 2호는 쭈그리고 앉았다. 방금 비행기에서 내린 터라 식욕이 있을 리 없었다. 코를 1호의 배에 가져다 대고 온몸의 힘을 모아 심호흡을 했다. 셔터우 전체가 그녀의 몸 안으로 빨려 들어갔는 데도 그녀가 맡고 싶어 하는 냄새는 나지 않았다. 물론 2호가 알고 싶은 건 아이 아빠가 누구인가였다. 하지만 정말로 냄새를 맡을 수가 없었다. 도대체 1호와 한 건 누굴까? 1호가 일부러 감추는 건 아니었다. 그저 개의치 않는 것뿐이었다. 아예 마음에 두지 않고 있으니 어떤 냄새도 추적할 수가 없었다. 정말 아빠가 없는 걸까? 아빠 없이 어떻게 임신할 수 있단 말인가?

1호와 함께 자란 두 자매 모두 믿을 수가 없었다. 다른 셔터우 사람들은 더더욱 그랬다.

1호는 평생 남자 마누라라는 소리를 듣고 살았다. 체형이 남자라서 그녀를 아내로 맞을 남자는 절대 없다고 했다. 어려서부터 2호는 다들 공인하는 미녀였다. 머리를 길게 길렀고 날씬한 몸매에 눈도 컸다. 다들 나서서 2호를 위해 비바람을 막아 주고 싶어 했다. 2호의 가느다란 허리가 바람에 꺾이면 안 된다. 빗방울이 2호를 때리면 큰일이다. 하지만 셔터우에 태풍이 와도 두렵지 않다. 1호가 있는 한 태풍이 놀라서 죽어 버리거나 빙 돌아서 지나갈 것이다.

내 아이야. 나의 샤오샤오라고. 아무도 믿지 않아도 상관없어. 정말로 이 아이는 내가 낳은 샤오샤오니까.

샤오샤오가 그녀에게 말했다.

"엄마, 나중에 내가 아주 잘나가게 되면 셔터우로 돌아와 콘서트를 열 거야. 만인(萬人) 콘서트를 열 거라고."

"만 명이라고? 내가 너한테 그런 말을 다 가르쳤니? 만인이라니 뻥이 심하네. 삼합원 앞을 다 치우고 화분을 다른 데로 옮겨도 올 수 있는 사람은 열 명밖에 안 돼. 단테 사장님이랑 2호, 3호 이모, 그리고 나까지 합치면……. 그래도 열다섯이야. 우리끼리 즐기고 축하하는 정도는 되겠지."

"하, 그럼 엄마는 내 콘서트의 특별 초대 손님이 되고 싶지 않아? 나랑 같이 노래를 부르는 거 싫어?"

"염병하네!"

샤오샤오는 분명히 알고 있었다. 세상에서 노래를 가장 잘하는 사람을 고르는 건 불가능하지만, 노래를 가장 못하는 사람을 고르기는 너무 쉬웠다. 바로 엄마였다. 1호는 갓난아기 옆에서 자장가를 불러주었다.

"코끼리야, 코끼리야, 너는 왜 코가 그렇게 기니? 엄마가 말했어요. 코가 길어야 예쁜 거라고."

모든 음이 오선지에서 길을 잃고 빨간불을 향해 달려갔다. 입에서 튀어나온 코끼리가 고속도로를 역주행하여 차들이 연쇄추돌을 일으켰고 듣는 사람은 골절과 뇌진탕을 입었다. 갓난아기의 침대도 무너졌다. 오로지 샤오샤오만이 이 추돌을 피할 수 있었다. 아이는 자장가를 듣고 또 듣다가 잠이 들었다.

1호의 노래가 들을 만하다고 느낀 건 샤오샤오뿐이었다. 1호는 이번 주 토요일에 무대에 올라 노래를 할 작정이었다. 샤오샤오의 최고 인기곡을 부를 예정이었다. 세상에 자기 노래를 들어줄 사람이 있을지에 대해선 아무 관심도 없었다. 샤오샤오에게 들려주는 노래였다. 샤오샤오, 엄마가 널 대신해서 셔터우에서 콘서트를 열 거야. 미안해. 엄마가 네게 이 말 했던가? 미안해.

그녀는 통런셔의 기자간담회 자리를 뜨기 전에 향장에게 지시를 내렸다.

"이봐요, 향장님, 내가 하는 말을 들은 거예요, 안 들은 거예요? 내가 콘서트를 열 거라고요. 방금 휴대폰에서 무슨 슈퍼 토요일인가 하는 페이지를 봤어요. 부탁인데, 빨리 업데이트 좀 해 주세요. 나를 거기 넣어 달라고요. 난 콘서트를 열어야 돼요. 다들 내 말을 들었다고요."

말을 마친 그녀는 재빨리 스쿠터에 올랐다. 따라오는 기자들에게 신경 쓸 겨를도 없이 서둘러 개와 고양이에게 먹이를 주러 가야 했다.

안 될 일이었다. 노래를 하겠다고 말하는 건 간단한 일이지만, 정말로 토요일 당일에 노래를 한다는 건 거의 불가능했다. 그녀도 자신이 노래를 못 부른다는 걸 잘 알고 있었다.

초등학교 때 음악 선생님이 합창단을 만들기로 해서 반 아이들이 전부 풍금 옆으로 섰다. 선생님이 풍금 연주에 따라 도미솔 파레 음에 맞춰 다 같이 아(啊), 에(誒), 이(噫), 오(喔), 우(呼)로 화음을 내라고 했다. 그녀가 입을 열어 "아" 하고 내뱉은 순간 선생님의 손가락이 풍금 건반에서 미끄러졌다. 두 번째 "에"는 전기톱처럼 풍금을 반토막 냈다. 세 번째 음을 노래하기 전에 1호는 이미 알았다. 자신은 정말로 노래를 못하고 해서도 안 된다는 걸.

그렇게 노래를 못하는 데도 이렇게 큰 소리로 콘서트를 열겠다고 선포했다.

부탁이에요, 나는 가왕 샤오샤오의 엄마예요. 가서 노래를 배울 게요. 오늘이 수요일이니까 오늘부터 노래 선생님을 찾아가면, 어디 보자……. 나흘 동안 배울 수 있겠네요. 나흘이면 충분할 거예요. 수요일에는 전기톱이지만 열심히 배우고 열심히 연습하면 토요일에는 작은 과도쯤 될 거예요.

합창단. 아, 그래, 합창단.

아, 생각났다. 그분, 피아노도 칠 줄 아는 분, 셔터우 부녀 합창단 선생님.

3

부인은 지금 피아노가 몹시 치고 싶었다.

그냥 피아노뿐이다. 노래 연습이 아니다. 그저 자기 자신이 있고, 또 피아노가 있을 뿐이다.

그녀는 남들이 자신을 부인이라고 부르는 걸 가장 싫어했다. 뭐, 됐다. 부인이면 부인이지. 그녀는 그것에 대해 논쟁을 벌이고 싶었으나 너무 피곤했다. 사실 그녀의 중국어는 그리 훌륭하지 못했다. 인터넷으로 사전을 찾아야 했다. '기혼 부녀자에 대한 존칭.' 이런 정의는 별문제 없는 듯 보이지만, 타이완으로 돌아온 몇 년 사이에 그녀는 정치권에서 부인이라는 두 글자는 아주 기이하게 작동한다는 사실을 깨달았다. 타이완은 이미 성평등이 어느 정도 성과를 거둔 나라 아니었나? 하지만 어쩌다 만나는 정객의 부인들은 다들 운이 나빴는지, 아니면 그들의 남편이 속한 정당이 이상한지는 몰라도 하나같이, 뭐랄까, 조용하고 얼굴도 알리지 않고 전통적이고 현숙한 여자들이었다. 오랫동안 남편의 가정폭력을 견디고, 사치스러운 명품을 사들이고, 허위와 가식을 두른 채 살았다. 그녀의 시어머니도 바로 전 향장 부인으로, 일생을 남편 등 뒤에서 보내며 자식을 키우고 가정을 유지하면서 남편의 폭력을 이 결혼생활의 필수 경전으로 여겼다. 그러다 최근 몇 년 사이에는 우울증이라는 족쇄를 차고 거의 집 밖에 나다니지 못하는 신세가 되었다.

남들 얘길 하는 그녀 자신은 어떤가. 그녀도 수많은 사람들의 눈에 완벽한 부인으로 보이지 않을까. 일에 대한 야심이 없고 외출도 거의 하지 않는 부인, 사람들이 목소리를 잘 기억하지 못하고, 단편적인 행사에서 손만 흔들고, 테이프 커팅을 하고, 상을 주고, 격려금을 주고, 조의금을 내고, 기념 촬영을 하고, 눈에 띌 정도로 화려한 복장은 좀처럼 하지 않고, 말수가 적고 항상 잔잔한 미소를 짓는 부인은 진정 겉으로 드러나지 않는 훌륭한 부인이며 남편을 더욱 빛나게 한다.

아침마다 남편은 휴대폰이 날카롭게 울리기 전에 잠에서 깼다.

그녀는 일찍 일어나는 남편의 습관이 정말 싫었다. 사실 결혼하고 처음 몇 년 동안은 남편의 그런 규칙을 즐겼는지도 모른다. 솔직히 말하면 확실하게 기억나진 않지만, 당시엔 남편의 습관을 그렇게 싫어하지 않던 것 같다. 안 그러면 어떻게 그에게 시집을 갔겠는가. 미국 대학 캠퍼스는 외향적인 활발함을 권장했지만, 그녀에겐 그런 분위기가 영원히 '맞지 않았다(格格不入).' 그녀는 '맞지 않다'라는 이 네 글자 중국어를 어떻게 쓰는지 한참 생각해 봤으나, 실제로 쓰면 틀림없이 틀리게 쓸 거라는 생각이 들었다. 대학에서 타이완 작가를 초청해서 강연회를 열었고, 교수는 대학원생인 그녀에게 행사 기획에 참여하라고 했다. 캠퍼스 안의 타이완 학생들이 자발적으로 도움에 나섰다. 기획 회의에 누군가 튀긴 닭을 준비해 왔다. 테이블 위에 버블티가 잔뜩 쌓인 가운데 웃음과 대화가 이어졌다. 그녀는 토론에 어떻게 참여해야 할지 몰랐다. 공황증세가 예리한 칼처럼 소리 없이 그녀의 귓바퀴를 갈랐다. 조용한 남학생이 하나 있었다. 발언은 하지 않고 그녀를 보고 있었다. 남학생은 문서를 복사해야 한다면서 그녀에게 복사기가 어디 있는지 물었다. '복사기'가 뭐지? 그녀는 한순간 복사기라는 세 글자의 중국어를 알아듣지 못했다. 하지만 그녀는 이 세 글자가 도망칠 핑계가 되리라 확신하고는 재빨리 일어나서 밖으로 나갔다. 그녀는 남학생을 정수기가 있는 곳으로 데려다주었다. 남학생은 빙긋이 웃으면서 물통을 꺼내 물을 담았다. 그러고는 아무말 없이 그녀와 함께 복도 바닥에 주저앉아 바닥을 응시했다. 작가가 떠난 뒤에 두 사람은 교제를 시작했다. 그녀는 이렇게 안정적인 사람을 본 적이 없었다. 생활에 규칙이 있었고 술을 마시거나 파티에 가는 일이 없었다. 열흘에 한 번씩 어김없이 미용실에 갔고, 매일 일정한 양의 채소와 과일, 단백질을 섭취했다. 매일 조깅을 하고, 매일 강의실에서 수업을 녹음했고, 매일 타이완에 있는 가족들과 이 분씩 통화를 했다 처음에 그녀는 신체적인 접촉을 그리 달가워하지 않았다. 하지단 남학생은 체취가 무척 깨끗했다. 살고 있는 아파트도 잡동사니 하나 없이 깨끗하고 질서정연했다. 창밖에 큰 눈이 내리자 남학생이 말했다. 오늘 밤은 기숙사로 돌아가지 말고 여기서 자는 게 어때. 뜻밖에도 그녀는 자발적으로

부인

그를 안았다. 게다가 정말로 그와 함께 잠을 잤다. 남학생은 아침 일찍 알람 시계를 누르고 밖으로 조깅을 하러 나갔다. 그녀는 침대 위에 앉아 창밖에 쌓인 눈을 바라보았다. 무척 배가 고팠다. 논문 스트레스가 엄청났었고, 여러 날 동안 아무것도 먹지 못한 느낌이었다. 남학생의 침대 위에서 그녀는 푸짐한 아침 식사를 먹어도 될 것 같다는 생각을 했다. 그래도 될 것 같다. 살아야 한다.

몇 년 뒤에 남편이 된 남학생이 그녀에게 물었다.

"나랑 같이 셔터우로 돌아가는 게 어때?"

그 말은 처음 만났던 해에 "저기요, 복사기 어디 있어요?"라고 물었던 것과 똑같이 들렸다. 그때 남학생은 그녀의 근심을 파헤쳐 그녀로 하여금 회의에서 도망칠 핑계를 찾아 주었다. 지금 남학생은 그녀를 데리고 미국을 떠나 셔터우로 가려 하고 있었다.

초등학교 3학년 때, 엄마는 그녀를 데리고 타이베이를 떠나 앨라배마주의 작은 소도시로 이주했다. 셔터우가 어디지? 남편은 타이완 중부의 소도시로, 인구가 많지 않고 고층빌딩도 없지만 대신 밭이 많다고 했다. 소도시면 어느 정도로 작지? 앨라배마주의 소도시보다는 크겠지? 미국에 도착한 첫 주에 그녀는 초등학교에 등록했다. 학교 전체를 통틀어 그녀는 유일한 아시아인이었다. 어느 날 엄마는 두부가 먹고 싶다면서 두 시간이나 차를 몰아 베트남 사람들이 운영하는 작은 가게를 찾아갔다.

그녀는 앨라배마에서도 잘 어울리지 못했는데 셔터우에서도 여전히 그랬다.

그렇다. 사람들과 잘 어울리지 못하는 사람이 더 빛날 수도 있다고 말하는 사람들도 많다는 걸 그녀는 알고 있었다. 하지만

외향성을 격려하고 활동을 장려하는 기국 문화에서는 빛이 나려
면 반드시 다수의 사람을 마주해야 했다. 그녀가 가장 두려워하는
게 사람이었다. 그렇다면, 글을 쓰면 되지 않을까? 하퍼 리*는 평
생 단 한 권의 책을 세상에 남겼고, 그 한 권으로 영원히 빛나고 있
다. 그녀도 시도해 보았다. 대학 시절에 여러 편의 소설 원고를 썼
지만 채택된 건 단 한 편도 없었다. 같은 과에 그녀와 배경이 비슷
한 아시아계 여자아이가 있었다. 그 애는 졸업하기 전에 이미 문
학 에이전트를 거느리게 되었고, 첫 소설이 고가에 팔렸다. 그 뒤
로 큰 상을 받고《뉴욕 타임스》베스트셀러 작가가 되었다. 여자
아이는 무척 예뻤고 문학상을 수상하는 자태도 아주 우아했다.
TV에 나와서 아주 자유롭게 발언했다. 그녀는 서점에 가서 줄을
서서 사인을 받았지만, 그 애는 그녀를 전혀 알아보지 못하고 미
소를 지으면서 사인을 해 주었다. 눈빛에 그녀를 알아보는 기미
가 단 한 가닥도 없었다. 사실 두 사람은 여러 과목의 수업을 함께
들은 사이였다. 서점을 나오면서 그녀는 그 여자애에게 감사했다.
알게 되었다. 글쓰기? Fuck You.

셔터우에 온 지 몇 년이나 되었지?

남편은 승낙을 고집하면서도 그녀에게 어떤 압력도 주지 않
았다. 결혼하던 해에 그는 타이완 사람인 부모의 의지를 거스르고
그냥 혼인신고만 했고 어떤 연회도 열지 않았다. 이에 대해선 그
녀는 지금도 감동하고 있다. 그는 그녀에게 분명하게 말했다.

---

*　Harper Lee. 미국 소설가토 앨라배다주에서 태어났으며 『앵무새 죽이기』를
　발표했다.

"나는 당신이 뭘 싫어하는지 잘 알아. 당신은 인간을 싫어하고 가짜 미소를 싫어하지. 하지만 당신이 뭘 좋아하는지는 잘 모르겠어. What makes you happy(당신을 행복하게 하는 게 뭐야)? 나와 함께 셔터우로 가자. 만일, unhappy하면 나한테 말해줘. 우리 엄마 아버지는 신경 쓸 것 없어. 언제든지 다시 떠나도 돼. I won't stop you(당신을 막지 않을게), 정말이야. 물론 나는 당신이 happy하길 원해."

작년에 그녀는 도서관 사람들을 도와 책 정리를 하다가 잡동사니가 산더미처럼 쌓인 방에서 검은색 야마하 피아노를 발견했다. 건반에 곰팡이가 슬고 본체의 칠이 약간 벗겨진 데다 음색도 혼탁했다. 그녀는 손 가는 대로 건반을 두드려 보았다. 몸이 앨라배마 소도시에서 피아노 연습을 하던 시절로 돌아가는 듯했다. 그때 피아노를 가르쳐준 선생님은 맵시 있는 남자 대학생이었다. 말투가 무척이나 부드러웠고, 매주 두 번씩 와서 인내심 있게 피아노를 가르쳐주었다. 그녀는 항상 선생님을 기다렸다. 학교엔 친구가 하나도 없었고 엄마는 여러 날째 못 봤다. 매일 혼자 전자레인지에 데운 음식을 먹어야 했다. 피아노 선생님은 자신이 직접 구운 케이크를 가져다주고 그녀에게 많은 얘기를 해 주었다. 그녀가 피아노를 치면 선생님은 옆에서 들썩이며 춤을 추었다. 수업이 끝나면 그녀의 손톱에 매니큐어를 칠해 주기도 했다. 그러던 선생님이 어느 날 어떤 사람들에게 폭행을 당했다. 그녀가 병원으로 찾아가자 선생님은 그녀를 끌어안고 울면서 말했다. They broke my fingers(그들이 내 손가락을 부러뜨렸어). 앞으로 어떻게 피아노를 치지. 선생님은 퇴원하고 나서 그녀 집을 찾아와 마지막 수업을

수요일

했다. 블루베리 치즈케이크와 레모네이드를 함께 먹었다. 그날은 피아노를 치지 않았다. 선생님은 작별 인사를 건네면서 자신을 때리는 사람들이 없는 곳으로 이사할 거라고 했다. 그러면서 그녀에게는 피아노를 계속 치라고 당부했다. 잊지 마. 약속해. 떠날 기회가 생기면 꼭 떠나. 내 말 알았지?

그녀는 조율사를 찾는 동시에 도서관 직원에게 부탁해서 피아노를 비교적 넓고 한적한 곳으로 옮긴 다음, 문과 창문을 꼭 닫고 매일 피아노를 치기 시작했다. 셔터우에 온 후로 매일 뭘 해야 좋을지 몰랐는데, 피아노가 약간이나마 미소를 되돌려 주었다. 피아노를 치다 보니 향사무소 비서의 아이들이 피아노를 배우고 싶다고 해서 학생 몇 명을 받았다. 작년에 셔터우 부녀 합창단이 창설되었을 때는 지도교사가 돼 달라는 부탁을 받았다. 물론 그녀는 힘껏 고개를 가로저었다. 하지만 떼로 몰려온 셔터우 여자들은 눈을 커다랗게 뜨고 그녀를 보더니, 그녀의 찌푸린 미간과 당황한 표정을 수락의 의미로 해석했다.

오늘 아침 남편은 정시에 일어났고 그녀는 조용히 침대 위에 앉아 마음속으로 소리를 지르고 있었다. 그녀는 날카롭게 울어대는 휴대폰을 창 밖으로 던져 버리고 싶었다. 마음속으로 피아노를 불러 내서 건반을 마구 두드리자, 피아노가 날카로운 소리를 질러댔다. 남편이 미안하다고 말했다. 그녀는 자신에게 화가 났다. 그녀도 큰 소리로 미안하다고 외쳤다. 미안해. 도대체 내가 왜 여기에 와 있는 거야. 미안해. 왜 내가 셔터우 향장 부인이 된 거야. 미안해. 왜 내 머릿속엔 자꾸 피아노를 들어 올려서 당신을 내리치는 장면이 떠오를까. 미안허. 도대체 내가 happy한지 unhappy한

지 모르겠어.

오늘 그녀는 그저 조용히 피아노 연습을 하고 싶을 뿐이었는데 억지로 새 학생을 받게 되었다.

1호가 큰 걸음으로 도서관에 들어서더니 힘껏 문을 밀어 열었다. 그 순간 그녀 손가락 끝의 모차르트는 목이 졸려 죽고 말았다.

"향장 부인, 노래 좀 가르쳐 주세요."

물론 그녀는 1호가 누구인지 알았다.

시어머니는 손자를 안고 싶어서 끊임없이 재촉했다. 풍수사를 불러 침대 위치를 살피게 하고, 아들을 갖게 하는 새까만 한약을 진하게 달여 먹이기도 했다. 배가 산처럼 부풀어 오르지 않자 전 향장 부인은 직접 출동하여 그녀를 데리고 가서 1호에게 물어 보기로 했다. 뭘 묻는단 말인가. 전 향장 부인은 바깥출입을 하지 않은 지 오래였지만, 손자를 얻기 위해서라면 억지로 약 몇 알쯤은 삼킬 수 있었다. 손바닥으로 자기 뺨을 때린 후에 전 향장 부인은 부들부들 떨면서 며느리의 손을 끌고 문을 나서서 셔터우로의 삼합원을 찾았다.

그녀는 모든 게 황당하게만 느껴졌다. 지금이 어느 시댄데. 그녀는 한 무더기 화분 사이를 이리저리 오가며 잎사귀를 하나 골라야 했다. 물론 그녀는 손이 가는 대로 대충 하나를 땄다. 1호가 잎사귀를 건네받으면서 단도직입적으로 말했다.

"향장 부인, 부인이 여기 오고 싶어 하지 않는다는 거, 저를 믿지 않는다는 거 잘 알아요. 제가 부인이라 해도 안 믿을 거예요. 하지만, 마음을 좀 쓰시는 게 어때요? 부인의 시어머니께서 제게 홍바오를 주실 거라서 저도 최대한 진지하게 일해야 하거든요. 그

 수요일

러니까 아주 신중하게 잎사귀를 하나 고르세요. 부탁이에요.”

연달아 몇 번을 골랐지만 1호는 잎사귀를 건네받자마자 곧장 던져 버렸다.

“마음을 좀 쓰세요. 부탁할게요. 오늘은 너무 더워요. 빨리요. 젠장.”

그녀는 ‘마음을 쓴다’는 게 무슨 의미인지 몰랐다. 아마도 더위에 지친 채 화단을 돌고 돌았을 것이다. 그러다가 어떤 나무 하나가 그녀를 향해 손을 흔드는 것 같았을 것이다. 1호가 잎사귀를 받았다. 보였다.

“없네요.”

전 향장 부인은 무릎을 꿇었다. 별안간 큰 비가 내리더니 지붕의 기와를 타격했다. 뭔가를 덮어주려는 듯이. 하지만 소용없었다. 셔터우 전체가 전 향장 부인의 탄식을 들었다.

“저는…… 저는 노래를 잘 모르는데…….”

“거짓말하지 마요. 미국에서 왔잖아요. 재원이시잖아요. 정말 대단해요. 게다가 합창단 선생님이시고요. 아, 합창단이 이번 주 토요일에 공연을 한다면서요?”

“하지만, 저는…….”

“말도 안 되는 소리 마요. 돈을 낼 게요. 이래 봬도 저는 장사를 아주 잘하거든요. 사실 돈도 아주 많아요. 우리 삼합원은 현금만 받고 영수증을 발행하지 않아요. 한 번도 세금을 내 본 적이 없어요. 대단하죠? 하하, 방금 문밖에서 부인이 연주하는 피아노 소리를 들었어요. 너무너무 듣기 좋더라고요. 잘 이해하진 못하지만. 하지만 제가 듣기엔 너무너무 훌륭했어요. 돈을 낼게요. 다른 건 신경 쓰지 마시고, 노래만 가르쳐 주세요."

"저는 노래를 잘 몰라요……."

"저도 몰라요. 하지만 우리가 모든 걸 다 알아야 하는 건 아니잖아요. 어차피 부인은 피아노를 치시니까, 부인은 피아노를 치시고 저는 노래하면 돼요. 제게 도레미파를 가르쳐주세요. 제가 따라 부를게요. 어려울 게 뭐가 있겠어요."

"저는 정말……."

"부인, 내 말 들어요. 진지하게 들으시라고요. 저는 우리 딸에게 노래를 들려주려는 거예요. 부인은 미국인이시죠. 하지만 틀림없이 이 일은 아실 거예요. 우리 딸이 죽은 일 말이에요. 작년에 죽었죠. 너무 젊은 나이에. 저는, 그 애에게 노래를 들려줘야 해요. 토요일 그날, 듣는 사람이 없어도 상관없어요. 공연 단체들이 많이 온다는 것도 알아요. 부인이 가르치는 합창단도 있고요. 정말 들어주기 어려울 거예요. 있잖아요, 저는 그저 제 딸에게만 들려주고 싶을 뿐이에요. 사실 아무도 듣지 않는 게 가장 바람직하죠. 선생님, 선생님, 선생님, 그 애는 죽었어요. 그 애를 구할 수가 없어요. 아세요? 모르셔도 괜찮아요. 하지만, 저는 그 애에게 노래를 들려줘야 해요."

선생님이라고 세 번이나 부른 건 그녀를 스승으로 모신 거나 다름없다. 1호는 부인의 손을 꼭 잡고 놓으려 하지 않았다. 부인은 1호의 얼굴을 보았다. 눈가의 주름은 지도 위 거리의 윤곽 같았다. 자세히 보았다. 몇 초 더 자세히 살펴보니 알아볼 수 있을 것 같았다. 그 깊은 주름은 셔터우 거리의 지도였다.

1호의 어수선한 초능력은 이 순간에 아주 쓸모가 있었다. 그녀는 부인의 마음을 꿰뚫어 보았다. 그 마음은 무척 여렸고, 애당초 거절을 모르는 마음이었다. 딸이 죽었다는 얘기를 듣는 순간 강인함을 가장하던 눈빛이 금세 부드러워졌다.

부인이 피아노로 간단한 음계를 몇 개 쳤다.

1호는 그 음계를 따라 소리를 냈다.

부인의 몸속에 영어로 욕설이 울렸다.

만일 이 노랫소리를 다른 무언가로 표현해야 한다면, 산업혁명과 굴뚝, 체르노빌일 것이다.

이걸, 어떻게 가르친단 말인가.

박수 소리가 들렸다.

단테가 문 앞에서 박수를 치고 있었다. 초점이 없는 눈빛에 멍한 웃음을 짓고 있었다.

부인은 오늘도 셔터우에서 부인 역할을 하고 있다. 여전히 여기서 피아노를 치고 있는 것드 바로 단테 때문이었다.

한번은, 부인이 정말로 견딜 수 없는 지경에 처했다. 아무것도 가져오지 않고 누구에게도 말하지 않았다. 여권과 지갑, 배낭만 가지고 기차를 탈 작정이었다. 영원히 셔터우를 떠날 결심이었다. 문제는 셔터우를 떠나 어디로 가느냐 하는 것이었다.

가는 도중에 그녀는 알파카와 만났다. 단테가 그녀에게 딜도를 하나 선물했다.

그녀는 그냥 남기로 했다.

너무나 시끄러웠다. 냄새도 굉장했다. 수많은 기자와 사진가들이 블루 카페로 몰려들었다. 신발을 벗은 사람, 몰래 방귀를 뀌는 사람도 있었다. 이 사이에 썩은 고기가 잔뜩인 냉장고가 끼어 있는 사람, 겨드랑이가 돼지우리인 사람, 두피가 정유공장인 사람, 귀지 속에 시체 몇 구가 들어 있는 사람도 있었다. 이 모든 냄새가 2호의 비강을 후비고 들어왔다. 누군가 갑자기 라이터를 꺼내 담뱃불을 붙이자 불씨가 그녀의 코로 들어왔고, 모든 냄새의 화약에 불이 붙어 폭발하기 시작했다. 각기 다른 발광물질을 지닌 냄새들이 일곱 가지 색깔의 화려한 불과 연기를 내뿜었다. 냄새는 고약하고도 화려하게 시야를 자극하면서 빛났다. 찬란함 뒤의 검은 연기와 먼지를 누리는 건 오로지 그녀 혼자였다.

가게 안의 에어컨은 가장 세게 틀어져 있었고, 가을은 아직 안으로 들어오지 못했다. 몹시 더웠다. 자체적으로 생명력을 지닌 2호의 긴 머리칼은 엉키고 뒤틀리면서 방향을 틀고 두피를 잡아당겼다. 그녀는 손가락으로 머리를 눌렀다. 머리카락 끝은 부드러웠다. 모근을 마사지하면서 그녀는 긴 머리칼의 불안을 완전히 이해했다. 머리칼은 카페를 벗어나고 싶어 했다. 낯선 냄새가 너무 많다. 길을 건너 삼합원으로 가서 신탁 밑에 기어들어가 숨고 싶었다. 안 돼. 삼합원에 가지 않은 지 정말 오래됐다. 1호가 들여보내 주지 않을 게 뻔하다.

지미 헨드릭스가 2호의 어깨 위로 폴짝 뛰어 올라와서 긴 머리칼을 방패 삼아 숨더니 미친 듯이 야옹야옹 울어 댔다. 수많은 낯선 손님들이 제멋대로 만지는 바람에 성격 좋던 고양이는 분노한 호저*가 되었다. 좌석이 가득 차고 디저트가 죄다 팔렸다. 다행히 동작이 빠른 샤오B는 전혀 당황하지 않고 차분하게 기자들의 갖가지 질문에 대응하고 있었다. 샤오B는 일부러 커피 머신 소음으로 모든 질문을 묻어 버렸다. 눈을 가늘게 뜨고 미소를 지으면서 고개를 가볍게 흔들었다. 고개를 끄덕이는지 가로젓는지 구별이 안 갔다.

혹시 이 계정주가 누군지 아서요? 그러니까 새 사진을 올린 사람 말이에요. 지금이 어느 땐데 그러세요. 댁의 방송국에서는 아직도 새에 관해 관심 있어요? 누가 그 망할 놈의 새를 아직도 찍으려고 해요? 그러게요. 짜증 나요. 저도 신문방송학과 출신인데 새나 찍으러 다니고 있네요. 정말 멍청하죠. 그래도 아침에 그 지겨운 기자간담회에서 꽤 많은 장견을 찍었어요. 그 할머니 정말

---

*   豪豬. 부드러운 털과 뻣뻣한 털, 가시 털이 나 있고 목에 긴 갈기가 있는 동물로, 위험이 닥치면 털을 곤드세우고 소리를 내며 돌진한다.

놀랍더라고요. 정말 무섭던데요. 샤오샤오가 셔터우 사람이었다는 거 아세요? 샤오샤오의 어머니 아세요? 그분 어디 살아요? 우린 그분을 도저히 못 쫓아가겠더라고요. 제가 방금 말했잖아요. 샤오샤오의 모친은 이 카페와 관계가 있어요. 그럼 인터뷰 섭외를 좀 해 주실 수 있나요? 여기서 단독 인터뷰를 해요. 가게를 찍어도 돈을 받지 않을게요. 대개 가게 안을 찍을 때는 돈을 받지만 오늘은 공짜로 광고를 해 드릴게요. 윈윈 하는 거죠. 어떤 사람이 샤오샤오의 모친이 누군지 말해 주긴 했지만 분명하게 알려 주진 않았어요. 어쨌든 친척이라고 하던데, 이 카페 사장님 말이에요. 사장님이 어느 분이신가요? 인터뷰 좀 할 수 있어요? 혹시 샤오샤오 노래를 들으시나요? 어머, 이 카페는 왜 커피가 파란색인가요? 저희 사장님이 이 뉴스를 추적해 보라고 하는데, 셔터우에 호텔 있나요? 아니면 민박집이라도? 셔터우에는 민박이 없어요?

기자들의 입에서 타는 듯한 냄새가 분출되었다. 검게 탄 토스트, 혹은 타 버린 달걀 프라이, 아니면 검은 곰팡이가 핀 녠가오*라도 먹은 것처럼. 목청이 유난히 큰 기자가 하나 있었다. 에스프레소를 석 잔이나 마시고 줄곧 2호를 쳐다보면서 다리를 떨고 있었는데, 몸에선 진한 구린내가 발산되고 있었다. 냄새로 판단컨대 이 사람은 일주일째 변비로 고생하고 있다고 2호는 판단했다. 변비 기자가 다른 기자들이 듣지 못하도록 2호에게 바싹 다가와 낮은 목소리로 말했다.

"사장님, 이웃 사람들의 얘기로 사장님이 샤오샤오의 이모라

---

*　年糕. 설에 먹는 찹쌀떡으로 길하라는 의미로 빨간색을 넣어 만든다.

면서요. 저희랑 인터뷰할 수 있어요? 걱정 마세요. 저희는 무슨 일이든 항상 존중을 전제로 하니까요. 저 사람들과는 다르죠. 우리, 장소를 옮겨 인터뷰할까요? 차가 있거든요. 샤오샤오의 이모님이 이렇게 미인이셨군요.”

그녀는 뒤로 한 걸음 물러섰다. 냄새가 정말 굉장했다. 진짜로 신탁 밑으로 기어들어가 며칠 동안 나오고 싶지 않았다. 하지만 1호는 그녀를 들여보내 주지 않을 것이다. 또한 3호는 태국에 있으니, 그녀가 신탁 밑으로 들어간다 해도 아무 소용이 없다. 아, 아니면 위층에 올라가 여권을 챙겨 곧장 공항으로 가면 된다. 이탈리아로 날아가는 것이다.

프라스카티*로.

핀란드 남편과 로마로 허니문을 떠났을 때는 무더운 여름 8월이었다. 시내는 관광객으로 가득 차 있고 너무 더웠다. 테이블 위에 면 요리가 가득했지만 그녀는 한 입도 먹지 않았다. 그녀는 시골에 가서 좀 걷고 싶다고 말했다. 얼음을 채운 백포도주를 마시면서 시내에서 멀리 떨어져 있고 싶었다. 두 사람은 기차를 타고 반시간 정도 달려 프라스카티에 도착했다. 관광객이 훨씬 적었고 기차역은 아담했다. 두 사람은 백포도주와 빵, 아이스크림 냄새를 맡았다. 공기 중에 가는 실 같은 설탕이 떠다녔다. 다양한 종류의 백포도주를 맛보았지만, 그녀가 가장 좋아한 건 목구멍을 타고 들어가서 몸 안의 여름을 가셔 주는 분홍색 포도주였다. 주인이 세계 대전 얘기를 꺼내면서 지상의 집과 건물이 몽땅 파괴됐지

***

*   Frascati. 이탈리아 로마시 근처의 유명한 백포도주 생산지다.

만 다행히 프라스카티에는 지하 도시가 있어서 조부모가 피난하여 목숨을 건질 수 있었다고 했다. 그녀는 지하 도시라는 말에 눈을 동그랗게 뜨면서 주인에게 구경 좀 시켜 달라고 했다. 아니나 다를까 그녀는 이곳에 들어오는 순간, 이미 은은하게 낮익은 냄새를 맡고 있었다.

이동식 술 장식장을 밀자, 눈에 띄지 않게 감춰진 두꺼운 철문이 벽에 나타났다. 철문을 열자 그 밑에서 건조하고 차가운 바람이 소용돌이를 일으키며 올라왔고, 지하로 통하는 가파른 계단이 나타났다. 그 바람의 냄새, 질량, 밀도, 강도는 본질적으로 셔터우 신탁 밑의 바람과 똑같았다.

"안 돼. 내 말 안 들려? 너희 셋은 신탁 밑으로 기어들어 가면 안 돼."

어느 엄마의 경고였는지는 잘 기억이 나지 않는다. 세 엄마 모두 이런 말을 했던 것 같다.

"왜 안 되는데요?"

누가 이렇게 물었는지도 기억이 나질 않았다.

"왜냐하면, 신탁 밑은 지옥이니까. 착하지. 내 말 들어."

당시 세 자매는 어렸고 삼합원은 장사가 아주 잘됐다. 할아버지와 아버지는 거의 매일 계동이 되어 신과 사람들을 연결했다. 문제에 답을 얻으려고 찾아오는 수많은 사람들 중 상당수는 인생이 난관에 봉착했기 때문이 아니라 신탁이 흔들리는 광경을 보기 위해 왔다. 바람도 없고 지진도 없고 손을 움직이는 사람도 없는데. 쉿. 숨을 죽이고 눈을 커다랗게 뜨고 정신을 집중해서 본다. 봤어? 탁자가 흔들렸다. 탁자 위의 향로가 술을 마셨는지 비틀거리며 탁자 위를 빙 돌아 이동했다. 신탁 위 테이블보의 수를 놓은 세 마리 봉황이 날개를 치며 꼬리를 들어 올렸다. 테이블보를 벗어나 서터우의 상공을 향해 날아오를 기세로.

찾아오는 사람들만 호기심이 있었던 게 아니라 당연히 세 자매도 대체 왜 신탁이 흔들리는지 알고 싶었다.

쉿. 다른 사람한테 말하면 안 된다. 그것은 가업상의 비밀이다. 신탁 다리 밑엔 눈에 띄지 않게 전선이 연결돼 있었다. 콘센트는 땅속에 묻혀 있고 리모컨은 아빠의 손에 있었다. 손님과 신을 연결하는 동시에 손바닥에 있는 스위치를 누르면, 보러 오는 사람들은 확실하게 신이 행하는 기적을 목격할 수 있었고, 고통과 재난을 당한 사람들은 신에 의해 구제받을 수 있었다. 이는 속임수가 아니다. 보고 믿었으니 진실일 수밖에 없다. 믿으면 신령의 구원을 받고, 삼합원을 나와서 인간 세상의 질곡을 낙관적으로 대하게 되고, 결국엔 편안해질 수 있다.

물론 세 자매는 엄마의 말을 듣지 않고 몰래 신탁 밑으로 들어가서 전선과 가구들을 관찰했다. 엄마가 사람들을 속였다. 애당초 그곳은 지옥이 아니었다. 지옥은 없었다.

그러다가,

그날이 왔다.

그날 세 자매는 함께 신탁 밑으로 들어갔다. 알고 보니 엄마의 말은 거짓말이 아니었다. 지옥이 있었다.

프라스카티 지하에는 거대한 동굴의 세계가 펼쳐져 있었다. 지상의 인간세계와 평행하게 조성된 어둠의 세계였다. 그들은 와이너리 주인을 따라 계단을 내려갔다. 백열전구는 미약했고 공기는 건조하면서도 차가웠다. 계단을 내려가자 갑자기 핀란드 남편의 호흡이 가빠지더니 입으로 기이하고 잡다한 신호를 쏟아냈다. 가슴에서 날카로운 기체와 냄새가 분출되었다. 그는 재빨리 다시 계단을 기어올라 지상의 프라스카티로 돌아갔다. 나중에 그는 당시의 공포를 회상하면서 지하 동굴의 벽면에서 주먹과 발이 튀어나와 자신을 마구 가격했고, 보이지 않는 손이 목을 조르는 것 같았다고 했다. 가장 기이한 건 머릿속에 아주 선명한 영상이 펼쳐졌다는 것이다. 지상에 은빛으로 반짝이는 어떤 물체가 기어다녔는데, 자세히 살펴보니 수천수백 개의 작은 족집게였다. 그 많은 족집게가 그의 다리를 물고 음낭과 겨드랑이, 가슴, 턱에 달라붙어서 힘껏 털을 뽑았다고 했다. 그는 자신이 천국도 지옥도 믿지 않지만 프라스카티의 지하 세계엔 지옥이 있는 게 분명하다고 말했다.

그녀는 핀란드 남편에게 아무 말도 하지 않았다. 뭐라고 한단 말인가. 사실 핀란드 남편의 말은 틀리지 않았다. 그건 진짜 지옥이었어. 내 고향에도 그런 지옥이 하나 있지. 아주 비슷해. 본질적으로 똑같아.

프라스카티의 지옥은 춥지도 않고 덥지도 않은 딱 좋은 온도였다. 길이 구부러져 있었다. 얼핏 보기에는 좁은 것 같지만 실제로는 아주 넓었고 무척 깊었다. 호리호리하고 키가 큰 핀란드 남편도 허리를 구부릴 필요가 없었다. 와이너리 주인은 이곳에서 할아버지가 남긴 술과 책들, 그리고 그의 정부가 보낸 연애편지를 발견했다고 했다. 반세기가 넘는 동안 아무도 손대지 않은 것들이었다. 이곳 지질은 화산암이었고, 동굴 벽면엔 서로 다른 시기의 암석층이 보였다. 각 층마다 색깔의 농도가 달랐다. 그녀는 코를 동굴 벽에 대고 심호흡을 했다 맞다. 바로 이런 냄새다. 백만 년의 암석층을 통해 여과된 냄새. 건조하고 상쾌한 냄새. 이런 냄새가 코로 들어오면 뭔가 바삭바삭한 느낌이 들고, 식욕이 돌면서 누워서 자고 싶어졌다. 이때부터 그곳에 정착하고 싶어졌다.

그녀는 매일 동굴을 찾았다. 나중에는 주인에게 혼자 그곳에 들어가 낮잠을 좀 자면 안 되겠느냐고 조르듯이 물었다. 문을 잠그고 불을 끄고 철저한 어둠 속에서 마침내 지하 세계에 그녀 혼자만 남게 되었다. 그녀가 두 손을 벌리자 1호와 3호가 손을 뻗어와 자신의 손을 잡는 게 느껴졌다. 인간사의 모든 어지럽고 잡다한 일들은 전부 문밖에 봉쇄돼 있고 귀도, 신도, 사람도 없었다. 아무것도 없었다. 그녀는 이미 여러 날 동안 제대로 먹지 않은 상태였고, 핀란드 남편은 이를 무척 걱정하고 있었다. 이 지옥에서 그녀는 뱃속의 장기들이 마침내 느슨해지는 걸 느꼈다. 위장이 가볍게 복강을 가격했다. 톡톡톡. 배가 약간 고파지는 것 같았다. 카르보나라 파스타를 큰 그릇에 하나 가득 먹고 싶었다. 달걀을 두 개 곁들이면 좋을 것 같다. 그녀의 몸이 어둠 속을 떠다녔다. 불면증을 앓던 긴 머리칼이 밑으르 축 늘어져 느긋하게 아래로 처져 있었다. 혹시 주인이 걱정하진 않을까 하는 생각에 황급히 문을 열고 인간계의 빛을 지옥 안으로 끌어들였다. 그녀의 몸은 계속 떠다니다가 이 화산암 벽을 뚫고 평행한 공간으로 들어선 게 틀림없다. 이때부터는 아무도 그녀를 찾을 수 없을 것이다.

그녀는 지옥으로 들어가고 싶었다. 하지만 이 비리고 퀴퀴한 냄새가 나는 인간세계에서 기다려야 했다. 기자들의 모든 질문에 대해 그녀는 확실한 답을 갖고 있다. 말할 수 없는 건 아니다. 단지 어떻게 말해야 할지, 어디서부터 시작해야 할지 모를 뿐이다.

기억은 선명한 연도 순이 아니다. 기억을 말하는 건 열전을 쓰는 것과는 달라서, 연도를 기준으로 할 수도 없고 정확한 연월일을 말할 수도 없다. 과거를 어떻게 연도 순으로 이야기할 수 있나. 기억은 매 조각들이 순서와 상관없이 어지럽게 합쳐져서 커다란 무덤을 이루고 있다. 샤오B는 막 셔터우에 왔을 때부터 매일 긴 시간을 들여 그녀의 무덤을 정리해 주었다. 샤오B가 말했다.

"사장님, 사장님은 정말…….."

"왜? 겁내지 말고 말해 봐. 난 아무렇지도 않으니까 하고 싶은 말 있으면 속 시원히 하라고."

"네. 그러니까 제 말은 사장님은 물건이 너무 많다는 거예요."

"젊은 사람이 왜 그래. 단도직입적으로 말해. 빙빙 돌리지 말고 직접 큰 소리로 말하란 말이야. 사장님, 사장님은 정말 너저분해요! 아니, 정확히 말하자면 뭐든 버릴 줄을 모르는 것 같아요라고 말이야."

샤오B가 그녀에게 인터넷 사이트 몇 개를 알려 주었고, 그제야 그녀는 자신의 상태를 알았다. 정식 명칭으로 하자면 '저장장애'였다.

그녀는 사이트의 설명을 읽으면서 전혀 기분이 나쁘지 않았다. 자신의 상태를 표현하는 말이 있다. 그 이후로 1호가 지저분하고 더럽다는 욕을 하면 큰 소리로 반박할 수 있게 되었다.

"왜 그래? 난 저장장애란 말이야. 이런 말 들어 보긴 했어? 나참! 이건 불치병이야. 의학으로 치료가 안 된다고."

그녀의 저장장애는 기억을 처리하는 하나의 방식이었다. 버릴 수 없었다. 하나도 버릴 수가 없었다. 전부 잘 모아 두었다. 세상 사람들의 눈에 폐물로 보이지만 언젠가는 유용하게 쓰일 수 있다. 이 폐기물들이 모두 기억이었다. 찬란한 금은보석이었다. 쌓고 쌓고 또 쌓으면 그녀만의 루브르궁이 되고 그녀만의 우피치 미술관이 된다. 예컨대 지금 이 순간 그녀의 쓰레기들이 쓸모를 발휘하게 됐다. 기자들이 충분한 시간을 준다면 그녀는 위층에 올라가 찾아볼 수 있다. 틀림없이 기억이 저장돼 있는 물건의 실체를 찾아낼 수 있을 것이다.

그 시를 찾아낼 것이다. 그것은 샤오샤오가 그녀에게 써 준 시였다. 샤오샤오가 그때 몇 살이었지? 시기는 절대 기억 안 나지만 그녀는 그 시만은 기억했다. 나중에 샤오샤오가 대중으로부터 큰 사랑을 받은 노래가 한 곡 있었다. 그 노래 가사의 밑바탕이 바로 이 시였다. 그러니 어떻게 잊을 수 있겠는가. 그녀는 그 곡이 이모인 자신에게 들려주는 노래라는 걸 모르지 않았다. 그랬다. 그녀는 2호이고 샤오샤오의 이모였다. 샤오샤오는 일찍이 시를 한 수 써서 그녀에게 헌상했다. 지금은 그 노래를 들을 수 없고, 들으면 눈물을 흘릴 게 분명했다.

샤오B는 그녀의 모든 저장물을 잘 정리하고 분류한 뒤에 상자에 넣어 위층에 쌓아 두었다. 조금만 시간을 준다면 틀림없이 샤오샤오의 셔터우 초등학교 교복을 찾아낼 것이다. 그렇다. 그것은 샤오샤오가 입었던 옷이고 그녀가 셔터우 사람으로 이곳에서 성장했다는 걸 증명해 주는 물증이다.

피아노 악보. 피아노 악보도 있었다. 이모인 그녀는 매주 토요일 샤오샤오를 데리고 기차를 타고 위안린(員林)으로 피아노를 배우러 갔다. 나중에 샤오샤오는 기타도 배웠지만 그 오래된 기타는 정말로 다시 찾을 수가 없었다.

샤오샤오의 탯줄. 태모(胎毛). 아동복. 작은 신발. 배 싸개. 자전거. 고등학교 남학생이 보낸 연애편지. 초등학교 교과서. 고등학교 주간 기록. 상장과 트로피.

1호는 정리와 청소를 좋아했다. 먼지 하나 없이 깨끗한 상태를 좋아했다. 하지만 2호는 가득 찬 걸 좋아했다. 기억은 잔뜩 쌓여야 한다. 그녀는 세 남편의 유품도 잘 보관했다. 그녀가 핀란드에서 셔터우로 돌아올 때, 한 상자 또 한 상자 가득 담긴 유품들도 전부 해운으로 탁송되어 한참 지나서야 도착했다. 1호는 산처럼 쌓인 상자를 보고 욕을 쏟아내면서 전부 태워 버려야 한다고 역설했다. 1호는 이해하지 못했지만, 그것은 2호와 전 남편들이 오랜 이별 후에 다시 만나는 방식이었다. 그 물건들은 생사를 에돌아 그녀가 남편 죽이는 운명임을 증명하는 증거가 되었다.

2호의 긴 머리칼이 갑자기 쭈뼛 섰다.

1호가 알파카를 끌고 빠른 걸음으로 블루 카페 앞을 지나고 있다. 향장 부인이 가르쳐 준 복식 발성으로 길을 걸으면서 노래를 부르고 있다. 가까이에서 1호의 노래를 들어야 하는 처지인 알파카는 곱슬곱슬한 털이 곤두서고 두 눈이 휘둥그레져 있었다.

1호가 샤오샤오를 낳던 날이 생각났다. 1호는 괴이한 비명을 지르면서 웃는지 우는지 모를 괴상한 소리를 냈다. 음계가 혼란스럽게 일그러진 소리였다. 2호는 그 소리에 벽을 치면서 항의했다.

수요일

“듣기 싫어 죽겠네. 꼭두새벽부터 무슨 노래를 하는 거야. 시끄러워 죽겠다고. 간신히 잠이 들었는데!”

1호의 노랫소리가 갈수록 더 커졌다. 3호가 2호의 방으로 뛰어 들어와서 귀를 막은 채 소리쳤다.

“양수가 터졌어.”

2호와 3호는 전화를 걸어 구급차를 불렀다. 아기 포대기는 일찌감치 준비해 두지 않았던가. 왜 안 보이지. 3호와 2호는 쌓아 놓은 잡동사니들을 뒤지기 시작했다.

“죽겠네! 못 찾겠어! 이런 쓰레기들을 왜 안 버리고 쌓아 둔 거야?”

1호는 큰 소리로 외치고 노래를 부르면서 2호와 3호의 손을 잡고 말했다.

“낳고 싶지 않아. 염병할 안 낳을래. 나랑 같이 지옥으로 가자. 부탁이야. 지금 당장. 내가 지금 무슨 생각 하는지 알아? 우리 집안은 고통뿐이야. 이 아이는 틀림없이 나중에 날 싫어할 거라고. 틀림없이 고통일 거야. 낳지 않을래. 가자! 지옥으로 가자!”

단테의 눈은 배가 고프지 않았다. 글자를 먹지 못했다. 어쩌면 너무 배불리 먹었거나 책장의 글자들이 화를 내면서 그의 눈 속으로 들어가길 거부하는지도 모른다. 단테는 1호의 노래가 정말 듣기 좋다고 생각했다. 향장 부인의 피아노 소리와 1호의 노랫소리가 귓바퀴 안으로 들어와 간지럼을 태웠다. 웃고 싶었다. 웃었다. 아주 오래 웃지 못했다. 단테는 아직 알파카를 찾지 못했다. 여기저기 두루 돌아다녔지만 끝내 찾지 못했다. 알파카를 못 찾으면 어떡해야 할지도 알지 못했다. 날이 추운데 알파카가 감기에 걸리진 않았을까. 단테는 새들이 너무 시끄럽다고 생각했다. 조그만 간이음식점에 들어가서 국수를 한 그릇 먹었다. 주인은 그를 등지고 앉아 TV 화면만 주시하고 있었다. 신문사 기자가 말했다. 많은 사람들이 셔터우로 새를 보러 오고 있습니다. 그들은 새를 찾지 못했다. 그들은 이제 새를 찾고 있지 않았다. 그들은 샤오샤오를 찾으려 하고 있었다.

단테는 다들 자신이 미쳤다고 하는 걸 잘 알고 있었다. 하지만, 그는 확정하지 못했다. 도대체 무엇이 '미친' 것일까? 펜을 들어 '미쳤다(瘋)'라는 글자를 쓸 수 있고 필획도 잊지 않았다. 단지 시간이 많이 걸릴 뿐이다. 글자 하나 쓰는 데 하루가 걸린다. 이 글자를 쓸 수 있다는 건 미치지 않았다는 증거 아닐까. 그는 알 수가 없었다. 의사에게 가서 물어 봐야 했다. 그는 아주 오래 의사를 찾아가지 않았다. 의사가 두려워서 만나지 않았다.

셔터우 도서관에 가서 자전을 찾아보았다. 미치다 : 정신에 이상이 생겨서 정상적이지 않은 상태가 되다. 광기가 있고 정신착란이 수반된다.

'이상이 생겼다.' 정상적인 상태를 상실했다는 뜻 아닌가? 확실히 그는 많은 걸 상실했다. 오백 년, 오십 년, 오천 년의 시간을 들여 천천히 명세서와 아내, 아이들, 공장, 친구들, 언어, 시력을 잃었다. 어쩌면 그 자신도 잃어버렸는지 모른다. 명세서엔 상실한 것들의 목록이 나열되어 있었다. 그는 정상성도 잃었다. 그렇다. 그는 다른 셔터우 사람들과 달리 길을 걷기를 좋아했다. 천천히 걷기를 좋아했다. 이를 닦는 데 두 시간이 걸렸고 수염을 깎는 데 이틀이 걸렸다. 한 계절에 나무 한 그루를 보고 달팽이 한 마리를 보면서 구아버나무에 꽃이 피기를 기다렸다. 가을과 겨울이 오기를 두 주나 기다렸다. 그러던 이마 위의 여름을 쫓아 버릴 수 있다. 셔터우는 시골이다. 많은 사람들이 시골에서는 시간이 천천히 흘러간다고 생각하지만 그는 오히려 사람들이 길을 너무 서두른다고 생각했다. 빨리 가서 기차를 타고, 신이 아주 빨리 큰 재산을 가져다 주기를 기대하며, 감기가 걸리면 약 두 봉지를 다 삼키고서 그날로 다 낫기를 기다린다고 생각했다. 밥 먹는 속도도 빠르고 차를 몰 때는 항상 과속이고 오토바이는 시간과 고속경쟁을 한다고 생각했다. 기차가 오 분만 늦어도 사람들은 지구의 종말이 오기라도 할 듯이 호들갑을 떨었다. 그는 며칠 전인지 아니면 몇 달 전인지, 혹은 몇 년 전인지, 아무튼 얼마 전에, 혹은 아주 오래전에 아주 빠른 속도로 달리던 소형 화물차가 산자락 길가에 있는 타이안궁(泰安宮)에 부딪히는 광경을 목격했다. 다들 이 묘당에서 모시는 석두공(石頭公)의 비호 덕분에 차는 부서지고 묘당도 일부 훼손됐지만 성이 샤오 씨인 기사는 전혀 상처를 입지 않았다고 했다. 하지만 그는 신을 믿지 않았다. 그는 석두공에게 신력이 있었다면 아예 자동차 사고가 나지 않게 했을 거라고 생각했다. 당시 그는 타이안궁 앞 반얀나무 아래 앉아 있다가 트럭이 묘당을 향해 돌진하는 모습을 직접 목격했다. 그는 찌그러진 운전석에서 기사를 끌어내면서 왜 그렇게 차를 빨리 몰았는지 묻고 싶었다. 기사에게 내리겠느냐고 묻고는 기사를 부축해서 함께 트럭에서 멀찌감치 떨어졌다. 그의 머릿속에는 많은 질문이 있었지만 입이 보조를 맞추지 못했다. 한 마디도 입 밖에 내지 못했다. 오히려 놀란 기사가 먼저 입을 열었다.

“사, 사장님, 안녕하세요?”

구급차가 샤오 씨 성의 기사를 태우고 가자 그와 함께 걸을 사람이 없어졌다. 시골에는 길을 걷는 사람이 아예 없었다. 오로지 그만이 매일 길을 걷고 있었다. 천천히 걷다가 도시락을 먹었다. 하루 종일 먹었다. 밥알 하나가 행성 하나였다. 느린 속도로 씹었다. 식사는 행성 하나를 씹어 삼키는 일이었다. 그는 정말로 정

상이 아니었다. 다들 백향과(百香果)를 먹으면서도 백향과 꽃이
어떤 모양인지는 모른다. 그는 종종 길가에 쪼그리고 앉아 백향
과 꽃을 감상했다. 꽃을 한참 보다가 눈물을 흘렸다. 그러고는 잠
이 들었다가 깼다. 오줌을 누고 물을 마셨다. 계속 꽃을 보았다. 그
와 함께 쪼그려 앉아 꽃을 보는 사람은 아무도 없었다. 지나가는
사람들은 그가 바위인 줄 알았다. 더 기다리면 누군가 그 자리에
묘당을 지어 바위인 그에게 절을 했을지도 모른다. 평생의 시간을
들여 꽃을 본 바위는, 정상이 아니었다.

'미쳤다.' 그가 미쳤다고? 그가 광기를 드러낸 적이 있었나?
그는 남을 공격하지도 않았고 시선은 늘 사람들을 피했다. 이게
미친 것일까? 그는 시선을 바람에게 주고 비에게 주고 꽃에게 주
었다. 2호가 한동안 그를 찾았다. 사장님과 얘기를 나누고 싶은
데 사장님이 시간이 있을지 모르겠다고 했다. 그는 고개를 끄덕였
다. 그는 자신이 '이야기를 주고받는' 게 불가능하다는 건 잘 알았
다. 하지만 상대의 이야기를 들을 수는 있었다. 함께 길을 걸으면
서 2호가 말을 하고 그는 들었다. 2호가 말하는 장소들은 그도 젊
었을 때 가 봤던 곳들이었다. 캘리포니아의 빅 서(Big Sur)나 핀란
드의 세이네요키(Seinäjoki), 지중해 스페인의 크고 작은 섬들 얘
기였다. 애석하게도 아내를 그런 곳에 데리고 갈 기회는 없었다.
이야기도 했고 약속도 했었다. 양말 공장 사업이 안정되면 아내와
아이들을 꼭 데리고 가겠다고. 데리고 간다고? 어딜? 어차피 결국
아무 데도 가지 못했다. 2호가 얘기를 계속 이어가다가 몸이 서서
히 작아지고 긴 머리가 점점 짧아져 어린 소녀의 모습으로 변하
는 걸 느꼈다. 아직 셔터우를 떠나 본 적이 없는 그 비쩍 마르고 눈

이 큰 여자아이는 미래에 결혼을 몇 번이나 할지 모르는 어린 학생이었다. 학교가 파하면 그는 교문 앞에서 세 자매를 기다렸다가 세 자매와 함께 집으로 돌아갔다. 세 자매는 서로 먼저 그의 큰 손을 차지하려고 경쟁했고, 집으로 가는 길 내내 말다툼을 벌였다. 정말 시끄러웠다. 길 가는 내내 팝콘 냄새가 나는 것 같았다. 그는 최대한 매일 이 자매들과 함께 집으로 돌아갔다. 그가 있는 한 다른 아이들은 샤오 씨 세 자매를 욕하지 못했다. 1호는 길에서 사람들을 건드리지 않았다. 두 사람은 걸으면서 이야기를 했다. 2호는 걸을수록 더 늙어 지금의 모습이 되었다. 게다가 무척 마른 편이었다. 국수 가게 앞에 서서도 배고프지 않다고, 아무것도 먹고 싶지 않다고 했다. 2호가 잡아당길수록 그녀의 머리칼은 더 길어져 등을 덮고 온몸을 감싸고 땅에 닿고 하늘을 찌르며 검은 전류처럼 발산되었다. 밭에서 일하던 중년 남자도 그 전류에 감전되어 씹고 있던 빈랑 열매가 곰인형 젤리가 되고, 바지 위로 깃발이 솟았다. 손에 쥐고 있던 벼 이삭을 깨물자 달콤한 액체가 흘렀다. 마치 벼가 사탕수수로 변하기라도 한 듯이. 아아, 사랑. 셔터우 전체를 통틀어 이런 전류를 볼 수 있는 건 그뿐이었다. 좋았다. 나쁘지 않았다. 의사에게 물어 볼 필요도 없이 그 자신이 잘 알고 있었다. 그는 확실히 미쳤다. 정신착란이었다.

샤오 사장이 도대체 언제부터 미치기 시작한 걸까. 그에게 물어 보면 당연히 대답은 없었다. 나이 든 세대 사람들은 분명한 답을 알고 있었다. 그들은 바로 그의 아내가 세상을 떠난 뒤부터라고 말했다. 난산이었고, 어렵사리 아이가 나오긴 했지만 아이 엄마는 딸의 시신을 꼭 안고 함께 세상을 떠났다. 당시 양말 공장은

 수요일

아직 돌아가고 있었다. 사장은 장례를 마치고 곧장 공장으로 출근해서 물건을 출하해야 했다. 당시 셔터우의 양말 산업은 급속도로 시들고 있었다. 주문서가 끊기자 여러 사장들이 셔터우를 떠나 다른 곳으로 이사했다. 수많은 직조기가 가동을 멈추고 양말 생산을 멈췄다. 마을이 아주 조용해지면서 묘당 앞 커다란 나무 아래엔 차를 함께 우려 마시거나 내기 장기를 두는 한가한 사람들이 늘어났다. 샤오 사장은 떠나지 않았다. 설비를 팔아 직원들에게 해고수당을 주어서 내보냈다. 샤오 사장이 직접 모든 직원과 일일이 악수를 나누면서 그동안 고마웠고 미안하다는 감사와 사과의 인사를 동시에 건넨 일을 수많은 직원들이 기억했다. 직원들은 눈물을 흘렸다. 일자리를 잃어서 우는 게 아니라 사장이 어떤 일에도 울지 않아서 울었다. 그는 집안에 커다란 변고를 겪으면서도 회사에 나와 직원들과 함께 야근을 했다. 울지 않았기 때문임이 틀림없다. 그는 남자였다. 눈물은 그런 사람을 위해 흘려야 하는 것이다. 샤오 사장은 울지 않았고, 혼자 텅 빈 공장에 거주했다. 집으로 돌아가지 않았다. 집에 돌아가는 게 두려웠다. 집에 돌아가면 문밖에 나오지 않았다. 큰비가 내렸다. 그는 마침내 문을 나섰다. 매일 비에 젖으면서 길을 걸었다. 누군가 우산을 건네면 그는 필요없다면서 아내와 아이들을 데리고 산책하는 중이라고, 햇빛이 쨍쨍해서 우산은 필요 없다고, 고맙다고 말했다. 아저씨에게도 고맙다고 하고 아줌마에게도 고맙다고 했다. 끝이었다. 사장은 미친 것 같았다.

그가 미친 것 같지 않다고 말하는 사람들도 있었다. 미친 척하는 거라고 말하는 사람도 있었다. 예컨대 그 고등학생들. 뉘 집

애들인지 모르지만 죽도록 심심했던 아이들은 어려운 고등학교 수학 문제를 그에게 내밀면서 그 문제들을 못 풀면 자신들에게 무릎을 꿇고 절을 해야 한다고 협박했다. 단테는 펜을 들어 평소처럼 그 문제들을 자세히 읽었다. 하얀 백발이 갑자기 흔들리기 시작했다. 펜이 손가락 사이에서 백 덤블링을 하더니 종이 위에서 피겨 스케이팅을 시작했다. 트리플 러츠와 한 발 랜딩이 이어지더니 단번에 모든 문제를 다 풀었다. 이때부터 금단의 열매는 청소년들이 방과 후에 가장 자주 드나드는 장소가 되었다. 하지만 그 안의 팔리지 않는 재고에 관심이 있어서가 아니라 단테가 그 작은 집 앞에서 더위를 식히는 모습을 찾아내면 그날 저녁의 수학 숙제를 다 해결할 수 있기 때문이었다.

TV에서 누군가가 샤오샤오를 찾고 있었다. 그들이야말로 미쳤다. 샤오샤오는 이미 죽었으니까. 장례는 타이베이에서 치러졌고 그는 걸어서 갔다. 그랬다. 그는 셔터우를 출발하여 걸어서 타이베이까지 갔다. 샤오샤오에게 작별 인사를 하고 싶었다. 말해도 아무도 믿지 않겠지만 이 늙은 바위는 정말로 걸어서 갔다. 그는 추도회장 밖에 서 우연히 셔터우 세 자매와 마주쳤다. 세 자매는 말다툼을 하고 있었다. 그는 큰 손을 뻗어 그녀들을 데리고 집으로 돌아가고 싶었다. 옛날처럼 나와 함께 그 삼합원으로 돌아가자. 셔터우의 그 삼합원으로 돌아가자고. 나는 그 안까지 들어갈 수는 없지만 너희를 골목 입구까지 데려다줄 순 있어. 돌아가는 게 좋아. 하지만 이 미친 사람도 세 자매 사이의 뭔가가 끊겼음을 감지했다. 흩어졌다. 무너졌다. 샤오샤오가 죽었다. 영원히 집에 돌아갈 수 없었다. 어떻게 해야 하나. 이 세상에서 샤오샤오만이 세 자매의 입을 닫을 수 있었다. 그는 샤오샤오의 울음소리를 기억했다. 샤오샤오는 평소에도 자주 울었다. 평상시 소리는 졸졸 물이 흐르는 소리 같지만, 예방접종을 하거나 몸에 열이 나거나 기저귀가 젖었을 때, 그 작고 귀여운 아기의 입에는 록 밴드가 등장했다. 전자기타가 굉음을 내고 드러머가 발로 드럼을 치고, 메인보컬이 거칠고 강한 소리를 열광적으로 쏟아냈다. 그 울음소리만 들리면 세 자매는 즉시 말다툼을 멈췄다.

그는 길가 간이음식점에 쭈그리고 앉아 천천히 국수를 한 그릇 먹었다. 음식점 주인이 잠들 때까지. 『신곡』이 기름때에 전 테이블 위에 놓여 있었다. 서늘한 바람이 책장을 넘기다가 책 속 지옥으로 빨려 들어갔다. 상관없다. 바람이 책을 읽는 게 뭐 이상한가. 그는 오늘 책을 읽지 않았다. 눈이 글자를 거부하고 먹지 않았다. 1호가 알파카를 끌고 길 건너편에 와서 그를 향해 손을 흔들었다. 길 건너편에 있는 1호는 소녀의 모습이었다. 학교 다닐 때 1호의 별명은 '빨간 여자'나 '어미 표범'이었다. 선생님은 그녀의 입에 테이프를 붙이면서 또 욕을 내뱉으면 순간접착제로 봉해 버리겠다고 했다. 1호가 알파카를 끌고 다가와 그에게 건네면서 깨끗한 옷도 주고 갔다. 길 하나 건넜을 뿐인데 어째서인지 1호는 그사이에 한 세기나 늙은 듯 보였다

"날씨가 추워졌어요. 사장님도 외투 입으셔야 돼요."

그는 1호에게 말하고 싶었다. 너가 부르는 노래 정말 듣기 좋아. 내 손을 잡지 않을래? 내가 너를, 그리고 알파카를 데리고 천천히, 천천히, 걸어서 집까지 데려다줄게. 어때?

작은 간이음식점 TV에 샤오샤오가 출연했다.

금곡장을 탄 샤오샤오가 무대에 올라 울면서 수상소감을 말하고 있었다.

"저희 엄마에게 감사드리고 싶어요. 여기 이 자리에서 공개적으로, 큰 소리로, 아주 큰 소리로 엄마에게 말하고 싶어요. 엄마, 저 상 받았어요. 그리고 저 결혼했어요. 엄마가 기뻐하지 않으시리라는 건 잘 알아요. 엄마는 지금 제가 죽도록 밉겠죠. 하지만 엄마, 제 아내, 맞아요, 제 아내가 왔어요. 저기 있어요."

샤오샤오의 손가락이 관중석을 향했다. 단테는 샤오샤오의 섬세한 손가락이 TV 화면을 뚫고 나와 자신의 턱을 찌르는 걸 느꼈다. 그는 턱을 만져 보았다. 그 손가락 촉감이 아직도 남아 있는 것 같았다.

단테는 자신이 너무 천천히 몸을 돌렸나 생각했다. 샤오샤오가 나오는 화면이 채 끝나지 않았는데, 몸을 돌려 보니 1호는 보이지 않았다. 1호가 내뱉은 욕만이 거리를 맴돌고 있었다.

목에 커다란 카메라를 맨 사람들이 작은 간이음식점에 들어와 주인의 낮잠을 깨웠다. 그들은 큰 소리로 후투티에 관해 얘기하면서 오늘 안으로 후투티를 찾지 못하면 철수하겠다고 했다. 그러면서 셔터우가 너무 무료하다고 불평을 늘어놓았다. 사장님, 이곳에 사시면서 매일 뭐 하세요? 솔직히 말하면 저는 어제까지만 해도 셔터우라는 지명을 들어 보지도 못했다니까요.

그중 한 남자가 간장에 졸인 족발 한 접시를 들고 와서는 그와 함께 음식점 앞에 쪼그려 앉으며 물었다.

"이 녀석은 선생님이 키우시는 건가요?"

그가 대답하지 않자 알파카가 대신 말을 하려는지 가느다란 소리를 냈다. 그는 어떻게 대답해야 할지 몰랐다. '키운다'는 건 뭘 말하는 걸까. 처음에는 여러 마리였다. 화려한 개막식을 열고 부인이 테이프 커팅을 했다. 그러나 나중엔 다 죽고 마지막 한 마리만 남았다. 사육주도 포기했다. 알파카는 그와 함께 먹고 그와 함께 길을 걸었다. 이것을 '키운다'고 하는 걸까?

"혹시 후투티를 못 보셨나요? 바로 이런 새거든요."

남자는 휴대폰을 꺼내 후투티가 향사무소 앞에서 울고 있는 영상을 보여주었다.

그가 주머니에서 휴대폰을 꺼내 액정 위에서 손가락을 천천히 움직였다. 가벼운 배가 잔잔한 호수 위를 떠가듯이. 옆에 있는 남자가 졸기 시작할 때까지 계속 손가락을 움직였다. 새가 천천히 날기 시작하더니 그 배에 내려앉았다. 손가락을 눌러서 연 건 그가 금단의 열매에서 찍은 후트티의 영상으로, 아침에 샤오B에게 보낸 것이었다.

구구. 구구구. 새가 남자의 잠을 깨웠다. 남자는 완전히 잠에서 깼다. 두 눈이 작은 화물차처럼 달려들다가 속도 조절에 실패해서 단테의 휴대폰과 충돌했다. 족발이 바닥에 떨어져서 사고 현장의 시신처럼 나뒹굴었다. 알파카는 고개를 숙이고 족발 냄새를 맡았지만 먹지는 않았다. 휴대폰 액정이 깨졌다. 후투티 울음소리가 액정의 갈라진 틈으로 새어 나와 더 크게 울렸다.

남자가 명함을 건넸다. 타이베이 네이후(內湖) 촬영 애호협회 사장 직함이었다. 그의 성도 정말로 샤오 씨였다.

3호는 샤오B가 보내 준 일련의 뉴스 영상을 보고 있었다. 향
장의 연설은 1호에 의해 끊기고 말았다. 1호는 큰 소리로 외치고
있고, 향장은 1호의 등 뒤에서 얼굴이 새파랗게 질려 있었다. 이마
의 퍼런 심줄이 당장이라도 폭발할 듯 튀어나오고 거대한 땀방울
이 솟았다. 얼굴이 울퉁불퉁한 사마귀로 가득한 여주 같았다. 1호
는 정말 시끄러웠다. 샤오샤오를 대신해 노래를 부르겠다고 하더
니 마구 욕을 내뱉는 바람에 나머지는 방송에서 전부 음소거 되었
다. 3호 역시 더 이상 그 소리를 견디지 못했고, 휴대폰은 리조트
식당의 어항에 빠져 버렸다. 직원들이 재빨리 폰을 건져 물기를
닦은 다음 건네주었다. 멍청하게도 휴대폰에 방수 기능이 있다는
사실을 잊고 있었다. 1호는 익사하지도 않고 휴대폰 액정 안에서
계속 소리를 지르고 있었다.

그녀는 어려서부터 자신이 멍청하다는 걸 잘 알았다. 그녀는
거의 투명 인간이었다. 특색도 없고 지능지수도 높지 않았다. 목

소리도 작았다. 3호는 바보였다. 샤오 씨 세 자매 중에 그녀가 가장 색깔이 없었다. 1호와 2호가 옆에 서 있지 않을 때면, 그녀는 즉시 사람들 몸속에서 나는 각종 의문의 소리를 들을 수 있었다. "이게 누구지?"라든가, "내가 이 사람을 본 적이 있던가?", "내가 어디선가 이 여자를 봤었나?" 같은 완전한 의문문이 아니라, 모호하고 혼란스러운 감정 때문에 잘게 투서진 깊은 당혹감과 어색함 같은 것들이다. 어떻게 물어보지? 뭘 물어보지? 관두자.

1호는 어려서부터 못생겼다는 소리를 들었다. 육체의 모든 감각기관이 분노로 타올랐고 온몸의 세포에 화살이 감춰져 있었다. 타액도 고추 우린 물처럼 매웠고, 주먹질을 하면 지는 일이 없었다. 2호는 셔터우 최고의 미인이었다. 허리가 가늘고 말을 하기 시작하면 가는 비가 내리는 듯했다. 그녀의 눈물에 사람들이 미쳐 갔고, 입을 삐죽 내밀면 성이 무너졌다. 나이가 들어도 요염한 아름다움을 잃지 않았다. 여러 나라를 두루 돌아다니면서 그 미모에 경력이 추가되었다. 흰 치아는 캘리포니아의 자랑이 되었고, 두 눈 깊은 곳엔 유럽의 산과 호수의 풍경이 담겼다. 늘어진 버들가지처럼 치렁한 머리칼은 향기로운 꽃을 감추고 있었다. 3호는 바보일까? 얼굴 전체가 땅바닥에 대충 뿌린 물 같았다. 먼저 햇볕에 말라 버린 듯한 두 덩어리가 눈이었고, 물이 증발하지 않고 고집스럽게 남은 곳이 입과 입술이었다. 못생기진 않았지만 예쁘지도 않았다. 기억하기 쉽지 않은 무작위의 윤곽이었다.

그랬다. 아무도 기억하지 못하는 3호는 어려서부터 학교 성적이 좋지도 않고 나쁘지도 않았다. 특색이 없었고 특별한 재능도 없었다. 입에서 나오는 말은 부스러기가 되어 뜻이 단절됐고 자신을 표현하는 데도 미숙했다. 그녀는 여러 해 동안 계속 1호에게 묻고 싶었다.

"도대체 샤오샤오의 아빠가 누구야? 어떤 사람들은 단테라고 하던데. 많은 사람들이 단테와 샤오샤오가 부녀지간처럼 사이 좋은 모습을 봤대. 말해 줘. 부탁이야. 정말 알고 싶어. 어쨌든 사장님은 아닌 거지?"

이 말을 마음속으로 여러 번 연습했지만 제대로 물어볼 기회가 없었다. 그러다가 샤오샤오의 추도회장 밖에서 세 자매는 대판 말싸움을 하게 되었다. 마침내 잘잘못을 따지는 순간이 온 것이다. 서로 책임을 묻고 비난하면서 욕설이 오갔다. 그렇게 철저하게 상대방을 모욕하면서 할 수 있는 말은 다 했다. 그녀도 최대로 목소리를 높여 소리를 질렀지만, 그렇게 오랫동안 연습했던 말이 입 밖에 나올 때는 다른 말로 변해 있었다.

"단테……는 아니겠지? 말 안 할 거야? 도대체 샤오샤오의 ……가 누구야? 네가 말을 안 하니까…… 남들이…… 그러니까 말하라고!"

목구멍이 종이 파쇄기가 되어서 입을 열면 말이 잘게 부서졌다. 말싸움을 하면 질 수밖에 없었다.

한때는 자신의 근원을 원망하기도 했다. 엄마가 평범하게 생겨서 그녀에게도 평범한 신체와 얼굴을 준 게 아닐까 싶었다. 2호에게는 '사진'이라는 딱지가 붙은 구두 상자가 몇 개 있었다. 상자를 열자 무지막지한 습기가 느껴졌다. 많은 사진들이 서로 들러붙어 있었고 사진 속 얼굴들은 흐릿했다. 다행히 세 선녀가 신탁 앞에서 함께 찍은 사진은 다소 습기를 면했다. 시간이 흘러 색과 광택이 흐려지고 사진 위에 습기가 스쳐 반점들이 남긴 했지만 세 선녀의 얼굴은 그런대로 선명한 편이었다. 가운데 있는 선녀가 바로 3호의 엄마였다. 아아, 정말로 낳아 준 엄마를 탓할 순 없었다. 세 선녀 모두 독특한 윤곽을 지니고 있었다. 한참 사진을 내려다보고 있으면 셋 다 아름답게 느껴졌다. 그들이 너무나 즐거워 보여서 그녀는 울었다. 울긴 왜 울어. 세 선녀 모두 세상을 떠난 지 오래였고, 사진을 보지 않으면 머릿속에서 그들의 얼굴을 그리기가 정말로 불가능했다. 울면서 사진을 향해 물었다. 엄마, 이 사진을 찍을 때, 이미 엄마가 되어 있었던 거야? 이미 떠날 생각을 하고 있었던 거야? 물론 나중에 세 분 모두 셔터우를 떠나는 데 실패했다는 건 알아. 만일 그때 성공적으로 떠날 수 있었다면, 엄마만 남았다면, 길가에 그 추풍(秋楓)나무가 없었다면, 지금의 나는 이렇게 흐릿한 모습은 아니지 않았을까? 엄마가 내게 약간이나마 목소리를 줄 수 있지 않았을까? 듣는 능력을 안 갖게 되지 않았을까? 퇴색한 사진을 귓가에 대 보았지만 세 선녀는 아무 말이 없었다. 어떤 소리도 들리지 않았다. 나는 바보다. 들어야 할 소리는 못 듣고 우는 것밖에 할 줄 모르는 바보. 방울져 떨어진 눈물이 사진 상자 속으로 들어갔고, 습기와 미생물들이 환호하며 그것을 반겼다.

그 해에 그녀가 가장 먼저 1호의 배가 불러오는 걸 알아챘다. 놀랍게도 임신이었다. 그 순간 그녀는 누군가에게 심하게 걷어차여 배가 푹 꺼지는 느낌이었다. 그녀는 고개를 숙이고 푹 꺼진 자기 배를 내려다보았다. 아픔은 복잡했고, 질투와 부러움, 불신과 분노가 뒤섞여 있었다. 1호를 사랑한 사람이 있었다. 아니, 사랑이

3호

라고 확정할 순 없을 것이다. 하지만 1호에겐 누군가가 있었다. 정말로 누군가가 1호와 했다. 그게 사랑이든 아니든 간에 어쨌든 대상이 있었고, 그걸 했고, 임신을 했다. 적어도 좋아하긴 했을 것이다. 틀림없이 여러 번 했을 테고 임신이 잘 안 되면 계속했을 것이다. 매일 했을 것이다. 1호를 좋아하는 남자가 있었던 것이다. 남자가 있었다. 여러 번 되뇌어도 믿고 싶지 않았다. 다들 1호를 좋아할 남자는 없다고 했다. 1호는 거칠고 여자 같지 않고 치마는 죽어도 안 입는다. 그녀는 책방에 문구를 사러 갔다가 여주인이 손님과 주고받는 얘기를 들었다. 세상에, 그 여자가 임신을 했다네. 발기가 어떻게 가능했을까. 보기만 해도 흐물흐물해질 것 같은데. 하하하, 넣으면 부러지는 거 아냐? 청첩장만 기다리면 되겠네. 배가 불러오면 어쩔 수 없이 결혼을 하지 않겠어? 축하할 일이야. 그런데 정확하진 않지만 소문에 남자가 사장이라더라고. 어떤 사장? 그 미친 남자 말이야. 그녀는 고개를 숙였다. 손바닥이 온통 블루베리였다. 저도 모르게 들고 있던 볼펜을 꺾어 버렸고, 그녀의 두 손은 온통 파란 잉크 범벅이었다.

1호에게도 사랑하는 사람이 있다.

그녀, 3호는, 사랑하는 남자가 없는 노처녀다.

2호는 일찌감치 그곳을 떠났다. 아무한테도 얘기하지 않고 떠났다. 두말할 것도 없이 영원히 돌아오지 않는다는 뜻이었다. 상관없었다. 1호와 함께 이 삼합원에서 영원히 노처녀로 늙어 가면 그만이었다. 다들 시골 여자가 결혼하지 않는 건 틀림없이 병이 있기 때문이라고 여긴다. 상관없다. 두 자매가 함께 죽을병에 걸린 걸로 치부하면 그만이었다. 그런데, 1호가 몰래 그걸 했다.

수요일

그녀는 볼펜을 가지고 카운터로 갔다. 책방 여주인은 만면에 놀란 표정을 지으며 티슈를 몇 장 뽑아 그녀에게 건넸다. 그녀는 고개를 가로저었다. 아니에요, 안 그러셔도 돼요. 감사합니다. 이것들 계산해 주세요. 죄송해요. 이 볼펜은 방금 제가 망가뜨렸어요. 함께 계산해 주세요. 여주인은 고기를 가로저었다. 큰일 났다. 방금 내가 말한 정확하지도 않은 이야긴 못 들었겠지? 여주인은 카운터에서 나와 그녀의 손을 잡아끌고는 재빨리 책방 뒤쪽으로 갔다. 서가 뒤엔 세면대가 있었고, 여주인은 그녀에게 수건과 비누를 건네주었다. 그녀는 여주인이 왜 그러는지 이해할 수 없었으나, 거울을 보니 얼굴이 온통 파란 잉크 범벅이었다. 두 눈에서 폭우가 내렸고 파란 눈물이 목으로 미끄러져 가고 있었다.

그녀는 자신이 울고 있다는 걸 몰랐다. 쪼그리고 앉아 볼펜을 주웠다. 손이 눈물을 닦아 내며 얼굴 위에 추상화를 그렸다.

파란 잉크는 완고했다. 꽤 여러 날이 지나도 다 지워지지 않았다. 파란 잉크는 그녀의 얼굴에 며칠을 머물렀고 그녀는 며칠을 울었다. 결국에는 눈물이 홍수가 되어 얼굴의 파란 자국을 깨끗이 지웠다. 1호는 입덧을 하느라 바빠서 3호가 옆방에서 울고 있다는 것도 알지 못했다. 임신 초기에는 하지 않았는데, 일곱 달째로 접어들면서 1호는 갑자기 입덧을 하기 시작했다. 토할 때마다 '씹할' 하는 욕이 따라 나왔다. 3흐는 입덧으로 토하면서 욕을 곁들이는 게 자랑을 하려는 거라고 생각했다. 누군가와 '씹을 한다'는 건 1호를 사랑한 사람이 있었고, 그래서 곧 엄마가 된다고 자랑하는 걸로 들렸다. 3호에게는 '씹할' 사람이 없었고 평생 엄마가 될 가능성도 없었다.

울긴 왜 울어. 애초부터 그녀는 남자를 무서워했다.

중학교 3학년이 되던 해에 그녀는 자전거를 타고 장을 보러 갔다. 밭고랑 위를 달리면서 가지처럼 진한 자줏빛 하늘을 즐기고 있었다. 이리저리 방향을 틀면서 달리다가 결국 길을 잃었다. 밭 사이 길들의 풍경은 전부 그게 그것 같았다. 밭 이쪽은 전부 구아 버고 저쪽은 전부 벼였다. 석양을 향하여 달려 보았으나, 역시 구 아버 밭 다음은 벼를 심은 논이었다. 몸이 조금도 이동하지 않은 듯이 시간 속에 갇히고 말았다. 날은 어두워지는데 사방에 가로등 하나 없었다. 마침내 저 멀리 집이 한 채 보이는 것 같아 즉시 속도 를 높여 달리기 시작했다. 오늘은 그녀가 장을 봐서 저녁 식사를 준비할 차례였다. 이렇게 지체하다가 집에 가면 욕을 먹을 게 뻔 하다. 달리고 또 달리던 그녀의 귀에 먼저 욕이 들리더니 갑자기 몸이 날아가는 듯한 느낌이 들었다. 자전거는 그녀 앞에서 넘어졌 다. 자전거 안장을 벗어난 그녀의 몸을 어떤 강한 힘이 위로 번쩍 들어 올리더니 길가 수풀 속으로 잡아당겨 넘어뜨렸다.

남자는 얼굴을 완전히 가리는 안전모를 쓰고 입을 굳게 다물 고 있었다. 하지만 그의 몸 안에서는 모욕적인 언사가 들리고 있 었다. 창녀 같은 년, 샤오 씨 계집애, 고무래처럼 비쩍 마른 년, 널 먹어 주고 말겠어, 죽어, 어때 짜릿하지. 그녀는 그 목소리를 알았 다. 단지 이름만 모를 뿐이었다. 삼합원에 점을 보러 왔던 남자는 생선을 뒤집듯이 그녀의 몸을 뒤집어 얼굴이 땅바닥을 향하게 했 다. 입안에 흙이 잔뜩 들어갔다. 두 팔은 남자에 의해 등 뒤로 젖 혀진 상태였다. 그녀는 정말 멍청했다. 소리도 못 지르고, 몸부림 치는 것도 잊은 채 줄곧 속으로 생각만 할 뿐이었다. '끝났어. 끝났어. 장도 못 봤는데. 오늘 저녁에는 공환탕*을 해 주겠다고 했는데. 1호가 죽어라고 욕을 해 댈 거야!' 남자가 그녀의 어깨와 목을 동시에 누르고 올라타 있어서 고통스러웠다. 바지 지퍼를 내리는 소리가 들렸다. 부드럽고 고약한 냄새가 나는 물건이 뒤통수를 마찰하더니 귓바퀴로 옮겨 갔다. 이어서 두 볼에 비벼 댔다. 남자가 갑자기 소리를 버럭 질렀다.

"이런 씹할!"

목 위를 짓누르던 무게가 사라졌다. 그녀는 땅바닥에 엎드린 채 움직일 엄두도 내지 못했다. 오토바이 열쇠를 꽂더니 곧장 시동을 거는 소리가 들렸다. 그녀는 오토바이 소리가 전혀 들리지 않을 때까지 조용히 기다렸다가 천천히 몸을 움직였다. 달빛 아래 시야가 점차 넓어졌다. 그녀가 입은 바지와 상의는 그대로였으나 왼쪽 샌들은 보이지 않았다. 맙소사. 수풀 속에 거대한 뱀 한 마리가 있었다. 시골에서 흔히 볼 수 있는 줄꼬리뱀이라는 걸 그녀는 알았다. 그녀는 뱀을 무서워했지만, 이 순간엔 뱀의 비늘 위를 천천히 걷는 달빛의 소리를 들을 수 있었다. 너무나 가볍고 부드러운 소리. 갑자기 뱀이 아름답게 느껴졌다. 뱀에겐 악의가 없다. 뱀은 잠시 그녀와 서로 마주 보다가 서서히 그녀 앞을 미끄러져 지나갔다. 아, 고마워. 방금 그 남자가 널 보고 도망친 거였구나. 뱀은 수풀을 지나 도로 위로 기어오르더니 이내 그곳을 벗어났다. 그녀는 빨리 움직이면 공환을 살 수 있을 거라고 생각했다. 모기

---

*   貢丸湯. 다진 고기와 소금, 쌀술을 버무려 간든 완자를 끓이는 탕국으로, 타이완을 대표하는 대중 음식이다.

가 그녀의 이마를 에워싸고 공격했다. 그녀는 자기 이마를 때렸다. 아얏! 아프다. 물론 바보 같은 그녀는 모기를 잡지 못했다. 모기에 물린 가려움 때문에 방금 그 남자의 날카로운 손톱이 자신의 이마에 상처를 몇 군데 남겼다는 게 생각났다.

그때 이후로 그녀는 뱀을 무서워하지 않게 되었다. 뱀이 뭐가 무섭나. 그보다 더 무서운 건 남자다.

하지만 '해변의 새'에 있을 땐 남자가 전혀 두렵지 않았다. 정말로, 평생 처음으로 남자가 두렵지 않았다.

이곳 손님들은 전부 남자였다. 그저 남자를 좋아하는 남자들이었다. 언제부터 그랬는지 모르지만 이곳에 휴가를 즐기러 오는 남자들은 그녀를 '마마'라고 불렀다. 엄마는 무슨 얼어 죽을! 그녀는 그 말을 들을 때마다 눈을 까뒤집었지만, 남자들은 그녀의 뒤집힌 눈을 보고도 그녀를 둘러싼 채 킥킥 웃을 뿐이었다. 호텔에 평점을 남기는 인터넷 댓글에서 많은 사람들이 마마를 언급했다. 그녀는 이런 댓글들을 무시하고 거의 보지 않았다. 어차피 봐도 내용을 모른다. 남자들은 그녀를 보면 포옹을 하고 입을 맞추었다. 이들은 인터넷에서 그녀를 욕하거나 흉보지 않는 사람들일지도 모른다. 이 현상을 대체 어떻게 봐야 할까. 왜 자신이 남자들을 전혀 두려워하지 않게 된 걸까. 생각할수록 괴이한 일이었다. 이런 내가 태국에 와서 한 무리 남자들의 엄마가 되다니. 과거에 셔터우 보건소에서 자원봉사자로 일할 때 애완동물을 데리고 오는 사람들을 위해 광견병 백신 접종을 해 준 적이 있었다. 어쩌다 보니 한 무리 중년 여자들에 둘러싸여 모든 질문에 일일이 대답하고 있었다. 두 마리 독일 목양견도 귀를 쫑긋 세우고 그녀의 대답을

수요일

기다리고 있었다. 청각 능력을 발휘할 필요도 없이 여자들은 마음속 말을 곧장 입 밖으로 꺼냈다

"정말 결혼 안 할 거예요?", "상대가 없어요?", "노처녀가 되어 혼자 살면 정말 처량해요.", "결혼은 안 하더라도 아이는 낳아요. 나중에 늙으면 누가 보살펴 주겠어요?", "아가씨 큰 언니도 아이를 낳았잖아요. 애를 낳고도 결혼은 하지 않았지. 뭐랄까, 아주 이상한 일이긴 하지만 큰언니는 나중에 딸이 보살펴 줄 거 아녜요. 아가씨는 어떡하려고 그래요?", "개나 고양이를 기르면 된다는 소리는 하지도 마요. 아가씨 큰언니도 개랑 고양이를 한 무더기나 기르고 있잖아요.", "개가 휠체어도 밀어주고 등을 두드려 가래도 뱉게 해 주면 제일 좋겠지만. 하하하.", "난 외삼촌이 한 분 있는데 아내가 작년에 암으로 세상을 떠났어요. 청소할 사람도 없고 밥을 해 줄 사람도 없어요. 새 아내를 얻어 볼까 하는데 누구 소개해 줄 사람 좀 없어요? 그 자리도 나쁘지 않을 것 같은데."

"나쁘지 않다고? 나쁘지 않으면 댁이 가시지그래."

독일 목양견 두 마리가 귀를 길게 늘어뜨리고 몸을 뒤로 움츠렸다.

바보. 결국 그녀는 마음속 말을 입 밖으로 뱉어내고 만 것이다. 고향에서는 엄마가 되지 못했는데, 파타야에서 한 무리 게이들의 엄마가 되었다. 분명히 남자들을 무서워했는데, 어찌된 일인지 알 수가 없었다. 게이들도 남자 아닌가? 하지만 이들에게선 어떤 압박도 느끼지 못했다. 예컨대 지금 이 순간, 풀 가장자리엔 털이 수북한 남자들이 엎드려 있다. 몸에 착 달라붙는 작은 수영복 하나만 입고 일광욕을 즐기고 있다. 욕망의 전파가 치지직 흐르고

있었지만, 그녀를 향해 다가오지는 않았다. 덕분에 그녀는 아주 홀가분하게 어떤 압력도 없이 남자들이 내보내는 몸의 진동을 듣고 있었다. 그들의 몸엔 털이 정말 무성해서 가슴과 배 전체가 털로 뒤덮여 있었다. 피부 가득 건초 싹이라도 심은 것 같았다. 풀 옆에서 장난치고 있는 남자들을 보면서 그들 몸 위의 모발이 발산하는 갖가지 배고픔과 목마름의 소리를 듣는 게 TV 연속극보다 더 재미있었다. 애석하게도 말이 통하진 않았다. 말만 통했다면 꼭 물어보고 싶었다. 왜 이렇게들 털이 많은 거예요? 그런데도 선크림을 꼭 발라야 해요? 그 피부 위의 무성한 건초를 뚫고 피부에 도달하려면 햇볕도 엄청 힘들겠네요.

갑자기 가벼운 소동이 벌어졌다. 털 많은 남자들이 일제히 일어나 허둥대며 뛰기 시작했다. 리조트 직원들도 풀로 달려들었다. 조리사가 그녀에게 몇 마디 던지고는 성큼성큼 모래사장으로 향하는 계단을 내려갔다. 무슨 말인지 알아듣지 못했지만 그녀도 따라가기 시작했다. 남자들 몇몇이 모래사장을 향해 달려갔다. 계단을 내려가면서 그녀는 중심을 잃고 하마터면 넘어질 뻔했다. 키 크고 털 많은 남자가 그녀를 잡아 주었다.

“Mama, are you ok?”

남자는 그녀를 모래사장으로 데려다주었다. 약간 현기증이 났다. 남자의 손바닥에서 땀이 물결을 이루었고, 팔이 그녀의 몸에 닿자 축축한 건초 같은 감촉이 느껴졌다.

모래사장 위에 남자들이 있었다. 아, 어제 입주한 손님이었다. 한 쌍의 게이 아빠들로, 귀여운 아이를 데리고 함께 입주한 그들은 프런트에서 그녀에게 SNS 사이트를 보여주었었다. 전부 잘

수요일

생긴 아빠 둘과 아들이 여행을 하면서 찍은 사진들이었다. 복근과 가슴 근육이 빵빵하고 하얀 치아를 드러내면서 찬란하게 웃고 있었다. 팔로어가 3백만이나 된다고 했다. 방금 아이가 풀 옆 절벽에서 점프를 하면서 놀다가 발을 헛디뎌 모래사장으로 추락했다. 그녀는 아이를 안고 빠른 속도로 여기저기 살폈는데 뚜렷한 외상은 보이지 않았다. 어린애는 울지도 않았고, 눈을 휘둥그레 뜨고서 오른손으로 이마를 만지고 있었다. 아이의 손을 가볍게 치워 보니 이마에 작은 찰과상이 나 있었다. 잘생긴 두 아빠들이 달려오더니 소리 내어 울면서 그녀에게 휴대폰을 건넸다. 세 가족이 모래사장에서 함께 껴안고 울고 있는 장면을 촬영해 달라는 뜻이었다.

다행히 모래사장은 푹신푹신해 남자아이의 작은 몸을 안전하게 받아 주었다. 아무 일 없었다. 한 무리의 게이들이 모래사장에서 서로 껴안고 울고 있고, 그녀는 리조트 마마로서 책임을 다해 모든 장면을 찍어 주었다. 이런 영상들은 나중에 편집을 거쳐 사이트에 업로드 될 테고, 클릭 수가 적어도 5백만은 넘을 것이다. 나쁘지 않다. 공짜로 해변의 새를 광그하는 셈이다.

방으로 돌아온 아이는 두 아빠의 눈물을 보고 따라 울기 시작했다. 그녀가 주방 냉장고에서 판단 아이스크림을 꺼내 주자 아이는 금세 울음을 멈췄다. 손은 아직도 이마를 짚고 있었다.

그녀도 자신의 이마를 만져 보았다. 그 통증의 감각이 다시 살아났다.

남자에 의해 수풀 속으로 내던져졌던 그날 저녁, 그녀는 결국 공환을 사지 못했다. 자전거가 근처의 커다란 수렁에 빠져 버려서 그녀의 힘으로는 도저히 건져 올릴 수 없었다. 게다가 왼쪽 샌들이 어디론가 날아간 데다 오른발은 삔 상태였다. 그녀는 절룩거리며 걸으면서도 마음속으로는 오직 잡화점을 찾아야 한다는 생각뿐이었다. 어둠 속에서 그녀는 청각을 곤두세웠다. 몸 안의 잡념을 다 제거하자 마침내 1호가 삼합원에서 욕설을 퍼붓고 있는 소리가 들렸다. 1호가 욕하는 소리를 향해 걷다가 잡화점을 하나 발견했다. 하지만 너무 늦었고 이미 셔터가 내려져 있었다. 그녀는 그대로 집에 돌아가고 싶지 않았고, 감히 돌아갈 수도 없었다. 자신이 더럽혀졌다는 생각이 들었고 이마에 긁힌 상처가 남아 있었다. 이 상태로 삼합원으로 들어갔다가는 1호와 2호가 자신을 꿰뚫어 볼 게 분명했다. 구역질이 났다. 나는 죽도록 멍청하다. 몸에선 죽도록 고약한 냄새가 난다. 어떻게 낯선 남자와 수풀 속에서 뒹굴 수 있단 말인가. 게다가 공환도 못 샀다.

그녀는 이리저리 마구 걸었다. 어디로 가야 할지 몰랐다. 셔터우로 철로 건널목에 이르렀을 때 땡땡땡땡 경고음이 울리면서 빠른 속도로 차단 철책이 내려왔다. 그제야 그녀는 정신을 차렸다. 아, 어쩌다 철로 한가운데 서 있게 됐지. 게다가 차단 철책까지 내려와 있다. 그녀는 뒤돌아 달리기 시작했다. 발이 꼬이더니 철로에 끼이면서 몸이 앞으로 고꾸라지고 말았다. 이마가 방금 내려온 차단 철책에 부딪혔다. 다행히 건널목에는 차가 한 대도 없었고, 사방엔 사람 하나 없었다. 아무도 보지 못했다.

무척 아팠다.

그녀는 재빨리 일어서며 손으로 이마를 짚었다.

그녀는 철책 밖으로 물러섰다. 어둠 속에서 기관차 전조등 불빛이 두 눈을 찔렀다.

 수요일

그녀는 몸 안에서 들리는 낯선 소리를 들었다.

자신의 목소리였다.

"앞으로 가."

그녀는 철로가 말하는 소리를 들었다. 고속으로 달려오는 열차도 말하고 있었다. 철책이 그녀를 향해 소리쳤다.

"앞으로 가라고."

그녀는 고개를 끄덕였다. 갈아들었다. 앞으로 가면 집에 돌아갈 필요가 없다. 과거에 그녀의 엄마도 셔터우를 떠나려 했다. 지금 앞으로 나아가기만 하면, 어쩌면 자유로워질 수 있다. 성공적으로 셔터우를 떠날 수 있다. 앞으로 조금만 더 가면 몸이 열차를 맞아들이게 된다. 그러면 자신이 구역질 나는 여자, 더러운 변태라는 생각도 하지 않게 될 것이다. 이마 위의 그 통증도 영원히 사라질 것이다.

하지만 한 걸음 앞으로 나아가 셔터우를 떠나려는 시도는 실패하고 말았다. 이마 위의 통증은 줄곧 그녀를 따라다녔다. 그녀가 태국에 올 때까지 줄곧.

당시 그녀는 이미 크게 한 걸음을 내디뎠었다. 몸이 능파부*를 추듯 건널목 철책을 넘어가서 철로 위에 서 있었다. 기관차 전조등이 주먹을 뻗어 그녀의 두 눈을 가격했다.

눈을 감고 받아들였다. 몸이 어떻게 또 여기까지 온 걸까? 오늘 저녁에만 두 번째 비상이었다. 또 두 개의 손이 그녀를 붙잡아 그녀를 철로 위에서 끌어냈다. 그녀의 몸이 철로와 평행하게 날면

*   凌波舞. 중국 당나라 때 시작된 여성 독무로《능파곡》의 반주에 맞춰 추었다.

서 종아리가 날카로운 소리를 지르던 건널목 철책에 스쳤다. 오른 발 샌들이 철책에 끼면서 몸 전체가 허공에 매달렸다. 기차가 거칠게 기적을 울리면서 건널목 안으로 빠르게 밀려 들어왔다.

기차가 지나갔다. 땡땡땡땡. 샌들의 잔해가 철책 위로 날아갔다. 아팠다. 이마가 너무 아팠다. 두 발은 땅에 닿지 않았다. 몸이 여전히 허공에 매달려 있었다. 누가 그녀를 안아 내렸을까? 또 그녀를 수풀 속으로 던져 버리려는 걸까? 그녀는 큰 소리로 울부짖었다. 줄곧 두 눈을 감은 채. 닥치는 대로 뭐든 마구 움켜쥐었다. 누가 그녀를 안아 주었을까? 왜 물어도 대답하지 않을까? 손가락을 잡았다. 손바닥을 만졌다. 찾았다, 그 사람이다. 셔터우가 조용해지고 철책이 입을 다물었다. 그 사람이 왔다.

눈을 뜰 필요가 없었다. 눈을 뜨고 싶지 않았다. 어렸을 때부터 클 때까지 잡았던 손이었다. 물론 그녀는 그 두 손의 주인을 알고 있었다.

수요일

샤오B

깊은 밤, 마침내 손님들이 다 가고 블루 카페는 고요함을 되찾았다. 샤오B는 창문을 전부 열고 뒷문도 열었다. 바람이 불어와서 하루 종일 뒤섞였던 사람들의 목소리와 냄새를 쓸어가 버리길 기대했다. 깊은 밤 차가운 바람은 약간 취기가 있었던지 문 안으로 들어서자마자 여기저기 마구 부딪혔다. 쇠로 된 풍경이 딩당딩당 울리면서 통증을 덜어 주었다. 메뉴판이 바닥에 덜어지고 벽에 그려진 파란 고래가 가볍게 몸을 떨었다. 지미 헨드릭스는 재빨리 아래층으로 뛰어 내려갔다. 여사장은 양반다리를 하고 카페 앞 땅바닥에 앉아 있었다. 긴 머리칼이 잠들고 셔터우도 잠들었지만, 두 손은 불면 상태로 쉴 새 없이 바닥에 가득 널린 상자들을 뒤적이고 있었다.

비가 온다. 비라고? 언제부터 내리기 시작했을까? 샤오B는 하루 종일 바빠서 카페 밖으르 한 번도 나가지 못했다. 카페 밖의 셔터우가 갑자기 낯설어졌다. 밤은 선의를 품고 있지 않았다. 짙은 구름과 철사 같은 비가 하늘에 한 줄 한 줄 핏빛 혈흔을 남겼다. 음침한 가는 비는 샤오B가 내민 손을 일부러 피하는 듯했다. 샤오B의 손은 비도, 어두운 밤도 잡지 못했다. 그리 멀지 않은 곳에서 들리는 취구라* 소리도 마찬가지였다. 마음속에 뜻밖의 세 글자가 떠올랐다. 틀림없이 여사장이 가르쳐 준 글자일 것이다. 누가 노래를 부르고 있는 거지? 누가 깊은 밤에 얼후**를 켜고 있지? 어느 묘당에서 경을 외는 거지? 마지막 기차가 방금 셔터우를 떠났고 주위는 고요했다. 오늘 밤엔 기차 바퀴가 궤도를 스치는 소리가 들렸다. 건너편 상가에서 이렇게 늦게 지전을 태우는 건 어느 귀신에게 올리기 위해서일까? 지전의 불길은 완고했고, 새빨갛게 타는 불은 비가 내리는 데도 꺼지지 않았다.

이날은 깊은 밤의 무늬와 색깔과 광택이 전부 다 기이했다. 샤오B가 익히 알던 셔터우가 아니었다. 하루 종일 시끄러웠는데 지금은 왜 이렇게 고요할까? 샤오B는 외지인이기 때문에 셔터우가 익숙지 않은 게 당연했지만 그래도 오늘 밤은 정말 이상했다. 거리에 사람이 하나도 없었는데 발소리가 들렸다. 나무 그림자가 가로등과 시시덕거리며 신(神)을 가장하고 귀(鬼)를 희롱하고 있었다. 기자들이 남기고 간 잡다하고 사소한 목소리들이 차가운 바람에 쓸려 카페를 나갔다. 록 콘서트 무대에서 잘게 자른 오색 종이를 흩뿌리는 듯했다. 빗줄기와 오색 종이가 한 쌍이 되어 하늘 위를 천천히 돌면서 왈츠를 추었다.

---

*　吹狗螺. 밤이 되었을 때 개가 귀신을 보기라도 한 듯 심하게 짖는 현상을 가리키는 말이다.

**　二胡. 두 줄로 이뤄진 중국 전통 현악기이다.

어찌 된 일일까. 오늘은 오색 종이가 생각났다.

그와 함께 아메이*의 콘서트에 갔었다. 아메이의 콘서트에 간 건 그때가 마지막이었다. 무대 위에 뭔가 폭발한 듯 종잇조각이 날리자 수많은 사람들이 소리를 질렀다. 그가 잡고 있던 샤오B의 손을 놓았다. 그러고는 곧 결혼할 예정이라고, 미안하다고 말했다. 샤오B는 짐짓 못 들은 척했다. 팬들이 내지르는 함성이 방패가 되어 주었다. 종잇조각들이 두 사람 사이에서 소용돌이를 이루며 날았다. 샤오B는 사람들과 같이 큰 소리로 노래를 따라 불렀다. 미안해. 그가 같은 말을 여러 번 반복했다. 샤오B는 그 휘날리는 종잇조각에 감사했고 계속 못 들은 척했다 화려한 작별 인사였다.

노면에 떨어진 종잇조각들은 바람이 불자 사람들이 남긴 자잘한 언어들을 싣고 완벽하게 사라졌다. 셔터우로는 평정을 되찾았다.

오늘 저녁 무렵, 사장님은 머리를 자르러 나간다고 하지 않았던가. 어째서인지 지금 사장의 뒷모습은 그대로였고, 긴 머리칼이 가는 비를 흡수해서 몇 센티미터는 더 길어진 것 같았다.

찾았다. 사장은 상자에서 사진을 한 무더기 찾아냈다. 그녀는 샤오B가 묻고 싶어 한다는 걸 잘 알았다. 마음속에 수많은 질문이 있었지만 입을 열어 묻지 못했다. 그녀도 대답하고 싶었지만 어떻게 해야 할지 몰랐다. 세 자마는 샤오샤오를 함께 키웠다. 그걸 어떻게 두세 마디 말로 다 설명할 수 있을까. 사진으로 설명하는 수밖에 없었다. 샤오B는 사진을 건네받았다. 각기 다른 나이의 샤오

---

*　　阿妹. 타이안의 유명 여성 록가수 장후이메이(張惠妹)의 애칭이다.

샤오였다. 샤오B는 샤오샤오의 팬인 셈이었다. 샤오샤오가 금곡장을 타던 날 저녁, 샤오B는 TV 앞에서 큰 소리로 울면서 소리쳤다. 노래 몇 곡도 따라 흥얼거릴 수 있었다. 아니, 흥얼거리는 정도가 아니다. 가사도 외웠을 뿐 아니라 현악기로 연주도 할 수 있었다. 수시로 사장에게 노래를 들려주기도 했다.

사장님, 왜 우세요.

"취두부*요. 취두부가 왔어요. 취두부…….."

시각은 일정치 않지만 야심한 밤이면 취두부 수레가 어둔 밤 깊은 곳에서 기어 나와 셔터우의 거리를 미끄러지듯 돌아다녔다. 취두부 남자는 볼륨을 최대로 높여 자신이 직접 녹음한 오래된 소리를 틀었다. '취' 자는 이 초간 길게 늘어뜨리고, 이어서 빠른 속도로 '두부'를 외친다. 사실 그의 취두부가 특별히 맛있는 건 아니었다. 하지만 깊은 밤에 '취두부'라는 세 글자를 외치는 소리를 들으면 여러 집에서 사람들이 잠옷 차림으로 달려 나왔다. 아저씨, 1인분 주세요. 고추랑 솬차이** 좀 넉넉히 주시면 안 돼요? 두부탕 없어요? 오늘은 공환 없어요? 작은 수레는 울퉁불퉁한 곳투성이였다. 들리는 바에 따르면 옛날에 수레가 어느 묘당을 뚫고 들어가서 대들보를 받치는 기둥을 무너뜨린 적이 있다고 한다. 수레는 수리되었고, 남자는 술을 끊고 맑은 정신으로 하루하루를 보내다가 삼합원에 가서 나뭇잎을 따고 무슨 일을 하면 좋을지 물었다. 1호는 취두부가 보인다고 대답했다. 그는 다시 큰 묘당을 찾아가 묘당지

---

* 臭豆腐. 두부를 소금에 절여 발효시켜 고약한 냄새가 나는 음식이다.
** 酸菜. 더운물에 데쳐서 발효시키거나 소금에 절인 채소 반찬이다.

 수요일

기에게 물었다. 묘당지기가 말했다. 요즘 알파카가 잘 나간다고 하니 거기에 투자해 보는 건 어때요? 취두부와 알파카. 거짓말 같겠지만 그는 당연히 후자를 선택했다. 묘당지기는 지전을 팔고 향을 팔면서 더불어 알파카도 팔았다. 뭔가를 팔려고 하면 그는 반드시 묘수를 만들어 냈다. 얼마 후 한 무리의 알파카가 셔터우에 도착했다. 알파카 관광 농장이 멋지게 문을 열었지만 열렬한 반응은 며칠로 그쳤다. 가산을 탕진한 그가 할 수 있는 일은 깊은 밤에 취두부를 파는 일뿐이었다. 1호의 신력은 정확해서, 한 주에 몇 번만 나갔는데도 장사가 아주 잘됐다. 매번 골목 세 군데를 다 돌기도 전에 확성기를 꺼야 했다. 1호도 자주 달려 나와 취두부를 사면서 남자의 뒤통수를 툭 쳤다. 알파카는 무슨 염병할. 내가 취두부를 해야 한다고 했잖아. 내 말 안 듣더니 꼴좋다.

"아, 망했다. 오늘은 가게가 너구 바빴어. 저녁에 깜박 잊고 도시락을 안 보냈네. 취두부를 2인분 살 테니까 네가 좀 가져다주고 올래? 미안해. 이렇게 늦게 부탁해서. 사장님이 아무것도 먹지 못했을까 봐 걱정이야. 어쩌면 주무실지도 모르지. 주무시면 굳이 깨우지 말고. 부탁해."

자전거가 축축하고 끈적끈적한 셔터우의 깊은 밤을 가르며 칼날처럼 날았다.

엄마야! 귀신인가?

저 앞에 하얀 덩어리 같은 물체가 있다. 군데군데 점처럼 형광색이 떠다니고 있다.

"샤오B!"

샤오B가 재빨리 브레이크를 잡는 바람에 자전거는 중심을 잃었다. 하마터면 도랑 속으로 고꾸라질 뻔했다.

알고 보니 향장이었다. 흰 조끼를 입고 형광 운동화를 신고 있었다.

"하하, 왜 그렇게 놀라. 귀신인 줄 알았어? 나 향장이야. 조깅하고 있었어. 근데 이렇게 늦은 밤에 자전거를 타고 어딜 가? 잊지 마. 내일 오후 5시, 도서관으로 모이는 거야."

향장은 오늘 밤 유난히 말이 많았다. 샤오B는 조용히 자전거를 탔다. 향장은 곁에서 달리면서 계속 입을 놀렸다.

"이렇게 늦은 시각에 나와서 조깅하는 것도 괜찮네. 내일은 죽도록 바쁠 거야. 이어지는 며칠 동안은, 맙소사, 안 돼, 반드시 다 해낼 수 있어. 내일 낭독 활동, 부탁할게. 과거에 브라운에 있을 때, 도서관에서 낭독을 하면 어린 친구들로부터 대대적인 환영을 받았지. 참, 기타, 내친김에 기타를 가져오면 어때? 아, 왜 갑자기 커피가 마시고 싶지? 자네를 만나서 그런가 커피가 마시고 싶네. 이렇게 늦은 시각에 도시락을 배달하는 거야? 난 오늘 오후에 단테가 그걸 끌고 가는 걸 봤어. 당신들은 정말 좋은 사람들이야. 일가친척도 아니고 오랜 친구도 아닌데 남한테 이렇게 잘하니 말이야."

샤오B는 향장이 대단하다고 생각했다. 속도가 느리지도 않은데 주저리주저리 얘기를 하면서 거의 숨을 헐떡이지도 않았다.

전방에 밝은 빛이 보였다.

오밤중에 구아버 농장이 왜 이렇게 밝지?

엄청 떠들썩했다. 야시장이라도 열린 거야? 구운 샹창* 냄새

---

*   香腸. 돼지나 소 창자에 고기와 양념을 다져 넣어 가공한 타이완식 소시지로,

        수요일

가 이렇게 진하게 난다. 이럴 수가. 하늘에서 반짝이는 운석이 떨어져 이 어두컴컴한 농지에 부딪히는 바람에 구아버가 전부 불타오른 듯했다.

샤오B와 향장은 금단의 열매 간판이 어둠 속에서 반짝반짝 빛나는 광경을 지금까지 한 번도 본 적이 없었다. 이 순간, 간판 등은 전부 환히 밝혀져 있고, 붉은 캔버스 천이 어둠 속에서 펄럭이고 있다. 아주 붉고 아주 밝았다. 몇 초만 직시해도 눈이 아플 지경이었다.

힘껏 눈을 비볐다. 아니야, 야영 활동은 내일, 바로 내일부터 하기로 돼 있다. 어쩌다가 금단의 열매 뒤쪽 구아버 농장에 이렇게 많은 텐트가 쳐져 있는 거지? 수많은 캠핑용 조명이 금단의 열매를 환히 비추는 가운데 구아커 농장은 무척 시끌벅적했다.

수많은 사람들이 고기를 굽고 닭국을 끓이고 있었다. 깊은 밤에 취두부 수레도 나와 있었다. 그 엄청난 냄새가 모든 사람을 천막에서 끌어냈다. 장사가 너무 잘됐다. 신이 난 남자는 입이 귀에 걸렸다.

이날 밤 단테는 샤오B가 도시락을 가져다주지 않아도 별 문제가 없었다. 그는 알파카를 끌고 편안한 야영 캠프 벤치에 앉아 있었다. 그의 앞에서 사람들이 쟁반 가득 닭 날개를 굽고 있었다. 세상은 온갖 놀라움으로 가득하다.

수많은 사람이 그를 에워쌌고 카메라 렌즈가 전부 그를 향했다. 주위는 몹시도 시끄러웠다. 마치 단테가 유럽의 박물관에 모

주로 직화에 구워 마늘과 함께 걱는다.

셔진 유명한 조각상이라도 되는 것처럼.

단테의 허벅지엔 실리콘으로 만든 복숭아 모양의 엉덩이가
놓여 있었다.

그 엉덩이 위에,

후투티가 달라붙어 있었다.

음악회

1

발에 물컹물컹한 물건 하나가 차였다. 감독이 휴대폰 플래시를 켜서 살펴보니 천에 싸인 커다란 비닐봉지였다. 하나하나 세어보니 열 개가 넘었다. 틀림없이 더러운 물건일 것 같았지만 신경 쓰지 않기로 했다. 그녀는 누워서 낮잠을 자고 싶은 마음뿐이었다. 이곳은 아주 고요했다. 벽에 걸린 시계는 멈췄고 회색 먼지만 숙면을 취하고 있었다. 천장에 달린 선풍기도 아주 오랫동안 작동되지 않았다. 아마도 삽십 년? 오십 년? 두 손을 높이 든 채 몸을 뒤로 뉘자 등이 커다란 비닐봉지에 세게 부딪혔다. 먼지들이 깨어나면서 비닐봉지에서 천 보푸라기가 튀어나왔다. 무척이나 푹신하고 편안했다. 귓가에 묘한 소리가 들려왔다. 가늘게 부서진 소리의 잔해들. 소리가 다시 귓가에 맴돌았다. 청각으로는 거리를 가늠할 수 없었다. 바람 소리일까? 깨어나고 싶지 않았던 먼지와 보푸라기들이 반격을 시작했고 그녀의 콧구멍 속으로 밀고 들어와 재채기를 유발했다. 코에서 폭발한 수정처럼 맑은 액체가 허공에서 먼지와 전투를 벌였다. 여러 해 동안 혼미해 있던 시간이 깨어나 벽에서 새어 나오고 천장에서 떨어져 내려 그녀의 몸을 향해 달려들었다. 그녀는 어떤 것에도 무관심했다. 지금은 잠을 자고 싶을 뿐이다. 산 채로 천 조각들에 파묻혀 잠 드는 것.

얼마나 오래 잤을까? 잠에서 깼나? 지금 여긴 어디지? 몸이 어두운 공간 속을 떠다니는 느낌이었다. 잠시 기억이 사라져 자신이 누구인지 잊었다. 몸 상하좌우가 떠다니다가 재봉틀에 부딪히고 얼룩이 가득한 벽을 긁었다. 수많은 양말들이 그녀와 함께 떠다니면서 나비처럼 주위를 천천히 춤추며 날았다. 그러다가 벽에 걸린 세계지도에 부딪혔다. 이 호기로운 글씨체는 누구 거지? 지도에는 '수출국'이라고 쓰여 있었다. 브라질에 동그라미가 쳐져 있고, 아르헨티나와 남아프리카공화국, 독일과 태국에도 그랬다. 오래된 사진들이 바닥에 가득 떨어져 있었다. 공장 직원들의 단체사진과 가족사진, 결혼사진이 있었다. 천장 패널이 무너져 내리고 환기용 선풍기에는 거미줄이 가득했다. 붉은 종이에 쓴 춘련*은 창백한 모습으로 뜯겨 있었다. 테이블 위에는 장부와 노트, 디자인 도면이 잔뜩 쌓였다. 모든 것들이 세상에 버려져 이 공간에 갇혀 있었다. 왜 어디서 뭔가가 타는 느낌이 들지?

그녀의 노트는 어디에 있나. 그녀는 이 공간의 모든 디테일을 기록하고 싶었다. 꿈을 꾸는 걸까? 만일 꿈이라면 의식이 왜 이렇게 분명하지? 노트는 찾을 수 없었다. 문을 나서기 전에 몇 권 들

---

*　春聯. 문이나 기둥에 붙이는 장식 글씨인 주련(柱聯) 또는 대련(對聯)의 일종으로, 설을 기념하기 위한 용도이다.

고 나오지 않았나. 만일 이 순간을 극본으로 쓴다면 틀림없이 제목은 「꿈의 풍경」일 것이다. 무대 조명에 환상적인 분위기가 감돈다. 드라이아이스가 필요할까? 배우들이 손에 횃불을 들게 할까? 음악은 뭘로 할까? 배우들의 분장은? 하지만 꿈 같지는 않았다. 손을 뻗어 양말 기계를 만져 보았다. 얼음처럼 차갑고 단단한 촉감은 진실했다. 아, 노트를 집을 수 없는데 기저귀는 어떻게 집을 수 있지? 무엇이 '진실'일까? 그녀는 다섯 쪽을 할애해서 '진실'의 대략적인 정의를 탐구하고 싶었다.

이 버려진 공장은 양말 직조 박물관이 되었어야 했다. 극단은 오늘 아침 기차를 타고 셔터우에 도착했다. 향사무소의 대체 복무자 청년과 비서가 나와서 이들을 맞았다. 다행히 그녀가 두려워했던 말 많은 향장은 나오지 않았다. 그가 나오지 않는 걸로 끝이면 될 텐데 웬 대체 복무자가 구역질 나는 환영사를 대신 낭독하고 있다. 무슨 보이스카우트 야영 캠프 개막식에 가야 해서 손님을 맞으러 나올 수 없다던데. 그녀는 대체 복무자의 손에 든 강연 원고를 힘주어 잡으며 말했다.

"그만 읽으시면 고맙겠어요. 정말. 부탁이에요."

곧장 숙소로 가는 것 아니었나? 그들은 기차역 앞에 있는 통런셔를 관람해야 했다. 그녀는 애써 화를 눌렀다. 일본식 옛 건축물은 정말로 아름다웠지만, 안에 진열된 양말 직조기들과 이에 관한 설명은 억지스러워서 낯설게 느껴졌다. 오래된 기계들을 한곳에 모아 진열하는 건 이 소도시 양말 직조업의 흥망성쇠를 보여주려는 의도이겠지만, 서정적인 느낌은 전혀 없었다. 그녀는 지금 폐허에 와 있다. 특별한 변화를 주지 않아도 그 자체로 완벽한 박물관이다. 한때는 찬란했지만 지금은 완전히 쇠락한 모습. 테이블과 의자, 종이와 펜에는 사람이 사용한 흔적이 그대로 남아 있었다. 폐허이지만 감정과 이야기가 담겨 있었다. 사진 속 사람들은 아직 살아 있을까? 영상이나 음향 효과, 설명글이 없어도 그녀는 기계가 돌아가는 소리와 사람들이 얘기를 나누는 소리, 선풍기가 공기를 휘젓는 소리를 들을 수 있었다. 허공에 떠 있는 이 양말들의 목적은 원래 사람들의 발에서 땀을 흡수하는 것이었지만 결국 밖으로 팔려 나가지 못했고, 이곳을 떠나는 사람들의 갖가지 소리만 흡수했다. 스타킹을 신은 채 주문을 받으러 달려가던 사람들의 환호, 아이들이 나비를 수놓은 양말을 당겨 신는 소리. 그중에 누군가 울고 있나? 스포츠용 양말 속으로 손을 뻗자, 손가락 끝에 귀가 생겨났다. 그녀는 들었다. 누군가 창문을 닫는 소리, 누군가 공장 셔터를 내리는 소리를. 누군가 몸 안에서 금지와 은지를 태우고 있었다. 누군가 전등을 껐다. 누군가 열쇠를 돌려 시간을 영원히 이 공간 안에 가둬 버렸다.

시간이 그녀의 몸을 이동시켰다. 손과 팔꿈치가 유리창에 부딪혀 작은 균열이 났고, 굳게 봉합된 공간에 마침내 틈새가 나타났다. 바로 그 순간 서늘한 가을바람이 밀고 들어왔다. 바깥의 새로운 시간과 공장 안의 낡은 시간이 충돌했다. 금빛과 은빛이 사방으로 튀면서 폐허에 질서가 잡혔다. 그녀는 큰 소리로 외쳤다.

"노트! 내 노트 어디 있지?"

그녀는 눈앞의 모든 걸 노트에 적으려 했다.

극단 인원이 꽤 많기 때문에 타 지역에서 무대를 올리려면 반드시 현지 사전 답사를 해야 했다. 맨 처음 공연 진행을 상의할 때 필수 요소였다. 셔터우에 이렇게 많은 인원을 수용할 수 있는 숙박시설이 있느냐고 묻자 향장은 즉시 있다고 대답했다. 폐기된 양말공장이 있는데 주인이 공간 전체를 공적으로 사용할 수 있도록 기부한 상태라고 했다. 향사무소에서는 이미 공간을 활성화하는 작업을 시작했으니 짧은 시간에 숙박 공간을 만들어 낼 수 있고, 미래엔 문화예술을 위한 공간으로 활용할 예정이라고 했다. 그러면서 공간이 아주 넓으니까 극단 멤버의 가족들도 함께 와서 셔터우에 묵었다 가라고 권했다. 공간은 확실히 넓었고 오늘 극단 전원이 입주했다. 즐거운 소란스러움이 넘쳐서 마치 대학교 기숙사 같았다. 그녀의 딸은 오는 길 내내 울다가 폐기된 공장에 도착해서야 비로소 지쳤는지 작은 몸을 푹신한 침대 매트리스에 누이자마자 곧바로 잠이 들었다. 연기자들이 큰 소리로 노래를 하고 대사를 외우느라 소란스러은 데도 깨지 않았다.

전형적인 타이완 시골 공장이었다. 극단이 입주한 공간은 주인이 거주 공간으로 썼던 곳 같았다. 3층 콘크리트 단독 건물로, 원래부터 상당히 심혈을 기울여 인테리어를 한 듯 보였다. 낡고 오래되긴 했지만 아주 쾌적해서 진짜 집에 온 듯한 느낌이었다. 거주지 바로 옆은 양철 패널로 지은 공장이었다. 바람이 셔터를 두드렸으나 반응하는 사람은 없었다. 그녀는 공장의 양철 패널 벽을 따라 걸으며 후문을 찾았다. 너무 오래된 탓인지 가볍게 당기기만 했는데도 자물쇠가 풀리면서 여러 해 동안 지켜온 수문장 임무를 포기했다. 안으로 들어가서 잠시 아이와 단원들로부터 멀어진 그녀는 그대로 누워서 잠을 잤다. 너무나 조용하고 쾌적했다. 그녀는 영원히 이곳을 떠다니고 싶었다. 빌어먹을 시골 공연이니,

세련된 문화니 하는 것들을 다 때려치우고 싶었다. 현실로 돌아가고 싶지 않았다. 무대를 세우는 일은 너무나 번거로웠고, 야외 공연은 변수가 많았다. 혹시 관중 수가 너무 적으면 어떡하나. 여주인공은 감기가 다 낫지 않았고 남주인공은 금요일이나 돼야 셔터우로 와서 리허설에 참가할 수 있는데, 토요일에 비가 오면 어떡하나. 타이베이를 떠나 남쪽으로 오면 가을을 벗어날 줄 알았는데, 시골이라 그런지 바람이 더 차가웠다. 그녀는 단원 대부분이 두꺼운 옷을 챙겨 오지 않은 걸 보고는 제발 감기 걸리지 않게 조심해 달라고 신신당부했다.

샤오샤오, 넌 모르지? 내가 우리 아이를 데리고 고향에 왔어. 연극 연출을 맡았거든. 극본은 내가 쓰고 노래는 네가 쓴 거야. 난 너무 무서워. 네 엄마 말이야. TV 뉴스를 봤는데 너희 엄마가 노래를 하신대. 너희 엄마가 무대를 난장판으로 만들진 않을까? 너 알아? 지난번에 너희 엄마가 날 보고 뭐라고 했는지? 물론 넌 모르겠지. 네가 이미 세상을 떠난 뒤였으니까. 너희 엄마는 이렇게 말했어.

"난 네가 안 보여. 더러운 물건이니까. 내 눈엔 더러운 물건은 안 보인다고."

네 엄마의 눈은 정말로 나를 그냥 뚫고 지나갔어. 네 엄마 앞에서 나는 투명인간이 되었지. 그 눈빛이 나를 때리고 나를 밟고 지나갔어. 나는 눈에 보이지 않는 파편일 뿐이었어. 난 정말 너희 엄마가 무서워. 너희 엄마가 연출을 맡아 고함이라도 한번 치면 무서워서 플랫*이 부르르 떨릴 거야. 무대가 저절로 세워질 거야. 배우들도 정시에 모이고, 감히 도시락이 맛없다는 불평도 못 할

거야. 관중들은 박수 치고 십 분도 채 안 돼서 전부 극장 밖으로 도
망치겠지. 연극평론가들도 저녁에 귀가하자마자 몸에 악귀가 달
라붙었다고 온갖 미사여구를 등원해서 설명할 거야.

딸이 깼다. 깨진 공장 유리창 틈새로 아이 울음소리가 새어
들어왔다. 조금 전까진 새로운 시간과 낡고 오래된 시간이 모두
귀를 막고 그녀를 풀어 주었으나, 허공에 떠도는 상태가 멈추고
다시 바닥으로 떨어졌다. 몹시 아팠다. 바닥에 양말 조각이 무수
히 깔려 있지 않았던가. 왜 그것들이 모두 사라지고 몸이 곧장 바
닥에 부딪힌 걸까. 샤오샤오, 이 아픈 느낌에 또 너희 엄마가 생
각나네. 네 엄마가 나를 넘어뜨려 쫓아낼 것 같아. 하하하. 기억나
지? 그때 우리가 함께 아주 즐겁게 웃었던 것 말이야. 너희 두 이
모도 함께 웃었지. 너희 엄마만 웃지 않았어.

바닥에 누렇게 색이 바랜 사진이 몇 장 떨어져 있었다. 그녀
는 일어서고 싶지 않았다. 사진을 보면서 아이의 울음소리를 애써
못 들은 척했다. 알아볼 수 있었다. 사진 속의 남자는 사장이었다.
한 번 실제로 본 적이 있었다. 사진 속의 사장은 무척 젊었다. 곱슬
곱슬하고 검은 머리에 선글라스를 끼고 양복을 입었다. 청초한 얼
굴에 배가 부른 여자와 손을 잡고 있었다.

*   flat. 연극 무대에서 배경용으로 세우는 판자를 가리킨다.

　　1호는 목요일이 가장 싫었다. 젠장, 행인탕이 먹고 싶었다. 노래는 지금도 충분히 어렵다. 커다란 대접 가득 행인탕을 먹을 수 있다면 그것만으로 충분할 것 같다. 그걸 마시면 목구멍 속 생선 가시에 살이 돋아나서 부드럽게 헤엄치는 화려한 색깔의 열대어로 부활할 것 같다. 그렇다, 그동안 생선을 너무 많이 먹어서 목구멍에 생선 가시가 너무 많이 박혀 있는 게 분명하다. 누가 그녀에게 채소는 못 먹고 생선만 먹게 했나? 그녀는 샤오샤오를 낳은 뒤 신탁을 내려치면서 앞으로 다시는 채소를 먹지 않겠다고 굳게 맹세했다. 채소 같은 건 나가 죽으라고 해! 아니면 오리를 너무 많이 먹어서 그런가? 목구멍에서 오리라도 키우듯 꿱꿱 소리가 났다. 시끄러워 죽을 지경이다. 더 꿱꿱거리면 잡아다가 오리 싼츠*를

---

*　三吃. 껍질 요리, 절임 요리, 국밥에 이르기까지 오리로 만들 수 있는 대표적인 음식을 망라한 조리법이다.

만들어 먹을 테다. 행인탕을 못 마시면 노래를 할 수 없을 것 같았다. 고기만 먹으면서, 큰소리로 노래를 하고 싶었다. 부인이 말했다. 며칠 동안 아침에 일어나면 몇 가지 간단한 음계로 목청을 열어 보세요. 무턱대고 몸에 힘을 주면 안 돼요. 이 노래는 얼핏 듣기에는 간단한 것 같지만, 사실 아주 부르기 어려운 노래예요. 고음을 부를 때는 더 위로 올라가고 싶어지겠지만 그럴수록 배의 힘을 사용해야 해요. 공기를 최대한 빨아들였다가 음표가 위로 올라가면 숨을 낮춰서 내쉬는 거예요. 배를 활짝 열어요. 손으로 그 음표를 잡는다고 상상하면서 일단 잡으면 꼭 쥐고 있어요. 좋아요. 아래로 내려가면서, 자, 노래를 하세요. 젠장! 새를 꼭 붙잡고 있으란 말이네요. 아, 정말 미치겠네. 올라갔다, 내려왔다, 대체 무슨 소리인지 하나도 못 알아듣겠어요. 1호는 아침 일찍 스쿠터를 타고 가서 개와 고양이 들에게 먹이를 주었다. 스쿠터를 타면서 계속 노래를 불렀다. 샤오샤오가 쓴 가사는 진즉에 다 외웠다. 가사를 외운다고 노래를 잘하는 건 아니다. 길을 따라가면서 '장미는 장미이고 장미이고 장미다'*라고 불렀다. 가사가 음표를 배반했다. 시골 거리의 차가운 바람은 노래를 듣지 않았고, 입 다물라고 하고 싶었던지 한 무더기의 곤충들을 그녀의 입에 털어 넣었다. 파리와 말벌, 나방, 사마귀, 하루살이 등이 입안으로 몰려 들어갔지만 그녀는 개의치 않았다. 곤충들을 빈랑처럼 한 번 씹은 다음 곧장 뱉어서 바람에게 돌려주면 그만이다. 화낼 것 없어. 세상에 내 입을 다물게

---

* 성소수자였던 미국 여성 작가 거트루드 스타인의 시 구절인 'Rose is a rose is a rose is a rose'에서 따온 표현이다.

할 자는 없어. 이 어르신은 노래 연습을 해야 한다고.

그녀의 입을 다물게 할 수 있는 유일한 사람은 이미 세상을 떠나고 없다.

샤오샤오가 떠나던 그날은 목요일이었다. 죽일 놈의 목요일이 되면 그녀는 최대한 집 밖에 나가지 않고 방 안에 틀어박혀 의사가 처방해 준 수면제를 먹고 금요일을 기다렸다. 하지만 오늘 아침엔 개가 너무 시끄럽게 짖어대는 데다 약을 먹어도 졸리지 않았다. 그만두자. 나가서 개에게 먹이나 주자. 샤오샤오는 어떤 가사를 쓴 걸까? 내용을 잘 이해할 수가 없었다. 부인의 말로는 미국의 유명한 작가의 시를 인용한 것이라고 했다. 당시 샤오샤오는 타이베이에서 대학에 다니면서 영문학을 전공하고, 프랑스 문학을 부전공하겠다고 완강하게 고집을 부렸다. 그러면서 나중에 영어나 불어로 시를 쓸 거라고 했다. 아, 어떤 언어로 쓰든 어차피 그녀는 아무것도 이해하지 못한다. 시라는 건 대체 또 무슨 귀신 놀음이냐. '장미는 장미이고'는 또 무슨 소리인가. 아무 쓸데 없는 소리. 장미가 장미가 아니면 그럼 구아버란 말인가. 집 화분에 장미를 몇 그루 심었다. 샤오샤오는 기타를 치면서 장미들에게 노래를 불러주었다. 미래를 알아보러 찾아오는 사람들은 돌아갈 생각은 하지 않고 등받이 없는 의자를 끌어다 놓고 앉아 노래를 들었다. 삼합원이 작은 콘서트장이 되었다. 그들은 앙코르를 외치면서 딸이 스타가 될 거라고, 노랫소리가 너무나 아름답고 듣기 좋다고 했다. 스타의 엄마가 되면 앞으로 돈을 받지 않고 우리 같은 시골 사람들의 고된 운명을 해결해 주겠지. 홍바오를 받을 필요가 없을 거야. 문 앞 바닥 등의 문구도 '완전 공짜'로 바꾸게 될 거야. 샤오

샤오, 앞으로 우리는 전적으로 너만 믿을게. 와! 문신 스티커도 아
주 멋있네. 머리도 길게 기르고 말이야. 타이베이에서 대학 다니
면서 남자 친구는 사귀었니? 돈 많은 친구를 찾아 봐. 회사를 차려
서 큰 사업을 하는 사람 말이야. 레코드 회사 사장이나 주식 투자
자도 나쁘지 않겠지. 아이고, 과학기술 쪽 사업가가 최고야. 맞아,
과학기술이 우리의 미래지. 매일 야근을 하니까 일찌감치 집에 와
서 마누라를 들볶는 일도 없을 테고. 부탁인데, 돈 많은 남자 친구
를 사귀면 잊지 말고 시골에 우리 같은 아저씨 아줌마들도 있다고
말해 줘.

　잠깐, 무슨 문신 스티커? 어디어? 1호는 보지 못했다. 그녀가
샤오샤오에게 물었다. 3호가 나와서 샤오샤오를 데리고 사장을
찾아가겠다고 말했다. 시간 없어. 빨리 출발해야 해. 그녀가 3호를
힘껏 밀치면서 다시 물었다.

　"무슨 스티커가 있다는 거야? 엄마 눈이 안 좋다고 속일 생각
하지 마."

　샤오샤오는 태연했다.

　"스티커가 아니라 진짜 문신이야."

　샤오샤오가 몸을 돌려 그녀를 등지고 말했다. 딸이 오른발을
계단에 올리자 짧은 치마가 위로 을라갔다. 젠장, 볼 수 없었다. 시
야가 뒤덮였다. 샤오샤오의 오른쪽 허벅지 뒤에 커다란 안개가 생
겼다. 보이지 않으니 화를 낼 수도 없었다. 보이지 않으니 슬퍼할
수도 없었다. 2호가 입을 열었다.

　"아주 예쁘네. 진짜 문신이야. 별것 없어. 장미 한 송이일 뿐
이야. 색깔이 정말 예뻐. 옛날에 미국에 있을 때, 옆집 어린애는 열

몇 살밖에 안 됐는데 남자 친구 얼굴을 팔에 새기더라. 샤오샤오
의 문신은 정말 예뻐. 샤오샤오 , 사장님이 기다리셔. 아주 오래
못 만났잖아. 서둘러."

그녀는 자신의 시력을 통제할 수 없었다. 시간이 좀 흐른 후
에야 눈에서 안개가 걷혔다. 마침내 샤오샤오 허벅지의 그 장미
를 선명하게 볼 수 있었다. 그녀는 거의 매일 남들에게 욕을 했지
만 샤오샤오에게는 화를 낼 수 없었다. 분노가 담긴 말이 있어도
입 밖에 내지 못했다. 화가 나는 게 아니라 마음이 아픈 것이다. 문
신은 엄청 아플 거야. 엄마는 네가 문신한 게 화가 나는 게 아니야.
화날 일이 뭐 있겠어. 엄마는 네가 아플까 봐 두려운 거야.

늙은 고양이 두 마리의 상황은 나쁘지 않았다. 약간 살이 찐
것 같았다. 물을 마셨는지, 밤에 춥지는 않은지, 나무 밑에 놓아둔
담요는 충분히 따뜻한지, 항아리의 사료가 너무 많지는 않은지.
알 수가 없었다. 내버려두자. 어차피 늙은 고양이들에게 남은 세
월은 길지 않았다. 아마도 이번 가을이 녀석들의 마지막 가을일지
도 모를 일이다. 많이 먹어라. 고양이들의 이름은 전부 샤오샤오
가 지어 주었다. 이름이 너무 복잡해서 그녀는 부를 수도 없었고
종이에 적어 놓은 걸 봐야 했다. 샤오샤오는 손이 닿는 대로 달력
종이를 찢어 고양이의 얼굴을 그린 후에 이름을 써 놓았다. 누런
고양이는 목소리가 쉬어서 재니스 조플린이라고 불렀다. 노상 하
품을 하는 호랑이 무늬 고양이는 얼래니스 모리셋이라고 불렀다.
우울한 페르시아고양이에게는 커트 코베인이라는 이름을 붙였
다. 그녀가 이런 이름들을 어떻게 기억할 수 있겠는가. 그녀는 달
력 종이를 잘 접어 지갑에 넣어 두었다. 샤오샤오가 떠나간 그 목

목요일

요일에 타이베이로 가는 기차는 연착이었다. 차장이 방송으로 신호 이상을 알렸다. 조급해 죽을 지경이었던 2호와 3호는 다음 역에서 내려 택시를 타고 병원으로 가자고 했다. 그녀는 두 손으로 열차 창문을 붙잡고 뛰어내려 제 발로 달려가는 게 더 빠르지 않을까 생각했다. 차창 밖 산간 지역에는 안개가 잔뜩 끼어 있었다. 진짜 안개인지 그녀의 눈이 장난을 치는 건지 알 수가 없었다. 눈앞의 세상이 주름 잡혔다가 금세 평평하게 펴졌다. 보였다. 죽음의 예감이었다. 그녀는 자신의 예감을 믿고 싶지 않았다. 벌떡 일어선 그녀는 객차 통로를 저만치 걸어갔다가 다시 돌아왔다. 교복을 입은 여중생 하나가 영어 단어를 외우고 있는 모습을 보았다. 자리로 돌아온 그녀는 지갑에서 달력 종이를 꺼내며 자신에게 말했다. 갑자기, 뜬금없이, 그럴 리가 없어. 아무것도 못 봤단 말이야. 샤오샤오는 아무 일 없을 거야. 타이베이에 도착하기 전에 그녀가 스무 마리 길고양이와 유기견들의 이름을 다 외우기만 하면 샤오샤오에게 아무 일도 없을 거라고 믿었다.

　도대체 무슨 일이 일어난 걸까. 그녀는 이날까지 제대로 알지 못했다. 어떻게, 도대체 어떻게, 매일 자신과 함께 셔터우 이곳저곳을 돌아다니며 길고양이와 유기견들에게 먹이를 주던 어린 소녀가 왜, 대스타가 된 걸까.

　타이베이에서 추도회가 열렸고 많은 사람들이 무대에 올라 발언했다. 그들이 말하는 그 샤오샤오가 정말로 그녀의 딸 샤오샤오 맞는 걸까. 샤오샤오는 거리에서 무지개 깃발을 흔들며 양복에 넥타이까지 매고서 사타구니를 추키고 브래지어를 불태웠다. 인터넷에서 자작곡을 발표하여 놀라운 다운로드 수를 기록했다. 레코드 회사들이 찾아와 계약하려 했지만, 매체의 방문은 일절 거부하고 자신의 계정에만 작품을 발표해서 록 음악의 요정으로 불렸다. 자신의 뮤직비디오를 직접 감독하여 제작하면서 젠더를 새롭게 규정한 신세기 여성의 목소리를 담아 엄청난 폭발력을 과시했다. 시를 쓰고 소설을 쓰고 곡과 가사를 쓰면서 분노의 함성 속에 의연한 따스함과 부드러움도 잃지 않았다. 몸에는 적지 않은 문신이 있었고 머리를 박박 밀었다가 얼마 후에는 갑자기 초록색 머리칼을 선보이기도 했다. 금곡장 시상식에서 커밍아웃한 그녀는 만인 콘서트를 열었고, 여자와 섬에서 비밀결혼을 했다. 찬란하고 열렬했지만 짧은 일생이었다.

저게 누구야? 1호는 믿을 수가 없었다. 저게 정말로 샤오샤오인가? 어떻게 가족에 대한 언급은 전혀 없지? 달랑 샤오샤오의 유년 시절 사진 한 장뿐이었다. 3호 이모가 찍은, 피아노 앞에서 입을 삐죽 내밀고 있는 모습이었다. 노래 가사와 소설, 산문, 시에는 도시의 소란함이 가득 담겨 있었다. 영어로 쓴 것도 있고 프랑스어로 쓴 것도 있었다. 젠더가 충돌했다. 하지만 셔터우는 존재하지 않았다. 샤오샤오는 창작에서 고향을 완전히 지워 버리고 새로운 신분을 만들어 냈다.

너는 누구지? 산길을 걸으면서 노래를 흥얼거리던 그 어린 여자애 맞아? 그곳엔 유기견이 몇 마리 있었다. 한동안 먹이를 주려고 온갖 방법을 다 시도했지만 개들은 1호를 믿지 않았다. 경계하고 공격하는 태도였다. 1호는 개들을 유인해서 잡아다가 수의사에게 맡겨 피부병을 치료해 줄 생각도 했다. 그러던 어느 날 샤오샤오가 따라오자 숲속의 까치와 알락할미새가 노래로 환영해 주었다. 1호는 마음속으로 망할 놈의 서들을 큰 소리르 욕하고 저주했다. 나무와 새들도 셔터우로부터 귓속말을 들었을 것이다. 이 여자는 정신병자야. 저주를 받아서 결혼도 안 하고 아이를 낳았다니까. 그녀가 올 때마다 새들은 입을 다물었고 나무들은 등을 돌렸다. 개들은 심하게 짖어대면서 축객령*을 내렸다. 하지만 어찌 된 일인지 샤오샤오가 오면 나뭇가지가 춤을 추고 나비들이 훨훨 날았다. 새들은 노래로 손님을 맞았고 그 흉악한 개들도 꼬리를 흔들면서 촐랑촐랑 다가와서 샤오샤오에게 머리를 쓰다듬어 달라고 아양을 떨었다.

너는 누구지? 끈적끈적하게 한 덩어리로 뭉쳐 있던 그 귀신 같은 물건 맞아? 안 보이고 안 들려. 어떡하지. 갓난아이가 울지를 않아. 설마, 죽은 걸까?

너는 누구지? 질문 많던 그 어린아이 맞아?

"엄마, 엄마는 왜 이 길고양이들과 떠돌이 개들에게 먹이를 주는 거예요?"

"왜냐하면, 아무도 녀석들을 좋아하지 않으니까."

"엄마, 잊었어요? 나도 있잖아요. 나도 쟤들을 좋아한다고요. 그리고, 난 엄마도 좋아요."

샤오샤오에게 말하진 않았지만 애당초 그녀는 샤오샤오를 낳고 싶지 않았다.

양수가 터졌다. 병원에 가야 했다. 그녀는 침대 옆에 서서 움

---

*   逐客令. 중국 진나라 시황제가 천하를 통일하기 전에 내렸던 외국인 추방 명령으로, 일상에서는 흔히 원치 않는 손님을 돌려보낸다는 뜻으로 쓰인다.

직일 수 없었다. 끝났다. 낳고 싶지 않았다. 낳지 말아야 했다. 어떻게 아이를 낳는단 말인가. 그녀가 미쳤나. 어떻게 아이를 낳을 수 있나. 내가 어떻게 엄마가 될 수 있나. 그녀에겐 세 명의 엄마가 있었다. 하지만 얼굴이 전혀 기억나지 않았다. 그녀가 기억하는 건 납작하게 눌려서 변형된 얼굴이었다. 엄마 얼굴도 잊어 버리는 바보가 어떻게 엄마가 될 수 있나.

임신은 그녀를 몹시 놀라게 했다. 기이한 승리감이 느껴지기도 했다. 다들 그녀가 기이한 육체의 소유자라고 했다. 하지만 그녀는 마침내 자신이 여자임을 증명해 냈다. 질이 있고 자궁이 있는 여자, 와하하. 초등학교 다닐 때 그녀는 자신에게 고추가 달렸다고 놀리는 사내아이들을 흠씬 패 주곤 했다. 남자 선생이 그녀의 긴 머리채를 잡아당기며 큰 소리로 호통을 쳤다.

"야, 인마! 내가 싸우면 안 된다고 몇 번 말했어! 넌 대체 남자야 여자야? 내 말 잘 들어. 여자가 얼굴이 못생겼으면 성격이라도 좋아야 사람들이 좋아할 것 아냐. 저 뚱뚱한 애 좀 봐. 웃는 걸 좋아하잖아. 그러니 다들 좋아하는 거야. 저 애는 자신이 못생긴 데다 뚱뚱하다는 걸 잘 알아. 하지만 웃는 걸 좋아하는 성격을 갖게 됐지. 이런 걸 보상작용이라고 하는 거야. 알겠어? 너는 그 모양으로 생겼는데, 노상 사내 녀석들과 쌈박질만 해 대니, 이러면 다 끝인 거야."

그녀는 선생의 손을 내려친 적이 있었다. 선생은 걸핏하면 여학생들의 브래지어 끈을 잡아당기곤 했다. 셔츠 주머니에 항상 납작한 빗을 넣고 다녔고, 머리칼이 헝클어진 여학생을 보면 빗을 꺼내면서 여학생에게 똑바로 서서 움직이지 말라고 했다. 선생님이 머리를 빗어 줄게. 여학생은 여학생다운 품위와 자태를 갖춰야지. 머리를 이렇게 엉망진창으로 하고 다니면 안 된다고. 알겠어? 머리를 빗겨 주면서 내친김에 어깨 마사지도 하며 간곡하게 가르침을 늘어놓았다. 요새 살이 좀 찐 것 같네. 여성은 사춘기가 되면 입을 조심해야 해. 튀긴 음식도 삼가야 해. 그래야 피부가 좋아지고 발육이 건강해져서 남자들이 좋아하게 되는 거야. 착하지. 선생의 빗은 그녀와 그 뚱뚱한 여학생의 머리칼을 만난 적이 한 번도 없었다. 사실 다른 여학생들은 그녀가 부럽기만 했다. 하지만 그런 마음을 겉으로 드러낼 순 없었다. 어떻게 샤오 씨 여자애를 부러워할 수 있단 말인가. 남학생들은 그녀를 고추 달린 여자라고 놀려대곤 했다. 그렇다면, 그런 여자가 너희를 어떻게 때려죽이는지 보여주지. 선생이 그녀의 팔을 잡고 훈육실 데려가겠다고 하자 그녀는 다시 한 번 힘껏 선생의 손을 내리쳤다.

"이 늙은 색마야! 내 몸에 또 손을 대면 어떻게 되는지 두고 봐. 좋아. 훈육실이라고? 가자고. 내가 훈육실 사람들에게 당신이 반 전체 여학생들의 몸을 어떻게 건드리는지 다 말할 테니까. 갑시다. 왜요, 친애하는 선생님, 가기가 싫어지셨나요?"

선생은 심호흡을 한 번 하고는 주머니에서 납작한 빗을 꺼내 숱이 거의 남지 않은 제 머리를 빗으면서 말했다.

"좋아, 알았어. 훈육실에 가는 건 그만두기로 하지. 앞으로 네가 무슨 짓을 하든지 상관하지 않을게. 난 그냥 기다리면서 고추 달린 네가 평생 누군가와 그걸 할 수 있는지 지켜보겠어. 학생들, 잘 들어요. 선생님은 애가 평생 그걸 할 수 없다는 데 퇴직금 전부를 걸겠어."

선생의 그 한 마디를 그녀는 가슴 깊이 새겼다. 자신이 임신했다는 사실을 확인한 뒤로 그녀는 매일 그 선생을 찾았다. 그녀가 머릿속으로 상상한 장면 속의 선생은 휠체어를 타고서 햇볕을 쬐는 모습이었다. 늙고 중병에 걸린 몸으로 그녀가 햇빛을 막으면서 찬란한 모습으로 다가오는 걸 바라보고 있다. 이때 그녀는 그에게 가까이 다가가 귀에 대고 큰 소리로 말한다.

"친애하는 선생님, 퇴직금 주셔야죠. 선생님이 졌어요. 나랑 그걸 한 사람이 있었거든요. 게다가 여러 번 했어요. 그래서 임신을 했다고요. 와하하."

하지만 애당초 선생을 다시 찾는다는 게 불가능했다. 여러 갈래로 수소문 한 결과 돼지고기를 파는 사람의 입에서 그가 교장까지 하다가 조강지처를 버리고 젊고 아름다운 새 마누라를 얻었다는 소식을 들었다. 들리는 바에 의하면 새 부인은 한때 그의 제자였고, 늙어서 아들을 얻어 행복하게 잘 살고 있다고 했다. 상관없다. 그래도 그 선생을 찾으면 퇴직금을 받아낼 작정이었다. 염병할, 선생을 찾지도 못했는데 어떻게 애를 낳는단 말인가.

그녀는 우는 일이 거의 없었다. 그 해 선생이 그런 말을 했을 때, 그녀는 한 마디 한 마디를 전부 기억했다. 학교가 파하고 삼합원으로 들어서고 나서야 그녀는 하루 종일 참았던 눈물을 쏟아냈다. 실컷 울었다. 선생의 말이 틀리지 않았기 때문이다. 그녀와 섹스할 사람은 없다. 그녀를 사랑할 사람은 없다.

힘껏 자신의 배를 내리쳤다. 멍청이. 왜 아이를 지우지 않은 거야. 잔뜩 부풀어 오른 배를 가지고 뭘 증명하려 했던 거야. 그녀를 임신시킨 사람은 아예 딴 세상에서 살고 있어서 그녀를 사랑할

　　　　목요일

수 없다. 산전 검사에서 아기는 여아로 판명되었다. 뱃속의 태아가 엄마를 닮아 아무도 사랑하지 않는 거친 아이가 될 수 있다는 걸 왜 생각지 못한 걸까. 낳아서는 안 될 일이다. 태어나면 평생 웃음거리가 될 테고, 그건 샤오 씨 집안에 내려진 저주였다. 그녀는 딸이 세상에 나오게 할 수 없었다.

세 자매가 실랑이를 벌였다. 1호가 신탁 밑으로 들어가려 했다. 이번에 들어가면 영원히 나오지 않을 거라고 했다. 절대로 셔터우에 딸을 넘겨줄 수 없다는 거였다. 2호와 3호는 1호가 미쳤다고 생각했다. 시대가 어느 시댄데. 빨리 차를 불러 병원에 가야 하는 판에 무슨 지옥엘 가겠다는 건가.

이웃 사람들이 도와주러 달려왔지만 1호는 힘이 너무 셌다. 마구 발길질을 하고 몸을 부딪쳤다. 십 대 일로 사람들과 대치하면서 절대 삼합원 밖으로 나가지 않겠다고 고집을 부렸다. 셔터우에서 소몰이 축제가 벌어진 듯했다 무지막지한 1호 황소가 울타리를 부수고 뿔로 사람들을 들이받았다. 수많은 사람들이 뿔에 받혀 쓰러졌다.

사람들이 소리쳤다.

"1호가 곧 아기를 낳을 것 같아요."

더 많은 이웃이 달려와 가세했다. 평소엔 다들 길에서 1호를 만나기만 해도 피했다. 그녀가 오른쪽을 향해 가면, 다들 길을 에돌아 왼쪽으로 갔다. 하지만 아기를 낳는다는 건 정말 중요한 일이다. 반드시 병원에 데려가야 한다. 여러 사람들의 힘이 마침내 거친 황소를 제압하여 삼합원 밖으로 끌고 나왔다. 소몰이 축제는 좁은 골목을 통과하는 단계를 거쳐 결국 셔터우로로 나왔다.

“누구 택시를 부른 사람 있어요?”

“그럴 시간이 없어요. 혹시 누구 차 있는 사람 없어요?”

“기차역으로 가나요?”

“헛소리 좀 하지 마요. 기차를 타고 병원에 가는 사람이 어디 있어요?”

“평소에는 이 길에 차가 많지 않았나? 어째서 지금은 한 대도 안 보이는 거지?”

“저한테 오토바이가 한 대 있어요!”

“오토바이는 됐어요!”

“저요! 저요! 제가 가서 아버지 차를 빌려 올게요!”

“그럴 시간이 없다니까요!”

“출산 가방을 찾을 수 없는데 어떡하죠?”

“지금 산파를 부를 수 있을까요? 누구 산파 전화번호 갖고 있는 사람 없어요?”

“출산 가방이 어떤 거죠?”

“가서 다시 찾아볼게요!”

“미쳤어요? 시간이 없다고요. 그런 건 병원에 가서 다시 사요!”

소형 트럭 한 대가 지나자 사람들이 앞을 막았다. 트럭 기사는 급히 병원에 가야 하는 산모가 있다는 얘기를 듣고는 고개를 가로저으며 거절했다. 그러면서 차를 후진시키려 했다.

3호가 사람들을 밀치고 나와 손을 트럭 운전석 안으로 뻗었다. 그러고는 기사의 귓바퀴를 움켜쥐고 금고 열쇠를 돌리듯 좌우로 돌리기 시작했다. 왼쪽으로 세 바퀴, 오른쪽으로 세 바퀴, 비밀

번호를 모르나 봐. 그렇다면 다시 왼쪽으로 세 바퀴, 오른쪽으로 세 바퀴 돌린다. 기사는 산모보다 더 큰 비명을 질러 댔다. 3호가 낮은 목소리로 뒤틀린 기사의 귀에 대고 말했다.

"감히 여길 빠져나가겠다고? 내가 경찰에 신고할 거야. 당신 차번호는 이미 적어 두었어. 당신을 아주 오랫동안 찾았지. 그날 안전모를 쓰고 있었다고 내가 못 알아볼 줄 알았어? 어서 차를 세워. 지금 당장. 우리를 병원으로 데리고 가라고."

기사는 얼른 브레이크를 밟았다.

그가 방금 마음속으로 한 욕을 3호는 다 듣고 있었다. 그녀는 자신을 수풀 속으로 끌고 들어갔던 그의 목소리를 분명히 기억하고 있었다. 여러 해를 찾아다녀도 못 찾았는데 오늘 마침내 찾았다.

황소가 소형 트럭 위로 끌어올려졌다. 여전히 소리를 질러대고 있었다.

"낳고 싶지 않아! 날 풀어 달라고!"

끝났다.

열렸다.

황소가 소리를 질렀다.

"염병할! 낳는다!"

2호가 말했다.

"조급해하지 마. 우린 먼저 병원으로 갈 거야. 의사가 말해 주겠지. 양수가 터진 뒤에 진통이 시작될 거라고. 어라? 틀렸나? 진통이 먼저인가? 어쨌든, 아기가 그렇게 금방 나오는 건 아니야."

황소가 2호의 머리칼을 움켜쥐고 소리쳤다.

"너 이 샤오 씨 계집애야. 내 말 못 알아듣겠어? 지금 아이를 낳겠단 말이야!"

백 년 넘게 담배를 피워 온 할멈이 소형 트럭에 올라타더니 머리를 황소의 가랑이 사이에 집어넣었다. 보인다, 보여. 트럭에서 내린 할멈은 담배를 깊게 한 모금 빨아들이고 나서 말을 이었다.

"머리가 보인다고."

황소가 날카로운 소리를 지르며 눈을 크게 떴다. 맙소사, 사람들이 왜 이렇게 많은 거야. 셔터우 사람들 전부 모였나?

셔터우로는 사람들로 인산인해를 이루었다. 임시로 황혼 시장*이 열린 듯했다. 솜이불과 베개, 매트리스가 준비되고 작은 병원의 의사가 끌려왔다. 의사는 어깨를 으쓱했다. 그는 이비인후과 의사였다. 누가 더운물을 준비하라고 했어요? 왜 물을 데워야 하는 거죠? TV 연속극에서는 늘 그러던데요. 어차피 물을 끓여야 하잖아요. 그걸 왜 따지세요? 갓난아기를 삶을 겁니까? 소독을 해야죠! 무슨 소독을 한다는 겁니까? 갓난아기에게 독이 있다는 겁니까? 가위! 철물점 주인이 가위를 건네면서 일본에서 수입한 거라고 말했다. 탯줄을 자를 때는 단번에 잘라야 했다. 학교가 파하면서 기차가 역에 들어서고 있었다. 퇴근 시간이었다. 고양이 몇마리가 트럭 위로 뛰어올라 오더니 1호를 향해 야옹야옹 울어 댔다. 사람들이 갈수록 많아지자 경찰도 달려와 도로를 통제하면서 차량들이 셔터우로로 진입하지 못하게 했다. 멀리서 구급차가 길을 터는 날카로운 소리가 들려왔다. 샹창 장수도 수레를 끌고 달

---

*   타이완 대도시 곳곳에 있는 열리는 재래시장으로, 해 질 무렵에 찾는 사람이
     가장 많다.

                    목요일

려와 좌판을 벌였다. 묘당 입구에서 하루 종일 파리만 날리던 그는 갑자기 집에 전화를 걸어 샹창과 마늘을 더 가져오라고 지시했다. 구아버 농장에서 수확하던 농부들도 소식을 듣고는 잠시 작업을 중단했다. 1호가 아기를 낳았대. 길거리에서 낳았대. 빨리 가보자고. 빨리.

구름 한 송이가 셔터우로를 지나면서 아래를 내려다보니 군중이 집단 난투극을 벌이고 있나 싶었는데, 자세히 보니 그게 아니었다. 사람들이 소형 트럭 한 대를 에워싸고 있고, 트럭 위에는 울면서 소리치는 여자가 하나 누워 있었다. 사람들이 소리쳤다.

"힘줘!"

"다시 한번!"

"힘내!"

"나온다! 나온다!"

누가 폭죽이라도 터뜨렸나? 구름은 도망쳐 버렸다. 셔터우의 황혼에 하늘은 오렌지 빛으로 물들었다. 구름 한 점 없었다. 1호가 눈을 떠서 하늘을 바라보았다. 정말 아름다웠다. 몸은 텅 비어 있었다. 몹시 배가 고팠다. 아기를 품고 있던 아홉 달 동안 그녀는 매일 과일과 채소만 먹고 고기는 거의 먹고 싶지 않았다. 대신 두부를 무척 좋아하게 되었다. 이 순간, 갑자기 그녀는 삼겹살을 실컷 먹고 싶었다. 커다란 닭튀김을 곁들이면 더 좋을 것 같았다. 여기에 마늘 국수 한 그릇이 더해지면 먹주를 열두 캔쯤 마실 수 있을 것 같았다.

금빛 석양이 셔터우로를 물들이면서 소형 트럭을 비췄다. 셔터우에 도착한 갓난아기를 비췄다.

폭죽이 멈췄다. 고양이와 개, 모기와 파리들이 모두 입을 다물었다. 저녁 바람이 새들의 부리를 닫아 놓았다. 숯불 위의 샹창도 기름방울이 숯불에 떨어져 치지직 소리를 낼까 봐 땀을 흘리지 못했다. 구급차도 더 이상 날카로운 경적을 울리지 않았고, 나이든 할멈의 백 년 된 폐도 연기 한 모금을 힘껏 몸 안에 가뒀다. 누군가 갑자기 등을 껐는지 하늘이 온통 어둡기만 하다. 해는 감히 이 광경을 볼 수 없어 지평선 너머로 미끄러져 들어갔다.

쉿.

아기가, 어째서, 울지 않지?

1호는 하늘을 보지 않았다. 어떻게 이렇게 조용할 수가 있을까. 셔터우 사람들이 그렇게나 시끄러웠는데 갑자기 조용해진 건 틀림없이 무슨 일이 있다는 증거다. 그녀는 팔로 몸을 받치고 상체를 들었다. 보이지 않았다. 눈앞이 온통 안개 덩어리였다. 흐릿했다. 피가 있었다. 그녀의 눈에 갓난아기는 보이지 않았다. 그럴 리가 없다. 틀림없이 살아 있을 것이다. 방금 전까지는 정말 낳고 싶지 않았다. 하지만 죽음의 예감이 있었던 건 아니었다. 끝났다. 그럴 리가. 이번에는 예감이 그녀를 찾아오지 않은 걸까.

커다란 그림자가 사람들을 헤치고 들어와 1호 앞으로 다가섰다.

사장이 들고 있던 무거운 책을 내려놓고 갓난아기를 받아 안더니 가볍게 아기의 몸을 토닥였다.

아기는 미약한 소리를 냈다. 아주 가늘고 약한 소리였다. 웃음소리 같았다. 불가능한 일이다. 갓난아기가 태어나자마자 웃는다고? 다들 제대로 보지 못했지만, 갓난아기의 눈은 사장을 보고는 정말로 웃었다. 오랜 친구를 재회한 듯이. 사장이 또 가볍게 아기의 몸을 토닥였고, 이번엔 아기가 뭔가 알아차렸는지 울려고 했다. 거리엔 많은 사람들이 있었고, 그들 모두 낭랑한 아기 울음소리가 필요했다. 그래야 갓난아기에게 아무 일도 없고 산모도 무사하다는 걸 확신할 수 있었다.

울음소리가 1호의 눈에 부딪혔다. 처음에는 한 덩이 광채였다. 눈을 꼭 감았다가 다시 뜨니 마침내 안개가 걷혔다. 누가 등을 켰나? 하늘이 갑자기 밝아졌다. 지평선 너머로 미끄러져 들어갔던 석양이 아기 울음소리를 듣고서 다시 셔터우로 올라왔다.

그녀는 보았다.

평생 시야가 이렇게 넓고 시원했던 적이 없었다. 갓난아기를 보는 건 마치 거대한 산과 물을 보는 것 같았다. 두 눈에 바다가 들어오는 것 같았다. 해수가 자신의 눈에서 흘러내리는 것 같았다.

너무나 예쁜 아이였다. 숱 많은 머리칼은 곱슬곱슬했다. 그녀를 전혀 닮지 않았다.

셔터우로가 환희에 휩싸였다. 폭죽이 터지고 상창 장사는 원 플러스원을 외쳤다. 철물점 주인은 쇠망치로 솥을 두드렸다. 샤오향장은 마이크를 들고 치사를 준비했다. 석양은 탐욕스러운 눈빛으로 갓난아기를 바라보다가 아쉬운 듯 천천히 사라졌다. 마침내 구급차가 셔터우로에 들어섰다. 찬란한 황금빛 속에서 사장이 갓난아기를 1호의 품에 안겨 주었다. 1호 눈 속의 바닷물이 아기의 몸 위로 흘러내렸다. 아기는 쭈글쭈글하고 축축했다. 1호는 그 중학교 선생을 생각했다. 그 선생을 영원히 찾지 못할 테고 퇴직금을 요구할 수도 없다는 것도 알았다. 하지만 마침내 그 선생을 잊을 수 있게 되었다. 상관없다. 자신을 사랑하는 사람이 없어도 그만이다. 정말로 괜찮았다.

샤오샤오가 태어나던 그 순간, 1호는 그녀를 보지 못했다.

마지막 순간, 샤오샤오의 시신도 온통 안개 덩어리였다.

태어나고 죽는 순간이 모두 안개였다.

1호는 침대 위에 누워 있는 샤오샤오를 가볍게 토닥였다. 샤오샤오가 아닌가 봐? 그것은 그저 안개 한 덩어리였다. 웃지도 않고 울지도 않았다. 그녀는 고개를 들어 사장을 찾았다. 사장님, 어디 계세요? 잠깐 와 주시면 안 돼요? 저 대신 샤오샤오를 좀 토닥여 주세요. 아이가 울지도 않고 웃지도 않아요. 저를 모른 척하고 있어요. 부탁이에요, 사장님. 오셔서 아이를 좀 토닥여 주세요. 이애는 사장님 말을 가장 잘 듣잖아요. 사장님이 토닥이면 깨어날거예요. 제 눈에는 보이지 않는단 말이에요.

목요일

오직 부인 한 사람뿐이었다.

2호가 와서 돕겠다고 했지만, 샤오B는 그녀가 밤새 뒤척이면서 아예 잠을 못 잤기 때문에 지금 거의 혼수상태라는 걸 잘 알고 있었다.

행사는 이미 삼십 분 연기되었고, 도서관 직원들은 붙잡고 있던 일을 다 놓고 관중석 아래 앉아 있었다. 하지만 분위기는 여전히 썰렁했다. 사진 촬영을 담당한 직원이 행사 담당자에게 불만을 표했다.

"이걸 어떻게 찍어요? 딱 봐도 전부 우리 사람들뿐이라는 게 보이는데. 이런 사진을 인터넷에 올리면 정말 가관일 거라고요. 앞으로 다시는 이런 이상한 행사는 할 수 없을 거예요."

직원은 일부러 목소리를 낮추지 않았고 모두 들을 수 있도록 큰 소리로 말했다. 그녀는 향장이 정말 이상하다고 생각했다. 무지개* 괴짜를 불러 도서관에서 낭독을 시키는 일에 그녀는 처음부터 반대했었다. 초등학교들이 목요일에 교외 활동을 진행하는 원래 취지는 어린 친구들에게 독서를 장려해서 여가 시간에 도서관을 찾게 하려는 것인데, 어쩌다 이 모양이 됐는지 알 수가 없었다. 몇 달 전 이 괴짜가 도서관 데스크로 회원증을 만들러 왔을 때부터 그녀는 주의 깊게 살펴보았다. 괴짜는 남자도 여자도 아니었다. 그녀는 마음속으로 그 인간에게 붙일 적당한 표식을 찾지 못했고, 아이들에게 못된 걸 가르치는 무지개 괴짜라고 칭했다. 그녀는 무지개를 싫어했다. 다행히 시골은 순박해서 무지개 같은 걸 볼 일이 없었다. 그런 이상한 물건들은 타이베이에만 있다. 그런데 향장이 이 무지개 괴짜와 내통하더니 도서관으로 초청해 그림책 낭독을 맡겼다. 그러면서 이를 다원적 문화의 확산이라고 둘러댔다. 뜻밖에도 다른 직원들은 열렬히 지지하면서 벽에 무지개 그림을 붙이고 감사장을 제작하기도 했다. 그러면서 낭독자에게 직접 돈까스 도시락을 만들어 주겠다고 했다. 방법이 없었다. 다들 미쳐 돌아 갔다. 그녀 자신이 직접 통신 프로그램을 통해 학부모들에게 경고하는 수밖에 없었다. 아주 간단했다. 학생들이 젠더 관념에 영향을 받을 수 있고 성장 과정에서 편향이 생길 수 있다고 말하는 것이다. 그녀의 경고가 확실한 효과를 발휘한 덕분에 백 개의 접이식 의자는 손님을 맞지 못했다.

　샤오B는 기타를 안고 혼자 무대 위에 올라가 앉았다. 도서관 직원에게 말로 따귀를 맞은 덕분에 샤오B의 뺨은 빨갛고 뜨거웠

---

*　LGBTQ 등 여러 유형의 성소수자들을 아우른다는 의미에서 그들을 대표하는 무지개색을 가리킨다.

다. 물에 빠진 듯한 느낌이었고 기타는 구명용 튜브였다. 너무 세
게 잡아서인지 기타의 현음에 이상이 발생했고 고통을 외치고 있
었다. 세 권의 그림책을 가사로 인쇄해서 기타 반주에 맞춰 아이
들과 함께 노래를 부르려고 했는데. 나는 정말 바보다. 왜 향장에
게 맞서려 했던 걸까. 사실 셔터우에 온 뒤로 그녀의 일상은 평온
하기만 했다. 불심 검문의 눈빛이 일상이었지만, 조용히 하고 아
무 소리도 내지 않으면 외부에서 온 이물질이어도 무해하리라 믿
었다. 낭독은 소리 높여 외치는 선포였다. 내게도 목소리가 있다
고. 하지만 외부에서 온 이물질에게 어떻게 목소리가 있을 수 있
나. 그것은 돌출 행동이다.

　　부인은 아주 일찍 도착해서 샤오B가 리허설 하는 모습을 보
았다. 그녀는 블루 카페의 단골이었다. 오후 시간이 정체되고 셔
터우에 잠기운이 진해지면, 향장 관저엔 시어머니의 코 고는 소리
가 맴돌았다. 이때가 되면 그녀는 조용히 뒷문으로 빠져나와 블루
카페로 가서 책을 읽었다. 그녀와 샤오B는 둘 다 외부에서 온 침
입자들이었다. 말하는 억양이 달랐고 생김새를 보면, 뭐랄까, 보
기만 해도 둘 다 현지 사람이 아니라는 걸 알 수 있었다. 오후의
카페는 썰렁했고 손님이라고는 대개 그녀 하나였다. 샤오B는 그
녀에게 음악을 고르라고 했다. 그녀는 스트리밍 서비스에서 젊었
을 때 앨라배마에서 듣던 옛 노래를 골랐다. 그저 향수라고 치부
할 수 없는, 일종의 혼란스러운 상쾌함이었다. 옛 음악이 현재의
시간을 침범했다. 그녀의 아주 작은 바람으로 생겨난 파문이었다.
두 외부자는 몸을 가볍게 흔들면서 조용히 책을 읽고 커피를 마시
고 케이크를 먹었다. 말은 거의 하지 않았다. 말할 필요가 없었다.

정말 좋았다.

샤오B가 부인에게 의견을 물었다. 볼륨을 얼마나 크게 할까요? 아이들이 따라 부르게 할까요? 부인은 고개를 가로저었다. 그녀는 많은 아이들이 이 공간에 들어차 있는 모습을 상상했다. 누군가가 기타를 빼앗아 머리를 내려치는 장면이 불현듯 머릿속에 떠올랐다. 아이들의 불참에 그녀는 안도의 한숨을 내쉬었다. 괜찮다. 우리끼리 블루 카페로 돌아가서 음악을 틀고 록이나 일렉트로닉을 들으면 된다. 볼륨을 최대로 높이고서.

향장은 보이스카우트 야영 캠프 일정에 차질이 생겨서 늦게 달려왔다. 의자는 이제 벽 쪽으로 치워져 있고 마이크는 꺼져 있었다. 이 첫 번째 낭독 행사는 아마도 마지막이 될 가능성이 컸다. 향장이 도서관 직원에게 물었다. 학교 교사들에게 확인을 받지 않았나? 작은 선물이 준비돼 있다는 말도 했지? 향장이 그 자리에서 전화를 걸어 상황을 설명하자 전화 너머에서 교사가 우물대며 말했다.

"향장님, 그러니까 그게, 화내지 마세요. 사실 저희도 입장이 몹시 난처해요. 학부모들이 와서 항의하면서 애들을 억지로 낭독 행사에 참가시키면 기자들을 불러 문제 삼겠다고 하더라고요. 어차피 지금 셔터우에 기자들이 많이 와 있는 상태라 부르는 건 일도 아니잖아요. 그래서…… 저희는 오늘 교외 활동을 임시로 딸기 수확 체험으로 변경했어요."

향장은 사태 파악이 아주 빨랐다. 그는 자신이 몹시 흥분하고 있다는 걸 깨달았다. 그는 어려운 상황을 해결하는 걸 좋아했다. 샤오B를 찾아 도서관에서 낭독을 하게 하려던 목적은 아이들에게 어려서부터 다양성에 익숙해지게 하려는 거였다. 상관없다. 그의 목표는 학부모들이 아니라 어린아이들이다. 도서관에 오지 않으면 우리가 학생들을 찾아가는 거야. 그는 샤오B가 딸기 농장에서 낭독하게 하기로 마음먹었다. 조원에서 목가적 풍경이 연출될 것이다. 효과가 도서관보다 좋으리라고 장담할 순 없지만. 오늘 아침 그는 또다시 알람 시계보다 늦게 일어났다. 그는 힘껏 자기 뺨을 후려쳤다. 정신을 차리고 분발해서 노트에 오늘 목요일에 꼭 달성해야 하는 목표를 나열했다.

1. 야영 대회를 순조롭게 개막할 것!
2. 샤오B의 낭독을 순조릅게 진행할 것!
3. 등을 달고 점등할 것!
4. 무대 설치의 진도를 감독할 것!
5. 1호의 노래를 저지할 것!!!

종이 위엔 감탄부호가 빼곡했다. 1호는 너무 무서워서 감탄부호 세 개만으로도 부족할 것 같다. 그는 다시 한 번 세게 자기 뺨을 때렸다. YES, 너는 할 수 있어, YES!

하지만 샤오B가 보이지 않았다. 샤오B의 특기는 도피였다. 셔터우로 찾아온 그날, 샤오B는 어느 결혼으로부터 도피했다. 아니, 아주 많은 결혼으로부터 도피했다. 한 번도 가보지 못한 장화현 시골에서 샤오B의 원래 계획은 몰래 길 건너편에서 한 번 엿보는 거였다. 잠깐이면 충분했다. 멀리에서 눈길을 고정시켜 1초 정도 응시할 수 있으면 제일 좋고. 그걸로 충분했다. 그걸로 이별이다. 구간 열차를 타고 도착하니, 작은 역엔 사람 그림자 하나 없었다. 집 몇 채와 논밭, 깊이 잠든 검은 개 한 마리가 전부였다. 플랫

폼의 역명 표시판에는 괄호로 '귀신들의 땅'이라는 낙서가 그려
져 있었다. 자신이 정말 황당하다는 생각이 들었다. 애당초 결혼
식 장소도 모른다. 아는 거라곤 이 괄호 속 귀신들의 땅이라는 곳
이 신랑의 고향이라는 사실뿐이었다. 이런 상태로 어떻게 그를 찾
을 수 있을까. 그녀는 검은 개를 친구 삼아 함께 나무 밑에 주저앉
았다. 배낭에는 삶은 달걀이 하나 들어 있었다. 개 반쪽, 사람 반
쪽 사이좋게 나눠 먹었다. 계란을 다 먹고 나면 다음번 열차를 타
고 떠날 작정이었다. 검은 개는 순식간에 반쪽을 다 먹어 치우고
는 정신이 들었는지 밭 사이의 작은 길 쪽으로 가면서 연신 고개
를 돌려 샤오B를 바라보았다. 길을 안내하겠다는 듯한 눈빛이었
다. 구간 열차가 도착했고, 샤오B는 재빨리 플랫폼으로 달려가 열
차에 올라탔다. 두 정거장을 지나니 편의점이 하나 보였다. 내려
서 개 먹이를 사 가지고 다시 돌아가서 개에게 먹이기로 했다. 사
람은 못 찾아도 최소한 개 한 마리를 배불리 먹일 수 있다면, 이번
여행이 그다지 억울하지 않을 것 같았다. 그 시골 들판 역에 도착
하니 개는 아직 원래의 자리에 남아 있었다. 샤오B를 기다리기라
도 한 듯했다. 잠깐, 어떻게 검은 개가 흰 개로 변했지? 체형도 똑
같고 얼굴도 똑같고 수염도 원래의 달걀 노른자 색 그대로인데 어
떻게 털만 표백됐지? 개는 통조림을 다 먹고 물을 마시고는 시골
의 작은 길을 향해 걸어갔다. 조금 전처럼 뒤를 돌아보면서. 그래
좋아. 널 따라갈게. 논밭과 삼합원, 공장, 수영장, 유치원 모두 폐
허였다. 한동안 길을 걸으면서 개는 끊임없이 뒤를 돌아보았다.
조금 더 가면 다시는 돌아갈 수 없을 것 같았다. 어째서, 길에서 마
주치는 사람이 하나도 없지. 작고 검은 모기들이 사방에서 공격하

며 종아리를 물어 댔다. 모기를 쫓느라 바빠서 잠시 검은 개, 아니, 백구를 살피지 않았다. 그사이에 개는 어디로 갔는지 보이지 않았다. 끝났다. 완전히 길을 잃어버렸다. 휴대폰 내비게이션으로 길을 확인하려는 순간, 폭죽 터지는 소리가 들렸다. 들리는 대로 길을 따라갔다. 좁은 골목을 가로지르자 땅바닥이 온통 폭죽 잔해였다. 길가에 커다란 천막이 하나 쳐져 있고, 혼례 잔치를 위한 탁자가 마련되어 있었다. 아, 마침내 찾았다. 시골 사람들은 문 앞에 신혼부부의 결혼사진을 걸어 두었다. 샤오B는 그 사진을 보면서 보정이 너무 세다는 생각을 했다. 초점을 너무 흐려 놔서 작은 수염조차 보이지 않았다. 신랑 신부 모두 한국 드라마에 나오는 주인공 배우들 같았다. 아니야, 아니야, 잔치를 잘못 찾았다. 이건 샤오B가 작별을 고하려는 그 신랑이 아니다. 또 폭죽 터지는 소리가 들렸다. 샤오B는 이리저리 마구 뛰어다녔다. 맙소사, 오늘이 무슨 날이길래 이러지? 놀랍게도 아주 많은 길가에서 혼례가 이루어지고 있었다. 혼사가 있는 집마다 거대한 결혼사진이 손님을 맞고 있었다. 전부 같은 웨딩숍에서 찍었나? 왜 사진이 전부 똑같지? 누가 누구인지 구별이 되지 않았다. 폭죽이 터지고 온통 소란했다. 길가에서 대규모로 음식을 만들고 있었다. 술에 취한 손님들이 국화 밭에서 미친 듯이 토를 해 댔다. 그만두자. 애당초 잘못 찾아왔다는 것도 몰랐다. 고별의 대상을 영원히 찾을 수 없게 됐다. 방금 갔던 첫 번째 혼례 장소로 돌아가 보았다. 신랑 신부가 벤츠 승용차에서 내려 걸어왔다. 샤오B는 멀리서 그를 알아보았다. 사진으로는 못 알아봤지만 신랑의 실체는 본인이 맞았다. 그 웃는 얼굴과 그 눈빛이다. 찾았다. 신랑은 무척 즐거워 보였다. 작은 수염을 깎아 버린 새롭고 신선한 얼굴이었다. 신부의 손을 잡고 걸어오는 모습을 본 수많은 사람들이 일제히 환호했다. 이틀 전에 신랑이 샤오B를 찾아왔다. 마지막이라면서 고향에 돌아가 결혼할 거라고 했다. 처음에 분명하게 말을 하긴 했지만 태도는 그리 진지하지 않았다. 장난인 줄 알았다. 결혼한 뒤에는 싱가포르로 가서 새 직업을 찾아 자신을 잘 돌볼 작정이라고, 앞으로 함께 콘서트에 가는 일은 없을 거라고 했다. 샤오B는 눈길을 피해 길가의 농가로 들어갔다. 울고 싶은 걸까? 소리를 지르고 싶은 걸까? 신랑을 밀어 버리고 싶은 걸까? 신부가 되고 싶은 걸까? 사실 그가 가장 하고 싶은 건 시공을 역전시켜 이틀 전으로 돌아가는 거였다. 신랑이 단단해져서 천천히 들어왔다. 크기는 굉장했다. 작은 수염을 지닌 신랑은 기교가 뛰어났고, 천천히 한순간도 조급해하지 않았다. 샤오B는 그 커다란 물건을 생각하면서 웃었다. 끝났다. 작은 수염을 밀어 버린 건 진정한 고별이다. 더 이상 눈빛을 바라볼 필요가 없다. 샤오B는 신랑 신부가 연회석에 들어간 걸 확인하고는 자리를 떴다. 소리 없는 발걸음으로, 허공을 떠다니는 귀신처럼. 결혼사진을 지나 손님들에게 술을 따르는 신랑을 향해 손을 흔들어 작별을 고하고는 소리 없이 도피했다. 걸어서 기차역으로 돌아갔다. 걷고 또 걷다 보니 백구가 나타나 기차역까지 동행해 주었다. 플랫폼에 올라와 뒤를 돌아보니 백구는 어느새 검은 개로 변해 꼬리를 흔들며 작별 인사를 건네고 있었다. 열차에 오르자마자 샤오B는 소변이 급해졌다. 정말 급했다. 참기 어려웠다. 아, 기차를 잘못 탄 것 같은데? 북쪽으로 가는 건가, 아니면 남쪽인가. 방향이 틀렸다. 상관없다. 다음 역에서 내리면 역 안에 틀림

목요일

없이 화장실이 있을 것이다. 다음 역은, 셔터우였다.

셔터우에 와서는 남들 눈에 띄지 않는 세월을 보냈다. 몸이 투명해진 것 같았다. 소리도 없었다. 이대로가 좋지 않을까. 왜 낭독 같은 걸 하겠다고 했을까.

향장이 빠른 걸음으로 샤오B의 자전거를 가로막았다.

"It's ok, really(정말 괜찮아). 내가 방금 선생님들이랑 전화 통화를 했는데 지금 어린 친구들이 전부 딸기 농장에 가 있대. 빨리 아이들한테로 가자고."

샤오B는 고개를 가로저었다.

"좋아, 우리에겐 시간이 그리 많지 않아. Calm down(침착하고), 내 말 좀 들어봐. 내가 과거에 브라운에 있을 때 단지 안에 도서관이 하나 있었는데 드래그 퀸*을 불러다가 동화를 낭독하게 했어. 일부 항의하는 학부모들이 있었지. 표어까지 만들어 보이콧을 주장했어. 하지만! 지지하는 학부모들도 있었다고. 그래서 행사는 매번 대성공이었어. 아주 많은 애들이 즐거워했지. 내가 기대하는 게 셔터우 아이들도 B-로 이런 기회를 누리는 거야. 작은 시골 마을이라고 해서 모든 사람이 보수적이어야 한다면 이거야말로 수구적인 태도 아니겠어? 향장인 나는 절대로 그런 사람이 아니야. 우리는 재미있는 일들을 얼마든지 만들 수 있다고. let's celebrate diversity(다양성을 축하하자고)!"

"하지만, 하지만 저는, 드래그 퀸이 아니에요."

---

*　　drag queen. 무대에서 화려한 여성 복장에 메이크업을 하고서 여성 연기를 하는 남성 연기자를 말한다.

“관계없어. 우리 천천히 해 보자고. 우선 하나만 해 보는 거야. 우리는 budget(예산)을 따낼 수 있을 거야. 아니면 내가 주머니를 털어 메이크업 아티스트와 스타일리스트를 데려올게…….”

“향장님, 대체 무슨 말씀을 하시는 거예요? 저는 드래그 퀸이 아니라고요.”

“알았어. 좋아. label(라벨)은 중요하지 않아. sorry, 마음대로 label을 붙여선 안 되겠지. 양성애자야? trans(트랜스젠더)? sorry, 자기 모습 그대로면 돼. whatever(뭐든 간에). 트롤 학부모 몇 명 때문에 포기해선 안 돼. 나는 보통 향장이 아니란 말이야. 가자고, 우리…….”

자기 모습 그대로면 된다고? 그게 무슨 의미지? 어떻게 변별한다는 거지? 뭐가 자신의 모습이라는 거야? 샤오B는 도대체 자신이 무엇인지 알 수 없었다. 남자도 아니고 여자도 아닌 것 같았다. 요괴인가? 양성애자인가? 어려서부터 수많은 딱지가 붙었다. 딱지, 별명, 모욕, 전부 제멋대로였지만 묵묵히 받아들였다. 중학교 때 계단에서 ‘변태 요괴’라는 딱지가 몸에 붙으면서 손 몇 개가 거세게 달라붙었다. 샤오B는 계단에서 굴렀고 선생님은 병원으로 찾아와 친구들이 괴롭혔느냐고 물었다. 샤오B는 고개를 가로저었다. 아무리 아파도 고개를 가로저으며 부인했다. 아니에요, 아니에요. 제가 부주의했던 거예요. 병원에 입원하니 더없이 좋았다. 학교에 갈 필요가 없으니 너무나 즐거웠다. 계속 입원해 있는 게 제일 좋다. 그렇다. 샤오B는 자신이 남자인지 여자인지 몰랐다. 향장은 흥분해서 이미 연설을 늘어놓기 시작했다. 무슨 다원적 가치니, 젠더 스펙트럼이니, 젠더 유동이니 하면서, 침묵은 선택 항목이 아니라고 말했다. 트쟁과 혁명, 교육 운운했지만 정말로 하나도 귀에 들어오지 않았다. 투쟁하고 싶지 않았다. 오로지 자리를 뜨고 싶을 뿐이었다. 블루 카페로 돌아가 계속 투명인간으로 살고 싶었다. 샤오B는 향장의 목에 돋은 붉은 부종을 유심히 보았다.

향장은 자전거를 뇌줄 생각이 없었다. 그의 혀가 빠르게 움직이면서 5만 자의 연설 원고를 늘어놓았다. 더 참을 수 없었던 샤오B는 하늘에 대고 날카로운 소리를 지르면서 바구니에서 꺼낸 양장본 그림책을 향장의 얼굴과 목을 향해 휘둘렀다.

샤오B

　양장본 그림책은 칼이 되었다. 그것은 향장의 가늘고 긴 왼쪽 눈썹을 장어라고 여기고는 생선의 머리를 빠르게 벴다.

　지혈하고 소독을 했다. 꿰맬 필요는 없었다. 의사가 향장의 목에서 꺼낸 벌침을 제거하고 작은 거울로 상처를 보여주었다. 향장은 머리 없는 장어를 볼 생각은 전혀 없었고, 그저 자기 입에만 집중했다. 그는 잔뜩 고양되어 있었고 좌절감은 전혀 없었다. 그는 진심으로 오만한 미소를 짓고 있었다. 그런 척하는 게 아니다. 옆에 의사와 간호사만 없었다면 미친 듯이 큰 소리로 웃어 댔을 것이다. 원래는 오늘이 기대했던 바에 미치지 못하는 목요일로 끝날 거라고 생각했다. 보이스카우트 야영 대회 개막식은 큰 재난이었고, 이어서 모든 행사 일정이 뒤죽박죽이 돼 버렸다. 스포츠 공원에서 무대를 준비하고 있는 극단 사람들과 단체 사진을 찍는 일정은 취소되었고, 드론 공연단과의 온라인 회의도 마찬가지였다. 점등 의식은 절대로 취소할 수가 없어서 오후로 연기되었고 도서관에서의 다원성 낭독 행사는 불가능하게 되었다. 행사가 하나만 더 취소되어도 그는 미쳐 버릴 것만 같았다. 그는 정말로 to-do list의 목표를 달성하지 못하는 걸 참을 수가 없었다. 늦더라도 도서관에 가야 했다. 그는 지각을 몹시 싫어했다. 일 분만 늦어도 마음속에서 이백 년 동안 욕설을 해 댔다. 오십칠 분 늦어서야 그는 헐레벌떡 뛰어서 도서관에 도착했다. 행사에 참석한 아이는 하나도 없었다. 마음 깊은 곳 동굴이 작게 무너지자 그는 쉬지 않고 욕을 했다. FUCK FUCK FUCK. 실패를 인정해야만 할까? 이날이 실패의 목요일이라는 걸 인정해야 할까? FUCK NO. 그는 자기 뺨을 때렸다. 절대로 포기할 수 없다. 그는 포기를 모른다. 거리로 뛰어나가 샤오B를 설득해 보기로 했는데 뜻밖에도 칼날이 날아와 눈앞이 피로 물들었다. 아니야, 이건 좌절이 아니다. 그는 샤오B에게 감사했다. 자신에게 승리감을 가져다주었기 때문이다. 샤오B를 안 지 얼마나 되었을까? 그 조용한 얼굴에 분노가 어리고 옅은 미소가 스쳤다. 헐렁한 박스 스타일 옷을 걸친 채 늘 애써 입을 다물고 있는 샤오B. 발걸음에도 기척이 없었고 자전거를 탈 때도 아무 소리가 나지 않았다. 그의 자전거는 주인이 윤축을 압축하고 체인을 자체 제작한 것으로 교체한 후에 소리 없는 귀신이 되었다. 덕분에 샤오B는 시골길을 소리 없이 미끄러지듯 돌아다닐 수 있었다. 하지만 조금 전 샤오B는 자제력을 잃었다. 몇 마디 날카롭게 소리를 지르더니 그림책을 들어 향장을 갈겼다. 그러고는 분노한 동작으로 자전거를 몰고 자리를 떴다. 성공이었다. 향장은 샤오B로 하여금 진면목을 드러내고 더 이상 스스로를 억압하지 않게 한 것이다. 자전거도 덩달아 해방되었다. 체인이 몸부림을 쳤고, 눌렸던 축이 느슨해져 쟁강쟁강 날카롭게 쇳소리를 냈다. 샤오B는 해체된 자전거를 길가에 내버리고 뒤를 돌아보면서 다시 한번 날카로운 외침을 쏟아내더니 빠른 걸음으로 멀어져 갔다.

샤오B가 화를 냈다. 향장은 성취감을 느꼈고, 당장이라도 그에게 셔터우향 명예훈장을 주고 싶었다. 그의 머릿속에는 이미 시상식장에서 틀 음악이 울려 퍼지고 있었다. 반젤리스의 「낙원의 정복」이었다. 수상자는 눈물을 흘리면서 천천히 무대에 오른다. 현장은 박수 소리로 가득하다. 사실 훈장은 샤오B에게 주는 게 아니라 자기 자신을 위한 것이었다.

진료 대기실의 TV 소리가 요란했다. 왜 병원에서 뉴스채널을 틀었지? 셔터우 지역 뉴스였다. 간호사가 말했다.

"향장님! 향장님이 TV에 나왔어요!"

FUCK. 사실 그가 TV에 나온 게 아니었다. 그는 아침 일찍이 뉴스를 이미 봤다. 그의 목소리는 맞지만 카메라는 그의 얼굴을 비추지 않았다. 어제 깊은 밤에 금단의 열매에서 기자가 후투티와 단테를 촬영했다. 수많은 사진 애호가들이 신이 나서 인터뷰에 응하면서 이렇게 가까운 거리에서 후투티를 찍을 수 있는 건 정말로 기적이라고 말했다. 게다가 새는 사람을 두려워하지 않았다. 그렇게 많은 카메라가 자신을 조준하는 데도 두려운 기색 없이 나름의 포즈를 취했다. 그는 현장 상황을 빠르게 평가했다. 깊은 밤 조깅을 하러 나온 향장이 매체 인터뷰를 하게 되면 효과가 훨씬 더 클 거라고 판단한 그는 기자들에게 자발적으로 자신의 신분을 밝혔다. 기자는 그에게 단테 옆에 서서 인터뷰에 응해 달라고 요구했다. 그래야 화면에 후투티가 들어올 수 있기 때

　　　목요일

문이었다. 그는 'Hudhud(후투티)'라는 말을 꺼냈다. 귀한 손님인 Hudhud가 셔터우를 찾아온 건 예상 밖의 일이다. 슈퍼 토요일을 위해 특별히 방문해서 성대한 모임에 참가하려는 게 분명하다. 이런 중점 내용을 말하기도 전에 알파카가 화면에 머리를 들이밀었다. 그는 오늘 아침 일찍부터 누스 채널을 켰다. 뉴스에선 유명 가수가 음주 운전을 사과했고, 포르셰와 페라리가 정면으로 충돌했다. 지하철에서 노약자석을 차지하려는 사람들이 서로 주먹질을 했고, 입법 위원들이 서로 구타하는 사건이 벌어졌다. 늘씬한 모델이 길거리에서 가슴을 노출하는 바람에 차량 정체가 벌어졌다. 마침내 셔터우 차례가 되었다. 장화혼 시골에 희귀한 손님이 나타났다. 일 분밖에 안 되는 뉴스 화면이 온통 새를 찍는 사람들로 가득 채워졌다. 향장이 인터뷰에 응하고 있는 건 분명했지만, 화면 전체가 알파카의 머리로 채워져 있고 향장의 얼굴은 보이지 않았다. 마치 알파카가 말을 하고 있는 듯했다.

Hudhud라고.

그는 의사를 향해 이 단어를 꺼내 들었다. 어젯밤에는 그가 말하는 Hudhud 이야기를 들으려는 사람이 없었다. 의사와 간호사는 거절할 방도를 몰랐고, 그는 마침내 청중을 찾았다.

"의사 선생님, 모르세요? 사실은 후투티가 『코란』에도 나온다는 것 말이에요. 그 경전에서는 Hudhud라고 불리는 이 새가 선지자들에게 정보를 전달하는 일을 맡았다고 기록하고 있어요. 왜 Hudhud라고 부르는 걸까요? 울음소리 때문이에요. 한번 들어보세요. 기자들이 울고 있는 새를 찍고 있잖아요. 사실은 'hu' 소리에 가까워요. 그래서 Hudhud라고 블리게 된 거죠."

어젯밤에 금단의 열매에서 제대로 말하지 못했기 때문에, 지금 이 순간이라도 의사와 간호사에게 한 글자도 빠뜨리지 않고 전부 들려줘야 했다. 그는 마음속 얘기를 다 쏟아내는 게 좋았다. 승리감이 더 진해지고 공허와 상실을 완전히 지울 수 있었다. 그 빌어먹을 알파카만 없으면 모든 일을 다 잘 처리할 수 있을 것 같았다.

병원에서 수건을 빌려 외모를 좀 정리해야 했다. 바지에 묻은 진흙도 말라서 떨어졌다. 오늘도 아주 많은 일정이 그를 기다리고 있었다. 소변을 보기 위해 손을 바지 속으로 집어넣어 성기를 꺼냈다. 아니! 어떻게 이럴 수가? 팬티가 없었다. 허리띠를 풀어 보니 정말로 양복바지 안이 텅 비어 있었다. Jockey(자키)가 없었다. 그는 Jockey 브랜드의 흰 순면 팬티만 입었다. 그는 이 클래식 브리프 팬티를 한꺼번에 수십 장을 샀다. 사이즈 M으로. 빨래를 해서 마르면 반드시 다림질을 했다. 이 일은 자신이 직접 했고 절대로 아내를 불편하게 하지 않았다. 그는 엄연히 페미니즘을 솔선하여 실천하는 신세기 이성애자 남성이지, 절대로 무슨 취직남[*] 같은 부류가 아니었다. 팬티는 본인이 직접 다리며, 절대 주름을 남기지 않는다. 화장실에는 전신 거울이 있었다. 거울 속 향장의 전신을 바라보던 그는 뒤로 물러서다가 넘어져 바닥에 주저앉고 말았다. 어떻게 이럴 수가. 방금 거울 속 모습에선 아래턱에 수염이 잔뜩 남아 있었다. 오늘 아침에 깜빡 잊고 수염을 깎지 않은 것이다. 불가능한 일이다. 팬티를 안 입은 건 그렇다 치고 어떻게 면도

---

[*] 臭直男. '직남(直男)'이라는 단어에 폄하의 뜻인 '취(臭)'를 붙여서, 가부장적이고 행동이 직선적이며 공감 능력이 떨어지는 이성애자 남성을 조롱하고 비판하는 의미로 사용되는 인터넷 용어다.

를 안 했단 말인가. 이 무슨 꼬락서니란 말인가. 게다가 왜 그 파란
색 조끼를 입고 있지? 다시 한번 거울을 보았다. 정말로 향장 이름
이 대문짝만 하게 인쇄돼 있는 그 파란 조끼였다. 맨 처음 경선을
시작할 때 단체로 수백 벌을 즈문했고, 선거 캠프 사람들 모두 입
고 다녔다. 후보자인 그만이 죽어도 입으려 하지 않았다. 너무나
보기 흉하다고 생각했다. 자기 이름이 인쇄된 옷을 입고 다닌다는
건 자신감이 없다는 것, 남들이 알아브지 못할까 봐 두려워한다는
걸 의미했다. 자신감 넘치는 신세대 정치가였던 그는 이런 조끼는
절대 입지 않겠다고 거부했고, 선거에서 압도적으로 이겼다. 그런
데 대체 무슨 이유에서 저도 모르게 이런 복장으로 오늘 집을 나
섰을까.

파란 조끼에 진흙이 묻어 있었다.

아침에 장화 보이스카우트 야영 캠프가 개막했다. 장화현 각
학교에서 온 관광버스가 칭수이옌 야영지에 도착했다. 차 문이 열
리고 보이스카우트 단원들이 흐느적거리며 쏟아져 나왔다. 귀에
이어폰을 꽂고 있거나 휴대폰만 보는 아이도 있었다. 나무도 산
도 하늘도 보지 않는다. 물론 미소 가득한 얼굴로 그들을 맞이하
는 향장의 모습이 눈에 들어올 리가 없다. 향장은 환영사에서 산
도 좋고 물도 좋은 셔터우가 보이스카우트 대원들을 환영한다고
했다. 아울러 다들 이어지는 며칠 동안 대자연과 함께 지내는 법
을 배우면서 보이스카우트 정신을 충분히 발휘하리라고 믿는다
고 했다. 대원들은 장난이 심했고, 배낭에서 드론을 꺼내 상공에
날려 야영지를 촬영하는 아이도 있었다. 드론이 향장의 머리 위를
맴돌았다. 연설이 끝나지도 않았는데 마이크 전원이 끊겼다. 대원

들은 곳곳에 텐트를 치기 시작했다. 온갖 불평이 쏟아졌다. 끔찍한 촌구석이네. 휴대폰 데이터가 왜 이렇게 안 좋아? 뭐라고? 와이파이가 없다고? 와이파이도 없으면서 야영을 하라고 우릴 부른 거야? 가장 가까운 편의점까지 거리가 얼마나 돼? 뭐라고? 그렇게 멀어? 그러면 물건을 어떻게 사? 배고파 죽겠네. 여긴 너무 외진 곳이야. 뱀이 있진 않을까? 충전을 해야 하는데! 콘센트는 어디에 있지? 우리 엄마가 와서 내가 야영하는 모습을 찍겠다고 했는데, 이렇게 지저분한 곳에 있는 걸 보면 당장 나를 집으로 데려가려고 할 거야.

각지에서 셔터우를 찾아온 보이스카우트 단원들을 맞이하기 위해 향사무소에서는 신선한 식재료들을 다양하게 준비해 뒀다. 단원들이 셔터우에 도착하면 첫 식사는 자신들이 직접 조리하게 할 계획이었다. 하지만 아무도 바구니의 식재료들을 가져가지 않았다. 한 아이가 소리쳤다.

"우버 이츠를 불러야겠어!"

"나도 부를 거야!"

"내 휴대폰은 데이터가 없어!"

불을 피워 조리를 하는 아이는 하나도 없었다. 외부 배달 오토바이들이 뻔질나게 캠프를 드나들었다.

여드름이 난 남자아이 하나가 돌을 주우면서 적절한 크기를 고르고 있었다. 마침 향장 발밑에 딱 알맞은 크기의 돌이 하나 있었다. 아이는 향장 옆에 쪼그리고 앉아 돌을 가지고 놀다가, 하늘을 보고 땅을 보고 나무를 보면서 진지하게 사유하고 돌에게 말을 걸기도 했다. 향장의 마음이 따뜻해졌다. 누가 뭐래도 휴대폰에 손대지 않고 대자연과 가까워지려는 아이가 있었던 것이다. 아이가 일어나 향장을 힐끗 쳐다보더니 팔을 활처럼 젖혀서 힘껏 돌을 던졌다. 돌은 나무 위에 있는 벌집에 정확히 명중했다. 돌이 벌집을 때리기 전까지는 아무도 그 나무 위에 벌집이 있다는 걸 알지 못했다. 벌들은 분노했고, 대원들이 벌을 피해 황급히 도망 다니느라 향사무소에서 준비한 식재료가 전부 발에 밟혀 버렸다. 방금 친 텐트들도 전부 무너졌다. 향장은 스카우트 아이들에게 밀려 진흙탕 위로 넘어졌다. 벌 한 마리가 향장에게 달려들어 그의 목을 조준했다.

FUCK. 기자가 있었다.

지난 몇 주 동안, 향장이 가장 걱정한 건 인터뷰하러 오는 기자가 없는 상황이었다. 하지만 지금은 기자가 두려웠다.

"아, 향장님, 또 셔터우네요!"

진료 대기실 TV에 갑자기 보이스카우트 대원이 벌집을 쑤셔 일어난 혼란의 장면이 나타났다.

"장화 셔터우에서 보이스카우트 야영 활동을 진행하던 중 뜻밖에도 주최 측은 야영지 안에 커다란 벌집이 있는 걸 발견하지 못했고, 결국 많은 스카우트 대원들이 벌에 쏘여 울면서 집으로 돌아갔습니다."

뉴스에까지 나올 줄은 몰랐다. 자신이 넘어지는 장면이 찍혔으면 어떡할 뻔했나. 그는 조끼에 묻은 진흙을 힘껏 털어내고 번개 같은 속도로 병원을 떠났다.

그가 현장에 도착한 다음에 등을 걸라고 비서에게 일러두지 않았나? 그가 도착하기도 전에 기차역 앞엔 이미 두 마리의 복을 비는 대형 동물이 놓이고, 그림을 그려 넣은 둥근 등롱이 잔뜩 걸려 있었다. 길이가 거의 150미터에 달하는 행렬이었다. 이 수백수천 개의 등롱은 셔터우의 어린 학생들이 그린 작품이고, 그림 주제는 '셔터우의 희망, 더 밝은 내일'이었다. 운치는 없지만 그가 생각한 주제가 아니라서 마음대로 바꿀 수도 없었다. 뭐가 '희망'이고 뭐가 '밝은 내일'이냐. 이건 현재의 셔터우엔 희망이 없고 오늘이 너무 암담하기 때문에 내일을 바라볼 수밖에 없다는 의미다. 그는 두 마리의 커다란 동물을 보았다. 정말로 보기 흉했다. 왼쪽에 있는 건 용 같고, 오른쪽은 사자 같았다. 멀리서 보면 물고기 같기도 했다. 왜 아무도 그에게 이런 괴상한 짐승 형상을 만들 거라고 말해 주지 않았나. 왜 그가 올 때까지 기다리지 않고 미리 등을 걸기 시작했나.

상관없다. 저녁에 점등 의식이 남아 있다. 틀림없이 많은 사람들이 모일 것이다. 그는 빨리 집에 돌아가 옷을 갈아입고 다시 나와야 했다. 맙소사. 왜 아직도 이 추한 조끼를 입고 있는 거지?

1호가 스쿠터를 타고 지나다가 멈춰 서서 등을 달고 있는 일꾼들에게 말했다. 거리가 너무 멀어서 대화 내용은 안 들렸다. 슈퍼 토요일에 스포츠 공원에 와서 자기 노래를 들어 달라고 요청하는 것이려니 생각했다. 혹은 향사무소 홈페이지에 왜 자신의 공연에 대한 안내가 없느냐고 원망을 늘어놓는 중이라고 추측했다.

그의 주먹과 발은 돌처럼 단단하다. 어, 그런데 왜 머릿속에서 폭력적인 광경이 떠오르는 거지? 왜 그 여드름투성이 남자애를 따라 하려는 거지? 그의 발 근처엔 돌이 없다. 아니, 어떻게 여성에게 폭력을 행사할 수 있단 말인가. FUCK. 그는 힘껏 제 뺨을 때렸다. 그는 절대 그런 사람이 아니다. 그의 아버지는 아내에게 폭력을 행사했다. 그는 자신이 아버지의 그런 폭력을 물려받는 걸 절대로 허용할 수 없었다. 그는 이성과 지식으로 자신의 위상을 높일 수 있었다. 그는 여권신장을 제창했고 가부장의 독소와 폐해를 잘 알고 있었다. 아니야. 그는 심호흡을 하며 폭력적인 생각을 쫓아 버렸다.

　1호 같은 사람이야말로 셔터우의 발전을 저해하는 구세력이다. 그는 베버의 탈주술화*를 자신의 시정에 적용하고 싶었다. 지금은 이성적인 실증의 시대이며 신비하고 예측 불가능한 자연의 힘을 배척하는 시대다. 그런데 셔터우에서는 유달리 궁묘** 문화가 성행했고 일상에서 묘당의 존재를 피할 길이 없었다. 모든 묘회와 경전 행사에도 반드시 얼굴을 내밀어야 했다. 그는 신세대가 틀림없이 새로운 바람을 몰고 오리라 믿었다. 더 이상 미신을 맹신하지 않는 이성과 과학이 셔터우의 미래다. 탈주술화, 그렇다. 그는 '탈주술화'라는 독일어 단어도 안다. 그는 셔터우 전체를 통틀어 이 단어의 철자를 아는 또다른 인물이 나타나리라고는 생각지 않았다.

　열여덟 살 때, 그는 엄마에게 이끌려 삼합원을 찾았다. 타이베이에 가서 대학에 다니려면 1호를 찾아가서 운세를 봐야 했다.

---

*　Entzauberung. 독일 철학자 막스 베버가 제시한 용어로, 사람이나 사물에 대한 과도한 이상화와 신비화를 이성적으로 분석하여 기본적인 속성을 되찾는 것을 의미한다.

**　宮廟. 조상이나 역대 왕, 각종 신 등을 숭배하는 사당을 짓고 이를 모시는 문화를 가리킨다.

당시 그는 저항할 줄 몰랐고 그저 상대방을 무당이라고만 생각했다. 온통 헛소리와 거짓말만 해 대서 금세 까발려질 거라고 생각했다. 1호는 그때도 입이 아주 걸었다. 치실이나 이쑤시개로 그녀의 치아 사이를 후비면 음식 찌꺼기나 고기 잔해가 아니라 욕설이 나올 거라는 생각이 들었다. 이렇게 오랜 세월이 흘렀는데 아직도 많은 사람들이 1호를 신봉하고 있다. 옛날에 1호는 그에게 이렇게 말했다.

"운이 아주 좋네. 아버지의 일을 물려받을 거야. 대단히 부귀한 운이네. 향장이 될 운세야. 염병할, 운세가 너무 좋으면 특히 조심해야 해. 정서적 안정을 잃어선 안 된다, 이 말이야."

이처럼 예언으로 포장된 욕은 자기라도 할 수 있을 것 같았다. 그는 고개를 돌려 괴상하고 보기 흉한 동물들을 보았다. 한 마리는 머리에 '평안'이라고 쓰여 있고, 다른 한 마리의 머리엔 '발재'*라고 쓰여 있었다. 그의 강한 발과 주먹이 한순간 흐물흐물해졌다. 구시대 가부장제의 추한 미학이 승리를 거뒀고, 이성적인 향장에겐 귀신들을 쫓아낼 힘이 없었다. 마음속의 동굴이 또 조금 무너져 내렸다. 그는 발치에서 보이지 않는 돌을 집어 드는 자신을 상상했다. 하지만 사실은 그럴 힘이 없었다. 차라리 온몸에 남은 마지막 힘을 써서 1호에게 달려가는 편이 나을 것 같았다.

---

*   發財. 큰돈을 벌거나 부자가 된다는 뜻이다.

목요일

2호는 샤오B에게서 나는 냄새를 참을 수 없었다. 엄청나게 고약한 냄새였다.

그녀는 머리가 아픈데, 미용실에 가서 머리를 잘라야 할까라고 말했다. 의사를 찾아가야 하는 건 아닐까. 하루 종일 아무것도 안 먹어서 배가 고프네. 산책을 하고 싶은데 비가 내리네. 우리 나가서 좀 걷는 게 어때? 못 찾겠어. 우산 좀 찾아 줘. 단테 사장님이 오늘 저녁에 뭘 좀 먹었는지 모르겠네. 너무 졸려. 뭐라고? 10시가 넘었다고? 그럼 우리 문 닫는 게 어때? 샤오B는 그녀의 말에 대꾸도 하지 않고 계속 손님들을 상대했다.

"사장님은 신경 쓰지 않으셔도 돼요. 가서 일 보세요. 제가 알아서 할 게요. 가서 식사하세요. 바쁘긴 하지만 저 혼자서도 문제없어요. 가세요. 가서 식사하세요."

샤오B, 대체 어떻게 된 거야? 도서관에서 돌아와 보니 샤오B의 머리가 아주 짧게 잘려 있었다. 거의 스포츠머리에 가까웠다.

입술이 말라서 갈라졌는 데도 말이 홍수처럼 쏟아져 나오고 있다. 본 적이 없는 손님들이 많았다. 상당수는 슈퍼 토요일에 맞춰 고향으로 돌아온 젊은이들이었다. 샤오B는 이들에게 큰 목소리로 친절하게 대응했다. 이게 샤오B라고? 낯선 사람들에게 이렇게 친근하게 군다고? 고향으로 돌아온 젊은이들과 함께 블루 카페 뒤 공터에서 셔터우 구아버 음악제를 여는 문제를 토론하고 있는 게 정말 샤오B라고? 후투티 영상을 자신이 올렸다고 큰 소리로 말하는 저 사람이? 그리고 이 고약한 냄새는 뭐지?

악취는 고통스러울 정도였다. 코를 통해서 뜨겁게 몸 안으로 침입한 냄새 때문에 가슴과 복강이 타들어 갔다. 그녀는 샤오B의 악취에 대체 어떤 정보가 담겨 있는지 알 수가 없었다. 그녀가 아는 건 지독한 분노에 수치심이 더해졌다는 것이었다. 고통의 감각이 두 발까지 빠르게 퍼져서 발가락을 자르고 싶어졌다. 샤오B는 줄곧 향기로웠고 몸이 허해서 땀도 거의 흘리지 않았다. 꽃향기 샴푸를 사용했고, 낮에는 감귤 냄새, 밤에는 일랑일랑 향기가 나는 크림을 발랐다. 핸드크림에서는 라벤더 향이 났다. 손 씻는 걸 좋아하지만 어떻게 씻든 간에 손가락에선 커피 원두 냄새가 났다. 오늘 샤오B의 몸에서 나는 고약한 땀 냄새는 거의 쥐 떼 냄새 같았다. 쥐들이 뾰족한 이빨로 피부를 깨물고 맹렬하게 공격하는 것 같았다. 입안엔 무덤 동굴이 있었고 그 안에 부장된 건 털이 돋은 백 년 된 취두부였다. 정말 더는 참을 수 없었던 그녀는 샤오B의 팔을 붙잡고 소리쳤다.

"너 냄새가 왜 이렇게 고약해!"

샤오B의 팔에 달라붙은 쥐 떼가 그녀의 손바닥을 공격했다.

목요일

몹시 아팠지만 손을 놓을 순 없었다. 그녀는 샤오B를 가게 뒤쪽으로 데려가서 비를 맞게 하고 싶었다. 오늘 내리는 비에는 바다 냄새가 담겨 있었다. 나가서 오 분 정도만 비를 맞으면서 숨을 멈추고 눈을 감으면 바닷물 속에 잠긴 느낌일 것이다. 바닷물이 쥐 떼를 익사시키고 무덤을 무너뜨려서, 그녀에게 다시 향기로운 샤오B를 돌려줄 것 같았다.

샤오B의 무덤 속에서 미라가 된 쥐들이 뛰쳐나온다.

"내가? 고약한 냄새가 난다고? 씨발, 당신 냄새도 아주 구려. 사장님, 당신 냉장고 냄새나 맡아 보시지. 거기야말로 고약한 냄새의 근원일 텐데."

1호가 가르쳐 준 게 분명했다. 샤오B가 내뱉는 '씨발'이라는 욕은 전기톱 같은 기세로 그녀의 손을 베었고, 2호는 더 이상 샤오B를 붙잡을 수 없었다. 너구 아팠다. 그녀는 거리로 뛰쳐나가 흠뻑 비에 젖었다.

냉장고.

물론 그녀도 냉장고가 악취로 가득 차 있다는 걸 알았다.

하지만 그녀는 냉장고가 비는 걸 참을 수가 없었다. 혼자여도 좋고, 죽도록 외로워도 좋다. 두려울 게 없다. 그녀를 사랑하는 사람이 없는 게 가장 좋다. 어차피 얼마나 좋아하든 결말은 죽음인데. 밥을 먹지 않고 잠을 자지 않아도 좋다. 늙어도 좋고 추해도 좋다. 살이 쪄서 뚱뚱해져도 좋다. 하지만 냉장고가 티어 있으면 안 된다. 맞다, 뚱뚱해져선 안 된다고 허야겠다. 그녀는 스스로 살이 찌도록 허락할 수도 없다. 죽을 때는 반드시 아름다워야 한다.

빗줄기가 거세지고 무서울 정도가 되고서야 몇 걸음 걸었다.

그녀는 바닷물에 완전히 빠져 익사를 통해 냄새를 제거하는 절차를 밟고 있었다. 몇 걸음만 더 걸으면 익사할 것이다. 온몸의 모든 악취를 바다의 조수가 가져갈 테고, 그러면 아프지 않을 것이다.

기차 역까지 가니, 땅 위엔 비의 흔적이 없었다. 고개를 돌리자 하늘에 커다란 비의 장막이 드리워 있었다. 블루 카페 쪽은 바닷물에 잠겨 있지만, 기차역 쪽은 비가 오지 않아 말라 있었다. 곧게 뻗은 셔터우로의 저쪽은 바다고 이쪽은 뭍이었다. 그녀는 비의 장막을 뚫고 바다로 들어가서 울다가, 뭍으로 나오면서 웃었다. 고개를 들어 등롱을 보니, 빛 하나 없이 어두웠고 수천수백 마리의 해파리가 떠 있는 듯했다. 블루 카페 손님의 말로는 향장이 고열이 나고, 일기예보에선 비가 온다고 해서 점등 의식이 취소되었다고 했다. 사실은 설비를 담당한 회사가 다른 데 하청을 줬고, 그 때문에 점등 스위치 장치가 망가져서 전기가 연결되지 않는 거라고도 했다. 불이 들어오지 않는 등롱을 뭣에 쓴단 말인가. 그 애송이 향장은 틀림없이 핑곗거리를 찾아 점등 의식을 생략하면서 환경을 보호하고 지구를 지킬 수 있다는 등의 말을 늘어놓을 것이다. 웃기지도 않은 변명이다. 깊은 밤에도 켜지지 않은 등롱엔 확실히 죽음의 숨결이 서려 있었다. 등롱의 묘지. 너무나 고요했다. 심상치 않다. 상가들이 전부 문을 닫아 사람도 없고 개도 없었다. 비도 입을 다문 채 지면에 발을 디디면서 아무 소리도 내지 않았다. 시간도 빗물에 젖어서 역사 벽면에 걸린 시계의 숫자가 잠시 멈춰 있었다. 도착하는 열차도, 출발하는 열차도 없었다. 설마 셔터우 전체가 비의 장막 속에 갇혀 버린 걸까? 오직 그녀만 거기에서 도망친 것일까? 어디로? 기차역 쪽에서 샤오 씨 여자 하나가

목요일

울다가 웃다가 한다는 소문을 들은 안개가 비의 장막을 들추고 그
녀 쪽으로 다가갔다.

안개는 만 마리의 은어처럼 그녀의 몸 주위를 맴돌았다. 안개
엔 물고기 비린내가 담겨 있었다. 방금 그녀의 냉장고를 들여다본
탓일까? 샤오B는 그녀의 냉장고에서 고약한 냄새가 난다고 말했
다. 거짓말이야. 나는 냄새를 맡는 초능력을 갖고 있다고. 물론 내
냉장고에서 고약한 냄새가 난다는 건 잘 알지.

블루 카페 뒤쪽의 작은 주방엔 냉장고가 두 개였다. 하나는
샤오B의 것이고 다른 하나는 그녀 것이었다. 막 셔터우에 왔을
때, 샤오B는 한동안 매일 그녀의 냉장고를 청소했다. 별로 친해지
지 않은 데다, 서로의 몸 사이에 존재하는 낯선 거리감이 예의로
채워져 있어서 샤오B에게 화를 내기가 미안했다. 샤오B는 줄곧
청소를 해서 비웠고, 그녀는 반대로 계속 물건을 사서 채웠다. 그
러던 어느 날 냉장고를 열어 보니 안이 아무것도 없이 텅 비어 있
었다. 그녀의 손엔 어떤 음식들도 남지 않았다. 철저한 패배였다.
샤오B는 그녀의 냉장고를 깨끗이 비우고는 전기 코드를 뽑아 버
렸다. 냉동고를 열어 보니 서리만 잔뜩 끼어 있고 어떤 음식물 냄
새도 남지 않았다. 세제의 화학물질 냄새뿐이었다. 빈 냉장고는
일종의 호러 영화였다. 가슴이 두근거리고 아드레날린이 솟구쳤
다. 갑자기 자신이 정말 외롭다는 걸 깨닫게 되었다. 영화관에 가
서 호러 영화를 볼 때 느끼는 그런 두려움이 아니었다. 잡을 수 있
는 연인의 손도 없고, 날카로운 비명을 진정시켜 줄 사람도 없고,
눈을 가려 줄 사람도 없었다. 그들은 전부 죽었다. 그녀와 함께 호
러 영화를 봐 줄 사람들은 전부 죽고 없었다.

그녀는 예의를 내던지고 주방에서 미친 듯이 소리를 지르다가 곧장 전화를 걸어 전자제품 상점에 냉장고를 주문했다. 모델이나 브랜드, 가격, 색깔은 따지지 않았다. 한 시간 안에 배달될 수만 있으면 됐다. 잔소리 한 마디 없이 가격을 깎지도 않았고, 곧장 대금을 결제했다. 그녀가 샤오B에게 말했다.

"이 집 안 다른 물건들은 얼마든지 마음대로 청소하고 치워도 돼. 나는 관여하지 않을 테니까. 하지만 내 냉장고만은 건드리지 마. 너한테 새 냉장고를 줄 테니까."

이미 극사*한 그녀의 남편들은 냉장고 안에 음식을 쌓아 두는 그녀의 습관에 관여하지 못했다. 결벽증 귀신인 1호도 그녀의 냉장고에는 손대지 못했다. 샤오B가 뭘 하든 아무 문제 없다. 그녀의 냉장고만 열지 않는 한.

빈 냉장고가 고통과 굶주림을 호소했다. 그녀의 피부와 살과 위장은 기억력이 출중했다. 하나도 잊지 않고 있었다. 너무나 아프고 너무나 배가 고팠다. 새 냉장고가 도착하기 전에 그녀는 부엌 타일 바닥 위에 엎드려 쌀 한 봉지를 집어 들었다. 포장을 뜯어 생쌀을 입안 가득 쑤셔 넣었다. 마침내 새 냉장고가 도착하자 그녀는 일어나서 입안에 있던 걸 전부 뱉어냈다. 방금 삼켰던 쌀알들이 튀어나왔다. 그녀는 전자제품 상점 직원들을 밀어내고 샤오B를 위층으로 올라가라고 했다. 자신이 알아서 옮기면 된다고 하면서. 상점 직원들의 눈이 휘둥그레졌다. 비쩍 마른 2호가 혼자 상자를 벗

---

*　尅死. 한 사람의 운이 세서 다른 사람을 압도하여 죽음에 이르게 하는 것을 가리키는 말이다.

기고 냉장고를 옮겼다. 밀고, 당기고, 밀고, 당기고 전기를 연결했다. 거대한 새 냉장고가 불과 몇 분 만에 자리를 잡았다. 새 냉장고와 헌 냉장고는 이웃이 되었고, 처음 만나서인지 낯설어하는 듯했다. 모터가 겁먹은 듯 돌아가기 시작했다. 한 무더기 현금이 전기 제품 회사 직원들의 손에 쥐여졌다. 그녀가 소리쳐 불렀다.

"나 찾지 마! 시장에 가서 장 보고 올 테니까!"

어렸을 때, 세 엄마와 아빠의 장례를 마치고 나니 할아버지가 보이지 않았다. 장례 법회는 아주 요란했고, 삼합원은 밤낮 할 것 없이 사람들로 가득했다. 세 자매는 바보처럼 멍하니 있을 수밖에 없었다. 상황을 제대로 파악할 수가 없었다. 어른들의 명령과 지시가 귀에 마구 날아와 박혔다. 손톱을 깎아도 안 되고 머리를 감아도 안 된다. 머리를 잘라도 안 되고 앉아서 밥을 먹어도 안 된다. 모든 동작이 향을 올린 다음 무릎을 꿇고 절을 올리고, 절을 올린 다음 또 향을 올리는 걸로 압축되었다. 출상이 끝나자 세 자매는 깊은 잠에 곯아떨어졌고, 잠에서 깨어 가장 먼저 한 일도 향을 피우고 무릎을 꿇고서 절을 올리는 것이었다. 삼합원은 텅 비었다. 빈소가 철수되고 영정도 보이지 않았다. 괴상한 화분들도 다시 마당 한가운데로 옮겨지지 않았다. 모든 사람이 다 떠나고 아주 조용했다. 할아버지를 찾지 못했지만 집 밖에 나갈 엄두조차 낼 수 없었다. 물어볼 어른이 없는데 나가도 될까? 장례가 끝났으니 나가도 되지 않을까? 아니면 며칠 기다렸다가 학교에 가야 할까? 무엇이 금기일까? 머릿속에 개미가 집을 지었는데 그래도 머리를 감으면 안 되나? 손톱이 길게 자랐는데 깎으면 안 되나? 어른들은 겁을 주면서, 깎아 버린 손톱과 머리를 감았던 더러운 물이 망자의 눈으로 들어간다고 했다. 그렇다, 사람은 죽어서도 아픔을 느끼고, 아픔을 느끼면 윤회의 전세(轉世)로 들어서지 못하며, 영원히 인간 세상에 끈적끈적하게 달라붙어 있어야 한다고 했다. 어른들을 찾지 못한 세 자매는 삼합원 안에 갇히고 말았다. 배가 고팠다. 냉장고엔 음식이 아주 조금뿐이었다. 데워 먹어야 한다는 것도 모르고 데울 줄도 몰라서 그냥 꺼낸 그대로 먹을 수밖에 없었다. 3호가 앉아서 먹기 시작하자 1호가 버럭 소리를 질렀다.

"앉으면 안 되잖아!"

3호는 정말 서 있을 수가 없었다. 두 다리가 검푸르게 변해 무릎을 꿇지도 못했다. 누워서 먹는 수밖에 없었다. 며칠 후 냉장고가 텅 비었다. 부엌에는 통조림이 몇 개 남아 있었지만 깡통 따개를 찾을 수가 없었다. 학교 선생님이 친절하게 집으로 찾아와서 장례가 끝났는데 왜 학교에 오지 않느냐고 물었다. 선생님을 놀라게 한 건 거울이었다. 거울이 세 자매의 궁핍한 모습을 비추고 있었다. 그들은 감히 선생님에게 통조림을 어떻게 따느냐고 물어볼 수도 없었다. 목욕을 하고 손톱을 깎았지만 깨끗한 교복이 없었다. 옷을 어떻게 빨아야 하는지 모르는 데다 책가방도 찾을 수 없었다. 양말도 보이지 않았다. 그냥 신경 쓰지 않기로 했다. 선생님에게 물었더니 집을 나와서 학교에 가도 된다고 했다. 하지만 돈이 없는데 어떻게 하지. 이리저리 뒤적여 열심히 찾아봤지만, 지폐는 물론, 동전 하나조차 찾을 수 없었다. 음식을 살 돈이 없어서 하루 종일 굶었다. 삼합원도 비어 있고 냉장고도 비어 있었다.

깊은 밤, 마침내 할아버지가 돌아왔다. 할아버지는 등을 켜고 세 자매를 때려서 깨웠다. 그때의 아픔을 2호는 아주 깊이 기억했

다. 배고픔이 세 자매를 완전히 장악한 터라 할아버지가 빗자루의
긴 손잡이를 마구 휘둘러도 자매들은 전혀 반항하지 못했다. 아프
다고 소리를 지를 기력도 없었다. 1호는 어땠을까? 1호는 힘이 엄
청 세지 않나. 왜 지금은 무력하게 전혀 반격하지 못하는 걸까. 할
아버지의 입에서 양조공장이 고함을 질렀다.

"술 어디 있어? 술 어딨냐고? 냉장고 안에 있던 술 다 어디 갔
어?"

세 자매는 계속 얻어맞으면서 부엌까지 끌려갔다. 냉장고 문
을 열어 보니 안에는 한기가 가득했다. 할아버지는 계속 빗자루를
휘둘렀다. 왜 이렇게 많이 처먹어? 냉장고가 텅 비었잖아. 내 술
어디 갔어? 재수도 없지. 자동차 추들로 전부 죽어 버리다니. 쳐
죽일 년들 셋만 남겨 놓고 전부 가 버렸어. 불행인지 다행인지, 나
는 명이 길어서 죽지도 못하네. 팔자가 사나워서 부모님을 돌아가
시게 했는데 나 자신은 죽지도 못한다니, 젠장, 망했어. 고아원을
열려고 신단을 만든 게 아니야. 이 쳐 죽일 계집애들, 감히 내 술을
훔쳐 마시다니. 죽어야 할 년들이 왜 따라 죽지 않은 거야?

2호가 일어섰다. 할아버지 몸에서 나는 냄새 때문에 토하고
싶었다. 할아버지가 허리띠를 풀자 바지가 바닥으로 흘러내렸다.
그는 허리띠를 채찍 삼아 계속 때리고 욕하고 저주했다. 그녀는
그 냄새를 알았다. 한번은 그녀가 엄마와 함께 자고 있었는데, 한
밤중에 할아버지가 문을 박차고 들어오더니 엄마를 안았다. 그때
도 지금과 같은 냄새가 났다. 그녀는 아무것도 몰랐지만 빨리 이
부엌을 벗어나야 한다는 것만은 분명했다. 날카로운 칼날처럼 침
범한 냄새의 목표는 부엌에 있는 세 사람의 작고 무력한 몸이었

다. 그녀는 심호흡을 했다. 엄마가 가르쳐 준 대로. 눈을 감고 숨을 깊게 들이마셨다. 몸 안의 쉰내를 전부 내보내면서 먼 곳에 있는 산을 상상했다. 산에 있는 큰 나무는 백 년 된 뿌리를 갖고 있고, 수관에는 강한 바람이 불고 있다. 땅 위에는 독버섯이 있고 들개들의 이빨과 맹수들의 공격이 있다. 좋아. 남은 힘을 다 써서 산 전체를 몸 안으로 빨아들여야 했다. 시간이 없었다. 할아버지가 팬티를 벗고 가죽 허리띠로 그녀의 얼굴을 때렸다. 그녀는 팬티를 벗은 할아버지를 상대하고 싶지 않았다. 좋아, 그렇다면 냉장고를 미는 거야. 산이 그녀의 몸 안에서 무너지고 있었다. 두 팔이 극렬하게 떨렸다. 냉장고를 가볍게 밀자 몇 센티미터 정도 움직이더니 할아버지 쪽으로 쓰러졌다. 할아버지는 재빨리 몸을 피했고 냉장고는 식탁에 부딪혔다. 아직 약간의 힘이 남아 있었던 그녀는 1호와 3호의 손을 잡아끌고 신명청으로 달아났다. 어디로 도망쳐 숨어야 할지 몰랐던 세 자매는 신탁 밑으로 기어 들어가는 수밖에 없었다. 세 자매는 극심하게 떨었고 3호는 울면서 소리쳤다.

"어떡해? 할아버지가 우리를 죽인댔어. 전부 다 죽여 버린다고 했어."

뭔가 부서지는 소리가 가늘게 들렸다. 먼 것 같기도 하고 가까운 것 같기도 했다. 바람 소리일까? 신탁이 미세하게 떨렸다. 어떤 힘이 그녀들을 끌어당겼다. 부르는 소리가 들렸다. 할아버지의 저주와 욕설이 압박해 들어왔다. 세 자매는 서로 손을 꼭 잡았다. 도망갈 데가 없었다. 몸이 뒤로 넘어갔다. 추락했다. 그렇다, 추락이었다. 거대한 인력이 그녀들을 빨아들였다. 신명청을 벗어난 그들을 부드러운 힘이 받아 주었다. 그들은 무중력 상태로 허

목요일

공에 떠 있었다. 배가 고프지도 않고 아프지도 않았다. 피가 난 몸의 상처도 아프지 않았다. 무척 어두웠지만, 빛이 있는 것처럼 느껴졌다. 기이하게도 그 빛은 시각적인 것이 아니라서 눈에는 보이지 않았다. 하지만 빛이 있다는 건 알 수 있었다. 차갑지도 않고 뜨겁지도 않은 빛, 부드러운 빛이었다. 조금도 두렵지 않았다. 여기가 어디지? 이곳이 바로 세 엄마들이 자매들에게 들어오지 못하게 했던 그곳인가? 엄마들이 아직 셔터우에 있는 걸까? 말을 하고 싶지만 입이 벌려지지 않았다. 울고 싶었지만 눈물이 나오지 않았다. 방금 전의 모든 걸 잊게 하는 두려움이었다. 여기가 지옥일까? 여기가 바로 엄마들이 말하던 그 지옥? 여기가 지옥이라면 저 밖의 세계는 뭘까?

"죄송해요."

2호가 고개를 돌리자 샤오B가 허리를 숙이며 인사를 했다. 그녀는 비에게 감사했다. 비가 샤오B의 몸에서 나던 모든 냄새를 씻어 주었다.

"바보, 미안하긴 뭐가 미안해."

비가 멎었다. 샤오B의 눈 속에서 내리는 비는 그제야 시작되었다.

두 사람은 기차역 계단에 앉아 염수계* 한 봉지를 나눠 먹었다. 2호도 식욕이 조금 생겨 한 입 먹기로 했다.

주위가 밝아졌다.

누가 그 망가진 스위치를 고쳤나?

---

* 鹽水雞. 후추와 고추를 넣고 삶은 닭을 먹기 좋은 크기로 썬 음식이다.

기차역 앞에 걸린 등롱들이 갑자기 전부 켜졌다. 가을 밤은 처량했고 안개가 떠돌고 있었다. 밤의 어둠은 파란색이었고, 등롱은 부표 같았다. 바다 위에 떠 있는 해파리처럼 빨강, 노랑, 파랑, 초록 불빛을 내뿜고 있었다. 샤오B와 2호의 두 눈에 수정 같은 빛의 점들이 가득했다.

마지막 열차가 역에 도착했다. 내린 사람은 한 명뿐이었다. 한눈에 외지인임을 알 수 있었다. 커다란 짐을 들고 방향을 찾고 있었다. 길을 물으려 하는 듯했는데, 입을 열지 않고 멍한 눈빛으로 등롱 해파리를 바라보고 있었다. 샤오B가 건넨 닭을 입에 넣자 동공을 비추던 등롱이 불꽃놀이처럼 타올랐다. 세 사람은 계단에 앉아 아무 말도 하지 않고 천천히 염수계를 먹었다. 2호는 줄곧 이 사람을 전에 어디서 봤는지 기억을 더듬고 있었다. 염수계를 다 먹고 나서 외지인이 바이올린 케이스를 열었다.

바이올린 소리가 잠을 잃은 셔터우 사람들을 전부 집 밖으로 끌어냈다. 사람들은 등롱을 감상하며 바이올린 소리의 근원지를 찾았다. 밤이 깊어갈수록 안개가 짙어졌다. 사람과 안개가 뒤섞이는 가운데 등롱이 희미하게 빛났다. 잠이 없는 아이들은 잠옷 바람으로 몰래 빠져나와 고개를 쳐들고 자신이 그린 그림을 찾았다. 빨간색이었다. 맨 처음 그린 건 붉은 등롱이었다. 찾고 또 찾다가 마침내 자신의 대작을 찾아낸 아이는 참지 못하고 큰 소리로 외쳤다.

"찾았다! 저거, 내가 그린 거야!"

등롱 위에 통통하고 다리가 짧은 알파카가 한 마리 그려져 있었다.

강풍이 불면서 등롱이 빙글빙글 돌았고, 원심력으로 인해 땅바닥에 떨어진 알파카는 몸을 흔들었다. 아이의 놀란 표정을 무시한 채, 커다란 눈을 한 알파카는 2호 쪽으로 다가가면서 바이올린 소리에 귀를 기울였다.

다행히 외지인이 바이올린을 연주하는 모습을 구경하느라 다들 등롱에서 떨어진 알파카를 보지 못했다. 2호의 눈 속에 내리는 큰비도 마찬가지였다. 그녀가 마음껏 쏟아내는 눈물을 아무도 눈치채지 못했다. 울긴 왜 울어. 이건 바이올린 때믄이다. 음악이 문제다. 장미가 죄인이다. 2호는 알파카를 어루만지며 낮은 목소리로 물었다.

"사장님 오늘 저녁에 식사하셨니?"

2호는 문득 생각이 났다. 저 외지인은 샤오샤오의 뮤직비디오에서 바이올린을 연주한 남자였다.

음악은 샤오샤오가 쓴 곡이었다.

장미는 장미이고 장미이고 장미다. 장미는 구아버, 구아버는 아기 새, 아기 새는 엉덩이, 엉덩이는 아기 새. 랄랄라.

단테는 자신이 노래를 흥얼거리고 있다는 걸 의식하지 못했다. 가사도 멋대로 바꾸고 있었다. 장미 뒤에는 어김없이 엉덩이가 따라왔다. 뱃속의 맥주가 강을 이루었다. 아니 아니 아니, 몸을 흔드니 사실 호수에 가까웠다. 바다라고 하기엔 조금 작다. 한 병만 더 마시면 바다가 될 것 같다. 취했다. 아주 여러 해 동안 술에 취하지 못했다. 사람들은 늘 그를 귀찮게 했다. 그에게 독한 술을 권했다. 고량주나 위스키. 알코올 도수가 높을수록 좋았다. 사람들은 미친 사람이 술에 취하면 더 미치게 되는지, 아니면 술에 취하면 오히려 정상에 가까워져 큰 소리로 말하고 기분 좋게 노래를 부르는지 궁금해했다. 이것이 이른바 '정상'일까? 하지만 그는 고개를 가로저으며 거절했다. 그는 셔터우가 공인하는 미친 사람이다. 어차피 미쳤는데 취할 필요까지 있을까. 취하면 너무 위험

하다. 근육이 느슨해져서 몸속의 기쁨과 분노가 뛰쳐나올 수도 있
다. 오늘 저녁엔 구아버 농장에서 야영하는 사람들이 그에게 맥주
를 권했다. 왜 목이 말랐는지 그 자신도 알지 못했다. 갑자기 아내
생각이 났나? 자신이 술에 취하면 더 미치게 되는지 갑자기 알고
싶었나? 아니면 이 외지인들 모두 그가 미친 사람이라는 걸 몰랐
기 때문인가? 후투티가 그의 어깨 위에 앉아 귀에 대고 구구구 울
어 댔다. 맥주를 받으라고 재촉하는 게 분명했다. 좋아. 꿀꺽꿀꺽.
커다란 병에 든 맥주를 한 모금에 다 마셔 버렸다. 사람들은 환호
하면서 더 많은 맥주를 내밀었고, 그는 그걸 전부 받아 마셨다. 그
는 아내가 맥주를 무척 좋아했던 걸 기억했다. 여름밤 양말 직조
기들이 전부 잠들고 직원들도 전부 집으로 돌아가고 나면 그는 아
내와 함께 마당에서 시원하게 냉장한 맥주를 마셨다. 손을 연신
휘저어 모기를 쫓으면서. 그 시절 셔터우 하늘에는 별이 아주 많
았다. 두 사람은 말없이 조용히 하늘의 별들이 주고받는 얘기에
귀를 기울이고 수풀 속 귀뚜라미의 노래를 들었다. 아내의 뱃속
에 있는 아기가 엄마 배를 차는 소리를 들었다. 아니 아니 아니, 기
억한다고 말하지만, 틀린 기억이다. 사실 그는 다 잊었다. 아내가
맥주를 무척 좋아한다는 것도 잊었다. 아내의 얼굴도 잊었다. 술
에 취하는 건 나름 쓸모가 있다. 술 한 모금 한 모금이 퍼즐이 되었
다. 마시고 또 마시다 보면 서서히 아내의 얼굴이 완성되었다. 이
미 화장(火葬)한 아내의 곰이 천천히 재생되었다. 그의 머릿속에
서 살아났다. 생각났다. 아내는 항상 웃는 얼굴이었고 방귀 소리
가 유난히 컸다. 겨드랑이에서는 멜론 향기가 났다. 잠자기 전에
는 반드시 발가락 마사지를 했다. 짧고 단정한 헤어스타일을 좋아

했고 부부관계를 하다가 절정에 이르면 눈물을 흘렸다. 아기를 몹
시 낳고 싶어했지만 이미 세 차례나 유산을 했다. 그런데도 계속
아이를 낳고 싶어했다. 무엇보다 딸을 낳고 싶어했다. 이번 아이
에겐 강렬한 예감이 있었다. 틀림없이 딸일 것이다. 이번 아이는
떠나지 않고 틀림없이 세상에 남을 것 같다.

　　1호의 노랫소리가 그의 목구멍에도 남몰래 기생하고 있어서
입만 벌리면 장미 몇 송이가 튀어나왔다. 그는 이미 샤오샤오의
노랫소리를 잊었다. 술에 취해도 기억나지 않았다. 하지만 샤오샤
오가 말할 때의 목소리는 여전히 기억났다. 이상하게도, 샤오샤오
가 시골길을 마구 달려 자신으로부터 멀어져가면서 고개를 돌려
그에게 큰 소리로 말했던 게 기억났다. 그랬다. 아주 분명했다. 글
자 하나하나가 아주 또렷했다. 지금 샤오샤오가 시골의 작은 길
한 가운데 서 있는 것만 같았다. 그에게서 수백 미터 떨어진 곳에
서 발바닥을 동동 구르며 큰 소리로 외치고 있었다.

　　"사장님! 저 타이베이로 가요. 대학에 다닐 거예요! 저랑 같
이 가실래요? 들리세요? 저랑 같이 타이베이로 가요. 영원히 셔터
우를 떠나는 거예요! 들, 리, 세, 요?"

　　이 한 마디가 미쳐 버린 그의 머릿속에 남아 있었다. 하지만
미친 머리는 샤오샤오의 노랫소리를 간직하지 못했다. 그는 그저
샤오샤오의 노랫소리가 말하는 소리와는 아주 다르다는 것만 기
억할 뿐이었다. 샤오샤오의 말은 가늘고 나긋나긋했지만, 노랫소
리는 광적이고 호쾌하며 통제하기 어려웠다. 그는 이 노래가 샤오
샤오가 쓴 곡이라는 사실을 모르고 있는 듯했다. 록 리듬의 노래
였다. 록 음악인가? 그는 웃었다. 그는 미친 사람인데 록이 뭔지

어떻게 알겠나. 지금 그의 머릿속에 1호의 노랫소리가 울렸다. 그는 아주 듣기 좋다고 생각했다. 왜 다들 듣기 싫다고 하는지 알 수가 없었다. 엄마가 딸이 만든 노래를 부르고 있다. 오늘 저녁의 빗소리 같다. 면봉을 물에 적셔 귓속을 살살 문지르는 것 같다. 아주 편안했다.

비가 왔다. 소란했던 구아버 농장이 덕분에 조용해졌다. 사람들은 천막 안으로 들어가거나 차를 몰고 떠났다. 더 이상 귀를 막지 않아도 되어서 구아버나무들은 비에게 감사했다. 오늘 밤엔 수풀 속 귀뚜라미와 작은 새끼 뱀들도 제대로 잠을 잘 수 있을 것이다. 동물과 수목은 원래 비를 두려워하지 않는다. 인간들만 비를 막기 위해 우의를 입거나 천막 속으로 뛰어들어 간다. 인간들이 조용해지면 대지는 비를 맞으며 편안한 잠에 빠질 수 있었다.

복숭아 엉덩이를 후투티에게 주고 나니 베개로 삼을 복숭아가 없었다. 단테는 누드 사진집을 접어 베개로 삼았지만 잠이 오지 않았다. 후투티는 구구 소리를 내면서 하루 종일 폴짝거렸으니 지쳤을 것이다. 새는 엉덩이 위에 날개를 펼쳐 놓고 부리를 살짝 벌린 채 두 발을 하늘을 향해 쳐들었다. 잠자는 자세가 희한했다. 알파카는 어디 있지? 자기 전까지도 알파카는 보이지 않았다. 알파카도 잠자는 자세가 희한했다. 밭 사이 건초 더미 위에서 자는 걸 좋아했다. 머리는 아래로 향하고 네 발은 하늘을 향해 쳐들었다. 마치 시체처럼. 처음에 구아버 농부들은 알파카가 죽었다고 생각하고 어차피 건초 더미를 태워야 하니 아예 알파카도 함께 화장해 버리기로 마음먹었다. 라이터 켜는 소리가 알파카를 깨웠다. 셔터우에 남은 마지막 한 마리 알파카가 몸을 뒤척이더니 땅으로 미끄러져 내려왔다. 죽지 않을 녀석은 죽지 않는 법이다. 알파카는 땅 위를 두 바퀴 돌더니 다시 건초 더미 위로 돌아갔다. 계속 자고 싶었다. 알파카는 잘 만큼 자기 전에는 불 붙이는 걸 허락하지 않았다.

그는 알파카를 따라서 건초 더위 위에 올라가서 잤다. 알파카 한 마리, 미친 사람 하나. 농부들은 탄식하면서 건초를 더 높이 쌓았다. 아마도 건초를 태울 기회는 없을 것 같다. 건초 더미 위에서 잠을 자니 건초가 피부를 콕콕 찔러 댔고, 그 덕분에 근육이 느슨하게 이완되었다. 눈 주위의 근육도 그랬다. 사방에 사람 하나 없고 어두운 밤이 엄호해 주는 덕분에 알파카만 개의치 않으면, 그러면, 그는 울 수 있었다. 자면서 울고, 울면서 잤다. 울음소리가 꿈속을 맴돌고 눈물이 호우가 되었다. 그대로 깨지 않고 눈물 속에 익사하려는 듯이. 하지만 분명히 익사했는 데도 깨어나면 여전히 미친 사람이었다. 건초 더미는 무척이나 따뜻했고 눈물의 호우를 다 빨아들였다. 그는 알파카의 귀에 대고 비밀을 말했다. 알파카야, 알파카야, 넌 모르지? 이 건초 더미는 그해 삼합원 안에 지전을 쌓아 만든 작은 산 같아. 아내는 그 위에 앉아 있었지. 붉은 강이었어. 누가 신과 소통하는 노래를 불렀지? 구급차를 부르라고 울면서 소리친 건 누구였지? 세 선녀들 중에 전화를 걸어 구급차를 부르라고 한 건 누구지? 그날 그는 삼합원에 갈 생각이 전혀 없었지만, 아내는 꼭 가야 한다고 고집을 부렸다. 알파카야, 알파카야, 정말이야. 나는 정말 가고 싶지 않았어. 하지만 모든 게 다 내 잘못이야. 결국 아내를 데리고 갔으니까. 그러니 모든 게 내가 자초한 일이야. 이야기는 신비한 자장가였다. 알파카는 그의 얘기를 들으며 머리를 건초 더미에 파묻더니 미끄러지듯 깊은 잠에 빠지고 말았다.

알파카는 원래 몇 마리였던가. 스무 마리? 서른 마리?

알파카 농장을 개업하던 그날, 향장 부인이 와서 테이프 커팅을 했다. 상당히 성대하고 요란한 행사였다. 사장은 큰돈을 들여 전자음악 무대 차를 불렀다. 비키니 차림의 스트립걸이 알파카를 끌고 무대 위에 올라 폴 댄스를 추었다. 거친 리듬의 전자음악이 고막을 때렸다. 아아아, 비키니를 벗었다. 가슴이 드러났다. 가슴이 보였다. 사람들이 고성을 질렀다. 그는 사람들 틈에 끼고 싶지 않았다. 너무 시끄러워 무대 차 뒤로 몸을 피했다. 향장 부인이 땅바닥에 쪼그리고 앉아 있었다. 얼굴이 몹시 창백했다. 그는 부인 옆으로 다가가 쪼그리고 앉았다. 부인이 구토를 했다. 그는 재빨리 다가가 부인의 긴 머리칼을 어깨 뒤로 넘겨 주었다. 머리칼에 토사물이 묻지 말라고. 부인은 무려 여섯 번을 토했다. 아침에 먹은 걸 소화하지 못하고 대지에게 먹였다. 그가 주머니에서 손수건을 꺼내 건넸지만 부인은 고개를 가로저으면서 말했다. No, No, No. 그러고는 자신의 배낭을 뒤져 티슈를 꺼내 입가를 닦으면서 말했다. Sorry. 다 토하고 나니 몸을 흔들던 불쾌감이 사라지고 몸이 텅 빈 듯 가뿐했다. 조금 전까지 느끼던 기복이 갑자기 평탄해졌다. 이상하게도 말을 하고 싶어졌다. 어차피 옆에 있는 사람은 다들 미쳤다고 하는 사람이다. 그렇다면 그에게 얘기를 들려주자. 그도 알아듣지 못할 것이다. 미친 사람이니 얘기를 퍼뜨리지도 못할 것이다. 그러니 아주 오래 가슴속에 묻어 두었던 얘기를 토해 내서 몸을 가볍게 하자. 부인은 주저리주저리 얘기를 이어갔고 단테는 미소를 지으며 들었다. 부인은 사실 단테가 영어도 알아듣는다는 사실을 알지 못했다. 단테도 자신이 영어를 알아듣는다는 사실을 몰랐다. 일상적인 대화에서 말은 쉽사리 사라지고, 듣는 사람이나 말하는 사람 모두 뭔가를 남기고 싶어하지 않는 게 보통이다. 하지만 이 순간 부인이 하는 말들은 전부 진심이었다. 그녀는 아무것도 개의치 않고 기탄없이 이야기를 이어갔다. 단테는 마음을 모으고 정신을 집중하여 귀를 기울이면서 한 단어 한 단어를 모두 기억했다. 왜 이 일을 하겠다고 승낙했는지 전혀 모르겠어요. 저는 군중이 정말 싫어요. 집에 돌아가고 싶어요. 하지만 저는 돌아갈 집이 없어요. 미국에도 없고 타이완에도 없어요. 사장님은 집이 있나요? 사장님이 구아버나무 밑에서 주무시는 걸 본 적이 있어요. 정말 부러웠어요. 아주 편안하게 주무시더군요. 구아버나무 밑이 사장님의 집인가 하는 생각이 들었어요. 사장님에겐 구아버나무가 있잖아요. 그것도 아주 여러 그루요. 저는 아무것도 없어요. 제게 구아버나무 밑에서 자는 법을 좀 가르쳐주세요. 다음에 또 사장님이 구아버나무 밑에서 주무시는 걸 보면 저도 끼어들어서 나무 밑에서 자면 안 될까요. 자고 일어나면 제가 어디로 가야 할지 말해 주세요. 몇 분 동안 계속 얘기를 주고받다 보니 부인은 고교 시절로 돌아간 것만 같았다. 수업 시간에 셰익스피어 희곡에 나오는 독백을 낭송한 적이 있었다. 반 친구들은 몰래 웃으면서 눈을 까뒤집었지만, 선생님은 두 손을 가슴 앞에 모았다. 가는 비처럼 눈물을 흘리며 대단하다고 칭찬을 했다. 독백은 구토와 마찬가지로 신기한 정화 효과를 지니고 있다. 다 말하고 나면, 다 토하고 나면, 일어설 수 있다. 가짜 미소를 띤 채 그녀는 무대 차

앞으로 돌아왔다. 고향 친지 여러분! 우리의 귀빈 샤오 향장님의 부인께서 테이프 커팅을 위해 왕림하 주셨습니다. 뜨거운 박수로 격려해 주시기 바랍니다. 하얀 알파카 한 마리가 부인을 따라오더니 부인과 함께 테이프 커팅을 하고 함께 사진을 찍었다. 그러고는 부인의 손에 들려 있던 홍당무를 먹었다.

알파카 농장이 성대하게 개업했다. 가족 테마 레스토랑도 개설되어서 학부모들이 어린아이들을 데리고 알파카와 함께 식사를 할 수도 있고, 알파카를 끌고 산책을 즐기거나 함께 사진 촬영을 할 수도 있었다. 처음 석 달 동안은 폭발적으로 사람들이 몰렸고 농장 주인은 알파카를 안고 큰 웃음을 터뜨렸다. 정말로 정확한 투자였다. 삼합원 1호는 입만 열었다 하면 과장이나 거짓말이다. 묘당지기 쪽이야말로 천기를 장악한 신인(神人)이었다. 농장 주인은 낡은 트럭을 팔아 버리고 독일에서 수입한 번쩍번쩍한 새 트럭을 샀다. 차체에는 알파카를 한 마리 그려 넣었다. 경기가 좋으니 처음엔 더 많은 인력을 모집하고 더 많은 알파카를 사들였다. 알파카 젖으로 만드는 수제 피부 미용 체험 공방을 만들고, 알파카 털과 관련된 양말 제품도 생산할 계획으로 도처에 땅을 보러 다녔다. 더 넓은 공터를 사들여서 알파카 농장 분점을 열 수 있을지 알아보았다. 영업을 시작하고 넉 달이 지나자 갑자기 인파가 사라졌다. 불과 며칠 전만 해도 수많은 사람들이 알파카와의 산책을 인터넷으로 예약하기가 힘들다면서 농장으로 직접 찾아와 소리를 쳤건만. 농장이 갑자기 텅 비고 알파카가 사람보다 더 많아졌다.

취했다. 금단의 열매는 작은 배 같아서 조금만 흔들려도 뱃멀

단테

미가 났다. 그는 책을 읽고 싶어서 『신곡』을 집어 들었다. 자신은 시구를 낭송한다고 생각했지만 실제로는 「장미」를 노래하고 있었다. 금단의 열매를 나선 그는 두꺼운 책을 우산 삼아 머리에 이었다. 빗방울 하나가 책 한 권이었다. 비를 읽고 비를 들었다. 그는 곧 이탈리아인인 단테가 자신에게 하는 말을 들을 수 있을 거라고 생각했다. 그 말들이 빗방울의 책 속에 감춰져 있을 거라고. 이렇게 여러 해 동안 책을 읽고, 이렇게 여러 해 미쳐 있었으니, 이 셔터우의 단테는 곧 들을 수 있을지도 모른다.

말해 주세요. 도대체 무엇이 지옥인가요?

이탈리아인 단테가 하는 말을 듣기 전에 그는 먼저 샤오샤오의 목소리를 들었다.

샤오샤오가 그의 턱을 콕콕 찌르면서, 말했다.

"사장님, 우리 엄마는 정말 짜증 나요. 제가 보기엔 우리 엄마 입을 다물게 할 수 있는 사람은 사장님뿐인 것 같아요. 부탁인데 우리 엄마에게 입 좀 다물라고 말해 주세요. 저 휴학해요. 대학 안 다니고 노래에 집중하려고요. 엄마가 노발대발하는데, 저는 정말 엄마에게 뭐라고 말해야 좋을지 모르겠어요. 좋아요, 사실은 노발대발하지 않았어요. 사장님도 저희 엄마 성격이 엉망이라는 것 잘 아시잖아요. 하지만 제게는 화를 못 내요. 물론 엄마가 엄청 화가 나 있다는 건 저도 잘 알죠. 전 음악을 할 거예요. 사장님, 사장님은 틀림없이 이해하시리라 믿어요. 저는 음악을 할 거예요.

저는 여자 친구를 데리고 돌아왔어요. 그 애는 말이에요, 말을 해도 아무도 믿지 않을 거예요. 하지만 저희 엄마는 정말 미쳤어요. 사장님은 미치지 않았어요. 엄마야말로 미친 사람이에요.

엄마가 제 여자 친구를 침대에서 끌어냈어요. 통째로 끌어내서 밖으로 던져 버렸어요. 하하하. 어떻게 할까요. 지금 다 말해 드릴게요. 웃음을 참을 수가 없어요. 정말 황당한 일이에요. 저희 엄마가 제 여자 친구를 끌어내 밖으로 내던져 버렸다니까요. 이런 장면이 어덨어요! 정말 한심해요!

사장님, 있잖아요, 제가 상을 받게 되면, 무대에 올라가 상을 받게 되면, 그 자리에서 말할 거예요. 큰 소리로 말할 거예요. 제발, 꼭 금곡장을 받아야 해요!

사장님, 저희는 결혼했어요. 식은 치르지 않았지만 혼인신고를 했어요. 저희 엄마에게도, 둘째 이모와 셋째 이모에게도 말하지 않았어요. 이모들이 틀림없이 엄마에게 말할 테니까요. 하지만, 사장님께는 말해야 할 것 같았어요. 바로 그 아이예요. 사장님, 저희는 결혼했어요. 다들 그대를 감독님이라고 불러요.

사장님, 앞으로 저는 다시 돌아오지 않을 거예요. 이번이 제가 사장님을 찾는 마지막 기회예요. 약속해 주세요. 앞으로 식사 잘하시고 저를 잊지 마세요. 제 앨범에 사장님께 드리는 노래가 한 곡 있어요. 틀림없이 듣게 되실 거예요. 들으시면 틀림없이 알게 되실 거예요. 제가 사장님께 드리는 노래라는 걸 말이에요. 사장님이 꼭 들으실 수 있기를 바라요. 제 말 듣고 계시죠, 사장님?"

샤오샤오의 말 한 마디 한 마디는 전부 이별을 고하는 말로 들렸다. 처음 샤오샤오를 만났던 그 순간, 그는 이별의 인사를 들었다. 아주 분명한 작별의 인사였다. 샤오샤오가 1호의 몸에서 미끄러져 나왔을 때, 단테는 샤오샤오의 몸을 안고 아기 웃음소리를 들었다. 울음소리도 들었다. 모든 소리가 작별 인사였다. 단테는 1

호에게 샤오샤오가 태어난 뒤로 우리에게 한 말은 모두 작별 인사였다고 말해 주고 싶었다. 우리가 아이를 잡아두는 건 불가능하니까 그만두라고, 몸부림치지 말라고, 꼭 잡은 손을 놔주라고, 모든 말이 작별 인사라는 걸 잊지 말라고 말해 주고 싶었다. 하지만 그는 미친 사람이다. 1호에게 이런 말을 어떻게 해야 할지 알 수 없었다.

금단의 열매의 빨간 간판이 빗속에서 몇 번 반짝였다. 강한 빛이 눈을 찔렀다. 멀리서 번개가 치면서 하늘이 갈라졌다. 빗줄기가 갈수록 세졌다. 작은 집이 땅 위로 몇 센티미터 떠올라 가볍게 흔들렸다. 어쩔 수 없었다. 그는 정말로 자고 싶었다. 사방을 둘러보니 텐트가 쳐져 있고 바비큐 그릴이 있었다. 구아버나무와 자동차들, 빗물에 젖은 건초 더미, 빈 맥주병과 캔, 반짝이는 비단뱀, 불면증으로 비에 젖어 천둥소리를 듣는 오리, 뒤집어진 야영 캠프 테이블과 의자가 있었지만 알파카는 없었다. 금단의 열매로 돌아와 보니 후투티가 깨어 있었다. 새가 복숭아 엉덩이 위에서 그를 향해 울어 댔다. 후투티가 하려는 말을 어떻게 알아들을 수 있겠나. 그는 그저 복숭아 엉덩이를 베고 자고 싶을 뿐이었다. 하지만 후투티는 그가 눕는 걸 허락하지 않고 계속 울어 댔다.

실리콘 복숭아가 부르르 진동했다. 전기가 통한 것처럼. 복숭아는 아주 세밀하게 여성 신체의 항문과 음부를 모사한 물건이었다. 후투티는 나팔을 불어 뭔가 큰일을 선포하려는 듯이 큰 소리로 울었다. 실리콘 항문이 흔들렸다. 실리콘 음부가 수축되었다. 구구. 구구구. 후투티가 복숭아 위에서 폴짝폴짝 뛰었다. 비가 잠시 멎었다. 천둥번개도 입을 닫았다. 가게 간판이 어두워졌다. 작

목요일

은 집 안이 완전한 어둠에 휩싸였다. 셔터우가 조용히 멈췄다. 단
테도 숨을 죽였다.

복숭아가 다시 밝아졌다. 등잔 같았다. 아니, 태양 같았다.

항문이 열리고 후투티 한 마리가 삐져나왔다.

음부가 열리고 두 번째 후투티가 분만되어 나왔다.

경쾌한 리듬으로 순풍순풍. 한 마리 두 마리 세 마리 네 마리
다섯 마리 여섯 마리.

금단의 열매가 후투티로 가득 찼다.

복숭아가 후투티를 몇 마리나 토해 냈을까? 단테는 셀 수가
없었다. 너무 취했고 너무 피곤했다. 모든 후투티들이 그와 마찬
가지로 졸린 눈을 하고 있었다. 우는 소리가 꼭 하품하는 소리 같
았다. 날개가 접혀 있고 두관이 축 늘어져 있었다.

복숭아가 마침내 진동을 멈췄다. 소란하던 후투티들이 조용
해졌다. 낮게 속삭이는 새들의 말이었지만 단테는 다 알아들을 수
있었다. 후투티는 마침내 복숭아를 그에게 돌려주었다. 그는 바닥
에 누워 아직 미세하게 진동하고 있는 복숭아 위에 머리를 누이고
는 금세 잠이 들었다. 새로 태어난 모든 후투티들이 그의 몸 위로
올라가더니 역시 금세 잠이 들었다. 수많은 새들이 날개를 펼치고
평평하게 누웠다. 백 마리의 후투티가 화려한 솜이불이 되었다.
아주 따뜻했다.

비가 돌아왔다. 금단의 열매 간판에 다시 불이 들어왔다. 이
번 빗방울은 더 크고 굵었고 셔터우의 대지를 무겁게 때렸다. 빗
방울은 하나하나가 분명했고 모두가 두꺼운 책이었으며 일종의
경고였다. 빗줄기는 더욱 거세졌고 곧 텐트가 버틸 수 없는 지경

이 되었다. 다들 휴대폰으로 문자메시지를 보냈다. 큰 소리로 외치는 사람도 있었다. 값비싼 촬영 장비들이 다 비에 젖었다. 날이 밝으면 곧장 첫 기차를 타고 셔터우에서, 철수하기로 했다. 텐트 안까지 전달된 바람 소리가 휙휙 하며 사람들에게 겁을 주었다. 그들은 이런 소리를 들어본 적이 없었다. 음향효과나 공포영화에 나오는 배경음악 같았다. 회오리바람은 험악했고 영화 주인공은 난도질당해 목숨을 잃을 것 같았다. 천막 안에서 떨고 있던 사람들은 전혀 몰랐다. 그들은 바람 소리라고 생각한 건 사실 수백 마리의 후투티들이 코를 고는 소리였다.

타이완은 지금 막 자정을 넘겼겠지. 금요일이 됐을까?

3호는 세븐일레븐의 판단 시폰케이크가 먹고 싶었다. 투명한 삼각형 플라스틱 케이스 안에 초록색 케이크가 들어 있고 중간에 흰 크림이 얹힌 케이크다. 태국어는 전혀 알아보지 못하지만 영어로도 'PANDAN CHIFFON CAKE with WHIPPED CREAM'이라고 쓰여 있었다. 적어도 'with'라는 단어는 안다. 가격은 25바트였다. 지금 당장 먹고 싶었지만 해변의 새 리조트 조리사에게 만들어 달라고 할 수도 없고, 다른 브랜드 제품이 아닌 꼭 세븐일레븐 것이어야 했다. 몸에 뭔가가 결여돼 있다는 걸 강력하게 느낄 수 있었다. 이 세상 전체를 통틀어 오로지 이 판단 시폰케이크만이 이 결핍을 채울 수 있었다. 이걸 안 먹으면 아쉬움이 빠르게 번져서 죽을 것 같다.

파타야와 서터우의 시차는 한 시간이고 지금은 저녁 11시가 조금 넘은 시각이다. 이렇게 늦은 시각에 직원들에게 골프 카트를 몰고 세븐일레븐으로 데려다 달라고 하기에는 너무 미안하다. 직접 걸어가면 된다. 매일 리조트에서 누워 있다 보니 여사장은 죽도록 게을러졌다. 한밤중이지만 나와서 좀 걷는 게 몸에 좋다. 오늘은 하루 종일 소파에 누워 에어컨 바람을 쐬면서 휴대폰으로 셔터우의 뉴스 화면만 보고 있었다. 진흙탕에 빠지고 벌침에 쏘인 향장이 인터넷 밈이 돼 있었다. 또한 금단의 열매 근처에 수많은 텐트가 포진하고 있었다. 어떻게 이런 황당한 장면들이 뉴스가 되고, 클릭 수도 이렇게 높은가. 뉴스를 계속 보던 그녀는 자신이 태국에 와 있다는 사실을 잊고 다시 셔터우로 돌아간 듯 착각했다. 정말 바보다. 돌아갈 수도 없는 처지인데. 샤오샤오가 작별 인사를 하러 왔던 일이 생각났다.

"3호 이모, 저 앞으로는 다시 오지 못할 것 같아요. 대신 이모가 타이베이에 오시면 절 찾아 주세요."

그녀는 샤오샤오가 그냥 아이라고 생각했다. 그냥 화가 나서 해 본 소리고, 아마도 다음 주면 또 찾아올 거라고 생각했다.

"너희 엄마 성깔은 너도 잘 아니까 이모가 길게 얘기 안 해도 되겠지. 네가 시상식에서 말한 그거 말이야, 그 여자, 에휴, 네가 감독을 집에 데리고 오는 것도 모자라서 아이를 낳고 싶다고 할 줄은 몰랐을 거야. 어른들이라고 다 똑똑하다고 생각하면 안 돼. 머리는 달려 있지만 사실은 다들 멍청하단 말이야. 우리도 머리가 아주 나빠. 나는 말이야, 그중에서도 제일 멍청하지. 나는 제대로 이해하는 게 아무것도 없어. 처음 당하는 일을 만나면 너희들이랑 다를 게 없어. 우리도 어떻게 반응해야 할지 모른다고. 너희 엄마도 그랬을 거야. 아마도 너를 잃게 된다고, 네가 도망칠지도 모른다고 생각했기 때문에 그렇게 화를 냈던 걸 거야. 샤오샤오, 사실 네 엄마는 자기 자신에게 화를 낸 거라는 점을 알아야 해. 하지만, 내가 뭘 알겠니? 내가 보기에 감독은 참 좋은 사람 같더라. 이모는 정말 기뻐. 단지 이런 기쁨을 어떻게 표현해야 좋을지 모를 뿐이야. 나는 정말 감정을 표현할 즐 몰라. 아무것도 몰라."

지금은 이해할 것 같다. 샤오샤오, 이제 알겠어. 왜 사람들이 끊임없이 자신을 모욕하는 곳으로 돌아가야 하는지 말이야. 모든 집에는 문이 있지. 문이라는 건 들어갈 수도 있고 나올 수도 있어. 입구가 바로 출구인 셈이지. 샤오샤오, 3호 이모는 너를 따라하고 싶다고 말하고 싶었어. 정말이야. 너 덕분에 나도 떠나도 된다는 걸 알게 됐어. 그리고 나는 정말 떠났지. 다시는 그 삼합원으로 돌아가는 일은 없을 거야. 영원히 돌아가지 않을 거야. 정말 이상한 건 이렇게 멀리 와 있는데도 자신이 샤오샤오와 아주 가까이 있다는 느낌이 든다는 거였다. 샤오샤오가 그녀의 몸 안에 있는 것 같았다.

뉴스 화면에서 기자가 말했다.

"구구구, 후투티가 말을 합니다. 도대체 무슨 뜻일까요? 여러분 중에 새의 말을 알아듣는 분이 있으시면 저희 인터넷 게시판에 댓글을 남겨 주시기 바랍니다. 후투티가 우리에게 전달하고자 하는 정보가 무엇인지 알려 주시면 감사하겠습니다."

다른 방송의 기자는 더 대단했다. 정말로 치렁치렁한 두루마기 차림의 동물 통역사를 대동하고 와서는 구아버 농장 현장에서 후투티의 언어를 동시통역한 것이다. 그가 카메라를 향해 괴상한 말투로 지껄였다.

"새가 이렇게 말했습니다. 저는 길을 잃었어요. 저를 위해 돌아가는 길을 좀 찾아 주세요. 집이 너무 그리워요. 감사합니다. 새는 울고 있어요. 다들 새가 말하는 소리가 들리시나요. 저건 우는 소리에요."

뭔 개떡 같은 헛소리. 한 무리의 바보들이 그걸 좋다고 듣고 앉아 있다. 동물 통역사는 얼어 죽을.

후투티가 또 튀어나와서 놀라 떨어뜨릴까 봐 휴대폰은 아예 안 가지고 가기로 했다. 정신이 없어서 신발장 앞에서 신발을 고르다가 하이힐 샌들을 골랐다. 사실 굽이 그리 높은 편은 아니었다. 높이가 2인치밖에 안 되는 순백의 가죽 샌들이었다. 사서 한 번도 신지 않았는데 오늘 밤에 문득 신고 싶어졌다. 여성스러운 스타일이었는데, 백화점에서 봤을 때 문득 자신이 혼자 태국 모래 사장을 거닐면서 하얀 실크 드레스 차림으로 그걸 신고 바람을 맞으며 산책하는 모습을 상상했다. 하지만 신발은 산 뒤로 한 번도 신지 않았다. 오늘 밤 그걸 신고 세븐일레븐에 가기로 했다.

리조트를 나서니 습기를 머금은 바람이 따스하게 느껴졌다. 하늘에는 구름이 많아 별도 달도 보이지 않았다. 샌들 굽이 노면을 노크하는 청아한 소리가 났다. 리조트 바로 옆은 요트 클럽이었다. 주차장에 버려진 요트들이 잔뜩 자리를 차지하고 있었다. 찢긴 돛과 부러진 돛대, 비스듬히 기울어진 선체. 그것은 밤의 어둠 속에서 유령들의 모임처럼 보였다. 입구까지 다가가 보았다. 어라? 숙박비가 싼 그 호텔은 어쩌다 이 모양이 됐지? 입구에는 버려진 매트리스가 잔뜩 쌓여 있고 문은 어디로 갔는지 보이지 않았다. 유리창은 다 깨져 바닥에 널브러져 있고 간판도 부서져 땅

목요일

바닥에 뒹굴고 있었다. 처참한 죽음의 광경이었다. 3층 건물 전체가 통째로 어둠이었다. 대들보와 기둥에는 내용을 알 수 없는 통지문들이 붙어 있었다. 작년에 오픈하지 않았나? 숙박비가 저렴해서 유럽 배낭족들이 대거 몰려와 항상 밤마다 시끌벅적하고 요란했던 곳이었는데 어떻게 그 사이에 이런 폐허로 변했는지. 몇백 미터 걷지도 않았는데 신발장 안에서 너무 오래 굶주렸던 샌들이 그녀의 발을 있는 힘껏 씹기 시작했다. 버려진 매트리스와 소파들을 본 그녀는 그 위에 앉고 싶어졌다. 아니면 아예 누워 버려도 좋을 것 같다. 손가락으로 매트리스를 눌러 보았다. 으악. 폭우를 빨아들였는지 손 끝이 태국의 우기처럼 축축했다. 이 위에 누웠다간 빗물에 빠져 죽을 것 같다. 안 돼. 케이크를 먹기 전에는 절대 죽을 수 없어.

오토바이를 탄 남자가 그녀를 보고는 두려움에 경기를 일으키더니 횡하니 도망쳤다. 깊은 밤, 길고 헐렁헐렁한 흰색 셔츠 차림으로 거리 위를 홀로 떠도는 이 여자는 정말 귀신 같은 꼬락서니다. 하, 그래도 괜찮다. 강간당할 염려는 없으니까. 그녀는 진정 귀신이다. 여기서는 태국어를 모르는 외국 귀신이고 고향에서는 시집을 가지 못하는 노처녀 귀신이다. 영원히 이질적인 외부자다.

인어 형상을 한 세 개의 조각상을 지나 곧 세븐일레븐에 도착했다. 장사가 아주 잘됐다. 이렇게 늦은 시각에 마지막 손님이 천천히 자리를 뜨고 있었다. 인어가 있는 곳은 현지의 유명한 해산물 음식점이었는데, 거대한 세 인어 상이 거대한 공간을 차지하고 있었다. 현지 사람들은 인어들과 사진 찍는 걸 무척 좋아했다. 그녀도 이 음식점에 몇 번 간 적이 있었다. 음식 맛도 그런대로 나쁘지 않았지만, 사람들의 주목을 끄는 건 카운터 뒤에서 세 여자가 말다툼을 하며 벌이는 연극이었다. 그녀는 여자들의 얼굴을 보고 자매들일 거라고 추측했다. 셋 다 키가 크고 분위기도 비슷했으며 목소리도 다 자동차 클랙슨 같았다. 그런 목소리로 카운터 뒤에서 서로 욕을 퍼붓고 있었다. 당연히 친자매들이다. 가족이어야만 이렇게 망설임 없이 서로에게 말로 상처를 줄 수 있다. 말다툼 소리가 클수록 그날 밤 장사는 더 잘됐다. 접시에 담긴 저녁 식사는 사이드 디시고, 세 자매가 싸우는 소리가 메인 디시다. 지난번에 왔을 때, 처음엔 세 자매 모두 환하게 웃는 얼굴로 반갑게 손님을 맞았다. 그녀가 별로 입맛이 없어서 그냥 결제를 하고 나가야겠다고 마음먹은 순간, 세 자매가 뒤엉켜 싸우기 시작했다. 바닥을 뒹굴면서 서로 머리끄덩이를 잡아당겼다. 그녀는 재빨리 디저트를 주문했다. 아, 갑자기 새우 튀김이 먹고 싶어졌다. 살이 오른 꽃게도 먹고 싶었다. 내실에서 싸우던 세 자매는 홀로 나오자, 음식점 전체에 열렬한 박수가 울려 퍼졌다. 지금은 한밤중에 가까운 시각이고 음식점 불은 꺼졌다. 스포트라이트를 잃은 거대한 인어 조각상들은 밤의 어둠 속에서 기괴한 모습을 하고 있었다. 사람을 잡아먹는 커다란 짐승 같았다. 조각상은 각자 특색을 갖고 있었다. 세 자매를 모델로 만든 게 아닌가 추측했다. 첫 번째 인어는 쇼트커트 머리로, 굳은 표정에 어색한 미소를 띠면서 손에는 날카로운 칼을 들고 있었다. 두 번째 인어는 긴 머리칼에 수많은 파스텔톤 조개껍데기가 박힌 상태로 루이 뷔통 가죽 캐리어 위에 앉아 있었다. 바다로 눈길을 향하고 있는 세 번째 인어는 몸 위의 알록달록한 비늘이 많이 떨어져 나간 모습이었다. 왠지 세 인어가 그녀를 바라보고 있다는 생각이 들었다. 걸음이 빨라졌다. 빨리 시폰케이크가 있는 곳으로 달려가야 했다.

케이크가 이렇게까지 먹고 싶은 데는 이유가 있었다. 세븐일레븐의 판단 시폰케이크는 엄마가 만들어 준 것과 가장 비슷했다. 엄마 얼굴은 이미 기억 속에서 흐려진 지 오래였고 어느 엄마가 만들어 주었는지도 정확히 기억할 수 없다. 어쨌든 엄마가 만들어 준 초록색 케이크는 특별한 맛이 있었다. 세 엄마가 떠난 뒤로는 다시는 그런 맛의 케이크를 먹을 수 없었다. 그러다 태국에 와서 세븐일레븐에서 그 케이크를 발견했다. 똑같은 초록색, 엄마의 초록색이었다. 당장 사서 맛을 보다가 마음속으로 크게 엄마를 불렀다. 엄마, 바로 이 맛이에요. 바로 이 향기, 바로 이 폭신폭신한 감촉. 그녀는 오늘 밤 세븐일레븐에 남아 있던 세 개의 케이크를 전부 사 가지고 길을 가면서 다 먹었다. 케이크 세 조각을 단번에 먹어 치우자 몸이 완전해지는 것 같았다. 샌들이 발을 씹어 대는 것도 개의치 않았다. 몸이 부드러워지고 가벼워지는 듯했다. 누군가 자신을 꼭 안아 주는 듯한 기분이었다.

샤오샤오가 찾아와 이별을 고하던 그날, 두 사람 모두 입을 열지 않았다. 샤오샤오가 크게 한 걸음 내디디며 두 팔을 벌렸다. 그 애의 몸이 닿는 순간, 곧장 두 팔이 같혔다. 그러고는 힘껏 끌어안았다. 놓지 않았다. 그녀는 어색했다. 갑자기 왜. 우리 시골 사람들은 서로 껴안을 일이 없어. 그냥 같이 밥 먹고 같은 침대 위에서 자고 평생 가족으로 살 수는 있지만 이렇게 껴안는 건 안 된단 말이야. 이상하고 어색하거든. 샤오샤오는 그녀의 말에 개의치 않았다. 그렇게 껴안은 채로 그녀에게 소리 없이 말을 했다. 그녀는 샤오샤오의 말을 다 들었다. 그녀도 소리를 내지 않았다. 샤오샤오에게 마음속으로 말했다. 그 순간 그녀는 샤오샤오 역시 자신의 말을 듣고 있다는 걸 알았다. 샤오샤오야, 너도 뭔가 숨기고 있었구나. 3호 이모는 전혀 모르고 있었어. 샤오샤오는 그녀를 꼭 안은 채 손을 풀지 않고 그녀의 몸이 하는 말을 들으려 했다. 그때까지 그녀를 그렇게 세게 껴안은 사람은 없었다. 그녀의 마음이 하는 말을 들은 사람도 없었다. 그녀에게 이 포옹은 그녀의 영혼 가장 깊은 곳, 그리고 위장과 심장과 자궁과 간담을 껴안는 것이었다. 천천히 뼈와 피를 껴안고, 이어서 밖으로 나와 피부와 귀, 손바닥을, 그리고 두개골과 손톱, 겨드랑이 아래를 껴안는 것이라 느껴졌다. 그렇다, 확실하다. 손톱이 뜨거워졌다. 누군가 그녀들을 이렇게 껴안은 적은 한 번도 없었다. 손톱은 아직 울기 전이었지만 귀는 이미 거세게 흐느끼고 있었고 머리카락은 거세게 반항하고 있었다. 샤오샤오는 몸 안에서 노래를 한 곡 불렀다. 마음 가는 대로 흥얼거린 그 노래는 3호 이모를 위한 거였다. 샤오샤오 들었어? 샤오샤오, 어떻게 안 거야, 누군가 안아 주기를 내가 바라고 있었던 걸. 나도 누군가를 안아 주고 싶어. 딱 한 번이면 될 것 같아.

　세 엄마가 떠나던 그날, 그녀는 엄마들을 안아 주고 싶었다. 너무나 그리웠다. 하지만 현장은 지옥과도 같이 혼란스러웠고 차는 심하게 뒤틀려 있었다. 세 자매는 그 자리에 멍하니 서서 꼼짝도 못 했다. 아주 오래 기다려서야 경찰이 차를 해체하고 시신들을 끄집어냈다. 그녀는 다가가서 시신을 껴안고 싶었다. 하지만 날카롭게 외치는 소리가 너무나 많았다. 현장을 둘러싸고 구경하는 사람들도 너무나 많았고 다들 너무나 놀란 표정들이었다. 누구도 입을 열어 말을 하지 않았다. 너무나 재수가 없었던 그녀만이 모든 사람들의 세포가 일제히 입을 벌려 날카롭게 외치는 소리를 들었다. 너무나 시끄럽고 무서웠다. 그녀는 하는 수 없이 풀숲으로 물러섰다. 목구멍이 진동했고, 크게 소리를 지르며 눈을 감았다. 자신의 날카로운 외침으로 다른 사람들이 외치는 소리를 묻어 버렸다. 그러고는 더 이상 소리를 지를 수 없게 되었다. 목구멍이 말라 버렸다. 천천히 눈을 뜨니 시신들이 보이지 않았다. 사람들도 보이지 않았다. 그녀 혼자만 남아 있었다. 길가 수풀 속에 버려져 잊힌 채로.

이 순간에도 그녀는 혼자 길가에 서 있었다. 케이크를 다 먹었는데 갑자기 토하고 싶어졌다. 좋다, 케이크를 먹었으니 죽을 일은 없다. 몸의 결여된 한 구석이 케이크로 채워진 걸 분명하게 느낄 수 있었다. 몸이 초록색으로 변했고 손을 들어 냄새를 맡아보니 판단 잎 향기가 났다. 너무 빨리 먹었지만 그래도 절대로 토하면 안 된다. 어렵사리 채운 것을 그녀는 있는 힘을 다해 지켜 냈다.

옆에 서 있던 전신주에서 치지직 전류가 흐르는 소리가 났다. 그녀는 종종 길가에 서서 태국의 전신주를 바라보곤 했다. 전신주 위에는 수많은 케이블이 어지럽게 얽혀 있었다. 한 다발 또 한 다발, 한 뭉치 또 한 뭉치, 얽힌 채 매달려 있다. 어쩔 수 없이 2호가 생각났다. 2호가 목욕을 하고 나면 욕실은 항상 난장판이 되었고 긴 머리칼이 뭉쳐 욕조 배구수를 막았다. 검은 소용돌이 같았다. 그녀는 토하고 싶으면서도 눈을 떼지 못하고 그 검은 머리칼 뭉치를 응시했다. 2호의 머리칼에는 자신만의 마법과 생명이 있었다. 분명히 주인의 몸에서 떨어져 나갔는 데도 자태와 목소리가 있었다. 그렇다, 그녀는 2호의 머리칼이 내는 소리를 들을 수 있었다. 가볍고 부드러운 소리였다. 아름답다는 건 어떤 걸까. 욕조 배수구에 막혀 있으면서도 여전히 아름다운 것이야말로 진정한 아름다움이 아닐까. 과거에 할아버지는 술에 취해 그녀의 몸을 더듬곤 했다. 그러면서 이렇게 말했다.

"셋 중에 네가 제일 못생겼어. 넌 안 만져. 앞으로 너를 만질 사람은 없을 거야. 내 말 알아들어?"

당시 그녀는 고개를 끄덕였었다. 할아버지의 말을 생각하면서 그녀는 지금도 고개를 끄덕였다.

치지직 전류가 흐르는 소리가 갈수록 커졌다. 은빛으로 반짝이는 전류가 거칠게 뒤틀리는 게 육안으로도 보였다.

펑!

전류가 폭발하기 시작하며 불꽃이 분사되었다.

그녀는 후투티가 우는 소리를 들었다. 전기 케이블에서 들려오는 소리였다. 그녀는 얼른 눈을 감았다. 그 새를 보고 싶지 않다. 동물 통역사는 무슨. 사기꾼이다. 그녀야말로 진정으로 셔터우의 후투티들이 내는 소리를 알아들을 수 있는 사람이다. 셔터우의 후투티가 말했다.

"젠장, 3호! 내 말 들리면 대답 좀 해! 못 들은 척하지 말고! 염병할! 태국에서도 들을 수 있다는 것 다 알아! 얼른 셔터우로 돌아와! 빨리!"

전류가 또다시 폭발하고 불꽃이 쏟아졌다. 깊은 밤에 연기와 불이 폭포를 이루었다. 찬란한 금빛과 은빛. 치지직 칙. 가늘게 부서지는 소리는 먼 것 같기도 하고 가까운 것 같기도 했다. 물론 그녀는 들을 수 있었다. 전류가 내는 소리는 삼합원 신탁이 발산하는 소리였다. 그녀가 귀를 막자 목구멍이 진동하기 시작했다. 그녀는 크고 날카로운 소리를 질렀다. 그래야 후투티가 내는 소리와 전류가 발산하는 소리를 막을 수 있었다.

샌들이 이미 그녀의 발을 다 씹어 먹었고 더 이상 걸을 수 없을 것 같다. 신경 쓰지 않기로 했다. 믐이 뒤로 밀리더니 비에 젖은 길가의 매트리스 위로 무겁게 풀썩 쓰러졌다. 두 개의 겹쳐진 매트리스 사이에서 자고 있던 빗방울이 놀라 깨어났다. 빗물이 샘솟으며 그녀의 몸을 삼켰다. 은몸이 노곤했다. 그녀는 태국의 우기가 끝나기 전까지 깨어나고 싶지 않았다.

셔츠 주머니에서 진동이 느껴졌다. 어라? 휴대폰은 안 가지고 나왔는데?

우기를 맞은 매트리스가 노기를 품고 그녀를 삼켜 익사시키려 했다. 몸이 매트리스 속 깊이 가라앉았다. 손가락으로 휴대폰 액정을 두드려 보니 샤오B의 계정이었다. 새로운 영상이 올라와 있었다.

얼굴이 온통 노을빛으로 붉게 물든 단테가 휴대폰을 들어 자신을 찍고 있었다. 그의 몸 위에 백 마리가 넘는 후투티들이 가득 누워 있었다.

리모컨

Horny, 중국어로는 뭐라고 말하지?

침대에서 일어나 컴퓨터를 켰다. 인터넷 사전에 'horny'라고 쳤다. 뿔이 달렸다, 혹은 흥분 상태.

다른 사이트에 들어가 보았다. '욕정이 마음을 태우고 욕망의 불길이 일다.' '뿔 모양의 사물.' '각질로 이루어진 것.' 뭐라고? 그녀가 질색하는 단어들이다. 됐다. 그만두자. 정말로 모르겠다.

어쨌든 부인은 이 순간 horny한 상태였다.

다시 몇 분이 지나 향장의 휴대폰이 날카로운 소리로 울렸다. 창밖에는 비가 멎었지만 이번에는 그녀의 몸에 비가 내렸다. 눈을 비비자 달걀 프라이를 할 수 있을 정도로 뜨거운 눈 기름이 흘러나왔다. 왜 이렇게 더워. 에어컨을 켤까? 어제는 하루 종일 긴팔 옷을 입고 있었다. 땀이 바다를 이루었고 몸 안에서 커다란 배가 서로 부딪혔다. 자기 자신을 저지할 수가 없었다. 손으로 몸 위아래를 만지고 비비다가 침대로 돌아가 눈을 감고 누웠다. 머릿속에 따뜻한 풀 속으로 들어가는 장면이 떠올랐다. 손이 아래로 내려갔다. 맞다, horny. 내가 어떻게 된 거지?

어제는 저녁 무렵 합창단 연습이 있었고, 이어서 1호와 노래 연습을 했다. 온갖 괴상한 이탈음이 귓가를 채웠다. 야영 캠프에 있던 벌들이 몽땅 그녀 머릿속의 벌집으로 파고들었다. 웅웅웅웅웅. 시끄러웠지만 머리가 아프지는 않았다. 신기했다. 그저 웃고 싶을 뿐이었다. 그녀는 줄곧 합창단의 소리가 조화를 이루도록 최대한 음을 정확하게 통제했다. 하지만 어제의 3부 합창은 차 세대가 고속으로 정면 충돌하는 듯한 상황이었다. 그녀의 열 손가락도 피아노 건반 위에서 통제 불능 상태가 되었다. 내일 무대에 서야 하는데 노래가 이렇게 엉망진창이라니. 그녀는 참지 못하고 미친 듯이 깔깔깔 웃어 댔다. 몸을 격렬하게 흔들면서. 의자에서 굴러떨어져 바닥을 뒹굴면서 계속 웃어 댔다. 합창단 여자들은 어떻게 반응해야 할지 알 수가 없었다. 부인은 항상 조용하고 수줍어하고 단 한 번도 눈에 띄는 행동을 한 적이 없는데, 지금은 왜 바닥에 누워서 지렁이처럼 꿈틀대고 있는 걸까.

이어서 1호의 노래 연습 차례였다. 물론 진보는 눈꼽만큼도 없었다. 가사는 외웠지만 목소리는 어제보다 더 거칠었다. 그녀는 이번에도 참지 못하고 피아노 위에 엎드려 깔깔대며 웃었다.

1호는 자신의 눈과 귀를 믿지 못하며 큰 소리로 항의했다.

“향장 부인, 부탁이에요. 그렇게 웃지 마요. 좀 참으라고요. 내가 노래를 엉망으로 한다는 건 잘 알지만 그렇게 큰 소리로 웃을 것까진 없잖아요!”

“하하하, sorry, 그게 아니라 난……No! 하하하.”

1호는 부인이 미쳤다고 생각했다. 심지어 건반 위에 오른발을 올려놓고 떨고 있지 않은가. 잠시 생각해 보니 이 웃음소리는 TV 드라마 악역이 승리에 도취해서 웃는 소리 같았다.

"그만 웃어요! 난 내일 노래를 해야 한단 말이에요! 선생님인데 이렇게 학생을 비웃으면 안 되잖아요! 이봐요!"

부인도 자신이 왜 이러는지 몰랐다. 이 미친 듯한 웃음을 통제할 수가 없었다. 곰곰이 떠올려 보니, 샤오B가 그림책을 들어 남편을 때린 그 순간부터 갑자기 그랬던 것 같았다. 몸 안의 어떤 스위치를 건드린 것 같았다. 얼굴 근육이 움찔거리고 웃음소리가 가슴으로부터 밀려 올라와 폭발했다. 목구멍이 그녀 자신도 들어 보지 못한 웃음소리를 토해 냈다. 샤오B의 극도로 분노한 표정과 맞고 난 후 남편의 멍청한 표정이 너무나 웃겼다. 그녀는 길가에 쪼그리고 앉아 웃음소리를 두 다리 사이에 파묻으려고 노력했다. 간신히 웃음을 억제하는 데 성공해서 고개를 들어 보니 남편이 그녀 앞에 쪼그리고 앉아 있었다. 남편이 얼굴 가득 근심 어린 표정을 지으며 말했다.

"Are you ok? Why don't you……."

남편의 말이 채 끝나기도 전에 그녀는 다시 머리를 두 다리 사이에 묻고 웃어 댔다. 그녀는 정말로 실패한 아내다. 남편이 맞아서 피가 나는 걸 보고서 바로 나온 반응이 왜 큰 소리로 웃는 것이었을까.

저녁에 집으로 돌아와서야 그녀는 남편의 몸에서 열이 난다는 걸 알았다. 시어머니는 아들이 곧 죽기라도 할 것처럼 온통 고약한 표정이었다. 그녀에게 한 무더기나 되는 약을 주면서 이걸 발라라, 저걸 먹여라, 한바탕 분부를 내렸다. 아들은 병원에 가서 주사 맞는 걸 싫어한다. 해열제도 거부하고 씻지도 않은 채 잠자리에 들었다. 아내인 그녀는 걱정할 게 전혀 없다고 생각했다. 남편은 몸이 좋았고 매일 운동을 하는 데다 먹는 것을 중시했다. 열나는 건 충분히 쉬고 물을 많이 마시면 해결될 일이다.

"거기 가서 자면 안 돼. 한밤중에 우리 아들에게 무슨 일이 생기면 네가 내 방 문을 두드려야 되잖아. 무슨 말인지 알아들어?"

'거기'는 손님방을 의미했다. 셔터우에 처음 도착해서 얼마 지나지 않았을 때, 그녀는 정말로 잠이 오지 않았다. 자기 혼자 자고 싶다고 하자 남편은 문제없다고 했다. 내가 너무 시끄럽게 떠들어서 그래? 미안해. 당장 아줌마에게 손님방을 정리해 놓으라고 할게. 그녀는 며칠을 손님방에서 잤다. 처음에는 확실히 약간 익숙지 않은 느낌이었다. 자신을 혼자 오롯이 책임져야 했고 조금 외로웠다. 그가 곁에 있는 데 익숙해져서 그가 있어야 안전하다는 느낌이 들었다. 손님방에서 불면의 며칠을 보내고 나서는 점차 자유로워지기 시작했다. 큰 소리로 방귀를 뀔 수도 있고 잘 때 잠옷으로 갈아입지 않아도 된다. 세수를 하지 않아도 되고 청바지 차림으로 곧장 잠자리에 들어도 된다. 날이 더울 때는 알몸으로 잘 수도 있다. 남편은 까탈스럽고 질서를 중시하는 사람이었다. 잠을 잘 때는 반드시 미국산 면제품 잠옷으로 갈아입어야 하고, 상의와 하의가 반드시 같은 제품이어야 했다. 잠옷 주머니에는 자신의 성씨인 샤오(蕭) 자가 영어로 수놓여 있었다. 자기 전에 진지하게 양치하고 치실로 치아 틈새를 청소한 다음, 박하맛 구강청결제로 마무리했다. 그런 다음 코털을 잘 다듬고 몇 가지 동작의 스트레칭을 하고서야 침대에 올라와 잤다. 그녀는 정말로 남편이 자기 면전에서 방귀를 뀌는 소리를 들은 적이 없었다. 신혼 때는 베개를 같이 벤 사람이 어떻게 침대에서 방귀도 한 번 안 뀌나 하는 생각이 들었다. 그는 아침 일찍 화장실에 갔고, 그녀는 화장실 문에 귀를 대고 변기 위에서 기체를 배출하는 소리를 듣고서야 그가 정말로 로봇이 아니라 사람이라는 걸 확인했다. 혼자 손님방에서 자기 시작하면서 그녀는 침대 위에 누워 자유를 만끽했다. 아무런 구속 없이 마음껏 방귀를 뀔 수 있었고 노트북으로 게이 포르노 영화를 볼 수도 있었다. 이어폰을 꽂고 유행가 연주에 맞춰 몸을 흔들 수 있고 염수계 2인분을 혼자 다 먹어 치울 수도 있었다. 시를 쓸 수도 있었다. 이 모든 게 그녀가 다른 사람들 앞에서는 할 수 없는 일들이었다. 시어머니는 부부가 각방을 쓴다는 사실을 알고 격한 반응을 보였다. 울면서 이러면 손자를 안아 볼 수 없다고 말하기도 했다. 남편이 울면서 난동을 부리는 모친에게 알아듣도록 사정을 설명했지만, 그녀는 시어머니가 한밤중에 손님방으로 찾아와 소란을 피우다가 자신의 노트북에서 남자들의 몸이 겹쳐 있는 동영상을 보게 될지도 모른다는 생각에 자발적으로 투항하여 손님방에 이별을 고했다.

어젯밤에 침대에 오르면서 남편의 이마를 만져 보았다. 미열이 있었다. 크게 걱정할 필요는 없었지만 이 사람이 과연 자신의 남편일까 하는 생각이 들었다. 이상했다. 왜 이 남자 몸에서 땀 냄새가 나는 거지? 면도를 하지 않아 수염이 자랐고 목욕도 하지 않고 잠옷으로 갈아입지도 않은 상태였다. 러닝셔츠만 걸친 상태로 침대에 누워 자고 있었다. 셔츠와 선거용 조끼는 침대 옆에 던져 놓은 채. 결혼하고 이렇게 오랜 세월이 지났지만 남편의 이런 모습을 본 건 처음이었다. 좀전에 더워서 깼는데 두 사람 모두 이불을 걷어차 버린 상태였다. 그제야 그녀는 남편이 하반신에 아무것도 입지 않고 있다는 걸 알았다. 양말만 신고 있었다.

팬티는 입지 않았고 물건이 단단해져 있었다.

남편의 하체가 하늘로 치솟은 채 "Good morning, 셔터우" 하고 그녀에게 인사를 건넸다.

그녀는 만지고 싶었다. 몇 분 남지 않았다. 남편의 휴대폰이 날카로운 소리를 쏟아내기 직전이었다. 그녀는 아침 기운으로 충만한 물건을 만지는 것으로 그치지 않았다. 갑자기 남편의 근육이 섹시하다는 생각이 들었다. 허벅지가 우람하고 상처가 난 얼굴도 어찌 된 일인지 귀엽기만 했다.

도대체 어떻게 된 걸까.

그녀는 처음부터 남편에게 자신이 섹스를 좋아하지 않는다고, 무성애자일 가능성이 크다고 말했다. 몇 번 시도해 보기도 했다. 남편은 그녀의 팽팽한 근육을 마사지하기도 하고 촛불에 가벼운 음악까지 준비해 분위기를 띄웠다. 먼저 키스를 하고 이어서 단단한 기관이 그녀의 몸 안으로 들어왔다. 짜릿하지도 않고 아프지도 않았다. 어쨌든 즐겁지 않았다. 남편은 그 점에 대해 완전히 양해했다. 그녀의 몸을 떠나면서 모든 걸 그녀 위주로 하기로 했다. 솔직히 말해서 그녀도 남편의 얼굴에서 이런 해탈을 확인할 수 있었다. 섹스 없는 결혼은 겉으로 보기에는 조화로운 것 같고 격렬한 말다툼도 없었지만, 매번 그녀가 불안을 토로할 때마다 남편은 최대한 그녀의 뜻에 맞춰주려고 했고, 그녀에게 수용의 공간을 제공하면서 자발적으로 사과하고 이것저것 따져 묻지 않았다.

오늘 아침 침대 위에 있는 이 사람은 평소처럼 완전하고 그녀에게 전혀 간섭하지 않는 그런 냉정한 남편이 아니었다.

하체의 음모는 깔끔히 정리된 상태였지만 머리는 마구 헝클어져 있었고 땀 냄새가 향기로웠다. 정말로 그랬다. 남편이 밖에 나가 조깅을 하고 돌아올 때면 그녀는 이 냄새를 즉각 맡을 수 있었다. 하지만 냄새는 곧장 비누와 샴푸에 의해 완전히 파괴되곤 했다. 그가 열이 나는 데 대해 감사했다. 씻지 않은 남편의 땀 냄새가 그녀에게 초청장을 보내왔다. 높은 실내온도에 감사했다. 남편의 피부에 한 방울 한 방울 수정 같은 땀방울이 맺혀 있었다.

그녀는 자신을 상대로 도박을 해 보기로 결정했다. 남편이 휴대폰 알람이 울리기 전에 잠에서 깨지 않는다면, 혹은 어제처럼 알람 소리를 듣고도 깨지 않는다면, 할 수 있을 것 같았다.

카운트다운을 했다. 남편은 깨지 않았다.

휴대폰이 소리치기 시작했다. 그래도 남편은 깨지 않았다. 아주 곤히 잠든 모양이었다.

그녀는 상의 단추를 풀고 잠옷 바지도 벗었다. 몸 안의 조수가 그녀를 때렸다. 그녀는 솟아오른 남편 위로 다리를 벌렸다. 들어왔다. 들어오자마자 그녀는 참신한 희열을 느꼈다. 새로운, 한 번도 경험해 보지 못한 환희와 쾌락이었다.

남편은 아직 깨지 않은 차 몸을 미세하게 떨었다. 잠꼬대를 하는 것 같았다. 몸이 기복하는 사이에 그녀는 문득 대학교 다닐 때 룸메이트가 했던 말이 생각났다. Oh my god, it's fabulous(오 세상에, 끝내준다)!

대학 기숙사는 2인실이었고 룸메이트는 흑인 여자애였다. 외향적이고 말이 많은 그 애는 항상 다른 남자를 데리고 침실로 돌아왔다. 셔츠 몇 장이 벽을 대신해 공간을 나누고 있는 가운데 침대 매트리스가 진동했다. 입에서 환희의 교향곡이 퍼졌다. 그녀는 일절 간섭하지 않고 룸메이트와 평화롭게 함께 지내면서 각자의 대학 생활을 보냈다. 어느 날 룸메이트가 울면서 방으로 돌아왔다. 뭔가 큰일이 생겼나 싶었다. 여학생 클럽에서 어떤 남학생 하나를 놓고 다른 여자애와 말다툼을 벌였다고 했다. 그녀는 룸메이트의 분노와 고통을 귀 기울이면서 자신은 실패한 대학생이라는 생각이 들었다. 그러다가 문득, 매일 책 읽고 리포트를 쓰느라 룸메이트의 연애와 인간관계에 대해 전혀 무관심했다는 사실도 깨달았다. 룸메이트는 눈물을 훔치면서 그녀를 따스하게 안아 주었다. 그녀의 이야기를 들어주는 사람은 하나도 없었고, 그래서 무척이나 감동적이었다. 룸메이트는 저녁에 남자친구를 데려오는 게 미안하다고 말하면서 너무 시끄럽지 않았느냐고 물었다. 자기야, 나랑 얘기 좀 하자. 책을 내려놓고, 나를 믿어. 여성의 오르가슴은 딱 한 단어로 표현할 수 있다고. 바로 fabulous지. oh my god! it's fabulous!

이 순간, 그녀는 분명하게 fabulous함을 느끼고 있었다. 그녀가 이 단어를 말해 본 적이 한 번이라도 있었나? 물론 과장된 표현일 수도 있다. 하지만 이 순간 그녀의 몸은 분명히 이 단어의 느낌을 즐기고 있었다. 룸메이트가 옳았다. 나중에 인터넷에 들어가 룸메이트의 연락처를 찾아 봐야겠다. 메시지를 보내 감사의 마음을 전해야 할 것 같다.

금요일

그녀는 줄곧 남편의 휴대폰 벨소티를 증오했다. 하지만 지금 이 순간, 모든 게 달라졌다. 벨소리는 일종의 리듬이었다. 그녀는 그 리듬에 맞춰 몸을 위아래로 움직였다. 남편의 것이 그녀의 몸 안에서 계속 솟아 올랐다. 그녀는 참지 못하고 노래를 흥얼거리기 시작했다. 창밖의 셔터우가 그녀를 따라 진동하기 시작했다. 숙성한 구아버가 가지에서 떨어지고 벼는 황금빛으로 물결쳤다. 더위가 가을을 밀어내자 수많은 개들이 하늘을 향해 짖어 댔다.

그녀는 알게 되었다. 단테, 고마워요. 알 것 같아요.

셔터우를 떠나기로 마음먹었던 그날, 그녀는 길에서 우연히 하얀 알파카를 만났다. 알파카 농장이 도산한 후 모든 알파카가 다 죽고 그 한 마리만 남았다. 길에서 그녀를 본 알파카는 빠른 걸음으로 다가왔다. 옛 친구를 발견하기라도 한 것처럼. 그녀는 알파카의 고삐를 쥐고 기차역을 향해 가면서 마음속으로 다음 열차를 타야겠다고 생각했다. 남으로 가든 북으로 가든 열차를 타면 셔터우와는 완전한 이별이다. 자신의 떠나는 길을 함께 걸어 준 알파카에게 내내 감사했다.

기차역에 도착해보니 단테가 계단 위에 앉아 있었다. 마치 그녀를 기다리고 있었던 것 같았다. 단테의 손과 팔에는 여러 개의 비닐봉지가 매달려 있었다. 비닐봉지에는 각각 채소와 도시락, 파파야, 구아버, 그리고 두꺼운 책이 담겨 있었다. 단테가 이 비닐봉지들을 뒤적여 꺼낸 건 과일도 아니고 책도 아니었다. 딜도였다. 단테는 아무 말도 하지 않고 그것을 그녀에게 건넸다. 그러고는 알파카 고삐를 건네받아 느린 걸음으로 자리를 떴다.

딜도는 딱딱한 플라스틱 케이스 안에 들어 있었다. 그녀는 그것을 품에 안고 기차역 플랫폼 위에 서 있었다. 여러 편의 기차가 오갔지만 그녀는 열차에 오르지 않았다. 누군가가 그녀가 품에 안고 있는 물건을 보고는 욕을 내뱉었다. "변태냐!" 그녀는 고개를 숙여 딜도를 자세히 살펴보았다. 플라스틱 포장 안에 나체의 남성 모델 사진이 들어 있었다. 보통 이런 물건은 통상적으로 서양 모델을 써서 웅장한 사이즈를 자랑하는 법인데 희한하게도 이 제품의 모델은 동남아시아인이었다. 게다가 불가사의한 일이지만 모델의 얼굴이 같은 베개를 베고 자는 향장과 너무나 닮았다. 물론 향장은 아니었지만 얼굴 형태와 눈썹, 멍한 미소가 너무나 닮은꼴이었다. 길이와 두께도 비슷했다. 열차를 타지 않고 서 있는 사이, 날이 어두워졌다. 그냥 집으로 돌아가 남편과 함께 저녁을 먹었다. 집으로 돌아가는 길 내내 생각했다. 지금 나는 집으로 돌아가고 있나? 단언할 수 없었다. 그날 밤, 시아버지는 집에 없었고 시어머니는 아래층으로 내려오지 않았다. 부부 둘이서만 얼굴을 마주하고 앉아 식사를 했다. 그녀는 배가 고파서 밥을 두 공기나 먹었다. 남편이 걱정을 표했다. 왜 그래? Is everything ok(괜찮아)? 그녀가 고개를 끄덕였다. 단지 배가 고팠을 뿐이라는 뜻이었다. 그녀는 아무것도 알지 못했다. 하지만 이 남자를 좋아한다는 것만은 확실했다. 여러 해 전 미국에서 처음 만났을 때부터 싫지 않았다. 약간 좋아하는 것 같았다. 지금 그녀는 그를 또다시 바라보고 있다. 아주 진지하게 다시 바라본다. 사랑은 아니다. 사랑이 아닌 건 분명했다. 하지만 확실히 좋아했다. 적어도 싫지는 않았다.

그녀의 몸이 절정에 이르렀다. 그런데, What the f…… 어떻게 새가 들어와 있지? 창문을 안 닫았나?

후투티 한 마리가 남편의 귓가로 폴짝폴짝 뛰어와서 구구 구구구 울어 댔다. 남편이 놀라서 깼다.

남편의 것이 그녀의 몸 안에서 폭발했다.

남편이 소리를 질렀다. 그 소리가 처량했다. 후투티가 귓가에 있고 아내가 몸 위에 있었다. 그는 타지를 입지 않았다. 아아아아아.

끝났다. 남편이 너무 크게 소리를 질렀다. 시어머니가 들었다면 틀림없이 달려와 방문을 두드릴 것이다.

그녀는 곤혹감으로 가득한 향장의 얼굴을 보았다. 표정이 일그러져 있었다. 이러면 안 된다. 그 얼굴이 너무나 귀여웠다. 전혀 인정하고 싶지 않아하는 그 얼굴이. 그녀는 큰 소리로 웃기 시작했다.

시어머니의 발소리가 쾌속으로 접근해 오더니 힘껏 문을 두드렸다. 그녀는 남편의 몸 위에 엎드려 남편이 자신의 몸속에서 여전히 단단해져 있는 걸 느꼈다. fabulous했다. 그녀는 웃으며 대학 시절의 룸메이트에게 감사했다.

거칠게 문을 열고 들어온 시어머니는 아들과 며느리가 알몸으로 있는 걸 보고는 입이 쩍 벌어졌다. 후투티가 시어머니의 입을 조준하여 날아갔다. 시어머니가 날카롭게 외치는 소리가 휴대폰 알람 소리를 뒤덮었다. 그 소리에 셔터우 전체가 깼다.

시끄러워 죽겠네. 젠장, 꼭두새벽에 누가 이렇게 소리를 지르는 거야? 더워 죽겠는데. 목 주름에 땀이 흘러 계곡이 됐단 말이야. 1호는 침대에 누운 채 자신이 시끄러운 소리에 깼는지 더위에 깼는지 생각해 보고 있었다. 화가 났다. 마침내 목요일도 어렵사리 지나갔다. 침대 위에서 께느른하게 좀 더 뭉개고 싶었다. 오늘은 청소도 하지 않고 꽃에 물도 주지 않고 고양이를 돌보지 않고 개에게 밥을 주지 않고 밖에 나가지도 않고 노래 연습도 하지 않을 작정이었다. 젠장. 집 밖에 안 나갈 거야. 왜 신경질이 나지? 왜 노래를 부르고 싶은 마음이 안 들지? 대문 앞의 작은 등은 며칠 동안 부재중이었다. 장사는 전혀 하고 싶지 않았다. 어제 잠들기 전에 노래를 부른다는 게 죽도록 피곤한 일이라는 생각이 들었다. 내일은 하루 종일 침대 위에서 뒹굴어야겠다고 마음먹었다. 문제는 그녀가 침대 위에서 뭉개는 법을 모른다는 거였다. 어려서부터 그녀는 일찍 일어나는 습관이 있었다. 집 안에 사람이 많아 남들과 세수하는 순서를 두고 다투고 싶지 않았다. 그녀는 항상 5시면 일어나 침대에서 내려왔다. 그런 다음 먼저 부엌에 들어가 가스 화로를 켰다. 엄마는 불을 작게 하라고 일렀다. 하루 전날 밤에 엄마들은 일찌감치 다음 날 아침 식사 재료를 준비해 두었다. 쌀을 잘 씻고 물을 부어 불 위에 얹어 둔다. 채소와 과일도 다 깨끗이 씻어 두고 장아찌와 발효시킨 두부는 냉장고에 들어 있다. 1호가 맡은 일은 화로를 켜는 거였다. 이어서 세수를 하고 머리를 감고 양치를 하고 큰 사이즈의 옷을 입고 손톱을 깎았다. 이 모든 아침 일을 마치고 나면 화로 위의 흰죽에서 김이 피어나기 시작했다.

그녀는 이처럼 그윽하고 미묘한 이른 아침 시간을 좋아했다. 그녀는 부엌의 등받이 없는 작은 의자에 앉아 연필을 깎고 책가방 안의 고무지우개 부스러기를 청소했다. 그러고는 죽을 끓이는 솥이 하얀 김을 토하는 걸 바라보았다. 희미한 아침 빛이 밝아오고 새들이 가볍게 울기 시작한다. 그녀는 공기가 천천히 유동하는 걸 분명히 보았다. 파동이 안정적이었다. 그러다가 갑자기 자명종이 요란하게 울리면서 기류와 연기가 일그러지고, 심지어 끊기기도 했다. 이게 시작이었다. 삼합원 이른 아침의 질서가 교란되었다. 자명종은 구식이라서 기계식 바늘이 종을 매섭게 때렸다. 사람들에게 겁을 줄 정도의 음량이었다 삼합원 식구들 전체가 잠에서 깰 뿐 아니라 재수 없는 이웃들도 함께 깼다. 자명종은 할아버지의 침대맡 장식장 위에 놓여 있었다. 할아버지는 자명종을 여러 차례 내팽개쳤다. 한번 팽개쳐질 때마다 음량은 더 커지면서 날카롭게 억울함을 호소했다. 할아버지는 침대 위에서 뭉개는 걸 가장 잘하는 사람이었다. 자명종 소리에도 아랑곳 않고 계속 잤다.

세 엄마들은 가장 먼저 일어나 2호와 3호를 깨워 머리를 빗겨 주고 아침 식사를 준비했다. 세 엄마들은 한꺼번에 화장실에 들어가지만 처음에는 늘 조용하기만 하다. 물 흐르는 소리와 변기 물 내리는 소리뿐이다. 셋 다 바삐 양치를 하느라 말을 할 수 없었던 것이다. 엄마들이 모두 부엌에 들어오면 그녀는 등받이 없는 작은 의자를 한쪽 구석에 옮겨다 놓고 턱을 괴고 연극을 관람했다. 묘당 입구에서 신들에게 바치는 가자희와 똑같았다. 각자 자신만의 창법과 자태를 지니고 있는 엄마들은 부엌에 들어오면 곧장 무대에 올라 자신을 드러내기 시작했다. 손과 발이 복잡하게 움직이고 눈빛마다 이야기가 감춰져 있었다. 그녀의 기이한 시력 때문에 수많은 사물이 보자마자 흐려지곤 했다. 하지만, 엄마들이 부엌에서 펼치는 노래와 연극은 전부 선명하게 볼 수 있었다. 한 사람이 달걀을 볶으면 다른 사람은 공심채를 데친다. 부엌은 공간이 크지 않아 팔꿈치가 서로 부딪혔고 한 사람의 동작이 다른 사람의 공간을 간섭했다. 참지 못하는 입이 쉬지 않고 뭔가를 중얼거렸고 약간의 원망과 불만이 식칼이 도마를 두드리는 선율에 부딪혀 큰 질책으로 바뀌었다. 밤새 이를 갈았던 건 이른 아침에 다른 사람을 날카롭게 영접하기 위해서였다. 매끄럽게 송곳니를 빠져나오는 말들은 구구절절 뾰족했다. 아침 식사를 준비할 때부터 서로 욕을 하기 시작했다. 누구는 과일을 너무 천천히 깎았다고, 또 누구는 구아버 씨를 깨끗이 발라내지 않았다고 나무랐다. 누구는 왜 소금을 항상 그렇게 많이 넣느냐고 따져 댔고 또 누구는 왜 쌀을 깨끗이 씻지 않느냐고 툴툴거렸다. 손에 감정을 실어야 쌀이 깨끗하고 예쁘다면서. 이 보기 흉한 채소는 대체 어느 멍청이가 사온 거야. 어제 저녁에 씻을 때 벌레가 나왔단 말이야. 제발 그렇게 잘난 척 좀 하지 마. 벌레가 나왔다는 건 잔류농약이 없다는 의미야. 자기가 화를 잘 내는 건 알겠는데, 그렇다고 불을 그렇게 세게 할 필요는 없잖아. 냄새도 나고 그을음이 생긴단 말이야. 이어서 대화는 지나간 은혜와 원한으로 옮겨갔다. 자기 2호 숙제장 봤어. 글자가 엉망이더라고. 난 자기랑 달라. 아이들을 위해 숙제를 해 준다고. 내 말은 그 집에 가서 채소를 사지 말라는 뜻이 아니야. 지난번에 주인 아줌마가 점을 보러 왔을 대, 아들을 위해 시어머니의 비위를 맞추던데. 매파를 찾아야 하는데 삼합원을 찾은 거지. 얼굴 가득 구정물을 뒤집어썼어. 그 뒤로는 우리를 볼 때마다 일부러 비싸게 팔잖아. 어제 지전을 주문하라고 했잖아. 방금 신명청에 가봤더니 곧 동이 날 것 같아. 제발 부탁인데 그렇게 게으름 좀 피우지 마. 게으른 건 자기야. 멋대로 물을 주고 말이야. 어떤 식물들은 물을 많이 줘야 한다고 여러 번 말했는데 죽어라고 들어먹질 않네. 자기가 어제 사 온 도시락은 정말 너무 맛이 없었어. 간장에 오래 졸인 닭다리는 꼭 플라스틱을 씹는 것 같았다고. 마지막으로 내놓은 묘수는 오래된 원한을 들춰 대는 것이었다. 몇 년 전에 자기가 나한테 뭐라고 욕했었잖다. 저 여잔 우리 아버지가 땅콩 알레르기가 있다는 걸 뻔히 알면서도 일부러 땅콩사탕을 보냈다니까. 단황수*는 사기 힘들다는 거 몰라? 아까워서 맘껏 먹지도 못한단 말이야. 자기들 둘이 팀으로 나를 공격할 줄은 정말 몰랐네.

*   蛋黃酥. 달걀노른자에 팥 앙금을 두르고 여러 겹의 밀가루 막으로 싸서 구운 중국식 전통 과자의 일종이다.

단황수 한 박스를 다 먹는 사이에 죽이 끓기 시작하고 연극은 서서히 막을 내렸지만, 갑자기 또 다른 연극이 이어졌다. 세 사람 모두 아직 곤히 자고 있는 남편을 욕하기 시작한 것이다. 그는 세 여자 공동의 남편이자 공동의 적이었다. 장부를 정확히 기재하지 않아. 팬티를 아무 데나 마구 벗어 던져 놓는다니까. 담배를 갈수록 더 많이 피우고 배는 갈수록 더 많이 나오지. 돈을 함부로 쓰고 몰래 묘당에 가서 노름을 하는 게 틀림없어. 보약을 함부로 먹어 대면서 그걸 정력제라고 생각하는 것 같아. 충치가 있는 데도 치과에 가길 무서워하고 몰래 빈랑을 씹더라고. 있는 사람도 책임지지 못하면서 영험한 영매인 척한다니까. 이놈의 집안은 우리 세 사람에게 의지하지 않으면 도무지 제대로 유지되질 않아.

　　온 가족이 앉아서 아침 식사를 했다. 그릇마다 흰죽이 하얀 김을 내뿜고 있었다. 공심채에 간장을 뿌리고 간장에 졸인 고기를 펼쳐 접시에 담았다. 서로 젓가락만 부딪칠 뿐, 말다툼은 없었다. 식탁에 감도는 공기가 상서롭고 조화로워 보였다. 할아버지가 먼저 젓가락을 들어 음식을 집자 다들 미소 가득한 얼굴로 식사를 시작했다. 엄마들이 말다툼을 하면서 주고받던 말들은 전부 그 끈적끈적한 죽 속에 버무려져 있었다. 죽은 입을 델 정도로 뜨거웠지만 맛있었다. 그녀는 어른이 되어서야 그런 말다툼이 일종의 소통이었다는 걸 깨달았다. 몸 안에 뭔가 꽉 막혀 있을 때, 손에도 식칼이나 주걱을 들고 입으로도 식칼과 주걱을 내뱉은 것이다. 마음속 모든 불만을 쏟아놓는 건 화해를 구하는 것도 아니고 승부를 가리는 것도 아니었다. 중요한 건 입 밖으로 내뱉는다는 사실 그 자체에 있었다. 이것이 세 엄마들이 평화롭게 공존할 수 있는 신비로운 기술이었다.

교통사고가 나기 직전엔 한동안 말다툼이 없었다. 1호는 부엌 한쪽 구석에 앉아 엄마들이 조용히 아침 식사를 준비하는 모습을 의혹 가득한 눈빛으로 보고 있었다. 그녀의 시력은 수시로 오락가락했다. 불 위에 흰죽을 끓이는데, 화로 위로 죽이 넘쳐도 아무도 불을 끄지 않는다. 뜨거운 김이 가득 찬 가운데 세 엄마들의 모습이 흐릿해졌다. 무슨 일이지? 왜 다들 아무 말도 하지 않고 싸우지도 않는 거지? 죽은 아주 맛없게 변해 버렸다.

1호는 2호 샤오 씨 여자가 정말 이해가 되지 않았다. 어떻게 해야 매일 저렇게 침대에서 빈둥거리며 게으름 피우다가 오후가 되어서야 일어날 수 있나? 그녀는 조금만 움직여도 피곤해했다. 죽은 척하면서 움직이지 않는 게 분명한데도 근육과 뼈가 마모되고 손상된다고 한다. 무더운 여름이 돌아왔다. 높은 기온이 1호의 몸을 짓밟아 축축한 발자국을 남겼다. 가을은 정말 믿을 게 못 된다. 이미 반바지를 옷장 깊숙한 곳에 넣어 두었는데 서늘한 바람은 다 어디로 갔지? 갑자기 칭수이옌에 가서 좀 걷고 싶었다. 그곳의 개들은 잘 있을까? 요 며칠은 정말이지 너무 타빠서 개들에게 먹이를 주러 가지 못했다. 그곳 산에는 나무들이 많아 틀림없이 아주 시원할 것이다.

새.

어디서 튀어나왔지? 방 안 사방에서 새가 날개를 퍼덕거리고 있었다. 뭔가를 찾고 있는 것 같았다. 그녀의 배 위에 내려앉아 그녀를 바라보기도 했다.

"너는 그렇게 퍼덕거리면 덥지 않니?"

　새는 고개를 돌리고 대답하지 않았다. 정말 이상하다. 방 안에서 새를 본다는 게 왜 이렇게 자연스럽게 느껴지지? 새가 바로 침대인 것 같았다. 벽이고 창가의 등불이고 옷장인 것 같았다. 원래 방에 속한 사물인 것 같았다. 그녀는 수많은 사람들이 셔터우로 몰려오는 게 바로 이 새를 사진에 담기 위해서라는 사실이 생각났다. 세상엔 미친 인간들이 넘쳐난다. 삼합원의 세 샤오 씨 여자들은 이들에 비하면 아무것도 아니다. 그녀는 어제 저녁에 노래 연습을 마치자마자 스쿠터를 타고 금단의 열매로 갔다. 들리는 바로는 그곳에 갈수록 많은 사람들이 몰려들고 있다고 했다. 사장님에게 무슨 소란을 피우지 않을까 걱정됐다. 그녀는 사장님의 이런 모습을 본 적이 없었다. 정전기로 곱슬머리가 솟구치듯이 곤두섰고 술과 고기를 거침없이 마구 먹어 댔다. 그리고 웃었다. 그랬다. 사장님이 웃고 있었다. 아주 오랫동안 그가 웃는 모습을 보지 못했다. 사장님을 웃게 할 수 있는 유일한 사람은 샤오샤오였다. 그녀는 고개를 들어 금단의 열매 간판을 바라보았다. 왜 이렇게 밝고 붉지? 원래도 이렇게 밝았던 걸 잊고 있었나? 빛이 동공을 향해 총을 쏘아 댔다. 스쿠터를 타고 돌아가면서도 참지 못하고 고개를 돌려 바라보았다. 아주 멀리에서도 보였다. 간판이 붉게 타오르는 불덩이 같았다. 들판에서 조용히 타고 있었다. 간판 위의 글자들이 흔들리더니 건방진 붉은색이 셔터우의 모든 색깔을 다 먹어 버려서 갈수록 더 진하고 요염해졌다. 몇 번 더 쳐다보니 눈앞이 온통 붉은색의 호수로 변했다. 재빨리 스쿠터를 세웠다. 안 돼, 안 돼. 노래를 부르고 난 뒤에나 죽을 수 있다. 지금은 커다란 하수구에 처박히는 정도로 끝나야 한다. 너무 이르다.

금요일

그녀는 분명 많은 것들을 선명하게 보지 못한다. 왜일까. 그런데 샤오샤오와 감독은 아주 선명했다. 눈앞에 거대한 망원경이 있는 것처럼 모든 게 확대되었다. 지나치게 선명했다.

그녀가 처음 감독을 만난 건 아주 어두운 밤이었다. 고개를 들어보니 별도 달도 보이지 않았다. 한밤중에 삼합원의 전화 벨이 울렸다. 잠을 이루지 못하고 있던 2호가 받았다. 샤오샤오였다. 곧 셔터우에 도착한다고 했다. 샤오샤으가 여러 달 셔터우에 돌아오지 않았기에 1호, 2호, 3호 모두 마당에 앉아 기다리면서 모기를 잡았다. 등은 켜지 않았다. 시곗바늘이 틱탁틱탁 소리를 냈다.

1호가 말했다.

"이렇게 늦은 시각엔 기차도 없을 텐데, 저녁은 먹었는지 모르겠네."

2호가 말했다.

"샤오샤오 말로는 친구가 차를 운전해 준대. 걱정하지 마. 냉장고 안에 먹을 게 많으니까."

3호가 먼저 일어서며 차 소리가 들린다고 말했다.

차는 골목으로 들어오지 못했다. 셔터우로에 세워야 할 모양이다. 웃고 떠드는 소리에 이어 캐리어 바퀴 소리가 깊고 조용한 밤을 깨웠다. 감독이 먼저 삼합원에 들어서서 곧장 세 번 고개를 숙여 인사를 했다.

"하이, 이모님 안녕하세요. 이모님 안녕하세요. 이모님 안녕하세요. 죄송해요. 이렇게 늦게 폐를 끼치네요."

샤오샤오가 뒤따라 들어오면서 하품을 했다.

"에이, 3호 이모, 다른 사람들 깨우지 말라고 신신당부했잖아요. 이게 뭐 하는 거예요. 이렇게 늦게 다들 밤참이라도 드시려고? 난 졸려 죽겠어요. 모두 가서 주무세요. 엄마, 저 내일 아침에 죽 먹을 거예요! 아, 맞다, 이 아이는 제 학교 친구예요. 다들 감독이라고 불러요. 가서 잘래요. 모두 가서 주무세요. 좋은 밤 되세요.”

감독은 몸매가 날씬하고 호리호리했다. 목소리는 바삭바삭하고 걷는 모습에 총기가 넘치고 민첩했다. 얼굴 윤곽은 날카로운 편이었다. 그녀의 얼굴을 보고 1호는 샤오샤오가 어렸을 때 읽었던 입체 그림책이 생각났다. 책 전체가 검은색이었고 표지도 검은색 바탕에 검은색 글자가 찍혀 있었다. 책을 손에 쥐면 검은 밤을 안은 것 같았다. 그녀는 샤오샤오와 함께 그 책을 읽었던 걸 기억했다. 첫 페이지를 펼치자 종이로 만든 파란 행성의 입체 모형이 튀어나왔다. 그녀와 샤오샤오는 동시에 깜짝 놀았다. 감독의 얼굴은 그 수정처럼 맑은 파란 행성처럼 밤의 어둠을 깨뜨렸다. 눈빛이 형형하고 밝았다. 1호는 첫눈에 감독의 얼굴을 기억했다. 눈과 코, 입의 위치를 기억했다. 눈을 깜박이는 빈도와 샤오샤오를 바라보는 눈빛을 기억했다.

다음 날 아침 일찍 그녀가 흰죽을 끓였지만, 감독은 이미 떠난 뒤였다.

“어떻게 손님에게 아침도 안 먹여 보낼 수가 있니? 친구가 널 차로 데려다줬는데. 이건 정말 예의가 아니야.”

“엄마, 감독은 타이베이에 일이 있어서 간 거예요. 리허설을 해야 하거든요. 괜찮아요. 내가 타이베이로 돌아가면 그 친구에게 단빙을 사줄게요. 아니면 구아버를 한 봉지 가져다주든가요.”

3호가 부엌으로 들어서면서 말했다.

　　　　　금요일

"걱정하지 마. 내가 문밖까지 배웅했으니까."

1호는 그날 하루 종일 3호를 고문했다. 하지만 어떻게 입을 열어야 좋을지 알 수 없었다. 3호가 손님을 데리고 걸으면서 계속 얘기를 나눴을까? 무슨 얘기를 나눴을까? 몇 시 몇 분에 나갔을까? 그때 흰죽이 끓고 있었을까? 아니면 아직 다들 자고 있었을까? 왜 그녀를 깨우지 않았을까? 왜 더 많은 걸 물어보지 않았을까? 정말 타이베이의 학교 친구에 불과한 걸까? 하루 종일 참았지만 끝내 다 묻지 못했다. 까닭 없이 3호와 말다툼을 하고 3호가 사 온 쌀이 맛이 없다고 툴툴거릴 뿐이었다.

두 번째 만난 건 샤오샤오가 휴학을 하려 할 때였다. 그녀가 타이베이로 샤오샤오를 찾아갔다. 대학 근처의 비싸지 않은 스테이크 집에서 만났다. 뭐라고 말해야 좋을지 알 수가 없었다. 스테이크를 썰다가 너무 힘을 주었는지 손에 주고 있던 나이프가 부러지고 말았다. 샤오샤오가 자리에서 일어나 종업원에게 나이프를 달라고 해서 세 자루나 가져왔다.

"엄마, 엄마가 걱정하고 있다는 것 잘 알아요. 화가 나신 것도 알겠고요. 그런데 무엇 때문에 화가 나신 건지는 모르겠어요. 하지만 나는 아무것도 걱정하지 않아요. 화를 내지도 않고요. 나는 내가 지금 뭘 하고 있는지 잘 알아요. 나이프를 세 자루 가져왔으니 마음껏 써요."

그날 저녁, 그녀는 샤오샤오의 노래를 들으러 갔다. 지하에 있는 술집이었다. 밴드 몇 팀이 돌아가면서 공연을 했다. 너무 시끄러웠고 입 좀 다물라고 괄하고 싶었다. 시간이 갈수록 사람들은 더 많아졌다. 마침내 샤오샤오의 차례가 되었다. 무대 아래서 많은 사람들이 날카롭게 소리를 지르며 환호했다. 샤오샤오는 아무 말도 없이 무대 위에 서서 곧장 노래를 부르기 시작했다. 청중의 앙코르 요청에 두 곡을 더 불렀다. 다들 술 취했나? 물론 그녀는 샤오샤오의 노래가 듣기 좋다는 걸 모르지 않았다. 하지만 샤오샤오의 노래가 이런 마력을 갖고 있는 줄은 몰랐다. 수백 명의 청중은 원숭이가 되었다. 목청이 찢어져라 울면서 소리를 질러 댔다. 긴장을 떨쳐 낸 샤오샤오는 눈썹을 추켜올리고 옅은 미소를 지으며 무대 아래에서 밀려오는 눈물과 애모의 감정을 받아들였다. 밤에 그녀는 샤오샤오와 한침대에서 잠을 잤다. 샤오샤오는 방을 뺄 예정이지만 걱정할 것 없다고, 친구가 이사를 도와줄 거라고 했다. 그러면서 자신이 이미 돈을 벌기 시작했으니 돈 걱정도 하지 말고 셔터우로 돌아가거든 2호와 3호 이모에게 더 이상 돈을 보내지 않아도 된다고 전해 달라고 했다. 모두 힘들게 버는 돈이니 남겨 뒀다가 당신들이 필요할 때 쓰라고 했다. 그녀는 이 좁은 방에서 제3의 인물의 존재를 분명히 '목격했다.' 그녀는 즉시 감독을 떠올렸다. 한 번밖에 보지 못했지만 그녀라는 걸 알았다. 틀림없다. 감독이 자주 이곳을 찾아왔다. 그녀의 눈에 그 모습이 보였다. 이곳은 외로운 거처가 아니었다. 칫솔도 두 개였다. 흰 운동화가 한 켤레 있는데 사이즈가 너무 컸다. 샤오샤오의 신발일 리가 없었다. 샤오샤오는 그녀 옆에 누웠을 것이다. 무대에 올라 노래를 부르고 나면 몹시 피곤해 곧장 잠이 들었을 것이다. 그녀는 샤오샤오를 잃게 되리라는 생각이 들었다. 시각으로 선명한 상실감이 떠올랐다. 분명히 딸이 옆에 누워 있고 눈으로 볼 수 있지만, 보이지 않았다. 밤새 감히 눈을 감을 수 없었다. 잠이 들면 곧장 잃게 될까 두려웠다.

세 번째로 감독을 만난 건 삼합원에서였다. 샤오샤오와 감독이 추석을 쇠기 위해 셔터우에 왔다. 샤오샤오는 곧 레코드 회사와 계약을 할 예정이라고 말했다. 감독은 세 이모들에게 경험이 많은 전문가를 찾아 계약서를 보여 주었더니 조건이 아주 좋다고 했으니 걱정할 것 없다고 거들었다. 샤오샤오는 창작의 자유를 제대로 확보했고 레코드 회사는 절대로 샤오샤오에게 하기 싫은 일을 시키지 않으리라는 게 감독의 설명이었다. 지금은 시대가 달라져서 가수들에게 충분한 자기표현을 할 수 있는 여유가 있다고 했다.

지금 돌이켜 생각해 보니 그날 밤의 보름달을 탓할 수밖에 없다는 생각이 들었다. 그날 밤 셔터우의 보름달은 정말 거대했다. 밝은 은빛을 뿌리는 달빛이 너무 밝아 눈꺼풀을 찔러 댔고 수면을 방해했다. 가을바람이 창문을 뚫고 들어와 몸의 간지러운 곳들을 부드럽게 어루만져 주었다. 그녀는 침대에서 일어섰다. 샤오샤오와 감독에게 두꺼운 이불을 가져다주었던가? 샤오샤오의 방문 앞으로 가서 살펴보니 창문도 닫혀 있지 않았다. 달빛이 모든 걸 비추고 있었다.

그녀는 다 보고 말았다.

시야가 아주 넓었고 화질도 선명했다. 모든 디테일이 하나도 빠짐없이 전부 그녀의 눈길에 잡혔다.

샤오샤오는 입을 크게 벌리고 있었다. 모든 치아가 춤을 추고 있었다. 두 눈은 감겨 있고 얼굴 근육이 파도치며 미간이 극렬하게 수축되었다. 그녀는 딸의 이런 표정을 본 적이 없었다. 내가 낳아 기른 딸인데 어려서부터 지금까지 보지 못한 표정, 바로 이런 표정이었다. 그녀는 이런 표정을 한 번도 본 적이 없었다.

시선이 옮기자 샤오샤오의 얼굴에 해일을 일으키는 근원을 찾을 수 있었다.

아쿠아블루 행성이었다.

감독의 머리가 샤오샤오의 두 다리 사이에 파묻혀 있었다.

행성이 규칙적으로 움직이고 대륙이 떠다니고 해양이 끓어 올랐다.

샤오샤오의 두 다리는 감독의 어깨 위에 걸쳐 있었다. 발가락이 발바닥을 향해 큰 각도로 구부러져 있었다. 그녀는 딸의 두 발이 이런 각도로 구부러질 수 있고 발가락 하나하나가 달빛을 가득 담은 호수가 될 수 있다는 걸 예전엔 알지도 못했다.

그녀의 딸이 아니었다.

이미 잃어버렸다.

그녀의 딸을 감독이 빼앗아 가 버렸다.

그녀는 딸을 다시 빼앗아 와야 했다.

그녀는 문을 걷어찼고, 감독의 몸을 잡아챘다. 너무 놀란 감독은 아무런 몸부림도 치지 못했다. 버둥거리면서 문지방 밖으로 끌려 나와 삼합원 마당으로 날아갔다.

여전히 괴상한 달이었다. 그 이후 모든 게 너무나 명징했다. 샤오샤오의 얼굴에서 해일이 멈췄다. 2호와 3호가 달려 나왔다. 샤오샤오는 빠르게 짐을 쌌다. 해일이 지나간 뒤 그 얼굴은 1호를 쳐다보려 하지 않았다. 감독이 일어섰다. 몸이 화분에 부딪혀 몇 군데 다쳤다. 그 수정 같은 아쿠아블루 행성은 달빛 아래서 더욱 찬란했다. 일어서서 몸에 묻은 흙을 털어내는데, 꽃 몇 송이가 붙어 있었다. 그녀는 부끄러움도 두려움도 없이 1호를 바라보았다.

말다툼은 없었다. 샤오샤오와 감독은 얼굴에 기묘한 웃음을 띤 채 조용히 삼합원을 나와 그 좁은 골목을 걸었다. 그렇게 그녀의 시선 밖으로 사라져 버렸다.

왜 말다툼도 없었던 것일까. 샤오샤오는 왜 그렇게 조용했던 걸까. 만약에 처음부터 샤오샤오가 입을 열어 그녀를 욕했으면 좋았을 것이다. 그녀는 샤오샤오의 욕설에 대꾸하지 못했을 것이다. 만약에 대꾸를 했다면 아마도 약간의 말다툼은 있었겠지만 큰일로 확대되진 않았을 것이다. 다음 날 아침에는 여전히 함께 흰죽을 먹을 수 있었을 것이다.

다음 날 아침 화분을 정리하면서 세 자매는 아주 조용했다. 뭐라고 말해야 좋을지 아무도 몰랐다. 그녀는 큰소리로 '염병할' 하고 욕을 하고 싶었다. 몹시도 울고 싶었다. 어떻게 해야 좋을지 알 수 없었다. 아무도 흰죽을 끓이러 부엌에 들어가지 않았다. 샤오샤오는 흰죽을 먹지 않고 떠났다.

그 뒤로 사태의 전환은 아주 빨리 진행되었다. 시간의 순서가 흐트러졌다. 그녀는 샤오샤오가 앨범을 냈다는 사실도 알지 못했다. 음악 앨범을 냈다면 CD 아닐까? 디지털 음원 발표라는 게 뭐지? 그녀는 전혀 알지 못했다. 금곡장 후보에 오르고서야 비로소 2호와 3호에게 물었다. 샤오샤오가 앨범을 냈는데 왜 말하지 않은 거야? 수상 후보에 올랐다고? 그 노래들이 아주 잘나가는 건가? 들어 본 사람 있어? 어째서 샤오샤오가 TV에 나오는 걸 아무도 못 봤지? 대상 후보곡이라면 길거리 어디서나 들려야 하는 것 아닌가? 인터넷 뉴스를 보면 수상 후보곡들을 분석하면서 후보자의 지명도가 너무 낮아 아무도 알지 못한다는 글이 있었다. 한편 샤오샤오의 음악이 대단히 뛰어나고, 인디 록 음악의 반항 정신을 지니고 있다고 칭찬하는 글도 있었다. 비록 널리 전파되지는 않았지만 특정 연령대의 청중들에게 엄청난 영향을 미치고 있다고도 했다.

그렇게 갑자기 상을 탔다. 샤오샤오의 수상소감은 인터넷을 뜨겁게 달궜다.

“엄마, 저 상 받았어요. 저 결혼해요. 엄마가 기뻐하지 않고, 원하지도 않는다는 건 잘 알아요. 지금은 제가 너무나 밉겠죠.”

샤오샤오가 죽자 3호는 출국했고, 2호는 길 건너편으로 이사 갔다. 삼합원은 텅 비었다. 모두 떠나자 시선이 흐릿해졌다. 어떤 사물도 보이지 않고 어떤 사람도 보이지 않았다. 그녀는 샤오샤오의 목소리가 듣고 싶었다. 디지털 음악 스트리밍인가 뭔가는 대체 어떻게 하는 거야. 스트리밍은 무슨 얼어 죽을 소리야. 그것은 그녀의 능력 밖이었다. 스포티파이는 또 뭐야. 읽기도 더럽게 어렵네. 그녀는 기차를 타고 위안린으로 가서 레코드점을 찾았다. 샤오샤오의 CD를 사려고 했다. 신문을 보고서야 레코드 회사에서 한정판 CD를 발행했고 LP판도 있다는 걸 알았다. LP판이라고? 아직도 그 시커먼 레코드판이 있다고? 카세트테이프도 있다고? 카세트테이프를 틀 수 있는 기기가 아직도 있나? 기억에 의하면 과거 위안린 기차역 부근에는 레코드점이 여러 곳 있었는데 왜 지금은 하나도 보이지 않는 걸까? 지금 기차역은 무척이나 기괴한 모습이었다. 인근 상점들은 그녀의 기억을 완전히 배신했고 레코드점은 정말 찾기 어려웠다. 간신히 길을 물어 아주 작은 간판을

찾았다. 좁은 계단을 올라가자 문에 곧 영업을 종료한다는 고지가
붙어 있었다. 그녀가 유일한 손님이었다. 계산할 때 점원 아가씨
가 말했다.

"저도 이 앨범 아주 좋아해요. 애석하게도 젊은 나이에 그만.
전부 그녀 엄마가 망친 거예요. 죽음으로 내몬 거라고요."

인터넷에서는 수많은 글들이 샤오샤오의 생애를 지어내고
있었다. 샤오샤오에게는 동성애를 무서워하는 호모포비아 엄마
가 있고 어려서부터 그녀를 학대했다는 글이었다. 엄마가 대학교
수라고 하는 글도 있었다. 어느 대학교수는 긴급히 성명을 내서
자신의 상황을 해명하기도 했다. 자기 딸은 절대 레즈비언이 아니
고 자신도 딸을 학대한 적이 없다면서 인터넷에 떠도는 소문을 함
부로 믿지 말라고 충고했다. 그 결과 더 많은 분노의 댓글을 불러
왔다. 어쩌라는 겁니까, 교수님, 딸이 레즈비언이라면 문제가 된
다는 뜻인가요?

1호는 침대 위에서 빈둥거렸다. 큰 소리로 샤오샤오의 CD를
틀고 싶었다. 흰죽을 끓이고 싶었다. 행인탕을 마시고 싶었다. 내
일 노래를 불러야 했다. 그 생각만 하면 손이 떨린다. 집에는 애초
부터 레코드판이나 CD, 카세트테이프를 틀 수 있는 기기가 없었
고 무슨 개똥 같은 스트리밍도 할 줄 몰랐다. 처음 샀던 그 물건들
은 개봉도 하지 않은 채였고 그럴 엄두도 나지 않았다. 사장님은
그녀보다 훨씬 대단했다. 휴대폰으로 그녀에게 샤오샤오의 장미
를 들려 주었다. 사장님과 금단의 열매에서 함께 도시락을 먹고 노
래를 들었다. 그 노래를 부르고 싶었다. 그리고 애써 눈물을 참았
다. 금단의 열매에서 나온 그녀는 빠른 속도로 스쿠터를 몰았다.

계속 쉬지 않고 달렸다. 이젠 사방에 나무와 바람뿐이고 사람은 아무도 없었다. 그제야 그녀는 마침내 참았던 울음을 터뜨렸다.

후투티가 날아가서 부리로 가볍게 유리창을 두드렸다.

"왜 그래? 나가고 싶어? 정말 짜증 나게 하네."

새가 고개를 돌려 그녀를 한 번 쳐다보고는 계속 유리창을 두드렸다.

"젠장."

그녀가 몸을 일으켜 창문을 열었다.

새는 날아갔다.

갑자기 일어나서인지 현기증이 났다. 눈앞이 캄캄했다.

그 어둠 속에 샤오샤오의 손이 보였다. 가늘고 긴 손가락이 보였다.

손가락은 어두운 밤을 향해 하얀 빛을 발했다. 검은 그림책의 책장을 넘겼다.

책 속에서 말라 시들어진 입체 행성이 튀어나왔다.

행성은 한때 아쿠아블루 색으로 찬란하게 빛났다. 지금은 화분들 옆에 쪼그려 앉은 행성은 지구 온난화로 인해 너무나 오래 가물었고 생태 환경이 어지러워져서 바다가 사라지고 곧 무너질 것 같았다.

행성이 창문 여는 소리를 들었다.

잠이 없는 사막이 두 눈으로 1호를 보았다. 순간, 큰비가 내렸다.

"안녕하세요, 이모님!"

3

향장은 욕실로 뛰어 들어가 목욕을 했다. 물건이 아직 딱딱했다.

"What the fuck, 젠장."

그는 욕이 그렇게 바로 튀어나온 걸 의식하지 못했다. 욕 같은 건 몸속 동굴 속에 깊숙이 감춰져 있다고 생각했다. 사실 아내의 귀는 욕실 문과 프렌치 키스를 하고 있는 거나 마찬가지라서 모든 욕이 그대로 다 들렸다. 아내는 그의 욕을 들으면서 웃음을 참지 못했다. 아, 큰일 났다. 이걸 어떻게 다 듣게 된 거지. 아내가 대놓고 큰 소리로 웃고 있었다. Fuck.

수온을 높게 조절하고 물을 최대한 세게 틀었다. 자신의 물건을 향해 물을 세게 뿌렸다. 소용 없었다. 더 딱딱해진 느낌이다. 냉수로 바꿔 봤지만 소용이 없었다. 그는 물을 잠가 버렸다. 얼음, 얼음이 필요했다. 얼음에 닿으면 수그러들 게 분명하다. 하지만 이것도 불가능하다. 얼음은 부엌 냉장고에 있었다. 아직도 이렇게 딱딱한데 어떻게 욕실 밖으로 나가지.

　도대체. 뭐야. 나. 그녀. 아내. 그는 자기 뺨을 때려 보았다. 물건을 때려 보았다.

　이마 안쪽에 팽이 여러 개가 돌고 있는 게 분명하게 느껴졌다. 내가 아직 잠을 자고 있는 걸까? 열이 나서 그런가? 고열이 났고 이 모든 건 환각일 수밖에 없다. 왜 잠에서 깨자마자 아내가 자기 몸 위에 앉아 있는 걸 보게 된 걸까? 불가능한 일이다. 그의 물건이 어떻게 아내의 몸 안에 들어가 있을 수 있단 말인가. 왜 지금 머릿속에 '자지'라는 두 글자만 자꾸 떠오르고 있나. 자지 자지 자지 자지 자지. 사정을 하지 않았나? 그랬다. 분명히 느낌이 있었다. 아내의 몸 안에서 폭발했었다. 사정했으면 수그러들어야 할 텐데 왜 아직도 딱딱하단 말인가. 방법이 없었다. 총을 쏘는 수밖에 없다. 이건 또 뭐야. 왜 머릿속에서 '총을 쏜다' 같은 저속한 단어가 떠오르나. 어디서 온 저질스러운 표현인가. 틀림없이 인터넷일 것이다. 이래선 안 된다. 앞으로는 인터넷을 줄여야 할 것 같다. 지금부터 시작이다. 안 된다. 아직은 안 된다. 지난 며칠 동안 너무나 어지럽고 많은 일정을 소화했다. 커뮤니티 게시판도 업데이트하지 못했다. 좋다. 집중해야 한다. 지금부터 시작이다.

　아내는 섹스를 싫어했다. 그래서 그는 자위를 했다. 남편으로서의 의무를 다하려 했고 늘 시도하려고 했다. 몇 번 해 봤지만 결국 자위를 하는 걸로 끝났다. 두 사람은 공통된 인식에 이르렀다. 하지 않아도 상관없다. 그녀는 섹스를 좋아하지 않았고 몹시 불편해했다. 성욕이 없었다. 이에 대해 그는 아무런 이견이 없었다. 그는 절대로 가부장제의 낡은 노선을 걷지 않을 것이다. 그는 신세기 헤테로 남성이다. 여성의 신체적 자유권을 절대적으로 존중한다. 그래서 그는 자위했다. 그는 페미니스트를 자처했으나 그걸 입 밖에 낼 수는 없었다. 마음속으로 자신을 칭찬하면 그만이다. 절대로 아내에게 왜 섹스를 좋아하지 않는지 물어볼 수도 없다. 자위가 답이었다. 그의 몸에는 확실히 성욕이 있었다. 그럴 때마다 자위하고, 자위하고, 자의했다. 아주 빨랐다. 그는 이를 아주 사소한 일로 치부했다. 바로 이 순간처럼 대개 운동을 끝내고 목욕을 할 때였다. 손을 위아래로 마구 움직이면 얼마나 빠르게 고지에 도달할지 알 수 있다. 사정했다. 격발이 끝났다. 샤워를 하고 나면 몸이 가벼워지고 머리가 더욱 이성적으로 변했다. 자기 혼자 하는 게 좋으니 굳이 아내를 침범할 필요가 없다. 혼자 하면 그만이었다. 하지만 오늘 아침은 어찌 된 일일까. 그는 아내의 표정을 뚜렷이 보았다. 두 눈이 찬란하게 웃고 있었고 입이 크게 벌어져 있었다. 그에게 익숙한 얼굴이 아니었다. 아내가 아니었다. 아내 스스로 내 몸 위로 기어올라 온 걸까? 내가 꿈속에서 어떤 방식으로 아내를 침범한 건 아니겠지? 자위를 한 건 아니겠지? 젠장, 정말 어찌 된 일인지 아무리 해도 대답을 들을 수 없었다.엄마도 그의 영역의 경계를 존중해 주지 않았다. 그냥 그렇게 방으로 쳐들어와서 두 사람의 모습을 보고 말았다. 그는 자위를 했다. 다시 좀 더 힘을 주었다. 새. 어떻게 새가 있는 거지. 자위를 했다. 새를 생각했다. 구구 하는 새 울음소리가 들렸다. 허벅지 근육이 움직이고 성기가 마침내 서글픈 소리를 토했다. 그는 머리를 뒤로 젖히다가 하마터면 균형을 잃을 뻔했다. 온몸의 근육이 극렬하게 수축했다. 쾌감이 이마를 세게 두드렸다. 마침내.

두 번째 사정을 했다. 괜찮겠지. 그는 양반다리를 하고 앉았
다. 고개를 숙여 성기를 내려다보니 마침내 지쳐서 서서히 말랑말
랑해지기 시작했다.

그는 자신의 이런 모습이 마음에 들지 않았다. 욕실 밖에 있
는 아내를 어떤 표정으로 대해야 할지 알 수 없었다. 그는 성적 충
동은 통제가 가능하고, 반드시 통제해야 한다고 생각했다. 몸이
성욕에 순종한다면 평생 유감이 될 것이다. 그랬다. 섹스는 모든
걸 파괴할 수도 있다. 아내가 좋아하지 않는다면 자신이 통제하는
게 옳다. 두 사람의 결혼상태가 뜨겁지도 않고 차갑지도 않은 건
서로를 존중하기 때문이다. 그는 아내의 삶이 그리 즐겁지 않다는
걸 잘 알고 있었다. 미국에서도 즐겁지 않았고 셔터우로 돌아온
뒤에도 그랬다. 그는 아내에게 결혼이 서로에게 쾌락을 주기 위한
건 아니라고 말했다. 먼 길을 함께 가야 하기 때문에 반드시 모든
걸 이성적으로 대해야 한다고 했다. 쾌락은 자신에게 의지하여 찾
아야 한다. 이 세상에 자신에게 진정한 쾌락을 줄 수 있는 건 자기
자신뿐이다. 쾌락은 자신의 정서와 상처를 이성적으로 분석할 수
있을 때만 가능했다. 정말로 전문적인 협조가 필요하다면 심리적
지도나 의학의 도움을 받아야 한다. 만일 아내가 결혼 상태를 끝
내고 싶다면 그것 역시 막지 않을 것이다. 그에게 즐거운지 아닌
지 물을 필요도 없다. 그는 자신이 아주 즐겁다고 생각했다. 고향
에 돌아와 향장이 될 수 있었으니, 고향을 위해 뭔가를 내어 주고
고향을 변화시키고 배운 바를 통해 지역사회의 발전에 공헌해야
한다고 생각했다. 관원의 길은 찬란했다. 물론 그는 혼인 상태를
유지하는 게 앞으로의 정치 인생에 절대적인 도움이 된다는 점도

잘 알았다. 유권자들은 항상 단 한 번의 인생에서 일부일처제와 일남일녀를 잘 양육하는 걸 이상적으로 여기기 때문이다. 하지만, 아내가 정말로 떠나고 싶어한다면 남성 지도자 옆에 반드시 아내가 있어야 하는 건 아니라는 사실, 아내가 없어도 모든 일을 잘해 낼 수 있다는 사실을 유권자들에게 증경해 보일 것이다.

아내는 방금 그런 표정을 보였다 끝났다. 방금 전엔 아예 콘돔도 안 썼다. 만약에……, 됐다, 됐어 됐다고! 빨리 씻자. 이성으로 직면하지 못할 일은 없다. 오늘도 그의 일정은 꽉 차 있었다. 어제는 몸에 열이 나는 바람에 많은 일들을 오늘로 미뤘다. 저녁이 되었다. 잠시 후에 외출할 예정이었다. 아내에게 밤에 잘 얘기해 보자고 말했다.

어째서 또 딱딱해지는 거지.

내일이 바로 슈퍼 토요일기고, 휴대폰 속 to-do list에는 아직 완수하지 못한 일들이 수두룩했다. 오늘은 무슨 일이 있어도 스포츠 공원에 가서 극단의 리허설을 봐야 했다. 무대 설치는 끝났는지, 리허설은 순조롭게 진행되는지 확인해야 했다. 반드시 극단과 단체 사진을 찍고 커뮤니티 게시판에 새 사진을 올려야 했다. 내일 일기예보는 어떤가? 맑음이었다. 그는 절대로 날씨가 좋으리라고 확신했다. 휴대폰을 침대맡 테이블에 두었기 때문에 지금은 예보를 검색할 수가 없었다. 지금 또 딱딱해졌다. 밖에 나가기가 여전히 어려울 것 같다. 드론 공연단과의 온라인 회의가 몇 시였더라. Fuck, 행사 일정표도 휴대폰 안에 있다. 커피가 몹시 마시고 싶었다. 샤오B에게 여기까지 배달을 해 달라고 해도 될까?

욕실 문이 흔들렸다.

그의 휴대폰이 문 밑 틈새로 비집고 들어왔다.

아. 아내였다. 고마워. 뭘 아는군.

여보, 그게 당신 웃음소리였어? 뭐가 그렇게 우스웠던 거야? 당신은 분명히 웃음이 없는 차가운 사람이잖아. 뉴잉글랜드의 겨울처럼. 정말 좋아. 그런데 도대체 왜 웃은 거야?

어떻게 휴대폰을 그냥 침대맡 탁자 위에 놔둘 수 있단 말인가. 대체 그에게 무슨 일이 일어나고 있나.

읽지 않은 메일이 3백 통이 넘었고 커뮤니티 게시판에는 천 개 넘는 댓글이 달려 있었다. 받지 않은 전화가 백 통이 넘었다. 그리고 성기는 또다시 자위를 기다리고 있다.

샤오B의 계정엔 새로운 동영상이 올라와 있었다. 후투티들이 무지무지 많았다. 겨우 삼십 분 사이에 클릭 수가 엄청났다. 장난이 아니다. 다들 밤에 잠도 안 자고 뭐 하는 걸까.

슈퍼 토요일의 공식 홈페이지가 갱신되었다. 비서가 그의 지시에 따라 사진 위치와 움직이는 폰트를 조정했다. 뭐라고! 내일 공연에 왜 1호가 출연한다는 거야. 나가 죽으라고 해! 그는 1호가 향사무소에 와서 홈페이지를 담당하는 비서 옆에 서 있는 장면을 상상했다. 두 손을 허리춤에 얹고서 비서에게 업데이트를 강요하고 있다.

장미는 장미야. 그래, 장미는 장미야.

젠장. 왜 그도 이 노래를 부르고 있는 걸까. 요 며칠 동안 줄곧 이 노래를 들었다. 아주 듣기 좋은 노래였고 그는 마음속으로 따라 불렀다. 하지만 1호는 왜 이 노래를 부르겠다는 건가. 기자들의 카메라에 잡히면 어떻게 될까. 틀림없이 수백만의 사람들이 비

웃는 인터넷 밈이 되고 말 것이다. 반드시 방법을 찾아 그녀를 저지해야 했다.

그는 자신의 이마를 만져 보았다. 욕실에 수증기가 가득해서 손으로는 미열이 가라앉았는지 정확히 측정하기가 어려웠다.

미국에서 돌아온 지 이렇게 오래되었는데 그는 처음으로 자신의 결정에 의문을 던지고 있었다. 왜일까? 왜 그가 셔터우에 있는 걸까? 왜 미국에 남지 않은 걸까? 왜 돌아와야 했을까? 여기가 그의 집일까?

그에게는 뉴잉글랜드가 이상적인 집이었다. 가을, 그는 뉴잉글랜드의 가을을 가장 좋아했다. 혼자 산에 들어가 건강한 걸음으로 노란 낙엽을 즐기다 보면, 얇은 겉옷 사이로 시원한 바람이 스며들었다. 백 년도 더 된 늙은 나무 아래서 책을 읽다 보면 가지를 이탈한 노란 낙엽이 책장 위르 떨어져 책갈피로 쓰기에 딱 좋았다. 차를 몰고 산을 내려오면 얼마 지나지 않아 해변의 대도시에 도착하고 발전된 문명을 만날 수 있었다. 인류는 이성과 지식으로 이곳에 위대한 국가를 건설했고 다양한 종족이 공생하고 있다. 그의 꿈은 바다가 보이는 집을 사고 아시아계 유명 자기 계발 연설가가 되는 거였다. 아니면 대학에서 교수로 생활하면서 여름에는 아내와 함께 유럽 여행을 하고 크리스마스에는 스키를 타러 가는 것도 나쁘지 않을 것이다. 아니, 그는 '꿈'이라는 단어를 싫어했다. 꿈이 아니라 계획이다. 꿈은 환상이지만 그는 고학력자로서 자기 관리가 엄격한 사람이었다. 지각하는 일이 전혀 없었고 대인관계도 충분히 우호적이고 원만했다. 인샨의 방향과 방식도 정해져 있었다. 꿈이 아니라 안정적으로 건강하게 집행하는 것이었다.

그는 줄곧 자신에게 셔터우로 돌아가는 건 부모님을 위해서라고 말했다. 그의 아버지는 외아들인 그가 당신의 정치적 기반을 이어받길 원했고, 엄마의 우울증은 갈수록 심해져서 문밖에도 나가지 못하는 처지였다. 원래는 미국에 와서 그의 졸업식에 참가하려 했지만, 공항에 가야 하는데 침대에서 내려오지도 못했다. 결국 아버지 혼자 비행기를 타는 수밖에 없었다.

사기꾼. 다 거짓말이다. 그는 자신의 딱딱해진 성기를 내려다보면서 결국 모든 게 사기였음을 인정했다. 그는 셔터우로 돌아오고 싶은 마음이 털끝만큼도 없었다. 잔혹한 현실이 그의 계획을 다 망가뜨렸다. 미국에서 직장을 구하는 일은 순조롭지 못했고 경력은 벽에 부딪혔다. 그는 뉴잉글랜드를 원했지만 뉴잉글랜드는 그를 원하지 않았다. 타이완인이 무대 위에서 가짜로 긍정 에너지를 부풀리는 말 같은 걸 누가 듣고 싶어하겠는가. 여기저기 이력서를 보내 봤지만 순위에서 한참 떨어지는 대학에서도 그를 원하지 않았다. 셔터우로 돌아오는 수밖에 없었다. 그는 당초 이 작은 시골을 아주 무시했다. 처음 이곳을 떠날 때는 다시 돌아오지 않을 작정이었다. 셔터우는 뉴잉글랜드가 아니었다. 창문을 열자 바람이 통했다. 창밖의 해가 이미 어둠을 완전히 몰아냈다. 바다 풍경도 없고 위대한 문명도 없다. 산을 가득 덮은 노란 나뭇잎도 없고 뉴잉글랜드도 없었다.

자위를 했다.

이 순간 그의 커뮤니티 게시판에 누군가 사진을 올렸다. 기차역 앞의 등롱 사진이었다.

계속 손을 움직였다.

"친애하는 샤오 향장님, 늘 환경코호를 통해 지구를 살려야 한다고 하지 않으셨나요? 지금 아침 6시가 넘어 날이 환해졌는데 왜 등롱이 전부 켜져 있는 건가요?"

자위는 계속되었다.

누군가 댓글을 달았다. 그 대체 복무자 청년이었다.

손이 계속 움직였다.

대체 복무자가 대답했다.

"사람들한테 몰래 얘기했어요. 그 스위치가 망가졌다고요. 헤헤. 어젯밤에는 아예 켜지지 않았어요. 등불의 바다는 무슨, 죽음의 바다였다니까요. 그랬는데 귀신기 나왔나 봐요. 갑자기 저절로 켜지더라고요. 제가 봤어요. 지금이라도 얼른 꺼 버려야 할 것 같아요. 하하하."

사정했다.

욕실의 더위가 싫었던 수증기가 창문 밖으로 도망쳤는데 뜻밖에도 밖은 더 더웠다.

열기가 흩어지면서 시야가 맑아졌다. 그는 어리둥절한 표정으로 욕실 바닥을 내려다보았다. 바닥에 흥건한 정액이 모여 사람 형상을 이루고 있었다.

그 형상이 꼭 그인 것 같았다. 바로 그였다. 그의 몸 안의 사기꾼이 밖으로 사출된 것이다.

힘이 없었다. 흐물흐물해졌다. 몸 안의 동굴이 무너졌다. 슈퍼 토요일이 죽어 버렸다. 금요일을 취소했다. 오늘 그는 어디에도 가지 않았다. 이 순간, 이 욕실이 그의 뉴잉글랜드였다.

샤오B의 자전거가 망가졌다. 걸어서 움직이는 건 너무 느렸다. 차가 없었고 차를 몰 줄도 몰랐다. 힘이 없어서 빨리 뛰지도 못했다. 배가 약간 고픈 것 같았고 목이 말랐다. 뛸 수가 없었다. 이래선 안 되는데 달리 방법이 없었다. 1호의 스쿠터를 타는 수밖에. 어떻게 타지? 면허증도 없었다.

2호는 1호의 스쿠터를 끌고서 셔터우로 위에서 한참을 머뭇거렸다. 자신에게 물었다. 이거 탈 수 있겠어? 사장님 집에 어떻게 가는지는 기억하고 있지? 어렸을 때 가 본 적이 있었다. 단독주택이었던 게 희미하게 생각났다. 바로 옆에는 양말 공장이 있고 주변은 온통 밭이었다. 이렇게 오래 안 가 봤는데, 아직 길이 남아 있을까? 집은 그대로 있을까? 왜 아이가 그곳에 있다는 걸까? 아무래도 안 될 것 같았다. 스쿠터를 타고 가서 잠시 후에 도착한다 해도 아이를 어떻게 데려온단 말인가. 아이는 아직 어려서 탈 수 없겠지? 안고 탈까? 아니면 등에 업거나 어깨에 얹고 탈까? 불가능했다. 스쿠터를 탈 줄도 모르면서 어떻게 아이를 데려온단 말인가. 택시를 탈까? 맙소사, 그녀가 할 수 있는 건 아무것도 없었다. 셔터우에서 어떻게 택시를 부른단 말인가.

귀찮아하겠지만 샤오B에게 부탁해야 할까? 샤오B는 그녀를 사장님 집으로 데려다 줄 방법을 생각해 낼 수 있을 것 같다. 어젯밤에 블루 카페로 돌아와 보니 잔과 접시들이 뒤섞여 텀블링을 하고 있었다. 손님들은 이미 다 떠났고 복잡한 냄새만 남아 있었다. 샤오B는 바닥에 쭈그리고 앉아 일종의 토막 살인 사건을 조사하는 중이었다. 그녀가 스페인에서 가져온 커피 잔이 불행을 당해 몸체가 깨지고 손잡이가 사라졌다. 그녀는 샤오B를 말렸다.

"찾을 필요 없어. 내일 청소하면 돼. 우리 지금은 일단 가서 자자."

샤오B는 계속 홀을 정리했다.

"먼저 가서 주무세요. 금방 끝나요."

그녀는 샤오B의 손에 들려 있는 커피 잔의 시신을 쳐서 바닥에 떨어뜨려 버렸다. 도자기 잔 조각이 더 잘게 부서지면서 청명한 소리가 났다. 정말 듣기 좋았다. 갑자기 한 가지 강한 충동이 일었다. 테이블 위에 놓여 있는 커피 잔들을 몽땅 학살하고 싶어졌다. 전부 냄새 나고 금이 가거나 더러워진 것이라 다 버리고 새걸 사고 싶었다. 그녀는 샤오B를 잡아끌고 위층으로 올라왔다.

"샤오B, 나도 알아. 결벽증이 폭발하면 청소를 안 할 때 여기저기 가렵고 온몸이 편치 않지? 이건 사장 명령이야. 알아들었지? 가자. 올라가서 자자고. 내일 1호가 노래를 하기 때문에 우리는 영업을 안 할 거야. 아침 일찍 일어날 필요가 없다고. 진지하게 자는

거야. 알았지? 맙소사 샤오B, 1호는 지금 너무 진지해. 내일 정말
로 노래를 부르겠다는 거야. 죽겠네.”

　　아니야, 남을 귀찮게 하면 안 되지. 샤오B는 푹 자게 놔둬야
해. 이런 사소한 일은 그녀 자신이 처리할 수 있다.

　　그녀는 지갑에서 휴대폰을 꺼내려 했다. 손이 느슨해지면서
스쿠터가 넘어졌다. 스쿠터는 땅바닥에 누워 생떼를 쓰는 커다란
아이 같았다. 일으켜 세울 수 없었다.

　　사소한 일이라고? 그녀가, 할, 수, 있는, 일은, 아무, 것도, 없었
다. 그녀는 파란 나비콩 차를 마시고 싶었다. 블루 카페 2층을 향해
소리를 지르고 싶었다. 자신이 싫다. 결국 자기 혼자만 남았다.

　　과거 그녀의 최악의 습관은 어디를 가든 결혼을 하는 것이었
다. 그녀는 멍청했고 게을렀다. 외로움을 두려워했고 도피하고 싶
었다. 그녀의 남편들은 모두 똑똑한 사람들이었다. 그들은 그녀를
아주 먼 곳으로 데리고 가서 생활 속의 크고 작은 일들을 전부 합
리적으로 처리해 주었다. 결혼이란 인생의 수많은 중요한 이치들
을 깨닫는 과정이라고 하던가. 그녀는 아주 여러 번 결혼했지만
아무것도 배우지 못했다. ‘국적이 서로 다른 남편들의 장례를 치
른’ 기능 같은 건 아무짝에도 쓸모없다. 이 순간 그녀에게 필요한
건 힘과 방향감각이었다. 그리고 스쿠터를 탈 수 있는 능력이었
다. 이 복잡한 기계를 그녀는 몇 번밖에 타 보지 못했다. 처음 탔을
때 이웃집 화분에 부딪혔던 게 기억난다. 그녀는 삼합원에서 수백
미터 떨어진 집으로 이사하면서 독립된 생활을 꿈꾸었다. 모든 걸
자신이 직접 해야 했지만 그리 어려울 것도 없었다. 정말로 어렵
지 않았다. 게다가 카페까지 차렸다. 샤오B를 만난 덕분이다. 그

녀는 자신이 냄새를 맡을 줄 안다는 사실을 인정했다. 험한 바닷속에서도 냄새로 믿을 만한 부목을 찾아낼 수 있었고, 한번 그걸 잡으면 절대로 놓지 않았다.

지금은 어떤 부목의 냄새도 맡을 수 없었다. 스쿠터는 너무 무거웠다. 결국 그녀는 자신이 외로움을 싫어한다는 사실을 스스로 인정했다.

그녀는 여전히 상황을 제대로 파악할 수 없었다. 감독과 아이, 사장님 사이의 관계를 알 수가 없었다. 밤새 잠을 이루지 못해 이른 아침이 되자 의식이 몹시 혼란스러웠다. 어젯밤의 비가 머리칼 안에 갇혀 있었다. 두피에 뇌우가 내리는 듯하고 더운 공기가 목을 졸랐다. 창문을 열고 바람을 쐬자 낯익은 냄새를 맡을 수 있었다. 몸을 일으켜 거리 쪽을 내다보았다. 아, 그건 꿈이었다. 너무나 다행이다. 꿈이었다는 건 자신이 마침내 잠을 잤다는 이야기다. 꿈속에서 감독이 셔터우로에 서 있었다. 눈빛이 헝클어져 있고 허둥지둥 당황한 모습이었다. 감독이 어떻게 여기에 나타날 수 있지? 영원히 셔터우에 발을 들이지 않겠다고 분명히 말하지 않았던가. 물론 꿈이었다. 감독은 삼합원으로 통하는 좁은 골목 앞에 서 있었다. 쪼그려 앉았다가 다시 일어섰다가 또다시 쪼그려 앉았다. 몸이 많이 떨리는지 휘청거리며 걸었다. 그렇게 좁은 골목 안으로 들어섰다. 뜨거운 바람이 덮쳐와 감독의 몸에서 나는 냄새를 블루 카페 2층으로 날려 보냈다. 그녀는 그 냄새를 맡았다. 갓난아기의 젖 냄새였다. 감독은 밤새 한숨도 자지 못했고 며칠째 변비였다.

갓난아기는 낫을 들고 울부짖는 군대처럼 2호의 코를 잔인하게 공격했다. 코털을 베고 비강을 찌르며 몸 안으로 침입해 들어왔다. 울음소리의 냄새는 너무나 진하고 강해서 밤새 무르익었던 잠기운을 완전히 쫓아냈다. 확실히, 감독이었다. 어떻게 이럴 수가? 감독이 셔터우에 왔다. 샤오샤오에게 감사해야 했다. 샤오샤오 덕분이 아니라면 그녀가 어떻게 이 갓난아기의 냄새를 알아낼 수 있었겠는가. 토한 젖 냄새, 기저귀 냄새 그리고 갓난아기 정수리에서 발산되는 시큼한 냄새였다. 핀란드 남편은 전 여자 친구와 쌍둥이를 키웠었다. 주말이면 핀란드 남편이 아이를 돌볼 차례가 되었다. 그녀는 정말로 갓난아기가 싫었다. 게다가 자기 손이 몹시 둔한 것도 걱정이었다. 도자기를 깨듯이 아이를 다치게 할까봐 항상 아이들과 멀찌감치 떨어져 있었다. 몇 번인가 어쩔 수 없어서 돕긴 했지만 갓난아기의 몸에서 나는 냄새에 토하고 싶어졌다. 냄새를 맡고 몇 초 지나면 뱃멀미를 하는 느낌이었다. 하지만 핀란드 남편은 아기의 몸에서 나는 냄새가 정말 좋다고, 우주 전체를 통틀어 가장 향기로운 냄새라고 했다. 그러면서 이는 갓난아기들의 전략이라고 덧붙였다. 아기들은 자립할 능력이 없고 자신을 도울 수 없기 때문에 어른들의 보살핌이 필요하다. 그래서 태어나면서부터 이런 냄새를 발산하는 능력으로 부모의 중추신경계를 공격하는 것이다. 부모는 이 냄새를 맡으면 몸 안에서 행복의 신호가 반짝이고 갓난아기를 돌보는 모든 수고를 잊게 된다. 그래서 사심 없이 모든 수고를 아끼지 않는다. 그녀는 갓난아기를 핀란드 남편의 품에 넘겨주면서 힘껏 고개를 가로저었다. 아니야, 그런 행복은 없어. 그녀는 이런 냄새의 연결을 이해할 수 없었다. 그녀는 빠른 걸음으로 집 뒤로 달려가 위장 속에 일던 폭풍을 숲에 토해 놓았다. 구토는 바로 망각이었다. 몸이 그 냄새를 다소간 잊게 된다. 하지만 샤오샤오가 소형 트럭 위에서 태어나던 그 순간, 그녀는 갑자기 핀란드 남편이 말했던 전략을 이해할 수 있었다. 샤오샤오가 그녀의 몸 안에서 미끄러져 나온 건 아니지만 1호가 저쪽에서 소리를 지르고 있을 때, 그녀의 몸도 함께 고통을 느끼고 있었다. 샤오샤오의 몸이 미끄러져 나오는 걸 보았을 때, 그 냄새가 그녀에게 부딪혔다. 그 냄새는 등잔 심지가 되었다. 단테의 품에 안긴 샤오샤오의 울음소리가 등잔에 불을 붙이자 심지가 타면서 그녀의 몸 안에도 등이 하나 켜졌다. 밝고, 낯설고, 따스했다. 있었다, 이번에는 행복이 있었다.

그녀는 잰걸음으로 내려가 곧장 문을 나섰다. 하늘이 빙빙 돌아서 블루 카페 앞 벤치에 주저앉았다. 심장이 미칠 듯이 빠르게 뛰었다. 눈앞의 집과 거리와 하늘이 전부 일그러지면서 급류의 소용돌이를 이뤘다. 더운 바람이 갓난아기 울음소리를 싣고 와서 그녀를 포위하더니 겨드랑이 밑으로 들어와 그녀를 벤치에서 끌어냈다. 어지러울 시간도 없다고 그녀를 재촉했다. 빨리. 더운 바람이 그녀를 부축하여 길 건너 좁은 골목으로 들어섰다. 시야가 점점 맑아지더니 소용돌이가 물러가고 코에 숨이 통했다. 좁은 골목의 벽돌담 틈새가 감독이 가는 길 내내 던져 놓은 냄새를 빨아들였다. 길가 풀잎에 맺혀 있던 이슬방울들은 감독이 한 번도 하지 않았던 말을 지키고 있었다. 인내심 없던 더운 바람은 벽돌담에 부딪히고 쏠리면서 풀잎을 밟았다. 담이 밀치락달치락하는 사이에 이슬방울이 떨어져 깨졌다. 모든 냄새가 흩어졌다. 2호는 이 냄새를 전부 받았다. 그녀는 갓난아기 냄새를 전부 받아들여 삼합원으로 가져왔다.

감독은 화분 옆에 쪼그리고 앉아 울고 있었다. 오는 길 내내 냄새를 버리고 온 탓인지 창백하게 탈수된 모습이었다. 색이 벗겨져 거의 투명에 가까웠다. 희박하게 약간의 냄새만 남아 있었다.

1호가 등받이 없는 나무 의자에 앉아 감독을 지켜보고 있었다.

1호는 바라보고, 감독은 울었다. 두 사람 사이엔 산과 계곡이 가로놓인 것 같았다. 둘은 그렇게 대치하고 있었다. 1호는 산처럼 위용을 과시하며 압박했다. 말은 없었지만 기세등등했다. 감독은 무너진 산 같았다. 기이한 꽃과 풀들이 그녀의 몸을 받치고 있었다. 판단이 길고 가는 잎을 내밀어 그녀의 눈물을 닦아 주었다.

진짜 그 감독 맞나? 작년에 타이베이에서 샤오샤오의 추도식을 거행할 때, 샤오 씨 세 여자는 말다툼을 벌였다. 그때의 감독은 산 같았고 한 마디 말도 없이 세 자매를 압박했다. 기세가 너무나 대단해서 세 자매는 말싸움을 멈췄다. 감독이 그녀들 앞에 서서 차가운 어투로 말했다. 눈동자는 선글라스 안에 감춰져 있었지만 여전히 날카로웠다.

"세 분 너무 시끄럽네요. 그만 가세요. 샤오샤오가 말했잖아요. 다시는 돌아가지 않을 거라고. 제가 다시 한번 말할 테니 잘 들으세요. 저랑 아이는 영원히 돌아가지 않을 거예요. 그러니 그만 가 주세요."

더운 바람이 그녀를 삼합원 안으로 밀어 넣었다. 화초들이 바람에 흔들렸다. 1호는 안정적인 자세로 앉아 눈 한 번 깜박이지 않았다.

그녀는 반드시 대치 상태를 깨야 했다.

“굿 모닝, 감독님. 나 기억하지요? 2호예요. 2호 이모.”

감독이 입을 열어 메마른 인사를 건넸다.

“네, 이모님. 안녕하세요.”

“자, 들어가서 좀 앉아요. 내가 차를 우릴 테니까요.”

1호가 입을 열었다.

“차를 우린다고? 네가 차를 우릴 줄 알아? 차를 마실 줄 아냐고?”

“아니면 네가 하든가? 손님이 어렵사리 셔터우에 왔는데 어떻게 땅바닥에 앉아 있게 할 수 있어. 감독님, 아침 드셨어요?”

“이모님들, 저는 가야 해요.”

입으로는 가야 한다고 했지만 감독은 움직일 수가 없었다.

“간다고요…… 어딜 가는데요? 방금 도착한 거 아니에요? 좀 앉았다 가요. 참, 아이는 어디 있어요? 타이베이에 있나요?”

“가야 해요…… 가서…… 리허설을 해야 하거든요. 내일 공연이 있어요. 할 일이 아주 많아요.”

감독은 망가진 싸구려 로봇 같았고 그 목소리엔 잡다한 정보가 담겨 있었다.

“무대를…… 설치한다고요? 스포츠 공원 무대 말인가요? 내일 공연을 해요? 그게 감독님이었군요. 아, 우린 전혀 몰랐어요. 타이베이에서 극단이 온다는 것만 알았지.”

1호가 감독을 똑바로 마주 보면서 말을 이었다.

“공연하러 오느라 아이는 타이베이에 두고 왔겠네요. 누가 아기를 돌보나요?”

감독의 몸이 계속 화분 쪽으로 기울고 있었다. 머리는 선인장을 베고 손은 장미 가시를 움켜쥐는 듯했다. 몸 전체가 전기에 감전된 것처럼 극렬하게 떨렸다.

"이모님, 이모님, 저 안 되겠어요. 아주 오래 잠을 못 잤어요. 잠 좀 자게 해 주시면 안 될까요. 아이를, 저 대신 좀 돌봐 주시면 안 될까요? 고맙습니다."

말을 마친 감독은 눈을 감았다. 로봇이 완전히 방전된 것처럼 몸이 맥없이 늘어졌다.

돌봐 달라고? 1호와 2호는 서로 얼굴을 쳐다보았다.

1호가 일어나서 주머니에서 스쿠터 열쇠를 꺼냈다.

"사장님. 사장님 집인가 봐. 합창단 사람들이 하는 얘기 들었어. 타이베이에서 사람들이 엄청 많이 내려왔대. 극단인가 뭔가가 그 집에 묵는대. 사장님 집 말이야!"

"열쇠 이리 줘. 내가 가 볼게."

2호가 확고한 눈빛으로 1호를 바라보고 있었다. 1호의 몸 안에서 복잡한 기체가 분출되었고 몸부림을 치면서 눈앞의 상황을 분석하고 있었다. 감독의 상태는 아주 안 좋았다. 감독을 2호에게 맡겨야겠어. 아니야, 안 돼. 둘이 끝까지 삼합원에 함께 있어야 해. 만일 2호가 사장님 집으로 간다면, 잠깐, 우리가 실수를 하면 어떻게 되지? 아이가 정말 그곳에 있을까? 타이베이에 있는 게 아닐 수도 있어. 안 돼, 안 돼. 아이가 정말로 그곳에 있는데 2호를 보낸다면 다 같이 죽는 수가 될 수도 있어. 젠장. 눈앞에 주름이 드리웠다. 예감이었다. 도대체 누가 죽는 걸까? 3호는 어디로 갔지? 3호는 왜 태국으로 간 거야? 멍청이. 지금은 모두가 다 같이 파국으로 치닫고 있는데.

     금요일

2호는 1호의 두 가지 난처함의 냄새를 분명하게 맡았다.

"부탁이야. 좀 진정해. 너 잊었어? 내 쪽엔 샤오B가 있다고. 빨리. 열쇠."

샤오B가 있다는 것마저 잊고 있었다. 1호는 스쿠터 열쇠를 2호에게 건넸다.

"샤오샤오의 방이야. 문 열어. 빨리."

2호의 몸이 몇 초 동안 굳어 있다가 재빨리 샤오샤오의 방으로 달려가 방문을 열었다.

방은 아주 깨끗했고 잘 정돈되어 있었다. 침대와 이부자리도 그대로 있었다. 어린 시절부터 성인이 될 때까지 샤오샤오가 읽었던 책들도 그대로이고 초등학교 때 쓰던 책가방도 벽에 그대로 걸려 있었다. 어렸을 때 받은 상장들도 다 있었다. 피아노도 있었다. 2호가 사 준 야마하 피아노였다. 2호는 샤오샤오를 데리고 기차를 타고 위안린에 갔었다.

"너희 엄마랑 3호 이모가 말해 줬을 거야. 내가 돈이 엄청나게 많다고 말이야. 세상 떠난 세 남편이 남긴 유산은 내가 평생 써도 다 못 쓸 정도야. 골치 아파 죽겠어. 어디에 돈을 써야 할지 모르겠다니까. 괜찮아, 이모가 오늘 너에게 피아노를 한 대 사 줄 테니까 네가 직접 골라."

피아노가 셔터우에 도착한 그날, 트럭은 그 좁은 골목 안으로 들어갈 수 없었다. 배달기사들은 하는 수 없이 카트를 이용해 피아노를 운반해야 했다. 1호가 큰소리로 욕을 해 댔다.

"이런 미친년, 이걸 어디에 놓겠다는 거야. 우리 집이 무슨 거대한 호화 주택이라도 되는 줄 알아?"

피아노 조립이 끝난 오전에 샤오샤오는 방금 배운 곡을 연주했다. 부드럽고 경쾌한 곡이었지만 힘이 넘쳤다. 이 곡을 들은 1호는 아주 긴 시간 동안 어떤 욕도 하지 못했다. 지금 피아노에는 아직도 샤오샤오의 냄새가 남아 있었다. 이른 아침의 햇살이 피아노를 비쳤다. 옻칠을 한 듯 거울처럼 반짝반짝 빛났다. 먼지 한 점 없이 순결했다. 주위에는 세균과 먼지, 섬유 분진, 흙, 꽃가루, 머리카락, 벌레 등이 많지만 1호를 마주치면 전부 비명을 지르며 도망쳐 버린다. 그런 판국인데 어떻게 감히 피아노 위에 달라붙을 수 있겠는가. 당장 그 자리에서 1호에게 박멸되고 말 게 분명했다. 빨리 도망가자. 좁은 골목을 뚫고 셔터우로로 가서 큰길을 건너 블루 카페 2층에 있는 2호의 방으로 가면 틀림없이 열렬한 환영을 받을 수 있을 거야. 샤오샤오의 방은 무척 향기로웠다. 세탁용 세제나 방향제 같은 향이 아니라 아주 편안한 향기였다. 샤오샤오는 죽었다. 하지만 방은 살아 있었다. 살아서, 기다리고 있었다.

샤오샤오가 떠난 지 얼마나 됐지? 그녀의 시간관념은 형편없었다. 작년 일만 겨우 기억할 정도였다. 어느 목요일에 세 자매가 타이베이 병원으로 달려갔다. 의사는 상황이 위급하다고 말했다. 그러부터 꼭 일주기쯤 됐을까. 방은 너무나 깨끗했다. 1호가 매일 와서 청소를 하는 게 분명했다.

그녀가 고개를 돌려보니 1호가 나뭇가지와 꽃, 선인장을 치우고 감독을 가볍게 안아 큰 걸음으로 샤오샤오의 방으로 향하고 있었다. 감독은 더운 바람에 휘날리는 얇은 종이처럼 하늘거렸다. 금방이라도 바람에 날려갈 것 같았다. 1호는 팔에 힘을 주지 않고도 더 빠르게 걸음을 옮길 수 있었다. 과거에 감독은 쫓겨났었다.

뭐가 어떻게 된 거야. 그녀도 알 수 없었다. 염병할, 왜, 지금은 도로 데려오고 있지. 그것도 샤오샤오의 방으로.

"아직 그렇게 한가해? 서두르라고! 빨리 샤오B를 불러오란 말이야."

그녀는 샤오B를 부르지 않았다. 스쿠터는 아직 땅바닥에 쓰러져 있었다. 제발 부탁인데, 힘 좀 내자. 냉장고도 옮길 수 있었잖아. 심호흡을 하고 멀리 떨어져 있는 숨결을 모으기 시작했다. 하지만 끝이었다. 정말 힘이 없었다. 배가 몹시 고팠다. 늙었다. 너무 목이 말랐다.

새가 날아와 스쿠터 위에서 폴짝폴짝 뛰었다. 한 마리, 두 마리, 세 마리, 네 마리, 그리고 그녀의 머리칼을 파고드는 녀석까지 다섯 마리였다. 다섯 마리의 후투티가 구구 구구구 울어 댔다. 다섯 마리라고? 며칠 전에 겨우 한 마리가 나타나 뉴스거리가 되면서 수많은 사람들의 이목을 끌었는데 지금 세어 보니 다섯 마리나 된다. 이러다가 셔터우가 폭발하는 거 아냐?

그녀는 냄새를 맡아 보았다.

촬영 장비를 어깨에 멘 수많은 사람들 행렬이 기차역 쪽에서 몰려오고 있었다.

그들 중에 부목이 하나 있었다.

눈에 띄게 우람하고 건장한 사람은 아니다. 그 건장한 남자의 몸에선 아주 멀리서부터 폭력의 냄새가 났다. 문을 나서기 전에 발과 주먹으로 아내에 대한 사랑을 표하는 괴이한 행위의 냄새였다. 대오의 맨 앞에 선 냄새 나는 남자도 아니었다. 그는 방금 기차역 화장실에서 큰일을 보고 엉덩이를 닦지도 않고 손도 닦지 않았다. 끊임없이 자신의 모습을 찍어 대는 젊은 남자도 아니고 더위를 견디지 못해 상반신을 다 드러내고 '왕(王)' 자 복근을 자랑하는 남자도 아니었다. 운동화가 전문가용 촬영 장비보다 더 비싼 남자도 부목이 될 수 없었다. 인파 속에 완전히 파묻혀 있는 키 작은 남자가 부목이었다. 그는 중년의 사내였다. 내면이 너무나 조용해서 정수리에 난 세 가닥 모발이 떠드는 소리가 더 활기차게 느껴졌다. 땀에서 향기로운 비누 냄새가 났다. 손에는 책장을 넘기던 냄새가 남아 있었다. 수영과 화분, 비단잉어, 그림책 냄새가 났다. 가슴엔 M11 카메라가 걸려 있었다. 얼마 전 부모의 장례를 마쳤고 외모는 여자들이 두 번 다시 돌아보지 않을 그런 모습을 하고 있었다. 그녀는 아주 오랫동안 이처럼 깨끗하고 심플한 부목 냄새를 맡지 못했던 터라 기꺼이 이 외로운 부목을 받아들이기로 했다.

사진가 무리가 그녀 가까이 도착했다. 그녀는 고개를 숙였다. 어라, 새들이 어디 갔지? 손을 뻗어 자신의 무성한 머리칼을 만져 보았다. 새 부리가 가볍게 그녀의 손가락을 쪼았다. 아, 정말 숨을 줄 아는 녀석이네.

냄새나는 남자가 물었다.

"저기, 말씀 좀 여쭤볼게요. 그러니까, 여기에 가려면 어떻게 가야 하나요? 걸어서 갈 수 있을까요? 아주 먼가요? 휴대폰 지도에서는 도무지 찾을 수가 없네요."

남자의 휴대폰에는 샤오B가 올린 영상이 펼쳐졌다. 어제 저녁에 위층으로 올라온 샤오B는 단테가 새 영상을 올렸다고 말했다. 수많은 새들이 단테를 에워싸고 나는 모습이었다. 불과 몇 시간 전에 올린 영상 아닌가? 어떻게 클릭 수가 이렇게까지 높단 말인가.

마침내 스쿠터가 일으켜 세워졌다. 그녀의 후각이 틀리지 않았다. 정말로 이 키 작은 남자였다.

"고맙습니다."

키 작은 남자는 스쿠터 손잡이를 잡고 고개를 숙인 채 땅을 내려다보았다. 가볍게 고개를 끄덕이면서도 그녀를 똑바로 쳐다보지 못했다.

"저기, 죄송하지만, 저를 좀 태워 주실 수 있어요? 저는 스쿠터를 못 타거든요."

"네?"

키 작은 남자가 고개를 들었다. 그 외로운 두 눈은 여러 해 동안 비어 있었던 듯했다. 어떤 바람, 어떤 비, 어떤 사람도 그 안으로 들어가지 못했다. 그가 2호를 잠시 바라보는 사이, 곧장 그녀의 긴 머리칼이 두 눈 속으로 빨려 들어갔다. 이 긴 머리의 여인은 줄곧 그를 바라보고 있다. 지금까지 그를 그런 눈으로 바라본 여자는 하나도 없었다. 세상의 모든 게 사라지고 이 대머리 남자만 남은 듯했다.

"새를 찍으러 오신 것 아닌가요? 가요. 우리 금단의 열매로 가요."

아직 비가 내리고 있었다.

단테는 얼마나 잤을까? 인간 문명의 각도에서 보자면 그는 두 시간 오십사 분을 잤다. 하지만 그에게는 손목시계가 없었고 휴대폰의 시각을 확인한 적도 없었다. 해가 뜨면 낮이라서 머리를 복숭아 엉덩이 베개에서 떼었다가, 해가 지면 다시 잤다. 머리를 복숭아 엉덩이에게 맡기는 것이다. 약속도 필요 없고 정확한 시간도 필요 없었다. 계획도 없고 출퇴근할 필요도 없었다. 벽에 걸린 건 달력이나 벽시계가 아니라 딜도와 선정적인 속옷들이었다. 세월을 몰랐다. 무엇이 목요일이고 무엇이 금요일인지, 계절이 무엇인지 알지 못했다. 날이 더우면 반바지를 입고 추우면 외투를 입었다. 달빛을 보다가 잠이 들고, 잠들 때까지 별을 셌다. 땅 위로 돌출된 반얀나무의 뿌리를 세다가 잠이 들었다. 매일 아주 많은 길을 걸었다. 걸으면서 구름을 셌다. 걷다가 지치면 멈춰서 바람을 셌다. 비가 오는 날에는 귀와 눈으로 빗방울을 셌다. 태풍이 오면 입을 크게 벌리고 바람을 먹으면서 얼마나 많이 먹을 수 있는지, 밭에 누워 『신곡』을 몇 페이지나 읽을 수 있는지 세기도 했다. 귀뚜라미 울음소리를 세고 낙엽의 엽맥을 셌다. 묘당 입구에서 줄을 선 고등학생들을 위해 수학이나 물리, 화학 문제를 풀어 주기도 했다. 그는 교과서에는 복잡한 방정식들이 하나 가득 들어가 있는데 왜 바람을 세는 방정식이나 연인의 몸에서 나는 냄새를 세는 함수, 어머니의 흰 머리칼의 가감승제는 없는지 이해할 수가 없었다. 아무도 그릇에 담긴 미타이무*를 세지 않았다. 아무도 갓난아기의 웃음을 세지 않았고 자신의 눈물을 세지 않았다. 유행가 한 곡의 가사에 얼마나 많은 음표가 있는지, 집 근처에 고양이나 개, 뱀이 얼마나 많은지 아무도 세지 않았다. 아무도 자기 손금을 세지 않았다. 눈물 소리를 저울 위에 올리면 어떤 숫자를 얻게 되는지를 왜 모두 알지 못하는 걸까?

이 두 시간 오십사 분이 그에게는 다섯 번의 일몰과 같았다. 그렇게 오래 잤다. 수면은 음식물 같아서 그의 위장을 가득 채우니, 몸이 풍만하고 비대해졌다. 풍선처럼 동글동글해지면서 밖으로 날아가고 싶었다. 빗방울을 세고 싶지 않았다. 일출을 기다리고 싶지 않았다. 지금, 그는 밖으로 날아가고 싶었다. 알파카를 끌고 산책을 하고 싶었다.

금단의 열매 안의 후투티는 아직 코를 골고 있었다. 그는 아무 소리도 내지 않고 걸음을 떼기 시작했다. 눈은 책을 찾고 있었

*　米苔目. 중국 남부 장저우(漳州) 롱하이(龙海) 지방의 특별 음식으로 쌀과 고구마를 주재료로 하여 물에 불렸다가 다시 물을 빼서 주로 두꺼운 국수 형태로 만들어 먹는다.

다. 후투티가 침대로 삼고 있지 않은 바로 그 책『신곡』을 찾고 있었다. 운동화는 어딨지? 오른쪽 운동화 안에는 후투티가 곤히 잠들어 있었다. 그렇다면 왼쪽만 신는 수밖에 없다. 잠깐, 그는 지금 풍선이 되어 있었다. 풍선이 어떻게 신발을 신는단 말인가. 맨발로 날기로 결심했다. 문을 열고 가게를 나서자 가는 비가 그를 맞아 주었다. 오늘 밤의 비는 쓰던 글의 마지막 한 장(章)을 썼다. 비가 가볍게 부서져 그의 얼굴을 간질였다. 지금은 비를 세고 싶지 않았다. 그냥 길을 걷고 싶었다.

알파카는 어딨지?

구아버 농장 안의 텐트가 큰비로 인해 세상에 널리 알릴 걸작을 쓰면서 비스듬히 기울어지더니 이내 널브러졌다. 텐트 안의 사람들도 마찬가지였다. 빗물이 몸에 걸친 옷을 온통 점령했지만 코 고는 소리는 여전히 거칠고 무거웠다. 지금 이 순간, 비는 전면적으로 철수했고 구름도 흩어졌다. 하늘은 크게 어둡지 않았다. 반짝반짝 은빛이 보였다. 아, 어두운 밤은 잠을 잊었다. 알파카도 그럴까? 알파카는 더 이상 금단의 열매 뒤쪽 울타리 아래에 있지도 않았고 구아버나무 아래에 있지도 않았다. 건초 더미 위에 있지도 않았다. 그는 곧장 알파카를 찾으러 출발했다.

맨발로 작고 뾰족한 돌들을 밟다 보니 찔리는 듯한 통증을 참을 수 없어 걸음을 멈추고 길가에 주저앉았다. 발바닥을 앞으로 내딛자 통증이 서서히 물러갔다. 아, 찾을 수 없다. 출발하기도 전에 그는 알파카를 찾을 수 없다는 걸 알았다. 눈에 보이지 않았다. 잃어버린 것이다. 상실감은 아주 구체적이었다. 발이 느슨해지자 작은 돌이 발바닥의 두꺼운 피부와 다투다가 그의 허벅지 위로 튀어 올랐고, 다시 땅바닥으로 떨어져 다른 돌들과 부딪혔다. 그는 돌들 사이를 헤집으며 찾아봤지만 당연히 찾을 수 없었다. 하지만 그는 여전히 자기 발바닥에 밟혔던 그 작은 돌을 찾고 있었다. 헛 수고가 유일한 결과였다. 그는 늘 그렇게 빈손이었다. 그러나 그 는 빈손을 두려워하지 않았고 계속 찾았다. 셔터우는 빈 도시였 다. 그 혼자만 깨어 있었다. 몸을 일으켜 걷기 시작했다. 바람을 먹 고 바람을 셌다. 바람에게 부탁했다. 알파카가 어디 있는지 말해 주면 안 되냐고 물었다. 잃어버렸지만 그래도 어디로 갔는지는 알 고 싶었다. 아내는 어디로 갔을까? 불은 아직도 타고 있을까? 아 니, 아니, 아니, 잘못 물어봤다. 알파카에게 물어야 한다. 그 하얀 알파카, 아주 높이 뛸 줄 아는 알파카, 구아버를 좋아하는 알파카 에게 물어봐야 한다. 밤을 지키는 바람은 고개를 가로저었다. 오 늘 밤에 셔터우 곳곳을 돌아다니며 살펴봤지만 하얀 알파카는 보 지 못했다고 했다.

　계속 걸었다. 바람은 보지 못했다고 말했다. 그럼 궁묘나 신 명에 물어보는 수밖에. 문을 닫은 팡챠오터우(枋橋頭)의 톈먼궁 (天門宮)에 이르자 사람과 신명들 모두 자고 있었다. 땅 위에 고 인 물이 맑은 거울을 이루었다. 수면 위에 궁묘의 거꾸로 선 모습 이 나타났다. 물속은 깊은 밤에 조용히 반짝이는 유리 궁전이었 다. 그는 신들을 깨우고 싶지 않았다. 신들은 매일 신도들의 각양 각색 다양한 부탁을 받아 주느라 지쳤으니 잠을 충분히 자야 했 다. 고개를 들어 반짝반짝 빛을 발하는 등을 바라보는 수밖에. 빨 간 등롱과 노란 등롱. 주마등은 전부 야행성이라서 밤이 깊을수록 더 밝아졌다. 빨간 등롱과 노란 등롱이 먼저 고개를 흔들었다. 안

왔어. 안 왔다고. 그 알파카 신도는 오늘 밤에 오지 않았어. 하지만, 찾지 않는 편이 좋지 않을까. 이번에는 그가 고개를 크게 좌우로 흔들었다. 포기할 수 없었다. 그는 고개를 돌려 주마등에게 물었다. LED 인터페이스가 반짝거리더니 이내 일곱 빛깔의 글자들을 늘어놓았다.

"궁묘에 참배하기 위해 찾아 주신 사방의 대덕(大德) 님들을 환영합니다. 여러분 가정에 두루 평안이 깃들기를 기원합니다. 이 맨발의 신도께서는 알파카를 찾지 못했고 본 궁묘에서는 알파카의 그림자조차 보지 못했습니다. 셔터우의 하늘과 땅, 바람과 비, 나무와 풀이 알파카를 찾는 데 협조해 주시면 감사와 은혜가 그치지 않을 것입니다. 샤오 사장님께 향과 지전을 더 올리고, 더 풍성하게 봉공하셔야 한다는 점을 일깨워 드립니다. 가내에 복이 가득하고 이웃들 모두 평안하시며 큰 재물이 들어오길 기원합니다."

그의 바지 오른쪽 주머니에는 바람과 구아버 씨뿐이었다. 왼쪽 주머니에는 빗물 몇 방울이 남아 있었다. 집안의 모든 재산은 이미 헌납했으니 가지고 다니는 두꺼운 책을 묘당 앞 계단에 올려 헌상하는 수밖에 없었다. 두 손을 모아 합장하고 궁묘에 감사했다. 등롱에게 감사하고 LED 주마등에 감사했다.

이 남은 한 마리 알파카마저 죽은 걸까? 그는 고개를 가로저었다. 지금 느끼는 건 잃어버린 것에 대한 상실감이었지만, 죽음은 아니었다. 젊었을 때 아내를 잃은 일은 폭력적인 약탈이었다. 몸이 갈라지고 머리가 깨지는 걸 분명히 느낄 수 있었다. 그러고 나서 그는 셔터우 사람들 누구나 다 아는 미친 사장이 되었다. 샤오샤오를 잃은 건 어떻게 알았을까? 1호였을까? 아니면 2호, 3호였을까? 그는 자기 머리를 두드렸다. 미친 뇌에 약간의 기억이 남아 있었다. 1호가 그를 찾아온다. 안부를 묻는 걸로 그치지 않고 한두 마디 말을 하더니 그윽하고 조용한 눈빛으로 벽에 걸린 딜도를 바라본다. 최근에는 그를 찾아와 샤오샤오의 노래를 듣곤 했다. 2호가 올 때는 늘 말이 바다를 이루었다. 계속 쉬지 않고 말을 이어갔다. 그러다가 머리칼이 5센티미터쯤 자라고 나서야 돌아갔다. 3호는 이곳에 오면 고개를 숙이고 바닥만 내려다보았다. 감히 그를 쳐다보지 못하고 잠시 앉아 있다가 돌아갔다. 맞다, 그랬다. 2호가 그에게 말했다. 큰비가 내린 날, 2호가 도시락을 들고 금단의 열매를 찾아왔었다. 비가 너무 많이 와서 우산도 소용이 없었다. 도시락 속의 밥이 더운 비에 젖어 죽이 되었다. 2호 눈 속의 비취와 다이아몬드, 진주와 황금은 전부 도둑맞았다. 눈두덩은 텅빈 쇼윈도 같은 허탈함을 드러내고 있었다. 평소에 나풀거리던 긴 머리칼도 말라서 죽은 듯이 조용했다. 2호는 단테가 비에 젖은 도시락을 먹는 모습을 바라보면서 울고 싶었지만 눈물이 나오지 않았다. 단테는 비에 젖은 도시락을 다 먹었다. 밥알 하나 남기지 않았다. 그제야 2호가 입을 열었다.

　"사장님, 어떻게 말씀드려야 할지 모르겠지만, 그래도 말씀드려야 할 것 같아요. 샤오샤오가 세상을 떠났어요. 타이베이에서요."

　문이 흔들리더니 3호가 들어오다가 2호를 발견하고는 재빨리 문을 닫았다. 단테는 밖으로 나갔다. 분명히 비가 멎었는데 왜 귓가에 빗소리가 가득한가. 아, 3호의 눈에서 비가 내리고 있었다. 단테는 빈 도시락을 3호에게 건넸다. 그녀에게 비를 담아 주고 싶었다. 빗소리는 데시벨이 너무 높아서 그의 청각을 빼앗아 갔다. 귓가에는 부슬부슬 내리는 빗소리만 남았다. 꽤 여러 날 동안 그는 청력을 잃었다. 들리는 소리는 오직 빗소리뿐이었다. 샤오샤오를 잃고 청력을 잃었다. 그것은 구체적인 상실감이었다. 죽음이었다. 하지만 오늘 밤, 이 상실은 죽음이 아니었다. 그는 알파카를 얻은 느낌이었다. 눈을 감으면 온통 하얗고 뽀송뽀송한 털을 볼 수 있었다. 가득 먹어서 배를 채운 바람 속에 알파카의 숨결이 섞여 있었다. 큰 나무 위에 알파카의 털이 걸려 있었다. 땅 위에는 수백 개의 발자국이 찍혀 있었다. 발자국은 어지럽게 겹쳐 있어 특정한 방향을 가리키진 않았다. 갓 찍힌 발자국이었다. 수백 마리의 알파카가 이 비 오는 밤에 집단으로 뛰쳐나온 듯했다.

셔터우 알파카 농장의 마지막 한 마리 알파카는 어디로 간 걸까? 그는 알파카를 찾고 있는 것인가 아니면……?

궁묘에는 마조 여신이 모셔져 있었다. 알파카 농장 주인은 묘당지기와 상의한 끝에 몸집이 좋은 남자들 한 무리와 알파카들을 동원하여 묘회(廟會) 행사를 벌이기로 했다. 농장을 대대적으로 광고해서 무너져 가는 실적을 다시 올리기 위해서였다. 사람들이 조수처럼 몰려들고 어른 아이 할 것 없이 알파카에게 먹이를 주면서 사진을 찍었다. 상체를 다 드러낸 남자들이 알파카를 끌고 있었다. 그들의 우람한 가슴 근육에는 알파카 농장의 인터넷 주소가 인쇄된 스티커가 붙어 있었다. 효과는 대단해서 알파카는 큰 환영을 받았고 농장도 살릴 수 있게 되었다. 폭죽이 터지고 날라리와 징, 북소리가 요란하게 울리는 가운데 짙은 연기와 함께 불꽃이 난무했다. 행사의 절정은 무려 삼 분에 달하는 일곱 색깔의 고공

연기 쇼였다. 하늘에서 요염한 꽃이 한 송이 터질 때마다 알파카가 한 마리씩 쓰러졌다. 행사가 끝나고 몸 좋은 남자들도 물러가자 청소부들이 대거 등장했다 다들 폭죽과 불꽃놀이의 잔해를 어떻게 치울지는 잘 알았다. 하지만 땅 위에 가득한 알파카의 시신은 어떻게 한단 말인가. 대형 트럭 한 대를 더 보내 알파카 사체 처리를 전담하게 했다. 그런데 그중에서 한 마리가 갑자기 벌떡 일어서더니 몸에 달라붙은 폭죽 찌꺼기를 떨어내고는 커다란 눈으로 사방을 둘러보았다. 단테를 발견한 알파카는 빠른 걸음으로 그에게 다가갔다. 사람들은 이를 신의 기적이라고 했다.

태풍 경보가 내려지자 농장 주인은 알파카를 실내에 가두고 창문과 지붕에 방호 조치를 강화했다. 바람은 오지 않고 비만 왔다. 호우는 문명을 훼멸하려는 웅대한 야심을 품은 듯했다. 도로가 끊기고 산에서 흙과 바위가 흘러내렸다. 셔터우 곳곳이 물에 잠기고 알파카 농장은 탁한 호수로 변했다. 거센 물살이 알파카를 모셔 놓은 건물을 때렸다. 농장 주인은 물이 무서워 감히 농장 안으로 들어가지도 못했다. 다음 날, 물이 빠지자 또 한 무리의 알파카들이 폐사했다. 신의 기적이라고 불린 그 알파카는 이번에도 죽지 않고 네 발을 버둥대면서 물속에서 빠져나왔다. 아, 헤엄을 칠 줄 알았던 것이다.

알파카 농장은 잠시 영업을 중단했다. 주인은 직원들에게 임금을 지급하고 다음 단계를 계획했다. 파란 하늘 아래 생존한 알파카들이 농장 안에서 뛰어놀았다. 간신히 사료를 먹였는데 갑자기 뇌성이 울렸다. 소리의 근원지는 가까운 것 같기도 하고 먼 것 같기도 했다. 비는 보이지 않았다. 천둥이 치더니 사료를 먹고 있던 알파카 무리를 번개가 내려쳤다. 주인은 작은 트럭 옆으로 간신히 피해 쭈그리고 앉아 새카맣게 탄 알파카들의 사체를 바라보았다. 왠지 모르게 어디선가 취두부 냄새가 났다. 그때까지도 죽지 않은 그 알파카는 정말로 신의 기적이었다. 벼락에도 죽지 않은 알파카는 사체 더미에서 몸을 일으켜 아직 닫히지 않은 농장 대문을 빠른 걸음으로 달려 나갔다. 준마처럼 질풍 같은 속도로 농장을 뛰쳐나갔다.

이 알파카는 매번 죽음의 신의 부름을 피했고, 털이 갈수록 더 하얘졌다. 처음에는 약간 회색에 가까웠는데 여러 차례 포화와 벼락을 견디면서 온몸이 완전히 하얘졌다. 밤이 되면 하얀 털에서 빛이 났다. 길가를 떠돌아다니는 밝은 불덩이 같았다.

알파카 농장이 정식으로 문을 닫자 단테는 흰 알파카를 끌고 농장 주인을 찾아갔다. 농장 주인은 이미 더 이상 주인이 아니었다. 순순히 1호의 말을 받아들여 취두부 장사를 시작할 준비를 하고 있던 그는 흰 알파카를 보는 순간 갑자기 온몸이 아팠다. 누가 그를 향해 폭죽을 터뜨렸나? 누가 그를 물속으로 처넣었나? 누가 그를 꽁꽁 묶어 광야로 끌고 가 벼락을 맞게 했나? 그는 무릎을 꿇고 단테에게 빌었다.

"사장님, 부탁이에요. 사장님께 드릴 테니 좀 키워 주시면 안 될까요? 제게 돌려 주지 마세요. 저는 필요 없어요. 저는 아무것도 필요 없어요."

확실히 알파카는 마구 돌아다니는 걸 좋아했고 자기만의 행동 의지가 있었다. 하지만 최근 며칠 동안은 행방이 묘연했다. 분명히 옆에서 타고 있던 환한 불이 시선을 잠시 다른 데로 돌린 사이에 꺼지고 사방이 어두워진 듯이.

그는 저 멀리 금단의 열대 방향으로 걸었다. 지켜보는 사이 빨간 간판이 점점 커졌고 선홍색이 그의 시야를 침략했다. 하늘이 흰빛으로 바뀌고 기온이 빠르게 올라갔다. 그는 뜨겁고 매서운 바람이 칭수이옌 쪽 산을 출발해서 셔터우를 향해 큰 걸음으로 다가오는 걸 분명히 보았다. 누군가 처량하고 날카로운 소리를 질러 대자 셔터우가 깨어났다.

뜨거운 바람이 등을 떠밀어 금단의 열매로 가는 좁은 길을 걷게 했다. 뜨거운 바람이 주먹을 쥐자 서늘한 바람은 투항하고 말았다. 바람이 땅 위에 고여 있던 빗물을 전부 마셔 버렸다. 일기 예보를 듣지 않아도 그는 오늘 하루 구름이 없으리라는 걸 알았다. 옷을 말리기에 딱 좋은 날씨였다. 그는 걸으면서 자신의 몸을 살펴보았다. 뭔가 이상했다. 길 위에 팔을 내던진 것 같기도 하고 바람이 다리 하나를 잘라 버린 것 같기도 했다. 어찌 된 일인지 사지의 일부가 없어진 느낌이었다. 아, 책이다. 겨드랑이에 끼고 다니던 두꺼운 책. 책은 어디로 갔지? 생각이 나지 않았다. 알파카는 그 두꺼운 책을 무척 좋아했다. 머리로 들이받기도 하고 책장을 씹거나 냄새를 맡기도 했다. 그는 책의 내용을 알파카에게 낭독해 주기도 했다. 다섯 페이지를 읽기도 전에 시구는 자장가가 되었다. 알파카와 사람이 뒤엉켜 자면 꿈속에선 단테가 쓴 연옥이 펼쳐졌다. 겨드랑이에 연옥도 없고 천당도 없으니 몸이 한결 가벼웠다. 다리 한 짝이 없어진 것 같았다. 어떻게 길을 걸어야 할지 몰라 당혹스러웠다. 뜨거운 바람은 그가 느리게 걷는 게 불만이었는지 겨드랑이로 파고들었고, 그러자 마치 책을 끼고 있는 듯한 느낌이

들었다.

금단의 열매에 이르렀을 때는 날이 아주 훤하게 밝았다. 몹시 더웠고 반바지와 반팔 셔츠로 갈아입고 싶었다. 가게 안은 몹시 시끄러웠다. 안에서 록 콘서트가 열려서 수만 명의 청중이 들어차 있는 듯이. 문을 열자 잠에서 깬 후투티들이 쏟아져 나왔다. 새 무리가 하늘을 어지러이 날았다. 텐트 안에 있던 사람들은 새 울음소리에 깨어 물에 잠긴 텐트 밖으로 나와 하늘 가득 춤을 추는 후투티들을 바라보았다. 밤새 자신들의 등을 짓밟았던 무거운 통증을 잊고 소리를 질러 서로 알리며 카메라를 꺼냈다.

"사장님!"

키가 작은 남자 하나가 오토바이에 2호를 태우고 뜨거운 바람을 맞으며 금단의 열매에 도착했다.

"사장님, 감독, 감독이 왔어요. 사장님도 틀림없이 기억하실 거예요. 샤오샤오가 감독을 데리고 사장님을 찾아갔었잖아요. 감독이 셔터우에 왔어요. 아이도 데리고 돌아왔다고요! 아아, 설명하기 어렵네. 여하튼, 지금 아이가 사장님 집에 와 있어요!"

집이라고?

사장님 집이라고?

우리 집 말인가?

그는 몸을 돌려 작은 건물을 바라보았다. 이게 우리 집인가? 아이가 금단의 열매 안에 있다는 말인가?

감독에게 집이 있다는 말인가?

감독?

"사장님, 하지만 차가 없는데 어떻게 해요? 저는 이것 한 대밖에……."

취두부가 있었다.

어제 작은 취두부 트럭이 금단의 열매에 왔다. 야영하는 사람들이 줄을 서서 취두부를 사 먹는 바람에 구아버나무는 코를 움켜쥐고 고약한 냄새가 난다고 소리쳤었다. 소형 트럭은 아직 떠나지 않았는데 주인장은 그림자도 보이지 않았다. 차 문을 열어 봤더니 열쇠는 운전석에 그대로 꽂혀 있었다.

사실 2호의 눈에는 이 맨발의 남자가 사장님인지 확실하지 않았다. 용모도 같고 체격도 같고 입고 있는 하얀 셔츠도 그녀가 사 준 것이다. 그런데 머리칼이 달랐다. 얼마 전까지 회백색이었는데 어쩌다 지금은 완전히 흰색으로 변한 걸까. 그 알파카의 털과 똑같은 색이 돼 버렸다. 둘둘 말린 곱슬 때문에 마치 머리에 반짝이는 물결이 쉴 새 없이 밀려오는 바다를 인 듯했다. 냄새도 달랐다. 과거 사장님의 몸은 감옥 같아서 근육을 수축하면 모든 냄새를 가둘 수 있었는데, 오늘은 몸 어딘가에 구멍이 뚫려서 바람이 새고 수많은 냄새를 발산하고 있는 듯했다. 아, 사장님 몸에서 두꺼운 책이 사라졌다. 그 책이 구멍을 막아주고 있었던 것이다. 너무나 오랫동안 감춰져 있던 냄새들은 혼돈 그 자체였으며 마치 토네이도 같았다. 그녀가 애써 힘들여 맡을 필요도 없었다. 토네이도가 그녀를 휘감아 버렸다. 맹렬한 공기의 소용돌이 속에는 아주 오래된 수많은 냄새가 담겨 있었다. 이 냄새는 뭐지. 알고 보니 사장님은 아니다. 알고 보니 사장님은! 뭐야, 이렇게 오랫동안. 모든 건 그녀의 추측이었다. 그랬구. 아니, 아니다. 이건 불가능한 일이다. 맙소사. 정보가 너무나 많았고 해석이 필요했다. 그녀는 사장님이 수시로 구멍을 닫는다는 걸 알았다. 머리가 어지러웠다. 몸이 토네이도를 따라 빙글빙글 돌면서 계속 냄새를 맡았다.

사장님 머리 위의 바다가 높고 흰 물보라를 일으켰다. 두 눈은 영롱했지만 말은 없었다. 오로지 냄새로 정보를 전달하고 있었다.

2호가 차에 오르자 사장이 운전을 했다.

갑시다. 우리 돌아갑시다.

후투티들이 취두부 트럭을 에워싸고 함께 날면서 사장과 2호를 배웅했다.

트럭에 시동을 걸자 취두부를 사라고 외치는 소리 또한 함께 시작됐다. '취'는 길게 끌고 '두부'는 짧게 끊는 소리.

"취두부요. 취두부. 취두부가 왔어요."

차가 속도를 내자 타이어가 구덩이를 지나면서 차체가 심하게 흔들렸다. 괜찮다. 별일 없었다. 차는 무사했다. 단테도 무사했고 2호도 무사했다. 트럭 짐칸에 실린 공환탕과 두부탕도 무사했다. 계기반에 붙어 있는 후투티도 무사했다. 모두 사장님의 옛집을 향해 열심히 달려갔다. 그러나 취두부에 문제가 생겼다. 취두부를 사라고 외치는 녹음기가 심한 진동에 망가졌다. '두부'는 사라지고 '취'만 남았다.

"취…… 취…… 취……."

'취'의 타이완어 발음 '처우(臭)'는 '염병할'이라는 뜻의 '처우(操)'로도 들린다.

게이 아빠들이 아이를 데리고 체크아웃했다. 어린 남자아이의 이마에 무지개 OK 밴드*가 붙어 있었다. 두 눈은 하품하는 중이고 손가락으로는 유니콘이 인쇄된 목욕 수건을 만지작거리고 있었다. 두 아빠의 눈에도 졸린 기색이 역력했다. 3호는 그들의 말을 알아듣지 못했지만 날카로운 말투르 보아 방에서 말다툼이 시작됐고 카운터까지 오는 내내 시끄럽게 다퉜다는 걸 짐작할 수 있었다. 직원들이 함께 사진을 찍자고 제안하자 한 가족 세 식구는 휴대폰 카메라를 보고 일제히 화들짝 깨어났다. 졸던 눈에서 갑자기 빛이 번쩍했다. 그들은 천만 번을 연습했고 전 세계 모든 곳이 촬영장이었다. 흰 치아에 보조개가 있는 얼굴. 작은 조끼에 반바

---

* 타이완의 인기 가수 차이이린(蔡依林)이 동성애자 혼인평등권을 지지하기 위해 기증한 자선용품으로, 동성대자들의 단결을 상징했다. 1만 개 한정품으로 제작되어 차이이린의 콘서트오 동성혼 지지자들의 사이트인 반려맹(伴侶盟)의 공식 홈페이지에서 판매했다.

지 차림. 사진은 필터링을 거쳐 빠르게 트리밍을 했다. 찬란한 태국 리조트에서의 가족사진이 곧장 업로드 되었다.

택시가 인플루언서 가족을 태우고 떠나자 잔뜩 긴장했던 카운터 직원들의 어깨가 내려갔다. 다행히 해변에서 떨어진 아이는 무사했고 두 아빠도 격한 반응을 보이지 않았다. 오늘은 인부들을 불러 난간을 보강하고 경찰의 경고문을 부착할 예정이었다.

연신 고개 숙여 인사하면서 손님들을 배웅한 탓인지 그녀는 허리가 조금 아파 카운터 옆에 있는 소파 위에 누워서 방금 인플루언서 가족이 올린 사진에 재빨리 하트를 날렸다. 마음속에 수많은 의문이 생겼다. 함께 즐겁게 지내면 되지 뭐 하러 아이는 낳았을까? 생명을 계속 이어가고 싶어서? 외로워서? 번식은 자연적인 본능의 소치인가? 이성애와 똑같은 생식의 권리를 쟁취하기 위해서? 아이를 어떻게 낳았지? 대리모를 통해서? 아니면 입양을 했나? 여자 지인과 합작했나? 아니면 두 아빠 중의 하나가 트랜스젠더라서 자궁을 갖고 있나? 아니면 두 아빠 중 한 사람의 전처가 낳은 아이인가? 그녀는 아무것도 알 수 없었다. 그녀가 아는 건 이런 의문들을 마음속에만 남겨놓아야 한다는 사실뿐이었다. 입 밖에 냈다가는 죽도록 욕만 먹는다. 그녀는 게이 손님들이 무척이나 부러웠다. 그들은 일부일처제에 순응할 필요도 없고 결혼의 스트레스도 없이 무한히 자유로울 것 같다. 이 인플루언서 가족의 사진들을 다 살펴보니 세계 각지로 여행을 다니면서 수영복을 코디하고 아동복을 광고하는 것 같았다. 단독 굿즈를 출시하기도 했다. 분명한 건 이들이 견고한 가정의 이미지를 업로드 하고 있다는 것이다. 세 사람은 서로 긴밀하게 의지하면서 폭력적이고 악독한 편견으로 가득한 이 세상에 저항했다. 하지만, 그녀는 왜 견고해 보여야 하는지 알 수 없었다. 이거야말로 이성애의 세계를 사수하려는 봉쇄된 시스템 아닌가? 그녀의 부모가 아직 건재하다면, 그리고 아무도 그들의 그런 부부관계를 이탈하고 싶어하지 않았다면, 유행을 따라 계정을 하나 열어 놓고 매일 일부삼처의 은혜와 사랑이 담긴 사진을 업로드 할 수 있지 않았을까 하는 생각을 해 보았다. 그러지 못했던 건 오로지 삼합원 신단의 장사 때문이었을까? 장사를 할 필요가 없다면, 이런 사진이나 영상을 업로드 하는 게 수익으로 연결되지 않는다면, 클릭해서 열어 볼 사람이 없다면, 아무도 관심을 보이지 않는다면, 그래도 그들은 아이를 낳아서 키우려 했을까? 사랑과 은혜를 키워나갈 필요가 있었을까? 잠깐, 젊은 사람들은 이걸 '플래시'*라고 하던데. 굳이 카메라를 보면서 크게 웃을 필요가 있을까? 눈물과 울음은 진짜일까? 외로움도 진짜일까? 과연 매일 사진에서처럼 그렇게 행복으로 가득 차 있을까? 모든 사람이 이런 사진을 진실이라고 믿을까? 말다툼으로 인한 소란이 없는 집이 과연 있을까? 아아, 그녀는 해변의 무슨 세균에 감염되었거나 어제 저녁의 그 구역질 나는 매트리스에 있던 뭔가가 그녀의 뇌 속으로 들어온 게 분명했다. 왜 오늘 아침엔 이렇게도 많은 엉망진창의 질문들이 생겨나는 걸까. 그 세 식구 한 가족은 행복을 이어가기 위해 노력하고 있고, 이 사진들은 모든 사람들로 하여금 부러운 마음을 갖게 한다. 조바심이 나게 하고 이런 조바심은 물건 구매로 이어진다. 그들이 판매하는 사랑으로 가득 찬 물건들을

* 放閃. 인터넷에서 의도적으로 커플의 애정을 과시하는 행위를 가리킨다.

구매하여 입거나 먹기만 해도 행복에 전염될 기회가 주어지고, 남들을 사랑할 수 있게 되고, 남들로부터 사랑받을 기회를 얻게 되는 것 같았다. 어쩌면 그 끝에서 외로움을 줄일 수 있을지도 모른다.

　　손가락으로 휴대폰 화면을 벌려 사진을 확대하니 어린 남자아이의 찬란한 미소가 보였다. 아이는 손에 목욕 수건을 꼭 쥐고 있었다. 샤오샤오도 어렸을 때 목욕 수건을 만지작거리곤 했다. 그녀는 시장에 가서 손에 잡히는 대로 싸구려 수건을 하나 샀다. 싸구려 물건을 싫어하는 2호는 품질이 좋지 않다고 백화점에서 사야 한다고 주장했지만 샤오샤오는 한번 집은 수건을 절대로 놓으려 하지 않았다. 나중에 2호가 사다 준 일본제 수건을 마다하고 손에 그 싸구려 수건을 꼭 쥔 채 가볍게 만지작거렸다. 그렇게 만지다가 잠이 들기도 했다. 그 목욕 수건은 파란색이었고 작은 인어 그림이 하나 인쇄돼 있었다. 세 자매가 더러워졌으니 빨아야 한다고 거짓말을 해도 소용이 없었다. 샤오샤오는 절대 수건을 놓으려 하지 않았다. 세 자매가 돌아가며 화난 척을 하면 샤오샤오는 바로 울음을 터뜨렸다. 그러다가 간신히 부주의한 틈을 타서 재빨리 세탁기 안에 던져 넣자 샤오샤오는 세탁기 옆을 떠나지 않았다. 웃다가 울고, 울다가 웃으면서 수건이 들어 있는 세탁기를 지켰다. 세탁기가 이번 주에는 살인 스릴러를, 다음 주에는 새드 엔딩의 로맨스를 상영하는 영화관이라도 된 듯이. 세탁이 끝나 햇볕에 널면 샤오샤오는 등받이 없는 의자를 끌어다 놓고 빨랫줄 아래 앉아 깊은 정을 품고 기다렸다. 짙은 파란색이었던 수건은 빨고 나니 하늘색이 돼 있었고, 하늘색은 햇볕에 바래져 얼마 후에 미색이 되었다. 인어의 비늘은 다 사라지고 얼굴도 흐릿해졌다. 수건은 빨면 빨수록 얇아지고 섬유가 떨어져 나가더니 결국에는 작은 조각만 남게 되었다. 샤오샤오는 이 수건 조각을 조심스레 만지작거렸다. 피아노로 슈만을 연주하면서 몇 개의 소절을 치고 나면 으레 그 수건을 한 번씩 만졌다. 친구들의 목격담에 따르면 학교에서 남학생과 싸울 때도, 샤오샤오는 먼저 주머니에서 작은 수건 조각을 꺼내 적당한 위치에 내려놓고 나서야 남학생에게 달려들어 진흙탕을 굴렸다고 한다. 수건이 완전히 해체되던 날, 사춘기가 찾아왔다. 신체에 크나큰 변화가 일어나면서 샤오샤오는 유년기와 이별했다.

그해, 3호는 삼합원에서 처음으로 감독을 보았다. 깊은 밤이었고 보름달이 떠 있었다. 샤오샤오가 감독을 힐끗 쳐다보았다. 달빛이 비추는 그 순간, 3호는 즉시 샤오샤오가 빨래줄 아래서 수건이 마르기를 기다리던 때의 눈빛이 떠올랐다.

그 눈빛으로 인해 그녀는 많은 일들을 이해할 수 있게 되었다. 사실은 이것도 맞는 말이 아닐 것이다. 수많은 일들을 그녀는 아직 이해할 수 없었다. 그녀는 샤오샤오의 성장을 지켜보면서 샤오샤오의 몸에서 나는 소리에 익숙해져 있었다. 그녀는 일찌감치 샤오샤오가 여성을 좋아한다는 걸 알았다. 달빛 아래의 그 눈빛에서 그런 사랑의 감정을 확실히 알게 되었다. 이모인 그녀로서는 도저히 이해할 수 없는 감정이었다. 그녀는 이런 감정이 좋은 것인지 나쁜 것인지도 알 수 없었다. 그녀가 절대로 알 수 없는 감정이다. 이해할 수도 없고 본 적도 없으니 비정상이라고 느낄 수도 있었고, 그걸 매일 지켜보는 게 적절치 않다고 마음속에서 경종을 울렸을 것이다.

그날 밤, 달빛 아래서 1호가 감독을 끌어낼 때, 그녀는 1호의 몸속에서 울리는 절규를 들었다. 지금 생각해 보면 1호는 정말로 별것 아닌 일에 놀란 것이다. 지금의 그녀는 각국에서 온 동성애자들이 주요 고객인 리조트를 경영하고 있고, 이곳의 모든 방엔 커다란 프렌치 윈도가 설치되어 있었다. 그녀는 각양각색의 소리를 들었고 각양각색의 신체가 조합되고 중첩되는 걸 목격하면서 시야가 트였다. 1호가 샤오샤오와 감독을 처음 보았을 때를 돌이켜 보면 정말로 아무것도 아니었다. 1호 자신도 해 봤을 것이다. 자신이 하는 건 되고 딸이 하는 건 안 된단 말인가?

그녀는 1호와 2호가 얼마나 많은 걸 기억하고 있는지 단정할 수 없었다. 밤중에 아버지와 세 엄마들이 내는 소리가 벽을 뚫고 들려왔고, 초능력을 쓸 필요도 없이 다 들렸다. 할아버지는 걸핏하면 낯선 여자를 데리고 왔다. 그 소리와 충돌은 세 자매에게 잠자기 전의 습관적인 자장가가 되었다. 1호는 그 소리들을 들었고 행위를 두 눈으로 보았고 자신이 직접 해 보기까지 했으면서 어떻게 그런 격렬한 대응을 했단 말인가.

어쩌다 또 할아버지가 생각난 걸까.

마지막 낯선 여자가 할아버지의 사망 소식을 알렸다. 여자는 지독한 술 냄새를 풍겼고 머리칼로 얼굴 전체를 가리고 있었다. 방문을 마구 두드려 놓고는 말을 제대로 하지 못했다. 맨발이었고 알몸을 침대보로 감싸고 있었다. 세 자매는 가서 할아버지의 방을 살펴보고는 금세 진저리를 치며 돌아왔다. 할아버지는 전라 상태였고 깊이 잠든 모습이었다. 세 자매는 여자를 알아보았다. 시장에서 찐 옥수수를 파는 여자였다. 아주 친절하고 항상 얼굴에 미소가 떠나지 않았는데, 아들을 낳고 싶어서 삼합원에 점을 치러 온 적도 있었다. 들리는 말에 의하면 아이를 몇 명 낳기는 했지만 전부 딸이라 항상 남편에게 폭행을 당한다고 했다. 3호는 여자가 마음속으로 계속 "죽었어요. 죽었어요. 숨을 쉬지 않아요. 숨을 쉬지 않는다고요."라고 외치는 소리를 들었다. 세 자매는 재빨리 분업을 시작했다. 먼저 할아버지의 몸어서 생명의 흔적을 확인했다. 호흡이 없었고 맥박도 뛰지 않았다. 세 사람 모두 어떻게 해야 좋을지 몰랐다. 새벽 2시가 조금 넘은 시각이었다. 어떻게 해야 하나? 내일 날이 밝으면 처리하기로 했다. 옥수수 여자는 너무 큰 충격을 받았는지 격렬하게 떨고 있었다. 죽은 사람은 날이 밝은 뒤에 처리해도 되지만 산 사람은 지금 당장 돌봐야 한다. 세 자매는 옥수수 여자에게 옷과 신발을 마련해 주고 술을 깨도록 진한 차와 따뜻한 수건을 제공했다. 여자의 머리칼 사이에 끼어 있는 옥수수 수염을 참을 수 없었던 1호는 물통과 샴푸를 가져다가 억지로 머리를 감겨 주었다. 2호는 손톱 미용 도구를 가져다가 여자의 지저분한 손톱을 깎고 깨끗이 손질해 주었다. 여자는 말랑말랑한 서양 인형처럼 자매들이 하는 대로 완전히 몸을 내맡겼다. 여자의 배에서 뇌성이 울리자 3호가 물었다.

"배고파요? 얼른 밥을 준비할게요."

화로의 불길이 타올랐다. 마당에서 야채와 향료가 될 만한 잎사귀를 따다 태국식 볶음밥을 만들고 공심채와 새우를 함께 볶았다. 파파야와 소고기를 버무려 샐러드도 만들었다. 식탁 가득 한 밤의 성찬이 차려졌다. 여자는 태국식 볶음밥을 한 입 먹더니 매콤한 맛에 충격을 받았는지 잠시 멍한 눈빛이었다. 아, 이런 음식은 먹어 본 적이 없다. 기묘한 맛. 셔터우의 맛이 아니다. 죽음이 모든 사람의 위를 텅 비게 했던지 접시들이 전부 바닥을 드러냈고 밥이 가득했던 큰 솥도 깡그리 비워졌다. 밤은 너무나 조용했다. 바람도 비도, 별도 달도, 모기도 파리도 없었다. 네 사람 모두 말이 없었다. 여자는 정신이 돌아오자 얼핏 벽에 걸린 작은 거울을 보았다. 아, 여고생 셋이 나를 어떻게 이렇게 예쁘게 만들어 놨담? 그녀는 평생 이렇게 예뻤던 기억이 없었다. 입고 있는 옷도 몸에 잘 맞고 예쁜 데다 손톱도 별처럼 반짝거렸다.

옥수수 여자는 뒷문을 통해 집을 나서면서 장례 때 도울 수 있는 일이 있으면 최대한 도울 테니 시장으로 찾아오라고 했다. 뭘 할 수 있는지 모르겠지만 뭐든 다 하겠다고 했다. 세 자매는 신명청에 앉아 있었다. 날이 밝기까지 기다릴 수가 없었다. 날이 밝으면 혹시라도 할아버지가 깨어날까 두렵기도 했다. 죽지 않은 할아버지는 술에 취한 할아버지, 사람을 때리고 괴롭히는 할아버지다. 이 순간, 할아버지는 마침내 동화 속의 자상한 할아버지가 되었다. 신탁에서 가느다란 소리가 났다. 한 시간은 더 지나야 날이 밝고 닭이 울고 박쥐가 잠을 잘 것이다. 세 자매는 신탁 밑으로 기어들어가 그 공간 안까지 들어갔다. 허공에 뜬 채로 서로 손을 꼭 잡았다. 몸이 느슨해지면서 두려움이 사라졌다. 떨리지도 않았다. 그렇게 세 자매만 남게 되었다.

장례의 모든 절차는 아주 간단했다. 이웃의 남자 어른들은 큰 소리로 나무라면서 그래도 할아버지가 지역의 명망 있는 유지인데 어떻게 장례를 이렇게 마음대로 치를 수 있느냐고 따졌다. 세 자매는 자신들이 아는 것도 없고, 돈도 없다고 대꾸했다. 아저씨와 삼촌들이 백만 달러쯤 내놓으면 자신들도 호화로운 장례를 준비할 수 있다고 했다. 스트립쇼 가무단도 부르고 효녀백금*을 하나가 아니라 열 명쯤 불러다가 사흘 밤낮 곡을 하게 할 수도 있다고 했다. 죽음은 클 수도 있고 작을 수도 있다. 아버지와 세 엄마의 장례는 상당히 성대했고 도교와 불교의 모든 의례가 총동원됐는데, 할아버지는 그런 의례가 전부 생략되고 곧장 화장터로 향했다. 빈소도 마련하지 않고 어떤 의례드 따르지 않았다. 죽음의 모든 절차가 마무리되자 할아버지의 유품을 정리하는 과정에서 엄청난 액수의 현금이 발견되었다. 알고 보니 할아버지는 삼합원 신단의 수익금을 은행에 저금하지 않고 전부 집 안에 감춰 두고 있었다. 현금을 셋이 나누니 공부 잘하는 2호가 타이베이로 가서 충분히 대학에 다닐 수 있는 액수였다. 몇 년 동안 굶어 죽을 리는 없지만 그렇다고 모두 평생 이 든에 의지해 살 수는 없었다. 1호는 '팔자가 고된 사람은 공짜'라고 쓰인 작은 등을 꺼냈다. 샤오 씨 여자가 신단을 계승했고 사방에서 점을 보러 오는 사람들을 반갑게 맞아들이기 시작했다. 작은 등을 삼합원 입구에 설치하여 불을 켜자 가장 먼저 찾아온 사람이 옥수수 여자였다. 그녀는 점도 치지 않고 아들을 낳게 해 달라고 하면서 바구니 가득 신선한 옥수수를 가져왔다. 그러면서 세 자매에게 고맙다고 말했다. 앞으로 시장에 소문 좀 내 주세요. 삼합원의 세 선녀들의 점괘가 영험하다고 말이에요.

---

*   孝女白琴. 타이완 전통 장례 풍속 중 하나로 전문적으로 곡(哭)을 하는 사람을 말한다.

고맙기는요. 세 자매는 옥수수 여자야말로 자신들의 은인이
라고 생각했다. 할아버지는 죽기 전날 밤에 대취하여 심하게 주사
를 부렸다. 그릇을 던져 깨뜨리고 술병으로 유리창을 부쉈다. 방
금 끓인 죽을 세 자매를 향해 뿌렸고 3호의 상의를 거칠게 찢어 버
렸다.

갑자기 아이의 맑은 울음소리로 유리창이 진동했고 그녀는
재빨리 소리의 근원을 찾으려 했다. 그럴 리가. 설마 또 아이가 해
변 절벽에서 떨어졌나?

택시가 리조트 입구에 멈춰 섰다. 인플루언서 가족이 돌아온
것이다. 아이의 울음소리는 바그너의 음악과도 같았다. 호숫가에
서 물장난을 하던 손님들이 몰려들었다. 두 아빠의 얼굴은 흙과
돌이 흘러내리는 산사태와도 같았다. 아마 모든 방법을 다 써 봤
겠지만 아이는 여전히 미친 듯이 울어대고 있었다. 아이는 천 인
형을 잃어버리고 아직 찾지 못했다. 오는 길에 차를 세우고 짐을
뒤지면서 찾아봤지만 결국 다시 돌아와 혹시 투숙했던 방에 흘리
지 않았는지 확인하는 수밖에 없었다. 객실 청소부가 재빨리 방으
로 인형을 찾으러 갔다. 수많은 사람들이 몰려와 아이를 에워싸고
어르고 달랬지만 소용이 없었다. 아이는 많은 관중을 보자 춤추듯
이 팔다리를 휘두르며 입을 더 크게 벌려 울었다. 전기톱 같은 울
음 소리에 사람들의 팔다리도 잘려 나갔다. 청소부가 돌아와 방을
구석구석 살펴봤지만 천 인형은 보이지 않았고, 지금 리조트 곳
곳을 찾고 있다고 보고했다. 전기톱의 동력이 최대치로 올라갔다.
그녀는 시뻘게진 두 게이 아빠들의 얼굴을 보았다. 더 이상 참을
수 없다는 표정과 눈동자.

그러게, 좋은 세월을 보내면서 어린아이는 왜 낳은 거야.

그녀는 샤오샤오에게 물어 볼 기회가 없었다. 너, 감독이랑 둘이서 즐거운 세월을 보내고 있고, 아직 이렇게 젊은데 왜 아이를 가지려는 거야?

많은 관중 속에서 큰 관심을 받으며 떼 쓰던 아이는 가득한 사람들을 보고는 더욱 열정적으로 보채고 울었다. 그녀는 이 울음에 어쩌면 많은 스트레스가 담겨 있을지도 모른다고 생각했다. 어린아이 몸으로 너무 과도한 관심을 받는 것도 쉽지는 않을 것이다. 그제야 이해할 것 같았다. 세 자매의 모든 관심이 전부 샤오샤오에게 집중되어 있다 보니 샤오샤오도 틀림없이 거대한 압력을 느꼈을 것이다. 샤오샤오가 집을 떠나 타이베이로 가서 대학에 다니게 되었을 때, 세 자매는 삼합원 안에서 불안한 마음에 어딜 가지도 못하고 당혹스러운 변화에 말도 제대로 하지 못했다. 식욕마저 저하되었다. 샤오샤오가 사라지고 고독이 밀려왔다. 그녀는 샤오샤오가 집을 떠난 첫날 밤을 기억했다. 평소처럼 빨래를 널고 음식을 만들고 태국식 볶음밥을 만들다가 갑자기 울음이 터졌다. 1호가 야단을 쳤다.

"염병! 울긴 왜 울어!"

그녀는 방으로 돌아가서 계속 울었다. 샤오샤오가 보고 싶어서가 아니었다. 물론 샤오샤오가 보고 싶긴 했지만 주된 원인은 그간 샤오샤오를 핑계 삼아 외로움을 잊었기 때문이었다. 샤오샤오가 집을 떠나자 핑계가 사라졌다. 몸 안에서 애써 여러 해 동안 무시해 왔던 고독이 돌아왔다. 며칠을 울었다. 고독에도 눈물이 있어서 물을 주며 몸 안의 커다란 나무를 키웠다. 그 나무는 벨 수가 없었고 매일 자라났다.

　휴대폰이 울렸다. 2호가 영상을 하나 올렸다.

　짜증 나네. 취두부를 파는 소형 트럭을 찍은 영상이었다. 이런 걸 뭐 하러 보낸담. 지금은 손님과 어린아이를 처리해야 한단 말이야. 꺼져. 지금 그녀는 그 멍청한 인간과 지저분한 트럭을 볼 기분이 전혀 아니었다. 그녀는 직원에게서 무에타이를 배운 적이 있었다. 이생에 또다시 그 소형 트럭 기사를 만날 기회가 주어진다면 그에게 몇 가지 무에타이 기술을 시전할 작정이었다.

　영상을 다 보지도 않았는데 두 번째 영상이 휴대폰 화면에 올라왔다. 여러 사람이 여러 마리의 후투티를 찍고 있는 장면이었다. 어디서 이렇게 많은 후투티가 왔지. 정말 무섭네. 카메라 렌즈가 흔들리면서 금단의 열매 간판을 비추고 지나갔다. 2호, 너 도대체 휴대폰을 쓸 줄 알긴 하는 거야? 폰을 그렇게 흔들지 말라고. 그녀에겐 그 간판이 더 커진 것처럼 느껴졌다.

　어린아이는 계속 울면서 소란을 피웠다. 작은 손으로 자신을 달래는 근육질 남자를 때렸고, 프라다 선글라스가 날아가 땅바닥에서 깨지고 찌그러졌다. 근육질 남자가 날카로운 소리를 지르면서 아이에게 욕을 해 댔다. 두 게이 아빠들이 아이를 감싸면서 더 크고 찬란한 욕으로 반격했다. 시끄럽고 귀가 아프다. 그녀가 막 휴대폰을 던져 버리려는 순간, 세 번째 영상이 도착했다. 사장님이 소형 트럭을 몰고 있었다. 어라? 사장님이 차를 모네. 그래도 될까? 무슨 일이 생기는 건 아닐까? 2호 너 지금 뭐 하고 있는 거야? 왜 사장님에게 운전을 맡긴 거야? 택시 부를 줄 몰라? 에휴, 확실히 2호라면 택시를 부르는 법을 모를 수도 있다. 카메라 렌즈가 흔들렸고 그걸 보고 있자니 그녀는 머리가 어지러워 견딜 수 없었다. 이곳은 정말 시끄러웠고 갈수록 더 많은 사람들이 말다툼에 합세했다. 어차피 그녀가 처리할 수 있는 일이 아니었고 직원들에게 수습하게 하는 수밖에 없었다.

문자메시지가 도착했다.

"알아맞혀 봐. 이게 누굴까? 틀림없이 못 맞힐걸!"

네 번째 영상을 열자 아이 울음소리가 들렸다. 화면은 흐릿한 시멘트 바닥이었다. 그녀는 빠른 걸음으로 자리를 옮겨서 바깥의 큰 나무 아래로 갔다. 그런데도 남자애 울음소리가 왜 이렇게 가까운 걸까? 아니, 소리가 달랐다. 다른 아이였다. 휴대폰에서 흘러나오는 울음소리였다.

다섯 번째 영상은 사장님의 얼굴을 가까이서 찍은 거였다. 뭔가 정상적이지 않았다. 어디가 이상한 거지? 사장님의 얼굴이 너무 이상하게 느껴졌다. 머리칼도 이상했다. 얼른 딱 꼬집어 말할 수는 없지만 자신이 잘 아는 사장님과 너무 달랐다. 아니, 닮지 않은 게 아니라 다른 사람이었다. 새로운 얼굴이었다.

집. 아, 사장님의 옛집이다. 여러 해 동안 버려두지 않았던가. 왜 사람들이 잔뜩 들어와 있는 거지? 뭐 하는 사람들이야? 설마 셔터우의 양말 공장이 부활한 건 아니겠지. 공장을 다시 가동한 걸까?

울음은 갈수록 커졌다. 사장님은 빠르게 걸었다. 2호가 뒤에서 따라가고 있었다. 1호가 말했다.

"못 맞히겠지? 넌 틀림없이 못 갖힐 거야. 여기가 어딘지는 기억하겠지?"

여섯 번째 영상이 올라왔다. 갓난아기가, 큰 소리로 울고 있었다. 온몸이 노을처럼 빨갰다. 여러 번 토한 듯 입가와 목 주위에 토사물이 말라붙어 있었다. 사장님이 손을 뻗어 갓난아기를 품에 안자 아기는 울면서 힘껏 발길질하더니 폭발하듯이 구토를 했다. 날카로운 울음소리는 마치 귀에 대고 날라리를 부는 듯했다.

사장님의 얼굴은 평온했다. 입을 벌리고 있었다. 3호는 애써 울음소리를 걷어내고서야 사장님의 목소리를 들을 수 있었다. 사장님은 후투티가 우는 소리를 흉내 내고 있었다. 매끄러운 성조로 갓난아기에게 후투티의 언어로 말하고 있었다.

"구구, 구구구."

사장님은 아기의 몸을 뒤집어 등을 자기 쪽으로 돌렸다. 오른손 손바닥으로 아기의 상반신을 받치고 왼손으로 아기의 두 팔을 가슴과 배에 얹게 했다. 이어서 왼손 손바닥으로 아기의 팔과 작은 손을 전부를 덮었고, 오른손을 아기의 엉덩이 쪽으로 옮겨 각도를 조절했다. 아기 얼굴이 아래를 향해 45도 각도를 유지하게 하고 위아래로 가볍게 흔들기 시작했다. 사장님 손은 정말로 컸다.

울음소리가 즉시 멈췄다.

갓난아기의 표정은 꿈을 꾸다가 막 깨어난 것 같았다. 눈을 크게 뜨고 사방을 두리번거리더니, 웃었다.

사장님은 계속 새 울음소리를 흉내 내면서 따라 웃었다. 그녀는 사장님이 이렇게 웃는 모습을 본 적이 없었다. 과거에 샤오샤오가 신이 나서 노래하고 춤을 출 때면 사장님도 가볍게 웃곤 했다. 하지만 영상 속 웃음은 치아가 다 드러나는 큰 웃음이었다.

사장님 등 뒤로 수많은 젊은이들의 모습이 보였다. 하나같이 놀란 표정으로 작은 소리로 박수를 치고 있었다. 눈앞에 있는 노인과 아기가 놀랄까 봐 조심하려는 듯이.

일곱 번째 영상이 올라왔다. 또 그 소형 트럭이 셔터우로에 멈춰 섰다. 사람이 내려 좁은 골목 안으로 들어섰다.

여덟 번째 영상이 돌아왔다. 2호가 셀카를 찍고 있었다.

"사장님이 여기 오셨어. 믿어져? 사장님이 오셨다고. 나는 지금도 믿기지 않아. 정말 피곤해 죽겠어. 아침 내내 바빴거든. 이제야 너에게 이 영상들을 보낼 수 있게 된 거야. 야, 3호, 듣고 있어?"

그녀는 큰 가위를 하나 들고 휴다폰 액정 안으로 손을 뻗어 2호와 1호의 웃자란 머리칼을 잘라내그 싶었다.

휴대폰 안의 아기는 울지 않고 삼합원으로 들어갔다.

리조트의 남자아이는 아직도 울고 있다. 다들 더 큰 소리로 소란을 피우고 있었다. 정말 짜증 나네! 이래 가지고 어떻게 장사를 해! 이미 새로 도착한 손님들이 체크인 수속을 밟고 있었다. 그녀는 일어나 큰 소리로 울고 있는 아이에게 빠른 걸음으로 다가갔다. 휴대폰을 켜서 여섯 번째 영상을 보여 주었다. 그러고는 폰을 남자아이의 귀에 대 주었다.

네가 유럽의 바그너라면 나한텐 셔터우의 날라리가 있다.

남자애는 무서운 이야기를 듣기라도 한 듯 한순간 울음과 소란을 멈추고는 눈을 커다랗게 떴다.

날라리가 바그너를 죽였다.

샤오B는 하루 종일 방을 나가지 않았다. 셔터우에 온 후 처음
으로 종일 침대 위에서 뒹군 것이다. 처음으로 미친 듯이 잠을 잤
다. 도대체 얼마나 잔 걸까? 스물네 시간? 열네 시간? 지금이 아
직 금요일 맞나? 창밖의 셔터우는 아직 존재할까? 부드러운 매트
리스는 풍만한 대지와 같았고, 손가락에 나무뿌리가 자라나더니
땅속으로 깊이 파고들었다. 백 년 묵은 나무가 될 때까지 잤다. 에
어컨이 서늘한 계절을 만들어냈다. 정말 쾌적하고 좋은 잠이었
다. 새벽 3시에 더운 공기가 유리창을 두드리는 바람에 더워서 깼
었다. 일어나 에어컨을 켜고 온도를 가장 낮게 해 놓았다. 어차피
사장님은 가게를 열지 않을 테고 청소를 금지한다고 했으니 귀마
개로 귀를 막고 세상과 단절되어 실컷 자는 게 나을 것 같았다. 예
전 같았으면 샤오B는 날이 아무리 더워도 최대한 참았다. 기껏해
야 선풍기를 켜는 게 전부였다. 하지만 사장님에게 부담이 가더라
도 오늘 밤은 신경 쓰지 않기로 했다. 사장님은 수도와 전기, 인터

넷, 잡비 등 모든 지출을 다 지원해 주겠다고 했다. 청구서가 도착해도 사장님에게 직접 처리하게 할 수는 없었다. 사장님은 납부할 방법을 모르기 때문이다. 정말 신기한 사람이었다. 아무것도 할 줄 모르면서 어떻게 이 나이까지 살 수 있었나. 한 장짜리 전기요금 청구서를 내밀어도 사장님은 대충 보고 말했다.

"핀란드어로 쓰여 있나? 어쩐 일인지 한 글자도 알아볼 수가 없네."

그러고는 곧장 주머니를 뒤져 잔뜩 구겨진 천 달러짜리 고액 지폐 한 장을 샤오B에게 내밀었다.

"앞으로는 곧장 돈을 달라고 해. 네가 대신 처리해 주면 되잖아. 이런 걸 보면 머리가 아프단 말이야. 남은 돈도 필요 없어. 이런 청구서는 그냥 태워 버려."

안대를 벗고 가늘게 뜬 눈으로 시계를 보았다. 맙소사. 이미 오후다. 왜 이렇게 피곤했지? 틀림없이 어젯밤에 내린 비 때문일 것 같다. 어젯밤 비는 정말 이상했다. 몸에 부딪히면서 피부를 흥건하게 적시지도 않았던 것 같은데 몸속이 다 젖어 버렸다. 빗방울은 혈관을 뚫고 들어와 몸의 모든 부분에 스몄다. 견과류처럼 딱딱하던 부분들이 빗물에 불어 흐물흐물해졌다. 꼭꼭 감추고 인정하고 싶지 않았던 것들이 전부 모습을 드러냈다. 블루 카페로 돌아와 침대 위에 눕자 피부가 팽팽하게 말랐다. 창밖의 빗소리가 귓가를 찌르고 머릿속에서 삭삭 하는 소리, 수도꼭지 아래서 쌀을 씻는 듯한 소리가 났다. 갑자기 노래를 부르고 싶어졌다. 엄마가 부르던 노래가 생각났다. 아, 1흐가 내일 노래를 한다고 했지.

안대를 벗자 햇빛이 동공 안으로 밀려 들어왔다. 사장님은 어디 계시지? 사장님도 금요일 전체를 잠에게 넘겨 주었으면 좋았을 텐데. 세금을 내고 장부를 정리하고 물건을 매입하고 청소를 하고 1호에게 전화를 하고 택시를 부르고 인터넷으로 물건을 사고 휴대폰을 켰다 껐다 하고 단테에게 도시락을 가져다주고 외국에서 보내온 우편물을 번역하고 이메일에 답장하는 생활 속 모든 사소한 일들을 전부 사장님을 도와 해결해야 했지만 그녀의 잠까지 도와줄 순 없었다. 요새 사장님은 정말 잠을 아예 자지 못한 걸까? 사람이 어떻게 자지 않고 버틸 수 있지? 주의 깊게 관찰해 보면, 사장님은 잠을 자지 못할수록 두 눈이 더욱 커졌다. 어제 저녁 기차역 앞에서 바이올린을 연주하는 소리를 들었을 때, 사장님의 두 눈 안에 수천수백 개의 등롱을 다 걸 수 있을 것 같았다. 눈을 깜박이면 하늘에 별들이 가득하고 바이올린 연주자도 그녀의 두 눈 속으로 빨려 들어갈 것 같았다. 바이올린 소리에는 사랑의 감정이 잔뜩 담겨 있었다. 살이 오글거릴 정도로.

아, 금요일이다. 맙소사. 몇 시나 됐지? 누군가 벨을 누르지 않았나? 며칠 전에 전화로 물건을 주문할 때, 금요일 정오쯤에 도착할 거라고 했었다. 어제 저녁에는 장사가 아주 잘 됐고 커피 원두가 곧 떨어질 것 같았다. 휴대폰을 검색해 보니 부재중 표시가 정말 많이 찍혀 있었다. 회신을 해야 할까? 배달 기사가 정말로 두려웠다.

처음 그가 만졌을 때는 몸이 굳어서 말이 나오지 않았다. 빠른 속도로 배달 명세서에 사인을 하고 눈으로 멀어져가는 트럭을 배웅했다. 실수로 그런 거겠지. 맞다, 생각을 너무 많이 한 것 같다. 문제 될 것 없다. 상대방 손이 잘못하다 실수로 닿은 것이다.

금요일

이런 접촉의 느낌은 얼른 지워 버려야 했다. 잊으면 그만이다.

두 번째 접촉 때는 손에 힘이 더 들어가 있었다. 실수가 아니었다. 확실했다. 배달기사의 손가락 끝 손톱이 둔부를 비집고 들어와 몇 초 동안 짧게 머물렀었다.

나중에 샤오B는 그로부터 최대한 멀리 떨어지려고 일부러 카페 밖에서 물건을 검수했다. 지나가는 사람이 없으면 배달기사의 두 손이 불안했다. 그 두 눈에는 사악함이 없었고 악의는 전혀 없는 것 같았다. 괜찮아. 괜찮아. 일을 간들지 말자.

몇 번을 연달아 물건을 배달하면서 매번 무사히 지나갔다. 서로 예의를 갖춰 얘기를 주고받았다. 시골에 카페를 여는 게 쉽지 않다고 하면서 편의점의 값싼 커피와 경쟁하고 있다고 이야기했다. 그러면서 커피 원두의 품질과 수입 상황에 관해 얘기를 주고받았다. 배달기사는 다음에는 조금 비싼 원두를 들여놓는 게 어떠냐고 물었다. 방금 타이완에 들어왔는데 과일향이 아주 진하다면서 입에 맞으리라 보장한다고 했다. 고객을 위한 맞춤 제작도 가능하며 블루 카페라는 상호를 인쇄해 줄 수 있다고 했다. 매출을 높일 수 있을 테니 한번 고려해 보라고 했다.

지난주에 샤오B는 허리를 굽혔다. 그 촉감이 몸에 달라붙었다. 이번에는 두 손이었다. 아니, 두 손으로 그친 게 아니라 또 있었다. 배달기사의 하체가 길려 들어왔다. 머릿속으로 이미 경험해 본 적이 있었고, 곧장 몸을 돌려 상대를 밀어냈다. 상대방이 뒤로 한 걸음 물러났다.

"뭐 하는 거예요?"

"뭐 하고 있냐고?"

“부탁이니 이러지 말아요.”

“왜 이러는 거야? 부탁? 나한테 부탁한다는 거야? 한 번 더 더듬어 달라고? 기분 좋지?”

“하지 마요.”

“하지 말라고? 나 아니면 누가 널 만져 주겠어?”

“부탁이에요. 이러지 마요.”

“이러지 말라고? 널 때리지도 않았잖아. 오히려 고맙다고 해야지.”

날 때리지 않아서 고마워요? 자신에게 화가 났다. 왜 마음속으로는 그에게 감사하고 있는 걸까. “나 아니면 누가 널 만져 주겠어?” 배달기사의 말이 맞다. 만져 주는 사람은 없다. 뜻밖에도 나를 만지고 싶어 하는 사람이 있으니 두 손을 모아 절을 올리면서 무한한 감사의 뜻을 전해야 하나? 그 일을 잘 감춰 왔다고 생각했는데, 누구에게도 말하지 않았는데, 사장님은 알고 있었다. 사장님이 긴 머리칼을 들어 올리며 화난 목소리로 원두 거래처를 다른 곳으로 바꾸라고 지시했다. 아니, 바꿀 수 없었다. 다음에도 이 집에 주문했다. 그 거친 사람이 와서 사장님에게 물건을 전달했다. 냉장고가 그를 향해 날아갔다. 사장님은 정말로 미쳐 있었다.

지미 헨드릭스가 미친 듯이 방문을 잡아당기며 야옹야옹 울어 댔다. 밥그릇이 비었나. 사장님이 먹이를 주지 않은 게 분명했다. 고양이는 매섭게 울어대더니 재빨리 몸을 일으켰다. 알았어, 알았다고. 그만 울어. 가고 있잖아. 문을 열자 고양이가 거세게 소리를 지르며 들어와 방 안을 한 바퀴 돌더니 단테가 준 딜도 위로 올라가 꼬리를 흔들었다.

"왜 그래? 배고파서 그래?"

고양이는 평소에 배가 고프면 발 주위를 맴돌면서 강한 눈빛을 보내곤 했다. 그런데 지금은 덜도 위에 편안한 자태로 앉았다. 어라? 아니네. 이 고양이는 네 발바닥이 희지 않았다. 지미 헨드릭스가 아니다. 넌 누구야? 목을 자세히 살펴보니 확실히 그가 산 은색 목걸이를 하고 있고 그 위에 지미 헌드릭스라는 이름이 새겨져 있었다. 너는 어디서 온 고양이지? 지디 헨드릭스와 싸워서 이 목걸이를 빼앗은 거야? 하지만 울음소리와 눈빛, 체형이 전부 틀림없는 지미 헨드릭스였다. 맞아. 틀림없이 너야. 그런데 발이 어떻게 된 거야? 잉크를 밟기라도 한 거야?

야옹.

꿈을 꾸고 있는 거겠지. 눈이 비에 씻겨 상했다. 하지만 뭔가 합리적이라고 느꼈다. 셔터우에 온 뒤로 이전에 경험했던 수많은 느낌들이 합리적이라는 생각이 들었다. 모든 일들이 그래야 할 것 같았다.

야옹.

과거엔 대도시 타이베이의 작은 아파트에 숨어 지냈다. 대형 음식점에서 종업원으로 일하면서 퇴근해도 동료들과 교류가 전혀 없었다. 친구도 없었고 이웃들과 서로 알고 지내지도 않았다. 떠도는 영혼은 가벼웠고 흔적도 소리드 없었다. 하지만 셔터우에서는 눈에 띄는 존재였다. 외도와 말투에 의심의 흔적들이 남아 있었다. 외지에서 왔고, 뭔가를 위배한 사람 같았다. 수상하고 이상한 모습이었다.

야옹.

인터넷 계정을 살펴보니 자기 전에 올린 영상에 이미 천 개가 넘는 댓글이 달려 있었다.

야옹.

맙소사. 어제는 얼마나 미쳐 있었던 걸까. 그림책을 춤추듯이 휘둘렀던 게 기억났다. 향장을 때린 것 같았다. 별일 없겠지? 향장에겐 확실히 악의는 없었다. 단지 낭독 활동을 통해 자신의 이념을 널리 펼치려 했던 것뿐이었다. 하지만 때로는, 충만한 선의가 마음속에 품은 악의보다 더 끔찍하기도 하다. 샤오B는 악의를 어떻게 소화할지 잘 알았다. 이미 익숙하다. 몸에 망각의 메커니즘이 장착돼 있어서 자발적으로 미약하나마 반격을 가했으나, 자상한 미소를 곁들인 선의를 거부할 방법이 없었다.

야옹.

타이베이로 돌아가야 할까? 그 가게의 고기완자가 먹고 싶었다. 엄마가 그에게 남겨준 작은 아파트였다. 말기 암을 앓던 엄마는 집으로 돌아가겠다고 고집했다. 병원에서 죽는 게 두렵다고 했다. 엄마는 갑자기 식욕이 생겨 전통시장 가게의 장화 고기완자가 먹고 싶다고 했다. 완자를 들고 돌아와 보니 엄마는 자고 있었다. 그리고 영원히 깨지 않았다. 엄마 옆에 앉아서 2인분 완자를 혼자 다 먹어 치웠다. 미안해, 엄마. 계속 미안하다고 말했다. 내가 어쩌다 이렇게 이상한 사람이 된 걸까. 엄마가 떠나는 그때, 나는 완자를 사려고 줄을 서고 있었다. 누군가 새치기를 해도 감히 뭐라고 말하지도 못했다. 미안해.

야옹.

"제발 부탁인데, 소리 좀 내지 마! 사료 한 봉지 다 줄 테니까."

지미 헨드릭스는 조용해졌다. 네 발은 딜도의 플라스틱 케이스를 밟고 있었다. 밟고 또 밟다 보니 검은 네 발이 회색이 되더니 점차 원래의 흰색을 회복했다. 지미 헨드릭스는 방문으로 달려가 손잡이를 마구 잡아당겼다. 문을 열어 주었으나 지미 헨드릭스는 고개를 돌리며 야옹 하고 울 뿐 어두운 계단으로 들어서려 하지 않았다.

샤오B는 딜도를 들어 포장을 뜯었다. 공장에서 참으로 세심하게 만든 물건이었다. 안에 작게 포장한 윤활제가 들어 있었다. 플라스틱 케이스가 맑은 소리를 냈다. 너무도 오랫동안 한가하게 방치되어 있었던 딜도는 더는 기다릴 수 없었다. 마침내 포장이 벗겨지자 환희와 축하의 소리가 났다.

단테의 선물이 샤오B의 몸 안으로 미끄러져 들어갔다.

아, 스위치가 있었다. 스위치를 누르자 선물이 진동하기 시작했다.

벽이 무너지고 천장이 갈라졌다. 블루 카페 문 밖에 커피를 사려고 기다리던 손님은 곤혹스러운 표정으로 샤오B에게 문자 메시지를 보냈다. 향장이었다.

"어떻게 된 거야? 오늘 가게 쉬는 날인가?"

향장님 죄송해요. 문자에 회신할 시간이 없었어요. 오늘은 영업 안 해요. 슈퍼 토요일이 오기 전까지는 문밖에 나가지도 못해요. 너무 바쁘거든요.

샤오B의 몸이 날아올라 환희의 정점에 이르렀다. 보았다. 먼저 보았다.

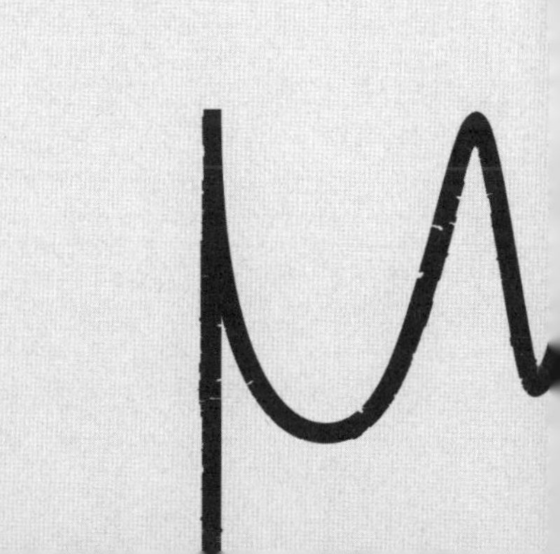

내음새

1

감독은 보지도 못하고 듣지도 못하고 냄새도 맡지 못했다. 바람이 부는 것 같았다. 아니야, 이것이 바람일까? 바람의 질감이 이런 걸까? 축축하고 미끄러웠다. 물인 것 같기도 하고 물이 아닌 것 같기도 했다. 확실히 유동하는 기체였지만 무게가 있었고 피부에 찰싹 달라붙어 위아래로 움직였다. 곧 녹아 버릴 얼음 같았다.

바람이었다. 차가운 바람이 삼합원에 불어닥쳐 감독의 몸을 휘감았다. 이 늙은 바람은 셔커우산 아래서 여러 해 동안 잠들어 있다가 오늘 아침 갑자기 날카로운 새의 부리에 쪼여 깨어났다. 바람은 제 몸을 휘감고 있던 나무뿌리를 헤치고 축축한 땅을 뚫고 나와 나뭇가지들을 씻어 주며 나뭇잎을 뒤흔들었다. 이어서 구름을 찌르고, 소란스러운 후투티들을 밀어낸 후 연못 위에 어지러운 파문을 남기고 야영 캠프를 찾아와 텐트 몇 동을 넘어뜨렸다. 너무 오래 잠들었던 탓인지 입김에서 비릿한 악취가 풍겼다. 하지만 그는 하품을 한 번으로 셔터우를 점령하고 있던 여름을 단번에 날려 버렸다. 이번엔 무더운 여름을 아주 멀리 보내 버렸다. 여름은 몇 달이 지나야 다시 셔터우로 돌아올 것이다. 늙은 바람은 자신이 얼마나 오래 잠들어 있었는지 알지 못했다. 단지 잠들기 전에 몸이 가볍고 투명해졌던 게 기억날 뿐이었다. 지금은 발걸음이 몹시 무거웠다. 여전히 투명하긴 했으나 몸의 아교 같은 질감이 나뭇잎에 찰싹 달라붙었다. 어제까지 나무는 청춘의 손짓을 했는데 오늘 아침 노쇠한 바람을 만나 초록 잎이 시들고 앙상해져 가을을 맞고 있었다.

늙은 바람이 샤오샤오의 방을 뚫고 들어갔다. 문 틈새, 창문 틈새, 벽돌 틈새, 담벼락 틈새, 천장 틈새, 모든 틈새를 뚫고 들어갔다. 감독의 의식은 점차 깨어났지만 몸은 여전히 꿈속에 깊이 빠져 있었다. 시간이 없었다. 늙은 바람이 감독의 몸을 위아래로 어루만졌다. 그 수척한 몸에는 수많은 틈새와 구멍이 나 있었고 곧 해체될 것 같았다. 축축하고 끈적끈적한 바람은 틈새와 구멍을 통해 들어가서 길을 잃은 기관들을 원래 자리에 도로 붙여 놓고, 이산된 뼈마디들을 다시 접합하고, 혈액의 주행을 재촉했다. 늙은 바람은 감독의 몸에 주둔했다. 휙휙 소리를 내면서 그녀의 눈과 귀, 코를 파고들었다. 감독에게 우선은 움직이지 말라고, 더 자라고, 급히 침대에서 내려오지 말라고, 바깥 세계는 지옥이라고, 지금은 일어날 필요가 없으니 급히 자신을 지옥으로 밀어 넣지 말라고 간곡히 부탁했다.

바람은 그녀의 몸을 제압하긴 했으나 그녀의 머리가 움직이기 시작하는 것까지 저지하진 못했다. 이것이 죽음의 상태일까? 색도 없고 냄새도 없고 소리도 없다. 차갑지도 않고 뜨겁지도 않

다. 몸을 움직일 수 없었다. 몸을 일으켜 이 순간의 체감을 노트에
기록할 수도 없다. 그만두자. 집을 나올 때 노트를 챙겨오지도 않
았다. 아기는 어제 아침에 밤새 울어 대고도 지친 기색이 없었고
여전히 음량이 홍수 같았다. 한 배우가 참지 못하고 큰 소리로 불
만을 털어놓았다.

　“감독님, 부탁이에요. 우린 내일 공연을 해야 한다고요. 밤새
잠을 못 잤어요. 이래서야 내일 어떻게 무대에 오를 수 있겠어요?
아이가 더 이상 울면 안 돼요. 감독님, 본인 아기 좀 잘 건사해 주
세요. 귀에서 피가 날 정도라고요.”

　연기자의 원성이 그녀 몸속의 마른 가지를 무겁게 밟았다.
딱. 부러졌다. 안 될 것 같다. 정말로 안 될 것 같다. 지금 밖으로 뛰
어나가지 않으면 안 될 것 같다. 지금 당장 뛰쳐나가지 않으면, 모
든 걸 포기하지 않으면, 몸에 조금 남아 있는 힘마저 다 써 버리지
않으면, 귓가에 계속 아기 울음소리가 들리면, 어쩌면 주먹을 휘
둘러 배우를 때릴 수도 있었다. 그녀의 머릿속에는 이미 아기를
때리는 장면이 나타난 바 있다. 그녀의 머릿속에는 칼이 한 자루
있었다. 머릿속에서 꺼낸 칼이 귀를 찔렀다. 아주 세게 찔렀다. 마
침내 세상이 조용해졌다. 그녀는 지진이 나길 기도했다. 땅이 갈
라지고 하늘이 무너지길, 이 커다란 밭이 뒤집히고 두꺼운 벽이
무너지길, 집 안에 있는 모든 사람이 깔려 버리길. 그렇게 되면 울
음소리가 그칠 것이다. 머릿속의 칼이 사라져 버렸다. 불가능하
다. 다른 방법이 없었다. 지금 그녀에게 필요한 건 떠나는 것이다.
몸으로 문을 밀어 열고 밖으로 뛰쳐나가는 것이다.

　기도가 효험이 있었던 걸까? 아기가 죽었나? 울음소리가 들

리지 않았다. 왜 안 들리지 않는 거지? 귀를 가볍게 만지면 신선하고 진한 아기 울음소리가 주르륵 흘러나올 것 같았다. 이렇게 조용한 걸 보니 틀림없이 죽었나 보다. 그녀는 눈을 뜰 수가 없었다. 자기 몸이 어디에 있는지 알 수 없었다. 안 돼. 오늘은 토요일이잖아. 야외 연출은 커다란 도전이었다. 무대 배경과 소품, 복장, 마이크 음량, 배우들의 분장 등 공연에 필요한 수많은 디테일을 확인해야 했다. 비가 오면 어떡하지? 태풍이 불면 어떡하지? 스포츠 공원에 많은 의자를 배치했는데 무료 입장이어도 관객이 하나도 없으면 어떡하지? 무슨 '국제 관광 축제'에 애당초 다른 나라의 관중이 하나도 없다는 게 말이 될까? 공연 전에 셔터우 현지의 귀신들에게 절을 올려 공연이 순조롭게 해 달라고 기도라도 해야 할까? 일찌감치 지전과 다른 제사용품들을 사 놓으라고 하긴 했지만, 다른 도구들도 샀을까? 셔터우에서 귀신들에게 절을 올릴 때 어떤 금기들이 있지? 현지의 문화 역사 전문가들에게 자문을 구해야 할까? 연기자들이 자기 전과 아침에 일어났을 때 스트레칭을 할까? 발성 연습은 할까? 공연 전에 향장이 나와서 치사를 한다고 한다. 들리는 소문에 의하면 그는 말이 많은 멍청이라고 한다. 물론 그녀는 그런 치사를 반대했지만 극단이 시골로 내려와 공연을 할 수 있도록 장소와 경비를 제공했으니 무대에 올라와 몇마디 하는 것마저 막으면 큰 실례가 될 것 같았다. 하지만 연극은 원래 실례의 예술이고, 그녀가 지휘하고 연출하는 연극은 예의에 어긋나는 행위일 수밖에 없다. 아무런 충돌도 없다면 연극은 실패한 작품이 될 것이다. 정객들의 연설이 그녀의 작품을 망칠 수도 있었다. 그럴 순 없다. 그녀는 반드시 향장이 무대 위로 올라와 연설하는 걸 저지할 방법을 생각해 내야 했다.

머리 회전이 빨라지고 몸이 미세하게 떨렸다. 늙은 바람은 그녀의 몸이 조급해하는 걸 분명하게 인식했다. 빨리 몸부림쳐서 압박에서 벗어나야 했다.

바람은 느리고 느긋하게 건저 그녀의 콧속을 빠져나왔다.

그녀는 즉시 냄새를 맡았다.

샤오샤오였다.

그녀는 줄곧 샤오샤오의 몸에서 나는 냄새의 성분을 알아내지 못했다. 그녀는 노트에 이렇게 썼다.

"봄날의 꽃가루, 가을 햇빛, 맨발로 밟은 풀, 손가락으로 누른 장미꽃잎, 연필깎이, 방금 오븐에서 나온 초콜릿 과자를 깨물어 먹기, 말라서 갈라진 입술에 잔뜩 바른 용안 꽃, 핫 초콜릿에 잠긴 사치마(sacima) 과자, 축축한 성냥, 아이새도가 묻은 면봉, 서랍 깊은 곳에서 찾아낸 와인 코르크, 겨울 비, 구운 부레, 튀긴 오크라, 오븐에 구운 감귤."

이 모든 게 샤오샤오의 냄새에 대한 갖가지 상상이었다. 그런 열거가 여러 페이지에 걸쳐 이어져 있었다. 하지만 그래도 정확하다는 생각이 들지 않았다. 평생의 시간을 들여 이런 냄새들에 대해 써 내려갈 수 있을 거라고 생각했었다. 쓰고 또 쓰고, 쓰면서 늙어가다 보면 결국에는 분명한 냄새를 찾아 샤오샤오를 정확하게 묘사할 수 있을 거라고 생각했다.

샤오샤오를 알게 된 그날도, 먼저 샤오샤오의 냄새를 맡았다. 전기요금을 아끼기 위해 극단 리허설 룸은 에어컨 사용을 엄금했다. 더위는 리허설 룸의 가장 막구가내인 고참 연기자처럼 오만하게 모든 사람을 지휘했다. 한 막의 리허설이 끝나면 모두 바닥에 엎드려 숨을 헐떡였다. 갑자기 꽃향기가 날아왔다. 감독은 향기의 근원을 찾았다. 제작자가 초청한 싱어송라이터가 리허설을 참관하고 있었다. 이 연극에는 배경음악과 음악 디자인이 필요했지만 반드시 이 사람과 협업을 하기로 결정된 건 아니었다. 싱어송라이터는 벽 한구석으로 몸을 숨겼다. 그녀의 발밑에는 여러 권의 노트와 극본이 있었다. 그녀는 조용히 리허설을 관찰했다.

"안녕하세요. 저는 이 연극의 연출을 맡고 있는 감독이에요."

"네, 안녕하세요. 샤오샤오라고 해요."

"그게…… 음…… 죄송해요. 우리가 오늘은 좀 어수선해요. 너무 덥거든요. 상황이 썩 좋은 편이 아니에요."

"그럴 리가요. 저는 감독님이 쓰신 극본이 아주 맘에 들어요. 방금 보여준 애드리브도 아주 훌륭하네요. 방금 이미 몇 가지 선율을 생각해 냈어요. 잠시 후에 기타로 쳐서 들려 드릴게요. 그리고, 가사도 좀 썼어요. 곡으로 발전할 수 있을지는 모르겠지만요."

극본엔 우아한 필체의 메모를 담은 포스트잇이 잔뜩 붙어 있었다. 젊으면서도 집요한 눈빛을 지닌 싱어송라이터는 보기 드문 존재였다. 또한 향기로웠다. 그녀는 남몰래 숨을 내쉬었다. 마음속으로는 샤오샤오라는 이름을 몇 번 불러보았다. 샤오샤오. 샤오샤오. 기타와 현의 소리는 들리지 않았다. 다른 사람이 전혀 눈에 들어오지 않았다. 리허설 룸의 사람들이 보이지 않았다. 눈앞의 그녀만 보였다. 샤오샤오, 네가 좋아. 샤오샤오, 너는 향기로워. 이게 무슨 냄새지? 인위적인 향수는 아닌 것 같고 샴푸 냄새도 아니다. 더운 바람이 샤오샤오의 피부 위를 구르면서 사람을 즐겁게 하는 냄새를 실어 왔다. 그녀는 잠시 머릿속에 떠오른 이미지를 분명히 기억했다. 얼음을 넣은 꽃차였다.

이 순간에도 그녀는 얼음을 넣은 꽃차의 냄새를 맡고 있다. 그녀는 깨달았다. 기억이 났다. 어제 의식불명이 되기 전에 삼합원에 왔었다. 이 순간 그녀는 샤오샤오의 방에 있다. 기억의 주성분은 냄새였다. 방은 기억력이 아주 좋았고 주인을 잊지 않았다. 샤오샤오의 냄새를 지키고 있었다.

샤오샤오는 그 연극을 위해 다섯 곡을 썼다. 그중 메인 멜로디 하나에는 가사가 있었다. 대단히 자유로운 곡이었고 다들 듣자마자 마음에 들어했다. 하지만 실제로 무대에 올리진 못했고 인터넷 홍보용 주제곡으로 사용되었다. 간단하고 소박한 녹음실이었다. 제작자가 연기자들과 함께 밖으로 담배를 피우러 나갔다. 그제야 그녀는 참지 못하고 어렵사리 입을 열어 샤오샤오에게 물었다.

"미안해요. 당신을 안아도 될까요? 미안해요."

그녀는 감히 샤오샤오를 쳐다보지 못했다. 온몸이 떨리고 목구멍이 쪼그라들었다. 자신이 이렇게 누차한 말을 했다는 게 믿기지 않았다. 그녀는 한 번도 여자를 쫓아다닌 적이 없었다. 그녀가 다닌 고등학교는 여학교였다. 거의 매일 작은 구애의 카드를 받았다. 심지어 여선생으로부터 열 페이지에 달하는 연애편지를 받기도 했다. 운동회 때 백 미터 달리기를 하면 수백 명의 여학생들이 그녀를 향해 날카로운 목소리로 소리를 질렀고, 금메달을 따고 학교 신기록을 세우면 수많은 여학생들이 목 놓아 울기도 했다. 대학에 들어간 그녀는 마침내 여학교의 치마 교복을 벗어 버릴 수 있었다. 바지와 셔츠만 입고 옥스퍼드 슈즈를 신었다. 머리는 짧게 자르고 거울을 보면서 확고한 눈빛을 연습했다. 정성껏 연습한 눈빛은 드라마틱한 효과를 발휘했다. 슬쩍 쳐다보기만 해도 여자들의 얼굴이 빨개졌다. 그녀는 늘 동시에 여러 여자를 사귀었다. 여자들은 자신이 그녀의 유일한 여자 친구가 아니라는 사실을 깨달으면 울고불고 난리를 피웠다. 그럴 때면 그녀는 어깨를 으쓱하면서 외워 둔 대사를 읊었다.

"왜 울어? 처음부터 분명하게 말했잖아. 모르겠네, 설마 평생을 나와 함께할 건 아니지? 날 속이려 하지 마. 나중에 너는 틀림없이 내 곁을 떠나 남자와 결혼하게 될 거야."

대사는 예언이 되었고 과거의 수많은 여자친구들은 남자와 결혼했다. 연극의 세계에 입문하면서 그녀는 처음부터 감독이 되기로 마음먹었다. 그녀는 감독의 권위를 실컷 즐기면서 무대 위의 모든 디테일을 결정했다. 귀여운 여성 연기자들은 왔다 갔다 하면서 하나같이 감독을 사랑하고 존중했고, 하나같이 얼굴이 빨개졌고, 하나같이 감독과 함께 집으로 돌아가고 싶어했다.

샤오샤오는 예외였다. 눈빛을 발사하면 몇 초는 더 머물렀다. 아, 이렇게까지 효과가 없다니. 샤오샤오의 두 볼에는 홍조가 떠오르지 않았다. 리허설 현장에서 그녀의 태도는 아주 강경했고 절대로 타협이 없었다. 하지만 샤오샤오가 현장에 있는 날이면 그녀의 성대는 거칠게 명령하는 소리를 내지 못했다. 샤오샤오가 그녀의 집요한 눈길에 반응했다. 네 개의 눈이 서로 마주치며 뒤엉켰다. 그녀가 먼저 선택을 했다. 재빨리 눈길을 돌렸는 데도 두 볼이 왜 이렇게 뜨거운 걸까. 어째서 또 지고 만 걸까.

녹음실은 너무 조용했다. 샤오샤오의 조용함이 펜치가 되어

토요일

그녀의 손톱을 뽑았다. 너무 아파서 비명을 지르고 싶었다. 몸이 의자에 묶여서 꼼짝도 못 하는 것 같았다. 샤오샤오가 기타를 내려놓고 물을 벌컥벌컥 마시며 목을 깨끗이 씻고 나서야 마침내 입을 열었다.

"왜 그렇게 담이 작아요? 다 나가고 우리 둘만 남으니까 이제야 묻네요. 이렇게 담이 작으면서, 내가 좋다고 하면 할 수 있어요? 나를 안을 수 있어요? 그럼 내가 감독 선생님께 묻죠. 나를 안을 용기가 있어요?"

그럴 용기가 없었다.

고개를 가로저을 용기도 없었다.

그녀는 사람들이 자신을 '철(鐵)T'*라고 부른다는 걸 알고 있었다. 그녀는 레즈비언 세계의 각종 표식을 다시 공부하려는 게 아니었다. 그저 자신이 샤오샤오 앞에단 서면 전혀 철T가 되지 못한다는 사실을 깨달았을 뿐이었다. 모든 남성적이고 수컷적인 성질들이 전부 느슨해지고 무력해졌다. T든 철이든, 공이든 수든, 깁이든 아니든, 와이프든 아니든 간에, 샤오샤오를 만나면 사지가 너덜너덜해지면서 이것도 저것도 아닌 존재가 되었다. 감히 두 팔을 내밀 수가 없었다. 두려웠다. 그녀를 안는 게 두려웠다. 자신이 망가질 것 같았다. 샤오샤오의 거부가 두려웠다. 시간이 정지될게 두려웠다. 시간아, 제발 부탁이니 앞으로 나아가지 마. 가장 두려운 건 시간의 뒷걸음질이다. 가장 깊은 두려움으로 빠져드는 것

---

* 여성 동성애자 중 성격과 성적 취향이 남성성에 가까운 사람들을 가리키는 말이다.

이다. 그녀는 알고 있었다. 이게 사랑이다. 처음으로 두려움이 입을 크게 벌려 그녀를 삼켜 버렸다. 그녀를 와작와작 씹어 산산조각 내버린 다음 토해 버렸다. 그녀는 모든 위엄을 상실했고 모든 걸 샤오샤오가 좌지우지하도록 맡겨 버렸다.

담배를 피우러 나갔던 사람들이 들어와 자리를 잡고 앉아 녹음작업을 계속할 준비를 했다. 샤오샤오가 갑자기 그녀를 안았다.

처음으로 그렇게 샤오샤오에게 가까워졌다. 샤오샤오의 몸에 배어 있던 향기가 밀려왔다. 머릿속에 문득 어렸을 때 외웠던 옛 시가 떠올랐다.

"줄을 가볍게 누르고 천천히 뜯고 튕기면서 예상우의곡(霓裳羽衣曲)을 연주하다가 마지막엔 육요(六么)를 연주했네."*

처음에는 그저 죽어라고 등을 돌리려 했지만, 이 순간 갑자기 알 것 같았다. 철T인 그녀의 몸은 악기였다. 샤오샤오의 섬세한 손가락이 그녀의 몸에 빗질을 하고 꼬집고 문지르고 꺾었다. 그녀의 하복부가 강한 공격을 당했다. 그녀의 몸에 이런 충격은 처음이었다. 낯선 진동이 일었다. 그녀는 어떻게 반응해야 할지 몰랐다. 우는 수밖에 없었다. 울었다. 인생에서 처음으로 누군가가 자신을 발견했음을 실감해서였다. 몸속의 모든 잡음을 상대방에게 넘겨주면서 자신의 연약함을 들어 달라고 애원했다. 육체의 모든 걸 무장 해제했다. 고약한 냄새든 향기든 감추지 않았다. 몸에 샤오샤오가 찰싹 달라붙었다. 그녀는 샤오샤오가 자기 몸속 가장 깊

---

*   輕攏慢撚抹復挑 , 初爲霓裳後六么. 당나라 시인 백거이가 816년에 친구를 전송하다가 비파 타는 여자를 만났던 감흥을 노래한 시 「비파행(琵琶行)」의 일부다.

은 곳의 울음을 듣고 있음을 알았다.

샤오샤오가 귓가에 대고 말했다.

"왜 울어."

아니, '말한' 게 아니었다. '왜 울어'라는 세 단어엔 음계가 있었다. 그것은 노래였다. 샤오샤오가 그녀에게 써 준 첫 번째 곡이었다.

그녀는 마지막으로 울었던 게 언제인지 전혀 생각이 나지 않았다. 철T는 울지 않는다. 남을 울게 할 뿐이다. 그녀는 임자를 제대로 만났다. 이 샤오샤오라는 여자애는 자신을 평생 울릴 것 같았다. 남몰래 우는 것도 아니라, 지금도 제작자와 드러머에게 우는 모습을 다 보여 주고 있었다. 앞으로도 온 세상에 우는 모습을 보여 주게 될 것이다.

그녀는 철T가 아니었다. 진정한 철T는 샤오샤오의 엄마였다.

처음 삼합원에 왔던 그날 밤, 그녀가 샤오샤오에게 물었었다.

"너희 엄마 T 아니야?"

샤오샤오가 눈을 휘둥그레 떴다.

"뭐라는 거야. 막말하지 말라고."

"정말이야. 막 들어왔을 때, 너희 엄마 자매들을 전부 아줌마라고 부르라고 했잖아. 근데 너희 엄마는 하마터면 아저씨라고 부를 뻔했어."

"멍청아. 됐어."

"정말이라니까. 설마 너희 엄마가 T일 거라는 생각을 안 해 봤단 말이야? 너는 너희 엄마가 남자랑 하는 걸 상상할 수 있어? 불가능한 일이야. 너희 엄마는 애당초…… 도대체 어떻게 너를 임신했던 거야? 인공수정이겠지? 너는 네 아빠가 누군지 알아? 아마 모를걸. 불가능한 일이야. 너희 엄마가 어떻게 정말로 남자랑 할 수 있었겠어? 그건 대자연의 법칙에 위배되는 일이라고.”

샤오샤오가 웃으면서 말을 받았다.

“야, 막말하지 마. 3호 이모에게서 들은 얘기가 있어. 사실 나도 정말 몰라. 도대체 우리 아빠가 누군지. 우리 엄마는 그 대목의 기억이 지워져 버렸대. 어려서부터 그 부분에 관한 얘기를 들을 수가 없었지. 너 같은 멍청이는 이해 못 할 거야. 어차피 우리 엄마는 아무도 모르게 하고서 나를 낳았지만, 그래도 나는 아빠가 누군지 알아야겠지. 하지만 조사해 보지도 않았고 줄곧 알고 싶지도 않았어. 나는 엄마가 셋이거든. 그것만으로도 이미 피곤해. 거기에 아빠까지 가세하면, 생각만 해도 무섭네.”

“T야, T. 샤오샤오, 너희 엄마는 T가 분명하다고.”

그날 밤, 샤오샤오가 그녀의 귀에 낮은 목소리로 말했다.

“우리도 대자연의 법칙을 위배하고 아이를 하나 낳으면 어떨까?”

아이.

아이에게 생각이 미치자 그녀의 몸이 격렬하게 떨렸다. 바람이 탄식했다. 조금 더 자야 할 것 같군. 하지만 정말로 붙잡을 수 없었다. 바람은 그녀를 놓아 주었다. 하지만 그곳을 떠나고 싶지 않아서 방 안을 맴돌았다.

눈을 뜨자 샤오샤오의 책, 샤오샤오의 수상 트로피, 샤오샤오가 엄마랑 찍은 사진, 샤오샤오가 2호 이모와 3호 이모와 함께 찍은 사진, 샤오샤오가 아주 키가 크고 건장한 사람을 배경으로 여럿이 찍은 사진이 눈에 들어왔다. 바람이 시간을 뒤섞었다. 사진 속 인물들이 몸을 흔드는 것 같았다. 그렇게 흔들다가 늙은 사람이 갑자기 청춘이 되고 죽은 자가 부활했다. 사진의 배경이 되었던 키 크고 건장한 사람이 몸을 돌려 겨드랑이에서 아주 두꺼운 책을 꺼내 들면서 웃었다.

아이는 어떻게 됐지?

왜 울음소리가 들리지 않지?

아아.

그녀는 아기를 남겨 두고 온 게 생각났다.

사진 속 샤오샤오가 그녀를 향해 손짓을 했다. 방 안에 가득 차 있던 샤오샤오의 냄새가 그녀를 에워쌌다. 바람이 책상 위의 악보를 넘겼다. 피아노 소리가 낮게 울렸다.

그녀는 자신의 몸 안이 온통 부러진 나뭇가지들이라는 걸 알았다. 하지만 다른 선택이 없었다. 그건 샤오샤오와 그녀의 아이였다. 두 사람이 함께 대자연의 법칙을 위배하여 낳은 아기였다. 귀를 잡아당겨 봤다. 건조하기만 하고 울음소리는 전혀 들리지 않았다. 그녀는 아기를 찾으러 가야 했다. 긴 숨을 들이마신 그녀는 잠시 호흡을 멈추고 방 안에 감도는 샤오샤오 냄새를 전부 자신의 몸에 가뒀다. 냄새가 모여 샤오샤오의 긴형이 되어 금방이라도 무너질 듯한 자신의 몸을 지탱해 주는 광경을 상상했다. 목 놓아 울고 싶었지만 그럴 시간과 힘이 없었다.

문을 밀어 열었다.

바람이 그녀를 밀면서 귀에 대고 속삭이듯이 말했다.

"어서 가. 가서 울어."

쌀 향기.

그랬다. 쌀을 끓여 잘 익힌 향기였다. 노트에 샤오샤오의 냄새를 적을 때, 쌀 향기도 깃들어 있었다. 샤오샤오의 땀에는 풍부한 쌀 향기가 담겨 있었다. 쌀 향기의 안내를 따라 그녀는 부엌으로 들어갔다.

샤오B가 바닥에 쪼그리고 앉아 채소를 씻고 옥수수 껍질을 벗기고 있었다. 1호 아저씨, 아니, 1호 아줌마가 달걀을 깨뜨려 프라이팬에 굽고 있었다. 2호 아줌마는 손에 커다란 빗을 들고 마구 날뛰는 머리칼을 다스리려 하고 있었다. 아주 조용했다. 아무도 말을 하지 않았다. 화로 위의 솥에서 뜨거운 김이 솟았다. 따스한 온기가 부엌 안을 천천히 떠다녔다. 부엌 안의 시간은 바깥의 시간과 다르게 느렸다. 아주 느렸다. 흰죽 냄새가 났다. 모든 사람이 그녀를 보고는 귀신을 보기라도 한 듯 눈을 커다랗게 뜬 채 굳어버렸다.

키 크고 건장한 배경이 몸을 돌려 겨드랑이에서 아주 두꺼운 책을 빼냈다.

책은 아주 조용했고 입가에 밥알이 묻은 채 한 손에는 옥수수를 쥐고 있었다.

그녀를 본 책은 울지 않았다. 빙긋이 웃었다.

금요일 하루 종일 향장은 방문 박으로 나오지 않았다. 땀이 강과 바다를 이뤘고 체온이 오르락내리락 했다. 1초 동안 추워서 벌벌 떨다가 다음 1초는 덥다고 하소연했다. 자다가 깨기를 반복하는 사이에 황당한 꿈이 머릿속으로 침입했다. 눈밭에서 알몸으로 조깅을 하고 있었다. 몸에 가득 빨간 이끼가 돋아나더니 바다에 떨어져 익사했다. 후투티가 그의 눈을 마구 쪼아 댔다. 하늘의 구름은 전부 벌집이었다. 벌집이 하늘에서 떨어져 지면과 충돌했다. 말벌이 콧구멍 속으로 들어갔다. 경선용 조끼가 죽도록 갑갑했다. 셔터우에 큰불이 나서 대지가 붉은 불길에 휩싸였다. 몹시 배가 고프고 목이 마르고 졸렸다. 분명히 울고 있는데 눈에서 떨어지는 건 눈물이 아니라 웃음소리였다. 큰 소리로 디친 듯이 웃지만 입에서 쏟아지는 건 전부 눈물이었다. 열 마리의 알파카를 앞에 놓고 긍정적인 생각의 힘에 대해 연설했다. 한 마디 할 때마다 알파카들이 열 배로 늘어났다. 열 배, 열 배, 또 열 배, 열 배의 열 배, 또 그 열 배, 수천수만 마리의 알파카가 그를 응시했다. 동그랗고 크고 수정같이 맑은 눈동자들이 반짝였다. 청중 수가 많아지자 그는 흥분한 어투로 격정을 토해 냈다. 마침내, 그에게 청중이 생겼다. 엄청난 인파였다. 아예 록 콘서트 같았다. 소리치듯이 말하다 보니 목이 쉬었다. 꿈속의 알파카들이 결국 그의 연설을 듣다가 잠이 들자 그는 잠에서 깼다. 재빨리 침대 밑에 놓인 휴대폰을 보니 04시 59분, 토요일이었다. 아, 마침내 슈퍼 토요일이 되었다. 아, 너무 좋았다. 그는 알람보다 이 분이나 일찍 깼다. 이마의 땀방울도 마침내 식었고 시큰시큰하던 통증도 사라졌다. 옆에 있는 아내는 편안하게 깊은 잠에 빠져 있었다. 입 안에 뭔가 이물질이 들어온 것 같아 입을 벌려 보았다. 공처럼 둥글게 뭉쳐진 알파카 털이 나왔다.

받지 않은 전화가 67통이나 됐고, 읽지 않은 이메일은 감히 열어 볼 생각조차 할 수 없었다. 인터넷 계정을 열어 보았더니 댓글을 남긴 사람들이 놀라울 정도로 많았다. 그는 옆에 있는 아내를 쳐다보았다. 엎드려 자고 있는데 얼굴이 베개에 눌려 있었다. 마치 그를 향해 귀신 흉내를 내려고 하는 듯했다. 그 모습이 너무나 귀여워서 그는 웃음을 참지 못했다. 알람을 꺼 버리기로 마음먹었다. 우선 공무처리는 다음으로 미루기로 하고 자리에 누웠다. 차가운 바람이 창문을 두드리는 게 느껴졌다. 목이 말라 자기 피부에 맺힌 땀방울을 빨아먹었다.

생각났다. 어젯밤 꿈 중 하나는 큰불이 난 뒤에 서터우가 통째로 사라진 것이었다. 꿈속에 웃음소리가 있었다. 자신의 웃음소리였다. 눈물이 가득한 웃음소리였다. 하하하. 너무 좋았다. 모든 사람이 시야에서 사라졌다. 슈퍼 토요일을 거행할 필요가 없어졌다.

지금 이 순간은 머리가 맑았다. 구름도 없고 안개도 없고 비도 없다. 새 울음소리도 맑고 뚜렷했다. 후투티 울음소리가 들린 덕분에 그는 창밖에 아직 셔터우가 있다는 걸 알게 되었다. 새빨갛게 타오르던 큰불은 꿈이었다. 창밖의 후투티는 05시 01분에 울 준비를 하고 있었다. FUCK. 휴대폰 알람은 꺼 버렸지만 후투티는 그러지 못했다.

후투티의 울음소리가 아나를 깨웠다. 그도 깨웠다.

FUCK.

왜 갑자기 이렇게 딱딱해진 거지.

아내의 손이 뱀처럼 이불 밖으로 기어 나와 독니를 드러내며 그의 물건을 조준했다. 아침 식사였다.

향사무소 비서는 이미 향장 관저에 와 있었다. 너무 일찍 왔는데, 정말 미칠 지경이었다. 산더미처럼 많은 일들이 향장의 처리를 기다리고 있었다. 어제 미친 듯이 전화를 했지만 향장은 받지 않았다. 몸에 열이 났다는 얘기만 들었을 뿐이다. 이럴 순 없다. 오늘 행사가 너무 많다. 향장이 여전히 열에 시달리고 있어선 안 되는 상황이었다. 그가 반드시 직접 참석해야 했다. 비서는 향장 집 문 앞에서 동정을 살피면서도 감히 초인종을 누르지 못했다. 새가 울고 마른 낙엽이 발을 피해 땅바닥을 구르고 있다. 어느 집에서 흰죽을 끓이나? 숨을 헐떡이는 소리가 들린다. 심상찮은 숨소리였다. 맙소사. 그런 소리인가? 이렇게 이른 시각에? 체력도 별로 좋지 않다고 하지 않았던가. 안 될 일이다. 다시 전화를 걸었다. 향장님, 제발 부탁인데 빨리 좀 일어나세요. 평소에 일찍 일어나시지 않나요? 저 정말 미칠 것 같다고요.

비서의 이름이 향장의 휴대폰 화면에 뜨는 순간, 향장과 부인은 방금 첫 번째 섹스를 끝냈다. 향장은 몇 번이고 고함을 질러 댔다. 자지가 부인의 몸속에 수천수만 마리의 마이크로 알파카를 쏟아냈다. 부인은 그 수천수만 마리의 알파카가 자기 몸속에서 미친 듯이 뛰고 달리고 뒹구는 걸 선명하게 느꼈다. 그녀는 소리를 지르는 것 외에 자신이 느낀 희열을 표현할 방법을 알지 못했다.

향장은 전화를 받고 싶지 않았다. 부인이 웃었다. 그 미세한 알파카들이 그녀의 몸을 간질이고 있는 게 분명했다. 마구 긁고 간질여서 그녀의 몸 안에서 셰익스피어 희극을 연출한 것이다. 몰리에르도 있었다. 부인은 옆에 누워 큰 소리로 헐떡거리고 있는 남편을 보았다. 맙소사. he is so cute(이 남자 너무 귀여워). 그 모습이 너무 우스워 마음껏 웃어 댔다.

그 웃음소리가 향장의 성기에 진동파를 일으켰다. FUCK, 몸 안에 아직 남아 있던 엄청난 수의 알파카가 웃음소리를 듣고는 또 일제히 아래로 몰려들었다. 딱딱해졌다. 전화를 받지 않았다. 한 번 더 했다.

향장이 마침내 전화를 받았다. 비서는 향장의 목소리가 몹시 이상하다고 생각했다. 느슨하고 부드러웠다. 듣고 있는데 어디서 향기가 난다. 왜 잘 익은 구아버가 생각날까. 비서는 고개를 가로저었다. 틀림없이 향장 집 바로 옆이 구아버 농장이기 때문일 것이다. 정말 미칠 것 같다. 왜 내가 구아버랑 전화 통화를 하고 있는 것 같지!

"향장님 보고드립니다. 오늘 오전에 대규모 야영 캠프 개막식이 있습니다. 몸 상태는 어떠신지요? 참석하실 수 있겠습니까?

"몇 시지?"

"여기서…… 삼십 분 내에 출발하면 시간에 맞춰 도착할 수 있을 겁니다."

향장과 비서는 청수이연 야영장으로 달려갔지만 이미 늦어 버렸다. 개막식이 다 끝난 터였다. 코이스카우트 대원들은 다시 불려 와서 도열한 채 향장의 치사를 들어야 했다. 모든 대원들의 목구멍은 하나의 유원지였고 수백 개의 유원지가 동시에 개장했다. 비서의 머릿속에서 롤러코스터가 충돌을 일으켰다. 하지만 향장은 무대 아래 난리법석을 무시하고 미소를 지으면서 연설을 시작했다.

"모든 보이스카우트 친구들에게 셔터우에 와주신 데 대해 감사드립니다. 여러분 모두 셔터우의 학부모이기도 한 저 샤오 향장이 진흙탕에서 넘어지고 벌떼의 공격을 받는 영상을 보셨으리라 믿습니다. 하하하. 제가 생각해도 아주 우스운 일이었어요. 혹시 인터넷에 들어가서 저를 비웃진 않으셨나요? 하하하. 향장인 저는 셔터우의 벌들도 보유하고 있답니다. 여러분 모두 이곳에서 며칠을 보내면서 아름다운 추억을 남길 수 있기를 바랍니다. 보이스카우트 정신을 철저히 발휘하여 서로 돕고 서로 사랑하고 서로 믿으면서 위험이나 어려움을 두려워하지 않길 바랍니다. 벌 몇 마리가 여러분의 모험 정신을 막진 못할 겁니다. 그렇지 않습니까?"

대오에서 어린 남학생 하나가 소리쳤다.

"그렇지 않습니다!"

무대 아래의 보이스카우트 대원들이 그의 눈에는 전부 알파카로 보였다. "그렇지 않습니다!"라는 한 마디도 그에게는 뜨거운 박수 소리로 들렸다.

모든 보이스카우트 대원들이 함께 찍은 단체사진이 셔터우 커뮤니티 계정에 올라왔다. 시끌벅적한 스카우트 대원들의 관광버스를 배웅하고 나니 야영지는 마침내 조용해졌다. 청소부들이 대대적인 청소를 진행했다. 녹색 환경 보호를 주제로 한 활동이었는데 남은 건 대량의 쓰레기뿐이었다.

슈퍼 토요일이 정식으로 출발했다.

향사무소로 돌아와 드론 팀과 회의를 진행했다. 팀의 리더는 아주 정교하고 간략한 보고서를 준비했다. 오늘 밤 셔터우의 하늘이 어두워지자마자 향장이 무대에 올라가 환영사를 한 뒤에 직접 버튼을 누르면, 드론들이 일제히 하늘에 날아올라 셔터우의 밤하늘에 양말 모양의 대형을 이룰 예정이었다. 이어서 또 다른 버튼을 누르면 양말이 구아버로 변하고, 때맞춰 팀원들이 관중석에 천연 구아버 농축액을 분사할 예정이었다. 리더는 시각과 청각, 후각이 결합된 서사시적인 향연이 될 거라고 호언장담 했다. 만약의 사태에 걱정할 필요는 없다고 했다. 버튼엔 블루투스 기능이 없고 그저 상징적인 도구일 뿐이라는 것이다. 향장이 버튼을 누르면 팀원들이 그에 맞춰 드론이 찬란하게 등장하여 쇼가 시작되게 한다는 것이다.

일기예보에 따르면 날씨는 아주 맑은 가운데 미풍이 예상됐다. 비가 내릴 확률은 제로에 가까웠다. 이상적인 가을 날씨였다. 너무 좋았다. 이렇게 오래 준비한 슈퍼 토요일이 마침내 완벽하게 시작되는 순간이었다. 그는 오늘 저녁 야외 좌석이 꽉 차기를 기

        토요일

대했다. 축사를 할 때 자신의 정치 행보의 다음 단계를 선포할 작정이었다. 그 버튼을 누르기만 하면 그는 밝고 찬란한 미래에 안착할 수 있을 것이다.

오늘은 서둘러 집을 나서기 직전에 아내와 세 번째 섹스를 했다. 재빨리 욕실에 들어가 빠른 속도로 샤워를 하고 양복을 입었다. 그 위에 파란색 경선용 즈끼를 걸치고 거울을 보았다. 거울 속의 향장은 기백이 넘치고 정서적으로 고양돼 있었다. 얼굴은 틀림없이 고관대작이 되고 큰돈을 벌 인상이었다. 자신의 영준하고 빼어난 모습을 바라보면서 그는 또 섰다. 바지가 당겨져 올라갔다. 경선 조끼를 걸친 채르 아내와 또 한 번 했다. 그는 아내가 오늘 아침에 했을 때 최고의 쾌감을 느꼈다는 사실을 알지 못했다. 그에게는 세 번째가 가장 짜릿했다. 엉성한 경선 조끼를 입은 채로 하면서 그는 권력이 몸에 강림하는 걸 확실하게 느꼈다. 몸 안에 있던 모든 지배욕이 폭발했다. 그는 아내에게 이런 육체의 변화무쌍함을 보여 주었다. 창밖은 가을인데 아내의 입에는 봄빛이 가득했다. 그는 마침내 배우자를 만족시켰다. 물론 유권자들도 만족시킬 수 있을 것이다. 모든 사람을 마땅히 가야 할 곳으로 인도할 수 있다. 이 순간 향사무소에서 이런 것들을 생각하다 보니 서는 게 당연했다. 다행히 회의는 앉아서 진행중이고 일어설 필요가 없었다. 아내에게 점심 때 향사무소로 와서 함께 식사를 하자는 문자메시지를 보내고 싶었다.

비서가 그에게 방금 사이트에 올라온 TV 뉴스 동영상을 보여 주자 그는 금세 말랑말랑해지고 말았다.

기자가 구아버 농장 안에서 스튜디오를 연결했다.

　“전 세계 폐허를 돌아다니는 것으로 유명한 폐허 전문 인터넷 셀럽이 이번에는 장화현 셔터우향을 찾았습니다. 하지만 그가 이곳을 찾은 건 요 며칠 동안 타이완 전체를 떠들썩하게 하고 있는 후투티를 찍기 위해서도 아니고, 이 작은 시골 지역에서 일 년에 한 번 거행되는 ‘직족상락 구아버 국제 관광 축제’를 촬영하기 위해서도 아닙니다. 그가 이곳에 온 건 이 괴상한 시골의 폐허를 찍기 위해서입니다.”

　뉴스 화면은 셀럽의 동영상을 인용하면서 배경음악으로는 괴이한 톱 연주를 사용하고 있었다. 그 뒤로는 수많은 텐트가 펼쳐져 있었다. 그다음에 이어 붙인 공중 장면에는 구아버 농장과 논밭이 있고 멀리 산과 옅은 안개도 보였다. 카메라 렌즈가 다시 금단의 열매의 빨간 캔버스 천 간판을 비췄다. 셀럽은 문을 열고 작은 집 안으로 들어가 방 안에 있는 각양각색의 성인용품들을 비추면서 호들갑스럽게 놀란 표정을 지었다. 뉴스 화면은 모자이크 처리되었다. 실내의 커튼을 들추자 진열대에는 각양각색의 여성 누드 사진집과 함께 여러 권의 두꺼운 책들, 수갑, 가죽 채찍, 가면, 섹스 그네 등이 있었다. 셀럽이 카메라를 향해 말했다.

　“상상도 못 하셨죠? 순박한 시골, 구아버 농장 한가운데 뜻밖에도 폐허 같아 보이지만 안에는 이처럼 활력이 넘치는 섹스의 소굴이 있었다는 것 말입니다! 그래서 ‘금단의 열매’라고 하는 모양이네요! 맙소사, 구글 지도에는 아예 표시도 없습니다. 하지만 현지인들은 누구나 다 알고 있겠죠. 절대로 시골 사람들을 우습게 보면 안 됩니다. 시골 사람들의 생활은 밭에 나가 일하고 들어와 자는 것밖에 없는 것 같았는데, 알고 보니 이처럼 분방한 사생활을 즐기고 있었네요. 큭큭큭."

다시 기자의 모습을 캡처한 화면으로 이어졌다.

"기자는 이곳저곳을 돌아다니며 취재하는 과정에서 이 '금단의 열매', 즉 구아버 농장 한가운데 있는 섹스 소굴이 원래 불법 건축물이라는 사실을 알게 되었습니다 셔터우의 향장이 이런 사실을 알고 있는지 모르겠습니다."

화면에 향장의 얼굴이 잡혔다. 며칠 전 기자회견의 장면이었다. 향장이 카메라를 향해 말했다.

"셔터우 국제 관광 축제에 오신 각국 손님 여러분을 환영합니다. 문화 평등권이 시골까지 확장되어 다채로운 공연 프로그램들이 준비되어 있습니다. 이곳은 공기가 아주 좋고 사람들은 착하기 그지없습니다. 인심이 순박하고 집집마다 어른 아이 할 것 없이 구아버를 재배하고 있죠. 틀림없이 아름다운 추억을 남기실 수 있을 겁니다."

"설마 저 샤오 향장이란 사람은 온 가족이 와서 저 섹스의 소굴에서 구아버를 따라고 말하는 건 아니겠지요? 그리고 '구아버를 딴다'는 말은 현지에서 통용되는 은어 아닐까요? 구아버가, 설마 그 '금단의 열매'인 걸까요? '열려라 참깨' 같은 은어를 대면 '금단의 열매'라는 폐허로 들어갈 수 있는 걸까요? 이상 장화현 셔터우에서 보내 드린 심층 보도였습니다."

심층보도라고? FUCK ME! 인터넷에서도 셀럽들의 동영상을 긁어모아 올리면서 그걸 심층보도라고 하지 않던가.

"기자가 너무 구질구질하군. 애당초 우리를 찾아와 증거를 요구하지도 않았잖아."

비서가 기어들어가는 목소리로 설명했다.

"향장님, 어제 저 사람들이 계속 향장님을 찾았어요.……제가 향장님은 몸이 불편해서 지금 인터뷰를 하기 곤란하다고 했어요. 향장님, 저희는 정말 하루 종일 향장님을 찾을 수 없었어요. 휴대폰도 안 받으시고 말이에요.……저희도 어떻게 해야 좋을지 몰랐습니다."

"FUCK! 이런 씨팔."

그의 몸속 동굴이 무너지면서 'FUCK' 혹은 '씨팔' 같은 욕이 마구 쏟아져 나왔다.

소리가 너무 커서 향사무소 전체가 들었다. 막 자리를 뜨려던 드론 팀 팀장이 휴대폰을 꺼내 들고는 폭발적으로 격노하며 쌍욕을 내뱉는 향장의 모습을 촬영했다.

테이블 위에 신선한 구아버가 한 쟁반 놓여 있었다. 향장이 구아버 하나를 집어 들었다. 그는 정말로 구아버를 벽에 내던지고 싶었다. 혹은 비서를 향해 내던질 수도 있다. 또는 회의실 입구를 지나고 있는 드론 팀 팀장을 향해 던지고 싶었는지도 모른다. 이 순간 그는 뭔가를 때려 부수고 싶었다.

방금 드론 팀에서 간단한 보고가 올라왔지만 듣고 싶지 않았다. 휴대폰을 켜서 커뮤니티 계정에 네티즌들이 올린 댓글을 읽었다.

"와! 환경 보호 향장님, 셔터우가 그렇게 어둡나요? 환한 대낮에 기차역 앞 전등이 전부 켜져 있잖아요. 안 들리세요? 전화를 해도 아무런 반응이 없네요. 이대로 *끄*지 않고 버티실 건가요? 정말 대단하시네요."

"섹스 소굴 향장님, 원래 셔터우가 이렇게 활력이 넘치는 곳이었군요. 정말 부러워요. 타이베이 사람인 저도 #셔터우로의 이주를 적극 고려해 봐야겠네요."

"금단의 열매? 섹스 소굴? 슈퍼 변태. 이런 곳에서 구아버를 재배한다니 한번 가서 먹어봐야겠네. 사람들도 전부 변태 아냐?"

"와, 아침부터 하루 종일 자신이 가장 청렴한 향장이고, 학력도 제일 높고, 미국 유학도 했고, 그 대단한 아이비리그 출신이라고 강조하길래 지난번에 고향에 투표하러 갔다가 당신에게 표를 줬지. 하지만 결과는 또 마찬가지야. 게다가 불법 건축을 허락하다니. 그리고 섹스 소굴이라고? 정말 실망이네. 앞으로는 절대로 당신에게 표를 주는 일은 없을 거야."

"내가 보기엔 이게 합리적인 추측일 거야. 섹스 소굴을 개업한 사람은 향장일 거라고. 향장의 개인 초대소인 셈이지!"

"맞아, 맞아. 저 빌어먹을 향장이 모든 사람을 셔터우로 초대해서 구아버를 대접하겠다고 했잖아. 그런 다음 저 소굴로 데려가다 함께 옷을 벗고 알몸이 되어 배 터지게 금단의 열매를 먹겠지."

"폭로 : 우리 엄마는 향장 집의 청소부 아줌마였습니다. 엄마의 말로는 향장과 부인이 한방에서 자지 않는답니다. 부인은 손님 방에서 잔다는 거예요. 평소에 서로 깊이 사랑하는 표정은 전부 가식이었던 겁니다. 연기를 잘하는 거죠."

"나는 셔터우 사람이야! 종종 길에서 향장과 그 요괴가 조깅하는 모습을 보곤 하지. 함께 산책을 하면서 시시덕거리기도 하고 커피를 마시기도 하더라고. 너무나 낭만적이야. 그 블루 카페의 요괴 말이야! 어휴. 이런 요괴들이 판을 치는 걸 보면 세상이 정말

어지럽혀진 것 같아! 향장은 과거에 선거운동을 할 때 공공연하게 스리섬을 하라고 부추기기도 했어.”

“정말 구역질 나네. 향장이 그 요괴를 도서관으로 초청해서 어린아이들에게 이야기를 낭송하게 할 줄이야! 생각만 해도 화가 난다. 아, 어쩌다 우리 타이완의 교육이 이 모양이 된 거지? 우리 다음 세대에까지 이 독성이 이어져선 안 된다! 순결한 아이들을 우리에게 다시 돌려 달라! 우리 셔터우는 아이들의 천국이 되어야 한다!”

“향장이 부인과 각방을 쓴다고? 요괴와 함께 조깅을 한다고? 그 블루 카페의 변태가 셔터우 향장의 비밀 정부였군! 와! 너무 낭만적이네! 셔터우는 원래 타락한 천국이었네!”

“천국은 무슨 천국, 지옥이지! 무슨 국제 관광 축제야, 다 때려치우라고. 가장 좋은 건 외국인들이 셔터우에 많이 와서 무슨 공연인가를 관람하는 거야. 그렇게 많은 돈을 들여 이런 행사를 거행하는데, 우리 가난한 사람들에게 돈이라도 좀 뿌리고 가야지! 정부는 무능하니까 말이야.”

간신히 참았다.

잠시 후엔 극단의 무대 설치를 시찰하러 가야 했다. 극단과 기념 사진도 찍지 않은 터였다. 환영 선물도 보내야 했다. 오후에는 스포츠 공원에서 수많은 거리 예술가들이 공연할 예정이었다. 비서가 모든 일정과 공연 단체들의 위치를 확인하지 않은 상태이고 저녁 행사의 축사 원고도 아직 다 쓰지 못했다. 아차, 하마터면 잊을 뻔했다. 오후에 극단에서 공연의 성공을 기원하는 제례 의식을 거행할 예정이었다. 제례를 통해 모든 일이 무사히 진행되기를 바라는 의식에 기자들도 올까? 됐다. 그만두자. 기자들은 지금 전부 금단의 열매에 가 있을 것이다. 타이베이에서 오는 문화부 관리들도 영접해야 했다. 당에서도 몇몇 주요 인사들이 셔터우를 찾을 예정이었다. 아버지의 자리는 어디쯤 배치해야 할까? 엄마는 공연을 보러 오실까? 두 분은 그가 오늘 저녁에 무대 위에서 중대한 선언을 하리라는 걸 잘 알고 있었다.

아내의 얼굴이 생각났다.

몸에 걸치고 있는 경선용 조끼를 만져 보았다.

조끼 위에는 거친 서체로 샤오 향장의 이름이 찍혀 있었다.

냉정해져야 했다.

심호흡을 했다.

미소를 지었다.

마음속에 뉴잉글랜드의 눈이 내렸다.

모든 사람이 떠났다. 회의실에는 그 혼자만 남았다.

불을 끄고 눈을 감은 채 잠시 휴식을 취했다. 오 분이면 충분했다. 오 분 뒤에는 몸을 곧게 펴고 성큼성큼 밖으로 걸어 나갈 것이다. 하지만 정말 참을 수 없었다. 휴대폰을 켜서 계속 그 댓글들을 읽었다. 링크를 클릭했다.

그의 얼굴이 나왔다.

파면 청원 사이트였다. 이미 수천 명이 호응하고 있었다.

"파면하라! 내려와라! 셔터우 사람들이 일어섰다. 무능한 변태 섹스 소굴 향장을 파면하라!'

향장

이렇게 돌아오게 될 줄은 생각지 못했다.

취두부 트럭을 셔터우로에 세워 놓고 그는 2호의 손에서 깊이 잠든 아기를 건네받아 좁은 골목을 걸어 들어왔다. 2호가 뒤에서 힘겹게 쫓아왔다.

"사장님, 좀 천천히 가요."

삼합원 담장 밖에서 그의 발소리가 들렸다. 담장 벽돌이 자동문처럼 좌우로 몰렸다. 입구에 더 많은 공간을 내주기 위해서였다. 넓고 장애물이 없는 입구가 귀한 손님을 영접했다. 삼합원은 그를 기억하고 있었다. 그가 마지막으로 이 집에 왔을 때는 사람들이 그를 셔터우에서 가장 젊은 양말 공장 사장이라고 칭했다. 다시 이 집에 오게 된 지금, 그는 셔터우에서 가장 유명한 미치광이였다. 문 앞의 작은 등이 그를 보고 놀랐는지 갑자기 전구에 불이 들어왔다. 전등갓에는 '팔자가 고된 사람은 공짜'라는 문구가 비스듬히 기울지 않고 단정한 자세로 서서 그에게 고개 숙여 인사를 했다. 바람은 물러가고 해는 각도를 옮겨가며 좁은 골목을 비췄다.

품속의 아기가 머릿속의 모든 공간을 점유하고 있었다. 얼른 아기를 1호에게 넘겨주려 했다. 그해에 삼합원에서 일어났던 일은 전혀 생각나지 않았다.

오는 길 내내 취두부 트럭을 욕하면서 자신의 옛집에 도착한 그는 조금도 망설이지 않고 성큼성큼 집 안으로 들어갔었다. 그는 이 집을 기부하면서 집을 받은 사람들이 어떤 용도로 사용하든, 어떤 계획을 갖든, 팔아 버리든 부숴 버리든, 아무 의견도 제시하지 않았다. 기부를 한다는 건 관계를 끊고 아무런 미련도 갖지 않는다는 뜻이다. 이미 그의 집이 아니었고 그의 부엌이 아니었기 때문에 문 안에 들어서기 전에 먼저 예의를 갖춰 노크를 했다. 그는 바깥 담장의 벽돌과 기와가 전부 새것으로 교체되고 창문도 바뀌었다는 사실을 알지 못했다. 아기의 울음소리가 그의 모든 걸 사로잡는 방향이 되었다.

샤오샤오의 아이에게 어떤 이름을 지어 주지?

얼마 전 그는 묘당 입구에서 한 고등학생의 숙제를 도와준 적이 있었다. 한 젊은 엄마가 품에 갓난아기를 안고 한 손에는 꽤 큰 여자아이의 손을 잡고서 줄을 섰다. 아이를 학원에 보낼 돈이 없지만 물론 그렇다고 그냥 가르쳐 달라고 부탁할 수도 없는 터에, 그가 고등학생을 가르쳐 준다는 얘기를 듣고서 물어보러 온 거였다. 여자아이는 부끄럼을 탔고 조용히 서 있었다. 다른 아이들의 중학교 1학년 제복은 새것이라 빛이 났지만 아이가 입고 있는 제복은 누렇게 바랜 헌 옷이었다. 그는 언어로 관념을 전달하는 법을 아예 잊었다. 그냥 묘당지기가 팔다 남은 일력을 가져다 그 위에 글을 썼다. 조용한 미치광이 하나가 조용한 여자아이를 마주하고 앉았다. 두 사람은 종이 위에 쓰고 그리면서 아주 빨리 소통 방식을 찾았다. 목구멍을 울릴 필요가 없었다. 종이와 펜이 수학의 논리를 만들어냈다. 젊은 엄마는 옆에서 휴대폰으로 육아에 관한 영상을 보고 있었다. 휴대폰에서 갓난아기의 울음소리가 흘러나왔다. 남성 해설자가 영어로 아기를 안는 방법을 설명하면서 이 방법으로 영아가 울음을 그치게 할 수 있다고 장담하고 있었다. 그는 참지 못하고 함께 그 영상을 보았다. 미국 캘리포니아의 소아과 의사 로버트 해밀턴이었다.

젊은 엄마가 말했다.

"어머, 죄송해요. 이어폰이 없어서. 이게 다 들려서 방해가 됐나 보군요?"

단테가 고개를 가로저었다. 그러면서 그는 의사 로버트 해밀턴의 영아 안는 방법을 외웠다. 영상에서는 수많은 엄마들이 이 방법을 시도하고 있었다. 간단한 기적이었고, 모든 아기들이 울음을 뚝 그쳤다.

샤오샤오의 아이를 보고서 그는 곧장 로버트 해밀턴의 아기 안는 방법을 사용했다. 정말로 효과가 있었다. 아기가 울음을 그쳤다.

샤오샤오의 아이는 샤오샤오샤오*라고 불러야 하지 않을까?

아이의 대변이 기저귀 밖으로 새어 나왔다. 등 전체가 화려

---

*　小小小. '작은 샤오샤오'라는 뜻이다.

한 추상화처럼 온통 말라 버린 대변으로 범벅이 되었다. 여러 차례 젖을 토해 가슴과 배가 온통 시큼한 냄새로 뒤덮여 있었다. 조밀한 곱슬머리에서는 대변 냄새와 달라비틀어진 쌀 냄새가 났다. 손으로 체온을 재보니 정상인 것 같았다. 아이 울음소리가 주먹과 발을 휘둘러 방 안에 있는 젊은이들 얼굴 전체에 멍 자국을 남길 수도 있을 것 같았다. 몸 상태는 크게 문제없겠지? 손톱은 깨끗하게 깎여 있고 몸집은 통통한 편이었다. 눈빛이 퉁명스러운 건 좀 고칠 필요가 있을 것 같다. 1호가 너의 할머니인데 결벽증 귀신이란다. 항상 금단의 열매에 와서 청소를 하곤 하지. 자, 우리 결벽증 할망구를 만나러 가 보자.

1호가 아기를 넘겨받았다. 두 눈이 금세 큰 바다가 되었다. 그걸로 물 절약을 하면 욕실의 수돗물을 틀 필요가 없을 정도였다. 할머니의 눈물이 네 몸을 깨끗이 닦아 줄 수 있을 거야.

그는 욕실 바닥에 앉아 1호가 아이를 씻기는 모습을 바라보았다. 1호는 동작이 아주 민첩했다. 먼저 대야에 더운물을 받아 놓고 아이의 옷을 벗겼다. 그의 눈에는 할머니와 손녀가 춤을 추는 듯 보였다. 아이는 몸에 물이 닿자 두 눈을 휘둥그레 뜨고는 울면서 몸부림을 쳤다. 1호는 큰 소리로 노래를 불렀다. 며칠을 연습한 터라 가사를 다 외웠기 때문에 언제든 입을 열어 노래할 수 있었다. 아이는 할머니의 노랫소리에 놀랐는지 생전 처음으로 레몬을 씹은 표정이 되었다. 일그러진 얼굴에 두려움과 원망이 가득하더니 울음을 멈추고 순순히 할머니의 손길을 받아들였다. 그는 1호가 고고학자라는 생각이 들었다. 아기는 막 시간의 동굴에서 출토되어 몸에 수천 년의 진흙과 먼지가 묻어 있다. 1호는 솔로 조심스

단테

럽게 진흙을 씻어내면서 행여 부실한 유물을 손상할까 걱정했다.
샴푸가 아이의 머리에서 하얀 파도를 이뤘다. 1호의 손가락이 갓
난아기의 두피를 가볍게 마사지하면서 부드럽게 어루만졌다. 비
누가 가늘고 정갈한 거품을 토했다. 배설물과 토사물과 눈물을 닦
아 내자 아기의 희고 보드라운 피부가 드러났다. 1호가 손으로 닦
고 솔로 문지르고 노래를 부르는 사이에 아이는 잠이 들었다. 그
도 바닥에 앉은 채 잠이 들었다.

2호가 병원을 찾았다. 의사에게 삼합원으로 왕진을 좀 와 달
라고 부탁했다. 초보적인 검사를 해 보니 건강 상태는 걱정할 게
없었고 발육도 나쁘지 않은 편이었다. 그는 의사가 계속 2호를 주
시하고 있음을 알아챘다. 의사는 과거에 2호와 같은 중학교 같은
반이었다고 말했다. 아마 삼 년 내내 같은 반이었을 거라고 했다.
그의 기억으로는 서로 말을 한 마디도 주고받지 않았다고 했다.

"친구, 잘 지내지? 나 아직 기억해?"

"잠이 안 와. 너무 자고 싶은데 잠이 안 와."

"우리 병원에 수면과가 있어. 우리 병원에 와서 자도 돼. 아,
그러니까 내 말은, 미안해. 오해는 하지 마. 그러니까 우리 병원에
진료 예약을 하라는 거야."

"수면 진료라고? 그런 것도 있었나? 좋아, 월요일에 가서 예
약할게. 친구, 내가 잠을 잘 수 있을지 여부는 너한테 달렸네."

의사의 두 눈은 아주 오래 말라 있었다. 굶어 죽기 직전이었
던 눈동자가 갑자기 빨리 구르기 시작했다.

의사는 샤오샤오의 방으로 들어가더니 감독에게도 큰 문제
가 없다고 말했다. 의식이 혼란하고 약간의 탈수증세가 있을 뿐인

데, 과로의 흔적이라고 했다. 잠을 충분히 자고 영양이 부족하지 않아야 한다고 했다. 우선 링거를 좀 맞고 나면 젊은 사람이니 큰 문제는 없을 거라는 게 의사의 진단이었다. 나중에 정 마음이 놓이지 않으면 대형 병원에 가서 철저한 검사를 해 보는 것도 나쁘지 않을 거라고 했다.

썰렁한 삼합원에 갑자기 2호와 단테, 감독, 갓난아기, 의사가 찾아왔다. 아기 울음소리를 듣고 문 앞까지 와서 얘기를 나누는 이웃들도 있었다. 다들 무척 바빴다. 시간도 바빴다. 금요일은 아주 빨리 지나가 버렸다.

토요일 이른 아침, 잠에서 깨어 보니 단테는 금단의 열매에 있지 않았다. 베개도 실리콘 엉덩이가 아니라 푹신푹신한 오리털 베개였다.

그가 어디에 있는 걸까?

어째서 머리맡에 『신곡』이 없는 걸까?

알파카는 어디로 간 걸까?

눈가를 만져 보았다. 어째서 눈물이 나지 않았던 걸까?

자전거 바큇살이 돌았다. 브레이크를 밟았다. 경쾌한 발소리가 들렸다.

누가 왔지?

누가 목소리를 낮추고 있지?

"사장님, 항상 물어보고 싶었어요. 삼합원 입구도 그렇고 우리 카페 입구도 그렇고, 정말 왜 이렇게 희한한 건가요? 늘 커다란 바구니 가득 옥수수가 있잖아요. 정말 신기해요."

"쉿, 목소리를 좀 낮춰. 사장님이 아직 주무시고 계신단 말이야."

"아, 네. 죄송해요. 그럼 이 바구니는 어떻게 할까요?"

"부엌으로 가져다줄 수 있겠어? 고마워."

그는 삼합원에 있었다. 뜻밖에도 삼합원이었다. 젊었을 때 그는 스스로 이 삼합원으로 돌아오는 일은 영원히 없을 거라고 말했다.

"잠깐, 근데 어째서 네 손은 비어 있는 거야?"

"아무것도 안 보였어."

"뭐라고?"

"전부 사라졌어. 금단의 열매 전체가 텅 비었어. 아무것도 보이지 않아. 그 웃기는 물건들이 보이지 않아. 사장님 책도 보이지 않고, 텅 비어 있어. 내가 들어가 보니 메아리가 들리더라니까. 너무 무서웠어."

"맙소사."

"야영 캠프에 있던 사진작가들에게 물어봤더니 어제 하루 종일 수많은 사람들이 인터넷 셀럽의 동영상과 뉴스 화면을 보러 차를 몰고 찾아왔대. 타이베이나 가오슝에서 온 사람들도 있었다네. 수많은 사람들이 왔다 갔대. 내가 막 이곳에 도착하니까 문은 활짝 열려 있고 창문 커튼도 보이지 않더라고."

"뭐지. 그 사람들 정신병자들이야? 아이고, 책 한 권도 안 남았네. 난 사장님이 걱정이야. 책이 몇 권이라도 남아 있다고 말씀드리고 싶었는데 손에 책이 없으면 이상하게 느끼실 거야. 불편하실 거라고. 그 엉덩이도 없어졌어. 잠을 잘 못 주무시게 될 것 같아. 이제 어떻게 하지? 정말 죄송하게 됐어. 네가 좀 많이 돌아다녀야 할 것 같아.”

그가 문을 열고 나가면서 2호에게 괜찮다고, 책을 전부 신명에게 바쳤다고 말하지 않았던가? 책 필요 없어. 고마워. 엉덩이도 필요 없어. 어젯밤에 엉덩이 없이 아주 잘 잤어. 꿈도 꾸지 않았어. 이상하게도 정말 꿈이 없었어

바람이었을 것이다.

창문이 흔들리고 커튼이 출렁였다. 그는 분명하게 느꼈다. 분명하게 뭘 느꼈을까? 귀신이었을까? 바람이었을까? 신이었을까? 죽은 아내였을까? 그는 손가락 관절로 이마를 짚어 보았다. 너 이 미친놈! 아, 그렇다. 그는 미치광이다. 미치광이는 이해하고 해석할 수 없는 걸 전부 느낄 수 있었다. 어차피 미쳤으니 모든 게 합리적이었다.

그는 분명히 느꼈다. 매트리스 위에 그 말고 다른 누군가가 있었다. 무언가가 있었다. 무게가 있었다. 그를 정면으로 쳐다보고 있었다. 축축한 흙의 냄새가 났다. 차가웠다.

정말 당신이야?

정말 당신이라면 모습을 드러내 주면 안 될까? 나도 이미 다 늙었으니 당신도 많이 늙었겠지. 아니면 사람이 일단 죽으면, 그 순간부터 시간이 멈추는 걸까? 그래서 더 이상 늙지 않는 걸까? 젊었든 늙었든 간에 방법을 강구해서 내가 당신을 좀 볼 수 있게 해주면 안 될까?

그는 손을 내밀고 싶었지만 손은 이동을 거부했다. 그는 손이 두려워하고 있다는 걸 알았다. 내밀어도 아무것도 만져지지 않을까 두려운 것이다.

 단테

나는 사방으로 당신을 찾아다녔어. 이렇게 오랫동안. 구름 한 송이 한 송이를 자세히 살펴보았지. 나무뿌리와 햇빛, 가로등, 지붕의 기와, 타일, 꽃잎, 씨앗, 빗방울, 달빛, 그리고 알파카의 털 한 가닥 한 가닥을 유심히 보았어. 한동안은 빗방울을 유심히 살피면 당신을 찾을 수 있을 거라고 굳게 믿었지. 만나는 바람에게 물어보고 가을의 안개를 해부하고 건초 더미를 태워 보면 당신을 찾을 수 있을 거라고 믿었어. 나는 항상 당신이 불 속에 있을 거라고 생각했어. 사람들이 끌어당기지 않으면 나는 틀림없이 불 속으로 뛰어들었을 거야. 신들에게 지전을 태우고 장례 때도 지전을 태웠지. 나는 항상 『신곡』을 들고 다니면서 활활 타는 큰불을 유심히 살펴보았어. 그 책에서 불이 뜨겁게 타는 대목을 읽었지. 학창 시절에 읽었을 때는 단순히 시를 낭송하는 정도로 그쳤지만 당신이 지옥으로 간 뒤로는 줄곧 이 책을 생각했어. 당신이 어느 곳으로 갔는지 알고 싶었어. 나는 당신이 지옥으로 갔을 거라고 믿어. 틀림없이 지옥으로 갔을 거야. 셔터우는 나의 지옥이니까. 당신의 지옥이 어디 있는지 모르겠지만 당신을 찾고 싶어. 당신의 지옥에 가고 싶어. 불 속이겠지. 당신은 불 속에 있을 거야. 그들은 왜 나를 끌어당겨 못 가게 하는 걸까? 그들은 당신이 불 속에 있다는 걸 몰라.

알고 보니 그게 아니었네. 당신은 줄곧 여기 있었네.

축축한 흙냄새가 이동하여 그에게 가까이 다가오더니 그의 몸에 달라붙었다. 그의 코끝에서 몇 밀리미터밖에 떨어져 있지 않았다.

"잘 지내요? 나 기억해요?"

그가 들었다. 고개를 끄덕였다. 찾았다. 마침내 찾았다.

"바보. 왜 나를 잊지 않는 거예요?"

그가 웃었다. 웃음소리에 쓴맛이 담겨 있었다. 울지 않았다. 찾으면 틀림없이 대성통곡 할 거라고 생각했는데 전혀 눈물이 나지 않았다. 어깨가 쳐지고 등골이 곧게 펴지지 않았다. 조종되지 않으면서 여전히 줄에 매달려 있는 꼭두각시 인형 같았다. 왜 그럴까? 왜 슬프지 않은 걸까?

이미 여러 차례 유산을 겪었다. 어떤 산부인과 의사도 아기가 떠나는 걸 붙잡지 못했다. 의사가 말했다. 두 분은 아직 젊으시니까 아기와 아직 인연이 없었다고 생각하세요. 마음을 최대한 유쾌하고 편안하게 가지셔야 합니다. 유산할 때마다 아내는 푹 꺼졌다. 그는 아내의 눈과 코, 입을 볼 수 없었다. 아주 긴 시간이 지나야 아내의 얼굴은 다시 서서히 팽창되기 시작했다. 아내는 그의 위로와 산성 부식제를 뿌린 언어를 받아들이지 않았다. 아내는 의사들을 믿을 수 없다고 했다. 애당초 그들이 아이를 지키지 못했다는 것이다. 아내는 기차역 근처에 삼합원 신단이 있다는 소문을 들었다. 세 선녀가 한 도사에게 시집을 갔는데 셋 다 아주 영험하다고 했다.

세 선녀라고? 그는 이런 말을 듣자마자 세 무당일 거라고 생각했다. 괴력난신(怪力亂神)을 믿지 않았던 그는 아내를 데리고 그 삼합원을 찾아가고 싶지 않았다. 아내 혼자 여러 번 찾아간 끝에 순조롭게 임신을 했고, 배가 안정적으로 불러오기 시작했다. 너무 기분이 좋았던 아내는 신단에서 세 선녀들과 잡담을 주고받는 게 즐겁다고 말했다. 함께 남편 욕을 할 수 있어서라고. 하하하.

한번은 정말 몸이 편치 않았는데도 아내는 병원에 가기를 거부하면서 삼합원에 가겠다고 고집했다. 그는 신탁이 흔들리는 가운데 도사가 영계와 소통하고 세 선녀가 주문을 외는 걸 보았다. 나뭇잎을 따서 손바닥에 놓고 꽃잎을 으깼다. 그는 정말로 이런 것들을 믿지 않았지만 일련의 의식을 마치자 정말로 아내 몸의 이상이 사라졌고 아이도 안정적으로 들어서 있는 것 같다고 말했다. 그 뒤로 두 사람은 삼합원의 단골손님이 되었고 세 선녀는 각자 딸을 하나씩 낳았다. 1호, 2호, 3호였다. 세 아이는 그를 보기만 하면 "사장님!" 하고 큰 소리로 외쳤다. 세 아이는 그와 노는 걸 좋아했고 쫓아다니면서 텀블링을 했다. 아이가 태어나면 이름을 뭐라고 지어야 할까? 세 아이가 작명 시합을 했다. 노트 하나에 각양각색의 이름들을 가득 적어 주면서 참고하라고 했다.

　　아기가 울었다. 샤오샤오샤오가 깼다. 감독은 깼는지 안 깼는지 알 수 없었다. 어제 그는 샤오샤오의 방에 앉아 감독이 링거를 맞는 모습을 지켜보았다. 감독은 잠꼬대가 정말 진했다. 울다가 웃기를 반복했고 몸을 떨기도 했다. 하마터면 팔에 꽂혀 있는 주삿바늘을 뽑아 버릴 뻔한 적이 한두 번이 아니었다. 감독은 거울이었다. 과거의 그를 비추고 있었다. 다들 그를 미치광이라고 하는 건 이상한 일이 아니었다. 그의 슬픔은 너무나 공개적이었고 절제를 몰랐다. 수많은 사람들이 그에게 아내를 새로 얻으면 된다고, 시간이 모든 걸 희석시켜 줄 거라고 했다. 아니었다. 시간은 모든 것의 강도와 밀도를 더 높였다. 그는 슬픔을 관리하지 못했다. 슬픔이 자신의 몸을 관장하도록 방치했다. 미친 것이다.

　　하지만 모두가 이번 토요일 아침에 그를 보았다면 의문을 가

　　　　　토요일

졌을 것이다. 어째서 이 미치광이가 갑자기 미친 사람 같지 않고 멀쩡한 거지?

1호가 노래를 불렀다.

2호가 불만을 늘어놓았다.

"맙소사. 또 노래를 부르네. 정말 제대로 마음먹은 거야? 그럼 우리 모두 오후에 네 노래를 들으러 스포츠 공원으로 가야겠네."

"오지 마."

"오지 말라고? 우리가 들으러 가지 않으면 귀신들에게 노래를 들려 줄 생각이야?"

"듣는 사람이 없는 게 제일 좋아. 염병할. 너희같이 무책임하고 한심한 인간들 들으라고 노래하는 게 아니란 말이야. 나는…… 맘대로 해라, 염병할. 그래 맞아. 귀신들 들으라고 노래하는 거야. 씨팔!"

"아휴, 제발 부탁이야. 아이가 있잖아."

일어나야 했다. 뱃속에서 후투티 몇 마리가 구구구 울어 댔다. 방금 샤오B가 옥수수를 언급하는 걸 들으니 찐 옥수수가 몹시 먹고 싶었다. 방문 밖으로 나가야 했다. 찾았다. 그는 줄곧 알고 있었다. 찾는 그 순간이 바로 이별의 순간이라는 걸.

그 해에 그는 왜 차를 몰고 병원으로 가지 않고 여전히 아내의 지시에 따라 삼합원으로 갔을까? 차 안에서 두 사람은 격렬하게 말다툼을 벌였다. 아내는 소리를 지르면서 차창을 마구 두드렸다. 죽어도 병원에는 가지 않겠다면서 당장 차를 삼합원 쪽으로 돌리라고 했다. 안 그러면 차에서 뛰어내리겠다고 했다. 차 문은 이미 활짝 열려 있었다.

"기억력이 아주 좋네요. 당시에 내 성질이 얼마가 고약했는지 잊지 않았으니 말이에요."

도사가 점을 치면서 오늘은 상황이 대단히 위급하다고 말했다. 위급한 사태에 대비해야 한다면서 대량의 지전을 준비하고 삼합원의 햇볕이 잘 드는 마당에 평상을 설치하여 임산부를 그 위에 눕혔다. 도사가 춤을 추면서 악귀들을 쫓아냈다. 한쪽에서는 이미 금지와 은지가 섞인 지전을 한 무더기 쌓아놓고 불을 붙이고 있었다. 금지와 은지가 섞였다고? 그는 이해하지도 못했고 믿지도 않았다. 하지만 적어도 지전을 태우면서 신명에게 제배를 한다는 건 알고 있었다. 금지는 신(神)에게 제배하고 태우고, 은지는 귀(鬼)에게 제배할 때 태운다. 한데 섞어 태우면 신을 부르는지 귀를 부르는지 알 수가 없었다. 이번에는 신을 부르는 것일까, 아니면 귀를 부르는 것일까?

바람이 오자 불씨들이 길을 잃어 옆에 있는 화분에 불이 옮겨 붙었다. 세 선녀들은 식물들을 구하기 위해 정신없이 물을 떠다 뿌렸다. 하늘도 함께 타올라 붉은 구름과 자줏빛 구름이 하늘을 메웠다. 남자 도사는 둘이었다. 하나는 늙고 하나는 젊었다. 두 도사가 검무를 추면서 빙글빙글 돌았다. 그는 마음속으로 너무나 황당한 풍경이라고 생각했다. 졸렬한 현대무용 같았다. 잠시 후에는 이 두 부자의 출현에 감사의 표시를 해야 한다면서 사장인 그에게 두툼한 현금을 요구할 게 틀림없었다. 그는 더 이상 눈뜨고 봐 줄 수가 없어서 눈을 감았다. 멀리서 구급차의 사이렌 소리가 들려왔다.

세 선녀는 의식에 끼어들지 않았다. 세 선녀가 그의 귓가에 대고 이미 구급차를 불렀다고 말해 즈었다. 골목이 너무 좁아서 구급차가 들어오지 못할 게 뻔했다. 세 선녀는 잠시 후에 사람을 구급차에 태울 때 자신들이 나서서 도와주겠다고 했다. 아니면 구급차에 실린 들것을 골목 안으로 운반해 주겠다고 했다. 그의 콧구멍에 연기 진분이 가득 끼었다. 머릿속에 불이 나는 바람에 그 말들에 곧장 반응하지 못했다. 세 선녀가 음량을 높여 그를 소리쳐 불렀다.

"사장님!"

그는 쌓여 있는 금지와 은지 쪽으로 눈길을 돌렸다. 작고 붉은 시냇물이 아내의 허벅지 사이에서 흘러나와 금지와 은지를 적시고 있었다. 아내는 눈을 감고 있었다. 얼굴이 새빨갛고 표정은 일그러져 있었다. 그가 재빨리 달려가 아내를 안았다. 아내가 소리쳤다.

"싫어!"

그러면서 그를 힘껏 딜쳐냈다. 그의 얼굴에 손바닥 자국이 남았다.

그는 비틀거리며 뒤로 몇 걸음 물러났다. 얼굴이 몹시 뜨거웠다. 불이 붙었다. 금지와 은지 더미 위에 앉은 아내는 온몸이 새빨갛게 타올랐다. 큰소리로 고통을 호소했다. 불타고 있었다. 아내가 불에 타고 있었다.

아내는 구급차 안에서 혼수상태에 빠지기 전에 그를 매섭게 노려보면서 소리쳤다.

"병원에 안 간다고!"

삼합원의 불씨가 가는 길 내내 따라왔다. 병원 응급실 도처에 불이 붙었다. 그의 셔츠에도 불이 붙고 구두에도 불이 붙었다.

그의 귀가 타 버렸다. 의사는 그에게 한 글자도 듣지 못하게 될 거라고 말했다. 의사의 입이 열렸다 닫혔다 하는 걸 보면서 어찌 된 일인지 줄곧 삼합원의 세 여자아이가 자신에게 써 준 작명 노트를 생각하고 있었다. 불길이 그 노트를 핥았다. 의사가 한 글자씩 말할 때마다 노트 한 페이지가 타 버렸다.

양말 주문서 몇 장의 물건을 출하했다.

장례도 치러야 했다.

죽음의 순서가 모두 끝난 뒤였다. 주문서의 모든 물건이 출하된 뒤였다. 모든 위로가 떠난 뒤였다. 모든 불길이 꺼진 뒤였다. 아니, 그의 몸속 불은 아직 꺼지지 않았다. 셔터우에 비가 내렸다. 아니, 그만이 볼 수 있는 비가 내렸다고 해야 할 것이다. 그는 밖에 나가 비를 좀 맞고 싶었다. 아내는 어디로 갔을까? 산책을 나간 건 아닐까? 그는 공장 직원에게 말했다.

"비가 많이 오네. 우리 마누라는 왜 안 돌아오는 거지? 자네들 먼저 퇴근하게. 내가 나가서 찾아볼 테니까."

그날 집을 나선 그는 길을 잃고 헤매기 시작했다. 계속 걷고 또 걸었지만 어디로 가는지 알지 못했다. 이 순간에 그는 삼합원에 와 있었다. 아마도 마침내 걷다가 지친 모양이었다. 평생을 걸으면서 왜 그는 집으로 돌아간다고 착각하고 있는 걸까. 찾았다. 불이 마침내 꺼진 것 같다.

"고마워요."

뭐가 고맙다는 거야?

"이렇게 오랫동안 나를 찾아 준 것 말이에요."

웃음소리가 들렸다. 그 자신의 웃음소리였을까? 삼합원에 있는 다른 사람의 웃음소리 아닐까? 울음소리가 들렸다. 샤오샤오샤오가 또 울고 있었다. 목구덩은 작은데 울음소리는 강력한 전동드릴 같다. 벽에 이미 여러 개의 구멍이 났다.

2호가 말했다.

"아이고, 노래 좀 그만 해. 노래를 하면 아이가 울잖아. 난 못 하겠어! 어떻게 안아야 하지? 사장님은 안을 줄 아시지. 위아래가 뒤바뀐 것 아닌가? 머리가 아래고 발이 위인가? 사장님! 빨리 좀 일어나세요. 그만 주무시라고요."

세 번만 더 울면 삼합원이 무너질 것 같았다.

나는 일어나야 한다. 아이가 운다.

그는 아무것도 보이지 않았다. 사실 눈도 떠지지 않았다. 하지만 그는 알았다. 그 축축한 흙냄새가 그를 향해 고개를 끄덕이고 있다는 걸.

이 죽에 뭘 넣은 거야? 아주 맛있네. 쌀알이 전부 보들보들하고 입안이 맑아지는 기분이야. 수많은 구름이 치아 사이를 떠다니고 미풍이 쌀 향기를 뒤섞고 있는 것 같아. 목구멍으로 구름을 삼키고 위장 속의 바람과 비가 순조로워져 춤을 추면서 풍작을 경축하지. 샤오B는 하마터면 입을 열 뻔했다. 하지만 입안에 여전히 뜨거운 죽을 머금고 있어서 입을 다물고 먹는 데만 집중했다. 아무 말도 하지 않았다. 부엌에 있는 사람들 모두 조용히 식사를 했다. 죽은 뜨거운 김을 내뿜고, 시간은 천천히 흘러갔다.

요 며칠 카페에서 알게 된 새 친구가 해임된 향장의 인터넷 사이트 화면을 샤오B에게 보내 왔다.

"맙소사, 샤오B 너 괜찮아? 인터넷은 정말 무서운 것 같아."

분노한 댓글들과 스티커 사진들을 보면서 샤오B는 자기 자신에게 성실할 것을 강요하면서 따져 물었다.

'내가 정말 셔터우 향장의 숨겨진 애인이라면, 내가 조금이라

도, 아주 조금이라도 향장을 좋아한 적이 있었을까?'

먼저 재빨리 그 화면을 부인에게 보냈다. 부인은 곧바로 웃는 얼굴 이모티콘을 보내왔다.

It's fine. I know it's not true. Even if…… I wouldn't mind. Ha(괜찮아요. 사실이 아니라는 것 알아요. 설사 그렇다 해도…… 신경 쓰이지 않아요. 하하.)

또 곧장 웃는 얼굴 이모티콘이 돌아왔다.

네티즌들은 향장의 파면 소식이 담긴 페이지에 샤오B의 사진을 여러 장 붙였다. 자전거를 타는 사진도 있고 시장에서 장 보는 사진, 커피를 내리는 사진, 바닥을 청소하는 사진, 무릎을 꿇고 바닥을 닦는 사진, 향장과 어깨를 나란히 하고 있는 사진, 멍하니 자전거 바구니의 딜도를 바라보는 사진, 단테와 함께 묘당 입구 나무 아래 앉아 도시락을 먹는 사진, 알파카를 끌고 있는 사진, 온 갖 사진이 다 있었고 공격성 댓글들이 난무했다.

"정말 더러워. 우리 애들에게 길에서 이 사람을 보면 꼭 피하라고 해야겠어. 아이들에게 전염될까 무서워. 정말 토할 것 같아."

"향장은 취향이 너무 싸구려 아냐? 부인이 못생긴 것도 아닌데 왜 저러고 다니는 거지? 남자도 아니고 여자도 아닌 저 친구 진짜 못생겼잖아."

"도서관에서 저런 변태 트랜스젠더에게 무슨 독서회를 열게 해 줬다니까. 불과 며칠 전에. 다행히 막판에 취소되긴 했지. 제발 부탁인데 이런 일 좀 없었으면 좋겠어. 하마터면 우리 셔터우의 순박한 민풍이 완전히 망가질 뻔했다니까. 다행히 파면됐지만."

"그럼 이제 앞으로 이 친구를 보면 차렷 하고 큰 소리로 '향장님 비밀 부인, 안녕하세요!'라고 인사라도 해야 할까?"

"그렇게 소리칠 것 없이 둘 다 잡아다가 가둬 버려야 해! 너무 무섭네."

"끝났어. 망했어. 나라가 망하려면 요괴가 나타나는 법이야. 이 요괴는 설마 향장을 뽑으려고 나타난 걸까? 어쩐지 셔터우에 갑자기 괴상한 새 떼가 나타나더라니. 시끄러워 죽겠어. 하늘에 이상한 징조가 나타났으니 다들 얼른 피하자고."

그 사진들은 도대체 누가 찍은 걸까? 설마 셔터우에서 지낸 날들 동안 누군가 계속 미행하면서 찍은 걸까? 가장 무서운 건 부인이 샤오B와 블루 카페에서 음악에 맞춰 춤을 추는 사진이었다. 카메라 렌즈의 각도는 분명히 길 건너편이었고, 망원 렌즈를 갖춘 전문 카메라맨의 솜씨였다. 지나칠 정도로 선명한 화질은 두 사람의 흔들리는 자세까지 포착해 냈다. 설마 지금 이 순간에도 삼합원 부엌에 있는 샤오B를 누군가의 카메라 렌즈가 조준하고 있는 건 아닐까? 화이트 밸런스와 초점 거리를 조절해서 죽을 먹고 있는 모습을 찍고 있는 건 아닐까? 새로운 사진들이 끊임없이 업로드 되었다. 전부 출처가 다른 계정들이었다. 어떤 사진은 휴대폰으로 아무렇게나 찍어 화면이 흔들렸지만, 대부분은 전문 사진가의 카메라로 찍은 것들로, 망원렌즈로 샤오B를 정확히 조준하여 고화질로 사냥했다.

최근에 올라온 건 블루 카페 2층 내부에 샤오B와 고양이가 함께 있는 사진이었다.

샤오B는 더 이상 핸드폰을 보고 싶지 않았다. 러우쏭*과 죽이 입안에서 서로 뒤섞였다. 몸이 미세하게 떨렸다. 1호처럼 벌떡 일어서서 큰소리로 욕을 하고 싶었다.

"염병할! 진짜 더럽게 맛있네."

이어서 샤오B는 휴대폰을 화로 위에 놓인 죽 솥 안으로 던져 버릴까 했다. 도대체 누가 찍은 걸까? 한 사람이 아니었다. 도대체 그들은 누구일까? 왜 이렇게 날 겨냥하는 걸까? 나는 그 누구도 해친 적이 없는데, 왜 내게 이렇게 상처를 주는 걸까?

향장의 얼굴이 잰걸음으로 샤오B에게 다가왔다. 사실 향장은 그런대로 귀여웠다. 눈빛이 단정하고 사심이 없었다. 매일 운동을 했다. 짧은 반바지 차림으로 조깅을 할 때면 허벅지 근육이 튼실해 보였다. 돈도 잘 썼다. 대부분의 사람들은 수트를 입어도 꼿꼿한 모습을 연출하기 어려운데, 향장이 입으면 그야말로 기개가 넘쳤다. 마음속으로 그의 그처럼 강직한 모습을 망가뜨리고 싶다는 생각이 든 적도 있었다. 향장은 아예 몇 세기 동안 박물관 벽에 반듯하게 걸려 있던 초상화라고 할 수 있었다. 선이 사실적이고 색조도 늠름했다. 액자도 조금도 삐뚤어지지 않고 바르게 걸려 있었다. 정말로 그런 생각을 했었다. 이 고전적인 작품을 톱으로 잘라 망가뜨리고 페인트로 덧칠을 하고 강직한 액자를 뜯어 내고 싶었다. 하지만 그건 그저 잠시 스쳐간 생각일 뿐 아무 일도 일어나지 않았다.

샤오B는 요 며칠 동안 부인이 그 사실적인 그림을 망가뜨려서 지금은 초상의 색채가 번지고 얼굴이 삐뚤어져 버렸다는 걸 알

---

*   肉松. 익혀서 말린 고기를 실처럼 아주 가늘게 빻은 것으로 흰죽에 뿌려 먹거나 샌드위치를 만들 때 부속으로 넣는다.

지 못했다.

　샤오B는 자리에서 일어나 죽 한 그릇을 더 떴다. 다섯 그릇쯤 먹어도 될까? 그는 부엌 구석으로 돌아와 등받이 없는 의자에 앉았다. 손에 든 죽 그릇 위로 뜨거운 김이 자욱하여 눈앞이 흐릿했다. 시간은 벽에 걸린 시계를 잡아당겨 초침과 분침을 제자리에 멈추게 했다.

　감독은 얼굴 가득 곤혹스러운 표정이었다. 지금이 어느 시대인지 알지 못했다. 죽 한 숟갈이 입에 들어가자 전기에 감전된 것 같았다. 1호가 죽 한 숟가락을 입으로 불어 식힌 다음 아이에게 먹였다. 잠기운이 아기의 두 눈은 점령했다. 자고 싶은 것 같기도 하고 먹고 싶은 것 같기도 했다. 2호는 그릇 안의 우주를 물끄러미 들여다보고 있었다. 긴 머리칼이 부엌의 열기를 빨아들여 남몰래 몇 센티미터 자라 있었다. 바닥에 앉아 죽 한 그릇을 다 먹은 단테는 눈을 감고 미소를 지었다. 얼굴이 고요한 호수 같았다.

　샤오B는 휴대폰을 켜서 요 며칠 사이에 업로드 된 후투티의 영상을 전부 삭제했다. 이미 무수한 셔터우 후투티의 영상들이 돌아다니고 있고, 조류 애호가들이 열정적으로 계속 업로드하고 있었다. 이걸로는 부족하다. 셔터우에 온 뒤로 업로드한 모든 사진과 영상들을 모조리 삭제해 버렸다. 아무것도 남기지 않았다. 그걸로도 부족해 아예 계정을 삭제해 버렸다. 인터넷 공간을 떠나는 걸로는 부족했다. 가상의 공간을 취소하는 걸로는 너무나 부족하고 부족했다. 몸도 떠나야 했다. 실체가 떠나야 했다. 셔터우에 온 건 몸을 숨기기 위해서였는데 오히려 지금은 남의 비밀 부인이 되어 있었다.

배불리 먹었다. 2호는 샤오B와 함께 바닥에 쪼그리고 앉아 옥수수 껍질을 벗겼다.

물론 2호는 샤오B의 몸에서 이별의 냄새를 맡았다. 그녀는 푹 자고 싶었다. 어젯밤에는 블루 카페로 돌아가지 않았다. 감독이 걱정되고 아이가 있었기 때문에 그냥 삼합원에 남았다. 방은 지나치게 깨끗했다. 1호는 정말이지 미쳤다. 이렇게 깨끗한데 어떻게 잠을 잘 수 있겠어. 그녀는 잡동사니들이 마구 쌓여 있어야 비로소 마음이 놓였다. 밤새 먼지 하나 없는 방과 대치하려니 너무나 피곤했다.

"어이, 사랑하는 비밀 부인, 얼른 가. 가서 쉬라고. 내가 늘 제발 부탁이니 휴가 좀 다녀오라고 하지 않았어? 제발 좀 떠나라고."

"사장님, 저도 알아요, 하지만……."

"해외로 가는 게 좋겠어. 해외로 나가서 남자를 찾으라고. 내가 보장하는데, 너 정도면 밖에 나가면 남자들이 앞다투어 부인으로 맞으려 할 거야."

"왜 그러세요. 그럼 카페는 어떻게 하고요? 그럼 며칠만 휴가를 쓸게요. 타이베이에 좀 다녀와야겠어요. 며칠이면 돼요. 다음 주에 돌아올게요."

"핀란드로 가는 게 좋겠다. 거기 아직 내 집이 있거든. 아무도 살지 않는 집이야. 아니면 네 마음대로 골라 봐. 어디 가고 싶은 데라도 있어? 지낼 집 정도는 해결해 줄게. 내가 이런 형편없는 카페에서나 사는 사람으로 보지 말라고. 사실 난 돈이 엄청나게 많아. 부자지. 집이 여기저기 있어. 매달 집세도 다 받아 챙기지 못할 정

도야. 네 맘대로 골라. 오로라를 보러 가고 싶어? 아니면 지중해에
서 바닷가재가 될 정도로 선탠을 하고 싶어? 마음대로 해. 나 지금
농담 아니야. 이 사장님이 네게 집 하나를 통째로 주겠단 말이야.”

“하하, 정말 쉽게 말씀하시네요.”

“헛소리 그만해. 원래 모든 게 다 쉬운 거야. 발을 내디뎌서
나가기만 하면 된다고.”

“에이, 그럴 리가요.”

“어디 보자, 어느 나라 남자들이 크더라?”

“아아아! 됐어요. 그만 하세요!”

“왜, 그게 뭐 부끄러운 거라고. 내가 보기에는 스페인 남자가
그나마 괜찮을 것 같은데…….”

“됐다고요!”

“핀란드 남자들도 나쁘지 않지. 그곳 남자들이 차가운데 무
슨 온도가 있겠느냐고 생각해선 안 돼. 사실은 말이야…….”

“참, 사장님, 우리 카페 안에 아무래도 몰카 같은 게 설치되어
있는 것 같아요.”

“아, 그거, 걱정할 것 없어. 네가 셔터우를 떠나기만 하면 내
가 굴삭기를 동원해서 카페 전체를 헐어 버릴 거니까. 대체 어떤
정신병자가 그런 거야? 정말 짜증 나 죽겠네.”

“뭐라고요! 맙소사. 진지하게 하시는 말씀이세요? 제발 그러
지 마세요! 제가 조금 전에 본 사진들은 전부 저를 노린 거였어요.
사장님 사진은 없다고요.”

“그게 더 기분 나쁘다니까. 몰카를 찍으면서 너만 찍고 나는
전혀 안 찍었다는 것 아냐. 그게 뭐야. 그러니까 내가 너무 늙고 못

생겨서 안 찍는다는 것 아냐. 나쁜 놈들! 아무래도 건물을 허물어
버려야겠어!"

"사장님 너무 충동적으로 그러지 마세요. 밤새 잠을 못 자서
그러시는 게 틀림없어요. 가서 좀 쉬세요. 타이베이에 가서 며칠
지내다가 다음 주에 돌아올게요. 그래도 되죠?"

"안 돼! 그냥 가. 가서 돌아오지 말라고! 그리고 부탁 하나만
할게."

2호는 시선을 샤오샤오의 방 쪽으로 돌렸다. 이제 막 아침 식
사를 마치고 얼굴에 혈색이 돌아온 감독이 말했다.

"공원에 가서 운동을 좀 하고 나서 극단 리허설을 참관하고
올 생각인데 혹시 오늘 아이를 좀 봐주실 수 있을까요?"

1호가 큰 소리로 명령을 내렸다.

"들어가서 자."

명령은 최면이 되었다. 감독은 고개를 끄덕이고는 천근 같은
발걸음을 옮겨 순순히 샤오샤오 방으로 들어갔다.

"부탁인데, 감독이 깨면 함께 데리고 가 줘."

이 아이는 괴멸의 힘을 지니고 있었다.

누가 괴롭힌 것도 아닌데 울 때면 마치 학대받는 아이 같았다. 정말로 불합리하다. 아이의 입은 샤오샤오의 입이었으며, 토해 내는 울음소리는 깊고 무거웠다. 올림픽 원반 선수의 무쇠 원반 같았다. 단전을 넓게 열고 우는 소리는 딱 한 번만 들어도 오래 연습한 전문적인 소리임을 알 수 있었다. 매일 울음으로 단련되어 거의 가왕 수준이었다.

"울지 마. 너희 엄마를 좀 봐. 매일 네 울음소리를 듣다가 이 모양이 되지 않았니. 링거를 맞아야 한단 말이야."

이 말을 들은 아이는 뭔가 억울하다는 표정을 지으며 더 과장되게 울었다.

"알았어, 알았어. 넌 나를 못 알아보지. 낯선 얼굴을 보면 울게 되는 거야. 좋아, 이건 잘 배운 거야. 멍청하면 안 돼. 낯선 사람을 보고 웃으면 안 되는 거야. 알았지? 잘 기억해. 낯선 사람을 만나면 더 크게 울어서 그 사람이 놀라게 해야 해. 하지만 나는 정말로 낯선 사람이 아니야. 자, 정식으로 소개할게. 나는 네 할머니야. 안녕! 네 엄마의 엄마란 말이야. 네가 아주 어렸을 때, 우리는 병원에서 한 번 만났었지. 지금 너는 나를 절대 기억 못 하겠지만 정말이야, 너를 속이려는 게 아니라고. 내가 너희 엄마를 낳았단 말이야. 밖에 있는 그 길 위에서. 내 말 들리니? 난 네 할머니라고. 자! 할, 머, 니라고 불러 봐."

어제 아기를 처음 보고서 흥분한 1호는 하마터면 소리를 지를 뻔했다. 맞다, 흥분했다. 갓난아기는 무척 지저분했다. 배설물 악취가 젖 냄새와 섞여 있었다. 눈도 더러웠다. 아기의 몸에서 무슨 항진 물질이 다량으로 분비되는 것 같았다. 두 손이 미친 듯이 떨렸고 오물을 제거하지 않으면 절대로 사람꼴이 되지 못할 것 같았다. 조금 전, 그리 멀지 않은 곳에서 거대한 폭발음이 들리고 곧장 정전이 되었다. 그녀와 이웃들이 소리가 난 곳을 찾아가 보니 전봇대 아래 죽은 다람쥐 두 마리가 떨어져 있었다. 타이완 전력 회사는 재빨리 기사들을 보내 조사하더니 두 마리 다람쥐가 전선 위에서 쫓고 쫓기는 놀이를 하다가 잘못해서 스위치를 건드려 변압기가 폭발하면서 둘 다 죽었다고 했다. 전기도 없고 바람도 없는 여름밤, 수백만 가구의 사람들이 어둠을 더듬어가며 에어컨을 아쉬워했다. 이건 혹형이다. 그녀는 곧 미칠 지경이 되었다. 옷을 다 벗어 버리고 마당 한가운데 누워 별과 달을 바라보고 싶었다. 하지만 그 작은 길만 보면 참을 수 없을 정도로 간지러워 긁게 된다. 길은 정말 더러웠다. 죽은 다람쥐 부근엔 말라비틀어진 개똥이 아주 많았다. 전신주에도 개똥이 까맣게 굳어 있었다. 가로

등에는 점점이 죽은 파리와 모기들이 깔렸고, 길가에는 사람들이 마음대로 버린 쓰레기가 널브러져 있었다. 그녀는 마음을 비우기로 했다. 아무리 더워도 그 길을 깨끗이 청소해야 했다. 항진 내비게이션에 따라 그녀는 죽은 다람쥐들이 있는 곳까지 갔다. 타이완 전력회사 기사들이 철수하고 있었다. 전기가 들어왔다. 들어 보니 전류에도 소리가 있었다. 쥐들이 찍찍거리는 소리 같다. 멀리서 셔터우로 와서 전신주 변압기에 도달한 수많은 쥐들이 합창을 했다. 가로등이 켜지고 셔터우가 다시 밝아졌다. 그녀는 하룻밤의 시간을 들여 그 거리를 청소했다. 모기들로서도 처음 보는 미치광이다. 혼자 여름밤에 전신주를 닦고 쓰레기와 잡초를 줍고 있었다. 희한한 광경이다. 그만두자. 모기들은 오늘 밤에는 사람들을 물지 않기로 했다. 길가에 앉아 웃고 있는 저 미치광이는 결벽증이 도졌다. 다음 날, 매일 이 길을 지나 출근하거나 등교하던 셔터우 사람들은 걸음을 멈췄다. 아니야, 이 작은 길이 이랬던가? 잘못 왔나? 왜 모든 게 햇빛 아래서 이렇게 반짝반짝 빛이 나지? 왜 노면이 졸졸 흐르는 맑은 시냇물처럼 빛나지? 왜 길 양쪽의 나무들이 위풍당당한 군인들처럼 서 있지? 어디서 향기가 날아오네? 어제 이 근처에서 전신주가 폭발했다고 하지 않았던가? 무슨 평행 세계라도 생겼나? 사람들은 밤중에 퇴근해서 셔터우로 돌아와 이 작은 시골 길을 걸을 때 항상 팔과 다리에 달려들던 모기들이 전부 사라지고 없다는 걸 깨달았다. 어떤 사람들은 삼합원에 가서 나가 버린 혼을 다시 불러들이는 의식을 치르려 했다. 너무나 무섭다. 사악한 기운에 빠진 게 분명하다. 어떻게 모기가 보이지 않는단 말인가. 이 사람들은 1호가 어젯밤에 자신을 에워싸고 구경

하는 더러운 모기들이 싫어서 내친김에 전부 박멸해 버렸다는 사실을 모른다.

이 지저분한 아기를 보자 그녀는 이 아기가 자신의 손녀라는 사실을 완전히 잊었다. 단지 지저분한 아기를 깨끗이 씻겨야겠다는 생각뿐이었다. 다행히 샤오샤오가 입었던 아기 옷 몇 점을 버리지 않고 보관하고 있었다. 깨끗이 씻긴 아기는 보석 가게 진열장에 놓인 황금 같았다. 샤오샤오의 옷을 입히자 황금빛 광택이 울고 웃으며 그녀의 두 눈을 아플 정도로 침투해 들어와 결벽증 발작을 끝냈다. 마침내 마음속에 여유가 생기고 눈앞의 울보 아기가 자신의 손녀라는 사실을 깨달았다.

샤오샤오, 샤오샤오, 영원히 셔터우로 돌아오지 않겠다더니. 네 아이가, 돌아왔어.

아이는 아직 걷지 못했지만 기는 속도는 대단히 빨랐다. 어른이 잠시 몸을 돌리면 아이는 어느새 몇 미터 떨어진 곳에 가 있었고, 무엇을 보든 간에 입으로 집어 넣으려 했다. 아기가 샤오샤오의 전집 CD와 LP판을 집었다. 1호는 아까워서 포장도 뜯지 않은 채 보관하고 있던 걸 아이가 손으로 집자마자 입으로 가져갔다. CD가 비행접시처럼 날아가고 LP판 위에는 아기의 신발 자국이 남았다. 카세트테이프의 마그네틱 줄이 길게 늘어졌다. 아기의 파괴력은 1호를 겨냥하고 있었다. 부엌 찬장에는 모든 게 가지런히 분류돼 있었다. 간장과 참기름, 흑초와 백초 병이 높이에 따라 가지런하게 놓여 있고 해바라기 기름과 올리브유가 호위병처럼 찬장을 지키고 있었다. 어제 막 이곳에 온 아이는 어찌 된 일인지 간장통과 참기름 병, 고추장 통을 다 넘어뜨렸다. 간장과 후춧가루,

소금, 설탕이 일제히 병과 통에서 탈출하여 한데 뒤섞였다. 제각
각 정결한 맛을 지니고 있던 양념들이 음란하게 뒤섞인 냄새가 콧
구멍을 파고들었다. 방금 흰죽을 먹인 터라 1호가 아기를 안고 밖
으로 나와 움직이기 시작하자 아기는 트림을 했다. 바람이 불어와
화분을 쓰러뜨렸다. 그녀는 아기를 몇 초 동안 내려 놓고 화초들
을 바로 세웠다. 정신을 차려 보니 문 앞의 작은 등이 깨지고 등덮
개도 부서져 있었다. 아버지의 비스듬한 글씨도 쓰러져 비명을 지
르고 있었다.

　　찬장을 정리할 시간이 없었다. CD를 다시 상자에 담을 시간
도 없었다. 식기 정리를 도와주지 않는다고 2호를 욕할 시간도 없
었다. 등이 깨진 것도 어쩔 수 없었다. 그녀는 이게 샤오샤오의 뜻
일 거라고 여기기로 했다. 앞으로 삼합원 영업을 하지 말라는 뜻
이다. 이제 삼합원 신단은 영원히 휴업하고 이 파괴왕을 돌보는
데 집중해야 할 것 같다. 팔자가 고된 사람들이 찾아와 잎사귀를
따기를 기다릴 시간이 없었다.

　　고양이와 개들에게 먹이를 줄 시간도 없었다. 어제는 하루 종
일 아이 때문에 바빠서 정말로 스쿠터를 타고 먹이를 주러 갈 시
간이 없었고, 그래서인지 지금 귓속을 파고드는 고양이와 개들의
말이 전부 원망 일색이었다. 이러면 안 된다. 오늘은 반드시 먹이
를 주러 가야 한다. 최근에 젊은 사람들이 그녀가 먹이를 주는 걸
저지했다. 막 대학을 졸업한 몇몇 젊은이들이 유기견과 길고양이
들에게 먹이를 주는 아주 유명한 미친 여자가 하나 있다는 소문을
듣고는 길에서 그 여자를 만나면 앞으로 아무 데서나 먹이를 주
지 못하게 하기로 마음먹었다. 아울러 반려동물에게 먹이를 주는

일은 집 안에서만 해야 하고, 밖에서 떠돌아다니는 등물들에게 먹이를 주는 건 생태적으로 재난을 초러하는 일이라고 설명할 작정이었다. 특히 산간 지역에서는 개와 고양이가 원래의 야생 상태로 돌아가서 기존의 야생동물로부터 공격을 받기 십상인 데다 전염병이 생길 수도 있고, 이들이 무리를 이루면 교통 문제가 발생해서 인간의 삶을 위험하게 할지도 모른다. 따라서 반드시 TNR*과 안락사를 병행하고 함부로 먹이를 주는 행동을 금지해야 타이완 사회가 더 발전할 수 있다는 게 그들의 주장이었다.

물론 그녀는 TNR이 뭔지 알지 못했다. 그러나 안락사라는 말을 듣자마자 미친 여자는 광적인 본성을 드러내고 큰 소리로 따지고 들며 젊은이들을 상대로 대판 달다툼을 벌였다. 젊은이 하나가 이 모든 광경을 휴대폰으로 찍으면서 인터넷에 올리겠다고 협박하자 그녀가 냉소했다.

"내가 셔터우에서 유명한 걸로는 부족한 모양이네? 이 샤오씨 여자를 모르는 사람이 있나? 그래, 올려. 지금 당장 올리라고. 방송국에서 인터뷰하러 오기를 기다리고 있을 테니까. 멍청한 짓 좀 하지 마. 요즘 사람들 눈은 전부 휴대폰에 가 있다고. 너희는 사람들이 나 같은 미친 여자에 대해 관심을 보일 거라고 생각해? 사람들이 너희들처럼 여기서 시간을 취비하면서 말다툼을 벌일 것 같아? 너희들 세상에서의 사랑 고백 같은 걸 들어 줄 사람이 어딨어? '이념'이라고? 염병하라고 해! 사람들이 그런 주장에 관심을

---

*　　trap-neuter-return, 길고양이를 포획하여 중성화 수술을 하고 귀에 표식을 낸 뒤에 제자리에 돌려보내서 개체수가 늘어나지 않도록 조절하는 활동이다.

갖는다면 왜 마음대로 집에서 키우던 개나 고양이를 밖에 내다 버리겠어? 하, 멍청이들 같으니라고. 사람들이 관심을 갖는 건 자기 휴대폰 배터리가 얼마나 남았나 하는 거야."

틀린 말이 아니었다. 셔터우에 후투티가 나타난 뒤로 관련 동영상의 클릭 수는 백만을 넘었다. 셔터우의 1호 미친 여자가 길거리에서 소리를 지르는 영상은 반년이나 올라와 있어도 열어 본 사람이 열네 명뿐이었다.

그녀는 오늘 반드시 개와 고양이들에게 먹이를 줘야 했다. 아이는 사장님 몸 위를 오르내리고 있었다. 2호가 보기에 자고 있는 것 같진 않았다. 샤오B도 이곳에서 그녀를 돕고 있는 터라 몇 시간 외출한다고 해도 무슨 일이 생길 것 같진 않았다. 사장님은 아주 조용해 보였다. 양반다리를 하고 앉아 잔잔한 미소를 짓고 있었다. 아이가 그를 보고 웃으면 그도 따라 웃었다.

노래를 흥얼거리며 속도를 높였다. 안전모를 벗어버리자 시원한 바람이 두피를 마사지했다. 미용실 문은 열었을까? 이제는 머리를 좀 자르고 싶었다. 매일 스쿠터를 타고 개와 고양이들에게 먹이를 주러 다니는 길은 늘 한결같았다. 사계절은 그녀와 무관했고 하늘은 어딘가로 나가서 죽어 버렸다. 나무들도 다 꺼져 버렸다. 하지만 오늘은 다르다. 말로 표현할 수 없지만 낡은 스쿠터의 가속이 자연스러웠고 바람은 전혀 끈적이지 않았다. 뭔가 고약한 냄새가 나는 그 후투티라는 새가 그녀의 배 위에 무임승차를 했다. 나무들의 색깔이 부드러워 보였다. 셔터우의 지겨운 귀신들이 마침내 다 죽어 버린 걸까? 가는 길 내내 사람들은 몇 명밖에 보이지 않았다. 하, 슈퍼 토요일에 무슨 국제 관광 축제니, 구아버니 하는 것들은 또 무슨 좆 같은 짓인지. 셔터우에 온 사람은 하나도 없었다. 갑자기 눈앞의 모든 게 부드러워졌다. 뭐라고 할까? 그래, 맞다, 그러니까 딱딱했던 모든 게 말랑말랑해졌다. 그래서, 이별을 고하고 싶은 마음이 생겼다. 아아, 그녀는 문학소녀가 아니었고 읽은 책도 몇 권 되지 않았다. 샤오샤오가 아직 살아 있었다면 간단한 단어 몇 개로 지금 이 순간 그녀의 마음속 파동을 잘 표현해 낼 수 있었을 것이다. 그녀는 그저 작별할 준비가 되었다는 말밖에 하지 못했다. 자신에게 이별을 고하고 셔터우에 이별을 고하고 샤오샤오에게도 이별을 고하는 것이다. 그렇다. 이 멍청한 슈퍼 토요일을 그녀가 아주 오래 기다린 건 작별을 하기 위해서였다. 하지만 슬프진 않았다. 눈물도 없었다. 샤오샤오가 세상을 떠나고 나서 처음으로 손바닥의 굳은살이 말랑말랑해졌다. 입을 열든 닫든 간에 염병할이라는 욕도 나오지 않았다. 더 기다릴 수 없다. 오후에 무대에 올라가 노래를 해야 한다. 진심으로 노래하는 게 좋았다.

찾을 수가 없었다.

보이지 않는다. 기차역 부근의 스포츠 공원, 웨메이츠(月眉池) 호수, 팡챠오터우 천문궁(天門宮)에서 록스타들은 하나같이 모습을 감췄다. 커다란 반얀나무 아래에 그녀가 남겨둔 커다란 개 티나 터너의 깔개와 개털, 낙엽, 빈 종이 도시락, 커다란 뼈다귀, 개를 부르는 우렁찬 소리는 있었으나 개는 그림자도 보이지 않았다. 고양이와 개들 모두 보이지 않는다. 그녀가 가장 걱정하는 건 커트 코베인이었다. 이 늙은 고양이의 눈에는 영원히 흐릿한 비가 내리고 있었다. 음식을 못 먹어도 울고, 배불리 먹어 힘이 솟아도 울었다. 일단 그녀는 자신의 시각에 문제가 있어서 그런 건 아닌지 확인했다. 아니다, 오늘 보이는 셔터우는 만물이 선명했다. 흐릿한 게 전혀 없었다. 끝났다. 고양이와 개를 안락사시켜야 한다던 젊은이들인가? 쳐 죽일 놈들.

어떤 힘이 그녀를 산 쪽으로 떠밀었다. 바람인가? 눈에 보이지 않는 힘이 그녀 옆에 와 있었다. 그녀의 뼈마디 속으로 침입하더니 그녀를 밀어 스쿠터에 태웠다. 방향은 분명했다. 칭수이옌 쪽이었다. 애당초 시동도 걸지 않았는데 그 미는 힘이 엔진의 입을 틀어막고 있었다. 쉿. 조용히 미끄러지듯 달려서 함께 산으로 갔다. 야영장을 지나는데 쓰레기가 산더미처럼 쌓여 있었다. 이 아이들은 그저 며칠 놀러 온 것 아니었나? 어떻게 이렇게 많은 쓰레기가 생길 수 있지? 살찐 벌들이 웅웅 소리와 함께 요란하게 날아다니면서 며칠간 벌인 인간과의 격전에서 마침내 산과 숲을 탈환한 걸 자축하고 있었다.

그래도 찾을 수 없었다. 개와 고양이들은 산에 있지 않았다. 그녀는 개와 고양이들이 유기견과 길고양이 포획단을 피해 전부 산으로 도망쳤을 거라고 생각했다. 하지만 숲속에서 아무리 소리치면서 찾아 봐도 개와 고양이는 보이지 않았다. 손에 든 사료 봉지를 흔들어 대도 아무런 반응이 없었다. 풀잎의 숨결이 잠을 불렀다. 그녀는 커다란 나무를 하나 골라 허리 숙여 절을 하고 사과했다. 아래에 좀 앉아 쉬겠다고, 잠깐이면 된다고, 그리 길지 않을 거라고, 집에 돌아가 손녀를 돌봐야 한다고 양해를 구했다. 모든 나무들이 휴식을 취하는 가운데 한 무리 하얀 나비가 그녀를 향해 날아왔다. 아, 잠깐. 뭔가를 잊은 것 같았다. 고개를 돌려 숲 쪽을 살펴보니 나비들이 노란색으로 바뀌어 그녀를 향해 날아오고 있었다. 노란 나비들이 가느다란 발로 아주 얇은 안개 막을 들어 그녀의 몸 위에 내려놓았다. 방금 안개를 가져오는 걸 잊었던 흰 나비들도 조심스럽게 안개를 들어다가 그녀의 몸 위에 쌓아 놓았다. 하얀 나비와 노란 나비들은 그녀가 완전히 따스한 안개에 휩싸일 때까지 끊임없이 서로 교대했다.

그녀는 잠이 들었다. 머리를 나무 몸통에 기대자마자 곧장 깊은 잠에 빠져들었다. 이 잠에는 작별의 기운이 담겨 있다. 깨지 않아도 좋다. 꿈속에서 죽어 버린다 해도 나쁠 것 없다.

그녀는 약속을 중시하는 사람이었다. 잠깐만 자겠다고 하고 정말로 몇 분 뒤에 깬 그녀는 일어나서 나비와 나무들에게 감사 인사를 건넸다. 몇 분 숙면을 취했더니 뼈마디가 녹지근하고 눈빛이 새파래졌다. 목구멍도 편해졌다. 가야 할 때가 되었다. 자신을 받아준 산에게 감사했다. 나는 삼합원으로 돌아가야 해. 바람과 안개에게는 초청 인사를 전했다. 오후에 스포츠 공원에서 노래를 할 예정이니까 들으러 와. 그럼 나무는? 미안해. 너희들은 이동할 수가 없잖아. 내가 다시 와서 너희들에게 따로 노래를 불러 줄게, 어때?

나무가 몸을 흔들었다. 시커먼 덩어리가 나타났다. 털이 뽀송뽀송했다. 곰인가? 귀신인가? 멍청한 생각이다. 셔터우에 무슨 곰이 있단 말인가. 귀신이다.

고양이도 개도 아니었다.

어라? 전부 죽어 버린 것 아니었나? 그 하얀 녀석 하나만 남았었는데, 요 이틀 동안은 그림자도 보이지 않았는데. 사장님이 찾으면 벌을 주실 거야. 여기에 검은 녀석도 한 마리 있었다. 그때 농장을 탈출해서 산속에 숨어 있던 걸까?

검은 알파카는 나무 뒤로 몸을 숨겼다. 머리만 삐죽 나와 있었다. 머리 양쪽 끝에 달린 커다란 두 눈이 그녀를 응시하고 있었다.

검은 알파카가 가벼운 걸음으로 그녀를 향해 다가와 고개를 흔들었다.

맙소사. 두 눈이 너무나 크고 아름다웠다. 암놈임이 틀림이 없었다. 물론 마음대로 추측한 것이지만 상관없다. 그녀는 녀석이 암놈이라고 생각했다.

샤오샤오도 이렇게 맑은 눈을 갖고 있었다. 그녀는 줄곧 그렇게 느꼈다. 아니, 느낀 게 아니라 알고 있었다. 그녀는 자신이 아주 못생겼다는 걸 알고 있었다. 하지만 샤오샤오가 그녀를 힐끗 바라봐 주면 자신이 그리 못생기지 않았다는 생각이 들었다.

검은 알파카가 그녀 눈앞으로 다가왔다. 하얀 나비와 노란 나비들이 알파카 몸 위에 내려앉아 있었다. 벌도 진동을 멈추었다. 낙엽들도 추락을 멈췄다.

"샤오샤오니?"

시간이 흐름을 멈췄고 눈물이 거세게 흘러내렸다. 지금 이 숲엔 물이 부족한 게 아니다. 이렇게 많은 눈물을 흘릴 필요가 없었다. 왜 우는 걸까. 아빠 때문이야.

물론 그녀는 검은 알파카가 샤오샤오가 아니라는 걸 알았다. 무슨 윤회니 전생이니 하는 건 엿 먹으라고 해. 그녀는 이런 것들을 전혀 믿지 않았다. 샤오샤오는 죽었고, 사라졌다. 절대로 윤회하거나 전세하여 검은 알파카가 될 리 없었다.

윤회와는 상관없다. 눈앞의 이 검은 알파카가 그녀를 바라보고 있다. 그 눈빛에는 싫어하는 기색도 없고 어떤 비판도 없었다. 오래도록 익숙해진 눈빛, 모든 걸 내려놓은 후의 눈빛, 옛 친구의 눈빛, 딸의 눈빛이었다. 물론 그녀는 다 내려놓고 앞으로 나아가야 한다는 걸 알았다. 누가 아무 소용 없다고 했던가. 이 알파카의 눈빛은 내려놓으라는 정보를 전달하고 있었다. 그것은 이 샤오 씨 여자가 내린 해석일 뿐이지만, 쓸모가 있다. 그녀는 그렇게 생각했다. 내려놔. 안 들려? 그녀는 고개를 끄덕였다. 들었어.

"또 어떤 귀신 들으라고 우는 거야. 미안해. 한번 안아 봐도 될까?"

검은 알파카가 몸을 조금 움직였다. 그녀가 알파카의 목을 안고 얼굴을 검은 털 속에 묻었다.

"분만이 순조로우면 마우계주(麻油鷄酒)를 끓이고, 분만이 실패하면 판자 네 쪽으로 관을 만든다."

검은 알파카의 귀가 가볍게 떨렸다.

"이런 속담 들어 봤어? 아이를 낳으면 보양식인 마유계를 먹지만, 아이를 낳지 못하거나 난산으로 죽으면 관 속에 들어갈 각오를 해야 한다는 뜻이야."

그날, 셔터우의 세 자매가 타이베이 병원에 도착하자 의사가 뭔가를 말했지만 그녀는 전혀 알아듣지 못했다. 이해하지 못하니 물을 수밖에 없었다. 그녀는 자신이 수없이 근본적인 질문을 던지고 있다는 걸 모르지 않았다. 하지만 그녀는 자신의 딸, 가장 사랑하는 샤오샤오에게 화를 내고 있는 게 아니었다. 어떻게 화를 낼 수 있단 말인가.

그녀가 의사에게 물었다.

"지금이 어느 시대인데 아이 하나 낳는 게 이렇게 복잡한가요? 의학은 계속 발전하고 있는 게 아닌가요? 어떻게 이 모양이 된 건가요? 다른 병원으로 가야 하는 건가요?"

그녀가 감독에게 물었다.

"왜 네가 아닌 거야? 너희 둘 다 여자니까 둘 다 자궁이 있을 것 아냐. 안 그래? 왜 네가 아이를 낳지 않고 샤오샤오가 임신을 한 거냐고? 넌 아예 자궁이 없는 거야?"

그녀는 샤오샤오가 깨어나면 물으려 했다.

"아이 아빠는 누구야? 어째서 이렇게 엄청난 일을 내게 말하지 않은 거야? 나한테 말하지 않고 화를 내는 건 좋다 이거야. 맘대로 하라고. 집에 다른 사람들도 있잖아. 2호 이모와 3호 이모도 있잖아. 어차피 이모들이 알게 되어도 내게 말해 주진 않으려고 했던 거야?"

2호와 3호에게 물었다.

"왜 다들 내게 말해 주지 않은 거야?"

응급 조치도 소용이 없었다. 의사는 사망진단을 내렸다. 다행히 아이의 상황은 그리 나쁘지 않았다. 다음 며칠이 관건이고 안정 상태가 위기로 넘어갈 거라고 단정할 순 없었지만.

"다행이라고? 뭐가 다행이라는 거야? 의사 선생님, 당신은 지금 내게 딸이 죽었다고 말했어. 그러고 나서 다행이라고 말할 수 있어?"

샤오샤오, 엄마는 네게 화를 내는 것도 아니고 네 딸에게 화를 내는 것도 아니야. 엄마가 화를 내는 건 네가 보이지 않기 때문이야.

　병상 옆에는 감독이 멍한 표정으로 서 있었다. 몸에 지진이 일었다. 2호와 3호는 줄곧 샤오샤오의 이름을 외치고 있었다. 샤오샤오, 샤오샤오!

　그녀의 눈앞은 온통 하얀 덩어리뿐이었다. 샤오샤오는 보이지 않았다. 전혀 보이지 않았다. 보이지 않으면 없는 걸까? 아니야, 아니야. 의사 선생, 당신이 방금 말한 건 다 사실이 아니야. 내 딸이 보이지 않는다고 해서 없는 게 아니라고. 너희는 또 왜 우는 거야? 내 딸은 죽지 않았다고. 죽어야 한다면 내가 먼저 죽어야지. 안 보여. 내 몸에서 나온 예쁜 딸인데, 나는 지금 아무것도 볼 수 없어. 샤오샤오, 왜 널 보지 못하게 하는 거야? 미안해. 엄마는 네게 아직 미안하단 말을 하지 못했어. 너는 아주 청초한데 엄마는 아주 추하고 밉살스러워. 너하고는 비교도 할 수 없지. 안 보이는데 어떻게 작별 인사를 해?

　샤오샤오, 지금 이 순간, 엄마는 마침내 너를 보았어. 검은 알파카가 엄마를 보고 있어. 엄마를 용서해 줘.

　"샤오헤이(小黑), 얘야, 너를 샤오헤이라고 불러도 되겠니? 나는 이름을 지을 줄 몰라. 샤오헤이, 샤오헤이. 고마워."

　검은 알파카가 가볍게 몸을 떨면서 그녀가 땅바닥에 내려놓은 사료의 냄새를 맡았다.

　"이 봉지는 개 먹이고 이건 고양이 먹이야. 너는 어떤 걸 먹고 싶니? 하지만 네가 이런 개나 고양이 먹이를 먹어도 될지 모르겠다."

　검은 알파카는 고양이 사료 봉지를 물어뜯어 열었다.

"그래, 좋아. 봉지째 주마. 나는 이만 돌아가야 해."

몇 걸음 옮기다가 고개를 돌려 다시 검은 알파카를 바라보았다. 어억, 하얀 알파카였다. 이게 무슨 귀신의 조화인가. 어쩌다 샤오헤이가 샤오바이(小白)로 변한 거지? 고양이 사료를 먹어서 그런가? 색이 바랬나? 유전자 변이야? 왜 사장님네 그 알파카로 변한 거지?

흰 알파카를 찾았다. 끌고 가서 사장님한테 넘겨야 할까?

또 그 미는 힘이 그녀를 숲 밖으로 떠밀어 내보냈다. 됐어, 됐다고. 그만 밀어. 나도 안다고. 알파카를 놓아주고 자신을 놓아주고 샤오샤오를 놓아주었다. 참지 못하고 뒤를 한 번 돌아보니 하얀 알파카는 느릿하게 자유롭게 걷고 있었다. 그러다가 뛰기 시작한 녀석은 고개를 돌려 그녀를 보지 않았다. 흰 그림자가 숲속으로 사라졌다.

삼합원으로 돌아오는 길에 스쿠터가 인파에 파묻혀 버리는 바람에 천천히 나아가야 했다. 정말로 많은 사람들이 셔터우에서의 활동에 참여하기 위해 찾아왔다.

사거리 신호등은 빨간 불이었다. 건너편에 서 있는 여자아이가 샤오샤오의 얼굴이 프린트 된 옷을 입고 있었다. 신호등이 파란불로 바뀌었지만 그녀의 스쿠터는 제자리에 서 있었다. 여자아이가 그녀 쪽으로 다가오는 동안 그녀는 샤오샤오의 얼굴만 뚫어지게 쳐다보았다. 인파가 교차하면서 어느새 여자아이는 보이지 않았다.

샤오샤오, 엄마는 다 준비됐어.

2호는 자신이 곧 죽게 된다는 걸 알았다. 며칠 전에 1호가 그녀를 향해 소리쳤다.

"누군가 죽게 된단 말이야."

그렇다. 이미 마음을 단단히 먹었다. 자신이다. 욕실에서 거울을 바라보았다. 아직 괜찮았다. 미모는 여전했다. 죽어도 될 것 같다.

1호가 끓인 흰죽은 정말 맛있었다. 냄새도 질감도 물의 양도 온도도 완벽하게 세 엄마들의 죽과 같았다. 분명히 새 쌀에 새 물, 새 솥이고 그사이에 화로도 몇 번이나 교체했는데 어째서 이 그릇에 담긴 새 죽은 이렇게 오려된 맛이 날까. 그녀는 한 입 먹어 보면서 혀로 쌀알을 세었다. 하나, 둘, 셋, 넷, 다섯, 여섯. 여섯 알이었다. 물을 충분히 흡수하여 연하고 부드러운 쌀알 하나하나가 그녀의 건조한 구강을 어루만져 주었다. 이 쌀 여섯 알을 삼키자 배가 불렀다. 이러면 안 돼. 어떻게 이렇게 배가 부를 수 있지? 하지만 정말로 한 알도 더 먹을 수 없었다. 그럼 뜨물을 마시지, 뭐. 뜨물의 농도는 아주 좋았다. 색깔은 새하얗고 한 입 목구멍으로 넘기면 몸 안에서 따뜻한 막을 형성해서 장기와 뼈, 혈관을 보호해 주는 게 느껴졌다. 이것도 배가 불렀다. 1호가 정말 대단하다고 말하지 않을 수 없었다. 오늘 아침에 1호는 아기를 돌보느라 바삐 돌아치면서 2호에게 가서 죽을 좀 끓여 주면 안 되겠냐고 물었다. 그녀는 고개를 끄덕이지도 않고 가로젓지도 않았다. 단지 눈을 최대한 크게 떴을 뿐이지만 1호는 그 의미를 알았다.

"알았어. 됐어. 넌 놔 줄게. 내가 끓이지, 뭐. 이따가 화로에 불이 올라오면 할게."

1호는 부엌에서 손발을 빠르게 움직였다. "염병할!" 하고 욕을 몇 번 하는 사이에 한 솥 가득한 흰죽이 화로 위에서 흰 김을 뿜었다. 그 몇 마디 욕 때문에 죽이 더 맛있어지는 것 같다. 너무 배가 불렀다. 죽어도 될 것 같았다.

고작 그 죽 한 입과 뜨물 한 모금, 그리고 열기가 더해지면서 그녀의 창백한 얼굴에 붉은 혈기가 돌았다. 죽 뜨물은 그녀의 가는 주름에 스며들어 세월이 밟아 만들어진 틈새를 메워 주었다. 얼굴 전체에 봄이 돌아온 듯했다. 열기가 건조한 눈을 회복시켜 주어서 몇 번 눈을 깜박이자 맞은편에 앉아 있던 사장이 멍한 눈빛을 보였다. 사장님, 그런 눈빛으로 쳐다보지 마세요. 부끄럽단 말이에요. 이 순간 파란 나비콩 차를 한 잔 마시면 그녀는 열여덟 살로 돌아갈 것 같았다.

그녀는 세월이 자신에게 인자했다는 사실을 잘 알았다. 1호의 긴 얼굴은 팔꿈치처럼 쭈글쭈글해져 있었다. 그 모습을 보면서 그녀는 고개를 가로저었다. 여전엔 1호에게 수분크림을 바르고 선크림도 좀 바르라고 강권했다. 셔터우는 햇볕이 뜨거워서 SPF가 적어도 30은 넘는다. 자기 전에 반드시 세면을 하고 라메르 크림을 발라야 했다. 이 화장품을 세트로 1호에게 사다 주었지만 1호는 딱 두 번 바르고 처박아 두었다.

"라메르는 무슨 개똥 같은 소리야! 아님 돼지 똥이냐! 기름기가 너무 많이 들었어. 차라리 샐러드유를 바르고 말지. 이까짓 게 뭐라고! 이런 게 한 통에 만 달러가 넘는다고? 어제는 이걸 발에다 발랐는데 그것만으로도 2천 달러는 넘겠네!"

1호는 죽어도 미용을 위한 화장품 사용을 원치 않았다. 이제는 그 주름 사이에 죽은 도마뱀이 몸을 감출 수도 있을 것 같다. 그녀는 피부 관리를 잘했다. 햇빛을 피하고 보습을 철저히 하면서 각질을 제거했다. 라메르를 온몸에 발랐다. 그녀는 미모가 자신의 중요한 무기라는 사실을 잘 알았다. 항상 약간의 미모를 남겨 놔야 이 얼굴, 이 두 눈으로 중요한 순간에 부목을 붙잡을 수 있다. 그녀는 성형수술도 하지 않았고 레이저나 히알루론산 시술, 안면거상, 보톡스 주사 같은 걸 일절 하지 않았다. 서울로 날아가 여기저기 손을 좀 댈까 하는 생각도 해 봤지만 아플까 봐 무서워서 그만두었다. 세월은 사람을 우회하지 않는 법이지만 그녀는 사람이 아니었다. 그녀는 샤오 씨 집안의 2호라서 세월이 관용을 베풀었고 그녀의 얼굴을 그냥 지나쳐 버렸다. 쥐어짜지도 않았고 무겁게 밟지도 않았다. 아주 가볍게 지나간 흔적만 남겼을 뿐이다. 물론 그녀의 청춘은 지나갔지만 이런 식으토 대충 지나가 버린 끝에 오히려 그녀가 지닌 자력(磁力)의 강도만 강해졌다. 한 구석이 결핍되면 많은 걸 잃는 법이다. 깊게 파인 수많은 상처의 흔적들, 수련을 거친 끝에 얻은 유약함, 리허설을 끝낸 서글픔, 속눈썹과 커다란 눈이 합세해서 깜박이면 공기의 흐름을 움직여 순간적으로 연민을 이끌어 냈다. 정말로 그녀는 인간이 아니었다. 그녀의 두 눈은 많은 죽음을 목격했으나 흰자위는 여전히 희고 순결했고 동공은 별처럼 공허했다. 오염되거나 혼탁해진 흔적을 찾을 수 없었다.

이 기교는 샤오B에게도 먹혔었다. 눈을 깜박이자 난생처음 만났는데도 샤오B는 즉시 "저는 정말 가련해요. 아무리 해도 소용이 없어요. 매일 길을 잃고 전구도 갈아 끼울 줄 몰라요. 빨래도 할 줄 모르고 냉장고 안에 유통기한이 지난 식품이 한 무더기 쌓여 있어요. 저와 결혼한 남자들이 한 다스나 죽었어요. 제발 부탁이니 남아서 모든 일을 좀 도와주세요!"라는 신호를 받아들였다.

어차피 죽을 거라면 샤오B을 놔줄 때가 되었다고 할 수 있다.

날이 밝기도 전에 샤오B가 삼합원으로 그녀를 도우러 왔다. 그녀는 샤오B의 전립선이 고조된 냄새를 맡은 즉시 샤오B를 끌어안았다.

"맙소사, 울고 싶을 정도네. 사장님이 선물해 준 지도 꽤 됐지. 마침내 네가 그걸 쓰는구나! 바보, 뭐 하러 그렇게 오래 기다렸어."

물론 그녀는 전립선이 고조된다는 게 뭘 의미하는지 잘 알았다. 그녀를 보통의 나이 많은 시골 여자로 보면 안 된다. 그녀는 결혼을 여러 번 했고 일부일처제의 전통적인 성애에 따분해했다. 그녀는 영역을 최대한 넓혀서 수많은 선량한 여자들이 알지 못하는 타락의 경지에 도달했다. 첫 번째 결혼을 했을 때, 샌프란시스코의 이웃인 게이 커플이 그녀를 바에 데리고 가서 함께 공연을 보게 되었다. 세 남자가 무대 위에서 신체를 중첩하는 갖가지 조합을 시연했다. 그녀는 정말 참지 못하고 일어서서 삼 분 동안 박수를 쳤다. 여러분께 감사합니다! 미국에 있는 동안 무슨 금문교니 빅서(Big Sur)니, 타호호(Lake Tahoe)니 하는 건 이 타이완의 시골 여자에게 시야가 탁 트이는 듯한 느낌을 주지 못했으나, 이 공연은 그녀에게 헛걸음하지 않았다는 성취감을 안겨 주었다. 미국에 오길 정말 잘했다는 생각이 들었다. 정말로 유쾌한 나라다. 이런 공연은 타이완의 국가 희극원에서 순회공연을 해야 한다. 백악관에서도 이들을 초대해서 접견하지 않았을까. 그녀는 특히 삽입당하는 역할을 맡은 남자에게 관심이 갔다. 커다란 물건이 엉덩이 사이로 들어갈 때마다 그의 얼굴은 봄기운이 가득한 정원이 되었고 붉은 살구나무 가지가 담장을 넘었다. 막을 수 없었다. 커다란 신음 소리가 터져 나왔다. 맙소사, 시골 여자인 그녀는 우물 안 개구리였다. 왜 남자의 엉덩이에도 이런 봄날이 있다는 걸 몰랐을까. 집으로 돌아오자마자 그녀는 곧장 남편에게 이런 봄날을 게이들만 즐길 수 있는지, 아니면 헤테로 섹슈얼인 남자들도 동일한 구조를 갖고 있는지 물었다. 남편은 이맛살을 찌푸리며 대답을 회피하더니 금세 두 볼이 노을처럼 빨개졌다. 남편의 빨개진 얼굴을 보면서 그녀는 알 것 같았다. 당신도 마찬가지네. 그렇다는 건 아주 좋은 일이다. 부끄러워할 게 뭐람. 그럼 우리도 한번 해 볼까? 우리 같은 여자들에게는 그런 구조가 없나? 남편이 웃으면서 말했다. 없어. 당신은 전립선이 없다고! 정말 아쉽네! 그래도 우리 한번 해 볼까? 나는 남성 성기가 없지만 틀림없이 보조 도구가 있

을 거야. 이웃집 사람들에게 부탁하면 사다 주지 않을까? 남편은
엄숙한 얼굴로 거부했다. 절대 다수의 아내들은 이런 생각을 하지
않는다면서 어떻게 남편의 전립선을 건드릴 마음을 먹느냐고 나
무랐다. 그녀는 정색을 하고 말을 받았다. 처음 만났을 때부터 내
가 분명히 말했잖아. 나는 보통 사람이 아니라고. I am crazy(나는
미쳤어). 창밖의 샌프란시스코에는 차가운 비가 내리고 있었다.
나는 정말 당신 엉덩이의 봄날을 보고 싶단 말이야. 한참이나 실
랑이를 한 끝에 마침내 그녀는 남편을 설득했다. 그녀는 먼저 의
사에게 자문을 구한 다음, 이웃집을 찾아가 자세한 정보를 확보했
다. 젤이 있어야 하고 반드시 청결을 유지해야 했다. 딜도의 사이
즈와 속도도 잘 설정해야 하고 행위 때 곁들여야 할 격려의 멘트
도 준비해야 했다. 그녀는 만반의 준비를 다 갖췄다. 처음으로 봄
날을 소환하는 일은 대성공이었다. 남편의 입에서 전혀 새로운 소
리가 터져 나왔다. 고통이 아니라 통쾌의 소리였다. 미간에 주름
이 잡히면서 두 눈이 휘둥그레졌다. 그녀는 남편의 물건을 건드리
지도 않았는데 남편이 스스로 사정을 했다. 봄날이다. 의심의 여
지가 없는 봄날이다. 그녀도 커다란 만족을 얻었다. 전통적인 체
위기 주는 건 기본적인 쾌감뿐인데 전립선의 고조는 남편의 얼굴
에 봄꽃이 만개하게 했을 뿐 아니라 그녀에게도 참신한 성취감을
안겨 주었다.

  샤오B가 마침내 사장님이 준 선물의 포장을 뜯었다는 사실
을 안 그녀는 커다란 위안을 얻었다. 진심으로 샤오B에게 감사했
다. 한동안은 샤오B가 그녀의 부목이 되어 주길 원했었다. 이제
손을 놔줘야 했다. 누가 블루 카페에 잠입해서 보이지 않는 카메

　　　　　　　　토요일

라를 설치했는지 모르지만 그녀는 지금 당장 전화를 걸어 굴삭기로 그 건물을 부숴 버리고 싶었다. 샤오B, 이제 알겠지? 사실 도시와 시골에 대한 사람들의 상상엔 많은 게 빠져 있다는 걸 말이야. 다들 시골은 순박하고 평온하며, 도시는 시끄럽고 혼란스럽다고 생각한다. 그러다 보니 시골에 대해 아름다운 환상을 품은 도시인들이 은퇴 후에 시골로 내려와 농사를 짓고 싶어했다. 멍청한 생각이다. 사실 시골 사람들에겐 늘 샘솟는 욕망이 있고 황당함이 일상이다. 타이베이에서 온 기자가 블루 카페에서 말했다.

"이곳은 정말 조용하네요. 공기도 너무 좋고요. 정말 천국이 따로 없네요."

그녀가 대답했다.

"서두르세요. 빨리 일을 그만두고 시골에 와서 정착하세요. 시골에서 살아 보면 이곳이 천국인지 아닌지 알 수 있을 거예요."

천국이라고? 이곳은 그녀의 지옥이었다. 샤오B, 나는 나의 지옥을 떠나고 싶어. 마지막 한 가지만 부탁할게. 감독을 데리고 너희와 함께 가고 싶어.

감독은 자신이 없었다. 오래 머물 수 없었다. 간단히 몇 마디 하자 그녀는 곧 알아들었다. 아이는 그녀의 생명에서 모든 순간을 점유하고 있었다. 감독은 마냥 슬퍼할 시간이 없었다. 감독과 1호는 서로 잘 맞지 않았지만 두 사람은 본질적으로 닮아 있었다. 쇼트커트에 강한 인상이라서 여자 화장실에서 쫓겨나기 일쑤였다. 샤오샤오가 떠난 후로 두 사람 모두 충분히 슬퍼하지 못했고, 두 눈 속에 담고 있는 것과 그 형상이 일치했다. 그 근원과 무게도 같았다.

병원에서 1호는 줄곧 안 보인다고 말했다. 보지 못했으니 인정할 수 없다고, 샤오샤오는 죽지 않았다고 말했다. 갑자기 소변이 급하다면서 화장실에 가겠다고 하더니 행방이 묘연했다. 2호와 3호는 층마다 화장실을 돌아다니다가 1호를 찾았다. 1호는 변기 위에 앉아 있었다. 줄곧 자신은 보지 못했다고 말했다.

"우리가 얼마나 오래 찾아다닌 줄 알아!"

"아래층 여자 화장실에 들어갔다가 변태라고 욕먹었어. 비상벨을 누르겠다고 하더라고. 염병할, 나오는 수밖에 없었지. 계속 위층으로 달려갔어. 지금은 어때? 샤오샤오의 상황이 어떠냐고. 의사가 뭐라고 해? 어서 말해 봐. 울지 말고."

"아이는 무사해. 여자아이야."

"아이라고? 무슨 아이? 누구 아이? 나는 아이 같은 건 필요 없어. 샤오샤오가 어떤지 묻고 있는 거라고."

"우리 우선 아래층으로 내려가자."

"필요 없어. 너희 둘 다 정신병자야. 더 이상 울고 싶지 않아. 충분히 추하다고. 셔터우에서 샤오 씨 여자로 사는 걸로도 부족해서 타이베이에 와서도 계속 미친 사람 행세를 하겠다는 거야? 내가 방금 봤어. 정신과는 3층에 있더라. 가서 접수해 줄까? 우리 셋이 함께 가 보자고. 의사가 할인을 해 줄지도 모르잖아. 조금 있다가 뭘 먹지? 병원에도 푸드 코트가 있어. 아주 크고 꼭 백화점 같아. 샤오샤오는 뭘 먹고 싶어할지 모르겠네."

사실 그녀는 수많은 냄새를 이미 잊었다. 스페인의 크고 작은 섬들의 아몬드나무가 꽃을 피우면 무슨 냄새가 나지? 첫 번째 남편의 엉덩이에선 양상추 냄새가 났지만 지금은 어떤 유형의 냄새인지 기억이 나지 않는다. 핀란드가 겨울로 접어들어 첫눈이 내리면 눈이 손바닥에 닿던 감촉이 기억났다. 과거에 엄마는 부엌에서 직접 돼지고기 러우송을 볶았다. 그 냄새는 이제 전혀 기억나지 않았다. 수많은 불면의 밤을 보내면서 줄곧 그 첫눈과 돼지고기 러우송의 냄새를 기억하려 애썼지만 생각도 나지 않고 잠도 오지 않았다. 하지만 병원 화장실의 소독약 냄새는 잊을 수 없었다. 코를 후비는 그 냄새는 축축한 면봉처럼 콧구멍 깊숙이 들어와 뇌를 지극했다. 다시 빼낼 수가 없었다. 1호는 내내 힘껏 눈을 비비고 혼잣말을 중얼거리면서 일어나려 하지 않았다. 계속 냄새를 맡는 수밖에 없었다. 청소하는 중년 여자가 문을 열고 들어와 더 많은 소독약을 뿌렸다. 그제야 1호는 놀란 것 같았다.

"어라, 비가 오나? 빨래한 옷들을 어떻게 하지?"

1호는 보지 못했다. 어쩌면 샤오샤오가 엄마에게 주는 작별 선물인지도 모른다. 2호는 보았다. 아주 분명히 보았다. 하얀 침대보에 온갖 기계들이 동원되었다. 샤오샤오는 얼굴이 일그러진 채 거대한 고통에 마모되어 입을 크게 벌리고 있었다. 이건 우리 샤오샤오가 아니야. 우리 샤오샤오는 아주 예쁘단 말이야. 이런 얼굴로 샤오샤오를 기억하지 않으면 안 되나? 샤오샤오의 몸은 소실되어 사라지고 냄새만 남았다. 몸의 표면에서 나는 시큼한 냄새만 남았다. 1호가 샤오샤오를 보지 못하는 건 어쩌면 정말로 잔혹한 인생이 베푸는 일말의 자비인지도 모른다. 그 일그러진 얼굴을 안 봤다면 마음속의 샤오샤오는 영원히 CD 커버의 모습으로 남을 테니까.

1호의 스쿠터가 속도를 높이면서 좁은 골목으로 들어섰다.

1호의 냄새는 달랐다. 털이 보송보송하고 따스해서 꼭 방금 빨아서 말린 테디베어 같았다. 테디베어는 문 안에 들어서자마자 아주 바빴다. 시장에 사람이 미어터진다고, 오늘은 생선이 아주 비싸다고, 정말로 외지인들이 많이 온 것 같다고 말했다. 빨래를 해서 널고 여기저기 청소를 했다. 점심 식사를 준비하고 어린 아기를 어르고 꽃에 물을 주고 샤오B를 불러 인터넷에서 각종 육아용품을 주문하는 법을 배웠다. 2호는 눈을 감고 부엌 한구석 등받이 없는 의자에 앉아 거대한 테디베어가 자신을 에워싸는 장면을 상상했다.

점심 식사는 아주 푸짐했다. 감독은 밥을 두 그릇이나 비웠다. 수척했던 얼굴에 작은 꽃이 몇 송이 피었다. 감독은 그릇과 젓가락을 내려놓고 허리를 숙여 인사를 했다.

"감사합니다, 1호 아줌마. 감사합니다, 2호 아줌마. 감사합니다, 단테 사장님. 고마워요 샤오B. 저 대신 아기를 좀 보살펴 주실 수 있을까요? 저희가 오늘 저녁에 공연이 있거든요. 다들 저를 찾고 있을 거예요. 죄송합니다."

아기에게 할머니라는 호칭을 가르치고 있던 1호가 일어섰다.

"앉아요, 앉아. 미안하긴 뭐가 미안해. 한 그릇 더 먹어. 방금 이웃집에서 유모차를 빌려 줬어. 일본에서 수입한 거라나. 아가야, 너는 정말 행복하겠다. 아주 고급 유모차거든. 할머니가 너를 태워서 엄마가 공연하는 데까지 밀고 가 줄게. 공연은 틀림없이 재미없을 거야. 하지만 괜찮아. 우리는 유모차 안에서 자면 되니까. 좋지? 우리 같이 가 보자."

"네?"

"아가씨만 공연하는 게 아니에요. 사람들이 말해 주지 않았

나? 오후에는 나도 무대에 오른다고요. 노래를 부르거든. 여기 있
는 사람들 모두 와야 해. 그러지 않으면 내 노래를 들어 줄 사람이
없을 테니까. 정말 창피한 일이지. 성질을 부리면서 마이크에 대
고 쌍욕을 하게 될지도 몰라.'

테디베어가 힘껏 2호의 목을 졸랐다. 너무나 재수 없는 일이
다. 곧 죽을 텐데, 죽기 전에 1호의 노래를 들어야 하다니. 이게 무
슨 지옥이냐. 그랬다간 죽은 모습이 샤오샤오보다 더 처참할 게
분명하다. 그럴 수 없다. 그녀는 이미 인생에서 어떤 요구도 없었
다. 그냥 아름다운 모습으로 죽는 게 유일한 바람이었다. 그녀는
신탁 밑의 공간, 죽음의 이면으로 기어들어 가고 싶었다.

스포츠 공원은 사람들토 가득 차 있었고 커다란 무대는 이미
설치가 마무리되어 있었다. 농부들은 구아버를 팔고, 양말 공장에
서는 노점을 설치해서 양말 세 켤레를 100달러에 팔고 있었다. 염
수계와 오징어튀김, 한국식 치킨, 독일 소시지 노점도 있었다. 종
교단체에서는 부채춤과 칼춤을 선보였고 취두부를 파는 소형 트
럭은 녹음기를 미처 수리하지 못했는지 계속 "젠장, 젠장" 욕을 해
댔다. 수많은 거리 예술가들이 스트레칭을 하고 있었다. 아기는
유모차 안에서 잠이 들었다.

멋진 포르셰 스포츠카 한 대가 스포츠 공원 안으로 미끄러져
들어왔다. 차체가 샛노란 포르셰는 엔진 소리가 엄청났다.

3호가 포르셰 운전석에서 내렸다.

2호는 3호를 보고 얼결에 날카롭게 소리를 질렀다.

맙소사! 3호! 마침내 돌아왔구나.

그런데, 어쩌다 그렇게 살이 찐 거야?

포르셰가 직선으로 가속할 때의 마력은 정말로 전설이 아니었다. 즉시 스포츠 공원으로 가야 했다. 하지만 3호는 일부러 길을 우회했다. 그녀는 시골 어느 구간이 곧게 뻗어 있고, 오늘 같은 토요일에 사람도 차도 없이 이렇게 비싼 차를 몰고 맘껏 달릴 수 있는지 잘 알고 있었다. 조수석에 탄 사람이 소리쳤다.

"안 돼!"

그의 뱃속에 든 단빙과 뤄보가오*와 얼음우유는 정말로 포르셰가 가속페달을 밟으면 어떤 풍경이 펼쳐질지 보고 싶었다. 그것들이 위를 향해 밀치락달치락하다가 그의 목구멍을 통해 분출되어 차 유리창에 달라붙었다. 이로써 포르셰가 시골 셔터우에 한 줄기 노란 빛을 강하게 분사했음을 증명할 수 있었다.

---

*   蘿蔔糕. 광둥, 푸젠 지역의 대중적인 미식으로 무를 갈아 찹쌀가루를 넣고 찐 다음, 이를 다시 프라이팬에 구운 것이다.

노란 치타가 도로 위에서 가속을 준비하고 있다. 바람이 소리 쳤다

"길을 비켜 줘!"

노면에서 자동차 바퀴에 깔려 죽은 말라비틀어진 쥐가 얼른 깨어났다. 바람이 납작해진 몸속으로 비집고 들어가자 쥐는 이내 팽창하면서 찍찍 소리와 함께 부활했다. 쥐들은 재빨리 길가 수로로 뛰어들었다. 나비와 벌, 사마귀, 바퀴벌레가 전부 달아났고 나무와 풀도 길 양쪽으로 비켜섰다. 바람이 모래알과 낙엽을 날려 버렸다. 완고한 돌들은 후투티의 부리에 쪼였다. 살아 있는 영혼들과 죽은 만물이 길을 비켜 거창한 대로를 만들어냈다. 아무런 장애물도 없는 길이 치타의 활주를 축복했다.

3호가 가속페달을 밟는 순간, 조수석에 탄 사람은 기절하고 말았다. 정말 아무 짝에도 소용이 없다. 보통 이런 차를 몬다는 건 극한에 도전하는 것 아닌가? 방금 전까지 바람의 신을 과시하며 새 차를 자랑하고 싶어하더니 지금은 눈알이 뒤집혀 버렸다.

치타가 앞으로 달려 나가 평평한 도로 위를 고속으로 활주하자 바람이 뒤에서 힘껏 밀었다. 3호는 자신이 태어나서 처음으로 기고만장한 상태라는 생각을 했다. 셔터우야, 3호 샤오 씨 여자가 태국에서 돌아왔다. 영광스러운 금의환향이라고. 치타가 추풍나무를 지나치자 나무 몸통과 잎새들이 시야에서 흐릿해졌다. 그녀는 참지 못하고 핸들을 놓고 날카롭게 소리를 질렀다.

마침내, 그녀는 어렸을 때의 그 교통사고를 이해할 수 있게 되었다. 3호 엄마가 힘껏 가속페달을 밟자 차는 속도를 이기지 못하고 앞으로 미끄러지면서 도로를 이탈하여 곧장 추풍나무를 향

해 돌진했다. 백 년 된 나무는 몸통이 굵고 단단해서 맹렬한 충격을 무난히 수용했다. 그 순간, 차는 고철이 되었고 사람의 몸은 일그러졌다. 나무는 안전했지만 긴 머리칼에 덮인 세 엄마의 얼굴은 피범벅이 되었다. 3호는 마침내 이처럼 아무것도 신경 쓰지 않고 마음껏 가속페달을 밟을 기회를 갖게 되었다. 포르셰에게 감사했다. 옆에 앉아 기절한 젊은이에게 감사했다. 곧게 뻗은 길에 감사했다. 추풍나무가 가볍게 몸을 흔들며 말했다. 과거에 너희 엄마가 내 몸에 부딪혔는데 지금은 네 차례구나? 나무에 부딪히지는 않았다. 하지만 속도는 이미 차체가 지닌 마력의 극한에 달해 있었다. 그녀는 자신이 기억 속에서 끊임없이 커져 가는 추풍나무에 충돌한 거라고 생각했다. 쾅. 나무가 쓰러졌다. 그녀는 자신의 몸이 산산조각 나는 걸 느꼈다. 너무 좋았다. 날카롭게 경축의 비명을 질렀다.

브레이크를 밟자 치타는 360도 크게 한 바퀴 돌면서 노면에 선명한 도넛을 남겼다. 그렇다, 도넛이다. 그녀는 태국에서 TV를 보다가 자동차 타이어가 노면에서 회전하면서 남기는 동그란 바퀴자국을 영어로 도넛이라고 부른다는 걸 배웠다. 차창을 열고 밖을 살펴보니 곧게 뻗은 그 노란 빛은 아직 사라지지 않았고, 노면에는 아주 맛있어 보이는 도넛이 그려져 있었다. 배가 고팠다. 오늘 무슨 행사가 있지? 직족상락인가 뭔가 하는 행사가 있는 것 같다. 국제 구아버 관광이 어쩌고 사발떡이 어쩌고 하는 얘기를 들은 것 같다. 기차역에는 사람들이 아주 많았다. 스포츠 공원 근처에 가면 먹을 게 좀 있을까?

아침 일찍 방콕에서 비행기를 타고 타오위안 공항에 내려 고속철도와 타이완 철도로 갈아타고 셔터우역에 도착했다. 2호가 그녀에게 한 무더기 데이터를 전송해 주었다. 샤오샤오의 아기가 샤오샤오의 CD를 깨물고 있는 영상도 있고, 단테 사장이 삼합원에서 어린아이 뒤를 쫓아다니는 영상도 있었다. 빨리 돌아와. 1호가 오늘 노래를 한단 말이야. 큰일 났다. 1호가 노래를 하면 셔터우가 파멸할 게 분명하다. 모두 다 같이 죽는 것이다. 그녀는 기차역 앞에 멈춰 서서 스포츠 공원에 어떻게 가는지 몰라 머뭇거렸다. 인파가 포르셰 한 대를 에워싸고 있었다. 차 주인은 아주 사납고 제멋대로인 젊은이였다. 3호는 그의 몸 안에서 들리는 말을 들었다.

"당신네 같은 촌사람들은 이렇게 비싼 스포츠카는 본 적도 없을 거야! 함부로 만지지 말라고! 감히 만졌다가는 들이받아 버릴 테니까. 어서 비키라고!"

인파는 스포츠 공원을 향해 몰려가고 있었다. 그녀가 포르셰 차창을 두드렸다. 샛노란 차다. 그녀는 그 차를 택시로 착각했다.*

"수고하십니다. 스포츠 공원으로 가려고 하는데요."

"뭐라고요? 부인, 이 차는 택시가 아니에요."

"시간이 없어요. 긴 여길 할 틈이 없다고요. 내 말 들었죠. 날 태워 주지 않으면 경찰서가 아주 가까이 있으니까 가서 신고할 거예요. 차 안에서 대마를 피웠잖아요. 난 이 차 넘버를 잘 기억해 놨어요."

차가 조금 앞으로 나아갔지만 사람이 정말 많았고 속도가 너

---

* 타이완의 택시는 전부 노란색이다.

무 느렸다. 차주는 애당초 차의 성능을 잘 알지도 못했고 운전 기술도 매우 별로였다. 얼굴에 여드름이 가득한 이 젊은이의 몸속은 아주 시끄러웠다. 차가 백 미터도 채 가기 전에 3호는 이 사람의 이력을 다 알 수 있었다. 대학을 졸업한 뒤에 향사무소에서 대체 복무로 근무하고 있었다. 성은 그녀와 마찬가지로 샤오 씨였다. 그의 아버지는 유선 TV 회사를 경영하고 있고, 노란 포르셰는 엄마가 생일 선물로 사 줬다. 어제 저녁에 새 차를 인수했고 대마는 방금 거리에서 샀다. 그는 오늘 향사무소가 아주 바쁘다는 걸 뻔히 알면서도 일부러 오늘 맞춰 휴가를 냈다. 향장이 이 멍청한 슈퍼 토요일을 어떻게 망치는지 보면서 즐길 작정이었다. 향장은 정말 IQ가 낮았다. 입만 열었다 하면 사람들에게 자기가 미국 명문 대학 출신이라는 사실을 각인시키려 애쓰고, 머릿속에는 빛나고 위대한 정치적 이상이 가득하며, 부패는 엄격하게 거부하고, 제 돈을 들여서 행사를 치른다. 정말 이렇게 멍청한 향장이 있다는 사실이 믿기지 않았다. 그는 대체 복무로 향사무소에 들어와 막 견습을 시작한 터였다. 그도 제대하면 선거전에 돌입할 생각이었다. 아빠 엄마는 그를 적극적으로 지지했다. 그가 향장이 되면 수많은 인맥과 소통할 수 있고 사업도 순조로울 것이며 받아도 되는 각종 선물과 금품도 거절할 이유가 없었다. 미국의 명문 대학이 무슨 소용이란 말인가. 그는 타이완의 허접한 대학을 졸업했고 전공은 무슨 동물학과인가 뭔가였다. 성적도 뒤에서부터 세는 게 빨랐다. 학교는 애당초 지원 미달이라 곧 폐교할 예정이었다. 거의 확정적이었다. 어차피 대학 졸업장만 있으면 경선 공식 성명서를 작성하는 데 문제가 없다. 돈을 쓸 수 있으면 된다. 지하철과 고

　　　　　토요일

속철이 셔터우까지 연장되게 하겠다느니, 공항을 지어 셔터우에서 도쿄 디즈니월드까지 곧장 날아갈 수 있게 하겠다느니 떠벌여서 이 멍청한 촌사람들이 들으면 세상이 바뀔 것처럼 믿게만 하면 모두가 그에게 표를 줄 게 분명하다. 그는 정말로 현임 향장을 죽도록 싫어했다. 폐허를 찾아가 금단의 열매 작은 집을 촬영한 인터넷 셀럽들, 그것도 다 그가 향장을 죽이기 위해 돈을 써서 불러 온 거였다.

차가 천천히 블루 카페 앞을 지나게 되자 대체 복무 남자의 마음이 갑자기 부드러워졌다. 젠장 그 망할 놈의 변태가 아직 건물 안에 있는지 어쩐지 모르겠다. 잠시 후에 휴대폰으로 찾아보면 될 일이다. 요 며칠 블루 카페는 장사가 아주 잘됐고, 그는 그 기회를 이용해 몰래 카페 안에 눈에 잘 띄지 않는 소형 카메라를 설치했다. 아무도 발견하지 못했다. 그는 처음으로 그 망할 놈의 변태의 물건이 딱딱해지는 걸 보았다. 아주 분명히 보았다. 하지만 그는 게이가 아니었다. 대체 복무 남자는 예쁜 아내를 얻을 게 분명했다. 지금의 그 향장 부인보다 백 배 천 배는 아름다울 테고, 어디에도 내세울 수 있는 부인이 될 것이다. 하지만 어쩌다 정신병이 생겼는지 그 망할 놈의 변태를 본 후부터 그를 만지고 싶어졌다. 엉덩이로 하면 어떤지 경험해 보고 싶었다. 그래서 몰래 따라다니면서 촬영하게 됐고 카메라를 설치해서 그 망할 변태가 방 안에서 딜도를 꺼내는 걸 촬영하려 했던 것이다. 그는 미칠 지경이었다. 평생 그렇게 단단해진 적이 없었다. 동영상이나 사진을 보면서 스스로 다섯 번이나 사정을 했다. 죽을 것 같았다. 타이완어로 동성애자를 '간즈(甙仔)'라고 하던가? 솥뚜껑의 폭 파인 부분 같은 지점이 바로 엉덩이의 중심이다. 그렇다, 정말로 그 동성애자와 해 보고 싶었다.

자화자찬을 하긴 했지만 사실 그는 정말로 나쁘지 않은 사람이었다. 다른 계정으로 인터넷에 올린 사진들은 신중하게 고른 것이었다. 그 망할 놈의 변태 짓이 나오는 사진들은 자기만 볼 요량으로 남겨두고 인터넷에 올리지 않았다. 미안해, 망할 놈의 변태. 내 목적은 그 멍청한 향장을 무너뜨리는 거고, 너는 그저 나의 도구에 지나지 않아. 괜찮아. 향장을 끌어내리고 나면 너는 굳이 딜도를 사용하지 않아도 될 거야. 내가 곧장 너를 찾아서 내 미래의 비밀 향장 부인으로 만들 테니까. 어때? 드러내거나 떠들지 말고 조용히 있기만 하면 돼. 셔터우에 있지도 마. 내가 다른 곳에 집을 한 채 사서 네가 편히 살게 해 줄 테니까. 내가 키워 줄게. 평생 잘 먹고 잘 살 수 있게 해 줄게.

3호는 이 대체 복무 남자가 곧 셔터우의 새 향장이 되리라는 걸 잘 알고 있었다. 진정 짜증 나는 일이었다. 그녀는 그의 사랑 타령을 계속 듣고 싶지 않았다. 차가 너무 느렸다. 자신이 직접 차를 몰고 싶었다.

"저기요, 자리 좀 바꿔요. 내가 운전할게요."

대체 복무 남자가 급히 브레이크를 밟았다. 옆자리에 앉은 여자가 입을 열진 않았지만 그녀의 목소리는 아주 분명하게 그의 귀를 파고들었다.

"맞아요. 나는 입을 놀리는 걸 안 좋아해요. 늘 그런 건 아니지만 때로는 입을 열지 않고도 상대방이 내 말을 들을 수 있게 할 수 있어요. 부탁이에요. 나는 여자 무사(巫師)라고요. 빨리 내려서 자리를 바꿔요. 당신은 아예 차를 몰 줄 모르잖아요. 내가 차를 다루는 법을 가르쳐 줄게요. 얼마나 빨리 몰 수 있는지 보라고요."

"안 돼요! 이건 새 차란 말이에요!"

"대마를 피운 건 됐다고 쳐요. 남의 가게에 카메라를 설치하고 쫓아다녔잖아요. 내가 지금 블루 카페로 갈까요? 그 기기들에 당신 지문이 남아 있을 거예요. 당신이 인터넷에 올린 사진과 인터넷 계정을 조사해 볼까요. 그렇게 되면 앞으로 어떻게 향장이 될 수 있겠어요? 인생 끝이라고요. 빨리요. 잔소리 그만 하고. 난 빨리 스포츠 공원에 가야 한단 말이에요."

3호는 운전석에 앉자마자 갑자기 1호를 따라하고 싶었다. 큰 소리로 씨팔이라고 욕을 하고 싶었다. 이 차는 어째서 이렇게 부드럽지. 자, 셔터우 미래의 향장님, 내가 당신을 태우고 드라이브를 시켜 줄게요. 치타가 되어 함께 나무를 들이받아 봅시다.

노면에 도넛을 남겼다. 차창을 켤자 바람이 그녀의 몸 안으로 빨려 들어왔다. 몸이 팽창하면서 다시 태어난 듯한 느낌이 들었다. 좋았어. 아주 상쾌하네. 함께 스포츠 공원으로 갑시다.

그녀는 치타에서 내리자마자 1호와 2호를 보았다.

두 자매의 눈에서 퉁퉁 부은 자신을 보았다.

입을 열지 않고 목소리를 1호와 2호의 귀에 전달했다.

그래, 나도 지금 내가 살이 많이 쪘다는 것 알아. 죽도록 살이 쪘지. 태국에는 맛있는 것들이 너무 많거든. 나는 매일 판단 물을 마시지. 아주 달아. 주방의 직원들이 사탕을 얼마나 넣는지 내가 어떻게 알겠어? 몸이 풍선처럼 빵빵해졌지. 게다가 그 판단 시폰 케이크를 공기처럼 들이마셨어. 그러다 보니 이렇게 된 거야.

셔터우의 세 자매가 마침내 슈퍼 토요일에 취두부 트럭 앞에서 한데 모였다.

1호가 말했다.

"몇 살인데 아직도 아이를 낳을 수 있다고 생각한 거야?"

3호가 말했다.

"무슨 말이야? 네가 낳을 수 있다는 거야, 아니면 내가 낳을 수 있다는 거야?"

2호가 말했다.

"엄마야, 배가 이 모양인데도 비행기를 탈 수 있었어?"

3호가 말했다.

"약간 걱정되긴 했지. 하지만 어차피 이렇게 돌아왔잖아."

1호가 말했다.

"아빠가 누구야?"

3호가 말했다.

"신경 끊으셔."

2호가 말했다.

"맙소사, 너! 미치겠네! 너…… 임신했다는 걸 왜 말하지 않는 거야! 정말 미치겠네."

3호가 말했다.

"너는 원래 미쳐 있었잖아."

취두부 사장이 세 자매 옆에 서 있었다. 정말 이상했다. 분명히 아무도 입을 열어 말하지 않는데 어떻게 팔에 찬 지능형 손목시계가 줄곧 진동으로 그에게 신호를 보내고 있는지 모를 일이다. 데시벨이 너무 높았다. 귀가 찢어질 것 같았다.

     토요일

세 자매 모두 의아해했다. 그녀들은 함께 신탁 밑의 그 공간에 들어가야만 이런 방식으로 생각을 전달할 수 있었다. 오늘은 어찌 된 일인가. 몸이 스포츠 공원에서 땅을 짚고 서 있는데도 왜 허공에 떠 있는 듯한 느낌이 드는 걸까? 설마 스포츠 공원이 신탁 밑의 그 공간과 서로 연결되어 있는 걸까?

작년에 샤오샤오의 추도회에서는 왜 이런 식으로 말다툼을 할 수 없었던 걸까? 입을 열지 않고도 소리를 서로의 몸 깊은 곳으로 전달할 수 있는데, 왜 입으로 쉴새없이 욕을 해 대고 서로 상처를 주었던 걸까?

"샤오샤오는 죽지 않았어. 죽어야 한다면 내가 먼저 죽어야지. 더 울면 너희들 눈깔을 파 버릴 거야." "넌 바보냐? 오늘은 샤오샤오의 추도회 날이라고. 추! 도! 회! 충분히 떠들었지?" "좀 조용히 얘기해. 샤오샤오 팬들이 많단 말이야." "이런 씨팔, 내 목소리가 원래 큰 걸 어쩌란 말이야. 내 딸은 죽지 않았어. 몇 번 말해야 알아들어? 샤오샤오는 그저 내 전화에 답하지 않는 것뿐이라고. 아직 화가 좀 나 있을 뿐이야. 어디 있을까? 샤오샤오에게 할 얘기가 있는데." "단티 사장님, 사장님이 샤오샤오를 좀 어떻게 해 봐요. 그 애는 이 세상에서 단테 사장님 말이 아니면 절대로 들으려 하지 않으니까요." "젠장! 단테 사장님은 끌어들이지 말라고! 사장님, 죄송해요. 사장님을 욕하는 게 아니라 이 두 망할 년들을 욕하는 거예요!" "이렇게 소란 좀 피우지 않으면 안 되겠어? 오늘 샤오샤오가 이렇게 된 건 다 너 때문이잖아……." "나 때문이라고? 내가 어쨌는데? 말해 봐. 내가 어쨌기에 그러는 거야?" "내가 무슨 말을 하고 있는지 잘 알잖아. 샤오샤오는 아무렇지 않아. 영원히 사람들 마음속에 있을 거라고. 단지 친구를 데리고 집에 왔던 건 우리 늙은이들에게 소개해 주려고……."“염병할! 내가 어쨌다고 그러는 거야? 나도 내 성질이 지랄 같다는 것 잘 알아! 나도 미칠 것 같단 말이야. 내일이면 좋아질 거라고!”“지금 이미 미쳐 있어!”“내 딸이 죽었어. 너희 두 샤오 씨 미친년들이 내게 샤오샤오가 죽었다고 말하는데 내가 어떻게 미치지 않을 수 있겠어? 샤오샤오가 아이를 낳으려 하는 걸 너희는 몰랐던 거야? 왜 아무도 내게 말해 주지 않은 거지? 젠장. 너희들이야. 다 너희들 탓이라고.”

너희들이야.

우리들이야.

전부 우리들 탓이야.

저주받은 세 자매라서 남편을 죽이고, 부모를 죽이고, 할아버지를 죽이고, 샤오샤오를 죽인 거야.

대판 싸우는 사이에 몸 안에 있던 케케묵은 원망이 다 쏟아져 나와 부서졌다. 셔터우로 돌아온 세 자매는 이렇게 해산했다.

시간이 되었다. 1호가 노래를 할 차례였다.

공원에는 수많은 공연단체들이 와서 다양한 재주를 자랑하고 있었다. 어린 유명 가수는 반짝이로 뒤덮인 예복을 입고 나와 노래를 하면서 춤을 추었다. 각양각색의 공연들이 공원 구석구석을 메우고 있었다. "여기에 불도 있고 시인도 있다."라는 입간판이 세워져 있고 창백한 모습의 남자가 오른손에는 시집을 한 권 들고 왼손에는 횃불을 들고 있었다. 그는 시를 한 구절 낭송하고 불을 한 모금 내뿜었다. 다시 한 구절을 암송하고 또 불을 한 모금 내

뿜었다. 두 걸음 더 가니 선글라스를 낀 여자가 월금(月琴)을 연주
하면서 노래를 하고 있었다. 하지만 가사가 타이완어가 아니었다.
단테는 몇 구절을 더 들었다. 아, 독일어였다.

단테는 다양한 묘기를 펼치고 있는 사람들 곁을 지나다가 걸
음을 멈췄다. 이상하게도 눈앞의 모든 게 아주 낯익은 것 같았다.

묘기를 선보이고 있는 사람들 중에는 어린 여자아이가 하나
있고 옆에는 두껍고 무거운 책들로 채워진 서가가 하나 있었다.
단테는 이것이 자신의 금단의 열매에 있던 서가라는 사실을 잊었
다. 그 책들도 그가 여러 해에 걸쳐 모은 장서로, 각종 외국어 판본
의 『신곡』이었다. 양장본도 있고 평장본도 있었다. 페이지마다 그
가 가득 적어 놓은 필기가 남아 있었다. 여자아이가 서가에서 『신
곡』 다섯 권을 꺼내 공중으로 던졌다. 다섯 권을 두 손으로 던졌
다. 책은 허공에서 공중제비를 돌았다. 한 권도 땅바닥에 떨어지
지 않았다. 관중들의 박수 소리가 터져 나왔다. 단테도 덩달아 박
수를 치면서 웃었다. 책은 떨어지지 않았지만 책 속에 있던 사진
들이 떨어져 날아다녔다. 허공을 돌던 사진 한 장이 그의 발밑에
떨어졌다. 사진 속의 여자는 누구일까? 생각이 나지 않았다.

향장 부인은 합창단에 화성을 편곡해 주면서 1호의 노래를
함께 따라 부르게 했다. 둘론 목적은 1호의 노랫소리를 약화시키
는 거였다. 그러면 방금 설치한 무대가 노래 때문에 무너지진 않
을 것이다. 향장 부인은 전자 피아노를 연주하고 샤오B는 기타를
쳤다. 조용한 마이크가 1호의 손으로 넘어가는 순간 날카로운 소
리를 쏟아내기 시작했다. 안 돼. 하지 마. 제발 부탁이니 노래를 하
지 말아 줘.

힘껏 마이크를 두드리고 목청을 가다듬었다. 마이크가 날카로운 비명을 멈췄다. 어깨가 덜덜 떨렸다. 사실 관중은 적지 않았다. 기자도 있었다. 그녀의 두 발이 떨렸다. 갑자기 뽀송뽀송한 털의 촉감이 느껴졌다. 아주 따스했다. 산속의 알파카가 바로 옆에 와 있는 것 같았다.

개인가? 고양이인가? 아, 너희들 찾았다. 그녀가 매일 먹이를 주던 유기견과 길고양이들이 전부 찾아왔다. 사람들의 발밑에서 그녀가 노래를 시작하기를 기다리는 것 같았다. 아, 지미 헨드릭스가 어떻게 나왔는지 샤오B의 어깨 위에 올라타 있었다.

"여러분 안녕하세요. 저는, 그러니까, 음, 저는 샤오샤오의 엄마예요. 오늘 샤오샤오가 쓴 곡을 노래하려고 합니다. 감사합니다. 모두들 셔터우에 오신 걸 환영합니다. 제 노래를 들으시고 구아버도 꼭 드세요."

장미는 장미이고 장미이고 장미야.
내 마음속 귀신들이
밤이면 미쳐 날뛰다가 낮에는 눈물을 흘리지.
장미는 장미야. 장미는 장미야.
너와 나는 태어나면서 죄를 얻었지.
나의 털털함이 너의 괴멸이었어.

부인이 참지 못하고 미친 듯이 웃어 댔다. Oh my gosh, 그렇게 오래 연습했는데도 정식으로 무대에 오르니 결국 괴성이 되었네. 1호는 분명히 노래를 하고 있지만 어찌된 일인지 그 소리는 차

토요일

를 모는 소리가 되어 주위의 모든 관중을 들이받고 있었다. 게다가 어쩌된 일인지 개와 고양이들이 함께 따라 부르고 있었다.

노래를 마친 1호도 참지 못하고 웃었다. 젠장, 샤오샤오, 네가 쓴 가사는 대체 뭐야. 압운도 안 되고 재미 하나 없잖아. 도대체 무슨 귀신 씻나락 까 먹는 소릴 쓴 거야. 어떻게 상을 탔니? 하지만 고마워. 앞으로 네 딸이 귀찮게 굴면 나는 이 노래를 부를 거야. 아이가 놀라서 입을 다물겠지.

감격의 박수가 터졌다. 고마워. 마침내 노래가 끝났네. 우리가 살아남았어.

박수 소리 속에서 3호의 말이 1호와 2호의 귓속으로 전달되었다.

"줄곧 너희들에게 말하지 않았어. 감히 말할 수 없었지. 지금 말하지 않으면 나중엔 또 잊어버릴 것 같아. 너희 모르지. 과거에 우리가 어떻게 세 엄마랑 아빠를 돌아가시게 했는지 말이야. 사실은 전부 내가 한 짓이었어. 우리 엄마가 모두를 해친 거야. 미안해."

1호 엄마와 2호 엄마는 셔터우를 떠나려 했다. 두 사람이 서로 사랑했기 때문에 아이들을 데리고 셔터우를 떠나려 했던 것이다. 그날 3호 엄마가 차를 몰아 도로가 곧게 뻗은 구간으로 들어섰다. 너희들 기억나? 끝이 보이지 않는 그 길은 어디로 통하는지 알 수 없었어. 길가에는 추풍나무가 한 그루 있었지. 3호 엄마는 입을 열지 않았어. 하지만 우리에게 분명하게 말했지. 너희 세 아이들에겐 잘못이 없다. 잘못한 건 도망치려 한 이 두 천한 년들이야. 도망치려 하면서 나는 안 데려가려 했지. 나도 떠나고 싶었는데 이

년들은 날 원치 않았던 거야. 나만 혼자 네 아빠 옆에 남겨두려는 거였지. 너희는 길가에서 날 기다려. 내 말 들어. 금방이면 돼. 우리 어른들끼리 차에서 할 얘기가 있으니까. 어린아이들은 들어선 안 되는 말이야. 하지만 우리가 돌아오지 않을지도 몰라.

1호는 행인탕을 마시고 싶었다.

3호가 고개를 끄덕였다. 좋아. 잠시 후에 삼합원에 가면 내가 끓여줄게. 너희 두 멍청이는 어떻게 끓이는지 모르지만 나는 알아. 과거에 1호 엄마가 행인탕을 끓일 때 마음속으로 방법과 순서를 다 외워 두었지. 들은 것도 다 기억하고 있어.

1호의 노랫소리에 아기가 깼다. 감독이 안아 주자 울음소리는 더 크고 낭랑해졌다. 단테가 아기를 넘겨받자 울음소리가 즉시 멎었다. 아기의 손이 단테의 턱을 찔러 대고 있었다.

주변이 몹시 소란스러웠다. 하지만 감독의 귀에는 셔터우 세 자매의 목소리만 가득했다.

"가서 볼일 봐. 잠시 후면 공연이 시작되겠지. 공연이 끝나면 우선 극단과 함께 타이베이로 돌아가서 푹 쉬고 마음껏 울어. 아이는 우리가 잘 돌볼 테니까 말이야. 오고 싶을 때 와. 우리는 여기 있을 테니까."

부녀 합창단 단원들은 놀라움을 금치 못했다. 맙소사. 단테 사장님이, 아이랑, 너무 닮았네! 저 곱슬머리와 눈, 코가, 맙소사! 어쩌면 저렇게 닮을 수 있지! 설마 아빠가? 합창단 단원들이 앞다투어 돌아가면서 아이를 안았다. 와, 1호 당신 정말 대단하네요. 할머니가 되다니. 정말 부러워요. 우리 집 애들은 전부 결혼을 안 하겠대요. 우리 집 애는 결혼은 해도 아이는 절대로 낳지 않겠대

요. 우리 아들은 남자랑 결혼했는데 어떻게 내게 손자를 낳아 주
겠어요. 정말 화가 나 죽겠어요.

아주 두꺼운 『신곡』에 날개가 달려 사람들 사이로 날아가더
니 합창단 사이를 관통하여 단테의 이마에 명중했다.

단테는 뒤로 몇 걸음 물러났다. 이마에 붉은 개울이 생겼다.

날개 달린 『신곡』 또 한 권이 날아와 똑같이 단테의 머리를
때렸다.

단테가 땅바닥에 쓰러졌다.

세 번째 『신곡』이 단테의 콧등을 때려 주저앉혔다.

땅바닥에 누워 있는 단테의 눈앞에 번개가 쳤다. 모든 일들이
생각났다. 또 모든 일들을 잊었다. 이곳은 지옥이었다. 또 천국이
기도 했다. 그의 몸이 완전히 나른해졌다. 하늘이 너무나 아름다
웠다. 몸 안에 감춰져 있던 모든 소리와 냄새가 흩어지기 시작했
다. 그는 웃었다. 그리고 죽었다.

두 손에 수갑을 차고 구금된 향장은 그제야 정신이 들었다.
『신곡』에 날개를 달아 준 사람이 그였다. 그가 단테를 죽인 것이
다. 그는 철저히 무너졌다 고개 숙여 수갑을 내려다보았다. 울고
싶었지만 눈물이 나오지 않았다. 죽일 놈의 단테. 분노가 그의 모
든 이성과 지혜를 쫓어 버렸다. 그는 반드시 이 나쁜 놈을 죽여야
했다. 어떻게 이 노인을 죽일 수 있을까. 어떻게 이 냄새 나는 늙은
이를 샤오샤오와 함께 보낼 수 있을까. 마침 옆에 서가가 있었다.
책은 완벽한 흉기였다.

1호가 이마를 쳤다. 아, 알고 보니, 화요일 그날 보았던 벽돌
은, 책이었다.

아이는 땅바닥을 기어다니다가 3호의 다리를 기둥 삼아 일어
섰다. 첫 걸음을 내디뎠다. 몸이 약간 흔들리면서 향장을 향해 다
가가 그의 다리를 부여잡았다.

향장이 쪼그려 앉더니 아기를 안고는 엉엉 소리 내어 울기
시작했다. 아무도 향장의 이런 모습을 본 적이 없었다. 그는 한 마
디도 말을 할 수 없었다. 축사도 못 했고 허리를 곧게 펴지도 못했
다. 자신이 미국의 명문 대학을 졸업했다는 말도 하지 않았다. 그
저 울기만 했다. 눈물이 정당의 휘장이 인쇄된 파란 경선용 조끼
위로 흘러내렸다.

1호는 무슨 말을 할 수 있었을까? 아이에게 향장을 좀 안아
주라고, 그를 할아버지라고 부르라고 말했을 것이다. 그는 오해했
을 거야. 사장님과 네 엄마 사이를 오해했을 거야.

과거에 너희 할아버지는 타이베이로 공부를 하러 가게 됐어.
최고학부인 타이완 대학으로 가면서 삼합원을 찾아와 점을 쳤지.
모든 일이 순조롭기를 기대하면서 말이야. 원래는 그의 엄마가 같
이 올 예정이었는데 전날 밤에 그의 아빠랑 싸우다가 얼굴에 상
처가 나는 바람에 바깥출입을 할 수 없었어. 네 할아버지는 마지
못해 혼자 찾아왔지. 너는 아직 어리고 이 이야기는 나이 제한이
있어. 아동은 들어선 안 되는 얘기지. 하여튼 너는 들어도 무슨 말
인지 모를 거야. 나는 네 할아버지에게 잎사귀를 따오라고 했어.
네 할아버지는 대충 무성의하게 따면서 이건 미신이고 괴력난신
이라고 툴툴거리더구나. 하지만 따긴 제대로 딴 것 같았어. 신명
청으로 들어왔을 때는 나를 보는 눈빛이 달라져 있었지. 그가 어
떤 잎사귀를 땄는지 누가 알았겠니. 들어올 때 이미 옷 안으로 아

랫도리가 불쑥 튀어나와 있었어. 회색 트레이닝 바지 안에 팬티를 안 입었는지 형태가 아주 또렷하더라고. 이런 얘길 하면 경찰에게 잡혀갈 것 같았어. 나이 먹은 여자가 열여덟 새파란 청년을 유혹했다고 말이야. 하지만 정말로 내가 주도한 게 아니야. 네 할아버지가 내게 사정한 거야. 나와 하고 싶다고 말이야. 물론 나는 거부했지. 그런데, 평생 나를 그런 눈빛으로 쳐다본 남자가 없었어. 그는 계속 요구했지. 아랫도리는 갈수록 더 커졌어. 나는 그의 눈빛에 마음이 약해지고 말았어. 결국 문을 걸어 잠그고 그를 받아들이게 되었지. 딱 한 번만이라고 말하고 싶었는데 뜻밖에도 이 젊은이는 그 뒤로도 여러 번 찾아왔어. 솔직히 말해서 정말 나쁘지 않았어. 어떻게 남자가 먼저 나와 하겠다고 나설 수가 있는지 믿기지 않았어. 그 뒤로 여러 번 더 하고도 여전히 믿기지가 않았어. 그는 정말로 타이베이로 떠나기 전날, 마지막으로 한 번만 더 하자고 하더라. 자기는 앞으로 타이베이에 가면 완전히 새로운 인생이 펼쳐질 거라나. 그러면서 내게 제발 이 일을 다른 사람에게 얘기하지 말라고 사정했어. 당연하지. 전 향장의 아들이 나랑 여러 번 했다고 말했다가는 사람들이 내 입을 찢어 버렸을지도 몰라. 그는 내게 잊어 달라고, 제발 부탁이라고 사정했어. 내가 자신을 사랑한다고 생각한 걸까? 몇 번 하다 보니 좋긴 했어. 하지만 사랑이었을까? 사랑은 무슨, 사랑 같은 건 엿 먹으라고 해! 내가 이렇게 생긴 건 평생 어떤 남자도 사랑하지 않을 운명이라는 걸 뜻하는 거야. 그는 그렇게 곧 타이베이로 공부하러 갔고 며칠이 흐른 뒤엔 아무 일도 일어나지 않았던 게 돼 버렸어. 나를 잊었지. 그리고 나는 임신을 하게 된 거야.

바람이 온다.

아니야.

이것이 바람일까?

서늘했다.

바람 소리는 신탁 밑의 소리와 비슷했다.

속도가 느리고 질감이 무거운 바람이 하늘의 저녁노을을 밀어냈다. 날이 곧 어두워질 것 같다. 하늘은 깨끗하게 비어 있었다. 구름도 없었다.

3호는 울고 있었다. 울면서 또 웃고 있었다. 방금 단테 사장이 쓰러지는 순간 2호도 혼절했다. 하지만 3호는 애당초 2호를 걱정한 적이 없다. 또 먹지도 않고 자지도 않더니 아니나 다를까 혼절한 것이다. 죽을 운명은 아니었다. 2호의 주위에는 앞뒤로 두 남자가 있었다. 하나는 키가 아주 작은 남자였고, 다른 남자는 작은 병원 의사였다. 두 남자의 눈동자에는 2호의 머리칼이 가득 차 있었다. 태국의 전신주에 마구 뒤엉켜 있는 전선들 같았다.

3호는 단테 때문에 기뻐했다. 마침내, 셔터우의 미치광이 사장이 모든 걸 내려놓았기 때문이다. 대지가 그의 건장한 몸을 받아들였다. 발가락이 느슨해지고 눈에 한 번의 번개가 스쳐 지나갔다. "단테 사장님, 마지막으로 본 게 뭐예요?"라고 물어볼 틈도 없었다. "제 뱃속에 있는 아기가 사장님 아이라는 걸 아세요? 기억하시나요?"라고 물어볼 틈도 없었다.

지난번 태국으로 돌아가기 전날, 3호는 금단의 열매로 단테 사장을 찾아갔다. 울고 싶어서였다. 너무나 울고 싶었다. 단테 사장을 부둥켜안고 엉엉 소리 내어 울었다. 그녀는 어려서부터 사장을 좋아했다. 아니, 사랑했다. 그녀는 줄곧 단테 사장을 사랑하고 있었다. 태국으로 가려고 해요. 사장님, 아세요? 앞으로는 셔터우에 돌아오지 않을 거예요 안녕히 계세요. 돌아오지 않을 거면서도 그녀는 단테 사장을 꼭 껴안았다. 사장에게 키스하고 싶어졌다. 지진이었나? 작은 건물이 흔들렸다. 사장의 두 눈에 불꽃이 보였다. 사장이 그녀를 안았다. 그녀의 두 다리가 단테 사장의 허리를 꼭 조였다. 그녀의 몸이 정상을 공격하여 전에 없던 환희와 쾌감을 경험하고는 울었다. 단테 사장은 아내를 생각했다. 아내도 절정에 이르면 눈물을 흘렸다. 고마워요, 단테 사장님. 안녕!

단테 사장님, 안녕.

향장은 경찰차에 오르기 전에 경찰들에게 일 분만 시간을 달라고 부탁했다. 눈으로 셔터우를 한 번 더 훑고 싶었다. 이 순간 그에게는 셔터우가 몹시 시끄럽게 느껴졌다. 몹시 황당하고도 아름다웠다. 그는 뉴잉글랜드로 돌아가고 싶지 않았다. 이곳이 좋았다. 지금이 아주 좋았다. 마침내 그는 울 수 있었다. 샤오샤오가 세상을 떠난 걸 알았을 때, 그는 욕실에 숨어 미친 듯이 울었다. 그의 유일한 딸이었는데 아무것도 할 수 없었다. 누구에게도 샤오샤오가 자기 딸이라는 사실을 알릴 수 없었다. 너무나 창피했다. 향장이 1호를 따먹었다고? 절대로 안 될 일이었다. 들리는 말에 의하면 샤오샤오는 딸을 낳다가 죽었다고 했다. 딸의 딸이 몹시 보고 싶었다. 어떻게 하지? 아주 오래 조사해 보았다. 아, 감독의 극단을 셔터우로 초청하면 볼 수 있다. 아이와 사진도 찍고 품에 안아 뽀뽀도 할 수 있다. 이 아이가 그의 손녀라는 사실을 알 사람은 하나도 없었다. 완벽한 계획이었다. 이제 슈퍼 토요일은 완전히 망가져 버렸다. 마침내 그는 가장할 필요가 없어졌다. 그는 고개를 들어 하늘을 바라보았다. 드론이 하늘을 향해 날아오르고 있었다. 원래 양말과 구아버 모양으로 대열을 갖추기로 하지 않았나? 어찌 된 일인지 하늘에는 남자 생식기 모양이 연출되고 있었다.

향장 부인은 아직도 웃고 있었다. 그녀는 정말로 참을 수 없었다. 아까 웃은 건 1호의 노래가 정말 들어 주기 힘들었기 때문이었고 지금 웃는 건 남편 때문이었다. 그녀는 이 순간 남편이 더 귀엽게 느껴졌다. 그는 수갑을 차고 있다. 음, 그녀는 당장 달려들어 그에게 키스하고 싶었다. 어라? 하늘에 저게 뭐지? 페니스인가?

바람이 또 온다.

이번 바람은 더 차가웠다. 질감도 더 무거웠다. 산속의 마른 잎을 담고서 거대한 무대의 배경을 때리고 하늘 위의 페니스를 흩트려 놓았다. 땅 위『신곡』의 책장을 찢고 취두부 트럭을 흔들었다. 한 무더기의 사진이 사방으로 흩어져 날렸다. 3호가 사진들을 주워 모았다. 방금 3호는 취두부 사장을 보고서 태국에서 배운 무에타이 기술을 그의 몸에 시전하고 싶어졌다. 하지만 사진들을 보고는 그만두기로 했다. 그렇다고 용서한 건 아니고, 그냥 그만두기로 한 것이다. 그를 걷어차고 싶진 않았다. 사진 속에서 취두부 사장은 알파카를 끌고 있는 전라의 거친 남자를 끌어안고 있었다. 서로 다른 색의 알파카들과 전라의 거친 남자들이 아주 많았다.

3호의 몸이 흐늘흐늘해졌다. 양수가 터졌다.

부녀 합창단이 날카로운 소리를 질러 댔다.

"어머, 아기가 나오려고 해요."

합창단원들이 스포츠 공원 안에 있는 셔터우 사람들을 한데 모았다. 귓속말이 바람을 따라 병균이 퍼지듯이 흩어져 갔다. 셔터우 사람들 모두가 듣고 우르르 몰려왔다. 3호가 아기를 낳으려 해요. 아기를 낳으려 한다고요. 고령의 임산부예요. 이 나이 많은 샤오 씨 여자가 아이를 낳으려 한다고요. 다들 길 좀 비켜 주세요. 빨리 구급차 좀 불러 줘요. 큰 병원으로 가야 해요. 아, 늦지 않게 병원에 도착할 수 있을까. 이 포르셰를 타는 게 어때요.

샤오B는 셔터우가 정말로 묘한 곳이라고 생각했다. 다들 집단적으로 미쳐가고 있었다. 블루 카페 위층 자기 방에서 보았던 광경이 이 순간에 현실로 펼쳐지고 있었다.

커다란 드론 페니스가 물러가고 공중에 연기가 솟아올랐다. 무대 조명이 다시 어두워졌다. 감독의 목소리가 셔터우에 울려 퍼졌다.

"셔터우에 오신 걸 환영합니다. 연극을 보러 와 주셔서 감사합니다. 다들 자리에 앉아 주시기 바랍니다. 문화 평등권이 시골로 찾아왔습니다. 저희가 문화를 가지고 셔터우에 왔습니다. 앞으로는 셔터우가 문화의 사막이라고 말하는 사람은 없을 겁니다."

1호가 3호를 부축해서 빠른 걸음으로 앞으로 나아갔다. 2호가 깨어나 바로 뒤따라갔다. 셔터우의 세 자매는 모든 사람이 하늘을 바라보고 있는 걸 보고는 걸음을 멈추고 덩달아 하늘을 보았다.

금단의 열매의 붉은 캔버스 천 간판이 하늘 위로 날아오르고 있었다. 마치 거대한 가오리 같았다. 수백수천 마리의 후투티들이 간판을 배웅하면서 하늘 위를 힘차게 날고 있었다. 값비싼 촬영 장비들이 하늘을 향해 번쩍번쩍 플래시를 터뜨리고 있었다. 스포츠 공원 위로 별들이 반짝였다. 후투티들은 몹시 시끄러웠다. 이별을 고하는 것이다. 안녕, 셔터우. 마침내 봉황 세 마리가 삼합원을 떠나 후투티들과 함께 고개를 흔들면서 셔터우와 작별하고 있었다. 안타깝게도 봉황은 셔터우 세 자매의 눈에만 보였다. 붉은 캔버스 천은 계속 확장되어 하늘 전체를 붉은색으로 뒤덮어 버렸다.

무대 조명이 모두 켜졌다. 후투티는 보이지 않았다. 봉황도 보이지 않았다. 빨간 하늘에 한 줄기 노란 빛이 번쩍였다.

연극이 시작되었다.

　　셔터우에 대한 나의 최초의 기억은 큰누나다. 큰누나가 결혼을 하게 됐다. 셔터우의 퐁차오터우(枋橋頭)로 시집을 간다고 했다. 셔터우는 어디 있을까? 아주 먼 곳일까? 해변일까? 산꼭대기일까? 결혼이란 어떤 것일까? 재미있는 걸까? 누나의 표정은 무척 복잡했다. 대답이 없었다. 시집가기 직전의 표정이 머리에 남았다. 어른이 되어 세상의 온갖 일들을 겪고 나서야 마침내 독해할 수 있었다. 구시대 여성들의 결혼은 원래 태어난 가부장제 가정에서 혼인을 통해 다른 가부장제 가정으로 던져져 두려움과 행복의 줄다리기 속에서 사는 것이었다. 가는 곳이 해변일지 산간일지, 도시일지 시골일지, 먼 곳일지 가까운 곳일지, 모든 걸 완전히 자신이 결정하는 게 아니었다. 그냥 결정되는 곳으로 가서 그곳에 갇히는 것이었다. 두 번째 기억은 초등학교에 들어간 뒤의 일이었다. 세면대에서 여자아이 둘이 얘기하는 것을 듣게 되었다.

　　"선생님이 그러는데 너는 셔터우 사람인데 우리 용징에 와서 학교를 다니게 된 거라며?”

“응, 맞아.”

“성이 샤오 씨야?”

“응”

“우리 엄마가 셔터우는 전부 미친 여자들뿐이래.”

샤오 씨 여자아이는 그 자리에서 울음을 터뜨렸다.

“나는 미친 여자 아니야. 미친 여자 아니란 말이야!”

2019년 12월 『귀신들의 땅』이 출간되었을 때, 기차를 타고 용징으로 돌아가는 길에 멍하니 창밖을 바라보다가 기차역 이름에 눈길이 멈췄다. 위안린(員林) → 용징(永靖) → 셔터우의 순서다. 순간 마음속으로 용징 다음 역이 큰누나의 시댁이라는 게 생각났다. 그렇다면 소설을 한 권 써야 하지 않을까? 셔터우를 쓰는 거야. 귓가에 갑자기 어렸을 때 세면대 앞에서 두 여자아이가 주고받았던 대화가 들려왔다. 글쓰기란 인생만큼이나 예측하기 어렵다. 그때 이미 이 소설의 인물들이 문을 두드리고 있었다. 세 자매 이야기를 쓰기로 마음먹었지만 이야기 재료와 인물들이 턱없이 부족해서 결국 셔터우에 관한 소설은 한쪽으로 밀어 놓았다. 때가 되지 않았기 때문이었다. 『위층의 좋은 사람』을 먼저 완성했다. 배경은 위안린이었다. 물론 독자들은 질문을 던졌다.

“용징과 위안린을 마쳤다 해도 장화현에는 아직 글로 쓸 만한 지역이 아주 많아요. 셔터우는 언제 쓸 건가요? 나는 셔터우 사람이에요. 말했잖아요. 셔터우에는 정신병자가 많아요. 미친 사람들이 아주 많다고요.”

2023년 가을, 아이오와에서 피지 작가 메리 로코나드라부

(Mary Rokonadravu)와 필리핀 작가 노엘 드 지저스(Noelle De Jesus)와 함께 강가를 산책했다. 다리 위에서 우리 작가들의 북토크에 늘 참석하는 말 없는 백발의 필리핀계 신사와 마주쳤다. 그는 항상 품에 두꺼운 책을 한 권 안고 있었다. 다리 위에서 나는 마침내 그 책의 제목을 확인할 수 있었다. 단테의 『신곡』이었다. 그날 밤, 방으로 돌아온 나는 『셔터우의 세 자매』의 대략적인 스토리를 쓰기 시작했다. 때가 왔다. 내가 필요로 하는 핵심적인 인물이 나타난 것이다. 펜을 들어도 될 것 같았다.

타이완으로 돌아왔을 때, 토지 조정 문제 때문에 둘째 누나가 나를 차에 태워 셔터우에 갔다. 칭수이옌과 구아버 시장, 구아버 농장을 지났다. 둘째 누나의 손녀가 큰 소리로 울어 댔다. 그 크고 맑은 울음소리는 셔터우와 아주 잘 어울려 한데 뒤섞였다. 그 자리에서 이 아이를 소설에 넣어야겠다고 마음먹었다.

한번은 큰누나가 용징에서 나를 스쿠터에 태워 셔터우로 갔다. 누나의 시댁이 있는 펑차오터우를 지나게 되었다. 가는 길에는 양말 공장도 있었다. 스쿠터는 셔터우로로 접어들어 셔터우 기차역 앞에서 멈췄다. 누나가 말했다. 셔터우는 변한 게 없어. 나는 혼자 셔터우를 이리저리 돌아다녔다. 돌아다니면서 여기저기 기웃거리며 구경했다. 향사무소 앞에서 한 할머니가 내게 아주 많은 얘기를 들려 주었다. 셔터우는 너무 한적하지? 소설을 쓴다고? 귀신들 얘기를 쓰려고? 가서 다른 일거리를 찾아 봐. TSMC 같은 델 찾아가 보라고. 자네는 너무 말랐어. 우리 집에서 밥이라도 먹고 갈래?

2024년 10월, 이 셔터우 소설을 완성했다.

위안린 → 용징 → 셔터우.

『위층의 좋은 사람』→『귀신들의 땅』→『셔터우의 세 자매』

끝냈다. 이 세 소설이 바로 나의 '장화현 삼부작'이다. 소설가 왕런샤오(王仁劭)와 온라인으로 얘기를 나누었다. 그는 자기 외할머니가 셔터우에 산다고 했다. 내가 셔터우 소설을 완성했다고 하자 그가 재빨리 물었다.

"틀림없이 샤오 씨가 주인공이지?"

셔터우를 쓰면서 정말 샤오 씨를 피해 갈 순 없었다. 역대 셔터우 향장들을 조사해 봤더니 거의 전부가 샤오 씨였다. 직접 찾아가 답사를 해 본 결과, 엄청난 이야기의 에너지를 얻을 수 있었다. 공교롭게도 샤오(蕭)는 수척하다는 뜻의 샤오(痟)와 음이 같았다.

이 과정이 너무나 재미있었다. 하지만 할머니는 무료하다고 말했다. 할머니는 현지인 억양으로 외지인인 내게 권고했다. 시골은 거칠고 재미가 없어. 사람들이 죄다 외지로 빠져나가고 풍경도 거의 변한 게 없다고. 고층 빌딩도 없고 번화하지도 않아. 그런데 어떻게 소설을 쓰겠다는 거야? 민간에서 실시한 각종 조사의 결과가 할머니의 말을 뒷받침했다. 장화현은 여러 차례 '타이완 전국에서 가장 무료한 현시(縣市)'라는 영광스러운 보좌에 오른 바 있다.

무료하다는 것은 뭘 말하는 걸까?

그것은 이른바 관광객의 시각이다. 시각적으로 화려해야 하고 소리와 빛이 찬란해야 한다. 대형 랜드마크가 될 만한 건물이 있어야 하고, 산이나 바다도 크고 넓어야 한다. 그래야 사진을 찍어 두루 전할 수 있기 때문이다.

장화에는 이런 것들이 없다. 그래서 무료하다는 것이다.

잘된 일이다. 나의 관심과 시선을 끄는 건 가장 평범한 사람들과 가장 평범하고 담담한 땅의 모습이다. 내 소설은 이곳에 놀러 온 게 아니라 깊이 파고들고 싶어했다. 가장 눈에 안 띄는 것들이야말로 내 눈에는 금광이자 은광이었다.

장화현은 나의 고향이다. 어렸을 때 엄마 아빠와 수많은 도가와 불가의 묘당과 사원, 신단을 드나들었다. 신단에서는 자체적으로 교파를 창시하고 선녀반(仙女班)을 꾸린다. 여러 선녀들이 단주(壇主) 한 사람의 시중을 든다. 일찌감치 일부일처제가 파괴된 것이다. 각양각색의 종교와 민속 의식은 모두 인간 집단의 근심을 체현하고 있다. 아들을 낳고 싶고 큰돈을 벌고 싶을 때, 병을 앓고 있을 때, 대학입시를 치르거나 정당에 입문할 때, 과학기술 산업에 진입하고자 할 때, 신귀(神鬼)의 경지에 들고 싶을 때, 다들 욕심을 갖고 이런 곳들을 찾는다. 어렸을 때 나는 어떤 신단의 신탁 밑으로 들어가서 신탁 밑에 장착된 모종의 기계가 신탁을 좌우로 흔들게 한다는 사실을 알아냈다. 신도들은 이를 '신의 행적'이라고 믿었다. 타이완의 의술은 선진국 수준인데도, 오늘날의 사람들은 여전히 어디가 아프거나 심기가 좋지 않으면 의사를 먼저 찾아가지 않고 궁묘나 신단을 찾아간다.

하지만 이는 '미신'이 아니다. 일종의 귀(鬼)의 문화다. 가장 화려하고 다채로운 생활의 문양이자 이치다.

경사스러운 의식에서 사람들은 시끄럽게 큰 소리로 떠들면서 신(神)을 찾고 귀(鬼)를 부른다. 어쩌면 이는 삶의 외로움을 상쇄하기 위한 몸부림일지도 모른다.

가장 무료하고 가장 평범하고 가장 고독한 것.

양말과 알파카, 구아버, 후투티, 지미 헨드릭스.

이것이 내가 허구로 만들어낸 셔터우다. 셔터우에게, 미안하고, 또 감사한다.

옮긴이의 말

소설 작품 한 편을 번역하기 전에 잠시나마 그 작품의 배경이 된 지역을 찾아가는 건 처음 경험하는 일이었다. 사실은 한 작품이 특별히 어느 한 지역만을 배경으로 하는 경우도 흔치 않을 것이다. 물론 이 소설에는 셔터우 말고도 타이베이와 미국과 태국, 스페인 같은 다른 나라의 도시들도 부분적인 배경으로 등장하지만 서사의 중심은 셔터우로 집중되어 있다. 모든 길은 셔터우로!

그날 우리는 구아버 농장에도 갔었고 소설의 가장 중심적 공간이 되고 있는 삼합원에도 갔었다. 문은 굳게 닫혀 있었고 등도 없었다. 사람이 살고 있지 않은 것 같았다. 신탁은 보이지 않고 화초만 무성했다. 관리되지 않은 집이었다. 스포츠 공원과 셔터우역, 가장 큰 도로인 셔터우로도 찾아갔었다. 하나같이 평온하고 포근한 느낌을 주는 공간과 사람들이었다. 치열한 몸부림의 흔적을 찾아볼 수 없고, 딱히 특별하고 다양한 사물들도 보이지 않는,

어찌 보면 무척이나 밋밋한 도시였다. 우리가 갔을 때는 그랬다.

　이처럼 외부자의 시선에는 한계가 있었다. 눈앞에 펼쳐진 풍경은 하나의 표면, 물리적 공간으로 그칠 수밖에 없었다. 그 공간에 오랜 세월에 걸쳐 쌓이고 쌓인 수많은 사람들의 분노와 원한, 억울함과 인내, 그리움과 애틋한 사랑 같은 다양한 고통과 기쁨의 감정들이 우리 눈에는 보이지 않았다. 하지만 이 작은 시골 마을에 축적된 너무나 많은 이야기들이 작가의 기억과 상상력을 통해 극도로 증폭되는 과정은 마술을 보는 것 같았다. 디즈니 애니메이션 「미녀와 야수」의 피날레를 보는 것 같았다. 현실과 환상을 넘나드는 서사와 시적인 표현들이 길고 복잡하게 착종된 텍스트를 번역하는 내내 물리적인 피로와 지루함을 잊게 해 주었다.

　천쓰훙의 작품을 세 권째 번역하면서 그에 대한 이해와 함께 갖가지 궁금증과 경이가 더해 간다. 그는 몇 마디 수사로 정의할 수 없는 미학적 매력을 갖춘 신비한 작가다. 삼십 년 가까이 유지해 온 중국 문학 번역가로서의 경험에 비추자면 그는 정말로 훌륭한 작가임이 틀림없다. 초로에 들어선 내가 나보다 훨씬 젊은 그에게서 삶의 보이지 않는 창상과 이를 이겨낸 경륜과 초탈을 느낀다. 모든 사람과 사물에 대한 사유와 상상, 이해와 포용이 너무나 깊은 작가임을 이 소설을 번역하면서 다시 한번 확인한다. 번역의 본질은 복무다. 일상적임에도 일정한 인내를 요구하는 나의 수고가 그의 문학에 대해 진정한 복무가 됐기를 기대한다.

2025년 겨울,
김태성

옮긴이
김태성

한국외국어대학교 중국어과를 졸업하고 같은 학교 대학원에서
타이완 문학 연구로 박사학위를 받았다. 중국학 연구공동체인
한성문화연구소(漢聲文化硏究所)를 운영하면서 중국 문학 및
인문 저작 번역과 문학 교류 활동에 주력하고 있다. 중국의 문화
번역 관련 사이트인 CCTSS 고문, 《인민문학》 한국어판 총감 등의
직책을 맡고 있다. 『귀신들의 땅』, 『인민을 위해 복무하라』, 『사람의
목소리는 빛보다 멀리 간다』, 『고전의 배후』, 『방관시대의 사람들』,
『마르케스의 서재에서』 등 150여 권의 중국 저작물을 우리말로 옮겼
다. 2016년 중국 신문광전총국에서 수여하는 '중화도서특수공헌상'을
수상했다.

셔터우의 세 자매

1판 1쇄 인쇄   2026년 1월 23일
1판 1쇄 펴냄   2026년 1월 30일

지은이   천쓰훙
옮긴이   김태성
발행인   박근섭·박상준
펴낸곳   (주)민음사

출판등록   1966. 5 19. 제16-490호
주소   서울시 강남구 도산대로 1길 62(신사동)
        강남출판문화센터 5층(06027)
대표전화   02-515-2000
팩시밀리   02-515-2007
홈페이지   www.minumsa.com

* 잘못 만들어진 책은 구입처에서 교환해 드립니다